Reader's Digest Auswahlbücher

Die Kurzfassungen in diesem Buch erscheinen
mit Genehmigung der Autoren und Verleger

499 (225)
Printed in Germany
ISBN 3 87070 820 4

Reader's Digest Auswahlbücher

VERLAG DAS BESTE
STUTTGART · ZÜRICH · WIEN

INHALT

John Grisham

Der Verrat

Michael Brock ist auf dem besten Weg, in einer Großkanzlei Karriere zu machen – bis ihn die dramatische Begegnung mit einem Obdachlosen so aus der Bahn wirft, daß er sich dem Kampf für die Rechte der Mittellosen verschreibt. Durch seine Recherchen gerät seine bisherige Kanzlei in den Verdacht, an illegalen Geschäften beteiligt gewesen zu sein. Kein Wunder, daß die honorigen Anwälte versuchen, Brock mundtot zu machen …

Ralph Helfer

Modoc

Modoc ist ein Elefant mit ganz besonderen Fähigkeiten. Bram Gunterstein, der gemeinsam mit der Elefantenkuh im Zirkus aufwuchs, versteht sie wie kein anderer Mensch. Als der Zirkus mitsamt den Tieren in die USA verkauft wird, beschließt Bram schweren Herzens, seine Familie zu verlassen, um sich nicht von Modoc trennen zu müssen. Als blinder Passagier an Bord des Schiffs, das die Tiere transportiert, nimmt er große Gefahren auf sich.

Mary Higgins Clark

Sieh dich nicht um

Als die Immobilienmaklerin Lacey Farrell zur Zeugin eines Mordes wird, ist in ihrem Leben mit einem Schlag nichts mehr, wie es war. Nur sie kann den Killer identifizieren und wird deshalb in das Zeugenschutzprogramm aufgenommen. Doch es wäre trügerisch, sich in Sicherheit zu wiegen. Denn das Programm hat seine Schwachstellen; schon der kleinste Fehler kann tödlich sein. Und Lacey fürchtet, daß sie ihn bereits begangen hat.

Michael Palmer

Das Cadmium-Syndrom

Mit seinen Parks, den erstklassigen Schulen und einem modernen Krankenhaus scheint Patience der ideale Ort zum Leben zu sein. Das zumindest glaubt die Ärztin Abby Dolan, bis immer mehr ihrer Patienten über Symptome klagen, die auf eine schwere Vergiftung hinweisen. Was verbirgt sich hinter der friedlichen Fassade der Kleinstadt? Als Abby dieser Frage auf den Grund gehen will, stößt sie auf mörderischen Widerstand.

John Grisham

DER VERRAT

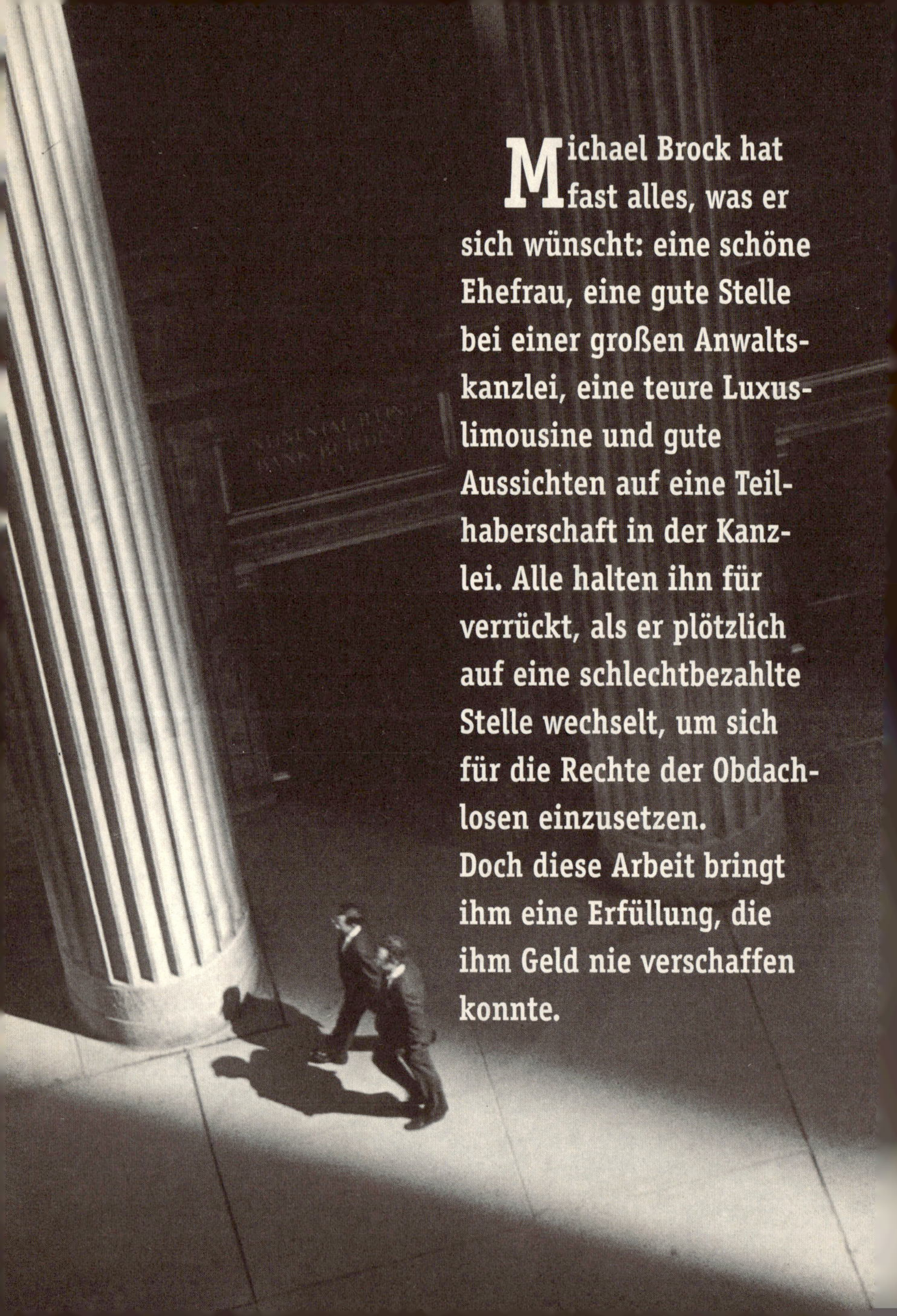

Michael Brock hat fast alles, was er sich wünscht: eine schöne Ehefrau, eine gute Stelle bei einer großen Anwaltskanzlei, eine teure Luxuslimousine und gute Aussichten auf eine Teilhaberschaft in der Kanzlei. Alle halten ihn für verrückt, als er plötzlich auf eine schlechtbezahlte Stelle wechselt, um sich für die Rechte der Obdachlosen einzusetzen.
Doch diese Arbeit bringt ihm eine Erfüllung, die ihm Geld nie verschaffen konnte.

EINS

Der Mann mit den Gummistiefeln trat hinter mir in den Aufzug, doch zunächst sah ich ihn nicht. Allerdings roch ich ihn: den stechenden Geruch nach Rauch und billigem Wein und einem Leben auf der Straße, ohne Seife. Auf der Fahrt hinauf waren wir allein, und als ich ihm schließlich einen Blick zuwarf, sah ich die schwarzen, schmutzigen und viel zu großen Stiefel. Unter dem abgetragenen, zerrissenen Trenchcoat, der ihm bis zu den Knien reichte, waren Schichten ungewaschener Kleider, die am Bauch Falten warfen und ihn stämmig wirken ließen. Er war schwarz und nicht mehr jung. Sein Bart und seine Haare waren halb ergraut und seit Jahren weder gewaschen noch geschnitten worden. Er trug eine dicke Sonnenbrille, sah starr geradeaus und ignorierte mich vollkommen.

Er gehörte nicht hierher. Er gehörte nicht in dieses Gebäude und in diesen Aufzug. Es war ein Ort, den er sich nicht leisten konnte. Die Rechtsanwälte auf diesen acht Etagen arbeiteten für Stundensätze, die mir auch nach sieben Jahren noch obszön erschienen. Er war bloß irgendein Penner, der sich mal aufwärmen wollte. In der Innenstadt von Washington passierte das andauernd. Bei uns gab es für so was eigentlich einen Sicherheitsdienst.

Der Aufzug hielt in der fünften Etage, und jetzt erst fiel mir auf, daß der Mann keinen Knopf gedrückt, keine Etage gewählt hatte. Ich stieg schnell aus, und als ich in das schicke, mit Marmor ausgestattete Foyer von Drake & Sweeney trat, warf ich einen kurzen Blick über die Schulter. Der Mann stand im Aufzug und sah noch immer starr geradeaus.

Madame Devier, eine unserer sehr energischen Empfangsdamen, begrüßte mich mit ihrem üblichen geringschätzigen Blick. „Behalten Sie den Aufzug im Auge", sagte ich.

„Warum?"

„Da ist ein Penner drin. Sie sollten vielleicht den Sicherheitsdienst rufen."

„Diese schräcklichen Menschen", meinte sie mit ihrem dick aufgetragenen französischen Akzent.

Ich zog im Gehen meinen Mantel aus und hatte den Mann mit den Gummistiefeln schon fast vergessen. Heute nachmittag würde ich eine Besprechung nach der anderen haben, wichtige Besprechungen mit wichtigen Leuten. Ich bog um eine Ecke und wollte gerade etwas zu Polly, meiner Sekretärin, sagen, als ich den ersten Schuß hörte.

Madame Devier stand wie versteinert hinter ihrem Tisch und starrte in die Mündung einer beeindruckend langen Pistole, die unser Freund, der Penner, in der Hand hielt. Da ich der erste war, der ihr zu Hilfe eilte, richtete er die Waffe höflich auf mich, worauf ich ebenfalls zu Stein erstarrte.

„Nicht schießen", bat ich und hob die Hände.

„Halten Sie den Mund", nuschelte er sehr gelassen.

Hinter mir hörte ich Stimmen auf dem Gang. Jemand schrie: „Er hat eine Pistole!" Dann entfernten sich die Stimmen und wurden leiser und leiser: Meine Kollegen rannten zur Feuertreppe. Wahrscheinlich fehlte nicht viel, und sie wären aus den Fenstern gesprungen.

Links von mir war eine schwere Holztür, die zu einem Konferenzraum führte. Dort saßen gerade acht abgebrühte, furchtlose Anwälte aus der Prozeßabteilung. Der härteste von ihnen war ein kampflustiger kleiner Terrier namens Rafter, und als er die Tür aufriß und rief: „Was ist das für ein Lärm hier?", richtete sich die Waffe auf ihn.

„Legen Sie die Pistole hin!" befahl Rafter, und im nächsten Augenblick zerriß ein weiterer Schuß die Stille im Foyer. Die Kugel schlug weit über Rafters Kopf in die Decke ein und verwandelte ihn in einen bloßen Sterblichen. Der Mann zielte wieder auf mich und deutete mit dem Kopf Richtung Konferenzraum. Ich gehorchte und trat hinter Rafter dort ein.

Der Mann mit den Gummistiefeln schlug die Tür zu und schwenkte die Pistole langsam hin und her, damit alle acht Prozeßanwälte, die dort versammelt waren, sie bewundern konnten.

Das beherrschende Möbelstück in diesem Raum war ein langer Tisch voller Dokumente und Papiere, die eben noch schrecklich wichtig gewesen waren. Die Fenster gingen auf den Parkplatz, und die beiden Türen führten auf den Gang.

„Alle an die Wand!" befahl der Mann, und daß er dabei die entsprechende Bewegung mit der Pistole machte, verlieh seinen Worten erheblichen Nachdruck. Dann hielt er sie sehr nah an meinen Kopf und sagte: „Schließen Sie die Tür ab", was ich tat. Kein Wort von den acht Anwälten, als sie an die Wand zurückwichen.

Grunzend und mit der Pistole dirigierend, reihte er die acht anderen an der Wand auf. Als er mit dem Arrangement zufrieden war, wandte er seine Aufmerksamkeit wieder mir zu. Was hatte er vor? Wegen der Sonnenbrille konnte ich seine Augen nicht erkennen. Er dagegen sah meine, und die Pistole war direkt auf sie gerichtet.

Er zog den schmutzigen Trenchcoat aus, faltete ihn zusammen, als wäre er neu, und legte ihn mitten auf den Tisch. Dann zog er langsam die nächste Schicht Kleidung aus – eine weite graue Strickjacke.

Daß sie weit war, hatte seinen Grund. Darunter trug er eine Reihe roter Stangen, die für mein ungeübtes Auge wie Dynamit aussahen. In ihren Enden steckten bunte, an Spaghetti erinnernde Drähte, und das alles war mit silbergrauem Klebeband befestigt.

Mein erster Impuls war, zu flüchten, mit wild fuchtelnden Armen und Beinen zur Tür zu rennen. Doch meine Knie zitterten, und das Blut war mir in den Adern gefroren. Die acht an der Wand stöhnten leise auf. „Ruhe, bitte", sagte unser Geiselnehmer im Ton eines geduldigen Professors. Seine Gelassenheit entnervte mich. Er zog ein ordentlich aufgerolltes gelbes Nylonseil aus einer Tasche seiner geräumigen Hose.

Zu allem Überfluß richtete er die Pistole auf die entsetzten Gesichter vor sich und erklärte: „Ich will keinem weh tun."

Das war nett, aber nicht glaubwürdig. Ich zählte zwölf rote Stangen.

Die Pistole zielte wieder auf mich. „Sie", befahl der Mann, „werden sie fesseln!"

Rafter hatte genug. Er machte einen kleinen Schritt vorwärts und sagte: „Hören Sie, mein Freund, was wollen Sie eigentlich?"

Die dritte Kugel schlug über seinem Kopf in der Decke ein. Der Schuß klang wie Kanonendonner, und im Foyer schrie Madame Devier. Rafter duckte sich, und als er wieder hochkam, stieß sein Kollege Wayne Umstead ihm seinen kräftigen Ellbogen in die Brust und schob ihn an die Wand zurück.

„Nennen Sie mich nicht ‚mein Freund'", forderte der Mann.

„Wie möchten Sie denn angeredet werden?" fragte ich mit großem Respekt.

„Mister", entgegnete er, und alle Anwesenden waren sich einig, daß dies eine sehr gute Anrede sei.

Das Telefon läutete, und er machte eine Geste mit der Pistole. Ich stellte den Apparat vor ihn auf den Tisch. Er nahm den Hörer mit der linken Hand ab; in der rechten hielt er die Pistole, und die zielte noch immer auf Rafter. Wenn wir hätten abstimmen dürfen, wäre Rafter das erste Opferlamm gewesen. Acht zu eins.

„Hallo?" meldete sich Mister. Er hörte kurz zu und legte auf. Dann ging er langsam rückwärts zu dem Sessel am Kopfende des Tisches und setzte sich. „Nehmen Sie das Seil", forderte er von mir.

Ich sollte die acht an den Handgelenken aneinanderfesseln. Ich machte die Knoten und versuchte, dabei nicht in die Gesichter meiner Kollegen zu sehen, deren Tod ich beschleunigte. Ich spürte förmlich, wie die Pistole auf meinen Rücken zielte.

Rafter murmelte etwas, und ich hätte ihn am liebsten geohrfeigt. Umstead konnte, als ich den Knoten geknüpft hatte, die Handgelenke so bewegen, daß die Schlinge fast herabfiel. Nathan Malamud schwitzte und atmete flach. Er war der Älteste und der einzige Teilhaber unter uns und hatte vor zwei Jahren seinen ersten Herzinfarkt überstanden.

Ich mußte Barry Nuzzo ansehen, meinen einzigen Freund in dieser Runde. Wir waren gleich alt – zweiunddreißig – und zur selben Zeit in die Kanzlei eingetreten. Er war in Princeton gewesen, ich in Yale. Sowohl seine als auch meine Frau stammten aus Providence. Seine Ehe lief gut: drei Kinder in vier Jahren. Meine befand sich im Endstadium eines langen Niedergangs. Unsere Blicke trafen sich. Wir dachten beide an seine Kinder, und ich fand, daß ich von Glück sagen konnte, keine zu haben.

Wir hörten die erste von vielen Sirenen, und Mister befahl mir, die Jalousien an den fünf großen Fenstern herunterzulassen. Ich machte mich gewissenhaft an die Arbeit und suchte mit den Augen den Parkplatz dort unten ab, als wäre ich in Sicherheit, wenn mich jemand sähe. Ein einsamer Polizeiwagen stand mit blinkenden Lichtern da. Er war leer – die Polizisten waren bereits im Gebäude.

Mister befahl mir dann, den „Boß" anzurufen und ihm zu sagen, er sei bewaffnet und trage eine Bombe aus zwölf Dynamitstäben. Ich rief Rudolph Mayes an, den leitenden Teilhaber, der meiner Abteilung vorstand – der Abteilung für Kartellrecht –, und gab die Nachricht weiter.

„Ist bei Ihnen alles in Ordnung, Michael?" fragte er.

„Alles ganz wunderbar", antwortete ich. „Bitte tun Sie, was er will."

„Was will er denn?"

„Das weiß ich noch nicht."

Mister machte ein Zeichen mit seiner Pistole. Das Gespräch war beendet.

Er sah an sich hinunter und zupfte an einem roten Draht. „Wenn ich den hier rausziehe, ist alles vorbei." Nach dieser kleinen Warnung sahen mich die Augen hinter der Sonnenbrille an.

Ich hatte das Gefühl, etwas sagen zu müssen. „Warum sollten Sie das tun?"

„Ich will es ja gar nicht tun, aber warum sollte ich es lassen?"

Ich konnte nicht glauben, daß wir sterben würden. Es schien kein Motiv, keinen Grund zu geben, uns zu töten. Er war bloß ein Verrückter, der Geiseln nehmen wollte, und das würde das Blutbad nach heutigen Maßstäben leider beinahe normal erscheinen lassen. Es war genau die Art von sinnlosem Gemetzel, die vierundzwanzig Stunden Schlagzeilen machen und die Leute den Kopf schütteln lassen würde. Und dann würden Witze über tote Anwälte die Runde machen.

Ich weigerte mich zu glauben, daß es passieren würde. Aus dem Foyer drangen Stimmen, draußen jaulten die Sirenen der Polizeiwagen; irgendwo auf dem Gang krächzte das Sprechfunkgerät eines Polizisten.

Misters Stimme durchschnitt die Stille. „Was haben Sie zu Mittag gegessen?"

Ich war zu überrascht, um mir eine Lüge auszudenken, und antwortete: „Gegrillte Hähnchenbrust in Sherrysauce."

„Allein?"

„Nein, ich war mit einem Freund verabredet." Mit einem ehemaligen Kommilitonen aus Philadelphia.

„Wie hoch war die Rechnung für Sie beide?"

„Dreißig Dollar."

Das gefiel ihm nicht. „Dreißig Dollar", wiederholte er. „Für zwei Personen." Er schüttelte den Kopf. „Wissen Sie, was ich zu Mittag gegessen habe?" fragte er mich.

„Nein."

„Suppe in einer Obdachlosenunterkunft. Und ich war froh, daß ich welche bekommen habe. Wissen Sie eigentlich, daß man mit dreißig Dollar hundert von meinen Freunden satt kriegen könnte?"

Ich nickte so ernst, als würde mir soeben die Schwere meiner Verfehlung bewußt.

„Sammeln Sie alle Brieftaschen ein", forderte er und schwenkte die Pistole.

„Darf ich fragen, warum?" erkundigte ich mich und begann, die Taschen der anderen Geiseln zu durchsuchen.

„Für die Hinterbliebenen", antwortete Mister, und wir alle erbleichten.

Er befahl mir, alles in einen Aktenkoffer zu legen, diesen zu verschließen und ihn auf den Gang zu werfen. Als ich die Tür langsam einen Spaltbreit öffnete, sah ich keine Menschenseele.

Die Minuten schleppten sich dahin. Meine Kollegen standen nun schon seit fast zwei Stunden an der Wand, aneinandergefesselt und kaum in der Lage, sich zu rühren. Ich fragte mich, wie die anderen vierhundert Anwälte es anstellen würden, die Zeit zu berechnen, in der sie darauf warteten, daß die Geiselnahme zu Ende ging. Vor meinem geistigen Auge sah ich sie auf dem Parkplatz, wo die meisten wahrscheinlich in ihren Wagen saßen, um sich warm zu halten, und per Handy mit irgendwelchen Mandanten sprachen, nur damit sie jemandem etwas in Rechnung stellen konnten. Ich kam zu dem Schluß, daß die Geschäfte der Kanzlei weiterlaufen würden wie am Schnürchen. Einigen dieser Halsabschneider dort unten war es vollkommen gleichgültig, wie diese Sache zu Ende ging – Hauptsache, sie ging schnell zu Ende.

Mister schien ein wenig einzudösen. Sein Kinn sackte nach unten, und er atmete tiefer. Rafter grunzte, um meine Aufmerksamkeit zu erregen, und gab mir durch eine Kopfbewegung zu verstehen, ich solle etwas unternehmen. Rafter wollte, daß ich den Helden spielte. Aber wir waren nicht in der Armee. Ich nahm keine Befehle entgegen.

„Wieviel Geld haben Sie im letzten Jahr verdient?" fragte Mister, der einen hellwachen Eindruck machte, mich plötzlich mit klarer Stimme.

Wieder war ich überrascht. „Ich..., äh... Da muß ich nachdenken..."

„Und lügen Sie mich nicht an!"

„Hundertzwanzigtausend."

Auch diese Auskunft gefiel ihm nicht. „Und wieviel haben Sie gespendet?"

„Gespendet?"

„Ja. An wohltätige Einrichtungen."

„Ach so. Tja, das weiß ich nicht so genau. Um so etwas kümmert sich meine Frau."

Alle acht Prozeßanwälte schienen gleichzeitig von einem Bein auf das andere zu treten.

Auch diese Antwort gefiel Mister nicht. „Wie heißen Sie?"

„Michael Brock", antwortete ich höflich. „Freut mich, Sie kennenzulernen."

„Wieviel haben Sie den Hungrigen gegeben?" Er spielte ständig mit dem roten Draht herum und sorgte so dafür, daß meine Pulsfrequenz nicht unter hundert sank.

„Ich habe dreiundfünfzigtausend Dollar Steuern bezahlt, und ein nicht gerade kleiner Teil davon ist an die Sozialhilfe, Medicaid, Kinderhilfsorganisationen und so weiter gegangen."

„Und haben Sie das Geld freiwillig gezahlt, im Geiste brüderlicher Solidarität?"

„Ich habe mich nicht beklagt", behauptete ich und log wie die meisten meiner Mitbürger.

„Sind Sie je hungrig gewesen?"

„Nein", sagte ich. „Nie."

„Haben Sie je im Schnee geschlafen?"

„Nein."

„Sie verdienen viel Geld, aber Sie sind zu raffgierig, um mir ein bißchen Kleingeld zu geben, wenn ich Sie auf der Straße anspreche." Er zielte mit der Pistole auf die anderen acht. „Sie alle. Sie gehen vorbei, wenn ich dasitzc und bettle. Sie geben mehr für Kaffeespezialitäten aus als ich für Essen. Warum helfen Sie den Armen, den Kranken, den Obdachlosen nicht? Sie haben so viel."

Ich ertappte mich dabei, daß ich diese raffgierigen Saukerle mit Misters Augen betrachtete. Sie waren kein schöner Anblick. Die meisten sahen zu Boden.

Stille. Irgendwo in der Nähe knatterte ein Hubschrauber, und über das, was die Polizei auf dem Parkplatz plante, konnte ich nur spekulieren.

„Wer von denen verdient am meisten?" fragte er mich.

Malamud war der einzige Teilhaber. „Wahrscheinlich ich", erklärte er.

„Wieviel?" wollte Mister wissen.

Malamuds Monatseinkommen belief sich auf fünfzigtausend Dollar, und der jährliche Teilhaberbonus, von dem wir alle träumten, betrug fünfhundertzehntausend Dollar.

„Eine Million einhunderttausend", antwortete er.

Mister war einen Augenblick in Gedanken versunken. „Sie haben eine Million Dollar verdient", sagte er zu Malamud, der sich dieser Tatsache nicht im mindesten schämte.

„Ja, das stimmt."

„Wieviel haben Sie den Hungrigen und Obdachlosen gegeben?"

„Ich weiß es nicht mehr genau. Meine Frau und ich unterstützen eine Menge Hilfsorganisationen. Ich erinnere mich an eine Spende – fünftausend Dollar, glaube ich – an den Greater D. C. Fund, der das Geld, wie Sie sicher wissen, an die Bedürftigen verteilt. Wir geben viel, und wir geben gern."

„Das kann ich mir lebhaft vorstellen", erwiderte Mister mit einer ersten Spur von Sarkasmus. Dann befahl er mir, alle neun Namen aufzuschreiben und daneben das letzte Jahreseinkommen und die Summe der Spenden zu notieren.

Ich wußte nicht, ob ich mich beeilen oder gewissenhaft sein sollte. Würde er uns abschlachten, wenn er mit der Summe nicht zufrieden war? Vielleicht sollte ich mich lieber nicht beeilen. Bisher hatte er nicht gesagt, er werde stündlich eine Geisel umbringen. Er wollte keine Freunde aus dem Gefängnis freipressen. Eigentlich schien er gar nichts zu wollen. Ich ließ mir Zeit. Malamud stand an erster Stelle. Der letzte war Colburn, ein Mitarbeiter im dritten Jahr, der bloß auf sechsundachtzigtausend Dollar kam. Ich war empört, als ich feststellte, daß mein Freund Barry Nuzzo elftausend mehr verdiente als ich. Darüber würde noch zu reden sein.

„Abgerundet drei Millionen Dollar“, erstattete ich Mister Bericht, der noch immer den roten Draht in der Hand hielt.

Er schüttelte langsam den Kopf. „Und wieviel für die Armen?“

„Die Summe der Spenden beträgt hundertachtzigtausend.“

„Ich will nicht die Summe der Spenden. Werfen Sie mich und meine Leute nicht in einen Topf mit dem Symphonieorchester oder den Pfadfindern. Ich spreche von Essen. Essen für hungrige Menschen, die in derselben Stadt leben wie Sie. Essen für kleine Kinder. Hier. Hier, in dieser Stadt, in der Leute wie Sie Millionen verdienen, gibt es Kinder, die nachts Hunger haben, die weinen, weil sie hungrig sind. Wieviel haben Sie alle für Essen gespendet?“

Er sah mich an. Ich sah auf das Papier vor mir.

Er fuchtelte wieder mit der Pistole. „Was ist mit den Notunterkünften? Da können wir schlafen, wenn es draußen zehn Grad minus hat.“

Mir fiel keine Lüge ein. „Nichts“, sagte ich leise.

Er sprang so unvermittelt auf, daß wir hochschreckten. Die roten Stangen waren gut unter dem silbrigen Klebeband zu sehen. Er stieß den Stuhl zurück. „Was ist mit den Kliniken? Wir haben diese kleinen Kliniken, wo Ärzte – gute, anständige Menschen, die einmal eine Menge Geld verdient haben – die Kranken umsonst behandeln. Sie kriegen keinen Cent dafür. Früher hat der Staat Zuschüsse für die Miete, für Medikamente und so weiter gezahlt. Aber jetzt gibt es kein Geld mehr. Wieviel haben Sie für Kliniken gespendet?“

Rafter sah mich an, als sollte ich etwas unternehmen, als Mister ans Fenster trat und durch die Jalousie spähte. „Überall Bullen“, sagte er so leise, daß wir es gerade hören konnten.

Dann wandte er sich von dieser Szenerie ab, schlurfte am Tisch entlang und blieb vor seinen Geiseln stehen. Sie ließen ihn nicht aus den Augen, und ihr besonderes Interesse galt den Dynamitstangen. Langsam hob er die Pistole und zielte aus einem Meter Entfernung auf Colburns Nase.

„Wieviel haben Sie den Kliniken gespendet?"

„Nichts", sagte Colburn, kniff die Augen zusammen und schien in Tränen ausbrechen zu wollen. Mein Herz stand still, ich hielt den Atem an.

„Wieviel für die Suppenküchen?"

„Nichts."

„Wieviel für die Notunterkünfte?"

„Nichts."

Anstatt Colburn zu erschießen, zielte er auf Nuzzo und wiederholte die Fragen. Nuzzos Antworten waren dieselben wie Colburns, und Mister ging weiter, zielte, stellte dieselben Fragen, bekam dieselben Antworten. Zu unserem Leidwesen erschoß er auch Rafter nicht.

„Drei Millionen Dollar", meinte Mister mit tiefer Verachtung, „und nicht einen Cent für die Kranken und Hungrigen. Was sind Sie doch für jämmerliche Menschen!"

Wir fühlten uns jämmerlich.

GEGEN Abend erklärte er, er sei hungrig, und befahl mir, den „Boß" anzurufen und Suppe von der Methodist Mission Ecke L Street und 17th in Northwest holen zu lassen. Die täten mehr Gemüse in die Suppe, sagte Mister, und das Brot sei nicht so altbacken wie in den meisten anderen Suppenküchen.

„Haben Suppenküchen einen Lieferservice?" fragte Rudolph ungläubig. Die Frage hallte durch den Raum.

„Tun Sie einfach, was er sagt", fuhr ich ihn an. „Und lassen Sie zehn Portionen kommen." Mister befahl mir aufzulegen.

Als wir wieder das Knattern des Hubschraubers hörten, ging Mister abermals zum Fenster. Er spähte hinaus, trat einen Schritt zurück und zupfte an seinem Bart. Schließlich befahl er mir, Umstead loszubinden und mit ihm zusammen den Konferenztisch ans Fenster zu rücken. Er war sechs Meter lang und aus massivem Walnußholz. Gemeinsam gelang es uns, den Tisch Zentimeter für Zentimeter um etwa zwei Meter zur Seite zu schieben, bis Mister sagte, das sei genug. Dann mußten sich die sieben übrigen, noch gefesselten Geiseln mit dem Rücken zur Wand auf den Tisch setzen. Niemand wagte zu fragen, warum, aber ich nahm an, daß sie ein Schutzschild gegen Scharfschützen sein sollten.

Nachdem sie fünf Stunden gestanden hatten, waren Rafter und die anderen Kollegen offensichtlich froh, sich setzen zu dürfen. Umstead und ich mußten uns auf Stühle setzen, während Mister am Kopfende des Tisches Platz nahm. Wir warteten.

Das Leben auf der Straße erzog offenbar zur Geduld. Er schien es gewöhnt zu sein, lange Zeit schweigend dazusitzen.

„Wer sind die Zwangsvollstrecker?“ murmelte er vor sich hin. Er wartete ein paar Minuten und wiederholte die Frage noch einmal.

Wir sahen einander verwirrt an. Er schien auf eine Stelle auf dem Tisch zu starren, nicht weit entfernt von Colburns rechtem Bein.

„Sie tun nicht nur nichts für die Obdachlosen, Sie helfen auch noch, wenn es darum geht, sie auf die Straße zu setzen.“

Natürlich beeilten wir uns zu nicken. Wenn er uns beschimpfen wollte, waren wir gern bereit, es über uns ergehen zu lassen.

Unser Essen kam kurz vor sieben. Man klopfte an die Tür. Mister befahl mir, Rudolph Mayes anzurufen und ihm zu sagen, man solle keinen Befreiungsversuch unternehmen. Wir seien dabei zu verhandeln. Rudolph meinte, er verstehe vollkommen.

Auf Misters Befehl ging Umstead zur Tür, entriegelte sie und sah Mister fragend an. Der stand hinter ihm und hielt die Pistole zwanzig Zentimeter von seinem Kopf entfernt.

„Öffnen Sie ganz langsam die Tür“, sagte Mister.

Ich war ein, zwei Meter hinter Mister, als die Tür aufschwang. Das Essen stand auf einem kleinen Wagen. Ich sah vier große Plastikbehälter mit Suppe und eine braune Papiertüte voller Brot. Ich weiß nicht, ob auch etwas zu trinken dabei war. Das sollten wir nie erfahren.

Umstead trat einen Schritt vor, packte den Wagen und wollte ihn gerade in den Raum ziehen, als ein Schuß krachte. Ein Scharfschütze hatte sich zwölf Meter entfernt hinter dem Bücherschrank neben Madame Deviers Schreibtisch postiert und bekam die Gelegenheit zum Schuß, als Umstead sich vorbeugte, um den Wagen zu ziehen.

Ohne einen Laut taumelte Mister zurück. Blut spritzte mir ins Gesicht. Ich dachte, ich sei ebenfalls getroffen, und schrie vor Schreck auf. Umstead brüllte etwas in der Halle. Die anderen sieben sprangen vom Tisch, als hätte man sie mit kochendem Wasser begossen. Sie schrien und zogen und zerrten einander zur Tür. Ich lag auf den Knien, hielt mir die Augen zu und wartete auf die Explosion des Dynamits. Dann sprang ich auf und rannte fort von diesem Durcheinander, zur anderen Tür. Ich entriegelte sie und riß sie auf. Als ich einen letzten Blick auf Mister warf, lag er zuckend auf einem unserer teuren Orientteppiche. Seine Arme waren ausgestreckt, und seine Hände waren nicht in der Nähe des roten Drahtes.

Auf dem Gang wimmelte es plötzlich von Polizisten des Einsatzkommandos. Sie trugen martialisch wirkende Helme und dicke Westen, eilten geduckt auf uns zu und packten uns. Sie waren blitzschnell. Wir wurden durch das Foyer zu den Aufzügen getragen.

„Sind Sie verletzt?“ fragten sie mich.

Ich wußte es nicht.

DRAUSSEN warteten Angehörige, Freunde und Dutzende von Kollegen auf unsere Befreiung. Als sie uns sahen, begannen sie zu jubeln.

Weil ich blutbespritzt war, wurde ich zu einem Krankenwagen gebracht. Sogleich kümmerten sich Ärzte um mich. Leider war meine Frau nicht unter ihnen. Sobald sie sich davon überzeugt hatten, daß das Blut nicht mein eigenes war, ließ ihre Betriebsamkeit nach. Sie machten eine Routineuntersuchung. Mein Blutdruck war hoch, die Pulsrate ebenfalls. Sie gaben mir eine Tablette.

Am meisten sehnte ich mich nach einer Dusche, doch ich mußte zehn Minuten lang auf einer Pritsche liegen, während sie meinen Blutdruck beobachteten. „Stehe ich unter Schock?“ fragte ich.

„Wahrscheinlich nicht.“

Ich fühlte mich aber so. Wo war Claire? Ich war sechs Stunden lang mit einer Pistole bedroht worden, mein Leben hatte an einem seidenen Faden gehangen, und sie hatte es nicht einmal der Mühe wert befunden, herzukommen und mit den anderen Angehörigen zu warten.

Polly, meine Sekretärin, trat zu mir und umarmte mich lange. Das hatte mir sehr gefehlt. In ihren Augen standen Tränen.

„Wo ist Claire?“ fragte ich sie.

„Wir versuchen, sie zu erreichen. Ich habe im Krankenhaus angerufen.“

Polly wußte, daß von unserer Ehe nicht mehr viel übrig war.

„Ist mit Ihnen alles in Ordnung?“ fragte sie.

„Ich glaube schon.“

Ich dankte den Ärzten und verließ den Krankenwagen. Rudolph Mayes kam auf mich zu. Er schloß mich unbeholfen in die Arme und gebrauchte das Wort „Glückwunsch“, als hätte ich irgend etwas Besonderes geleistet.

„Niemand erwartet von Ihnen, daß Sie morgen kommen“, erklärte er.

Glaubte er, ein freier Tag würde all meine Probleme lösen?

„Über morgen hab ich noch gar nicht nachgedacht“, antwortete ich.

„Sie brauchen ein bißchen Ruhe“, fügte er hinzu.

Ich wollte mit Barry Nuzzo sprechen, aber die anderen Geiseln waren bereits fort. Abgesehen von ein paar Druckstellen an den Handgelenken waren alle unversehrt geblieben.

Polly hatte meinen Mantel mitgebracht. „Ich fahre Sie nach Hause“, verkündete sie. „Kommen Sie!“ Ich war sehr dankbar dafür, daß mir jemand sagte, was ich tun sollte.

Während Polly ihren Wagen holte, sah ich mir den Menschenauflauf vor dem Haupteingang an. Dort standen Polizeiwagen, Krankenwagen und ein paar Übertragungswagen von Fernsehgesellschaften. Sogar die Feuerwehr war da.

Ich lebe! Ich lebe! Ich sagte es mir immer wieder vor. Zum erstenmal lächelte ich. Ich lebe!

Ich schloß die Augen fest und sprach in Gedanken ein kurzes, aber inniges Dankgebet.

POLLY fuhr langsam und wartete darauf, daß ich etwas sagte. Ich hörte den durchdringenden Knall des Scharfschützengewehrs, die Schritte der anderen Geiseln, die vom Tisch sprangen und zur Tür rannten.

„Er wollte uns nicht töten“, erklärte ich leise.

„Was hatte er vor?“

„Ich weiß es nicht. Das hat er nicht gesagt. Wir haben stundenlang bloß dagesessen und uns angesehen.“

„Werden Sie morgen arbeiten?“

„Was sollte ich sonst tun?“

„Ich dachte nur, ein freier Tag würde Ihnen vielleicht guttun.“

„Ich brauchte eher ein freies Jahr. Ein Tag ist nicht genug.“

Unsere Wohnung lag im zweiten Stock eines Reihenhauses in der P Street in Georgetown. Polly hielt am Bordstein. Ich dankte ihr und stieg aus. An den dunklen Fenstern erkannte ich, daß Claire noch nicht zu Hause war.

ICH HATTE Claire eine Woche nach meinem Umzug nach Washington, D. C., kennengelernt, als ich mein Studium in Yale gerade beendet hatte und von einer großen Kanzlei angeworben worden war. Vor mir und den anderen fünfzig Jahrgangsbesten lag eine glänzende Zukunft. Claire war gerade dabei, ihren Abschluß in politischen Wissenschaften an der American University zu machen. Ihr Großvater war Gouverneur von Rhode Island gewesen, und ihre Familie hatte seit Jahrhunderten exzellente Beziehungen.

Das erste Jahr betrachtet man bei Drake & Sweeney – wie in den meisten anderen Kanzleien – als eine Art Grundausbildungszeit. Ich arbeitete sechs Tage pro Woche, fünfzehn Stunden am Tag. Sonntags traf ich mich mit Claire. Wir dachten, wenn wir heirateten, würden wir mehr Zeit füreinander haben.

Die Hochzeit feierten wir groß, die Flitterwochen waren kurz, und als der erste Glanz verblaßt war, arbeitete ich wieder neunzig Stunden pro Woche. In den ersten Monaten hielt Claire sich tapfer, aber nach und nach wurde sie es leid, ständig vernachlässigt zu werden. Ich konnte sie verstehen, doch in den heiligen Hallen von Drake & Sweeney war man über Klagen junger Mitarbeiter nicht erbaut. Weniger als zehn Prozent der Berufsanfänger wurden zu Teilhabern gemacht, und so war die Konkurrenz gnadenlos. Die Belohnung war allerdings dementsprechend hoch – mindestens eine Million Dollar im Jahr –, und die Abrechnung möglichst vieler honorarfähiger Stunden erschien wichtiger als eine glückliche Ehefrau. Scheidungen waren an der Tagesordnung. Ich dachte nicht einmal im Traum daran, darum zu bitten, mein Pensum zu verringern.

Am Ende unseres ersten Ehejahrs war Claire sehr unglücklich, und wir fingen an, uns immer häufiger zu streiten. Sie wollte nicht mehr zu Hause sitzen und fernsehen, und da sie fand, sie könne genauso egozentrisch sein wie ich, beschloß sie, Medizin zu studieren. Ich hielt das für eine sehr gute Idee. Es befreite mich von den meisten meiner Schuldgefühle.

Nach vier Jahren in der Kanzlei begannen meine Vorgesetzten, Andeutungen über eine Beförderung zum Teilhaber zu machen. Allgemein war man der Ansicht, daß ich direkt auf eine Teilhaberschaft zusteuerte. Allerdings würde ich dann noch härter arbeiten müssen als bisher.

Claire war entschlossen, weniger Zeit in unserer Wohnung zu verbringen als ich, und so gaben wir beide uns der Idiotie einer extremen Arbeitssucht hin. Wir hörten auf, uns zu streiten, trieben aber immer weiter auseinander.

Ich wollte, ich hätte es anders gemacht. Wir hatten uns geliebt und unsere Liebe verschenkt.

Als ich die dunkle Wohnung betrat, brauchte ich Claire wirklich, zum erstenmal seit Jahren. Wenn man dem Tod ins Auge gesehen hat, muß man mit jemandem darüber sprechen. Man will jemanden sagen hören, daß er sich Sorgen gemacht hat.

Ich duschte lange und heiß. Ich wusch mir dreimal mit viel Shampoo die Haare, und danach blieb ich eine Ewigkeit lang einfach stehen und ließ das Wasser abtropfen. Die Zeit stand still. Nichts war wichtig. Ich war am Leben, ich atmete, ich dampfte.

Ich schenkte mir einen Wodka on the rocks ein und setzte mich auf das Sofa im Fernsehzimmer. Anfangs war ich gekränkt und wütend, weil ich allein war, aber dann wandten sich meine Gedanken den sechs Stunden zu, die ich in Misters Gesellschaft verbracht hatte.

ZWEI Wodkas später hörte ich Claire an der Tür. Sie schloß auf und rief: „Michael?"

Ich sagte nichts. Ich war noch immer gekränkt und wütend. Sie kam ins Fernsehzimmer und blieb stehen, als sie mich sah. „Ist alles in Ordnung?" fragte sie. In ihrer Stimme lag echte Sorge.

„Mir geht's gut", antwortete ich leise.

Sie ließ ihre Tasche und den Mantel fallen, trat zum Sofa und beugte sich über mich.

„Wo warst du?" fragte ich.

„Im Krankenhaus."

„Ach ja, natürlich." Ich nahm einen großen Schluck Wodka. „Ich hatte übrigens einen anstrengenden Tag."

„Ich weiß, was passiert ist, Michael."

„Tatsächlich?"

„Natürlich."

„Dann würde ich gern wissen, wo du warst. Neun Menschen werden von einem Verrückten als Geiseln genommen. Acht Familien kommen in die Kanzlei, weil sie ein wenig besorgt sind. Und ich muß mich von meiner Sekretärin nach Hause fahren lassen."

Sie setzte sich in den Sessel neben dem Sofa. „Sie haben uns nicht weggelassen", begann sie mit eisiger Stimme. „Wir wußten von der Geiselnahme. Es bestand die Möglichkeit, daß es Verletzte geben würde. In solchen Situationen ist das Routine: Die Krankenhäuser werden benachrichtigt, und dort ist alles in Bereitschaft. In der Kanzlei konnte ich dir nicht helfen. Ich habe im Krankenhaus gewartet."

„Hast du angerufen?"

„Ich hab's versucht und bin nicht durchgekommen."

„Wir sind vor zwei Stunden befreit worden. Wo bist du gewesen?"

„Im OP. Wir hatten einen kleinen Jungen, der angefahren worden war. Er ist während der Operation gestorben."

„Tut mir leid", sagte ich. Ich würde nie verstehen können, wie Ärzte es aushielten, ständig mit dem Tod konfrontiert zu sein. Mister war erst der zweite Tote gewesen, den ich gesehen hatte.

„Mir auch“, meinte sie, ging in die Küche und kam mit einem Glas Wein zurück. Eine Weile saßen wir schweigend im Halbdunkel. Wir hatten wenig Übung in Kommunikation, und so fiel uns das Reden schwer.

„Möchtest du darüber sprechen?“ fragte sie.

„Nein. Nicht jetzt.“ Ich wollte wirklich nicht darüber reden. Der Alkohol verstärkte die Wirkung der Tablette, die man mir gegeben hatte. Stille – das war es, was ich jetzt wollte. Morgen konnten wir reden.

ZWEI

Als ich um vier Uhr morgens erwachte, hatte ich den unangenehmen Geruch von Misters Blut in der Nase. Es war dunkel, und für einen Augenblick geriet ich in Panik. Ich rieb mir die Nase und die Augen und warf mich auf dem Sofa herum, bis ich eine Bewegung hörte. Claire schlief im Sessel neben mir. „Es ist alles in Ordnung“, sagte sie und legte mir die Hand auf die Schulter. „Du hast nur schlecht geträumt.“

Wir redeten eine Stunde lang. Ich erzählte ihr alles, an was ich mich erinnern konnte. Claire saß neben mir, strich mir über das Knie und hörte aufmerksam zu. In den letzten Jahren hatten wir so wenig miteinander gesprochen.

Sie mußte um sieben Uhr zur Visite im Krankenhaus sein, und so machten wir uns um halb sechs gemeinsam ein Frühstück aus Waffeln und gebratenem Speck. Wir aßen an der Küchentheke, auf der auch ein kleiner Fernseher stand. Die Sechsuhrnachrichten begannen mit dem Geiseldrama. Man sah das Gebäude der Kanzlei und die wartende Menge der Gaffer. Durch das Teleobjektiv konnten wir ein paar Sekunden lang Mister erkennen, der durch die Jalousie spähte.

Er hieß DeVon Hardy, war fünfundvierzig Jahre alt und ein Vietnamveteran mit einem kurzen Vorstrafenregister. Hinter der Sprecherin wurde ein Polizeifoto eingeblendet, das nach einer Festnahme wegen Einbruchs gemacht worden war. Der Mann auf dem Foto sah überhaupt nicht wie Mister aus: Er trug weder Bart noch Brille und war viel jünger. Es hieß, er sei obdachlos und drogensüchtig gewesen. Ein Motiv für seine Tat sei nicht bekannt, und es hätten sich keine Angehörigen gemeldet.

Unsere Kanzlei gab keinen Kommentar ab, und das war das Ende der Geschichte.

Als nächstes kam der Wetterbericht. Am späten Nachmittag mußte mit heftigen Schneefällen gerechnet werden. Es war der 12. Februar, und der Schnee hatte bereits Rekordhöhe erreicht.

Claire fuhr mich zur Kanzlei. Ich war nicht überrascht, als ich sah, daß schon um 6.40 Uhr neben meinem Lexus einige andere Wagen standen. Der Parkplatz war nie leer. Bei uns gab es Leute, die im Büro schliefen.

Ich versprach Claire, sie am späten Vormittag anzurufen. Wir wollten versuchen, in der Nähe des Krankenhauses gemeinsam zu Mittag zu essen. Sie wollte, daß ich ein bißchen kürzertrat, wenigstens für ein oder zwei Tage.

Was sollte ich tun? Auf dem Sofa liegen und Tabletten schlucken? Ich wünschte den beiden sehr wachsamen Sicherheitsleuten in der Lobby einen guten Morgen. Drei der vier Aufzüge standen bereit, so daß ich die freie Wahl hatte. Ich entschied mich für den, mit dem Mister und ich gefahren waren, und mit einemmal schien die Zeit stillzustehen.

Hundert Fragen zugleich stürmten auf mich ein: Warum war er ausgerechnet in dieses Gebäude gegangen? Warum in unsere Kanzlei? Warum die fünfte Etage? Warum ich?

Und was hatte er eigentlich gewollt? Ich glaubte nicht, daß DeVon Hardy sich die Mühe gemacht hatte, Sprengstoff an sich zu befestigen und sein Leben zu riskieren, nur um ein paar reiche Anwälte für ihren Geiz zu bestrafen. Seine Frage: „Wer sind die Zwangsvollstrecker?" war nie beantwortet worden. Doch die Antwort sollte nicht lange auf sich warten lassen.

Der Aufzug hielt, und ich stieg aus, diesmal ohne daß mir jemand folgte. Um diese Uhrzeit war Madame Devier noch irgendwo und schlief, und in der fünften Etage war es still. Vor ihrem Tisch blieb ich stehen und starrte auf die beiden Türen zum Konferenzraum. Dann ging ich weiter zu meinem Büro.

Wie jeden Morgen lagen auf meinem Schreibtisch die *Washington Post* und das *Wall Street Journal,* am selben Platz wie immer. Früher hatte ich den Namen des Boten gewußt, der sie dorthin legte, doch inzwischen hatte ich ihn längst vergessen. Auf der ersten Seite des Lokalteils der *Post,* knapp unterhalb der Mitte, waren das Polizeifoto von DeVon Hardy und ein langer Artikel über die gestrige kleine Krise.

Da ich annahm, daß ich mehr wußte als irgendein Reporter, überflog ich den Artikel nur. Dennoch erfuhr ich einige interessante Einzelheiten. Die roten Stangen waren kein Dynamit gewesen. Mister hatte ein paar Besenstiele in Stücke gesägt, mit dem bedrohlich wirkenden silbrigen Klebeband umwickelt und uns damit in Todesangst versetzt. Die Pistole war eine gestohlene .44er Automatik.

Laut einem gewissen Mordecai Green, Leiter des Rechtsberatungsbüros in der 14th Street, hatte DeVon Hardy viele Jahre als Hausmeister im Botanischen Garten gearbeitet und seinen Job infolge einer Budgetkürzung verloren. Dann war er auf der Straße gelandet. Er hatte mit Alkohol- und Drogensucht zu kämpfen gehabt und war immer wieder wegen Ladendiebstahls festgenommen worden. Greens Büro hatte ihn mehrere Male verteidigt.

Was das Motiv betraf, so konnte Green nur Vermutungen anstellen. Er sagte, DeVon Hardy habe eine Wohnung in einem alten Lagerhaus gehabt, aus der er kürzlich auf die Straße gesetzt worden sei. Eine Zwangsräumung ist ein juristischer Vorgang, für den Anwälte erforderlich sind. Ich konnte mir ziemlich genau vorstellen, welche der zahllosen Kanzleien in Washington Mister aus seiner Wohnung vertrieben hatte.

Polly kam kurz vor acht und brachte ein breites Lächeln und einen Teller selbstgebackene Kekse mit. Sie war keineswegs überrascht, mich an meinem Schreibtisch zu sehen.

Alle neun Geiseln erschienen zur Arbeit, die meisten vor dem offiziellen Beginn. Es wäre ein allzu offensichtliches Zeichen von Schwäche gewesen, zu Hause zu bleiben und sich von seiner Frau verwöhnen zu lassen.

„Arthur ist am Telefon“, meldete Polly. Es gab in der Kanzlei mindestens zehn Arthurs, aber nur einen, der ohne Nachnamen auskam. Arthur Jacobs war der Seniorteilhaber, der Vorstandsvorsitzende, die treibende Kraft der Kanzlei, ein Mann, den wir sehr achteten und bewunderten. Wenn die Kanzlei ein Herz, eine Seele besaß, dann war dies Arthur. In sieben Jahren hatte ich dreimal mit ihm gesprochen.

Ich sagte ihm, es gehe mir gut. Er gratulierte mir zu meinem Mut und meinem Durchhaltevermögen, und ich fühlte mich fast wie ein Held. Vermutlich hatte er zuerst mit Malamud gesprochen und arbeitete sich nun nach unten vor. Arthur wollte sich um zehn mit uns im Konferenzraum treffen und unsere Aussagen auf Video aufnehmen lassen.

„Warum?“ fragte ich.

„Die Jungs von der Prozeßabteilung halten das für eine gute Idee“, meinte er. Trotz seiner achtzig Jahre war seine Stimme glasklar. „Seine Familie wird wahrscheinlich die Polizei verklagen. Und uns wohl ebenfalls. Die Leute prozessieren auf Teufel komm raus."

Zum Glück, hätte ich beinahe gesagt. Wo wären wir ohne Prozesse? Ich dankte ihm für seine Anteilnahme. Er verabschiedete sich und rief den nächsten an.

DIE PARADE begann bereits vor neun: Ein beständiger Strom von Gratulanten und Neugierigen suchte mich in meinem Büro heim, und alle waren tief besorgt und erkundigten sich nach Einzelheiten. Ich hatte viel Arbeit zu erledigen, doch ich kam nicht dazu.

Das spielte auch keine Rolle. Ich fühlte mich wie betäubt. Die Arbeit war nicht mehr so wichtig. Mein Schreibtisch war nicht lebensnotwendig. Ich war dem Tod begegnet, ich hatte ihn beinahe gespürt, und es war naiv von mir gewesen zu denken, ich könnte mit einem Schulterzucken weitermachen, als wäre nichts geschehen.

Ich dachte an DeVon Hardy und die roten Stangen mit dem Gewirr bunter Drähte. Er hatte Stunden damit verbracht, dieses Spielzeug zu bauen und seine Aktion zu planen. Er hatte eine Pistole gestohlen, war in die Kanzlei eingedrungen und hatte einen entscheidenden Fehler gemacht, der ihn das Leben gekostet hatte. Und niemand, nicht ein einziger meiner Kollegen, interessierte sich auch nur flüchtig für ihn.

Schließlich verließ ich die Kanzlei. Ich sagte Polly, ich hätte einige Dinge außer Haus zu erledigen, und sie erinnerte mich an den Termin mit Arthur. Ich ging zu meinem Wagen, ließ den Motor an, schaltete die Heizung ein und dachte lange darüber nach, ob ich an dieser Rekonstruktion teilnehmen sollte. Wenn ich nicht hinging, würde Arthur verärgert sein. Einen Termin mit Arthur ließ man nicht platzen.

Ich fuhr davon. Es war eine seltene Gelegenheit, etwas Dummes zu tun. Ich war traumatisiert. Ich mußte weg hier. Arthur und der Rest der Kanzlei würden für eine Weile auf mich verzichten müssen.

Ich fuhr in Richtung Georgetown, hatte aber kein besonderes Ziel. Die Wolken waren dunkel, die Passanten hasteten durch die Straßen, die Räumfahrzeuge waren in Bereitschaft. In der M Street kam ich an einem Bettler vorbei und fragte mich, ob er DeVon Hardy gekannt habe. Wohin gingen Obdachlose bei einem Schneesturm?

Ich rief im Krankenhaus an und erfuhr, meine Frau werde noch für Stunden in einer Notoperation sein. Aus unserem romantischen Mittagessen in der Nähe des Krankenhauses würde also nichts werden.

Ich kehrte um und fuhr am Logan Circle vorbei nach Northeast, in den weniger schönen Teil der Stadt, und fand das Rechtsberatungsbüro, von dem in der *Post* die Rede gewesen war, in der 14th Street, an der Ecke Q Street. Als ich meinen Lexus am Straßenrand parkte, war ich sicher, daß ich ihn nie wiedersehen würde.

DAS BÜRO nahm die Hälfte eines dreistöckigen roten Backsteinhauses im viktorianischen Stil ein, das seine beste Zeit hinter sich hatte. Über dem Eingang befand sich eine leuchtendgelbe Markise. Ich wußte nicht, ob ich klopfen oder einfach hineingehen sollte. Die Tür war nicht verschlossen, und so drehte ich langsam den Griff und betrat eine neue Welt.

Es war eine Art Kanzlei, doch sie sah völlig anders aus als die von Marmor und Mahagoni beherrschten Räumlichkeiten bei Drake & Sweeney. In dem großen Raum standen vier Schreibtische aus Stahl, auf denen sich eine furchterregende Anzahl von Akten fast einen halben Meter hoch stapelten. Weitere Akten lagen willkürlich auf dem abgetretenen Teppich rings um die Tische verstreut. Die Papierkörbe quollen über, zerknüllte Notizzettel lagen auf dem Boden. Aktenschränke in verschiedenen Farben nahmen eine ganze Wand ein. Die Computer und Telefone waren zehn Jahre alt. Die Bretter der Bücherregale hingen durch. Von diesem großen Raum gingen einige kleinere Zimmer ab.

Es war schmutzig. Es herrschte geschäftiges Treiben. Ich war fasziniert.

Eine energisch wirkende, hispanisch aussehende Frau musterte mich kurz und hörte auf zu tippen. „Suchen Sie was?“ fragte sie mich. Es war eher eine Herausforderung als eine Frage. Für eine solche Begrüßung wäre eine Empfangsdame bei Drake & Sweeney auf der Stelle gefeuert worden.

Laut dem Namensschild, das an der Seite des Schreibtisches befestigt war, handelte es sich um Sofia Mendoza. Aus einem der kleineren Büros drang lautes Gebrüll. Ich zuckte zusammen, während Mrs. Mendoza völlig unbeeindruckt blieb.

„Ich möchte zu Mordecai Green“, sagte ich höflich, und in diesem Augenblick kam der Genannte, von dem auch das Gebrüll stammte, in den großen Raum gestapft. Der Boden erzitterte unter seinen Schritten. Er schrie quer durch den Raum nach jemandem, der Abraham hieß.

Mrs. Mendoza nickte in seine Richtung, betrachtete meinen

Wunsch als erledigt und wandte sich wieder ihrem Computer zu. Green war ein riesiger Schwarzer, mindestens einen Meter dreiundneunzig groß und mit einer imposanten Statur. Er war Anfang Fünfzig und trug einen grauen Bart und eine Brille mit runden, rot eingefaßten Gläsern. Er sah mich kurz an und fragte: „Kann ich etwas für Sie tun?"

Ich stellte mich vor.

„Freut mich, Sie kennenzulernen", sagte er. „Was bringt Sie zu uns?"

„DeVon Hardy", erklärte ich.

Er sah mich einige Sekunden lang an, dann nickte er in Richtung seines Büros, und ich folgte ihm in ein vier mal vier Meter großes fensterloses Zimmer, in dem jeder Quadratzentimeter des Bodens mit Aktenordnern, zerfledderten Gesetzbüchern und Kommentarsammlungen bedeckt war.

Ich gab ihm eine meiner goldgeprägten Visitenkarten von Drake & Sweeney, die er stirnrunzelnd studierte. Er reichte sie mir zurück und sagte: „Sie wollen mal richtig ergreifendes Elend sehen, stimmt's?"

„Ich komme in Frieden. Mr. Hardy hätte mich beinah erschossen."

„Sie waren eine der Geiseln?"

„Ja."

Er holte tief Luft, und seine Stirn glättete sich. „Setzen Sie sich doch", forderte er mich auf und zeigte auf den einzigen Besucherstuhl. „Aber passen Sie auf, daß Sie sich nicht schmutzig machen."

Wir saßen uns gegenüber. Meine Knie berührten fast den Tisch, und meine Hände steckten tief in den Manteltaschen.

„Das war ein schlechter Tag, was?" fragte er. Seine rauhe Stimme war nun leiser und klang beinahe mitfühlend.

„Für mich nicht so schlecht wie für Hardy. Ich habe mich heute morgen an den Schreibtisch gesetzt, als wäre das alles nie passiert, aber ich konnte keinen klaren Gedanken fassen. Ich hab Ihren Namen in der Zeitung gelesen – darum bin ich gekommen."

Er schüttelte langsam den Kopf, als falle es ihm schwer, das zu begreifen. „Möchten Sie einen Kaffee?"

„Nein, danke. Sie kannten Mr. Hardy recht gut, nicht?"

„Ja, DeVon war regelmäßig bei uns."

„Wo ist er jetzt?"

„Wahrscheinlich in der städtischen Leichenhalle beim General Hospital."

„Was geschieht mit ihm, wenn er keine Angehörigen hat?"

„Er wird auf Kosten der Stadt beerdigt. In den Büchern taucht so was als ‚Armenbegräbnis' auf. In der Nähe des RFK-Stadions ist ein Friedhof, wo diese Toten unter die Erde gebracht werden. Sie würden sich wundern, wie viele es gibt, auf die niemand Anspruch erhebt."

„Da bin ich sicher." Das war eine kleine Spitze gewesen, aber für Spiegelfechtereien war ich nicht in Stimmung. „Wissen Sie, ob er Aids hatte?"

Er legte den Kopf schief, sah zur Decke und dachte ein paar Sekunden über diese Frage nach. „Warum?"

„Ich stand hinter ihm. Mein Gesicht war voll mit seinem Blut. Darum."

Mit dieser Auskunft war ich nicht mehr einer der Bösen, sondern nur noch ein Durchschnittsweißer.

„Ich glaube nicht, daß er Aids hatte."

„Könnten Sie es herausfinden?"

Er zuckte die Schultern und taute noch ein bißchen mehr auf. „Klar", meinte er zögernd und zog einen Stift aus der Brusttasche. „Sind Sie deswegen gekommen? Weil Sie Angst vor Aids haben?"

„Ich glaube, das ist einer der Gründe. Hätten Sie keine Angst?"

„Doch."

Abraham trat ein, ein kleiner, hektischer Mann um die Vierzig, mit dunklem Bart und Hornbrille, dessen ganze Erscheinung geradezu die Karikatur eines Armenanwalts war. Er beachtete mich nicht, und Green hielt offenbar nicht viel von Formalitäten. „Es sind starke Schneefälle angekündigt worden", sagte Green zu ihm. „Wir müssen dafür sorgen, daß alle verfügbaren Notunterkünfte geöffnet sind."

„Ich bin bereits dabei", erwiderte Abraham knapp und war schon wieder draußen.

„Ich weiß, daß Sie viel zu tun haben", erklärte ich.

„War das alles, was Sie wissen wollten? Eine Blutuntersuchung?"

„Ich glaube, ja. Haben Sie eine Ahnung, warum er es getan hat?"

Er nahm die Brille ab und rieb sich die Augen. „Er war geisteskrank, wie viele dieser Leute. Wenn Sie jahrelang auf der Straße leben, dann werden Sie irgendwann verrückt. Außerdem hatte er noch eine Rechnung offen."

„Die Zwangsräumung."

„Ja. Vor ein paar Monaten ist DeVon in ein verlassenes Lagerhaus an der Ecke New York und Florida gezogen. Irgend jemand hat das Ding mit ein paar Spanplatten in kleine Zimmer unterteilt. Nach Obdachlosenmaßstäben war es nicht mal schlecht: ein Dach über dem Kopf, ein paar Toiletten, fließendes Wasser. Hundert Dollar pro

Monat, zahlbar an einen ehemaligen Zuhälter, der die Trennwände eingezogen hatte und behauptete, der Besitzer zu sein."

„Und war er der Besitzer?"

„Ich glaube, ja." Er zog einen dünnen Ordner aus einem der Stapel auf seinem Tisch und blätterte darin. „Und da wird es dann kompliziert. Letzten Monat ist das Objekt von einer Gesellschaft namens RiverOaks gekauft worden, einem großen Immobilienkonzern."

„Und RiverOaks hat alle vor die Tür gesetzt?"

„Ja."

„Ich nehme an, daß RiverOaks von unserer Kanzlei vertreten worden ist."

„Da könnten Sie recht haben."

„Warum wird es kompliziert?"

„Ich habe gehört, daß der Zwangsräumung keine Benachrichtigung vorausgegangen ist. Die Leute behaupten, sie hätten Miete an den Zuhälter gezahlt, und wenn das stimmt, dann waren sie keine Hausbesetzer. Dann waren sie Mieter und hatten die entsprechenden Rechte."

„Hausbesetzer haben kein Recht auf eine Benachrichtigung."

„Nein. So was passiert alle Tage. Obdachlose ziehen in ein verlassenes Gebäude, und der Besitzer kann sie, wenn er sich die Mühe macht, mal vorbeizuschauen, ohne weiteres rausschmeißen. Als Hausbesetzer hat man keinerlei Rechte."

„Und wie hat DeVon Hardy herausgefunden, daß unsere Kanzlei daran beteiligt war?"

„Wer weiß? Er war verrückt, aber nicht dumm."

„Kennen Sie den Zuhälter?"

„Ja. Vollkommen unzuverlässig."

„Wo, sagten Sie, war das Lagerhaus?"

„Das Lagerhaus gibt es nicht mehr. Es ist letzte Woche abgerissen worden."

Ich hatte seine Zeit lange genug in Anspruch genommen. Er sah auf seine Uhr, ich auf meine. Wir tauschten unsere Telefonnummern aus und versprachen, in Verbindung zu bleiben.

Auf dem Weg hinaus beachtete ich Mrs. Mendoza nicht, denn sie beachtete mich ebensowenig. Mein Lexus stand tatsächlich noch am Straßenrand. Der Schnee lag bereits mehrere Zentimeter hoch.

Im Schneetreiben fuhr ich durch die Stadt. Ich konnte mich nicht erinnern, wann ich das letztemal ohne Termindruck durch die Straßen von Washington gefahren war. Ich saß warm und geborgen in meinem schweren Luxuswagen, ließ mich einfach treiben und hatte kein Ziel. In der Kanzlei würde ich mich für eine Weile lieber nicht sehen lassen. Arthur würde wütend auf mich sein.

Mein Autotelefon läutete. Es war Polly, sie klang panisch. „Wo sind Sie?" fragte sie.

„Wer will das wissen?"

„Eine Menge Leute. Arthur zum Beispiel. Mayes. Dann hat noch ein Reporter angerufen. Ein paar Mandanten wollten einen Rat. Und Claire hat aus dem Krankenhaus angerufen."

„Was wollte sie?"

„Sie war besorgt, wie alle anderen."

„Mir geht's gut, Polly. Sagen Sie, ich sei beim Arzt."

„Und sind Sie beim Arzt?"

„Nein, aber ich könnte es sein. Was hat Arthur gesagt?"

„Er hat nicht angerufen. Aber Mayes. Sie haben auf Sie gewartet."

„Sie werden noch länger warten müssen."

Sie zögerte und sagte dann ganz langsam: „Okay. Wann werden Sie voraussichtlich wieder hiersein?"

„Weiß ich noch nicht. Wenn der Arzt mich läßt. Gehen Sie ruhig nach Hause – schließlich haben wir einen Schneesturm. Ich rufe Sie morgen an." Damit legte ich auf.

Unsere Wohnung war ein Ort, den ich selten bei Tageslicht gesehen hatte, und die Vorstellung, am Kamin zu sitzen und zuzusehen, wie es schneite, gefiel mir nicht besonders. Und wenn ich in eine Bar ging, würde ich wahrscheinlich zu lange dort sitzen bleiben.

Also fuhr ich. Ich reihte mich ein in den Strom der Pendler, die mit einem eiligen Rückzug in die Vororte begannen, fand den Friedhof beim RFK-Stadion, wo die beerdigt wurden, auf die niemand Anspruch erhob, und kam an der Methodist Mission in der 17th Street vorbei, von der unsere ungegessene Suppe stammte. Ich fuhr durch Stadtteile, die ich noch nie gesehen hatte.

UM VIER war die Stadt praktisch menschenleer. Der Himmel hatte sich verdunkelt, und der Schnee fiel dicht. Er lag bereits mehrere Zentimeter hoch, und im Wetterbericht hieß es, es sei noch viel mehr Schnee zu erwarten.

Schließlich fuhr ich zu Drake & Sweeney. Ein Mann vom Sicherheitsdienst in der Lobby sagte mir, die Sekretärinnen und die meisten anderen Mitarbeiter seien um drei nach Hause geschickt worden. Ich fuhr wieder mit Misters Aufzug.

Ordentlich aufgereiht und mitten auf meinem Schreibtisch lagen ein Dutzend Anrufnotizen, die mich jedoch überhaupt nicht interessierten. Ich ging zu meinem Computer und begann, unser Mandantenverzeichnis zu durchsuchen.

RiverOaks war eine Gesellschaft mit Sitz in Delaware, gegründet 1977, Hauptverwaltung in Hagerstown, Maryland. Der für RiverOaks zuständige Anwalt hieß N. Braden Chance. Ich hatte den Namen noch nie gehört.

Ich sah in unserer riesigen Datenbank nach. Chance war Teilhaber und arbeitete in der Immobilienabteilung, irgendwo unten in der dritten Etage. Vierundvierzig Jahre alt, verheiratet, Jurastudium in Duke.

Mit achthundert Anwälten, die täglich drohten und prozessierten, hatte unsere Kanzlei über sechsunddreißigtausend aktive Dateien. Damit unsere Vertretung in New York nicht einen unserer Mandanten in Chicago verklagte, wurde jede neue Datei unverzüglich in der Datenbank abgelegt. Es gab zweiundvierzig RiverOaks-Dateien, und in fast allen Fällen war es um Grundstückskäufe gegangen. Der zuständige Anwalt war jedesmal Chance gewesen. In vier Fällen war es um Zwangsräumungen gegangen, von denen drei im letzten Jahr stattgefunden hatten. Die erste Phase der Recherche war einfach.

Am 31. Januar hatte RiverOaks ein Objekt an der Florida Avenue erworben. Der Verkäufer war eine Gesellschaft namens TAG Inc. Am 4. Februar hatte unser Mandant eine Anzahl Hausbesetzer aus dem verlassenen Lagerhaus vertreiben lassen. Einer dieser Hausbesetzer war, wie ich inzwischen wußte, Mister DeVon Hardy gewesen.

Ich notierte mir den Namen und die Nummer der Datei und machte mich auf den Weg in die dritte Etage.

Bei Drake & Sweeney bewahrte jeder Anwalt die Unterlagen für die aktuellen Fälle in seinem Büro auf, oft in einem verschlossenen Schrank. Kein Anwalt konnte gezwungen werden, einem anderen Einsicht in die Akten zu geben, es sei denn, ein Seniorteilhaber oder ein Mitglied des Vorstands forderte ihn dazu auf. Die Akte über die Zwangsräumung trug immer noch den Vermerk „aktuell", und ich war sicher, daß sie jetzt, nach der Mister-Episode, vor jedem Zugriff geschützt sein würde.

An einem Tisch neben dem Schreibzimmer stand ein Gehilfe und scannte Blaupausen ein. Ich fragte ihn nach dem Büro von Braden Chance, und er nickte in Richtung einer offenen Tür auf der anderen Seite des Ganges.

Zu meiner Überraschung saß Chance an seinem Schreibtisch und machte den Eindruck eines sehr beschäftigten Mannes. Er war konsterniert über meinen Besuch, und das mit Recht. Die normale Vorgehensweise wäre gewesen, ihn anzurufen und einen Termin auszumachen. Aber die normale Vorgehensweise interessierte mich im Augenblick nicht.

Er bot mir keinen Stuhl an. Ich setzte mich trotzdem.

„Sie waren eine der Geiseln", sagte er in ärgerlichem Ton, als ihm dämmerte, warum ich gekommen war. „Muß schlimm gewesen sein."

„Jetzt ist es vorbei. Mr. Hardy, der Mann mit der Pistole, wurde am 4. Februar im Zuge einer Zwangsräumung aus einem Lagerhaus vertrieben. Wurde diese Zwangsräumung von unserer Kanzlei beantragt?"

„Allerdings." Er war sehr zugeknöpft. „Was ist damit?"

„War Hardy ein Hausbesetzer?"

„Darauf können Sie Gift nehmen. Die haben allesamt illegal dort gewohnt. Unser Mandant versucht, diese Plage ein bißchen einzudämmen."

„Sind Sie sicher, daß er ein Hausbesetzer war?"

Sein Kinn klappte herunter, und seine Augen wurden rot. Er holte tief Luft. „Was wollen Sie eigentlich?"

„Könnte ich die Akte mal sehen?"

„Nein. Der Fall geht Sie nichts an!"

„Vielleicht geht er mich doch etwas an."

„Wer ist Ihr leitender Teilhaber?" Er zückte einen Stift, als wollte er sich den Namen des Mannes notieren, der mich zurechtweisen würde.

„Rudolph Mayes."

Er schrieb es mit Großbuchstaben auf. „Ich bin sehr beschäftigt", erklärte er. „Würden Sie jetzt bitte gehen?" Er stand auf und wies mit zitternder Hand auf die Tür. Ich lächelte ihn an und ging hinaus.

Der Gehilfe hatte alles gehört. Als ich an seinem Tisch vorbeikam, wechselten wir verwunderte Blicke. „Was für ein Idiot", meinte er so leise, daß ich es von seinen Lippen ablesen mußte.

Ich lächelte abermals und nickte. Ein Idiot und obendrein ungehobelt. Wenn Chance mir freundlich erklärt hätte, Arthur oder irgendein anderes hohes Tier habe angeordnet, die Akte sei unter Verschluß zu halten, hätte ich keinen Verdacht geschöpft. Doch nun war offensichtlich, daß sie irgend etwas Interessantes enthielt.

Es würde nicht leicht sein, die Akte zu bekommen.

ANGESICHTS der vielen elektronischen Kommunikationsgeräte, die Claire und ich besaßen – Handy, Autotelefon, nicht zu vergessen diverse Pager –, hätte es ganz einfach sein müssen, miteinander in Verbindung zu bleiben. Doch in unserer Ehe war nichts einfach. Gegen neun Uhr abends telefonierten wir schließlich miteinander. Sie war erschöpft von einem Arbeitstag, der wie immer weit anstrengender gewesen war, als meine es je sein konnten. Es war ein Spiel, das wir bis an die Grenze ausreizten: Meine Arbeit ist wichtiger, weil ich Ärztin, weil ich Anwalt bin.

Sie fuhr einen Mazda MX 5, einen Sportwagen ohne Allradantrieb, und angesichts des schlechten Wetters machte ich mir ein wenig Sorgen um sie. Sie würde in einer Stunde fertig sein – etwa die Zeit, die ich brauchte, um zum Georgetown Hospital zu fahren. Ich würde sie abholen, und dann würden wir versuchen, uns auf ein Restaurant zu einigen. Sollte uns das nicht gelingen, würden wir uns etwas beim Chinesen holen. Wir lebten praktisch von chinesischem Essen.

Ich ordnete die Papiere und Gegenstände auf meinem Schreibtisch. Man erwartete, daß ich zweitausendfünfhundert Stunden pro Jahr in Rechnung stellte. Wenn man fünfzig Wochen zugrunde legt, waren das fünfzig Stunden pro Woche. Mein durchschnittlicher Honorarsatz lag bei dreihundert Dollar pro Stunde, und das hieß, daß ich meiner geliebten Kanzlei jährlich siebenhundertfünfzigtausend Dollar einbrachte. Davon bekam ich hundertzwanzigtausend sowie einen Bonus von dreißigtausend. Zweihunderttausend wurden für laufende Kosten aufgewendet, und der Rest ging an die Teilhaber und wurde jährlich nach einem unglaublich komplizierten Schlüssel aufgeteilt, über dessen Festlegung es gewöhnlich zu Schlägereien kam.

Es kam selten vor, daß ein Teilhaber weniger als eine Million im Jahr verdiente, und einige verdienten über zwei Millionen. Das war der Traum, der uns zu allen Tages- und Nachtzeiten an den Schreibtisch fesselte.

Das Telefon läutete. Es war Mordecai Green.

„Mr. Brock?" fragte er höflich. Seine Stimme war gut zu verstehen, mußte sich jedoch gegen viele Hintergrundgeräusche durchsetzen.

„Ja", antwortete ich. „Bitte nennen Sie mich Michael."

„Gut. Ich habe ein bißchen herumtelefoniert. Sie brauchen sich keine Sorgen zu machen – der Bluttest war negativ."

„Danke", sagte ich. Der Lärm im Hintergrund wurde lauter. „Wo sind Sie?"

„In einer Notunterkunft. Der Schnee treibt die Leute schneller herein, als wir sie füttern können, also sind alle Helfer im Einsatz. Ich muß an die Arbeit."

Ich sah mich in meinem schön ausgestatteten Zimmer um. Der Tisch war aus altem Mahagoni, der Teppich stammte aus Persien, die Sessel waren mit karminrotem Leder bezogen, alle technischen Geräte waren vom Neuesten und Feinsten. Ich dachte an Mordecai Green, der in diesem Augenblick als freiwilliger Helfer in einer überfüllten Notunterkunft Essen an frierende, hungrige Menschen austeilte, zweifellos mit einem warmen Lächeln und einem freundlichen Wort.

Wir hatten beide Jura studiert, hatten dieselben Prüfungen abgelegt und beherrschten die komplizierte Sprache der Juristen. Ich half meinen Mandanten, ihre Konkurrenten zu schlucken, damit die Bilanzsumme mehr Nullen aufwies, und dafür würde ich reich werden. Er half seinen Mandanten, etwas zu essen und ein warmes Bett zu finden.

Das Läuten des Telefons riß mich aus meinen Gedanken.

„Warum bist du noch im Büro?" fragte Claire. Sie sprach sehr langsam und deutlich, und jedes Wort war mit einer Eisschicht überzogen.

Ich sah ungläubig auf meine Uhr. „Ich ..., äh ..., ein Mandant von der Westküste hat angerufen. Bei denen schneit es nicht."

Ich glaube, ich hatte diese Lüge schon einmal benutzt. Es spielte keine Rolle.

„Ich warte, Michael. Soll ich lieber zu Fuß gehen?"

„Nein, ich komme, so schnell ich kann."

Ich rannte hinaus in den Schneesturm. Eigentlich machte es mir nicht sehr viel aus, daß wieder einmal ein Abend ruiniert war.

DREI

Endlich schneite es nicht mehr. Claire und ich saßen am Küchenfenster und tranken Kaffee. Ich las die Zeitung im Licht der strahlenden Morgensonne. Der Flughafen hatte nicht geschlossen werden müssen.

„Laß uns nach Florida fahren", sagte ich. „Jetzt gleich."

Sie bedachte mich mit einem vernichtenden Blick. „Florida?"

„Na gut, dann die Bahamas. Wir könnten heute nachmittag da sein."

„Geht nicht."

„Natürlich geht das. Ich werde ein paar Tage nicht arbeiten, und ..."

„Warum nicht?"

„Weil ich sonst noch verrückt werde. Und wenn in der Kanzlei jemand verrückt wird, kriegt er ein paar Tage frei."

„Ich glaube fast, es ist schon soweit."

„Ich weiß. Eigentlich macht es sogar Spaß. Die Leute fassen einen mit Samthandschuhen an. Ich fange an, es zu genießen."

Ihr Gesichtsausdruck wurde wieder hart. „Ich kann nicht."

Damit war der Vorschlag erledigt. Plötzlich hatte sie es eilig: Termine, Seminare, Visiten – das Leben einer ehrgeizigen jungen Assistenzärztin. Sie duschte, zog sich an und war bereit zu gehen. Ich fuhr sie zum Krankenhaus.

Während der Wagen durch die verschneiten Straßen kroch, sprachen wir kein Wort.

„Ich fliege für ein paar Tage nach Memphis", sagte ich, als wir am Eingang des Krankenhauses angekommen waren.

„Ach ja?" entgegnete sie ohne eine erkennbare Reaktion.

„Ich will meine Eltern besuchen. Das letzte Mal war ich vor fast einem Jahr bei ihnen, und jetzt ist eine gute Gelegenheit. Ich werde einfach ein bißchen verrückt."

„Tja ..., ruf mich an." Sie öffnete die Tür, stieg aus und warf sie zu – kein Kuß, kein Abschied, keine Anteilnahme.

Es war vorbei. Mir war unwohl bei dem Gedanken, daß ich es meiner Mutter würde sagen müssen.

MEINE Eltern waren Anfang Sechzig, erfreuten sich bester Gesundheit und bemühten sich tapfer, die Freuden eines vorzeitigen Ruhestands zu genießen. Mein Vater hatte dreißig Jahre lang Passagiermaschinen geflogen, meine Mutter war Filialleiterin einer Bank gewesen. Sie waren solide Menschen, konservativ, patriotisch, sie hatten keine schlechten Angewohnheiten und waren unerschütterlich in ihrer Liebe füreinander. Sie gingen sonntags in die Kirche und einmal pro Woche zum Rotary Club.

Noch heute, drei Jahre danach, waren sie traurig über die Scheidung meines Bruders Warner. Er war Anwalt in Atlanta und hatte seine Collegeliebe geheiratet, ein Mädchen aus Memphis, dessen Familie wir kannten. Nachdem sie zwei Kinder in die Welt gesetzt hatten, war die Ehe in die Brüche gegangen. Seine Frau hatte das Sorgerecht bekommen und war nach Portland, Oregon, gezogen. Meine Eltern sahen ihre Enkel einmal im Jahr, wenn alles gutging. Es war ein Thema, das ich nie anschnitt.

Am Flughafen in Memphis mietete ich mir einen Wagen und fuhr nach Osten in die ausufernden Vorstädte. Meine Eltern wohnten an einem Golfplatz, in einem neuen, mit sehr viel Glas ausgestatteten Haus, das so gebaut war, daß man aus jedem Fenster einen Fairway sehen konnte. Ich haßte dieses Haus, weil auf den Fairways ständig Spieler waren.

Ich hatte vom Flughafen aus angerufen, und meine Mutter begrüßte mich nun mit großer Freude. Mein Vater war irgendwo hinten am neunten Loch.

„Du siehst müde aus", meinte sie, nachdem sie mich umarmt und geküßt hatte.

„Danke, Mom. Du siehst großartig aus!" Und das stimmte. Sie war schlank und gebräunt, denn sie verbrachte täglich Stunden auf dem Tennisplatz und in einem Liegestuhl im Country Club.

Sie machte uns einen Eistee, den wir in der Loggia tranken, von wo wir anderen Pensionären zusehen konnten, wie sie in ihren Golfwagen über die Fairways fuhren.

„Was ist los?" fragte sie, noch bevor ich einen Schluck Tee getrunken hatte.

„Nichts. Mir geht's gut."

„Wo ist Claire? Ihr ruft uns nie an. Ich habe ihre Stimme seit zwei Monaten nicht gehört."

„Claire geht's gut, Mom. Wir sind beide gesund und munter und arbeiten sehr viel."

„Verbringt ihr genug Zeit miteinander?"

„Nein."

Sie runzelte die Stirn und sah mich mit mütterlicher Sorge an. „Seid ihr in Schwierigkeiten?"

„Ja."

„Ich wußte es. Ich wußte es. Ich hab's in deiner Stimme gehört, als du vorhin angerufen hast. Aber ihr wollt euch doch wohl nicht scheiden lassen? Habt ihr es mit einer Partnerschaftsberatung probiert?"

„Nein. Beruhige dich, Mom!"

„Affären? Drogen? Alkohol? Glücksspiele? Irgendwelche schlimmen Sachen?"

„Nein. Nur zwei Menschen, die getrennte Wege gehen. Ich arbeite achtzig Stunden pro Woche. Sie arbeitet die anderen achtzig."

„Dann arbeitet weniger. Geld ist nicht alles!" Ihre Stimme zitterte ein wenig, und in ihren Augen standen Tränen.

„Es tut mir leid, Mom. Wenigstens haben wir keine Kinder."

Sie biß sich auf die Unterlippe und versuchte, Haltung zu bewahren.

Aber ich wußte genau, was sie jetzt dachte. Sie würde meine Scheidung als ihr persönliches Versagen betrachten, genau wie damals bei meinem Bruder. Sie würde eine Möglichkeit finden, die Schuld auf sich zu nehmen.

Um zu einem interessanteren Thema überzuleiten, erzählte ich ihr von Mister und spielte die Gefahr, in der ich gewesen war, herunter. Vielleicht hatte die Geschichte nicht in den hiesigen Zeitungen gestanden, und wenn ja, dann hatten meine Eltern sie übersehen.

„Und dir ist nichts passiert?“ fragte sie entsetzt.

„Nein. Die Kugel ist an mir vorbeigeflogen. Ich bin hier.“

„Ist Claire allein sicher?“

„So sicher wie jeder andere in Washington. Sie lebt praktisch im Krankenhaus.“

„Wenn ich die Verbrechensstatistiken sehe, mache ich mir immer solche Sorgen um euch.“

Wir sahen, wie ein Ball in der Nähe der Loggia landete, und warteten auf seinen Besitzer. Eine dicke Frau wand sich aus einem Golfwagen, blieb bei dem Ball kurz stehen und drosch ihn in weitem Bogen ins Gebüsch.

Meine Mutter ging in die Küche, um mehr Tee zu holen und sich die Augen zu wischen.

SPÄTER am Nachmittag spielten mein Vater und ich neun Löcher. Ich erzählte ihm von der Geiselnahme.

„Ich bin diese große Kanzlei langsam leid, Dad“, sagte ich, als wir am dritten Abschlag warten mußten, bis der Vierer vor uns die Bahn freigab.

„Was meinst du damit?“

„Damit meine ich, daß ich meine Arbeit leid bin.“

„Herzlich willkommen in der Wirklichkeit. Meinst du vielleicht, der Mann, der in der Fabrik an der Drehbank steht, ist seine Arbeit nicht leid? Du wirst wenigstens reich dabei.“

Die erste Runde ging an ihn. Es war fast ein K.-o.-Sieg. Zwei Löcher später sagte er, während wir im Gebüsch nach seinem Ball suchten: „Willst du dir einen neuen Job suchen?“

„Ich denke darüber nach.“

„Und was schwebt dir vor?“

„Ich weiß es nicht. So weit bin ich noch nicht. Ich hab mich noch nicht umgesehen.“

„Wenn du dich noch nicht umgesehen hast, woher weißt du dann, daß ein neuer Job besser sein wird als der alte?“ Er hob den Ball auf und ging zurück zum Fairway.

Ich fragte mich, warum ich vor diesem weißhaarigen Mann so viel Angst hatte. Er hatte seine Söhne dazu angehalten, sich Ziele zu stecken, hart zu arbeiten, stark zu sein – und das alles, um viel Geld zu verdienen und den amerikanischen Traum zu leben. Wie meine Brüder besaß auch ich kein sehr hoch entwickeltes soziales Gewissen. Wir spendeten in die Kollekte, weil in der Bibel viel Wert auf das Almosengeben gelegt wurde. Wir zahlten Steuern, weil das gesetzlich vorgeschrieben war. Sicher wurde mit dem, was wir gaben, irgendwo und irgendwie etwas Gutes getan, und auf diese Weise hatten wir einen Anteil daran.

Das fünfte Loch beendete er mit zwei Schlägen über Par. Als er in den Wagen stieg, schob er die Schuld auf seinen Putter.

„Vielleicht suche ich gar nicht nach einem besseren Job“, erklärte ich.

„Warum sagst du nicht einfach, was du sagen willst?“ gab er zurück.

„Ich überlege, ob ich mich mehr für das Allgemeinwohl engagieren soll.“

„Was soll das denn heißen?“

„Das heißt, daß ich mich für die Interessen der Gesellschaft einsetzen und weniger Geld verdienen würde.“

„Was bist du – ein Anhänger der Demokratischen Partei/Democrats? Ich glaube, du bist schon zu lange in Washington.“

Wir fuhren schweigend zum nächsten Abschlag. Mein Vater war ein guter Golfer, aber seine Schläge wurden immer schlechter. Seine Konzentration war dahin.

Als wir wieder einmal durch das Gebüsch neben dem Fairway stapften, sagte er: „Habe ich das richtig verstanden: Irgendein Säufer von der Straße kriegt eine Kugel durch den Kopf, und du ziehst aus, um die Gesellschaft zu verändern?“

„Er war kein Säufer. Er war in Vietnam.“

Mein Vater hatte in den ersten Kriegsjahren B-52-Bomber geflogen. Meine Bemerkung ließ ihn verstummen – allerdings nur für einen Augenblick. Er war nicht bereit, auch nur um einen Zentimeter nachzugeben. „Einer von denen also.“

Ich gab keine Antwort.

„Ich will nicht zusehen, wie du eine gute Karriere aufgibst“, sagte er. „Du brauchst einen Urlaub, das ist alles.“

Alle Welt schien zu glauben, das sei ein Allheilmittel.

Zum Abendessen lud ich sie in ein gutes Restaurant ein. Wir

bemühten uns, die Themen Claire und meine Karriere zu vermeiden, und sprachen über alte Freunde und die Viertel, in denen wir früher gewohnt hatten. Ich ließ mir den neuesten Klatsch erzählen, obwohl er mich nicht im mindesten interessierte.

Am Freitag mittag, vier Stunden vor meinem Abflug, verabschiedete ich mich von meinen Eltern und wandte mich wieder meinem in Unordnung geratenen Leben in Washington zu.

NATÜRLICH war die Wohnung leer, als ich Freitag nacht zurückkam, aber diese Leere hatte eine besondere Qualität. Auf der Küchentheke fand ich einen Zettel: Claire war meinem Beispiel gefolgt und für ein paar Tage zu ihren Eltern in Providence gefahren. Einen Grund dafür nannte sie nicht. Sie bat mich, sie anzurufen, sobald ich wieder zu Hause sei.

Ich rief ihre Eltern an. Dort war man gerade beim Abendessen. Wir quälten uns durch fünf Minuten Geplauder und stellten fest, daß alles gut war: Uns ging es gut, in Memphis war es gut, in Providence war es gut, und Claire würde irgendwann am Sonntag nachmittag wieder in Washington sein.

Ich legte auf, machte mir einen Kaffee und trank ihn am Schlafzimmerfenster. Ich sah die Autos auf der noch immer schneebedeckten P Street dahinkriechen.

Ich hatte den Verdacht, daß Claire ihren Eltern dieselbe trostlose Geschichte erzählte, die ich meinen Eltern aufgebürdet hatte. Es war traurig und seltsam und dennoch eigentlich nicht erstaunlich, daß wir unseren Eltern reinen Wein einschenkten, bevor wir einander die Wahrheit eingestanden. Ich hatte genug davon.

Ich probierte die Worte, die ich zu ihr sagen würde, so lange aus, bis sie überzeugend klangen, und machte dann einen langen Spaziergang. Es herrschten zwölf Grad minus, und es ging ein scharfer Wind, so daß die Kälte durch meinen Trenchcoat drang. Ich ging an den hübschen Bungalows und gemütlichen Reihenhäusern vorbei, in denen ich richtige Familien essen und lachen und die Behaglichkeit ihrer Wohnung genießen sah, und kam schließlich an die M Street, wo sich die drängten, denen zu Hause die Decke auf den Kopf fiel. Ich stand im knöcheltiefen Schnee vor dem Fenster eines Musikklubs, hörte einen Blues und sah den jungen trinkenden und tanzenden Paaren zu. Zum erstenmal in meinem Leben fühlte ich mich nicht wie ein junger Mann. Ich war zweiunddreißig, aber in den vergangenen sieben Jahren hatte ich mehr gearbeitet als die meisten anderen in zwanzig Jahren. Ich war müde. Ich war nicht alt, aber ich steuerte auf die Mitte des

Lebens zu. Diese hübschen Mädchen da drinnen würden sich nicht mal nach mir umdrehen.

Mir war kalt, und es hatte wieder angefangen zu schneien. Ich kaufte mir ein Sandwich, stopfte es in die Tasche und stapfte zurück zu unserer Wohnung. Ich mixte mir einen starken Drink, machte ein kleines Feuer im Kamin, aß das Sandwich im Halbdunkel und fühlte mich sehr allein.

Früher hätte mir Claires Abwesenheit einen Grund gegeben, das Wochenende in der Kanzlei zu verbringen, ohne ein schlechtes Gewissen haben zu müssen. Jetzt, da ich am Kamin saß, fand ich diesen Gedanken abstoßend. Auch lange nachdem ich fort war, würde Drake & Sweeney blühen und gedeihen. Für die Kanzlei würde meine Kündigung nichts als ein kleines, kaum wahrnehmbares Schlagloch sein. Wenige Minuten nachdem ich mein Büro geräumt hatte, würde es einem anderen zugewiesen werden.

Kurz nach 21 Uhr läutete das Telefon und riß mich aus einem langen, düsteren Tagtraum. Es war Mordecai Green, der laut in ein Handy sprach. „Sind Sie sehr beschäftigt?" fragte er.

„Äh ..., eigentlich nicht. Wieso?"

„Es ist eiskalt, es schneit wieder, und wir haben hier zuwenig Helfer. Haben Sie ein paar Stunden Zeit?"

„Für was?"

„Für Arbeit. Wir brauchen wirklich ein paar Leute, die zupacken können."

„Ich weiß nicht, ob ich dafür qualifiziert bin."

„Können Sie Erdnußbutter-Sandwiches machen?"

„Ich glaube schon."

„Dann sind Sie qualifiziert."

„Okay, wohin soll ich kommen?"

Ich schrieb mir seine Wegbeschreibung auf, und meine Schrift wurde mit jedem Wort zittriger. Es war ein Weg in ein Kampfgebiet. Ich wollte mich schon erkundigen, ob ich eine Pistole einstecken sollte, und fragte mich, ob er eine trug. Aber er war schwarz und ich nicht.

„Haben Sie das?" knurrte er nach einer kurzen Pause. „Rechts steht eine gelbe Kirche, die Ebenezer Christian Fellowship. Wir sind im Keller."

„Ja. Ich bin in zwanzig Minuten da", sagte ich tapfer.

Ich zog mir Jeans, ein Sweatshirt und Designer-Wanderstiefel an und nahm die Kreditkarten und das meiste Bargeld aus meiner Brieftasche. Ganz oben im Schrank fand ich eine alte, mit Wollstoff gefütterte

Jeansjacke, die Kaffee- und Farbflecken hatte, ein Relikt aus meiner Studienzeit. Ich hoffte, daß ich damit einen abgerissenen Eindruck machen würde. Ich wünschte mir eine kugelsichere Weste. Ich hatte Angst, doch als ich die Tür abschloß und hinaus in den Schnee trat, spürte ich auch eine eigenartig positive Aufregung.

Ich wurde weder zur Zielscheibe für Schüsse aus vorbeifahrenden Wagen noch Opfer eines Überfalls irgendeiner Straßengang. Im Augenblick sorgte das Wetter dafür, daß die Straßen leer und sicher waren. Ich fand die Kirche und parkte auf dem Grundstück gegenüber. Vor einem Seiteneingang standen dicht aneinandergedrängt einige Männer. Ich schob mich an ihnen vorbei, als wüßte ich genau, wohin ich wollte, und betrat die Welt der Obdachlosen.

Ich wollte eigentlich einfach weitergehen und so tun, als hätte ich das alles schon oft gesehen und eine Menge Arbeit zu erledigen, doch ich konnte mich nicht rühren. Ich starrte verwundert auf diese Masse von armen Menschen, die sich im Keller drängten. Einige lagen auf dem Boden und versuchten zu schlafen. Andere saßen an langen Tischen und aßen. Entlang den Wänden war kein Fußbreit mehr frei: Überall saßen Menschen. Kleine Kinder weinten oder spielten, und ihre Mütter versuchten, sie im Auge zu behalten. Freiwillige Helfer gingen umher und verteilten Äpfel und Decken.

Die Küche war am anderen Ende des Raums. Hier herrschte geschäftiges Treiben: Das Essen wurde gekocht und ausgegeben. Im Hintergrund sah ich Mordecai, der Fruchtsaft in Pappbecher goß. An der Ausgabe wartete geduldig eine Menschenschlange.

Ich ging direkt zu Mordecai, der entzückt war, mich zu sehen. Wir schüttelten uns die Hände wie alte Freunde. „Es ist der Wahnsinn“, meinte er. „Es muß nur einmal lange schneien, es muß nur mal richtig kalt werden, und schon arbeiten wir die ganze Nacht durch. Das Brot ist da drüben.“ Er zeigte auf ein Tablett mit geschnittenem Weißbrot. Ich nahm es und folgte ihm zu einem Tisch.

„Es ist sehr kompliziert. Hier ist Wurst, und da sind Senf und Mayo. Die eine Hälfte der Sandwiches bestreichen Sie mit Senf, die andere mit Mayo. Eine Scheibe Wurst, zwei Scheiben Brot. Ab und zu können Sie mal ein Dutzend mit Erdnußbutter machen. Kapiert?“

„Ja.“

„Sie haben eine schnelle Auffassung.“ Er klopfte mir auf die Schulter und verschwand.

Ich machte schnell zehn Sandwiches und fand mich tüchtig. Dann verlangsamte ich mein Tempo und betrachtete bei der Arbeit die Menschen, die in der Schlange warteten. Sie sahen zu Boden, warfen aber immer wieder Blicke auf das Essen an der Ausgabe. Sie bekamen einen Pappteller, eine Plastikschüssel, einen Löffel und eine Serviette. Die Schüssel wurde mit Suppe gefüllt, auf den Teller kamen ein halbes Sandwich, ein Apfel und ein Keks, und am Ende der Theke gab es einen Pappbecher mit Apfelsaft.

Die meisten sagten leise „Danke" zu den Helfern, die den Saft ausgaben, und gingen weiter. Sie balancierten behutsam den Teller und die Schüssel, und selbst die Kinder waren still und vorsichtig.

„Wir brauchen mehr Erdnußbutter-Sandwiches", erklärte Mordecai im Vorbeigehen. Er griff unter den Tisch und zog einen Zehnliterkanister Erdnußbutter hervor. „Kommen Sie damit zurecht?"

„Darin bin ich Experte", entgegnete ich.

Er sah mir zu. Die Schlange war gerade nicht sehr lang; er wollte reden.

„Ich dachte, Sie seien Rechtsanwalt", sagte ich und strich Erdnußbutter auf die Brote.

„Ich bin in erster Linie Mensch und dann erst Rechtsanwalt. Man kann das durchaus miteinander vereinbaren. Nicht so dick – wir müssen sparen."

„Woher kommt das Essen eigentlich?"

„Von der Lebensmittelsammelstelle. Alles gespendet. Heute abend haben wir Glück – wir haben Suppenhühner gekriegt. Meistens gibt's nur Gemüse."

„Das Brot ist nicht gerade frisch."

„Dafür ist es aber umsonst. Es kommt von einer Großbäckerei – die schicken uns das Zeug vom Vortag." Er setzte sich auf die Tischkante und ließ den Blick über die Menge schweifen. „Ist das Ihr erster Besuch in einer Notunterkunft?" fragte er.

„Ja."

„Was ist das erste Wort, das Ihnen dazu einfällt?"

„Hoffnungslos."

„Das war nicht anders zu erwarten. Aber darüber kommen Sie schon hinweg."

„Wie viele Menschen leben hier?"

„Keiner. Das hier ist nur eine zeitweilige Unterkunft. Die Küche gibt jeden Tag Mittag- und Abendessen aus, aber eigentlich ist es keine Notunterkunft. Die Kirche ist so freundlich, die Türen zu öffnen, wenn das Wetter schlecht ist."

Ich versuchte zu begreifen. „Aber wo leben diese Leute dann?"

„Einige sind Hausbesetzer, doch die meisten leben auf der Straße, in Parks, in Busstationen, unter Brücken. Da können sie überleben, solange das Wetter einigermaßen freundlich ist. Aber heute nacht würden sie erfrieren."

„Und wo sind die Notunterkünfte?"

„Über die ganze Stadt verstreut. Es gibt ungefähr zwanzig."

„Wie viele Betten?"

„So um die fünftausend."

„Und wie viele Obdachlose?"

„Zehntausend ist eine gute Schätzung, und das sind nur die, die auf der Straße leben. Es gibt wahrscheinlich noch einmal zwanzigtausend, die bei Familienangehörigen oder Freunden leben und demnächst obdachlos sein werden."

Ein Helfer rief nach mehr Brot. Mordecai half mir, und gemeinsam machten wir noch ein Dutzend Erdnußbutter-Sandwiches. Die Tür ging auf, und eine junge Mutter mit einem Baby auf dem Arm trat langsam ein. Drei kleine Kinder folgten ihr. Eines davon trug eine kurze Hose, verschiedene Strümpfe und keine Schuhe. Das Baby schlief anscheinend.

Die Mutter schien benommen zu sein und nicht zu wissen, wohin sie sich wenden sollte. Sie führte ihre Kinder zur Essenausgabe, und zwei Helfer traten lächelnd vor. Der eine führte sie zu einer Ecke in der Nähe der Küche und gab ihnen etwas zu essen, während der andere sie mit Decken versorgte. Mordecai und ich verfolgten das Geschehen.

„Was geschieht mit ihr, wenn der Schneesturm vorüber ist?" fragte ich.

„Wer weiß? Warum fragen Sie sie nicht selbst?"

Damit war ich am Zug. Aber ich war noch nicht bereit, die Initiative zu ergreifen. Wir sahen weiter der Mutter und ihren vier Kindern zu. Die kleinen aßen zuerst ihren Keks und warteten darauf, daß ihre Suppe abkühlte. Die Mutter hatte entweder Drogen genommen oder stand unter Schock.

„Gibt es einen Ort, wo sie für eine Weile wohnen könnten?" fragte ich.

„Wahrscheinlich nicht", antwortete Mordecai. „Gestern standen auf der Warteliste für die Behelfsunterkunft fünfhundert Namen."

Der Hilfskoch konnte nicht länger bleiben, und da ich der einzige Helfer war, der im Augenblick nichts zu tun hatte, wurde ich dienstverpflichtet. Während Mordecai Sandwiches machte, schnitt ich eine

Stunde lang Zwiebeln, Sellerie und Karotten, alles unter den wachsamen Augen von Miß Dolly, einer der Gründerinnen dieser Kirchengemeinde. Seit elf Jahren gab sie nun schon Essen an die Obdachlosen aus. Es war ihre Küche.

„Haben Sie sich eigentlich an den Anblick dieser Menschen gewöhnt?“ fragte ich sie irgendwann.

„Nein, nie“, erwiderte sie und wischte sich die Hände an einem Handtuch ab. „Es bricht mir immer noch das Herz. Aber im Buch der Sprüche Salomos heißt es: ‚Glücklich der Mann, der die Armen speist.‘ Und das gibt mir Kraft.“

Sie drehte sich um und rührte in der Suppe. „Das Huhn ist fertig“, sagte sie in meine Richtung.

„Und was heißt das?“

„Das heißt, daß Sie den Topf vom Herd nehmen, die Brühe in diesen Topf da abgießen, das Huhn abkühlen lassen und es auslösen.“

Das Auslösen war eine Kunst, jedenfalls wenn man Miß Dollys Methode anwendete. Danach waren meine Hände heiß und voller Blasen.

NACHDEM sie den Herd ausgestellt hatte, machte Miß Dolly Kaffee für die freiwilligen Helfer. Die Obdachlosen legten sich schlafen.

Mordecai und ich setzten uns in der dunklen Küche auf einen Tisch, tranken Kaffee und betrachteten durch das große Fenster der Ausgabe die in Decken gehüllten Menschen. „Wann fahren Sie nach Hause?“ fragte ich.

Er zuckte die Schultern. „Kommt darauf an. Wenn ein paar hundert Leute in einem Raum zusammen sind, passiert meistens was. Der Pfarrer möchte, daß ich noch bleibe.“

„Die ganze Nacht?“

„Das hab ich schon oft gemacht.“

Ich hatte nicht vor, hier, unter all diesen Menschen, zu schlafen. Und ebensowenig hatte ich vor, ohne Mordecais Schutz das Gebäude zu verlassen.

„Sie können gehen, wann immer Sie wollen“, sagte er.

„Sind Sie verheiratet?“ fragte ich Mordecai.

„Ja. Meine Frau ist Sekretärin im Arbeitsministerium. Wir haben drei Söhne. Einer ist auf dem College, einer in der Armee.“ Er zögerte, als er zum dritten Sohn kam. „Und einen haben wir vor zehn Jahren auf den Straßen von Washington verloren. Streetgangs.“

„Das tut mir leid.“

„Und was ist mit Ihnen?"

„Verheiratet, keine Kinder." Ich dachte an Claire. Wie hätte sie reagiert, wenn sie gewußt hätte, wo ich war? Es war mir gleichgültig.

„Was macht Ihre Frau?" fragte er im Plauderton.

„Sie ist Assistenzärztin auf der chirurgischen Station im Georgetown Hospital."

„Dann gehen Sie ja herrlichen Zeiten entgegen. Ihre Frau wird Chirurgin, und Sie werden Teilhaber in einer großen Kanzlei. Und dann ist wieder ein amerikanischer Traum Wirklichkeit geworden."

„Kann sein."

Mit einemmal stand Miß Dolly neben uns und zog Mordecai zum Ende der Küche, um in gedämpftem Ton mit ihm zu sprechen. Ich nahm vier Kekse aus der Schüssel und ging zu der Ecke, in der die junge Mutter saß und schlief. Sie hatte sich ein Kissen unter den Kopf geschoben und hielt das Baby im Arm. Die beiden kleineren Kinder lagen reglos unter ihren Decken, doch das älteste, ein Junge, war wach.

Ich hockte mich neben ihm hin und bot ihm einen Keks an. Seine Augen leuchteten, und er griff danach und aß ihn bis auf den letzten Krümel auf. Dann wollte er noch einen. Er war klein und mager, nicht älter als vier Jahre.

„Wie heißt du?" flüsterte ich dem kleinen Jungen zu.

„Ontario", antwortete er langsam und deutlich und streckte die Hand nach einem weiteren Keks aus, den ich ihm gern gab. Ich hätte ihm alles gegeben.

„Wo schlaft ihr sonst?" flüsterte ich.

„In einem Wagen", flüsterte er zurück.

Es dauerte einen Augenblick, bis ich begriffen hatte, was er da sagte. Sie lebten in einem Wagen.

Am liebsten wäre ich zu Mordecai gerannt und hätte ihn gefragt, was man tun mußte, wenn man Menschen fand, die in einem Wagen lebten, doch ich blieb und lächelte Ontario zu. Er lächelte zurück. Schließlich fragte er: „Kann ich noch mehr Apfelsaft haben?"

„Klar", antwortete ich, ging in die Küche und füllte zwei Becher.

Den ersten trank er in einem Zug aus. Ich reichte ihm den zweiten.

„Wie heißt das Zauberwort?" fragte ich.

„Danke", sagte er und streckte die Hand nach einem Keks aus.

Ich trieb einen Klappstuhl auf und setzte mich neben Ontario an die Wand. Zeitweise war es ruhig im Keller, wenn auch nicht still. Hin und wieder stieg Mordecai über Schlafende hinweg, um einen Streit zu schlichten. Er war so groß und einschüchternd, daß niemand es wagte, an seiner Autorität zu zweifeln.

Ontarios Bauch war wieder gefüllt, und er nickte ein. Sein kleiner Kopf lag auf den Füßen seiner Mutter.

Dann begann das Baby zu schreien. Sein jämmerliches Weinen erklang mit erstaunlicher Lautstärke und schien sich in Wellen im ganzen Raum auszubreiten. Die Mutter war benommen, müde und verärgert, weil sie geweckt worden war. Sie sagte dem Baby, es solle den Mund halten, legte es sich auf die Schulter und wiegte sich vor und zurück. Aber es schrie nur noch mehr.

Ohne nachzudenken, beugte ich mich vor und nahm ihr das Kind ab. Dabei lächelte ich sie an, um ihr Vertrauen zu gewinnen. Es war ihr gleichgültig – sie war froh, das Kind loszuwerden.

Das Baby wog so gut wie nichts und war tropfnaß. Das merkte ich allerdings erst, als ich es an meine Schulter legte und ihm beruhigend den Rücken klopfte. Ich ging in die Küche und suchte verzweifelt nach Mordecai oder einem anderen Helfer, der mich retten würde. Zu meiner Überraschung und Erleichterung verstummte das Baby, als ich um den Herd herumging, ihm auf den Rücken klopfte, beruhigende Laute von mir gab und nach einem Handtuch oder etwas Ähnlichem suchte. Meine Hand war feucht.

Was würden meine Freunde denken, wenn sie sehen könnten, wie ich in dieser dunklen Küche umherging und dem Baby einer Obdachlosen etwas vorsummte?

Mordecai erschien und schaltete das Licht an. „Wie süß", sagte er.

„Gibt's hier irgendwo Windeln?" flüsterte ich.

„Pipi oder Kaka?" fragte er freundlich und ging zu einem Schrank.

„Weiß ich nicht. Machen Sie schnell."

Er holte eine Packung Windeln aus dem Schrank, und ich drückte ihm das Baby in den Arm. Meine Jeansjacke hatte einen großen, nassen Fleck an der linken Schulter. Mit beeindruckender Geschicklichkeit legte er das Kind auf die Arbeitsfläche, zog ihm die nasse Windel aus – wobei sich herausstellte, daß es sich um ein Mädchen handelte –, wischte es mit einem Öltuch ab und zog ihm eine frische Windel an. „Hier", sagte er stolz und gab es mir zurück. „So gut wie neu!"

„So etwas lernt man beim Jurastudium nicht", meinte ich. Ich ging eine Stunde lang auf und ab, bis das Baby eingeschlafen war. Dann wickelte ich es in meine Jacke und legte es vorsichtig zwischen seine Mutter und Ontario.

Inzwischen war es fast drei Uhr morgens. Ich mußte gehen. Mehr als das konnte mein gerade erst wieder erwachtes Gewissen nicht ertragen. Mordecai begleitete mich bis zur Tür, dankte mir für mein Kommen und schickte mich ohne Jacke hinaus in die Nacht. Mein Wagen stand dort, wo ich ihn geparkt hatte. Er war schneebedeckt.

Als ich davonfuhr, stand Mordecai vor der Kirche und sah mir nach.

VIER

Seit dem vergangenen Dienstag, als ich Mister begegnet war, hatte ich für Drake & Sweeney keine einzige Stunde in Rechnung gestellt. In fünf Jahren hatte ich im Durchschnitt acht Stunden am Tag berechnet, sechs Tage pro Woche, und noch ein paar Stunden am Sonntag. Kein Wunder, daß Claire lieber Medizin studierte.

Als ich am späten Samstag morgen an die Schlafzimmerdecke starrte, fühlte ich mich wie gelähmt. Ich wollte nicht in die Kanzlei fahren. Wenn ich an die ordentlichen Reihen rosafarbener Telefonnotizen dachte, die Polly auf meinen Schreibtisch gelegt hatte, an die Memos von den Teilhabern aus den oberen Etagen, an die neugierigen Fragen, an die Gerüchteküche, packte mich das Grauen. Und vor der Arbeit graute es mir am meisten. Kartellfälle waren lang und schwierig, und die Akten waren so dick, daß sie in Kartons aufbewahrt werden mußten. Und wozu das Ganze? Eine milliardenschwere Gesellschaft kämpfte gegen eine andere, und hundert Rechtsanwälte waren damit beschäftigt, bedrucktes Papier zu produzieren.

Ich gestand mir ein, daß ich meine Arbeit noch nie sonderlich geliebt hatte. Sie war ein Mittel zum Zweck. Unter Aufbietung aller Willenskraft schaffte ich es, aufzustehen und unter die Dusche zu gehen.

Mein Frühstück bestand aus einem Croissant von einer Bäckerei in der M Street und einer Tasse starkem Kaffee. Ich aß und trank mit einer Hand am Steuer und fragte mich, was Ontario wohl zum Frühstück bekam, ermahnte mich aber, mich nicht selbst zu quälen. Ich hatte das Recht zu essen, ohne mich schuldig zu fühlen.

Im Radio hieß es, die Tagestemperaturen würden voraussichtlich zwischen minus siebzehn und minus sieben Grad liegen; mit Schnee sei erst in einer Woche wieder zu rechnen.

ERST in der Lobby wurde ich von einem meiner Brüder im Geiste angesprochen. Bruce Soundso von der Abteilung für Öffentlichkeitsarbeit trat mit mir in den Aufzug und sagte ernst: „Wie geht's Ihnen, mein Freund?“

„Prima. Und Ihnen?“ gab ich zurück.

„Okay. Wir hängen uns für Sie rein. Bleiben Sie am Ball.“

Ich nickte, als wäre seine Unterstützung von entscheidender Bedeutung. Zum Glück stieg er in der ersten Etage aus, allerdings nicht ohne mir auf die Schulter zu klopfen wie ein Basketballspieler im Umkleideraum. Mach sie fertig, Bruce.

Ich war angeschlagen. Meine Schritte wurden langsamer, als ich an Madame Deviers Tisch und dem Konferenzraum vorbeiging. In meinem Büro ließ ich mich erschöpft in den lederbezogenen Drehsessel fallen.

Mitten auf meinem Schreibtisch breitete sich ein Meer von rosa Telefonnotizen aus, die in chronologischer Reihenfolge sortiert waren. Ich zählte neununddreißig Zettel, einige davon mit dem Vermerk „Dringend“. Nach der von Polly gelegten Spur schien insbesondere Rudolph irritiert. Erst einmal wollte ich aber meinen Kaffee austrinken, in Ruhe und ohne Druck, und so saß ich an meinem Schreibtisch, die Tasse in beiden Händen, starrte ins Leere und hatte vermutlich große Ähnlichkeit mit einem Mann am Rand des Abgrunds, als Rudolph hereinkam.

„Hallo, Michael“, sagte er knapp und setzte sich.

„Hallo, Rudy“, grüßte ich. Ich hatte ihn noch nie Rudy genannt, immer nur Rudolph. Seine gegenwärtige Frau und die Teilhaber nannten ihn Rudy und sonst niemand.

„Wo haben Sie gesteckt?“

„In Memphis.“

„In Memphis?“

„Ja. Ich mußte meine Eltern mal wieder sehen. Außerdem ist dort unser Psychiater.“

„Ein Psychiater?“

„Ja. Er hat mich für ein paar Tage unter Beobachtung gehabt, in einer dieser hübschen kleinen Kliniken mit Orientteppichen in den Zimmern und Räucherlachs zum Frühstück. Tausend Dollar pro Tag.“

„Zwei Tage? Sie waren zwei Tage dort?“

„Ja.“ Das Lügen fiel mir leicht – ich hatte kein schlechtes Gewissen. Wenn sie es für angebracht hielt, konnte die Kanzlei hart, ja rücksichtslos sein, und ich hatte nicht vor, mich von Rudolph zusammenstauchen zu lassen. Er hatte einen Marschbefehl vom Vorstand. Sollte es mir gelingen, sein Herz zu rühren, würde das Leben für eine kurze Zeit leichter sein.

Nach einer langen Pause sagte er: „Fühlen Sie sich wieder gut?"

„Der Psychiater hat gesagt, es geht mir gut."

„Hundert Prozent?"

„Hundertzehn Prozent. Kein Problem, Rudolph. Ich hab bloß ein paar Tage ausspannen müssen, das ist alles. Mir geht's gut. Ich bin wieder voll da."

Das war alles, was Rudolph hören wollte. Er lächelte, entspannte sich und erklärte: „Wir haben viel zu tun."

„Ich weiß. Ich kann's kaum erwarten."

Er rannte praktisch aus meinem Büro. Wahrscheinlich würde er gleich zum Telefon greifen und melden, daß eine der vielen Produktivkräfte der Kanzlei wieder auf dem Posten war.

Ich verriegelte die Tür, schaltete das Licht aus und verbrachte eine qualvolle Stunde damit, meinen Schreibtisch mit beschriebenem Papier zu bedecken. Es kam zwar nichts dabei heraus, aber ich leistete honorarfähige Arbeit.

Als ich es nicht mehr aushielt, stopfte ich die Telefonnotizen in meine Jackentasche und ging hinaus. Ich konnte ungesehen entkommen.

ICH HIELT an einem großen Supermarkt an der Massachusetts Avenue und gab mich einem angenehmen Kaufrausch hin: Schokolade und kleine Spielzeuge für die Kinder, Seife und Toilettenartikel für alle, Strümpfe und Jogginghosen in verschiedenen Kindergrößen, eine große Packung Windeln. Ich hatte noch nie soviel Spaß daran gehabt, zweihundert Dollar auszugeben.

Und ich würde auch das nötige Geld ausgeben, um ihnen einen warmen, trockenen Platz zu verschaffen. Wenn sie für einen Monat in ein Motel ziehen mußten – kein Problem. Sie würden bald meine Mandanten sein, und ich würde mit Freuden so lange drohen und prozessieren, bis sie eine angemessene Wohnung hatten. Ich konnte es kaum erwarten, jemanden zu verklagen.

Ich parkte gegenüber der Kirche und hatte weniger Angst als in der Nacht zuvor, war aber auf der Hut. Es erschien mir klüger, meine Geschenkpakete im Wagen zu lassen. Wenn ich hier auftrat wie der Weihnachtsmann, würde es einen Tumult geben.

Miß Dolly freute sich, mich zu sehen. Sie begrüßte mich und zeigte auf einen Haufen Gemüse, das geputzt werden mußte. Bevor ich mich an die Arbeit machte, sah ich mich nach Ontario und seiner Familie um, konnte sie aber nirgends entdecken.

„Wohin könnten sie gegangen sein?" fragte ich Miß Dolly, während ich das Gemüse putzte.

„Mein Lieber, diese Leute sind ständig in Bewegung. Sie gehen von Suppenküche zu Suppenküche, von Notunterkunft zu Notunterkunft. Man kann es nicht wissen."

Als sich die Schlange für das Mittagessen bildete, erschien Mordecai. Ich sah ihn, bevor er mich bemerkte, und als sein Blick auf mich fiel, strahlte er über das ganze Gesicht.

Ein neuer Helfer schmierte Brote; Mordecai und ich arbeiteten an der Ausgabe, tauchten Kellen in Töpfe und füllten Suppe in Plastikschüsseln. Das war eine regelrechte Kunst: zuviel Brühe, und der Empfänger runzelte finster die Stirn, zuviel Gemüse, und im Topf würde bald nur noch Brühe sein. Mordecai hatte seine Technik schon vor Jahren perfektioniert, ich dagegen bekam eine Reihe wütender Blicke ab, bevor ich den Bogen heraushatte.

Als der Mittag näher rückte, stand die Tür nicht mehr still, und die Schlange wurde länger. Ich hielt weiter nach Ontario Ausschau. Der kleine Bursche wußte noch nicht, daß der Weihnachtsmann auf ihn wartete.

Als die Schlange schließlich verschwunden war, holten Mordecai und ich uns selbst ein Sandwich.

„Erinnern Sie sich an die Windel, die Sie gestern gewechselt haben?" fragte ich Mordecai.

„Wie könnte ich das vergessen?"

„Ich hab die Familie heute noch nicht gesehen."

Er kaute und dachte einen Augenblick lang nach. „Als ich heute morgen ging, waren sie noch hier."

„Um wieviel Uhr war das?"

„Um sechs. Sie waren da drüben, in der Ecke, und haben tief geschlafen."

„Wohin sind sie wohl gegangen?"

„Das kann man nicht wissen."

„Der kleine Junge hat mir erzählt, daß sie in einem Wagen wohnen."

„Und jetzt wollen Sie ihn finden, stimmt's?"

„Ja."

„Rechnen Sie lieber nicht damit. Obdachlose sind rastlos", erklärte Mordecai. „Sie haben Gewohnheiten und Rituale, sie haben Freunde, Lieblingsplätze und Dinge, die sie erledigen wollen. Sie gehen wieder in ihre Parks und Gassen und suchen sich ein schneefreies Fleckchen."

„Draußen sind minus fünf Grad. Gestern nacht waren es minus zwanzig."

„Sie kommen wieder. Warten Sie, bis es dunkel wird, dann ist es hier wieder brechend voll. Kommen Sie – wir fahren ein bißchen herum."

Wir sagten Miß Dolly Bescheid, die uns für eine Weile beurlaubte.

Mordecais ziemlich mitgenommener Ford Taunus stand auf dem Parkplatz.

Schon nach wenigen Sekunden Fahrt war mir klar, daß Mordecai ein entsetzlicher Fahrer war. Ich wollte den Sicherheitsgurt anlegen, doch das Schloß funktionierte nicht. Mordecai schien es nicht zu bemerken.

Wir fuhren durch die gut geräumten Straßen von Northwest, vorbei an Blocks von Mietshäusern, die mit Brettern vernagelt waren, an Sozialsiedlungen, die so verrufen waren, daß Krankenwagenfahrer sich weigerten hierherzukommen, an Schulen, deren Zäune von Stacheldraht gekrönt waren, durch Gegenden, in denen Unruhen unauslöschliche Narben hinterlassen hatten. Mordecai war ein beeindruckender Führer. Hier gehörte jeder Quadratzentimeter zu seinem Revier, jede Ecke, jede Straße hatte eine Geschichte zu erzählen. Wir kamen an anderen Notunterkünften und Suppenküchen vorbei. Er kannte die Köchinnen und die Pfarrer. Die Kirchen waren entweder gut oder schlecht – Abstufungen gab es nicht. Entweder öffneten sie den Obdachlosen ihre Türen, oder sie hielten sie verschlossen. Er zeigte mir die Law School in Howard, einen Ort, der ihn mit immensem Stolz erfüllte. Sein Studium hatte fünf Jahre gedauert. Er hatte abends gelernt und außerdem einen Voll- und einen Teilzeitjob gehabt. Er zeigte mir ein ausgebranntes Mietshaus, in dem früher Crack verkauft worden war. Sein dritter Sohn Cassius war auf dem Bürgersteig vor dem Haus gestorben.

Als wir in der Nähe seines Büros waren, fragte er mich, ob ich etwas dagegen hätte, wenn er kurz nach seiner Post sehe. Ich hatte überhaupt nichts dagegen. Schließlich gab es für mich ja ohnehin nichts zu tun.

Das Büro war dämmrig, kalt und leer. Er schaltete das Licht an und sagte: „Wir sind zu dritt: Sofia Mendoza, Abraham Lebow und ich. Sofia ist eigentlich Sozialarbeiterin, aber sie versteht mehr vom Sozialrecht als Abraham und ich zusammen." Ich folgte ihm zwischen den mit Papier übersäten Schreibtischen hindurch. „Früher waren hier sieben Anwälte zusammengepfercht. Können Sie sich das vorstellen? Damals kriegten Rechtsbeistände für Bedürftige einen Zuschuß von der Regierung. Jetzt bekommen wir keinen Cent mehr."

„Wem gehört das Haus?“ fragte ich.

„Der Cohen-Stiftung. Leonard Cohen war der Gründer einer großen New Yorker Kanzlei. Er ist 1986 gestorben – muß fast hundert Jahre alt gewesen sein. Er hat sein Leben lang nie etwas anderes getan, als Geld zu scheffeln, und eine seiner zahlreichen Stiftungen ist für Anwälte bestimmt, die Obdachlosen helfen. So ist dieses Büro entstanden. Ich wurde 1983 eingestellt und 1984 zum Direktor befördert.“

„Alles Geld stammt aus einer einzigen Quelle?“

„Praktisch alles. Im letzten Jahr hat uns die Stiftung hundertzehntausend Dollar gegeben. Im Jahr davor waren es hundertfünfzigtausend gewesen, also mußten wir einen Anwalt entlassen. Der Betrag wird jedes Jahr kleiner. Die Stiftungsgelder werden nicht gut verwaltet, und jetzt fressen die Kosten langsam das Kapital auf. Ich bezweifle, daß wir in fünf Jahren noch hiersein werden. Vielleicht können wir noch drei Jahre durchhalten.“

„Können Sie nicht anderswo Geld auftreiben?“

„Klar. Letztes Jahr haben wir neuntausend Dollar zusammengekriegt. Aber das kostet Zeit. Entweder wir leisten juristische Hilfe, oder wir versuchen, Spenden zu sammeln. Sofia kann nicht gut mit Leuten umgehen. Abraham ist auch nicht besonders verbindlich. Bleiben also nur ich und meine charismatische Persönlichkeit.“

Wir waren mittlerweile in seinem Büro angelangt. Ich setzte mich ihm gegenüber.

„Haben Sie vergessen, die Heizungsrechnung zu bezahlen?“ fragte ich und zitterte am ganzen Körper.

„Wahrscheinlich. Das Klima macht uns nichts aus. Unsere Mandanten frieren und haben Hunger – warum sollten wir uns also darüber beklagen? Hatten Sie ein schlechtes Gewissen, als Sie heute morgen gefrühstückt haben?“

„Ja.“

Er lächelte mich an wie ein weiser alter Mann, dem nichts fremd ist. „Das ist ganz normal. Früher haben hier eine ganze Menge junger Anwälte aus großen Kanzleien ausgeholfen – ich nenne sie immer ‚Wohltätigkeitsfreaks‘ –, und alle haben mir erzählt, daß sie als erstes das Interesse am Essen verloren haben.“ Er tätschelte seinen dicken Bauch. „Aber das geht vorbei.“

„Was haben diese Wohltätigkeitsfreaks gemacht?“ fragte ich. Ich wußte, daß ich mich dem Köder näherte, und Mordecai wußte, daß ich es wußte.

„Wir haben sie in die Notunterkünfte geschickt. Sie haben mit den

Mandanten gesprochen, und wir haben die Fälle beaufsichtigt. Die meisten sind einfach: Der Anwalt ruft irgendeinen schwerfälligen Bürokraten an und macht ihm Beine. Da geht es um Lebensmittelmarken, Veteranenpensionen, Mietzuschüsse, medizinische Versorgung, Beihilfen für Kinder und so weiter. Ein Viertel unserer Arbeit hat mit Beihilfen zu tun."

Ich hörte aufmerksam zu. Mordecai konnte offenbar meine Gedanken lesen und begann, die Schnur einzuholen.

„Wissen Sie, Michael, die Obdachlosen haben keine Stimme. Niemand hört ihnen zu, niemand kümmert sich um sie, und sie erwarten auch gar keine Hilfe. Wenn sie also versuchen, ihren Anspruch telefonisch durchzusetzen, kommen sie nicht weit. Sie landen in der Warteschleife, und da bleiben sie dann. Niemand ruft je zurück. Aber sobald ein Anwalt am Apparat ist, der laut wird und diesem Burschen die Hölle heiß macht, passiert plötzlich was. Der Beamte ist motiviert, Akten werden bearbeitet."

Er sprach lauter und gestikulierte mit beiden Händen. Offenbar war Mordecai der geborene Geschichtenerzähler. Ich hatte den Verdacht, daß er es verstand, Geschworene sehr wirkungsvoll zu bearbeiten.

Mordecai erzählte mir eine Geschichte nach der anderen, und in allen war der Armenanwalt der Held, und seine Mandanten gingen als Sieger hervor. Ich wußte, daß zu seinem Repertoire mindestens ebenso viele, vielleicht sogar noch mehr herzzerreißende Geschichten gehörten, aber im Augenblick bereitete er nur den Boden.

Ich achtete nicht auf die Zeit. Seine Post würdigte Mordecai keines Blickes. Schließlich gingen wir wieder hinaus und fuhren zur Notunterkunft.

MISS DOLLY hatte irgendwo einen ganzen Berg Suppenhühner aufgetrieben und wartete bereits auf mich. Sie kochte die Hühner, und ich zerlegte sie.

Mordecais Frau JoAnne half uns, als der Andrang am größten war. Sie war ebenso freundlich wie ihr Mann und hatte beinahe seine Statur. Beide Söhne waren über zwei Meter groß. Cassius war zwei Meter zehn groß gewesen, ein umworbener Basketballspieler, als er mit siebzehn Jahren erschossen worden war.

Um Mitternacht fuhr ich nach Hause. Von Ontario und seiner Familie keine Spur.

DER SONNTAG begann mit einem spätmorgendlichen Anruf von Claire und einem abermaligen gezwungenen Geplauder, mit dem sie verbrämte, daß sie mir nur ihre Ankunftszeit mitteilen wollte. Ich schlug vor, in unserem Lieblingsrestaurant zu Abend zu essen, doch dazu hatte sie keine Lust. Ich fragte sie nicht, ob irgend etwas sie bedrückte. Darüber waren wir hinaus.

Der Wetterbericht sagte Höchsttemperaturen von minus fünf Grad voraus, und kurz bevor ich die Wohnung verlassen wollte, begann die Sprecherin mit der Topstory des Morgens. Es traf mich wie ein Hammerschlag - ich hörte die Worte, doch ihre Bedeutung wurde mir erst nach und nach bewußt. Ich ging zu dem Fernseher, der auf der Küchentheke stand; meine Füße waren schwer, mir wurde kalt ums Herz, und mein Mund stand in ungläubigem Entsetzen offen.

Gegen elf Uhr nachts hatten Polizeibeamte in einer gefährlichen Gegend beim Fort Totten Park in Northeast einen kleinen Wagen überprüft, dessen abgefahrene Reifen im Schneematsch steckten. Dabei fanden sie in dem Wagen eine junge Mutter und ihre vier Kinder, allesamt erstickt. Man nahm an, daß die Familie in dem Wagen gelebt hatte und den Motor hatte laufen lassen, um die Heizung in Gang zu halten. Der Auspuff des Wagens war durch Schnee, der von der Straße gepflügt worden war, verstopft worden. Es gab noch ein paar Details, aber keine Namen.

Ich rannte hinaus. Auf dem Bürgersteig wäre ich fast ausgerutscht, doch ich fing mich wieder und lief die P Street hinunter zur Wisconsin Avenue und hinüber zur Ecke 34th Street, wo es einen Zeitungskiosk gab. Außer Atem nahm ich eine Sonntagszeitung und fand ganz unten auf der ersten Seite eine kleine, offenbar in letzter Minute eingefügte Notiz. Auch hier keine Namen.

Ich schlug den Lokalteil auf und ließ den Rest der Zeitung auf den nassen Boden fallen. Die Story wurde auf Seite 14 mit ein paar Standardverlautbarungen der Polizei fortgesetzt. Dann kamen die furchtbaren Einzelheiten: Die Mutter war zweiundzwanzig und hieß Lontae Burton. Das Baby hieß Temeko. Die beiden Kleinkinder, Alonzo und Dante, waren Zwillinge. Der ältere Junge hieß Ontario und war vier Jahre alt.

Ich muß ein seltsames Geräusch von mir gegeben haben, denn ein Jogger sah mich mißtrauisch an, als könnte ich gefährlich werden. Ich stieg über die anderen zwanzig Teile der Zeitung, ging langsam davon und hielt dabei den Lokalteil aufgeschlagen vor mich.

„He, Sie!" rief mir eine ziemlich unangenehme Stimme nach.

„Würden Sie die Zeitung gefälligst bezahlen?“ Ich ging einfach weiter. „He, Mister!“

Ich blieb stehen, zog einen Fünfdollarschein aus der Tasche und warf ihn, ohne den Mann anzusehen, einfach in die Luft.

Auf der P Street, in der Nähe meiner Wohnung, lehnte ich mich an die Gartenmauer eines gepflegten Reihenhauses. Langsam las ich den Artikel noch einmal, in der verzweifelten Hoffnung, er könnte diesmal anders enden. Fragen und Gedanken stürmten auf mich ein. Warum waren sie nicht in die Notunterkunft zurückgekehrt? Und: War das Baby in meine Jeansjacke gewickelt gewesen?

Ich konnte fast keinen Fuß vor den anderen setzen. Nach dem ersten Schock kamen die Schuldgefühle. Warum hatte ich nicht schon Freitag nacht, als ich sie kennengelernt hatte, etwas für sie getan? Ich hätte sie doch auf der Stelle in ein warmes Motel bringen und ihnen zu essen geben können.

Als ich die Wohnung betrat, läutete das Telefon. Es war Mordecai. Er fragte mich, ob ich den Artikel gelesen hätte. „Es tut mir so leid, Michael“, sagte er.

„Mir auch.“ Ich brachte nicht viel heraus, mir fehlten die Worte. Wir verabredeten uns für später.

Dann ging ich zum Auto und holte die Tüten voller Lebensmittel, Spielzeug und Kleidung heraus, die ich für sie gekauft hatte.

MORDECAI holte mich mit seinem Wagen ab. Er hatte ein wenig herumtelefoniert. „Ich hab Lontae Burtons Großmutter aufgetrieben – sie wohnt in einer Sozialsiedlung. Lontae Burtons Mutter ist achtunddreißig und sitzt eine zehnjährige Strafe wegen Dealens mit Crack ab. Sie selbst hatte Vorstrafen wegen Drogen und Prostitution. Keine Ahnung, wer der Vater oder die Väter der Kinder sind.“

„Wer sorgt für die Beerdigung?“

„Dieselben Leute, die sich um die von DeVon Hardy gekümmert haben.“

„Und wieviel würde ein anständiges Begräbnis kosten?“

„Das ist Verhandlungssache. Würden Sie die Kosten übernehmen?“

„Ich möchte, daß sie würdig bestattet werden.“

Wir waren auf der Pennsylvania Avenue und fuhren an den riesigen Gebäuden des Kongresses vorbei, im Hintergrund das Kapitol, und ich schickte in Gedanken ein oder zwei Flüche in Richtung der Dummköpfe, die Monat für Monat Milliarden verschwendeten, obwohl es so viele Obdachlose gab. Wie konnte es geschehen, daß vier unschuldige

Kinder auf der Straße, praktisch im Schatten des Kapitols, starben, nur weil sie keine Wohnung hatten?

Die Leichname waren zur städtischen Leichenhalle gebracht worden. Dort würden sie bleiben, es sei denn, jemand erhob Anspruch auf sie. Wenn sich innerhalb von achtundvierzig Stunden niemand meldete, würde man sie, wie es vorgeschrieben war, schnell auf dem Friedhof beim RFK-Stadion begraben.

Mordecai parkte, zögerte einen Augenblick und sagte: „Sind Sie sicher, daß Sie da reingehen wollen?"

„Ich glaube, ja."

Mordecai ging voran und betrat das Leichenschauhaus. „Ich bin Mordecai Green, Anwalt der Familie Burton", knurrte er den jungen Mann hinter dem Tresen an.

Der junge Mann sah auf. „Einen Moment", sagte er und trat an den Computer. Kurz darauf erschien ein blasser Mann mit schlecht gefärbtem schwarzem Haar und einem feuchtkalten Händedruck und stellte sich als Bill vor.

Wir folgten ihm durch eine Tür und einen kahlen Gang entlang, in dem es deutlich kühler war, und kamen schließlich zum Hauptsaal. Bill schob die schwere Metalltür auf, und wir traten ein. Die Luft war eiskalt und roch nach Desinfektionsmittel. Der Boden war weiß gekachelt, und das Licht kam von bläulichen Neonröhren. Ich folgte Mordecai mit gesenktem Kopf und versuchte, die Leichen nicht anzusehen, die, wie man es aus dem Fernsehen kannte, mit weißen Tüchern zugedeckt waren.

Wir bogen ab und blieben in einer Ecke stehen. Links war eine Bahre, rechts ein Tisch.

„Lontae Burton", sagte Bill und zog mit dramatischer Geste das Laken bis zu ihrer Taille zurück. Es war Ontarios Mutter. Sie trug ein schlichtes weißes Leichenhemd. Der Tod hatte keine Spuren auf ihrem Gesicht zurückgelassen – sie hätte ebensogut schlafen können. Ich konnte nicht aufhören, sie anzusehen.

„Das ist sie", verkündete Mordecai, als würde er sie schon seit Jahren kennen. Er sah mich fragend an. Ich konnte nur nicken. Bill drehte sich um, und ich hielt den Atem an. Die Kinder lagen allesamt unter einem Laken.

Sie lagen dicht nebeneinander in einer Reihe, die Hände über den Leichenhemden gefaltet – schlafende Cherubim, kleine Straßensoldaten, die endlich Frieden gefunden hatten.

Ich wollte Ontario berühren, ich wollte ihn streicheln und ihm sagen, wie leid es mir tat. Ich wollte ihn wecken und mit nach Hause nehmen, ihm etwas zu essen vorsetzen und alles geben, was er nur haben wollte. Ich trat einen Schritt vor, um ihn besser ansehen zu können.

„Nicht anfassen", warnte mich Bill.

Ich nickte, und Mordecai erklärte: „Das sind sie."

Als Bill sie wieder zudeckte, sprach ich in Gedanken ein kurzes Gebet um Gnade und Vergebung. Sorg dafür, daß es nicht wieder geschieht, antwortete mir Gott.

DAS BEERDIGUNGSINSTITUT gehörte einem Priester. Mordecai kannte ihn und mochte ihn nicht besonders, weil seine Kirche nicht sehr freundlich zu den Obdachlosen war, aber er kam mit ihm zurecht.

Wir parkten vor der Kirche an der Georgia Avenue in der Nähe der Howard University, einem saubereren Teil der Stadt. „Sie bleiben lieber im Wagen", sagte Mordecai. „Unter vier Augen kann ich besser mit ihm reden."

Er ging, und ich verriegelte die Türen. Die Straße war belebt. Ich sah, wie die Menschen im schneidend kalten Wind vorübereilten. Wo waren sie gestern nacht gewesen, als Ontario und seine Familie sich in dem kalten Wagen aneinandergedrängt und das geruchlose Kohlenmonoxid eingeatmet hatten, bis sie davongeschwebt waren? Wo waren wir anderen alle gewesen?

Die Welt ging den Bach hinunter. Nichts ergab einen Sinn. In weniger als einer Woche hatte ich sechs tote Obdachlose gesehen, und ich besaß nicht die nötige innere Statur, um mit diesem Schock fertig zu werden. Ich war ein gebildeter weißer Anwalt, wohlhabend und gut ernährt, und steuerte zielstrebig auf echten Reichtum und all die schönen Dinge zu, die er mir bescheren würde. Meine Ehe stand zwar vor dem Ende, aber darüber würde ich schnell hinwegkommen. Es gab so viele schöne Frauen. Ich brauchte mir keine Sorgen zu machen.

Ich verfluchte Mister, der mich aus der Bahn geworfen hatte. Ich verfluchte Mordecai, der mir ein schlechtes Gewissen machte. Und ich verfluchte Ontario, der mir das Herz gebrochen hatte.

Jemand klopfte ans Fenster. Ich schreckte hoch. Mordecai stand am Rand des Bürgersteigs im Schnee. Ich öffnete das Fenster einen Spaltbreit.

„Er sagt, er macht's für zweitausend Dollar, alle fünf."

„Was immer er sagt", antwortete ich, und Mordecai ging wieder hinein.

Wenig später kam er zurück, setzte sich ans Steuer und gab Gas. „Der Gottesdienst ist am Dienstag, hier in der Kirche. Holzsärge, aber schöne. Er wird noch Blumen besorgen, damit alles ein bißchen hübsch aussieht. Ursprünglich wollte er dreitausend, aber ich habe ihm gesagt, daß die Presse dabeisein wird und er vielleicht ins Fernsehen kommt. Das hat ihm gefallen."

„Danke, Mordecai."

„Ist alles in Ordnung?"

„Nein."

Auf dem Weg zu meiner Wohnung sprachen wir nur sehr wenig.

AM ABEND erfuhr ich, daß bei Claires jüngerem Bruder James die Hodgkin-Krankheit festgestellt worden war – daher also die Einberufung des Familienrats nach Providence. Es hatte gar nichts mit mir zu tun gehabt. Sie erzählte mir von dem Wochenende, von dem Schock, als sie die Nachricht erhalten hatte. In Claires Familie wurde andauernd geweint und umarmt, und ich war ihr dankbar, daß sie mich nicht mit dorthin geschleppt hatte. Die Behandlung würde sofort beginnen, und die Heilungschancen waren gut.

Sie freute sich, wieder zu Hause zu sein und mit jemandem reden zu können. Wir tranken Wein vor dem offenen Kamin, eine Decke über den Füßen. Es war beinahe romantisch, auch wenn ich viel zu mitgenommen war, um auf irgendwelche sentimentalen Gedanken zu kommen.

Ich hörte ihr aufmerksam zu, und dann kamen wir langsam auf mich und mein Wochenende zu sprechen. Ich erzählte ihr alles: von meinem neuen Leben als freiwilliger Helfer in einer Notunterkunft, von Ontario und seiner Familie. Ich zeigte ihr den Zeitungsartikel.

Sie war ehrlich berührt, aber auch verwirrt. Ich war nicht mehr der, der ich vor einer Woche gewesen war, und sie wußte nicht, ob ihr das neue Modell besser gefiel als das alte. Ich wußte es ebensowenig.

ALS JUNGE Workaholics brauchten Claire und ich keinen Wecker, schon gar nicht montags morgens, wenn eine ganze Woche voller Herausforderungen auf uns wartete. Wir standen um fünf Uhr auf, aßen um halb sechs ein Müsli-Frühstück und jagten dann in verschiedene Richtungen davon, als hätte der gewonnen, der als erster das Haus verließ.

Der Wein hatte mich schlafen lassen, ohne von dem Alptraum des Wochenendes heimgesucht zu werden, und auf dem Weg zur Kanzlei beschloß ich, etwas mehr Distanz zwischen mich und die Obdachlosen zu legen. Ich würde die Beerdigung hinter mich bringen. Ich würde gelegentlich bei Miß Dolly vorbeischauen und ihr helfen, die Hungrigen zu speisen. Ich würde für die Armen spenden und helfen, weitere Spenden zu sammeln. Jemand, der Geldquellen auftat, war gewiß nützlicher als ein Armenanwalt.

Während ich im Dunkeln zur Kanzlei fuhr, kam ich zu dem Schluß, daß ich ein paar Achtzehnstundentage brauchte, um meine Prioritäten wieder klar ins Auge zu fassen. Wenn ich mich in die Arbeit stürzte, würde der kleine Knick, den meine Karriere bekommen hatte, bald wieder beseitigt sein. Nur ein Dummkopf würde die Zukunftsperspektive, die sich mir bot, aufgeben.

Diesmal nahm ich einen anderen Aufzug. Mister war Vergangenheit. Ich sah nicht zu dem Konferenzraum hin, in dem er gestorben war. Es war noch nicht einmal sechs Uhr morgens, und ich ging mit federnden Schritten durch die Gänge zu meinem Büro, zog mein Jackett aus und krempelte die Ärmel hoch – es war eine Freude, wieder hierzusein.

Ich blätterte die *Post* durch. Auf der ersten Seite des Lokalteils stand ein kurzer Artikel über Lontae Burtons Familie mit einem Foto der weinenden Großmutter. Ich las den Artikel und legte die Zeitung beiseite.

Unter der *Post* lag ein unscheinbarer Aktendeckel, wie es ihn in der Kanzlei millionenfach gab. Er war allerdings nicht beschriftet, und das machte ihn zu etwas Ungewöhnlichem. Ich schlug ihn langsam auf.

Er enthielt nur zwei Bögen Papier: eine Kopie des gestrigen Artikels in der *Post* sowie eine Kopie eines Schriftstücks, das aus einer offiziellen Drake-&-Sweeney-Akte stammte. Die Überschrift lautete: ZWANGSRÄUMUNG – RIVEROAKS/TAG INC. Links standen untereinander die Zahlen von eins bis siebzehn. Nummer vier war DeVon Hardy. Hinter Nummer fünfzehn stand: „Lontae Burton und drei oder vier Kinder." Mein unbekannter Informant hatte mit Bleistift auf die Innenseite des Aktendeckels geschrieben: „Die Zwangsräumung war illegal und moralisch falsch."

DER VORMITTAG war angefüllt mit Konferenzen und Besprechungen, zwei davon mit Rudolph und Mandanten. Ich hielt mich gut, auch wenn ich nachher nicht mehr wußte, was wir gesagt oder getan hatten. Rudolph war stolz, seinen Star wieder mit voller Kraft arbeiten zu sehen.

Ich war beinahe grob zu allen, die sich mit mir über die Geiselnahme und ihre Nachwirkungen unterhalten wollten. Nach außen war ich ganz der alte – arbeitswütig wie immer –, und so lösten sich die Bedenken in bezug auf mein seelisches Gleichgewicht in Wohlgefallen auf.

Am späten Vormittag rief mein Bruder Warner aus seinem Büro hoch über der Innenstadt von Atlanta an. Er war sechs Jahre älter als ich und Teilhaber einer anderen Riesenkanzlei. Wegen des großen Altersunterschieds waren Warner und ich uns in unserer Kindheit nie sehr nahe gewesen, aber wir kamen sehr gut miteinander aus. Als seine Ehe vor drei Jahren geschieden worden war, hatte er mir wöchentlich sein Herz ausgeschüttet.

„Ich hab mit Dad gesprochen", sagte er. „Ich verstehe, wie du dich fühlst. Man arbeitet schwer, man macht das große Geld und vergißt vollkommen, den kleinen Leuten zu helfen. Dann passiert etwas, und man denkt an seine Studienzeit, an die ersten Semester, als man als Rechtsanwalt die Menschheit retten wollte. Ich weiß auch nicht, was da passiert ist."

„Ganz einfach: Ein Jurastudium macht geldgierig."

„Wahrscheinlich. In unserer Kanzlei gibt es die Möglichkeit, ein Jahr Urlaub zu nehmen, ein Sabbatjahr sozusagen, und sich mit Musterprozessen für das Gemeinwohl auszutoben. Nach zwölf Monaten kommt man zurück, als wäre nie etwas gewesen. Gibt's das bei euch auch?"

Typisch Warner. Ich hatte ein Problem – er hatte die hübsche, saubere Patentlösung.

„Nicht für Mitarbeiter", antwortete ich.

„Aber du bist traumatisiert und wärst um ein Haar umgebracht worden, bloß weil du bei Drake & Sweeney arbeitest. Ich würde mal ein bißchen auf den Putz hauen und ihnen sagen, daß du Abstand brauchst."

„Das könnte funktionieren", sagte ich, um ihn zu beschwichtigen. Er war immer bereit, sich zu streiten, besonders innerhalb der Familie. „Ich hab jetzt einen Termin", erklärte ich. Wir versprachen, demnächst wieder miteinander zu telefonieren.

DER NACHMITTAG bestand aus Telefongesprächen und Konferenzen. Ich setzte mein professionelles Gesicht auf und brachte ihn durch reine Willenskraft hinter mich – es waren honorarfähige Stunden. Das Kartellrecht war mir noch nie so hoffnungslos stumpfsinnig und langweilig erschienen.

Es war fast fünf Uhr, als ich endlich ein paar Minuten für mich hatte. Ich verriegelte meine Tür und schlug den mysteriösen Aktendeckel auf. Am meisten verdächtigte ich Braden Chances Gehilfen, mir den Aktendeckel auf den Tisch gelegt zu haben, den jungen Mann, der unseren scharfen Wortwechsel gehört und Chance wenig später, als ich aus seinem Zimmer getreten war, als Idioten bezeichnet hatte. Er kannte sicher alle Einzelheiten des Zwangsräumungsverfahrens und hatte Zugang zu der entsprechenden Akte.

Um eine etwaige Überwachung der Hausleitung zu umgehen, rief ich mit meinem Handy einen Gehilfen in der Abteilung Kartellrecht an. Er leitete mich an einen anderen weiter, und binnen kurzem hatte ich ohne viel Mühe herausgefunden, daß der Mann, den ich suchte, Hector Palma hieß. Er arbeitete seit etwa drei Jahren bei uns, und zwar ausschließlich in der Immobilienabteilung. Ich beschloß, mit ihm zu sprechen, allerdings außerhalb der Kanzlei.

Mordecai rief mich an und fragte, ob ich schon irgendwelche Pläne für ein Abendessen hätte. „Ich lade Sie ein", sagte er.

„Zu einer Suppe?"

Er lachte. „Natürlich nicht. Ich kenne ein hervorragendes Restaurant."

Wir verabredeten uns für sieben Uhr. Claire befand sich im Chirurgen-Orbit und verschwendete keinen Gedanken an Zeit, Essen oder Ehemann. Sie hatte irgendwann am Nachmittag angerufen, um „mal kurz hallo zu sagen". Sie habe keine Ahnung, wann sie heimkommen werde, sicher sehr spät.

WIR TRAFEN uns in einem Restaurant in der Nähe des Dupont Circle. Die Bar am Eingang war voller gutbezahlter Regierungstypen. Wir setzten uns weiter hinten in eine Nische und bestellten etwas zu trinken.

„Die Burton-Story wird groß und größer", meinte Mordecai.

„Tut mir leid, aber ich war in den vergangenen zwölf Stunden vollkommen abgeschnitten von der Welt. Was ist passiert?"

„Viel Presse. Eine Mutter und vier tote Kinder in einem Wagen, der ihre Wohnung war. Und das eine Meile vom Capitol Hill entfernt, wo sie gerade dabei sind, das Sozialwesen zu reformieren und noch mehr Mütter auf die Straße zu setzen." Er nahm einen Schluck Bier. „Das ist doch mal was."

„Dann wird die Beerdigung also eine große Veranstaltung werden."

„Aber ja. Ich habe heute mit einem Dutzend Initiativgruppen

gesprochen. Die kommen alle, und sie werden die Leute, die sie betreuen, mitbringen. Die Kirche wird voller Obdachloser sein. Vorher gibt's eine Kundgebung und danach einen Demonstrationszug."

„Dann hat ihr Tod vielleicht doch noch etwas Gutes."

„Vielleicht."

Als erfahrener Anwalt wußte ich, daß hinter jeder Einladung zum Mittag- oder Abendessen eine Absicht steckte. Mordecai hatte etwas vor, das merkte ich schon daran, wie er mich ansah.

„Haben Sie eine Ahnung, warum sie obdachlos waren?" fragte ich.

„Nein. Wahrscheinlich das Übliche. Ich habe keine Zeit gehabt, Fragen zu stellen."

Auf dem Weg hierher war ich zu dem Schluß gekommen, daß ich ihm nichts von dem mysteriösen Aktendeckel und seinem Inhalt sagen durfte. Das war vertraulich, und ich wußte nur davon, weil ich bei Drake & Sweeney arbeitete. Wenn ich ihm gesagt hätte, was ich über die Aktivitäten eines Mandanten in Erfahrung gebracht hatte, wäre das eine schwere Verletzung der Schweigepflicht gewesen.

Der Ober brachte unsere Salate, und wir begannen zu essen.

„Wir haben heute nachmittag eine Kanzleikonferenz abgehalten", erklärte Mordecai zwischen zwei Bissen. „Sofia, Abraham und ich. Wir brauchen Hilfe."

Das überraschte mich nicht. „Was für eine Art von Hilfe?"

„Noch einen Anwalt."

„Ich dachte, Sie sind pleite."

„Wir haben eine kleine Reserve. Und eine neue Marketingstrategie."

Die Vorstellung, daß das Rechtsberatungsbüro in der 14th Street über eine Marketingstrategie verfügte, belustigte uns beide. Wir lächelten.

„Wenn ein Anwalt bereit wäre, zehn Stunden pro Woche damit zu verbringen, Spendengelder aufzutreiben, würde er sich selbst finanzieren."

Wieder beiderseitiges Lächeln.

„Und woraus besteht der Rest der Arbeit?"

„Aus der Vertretung von Menschen, die auf der Straße leben. Sie haben ja schon einen gewissen Eindruck davon bekommen. Und Sie haben unser Büro gesehen. Es ist ein Loch. Sofia ist eine Kratzbürste, Abraham ist ein Sturkopf, die Mandanten riechen schlecht, und das Gehalt ist ein Witz."

„Wieviel?"

„Wir könnten Ihnen dreißigtausend im Jahr anbieten."

„Abraham und Sofia waren einverstanden?"

„Ja, nachdem ich eine kleine Ansprache gehalten hatte. Wir nehmen an, daß Sie gute Kontakte zu den höheren Etagen der Juristerei haben, und es dürfte Ihnen nicht schwerfallen, Geld aufzutreiben."

„Und wenn ich keins auftreiben will?"

„Dann schrauben wir vier unsere Gehälter noch weiter herunter. Und wenn die Stiftung pleite ist, stehen wir auf der Straße wie unsere Mandanten. Obdachlose Anwälte. Die Zukunft des Rechtsberatungsbüros in der 14th Street liegt also in Ihren Händen, Michael. Sie werden Teilhaber. Ich bin gespannt, ob Drake & Sweeney da mithalten kann."

„Ich bin gerührt", sagte ich. Doch ich hatte ein bißchen Angst. Das Angebot kam nicht überraschend, aber es öffnete eine Tür, vor der ich zurückschreckte.

Der Ober brachte Schwarze-Bohnen-Suppe, und wir bestellten noch mehr Bier.

„Das Gehalt ist wirklich verführerisch", sagte ich. Es war ein ziemlich flauer Witz.

Mordecai grinste trotzdem. „Sie werden das nicht wegen des Geldes tun. Sie tun es für Ihre Seele."

MEINE Seele hielt mich den größten Teil der Nacht wach. Hatte ich wirklich den Mumm, einfach zu gehen? Wenn ich mich dafür entschied, ließ ich mir buchstäblich Millionen Dollar entgehen. Meine jetzigen Wünsche würden dann nur noch eine ferne Erinnerung sein.

Der Zeitpunkt war nicht schlecht gewählt. Meine Ehe lag in Scherben, und es erschien mir irgendwie angemessen, auch an anderen Fronten drastische Veränderungen vorzunehmen.

FÜNF

Am Dienstag meldete ich mich krank. „Wahrscheinlich eine Grippe", sagte ich zu Polly, die, wie sie es gelernt hatte, sofort nach Symptomen fragte: Fieber, Gliederschmerzen, Halsschmerzen, Kopfschmerzen? Ja. Sowohl als auch – mir war es egal. Man mußte schon sehr krank sein, um die Arbeit liegenzulassen. Polly würde ein Formular ausfüllen und es an Rudolph schicken. Ich mußte also mit einem Anruf von ihm rechnen und machte am frühen Morgen einen Spaziergang durch Georgetown.

Um zehn Uhr machte ich mich auf den Weg zur Beerdigung.

Der Bürgersteig vor der Kirche war abgesperrt. Polizeibeamte gingen auf und ab und hatten ihre Motorräder auf der Straße abgestellt. Ein Stück weiter standen die Übertragungswagen der Fernsehsender.

Als ich vorbeifuhr, lauschte die Menge einem Redner, der in ein Mikrofon brüllte. Einige hielten hastig gemalte Plakate hoch, damit sie gut ins Bild kamen. Nachdem ich drei Blocks weiter in einer Seitenstraße geparkt hatte, eilte ich zurück zur Kirche, vermied aber den Haupteingang und steuerte auf einen Nebeneingang zu, stieg dann eine wacklige Treppe hinauf, bis ich auf eine Galerie trat, von der aus man den schönen Kirchenraum überblicken konnte. Der Teppich war dunkelrot, die Bänke waren aus dunklem Holz, die Buntglasfenster waren sauber.

Die Türen wurden geöffnet; der Boden der Galerie bebte, als die Trauergemeinde in die Kirche strömte. Der Chor stellte sich hinter dem Rednerpult auf. Der Pfarrer wies den verschiedenen Gruppen ihre Plätze zu: die Fernsehteams in eine Ecke, die kleine Familie in die erste Bank, die Initiativgruppen und die Obdachlosen in die Mitte. Mordecai war in Begleitung von zwei Männern, die ich nicht kannte. Eine Seitentür wurde geöffnet, und die Gefangenen marschierten herein: Lontaes Mutter in blauer Gefängnismontur, an Händen und Füßen gefesselt, von vier bewaffneten Wärtern bewacht. Sie setzte sich in die zweite Reihe, hinter ihre Mutter.

Als Ruhe eingekehrt war, begann die Orgel, eine leise, traurige Melodie zu spielen. In den Reihen unter mir gab es einen Streit, und alle Köpfe wandten sich um. Der Pfarrer trat ans Rednerpult und hieß uns aufstehen.

Weiß behandschuhte Angestellte des Beerdigungsinstitutes rollten die Särge durch den Mittelgang und stellten sie vor dem Altar auf, Lontaes Sarg in der Mitte. Zwischen den Särgen stellten die Männer Blumengebinde auf. Der Sarg des Babys war winzig, nicht einmal einen Meter lang. Ontarios, Alonzos und Dantes Särge waren mittelgroß. Es war ein furchtbarer Anblick, und Klageschreie wurden laut. Die Chorsänger begannen zu summen und sich hin und her zu wiegen.

Ich war noch nie bei einer Trauerfeier in einer schwarzen Gemeinde gewesen und wußte nicht, was dabei üblich war. Wir setzten uns, und der Pfarrer sprach ein langes Gebet, las dann eine Bibelstelle und hielt seine Predigt. Darauf folgte eine Aktivistin von einer Obdachloseninitiative, die Attacken gegen eine Gesellschaft ritt, die solche Dinge geschehen ließ. Sie gab dem Kongreß die Schuld, aber auch der Stadt, die nichts unternahm, sowie den Gerichten und der Verwaltung. Die schärfsten Angriffe aber richteten sich gegen die Oberschicht, die nichts für die Armen und Kranken tat. Sie war rhetorisch geschickt und bekam Beifall, als sie geendet hatte. Dann begann der Chor mit einem Lied, das mir die Tränen in die Augen trieb. Es bildete sich eine Schlange von Menschen, die ihre Hand auf die Särge legen wollten, doch es dauerte nicht lange, und es herrschte ein heilloses Durcheinander. Die Trauernden begannen zu klagen und streckten die Hände nach den Särgen aus, und der Chor sang noch trauriger. Die Großmutter schrie am lautesten und wurde von den anderen gestreichelt und getröstet.

Ich konnte es nicht glauben. Wo waren all diese Leute in den letzten Monaten von Lontaes Leben gewesen? Die Kinder, die da in den Särgen lagen, hatten zu Lebzeiten nicht so viel Liebe erfahren wie jetzt.

Die Kameras schoben sich näher und näher, und mehr und mehr Trauernde brachen unter der Last ihres Schmerzes zusammen. Der Gottesdienst hatte eineinhalb Stunden gedauert. Für zweitausend Dollar gar nicht so schlecht. Ich war stolz.

Draußen gab es weitere Ansprachen, und dann begann der Demonstrationszug in Richtung Capitol Hill. Mordecai war unter den Anführern, und als sie um eine Ecke verschwanden, fragte ich mich, bei wie vielen Märschen und Demonstrationen er schon mitgemacht hatte. Seine Antwort hätte wahrscheinlich gelautet: „Bei zu wenigen."

RUDOLPH MAYES war im Alter von dreißig Jahren Teilhaber von Drake & Sweeney geworden – ein noch immer ungebrochener Rekord. Und wenn sein Leben weiterhin wie geplant verlief, würde er eines Tages der älteste aktive Teilhaber sein. Jura war sein Leben, das konnten seine drei geschiedenen Frauen bezeugen. Als Teammitglied in einer großen Kanzlei war Rudolph unübertroffen.

Er empfing mich um sechs Uhr abends in seinem Büro, hinter einem Berg von Akten. Ich schloß die Tür und setzte mich. „Ich dachte, Sie seien krank", sagte er.

„Ich kündige, Rudolph", erklärte ich so entschlossen wie möglich. Dennoch hatte ich einen Stein im Magen.

Er schraubte die Kappe auf seinen teuren Füllhalter. „Ich höre."

„Ich kündige. Ich habe ein Angebot von einer Kanzlei, die für Bedürftige arbeitet."

„Seien Sie nicht töricht, Michael."

„Ich bin nicht töricht. Ich habe es mir gut überlegt. Und ich möchte sowenig wie möglich Staub aufwirbeln, wenn ich gehe."

„In drei Jahren sind Sie Teilhaber."

„Ich habe ein besseres Angebot."

Darauf fiel ihm keine Antwort ein. Er rollte verärgert die Augen. „Jetzt kommen Sie schon, Michael. Sie werden sich doch von so einem Zwischenfall nicht aus der Bahn werfen lassen."

„Ich bin nicht aus der Bahn geworfen, Rudolph. Ich wende mich nur einem neuen Betätigungsfeld zu."

„Wohin wollen Sie gehen?"

„In ein Rechtsberatungsbüro in der Nähe des Logan Circle. Die Mandanten sind hauptsächlich Obdachlose."

„Obdachlose? Wieviel zahlen die Ihnen?"

„Ein Vermögen. Wie wär's mit einer Spende?"

„Sie sind verrückt. Nehmen Sie einen Monat Urlaub. Arbeiten Sie mit Obdachlosen, schwitzen Sie's aus, und kommen Sie dann wieder zurück. Das ist ein sehr ungünstiger Moment, den Sie sich da ausgesucht haben, Michael. Sie wissen ja, wie sehr wir schon im Verzug sind."

„So funktioniert das nicht, Rudolph. Mit Sicherheitsnetz macht es einfach keinen Spaß."

„Spaß? Sie machen das zum Spaß?"

„Aber natürlich. Denken Sie nur daran, wieviel mehr Spaß die Arbeit macht, wenn man dabei nicht auf die Stoppuhr sehen muß."

„Und was ist mit Claire?" fragte er und enthüllte damit, wie tief seine Verzweiflung war. Er kannte Claire kaum.

„Claire geht's gut", sagte ich. „Ich möchte am Freitag aufhören."

Er gab sich geschlagen und schloß die Augen. „Ich kann es nicht fassen!"

„Es tut mir leid, Rudolph."

Wir schüttelten uns die Hand und verabredeten uns zu einem frühen Frühstück, bei dem wir die Einzelheiten meiner nicht abgeschlossenen Fälle besprechen würden.

Ich wollte nicht, daß Polly es von jemand anderem erfuhr, und so ging ich in mein Büro und rief sie an. Sie war zu Hause, in Arlington, und kochte gerade das Abendessen. Ich verdarb ihr die ganze Woche.

Auf dem Heimweg kaufte ich thailändisches Essen. Ich legte Wein in den Kühlschrank, deckte den Tisch und probte meinen Text.

WENN Claire einen Hinterhalt erwartet hatte, ließ sie es sich nicht anmerken. Es war fast zehn, als sie eintraf, sie hatte schon vor Stunden gegessen, und so gingen wir gleich mit unseren Weingläsern ins Wohnzimmer. Ich zündete ein Feuer im Kamin an, und wir setzten uns in unsere Lieblingssessel. Nach kurzem Schweigen sagte ich: „Wir müssen reden."

„Worum geht es?" fragte sie ganz arglos.

„Ich spiele mit dem Gedanken, bei Drake & Sweeney zu kündigen."

„Tatsächlich?" Sie trank einen Schluck Wein.

Ich bewunderte ihre Gelassenheit. „Ja. Ich brauche eine Veränderung. Diese Kartellrechtsfälle erscheinen mir mit einemmal so langweilig und unwichtig, und ich will etwas tun, was den Menschen dient."

„Das ist schön. Das ist regelrecht bewundernswert, Michael."

„Ich hab dir doch von Mordecai Green erzählt. Er hat mir einen Job in seinem Rechtsberatungsbüro angeboten. Ich fange am Montag an."

„Nächsten Montag? Ich habe in dieser Sache offenbar nichts zu sagen."

„Ich kann nicht zurück, Claire. Ich habe es Rudolph heute abend mitgeteilt."

Noch ein Schluck Wein, ein leises Zähneknirschen, ein kleines Aufflammen von Wut, doch sie blieb ungerührt. Ihre Selbstbeherrschung war wirklich bemerkenswert.

Wir sahen ins Feuer, hypnotisiert von den orangeroten Flammen. Sie brach das Schweigen. „Darf ich fragen, was das finanziell für uns bedeutet?"

„Es verändert einiges."

„Wie hoch ist dein neues Gehalt?"

„Dreißigtausend im Jahr."

„Dreißigtausend im Jahr", wiederholte sie. „Das ist weniger, als ich verdiene."

Ihr Gehalt betrug einunddreißigtausend und würde in den kommenden Jahren drastisch erhöht werden. Nicht mehr lange, und sie würde viel Geld verdienen. Ich war entschlossen, kein Verständnis für irgendwelche Klagen über Geld zu haben.

„Man setzt sich nicht für Obdachlose ein, um damit Geld zu verdienen", sagte ich. „Wenn ich mich recht erinnere, hast du dein Medizinstudium nicht angefangen, weil du viel Geld verdienen wolltest."

Wie jeder andere Medizinstudent hatte sie anfangs geschworen, der Gedanke an Geld habe bei dieser Studienwahl überhaupt keine Rolle gespielt. Sie wolle den Menschen helfen. Dasselbe behaupten Jurastudenten von sich. Wir hatten allesamt gelogen.

Sie sah ins Feuer und schien kopfzurechnen. Ich nahm an, daß sie an die Miete dachte. Es war eine sehr hübsche Wohnung – für zweitausendvierhundert im Monat hätte sie noch viel hübscher sein sollen. Ein Umzug würde eine einschneidende Veränderung bedeuten, doch die konnten wir verkraften.

Über unsere Finanzen hatten wir immer offen gesprochen, es gab keine versteckten Kassen. Sie wußte, daß wir etwa einundfünfzigtausend Dollar in Investmentfondspapieren besaßen und zwölftausend auf dem Girokonto hatten.

„Ich nehme an, es wird einige Veränderungen geben", sagte Claire und musterte mich mit einem kalten Blick. Das Wort „Veränderungen" hatte mehrere Untertöne.

„Das nehme ich auch an."

„Ich bin müde", verkündete sie. Sie trank ihr Glas aus und ging ins Schlafzimmer.

Wie armselig, dachte ich. Wir brachten noch nicht einmal genug Wut auf, um uns einen ordentlichen Streit zu liefern. Ich legte noch ein Scheit aufs Feuer und schlief auf dem Sofa.

DIE TEILHABER hatten ihr eigenes Kasino in der siebten Etage, und bei den Angestellten galt es als Ehre, dorthin eingeladen zu werden. Rudolph gehörte zu den Menschen, die dachten, eine Schale irische Haferflocken um sieben Uhr morgens, eingenommen in einem besonderen Raum, würde mir helfen, wieder zur Besinnung zu kommen. Wie konnte ich mich einer Zukunft verweigern, in der so viele Frühstücke dieser Art auf mich warteten?

Rudolph versuchte verzweifelt, mich zu halten, und das hatte nur wenig mit Freundschaft zu tun. Unsere Abteilung für Kartellrecht war vollkommen überlastet. Es war kein guter Moment, um die Kanzlei zu verlassen, aber das war mir gleichgültig. In dieser Kanzlei arbeiteten achthundert Anwälte. Man würde schon eine Möglichkeit finden, die Lücke zu schließen.

Wir stellten gerade eine Liste der Dinge zusammen, die sofort erledigt werden mußten, als Braden Chance sich an einen Tisch in unserer Nähe setzte. Zunächst bemerkte er mich nicht. Etwa ein Dutzend andere Teilhaber frühstückten hier, die meisten allein und in Zeitungen vertieft. Ich versuchte, ihn zu ignorieren, aber schließlich sah ich zu ihm hinüber und merkte, daß er mich wütend anstarrte.

„Guten Morgen, Braden", sagte ich so laut, daß er zusammenzuckte und Rudolph sich umdrehte, um zu sehen, wen ich begrüßte.

Chance nickte, sagte aber nichts.

„Kennen Sie ihn?" fragte Rudolph leise.

„Flüchtig", antwortete ich. Bei unserer kurzen Begegnung in seinem Büro hatte er mich nach meinem leitenden Teilhaber gefragt, und ich hatte Rudolphs Namen genannt. Offenbar hatte er sich nicht über mich beschwert.

„Ein Idiot", meinte Rudolph kaum hörbar. Das war anscheinend das einhellige Urteil. Er blätterte in seinem Notizbuch und würdigte Chance offensichtlich keines Gedankens mehr.

Ich dagegen stellte fest, daß mir Chance und seine Unterlagen über die Zwangsräumung nicht mehr aus dem Kopf gingen. Er machte einen weichlichen Eindruck: Seine Haut war blaß, er hatte ein zartes Gesicht, und seine Gesten wirkten gekünstelt. Ich konnte ihn mir nicht auf der Straße vorstellen, wie er verlassene Lagerhäuser voller Obdachloser in Augenschein nahm, sich die Hände schmutzig machte und dafür sorgte, daß die Räumung gründlich vorgenommen wurde. Natürlich brauchte er das auch nicht zu tun – dafür gab es schließlich Gehilfen. Chance saß am Schreibtisch, erledigte den Papierkram und berechnete ein paar hundert Dollar pro Stunde, während die Hector Palmas sich um die unappetitlichen Einzelheiten kümmerten. Chance ging mit den Direktoren von RiverOaks zum Essen und spielte mit ihnen Golf. Das war seine Aufgabe als Teilhaber.

Er kannte wahrscheinlich nicht einmal die Namen derer, die aus dem Lagerhaus vertrieben worden waren, und warum sollte er auch? Es waren bloß Hausbesetzer – namenlos, gesichtslos, obdachlos. Er war nicht dabeigewesen, als die Polizisten sie aus ihren improvisierten Wohnungen gezerrt und auf die Straße gesetzt hatten. Hector Palma dagegen hatte es vermutlich gesehen. Und solange Chance die Namen von Lontae Burton und ihren Kindern nicht kannte, konnte er auch keine Verbindung zwischen der Zwangsräumung und ihrem Tod sehen. Aber vielleicht sah er sie inzwischen trotzdem.

Die Antwort auf diese Fragen würde Hector Palma mir bald geben müssen. Heute war Mittwoch. Freitag war mein letzter Tag.

Rudolph beendete unser Frühstück um acht, gerade rechtzeitig für eine Besprechung mit sehr wichtigen Leuten. Ich setzte mich an den Schreibtisch und las die *Washington Post.* Im Lokalteil war ein herzzerreißendes Foto der fünf geschlossenen Särge in der Kirche.

Außerdem brachte die *Post* einen Kommentar, einen gut geschriebenen Appell an alle, die ein Dach über dem Kopf und genug zu essen hatten, über die vielen Lontae Burtons in unserer Stadt nachzudenken. Sie würden nicht einfach verschwinden. Man konnte sie nicht einsammeln und an irgendeinem entlegenen Ort aussetzen, wo man sie nicht sehen würde. Sie lebten in derselben Stadt wie wir, sie gehörten zu unserer Gesellschaft. Wenn wir ihnen nicht halfen, würde ihre Zahl sich vervielfachen. Und sie würden weiterhin auf den Straßen unserer Stadt sterben.

Ich schnitt den Kommentar aus, faltete ihn zusammen und steckte ihn in die Brieftasche.

DURCH die Vermittlung anderer Gehilfen gelang es mir, ein Treffen mit Hector Palma zu vereinbaren. Es wäre unklug gewesen, ihn offen anzusprechen – Chance lag vermutlich auf der Lauer. Wir trafen uns in der Hauptbibliothek in der zweiten Etage zwischen Bücherregalen, weit entfernt von Überwachungskameras. Er war extrem nervös.

„Haben Sie mir den Aktendeckel auf den Tisch gelegt?“ fragte ich ihn geradeheraus.

„Was für einen Aktendeckel?“ erwiderte er und warf gehetzte Blicke in alle Richtungen, als wären Scharfschützen dabei, uns ins Visier zu nehmen.

„Die Zwangsräumung für RiverOaks/TAG. Sie waren damit befaßt, stimmt's?“

Er war sich nicht sicher, wieviel oder wie wenig ich wußte. „Ja“, sagte er.

„Wo ist die Akte?“

Er zog ein Buch aus dem Regal und tat, als wäre er tief darin versunken. „Chance hat alle Akten unter Verschluß.“ Wir sprachen im Flüsterton. Ich ertappte mich dabei, daß ich mich prüfend umsah.

„Was steht in der Akte?“ fragte ich.

„Schlimme Sachen.“

„Wie zum Beispiel?“

„Ich habe eine Frau und vier Kinder, und ich will meinen Job behalten.“

„Sie haben mein Wort.“

„Sie gehen bald. Ihnen kann's egal sein.“ Gerüchte sprachen sich schnell herum.

„Warum haben Sie mir die Liste auf den Tisch gelegt?“ fragte ich.

Er griff nach einem anderen Buch, und seine rechte Hand zitterte sichtlich. „Ich weiß nicht, wovon Sie reden.“

Er blätterte in dem Buch und ging zum Ende des Regals. Ich folgte ihm und überzeugte mich, daß wir allein waren. Er blieb stehen und suchte noch ein Buch heraus; offenbar wollte er das Gespräch nicht abbrechen.

„Ich brauche die Akte", erklärte ich.

„Sie werden sie klauen müssen."

„Gut. Wo ist der Schlüssel?"

Er musterte mein Gesicht und versuchte herauszufinden, wie ernst ich es meinte.

„Sie sind verrückt", meinte er und ließ mich stehen.

ICH HATTE nicht die Absicht, in meinen letzten drei Tagen in der Kanzlei bis zur Erschöpfung zu arbeiten. Statt dessen breitete ich Unterlagen zu verschiedenen Kartellfällen auf meinem Tisch aus, schloß die Tür, sah die Wand an und lächelte bei dem Gedanken an die Dinge, die ich hinter mir ließ. Mit jedem Atemzug ließ der Druck nach. Ich würde nicht mehr achtzig Stunden pro Woche schuften. Ich würde nicht länger Vorgesetzte umschmeicheln müssen. Ich würde keine Alpträume mehr haben, in denen mir die Teilhaberschaft verweigert wurde.

Ich rief Mordecai an und nahm die Stelle an. Er lachte und machte Witze darüber, daß wir nun nur noch einen Weg finden müßten, mich zu bezahlen. Ich sollte am Montag anfangen, aber er bat mich, schon vorher vorbeizukommen, damit er mich kurz einweisen könne.

Den späten Nachmittag verbrachte ich hauptsächlich damit, mir von Freunden und Kollegen, die überzeugt waren, daß ich den Verstand verloren hatte, ernst die Hand schütteln zu lassen.

INZWISCHEN suchte meine Frau den Rat einer Scheidungsanwältin, die in dem Ruf stand, aus den Ehemännern ihrer Mandantinnen das Äußerste herauszupressen.

Claire erwartete mich in der Küche, als ich gegen sechs nach Hause kam. Der Küchentisch war mit Notizzetteln und Computerausdrucken bedeckt. Ein Taschenrechner lag bereit. Sie war kühl und gut vorbereitet.

„Ich schlage vor, wir lassen uns wegen unüberbrückbarer Differenzen scheiden", begann sie freundlich. „Wir streiten uns nicht. Wir gestehen uns ein, was wir uns bisher nicht eingestanden haben: daß unsere Ehe vorbei ist."

Sie hielt inne und wartete darauf, daß ich etwas sagte. Aber sie hatte sich entschieden, und irgendwelche Einwände würden nichts ändern.

„Gut", sagte ich.

Um die Initiative nicht aus der Hand zu geben, erwähnte sie den Namen ihrer Anwältin, Jacqueline Hume, als handelte es sich um eine Mörsergranate.

„Warum hast du dir eine Anwältin genommen?" unterbrach ich sie.

„Du bist Anwalt. Also brauche ich ebenfalls einen Anwalt. So einfach ist das."

Sie reichte mir Beweisdokument A, eine Aufstellung unserer Aktiva und Passiva. Beweisdokument B war ein schriftlicher Vorschlag, wie diese geteilt werden sollten. Es überraschte mich nicht zu sehen, daß sie den größten Teil haben wollte. Wir hatten zwölftausend Dollar auf dem Girokonto, und davon wollte sie die Hälfte, um den Bankkredit für ihren Wagen zu tilgen. Vom Rest sollte ich zweitausendfünfhundert bekommen. Die sechzehntausend, die ich noch für meinen Lexus abbezahlen mußte, waren ihr keine Erwähnung wert. Von den einundfünfzigtausend, die wir in Investmentfonds angelegt hatten, wollte sie vierzigtausend. Dafür durfte ich meinen Rentenanspruch behalten.

„Das ist nicht gerade eine gerechte Teilung", sagte ich.

„Sie soll auch gar nicht gerecht sein", antwortete sie mit dem Selbstvertrauen eines Menschen, der sich gerade einen Pitbull gemietet hat.

„Und warum nicht?"

„Aus Gründen, die nur du verstehst, hast du dich entschlossen, neunzigtausend Dollar weniger zu verdienen. Warum sollte ich die Konsequenzen dafür tragen? Meine Anwältin ist zuversichtlich, daß sie den Richter wird überzeugen können, daß deine Handlungsweise uns finanziell in eine Katastrophe reitet. Wenn du ausflippen willst, bitte. Aber erwarte nicht, daß ich deshalb hungere."

„Das wird nicht nötig sein."

Claire ignorierte meinen Einwand und hielt sich an ihre Notizen. „Der Mietvertrag läuft am 30. Juni aus. Bis dahin bleibe ich hier. Das macht zehntausend an Miete."

„Und wann soll ich ausziehen?"

„So bald wie möglich."

„Gut." Wenn sie mich aus dem Haus haben wollte, würde ich nicht darum betteln, bleiben zu dürfen. Statt dessen blieb ich kühl und gelassen. „Bis zum Wochenende bin ich weg", erklärte ich. Darauf hatte sie keine Antwort, aber sie runzelte auch nicht die Stirn.

Beweisdokument C war eine lückenlose Aufstellung der gemeinsamen Güter, angefangen beim Wohnzimmer bis hin zum leeren

Gästeschlafzimmer. „Nimm, was du willst“, sagte ich mehrmals, besonders wenn es um Dinge wie Handtücher und Bettzeug ging. Ich wollte den Fernseher und ein paar Teller. Das Leben als Junggeselle sprang mich recht unvermittelt an, und ich hatte Schwierigkeiten, mir die Ausstattung einer neuen Wohnung vorzustellen. Claire dagegen hatte bereits Stunden in der Zukunft verbracht.

Wir brachten Beweisdokument C hinter uns und erklärten uns für einvernehmlich getrennt. Wir würden eine Trennungsvereinbarung unterschreiben, sechs Monate warten, gemeinsam vor Gericht erscheinen und unsere Ehe nach den gesetzlichen Bestimmungen scheiden lassen.

Keinem von uns war nach einem kleinen Gedankenaustausch zumute. Ich nahm meinen Mantel, machte einen langen Spaziergang durch die Straßen von Georgetown und dachte darüber nach, wie dramatisch sich mein Leben verändert hatte. Alles geschah viel zu schnell, aber ich war nicht imstande, es aufzuhalten.

SECHS

Als ich wieder ins Büro kam, erwartete mich ein neuer Aktendeckel, unbeschriftet und am selben Platz wie der erste. Als ich ihn aufschlug, sah ich zwei Schlüssel, die mit Klebeband auf der linken Seite befestigt waren. Auf die rechte Seite war ein Zettel geheftet.

> Der obere Schlüssel ist für Chances Tür, der untere für den Aktenschrank unter dem Fenster. Machen Sie Kopien, und legen Sie das Original wieder zurück. Vorsicht, Chance ist sehr mißtrauisch. Verlieren Sie die Schlüssel.

In diesem Augenblick trat Polly ein, wie sie es oft tat: ohne anzuklopfen und geräuschlos. Ich klappte den Aktendeckel schnell zu und wußte nicht, ob sie ihn gesehen hatte. Während sie sich mit den Pappkartons beschäftigte, wartete ich auf eine Bemerkung von ihr, doch es kam keine – ein sicheres Zeichen, daß sie nichts gemerkt hatte.

Mein Freund Barry Nuzzo, der ebenfalls zu den Geiseln gehört hatte, kam vorbei, um mit mir zu reden. Er schloß die Tür hinter sich und kam im Slalom um die Kartons zu meinem Tisch. Ich wollte nicht über mein Ausscheiden aus der Kanzlei sprechen, und so erzählte ich ihm von Claire.

Er war erst überrascht und dann traurig. „Das ist ein schlechter Monat", meinte er. „Es tut mir leid für dich."

„Es war ein langer, langsamer Niedergang."

Wir hatten nicht bei einem Bier über die Mister-Sache gesprochen, und das erschien mir seltsam. Zwei Freunde sehen dem Tod ins Auge, kommen aber davon und sind dann zu beschäftigt, um einander zu helfen, damit fertig zu werden.

Schließlich kamen wir doch auf mein Ausscheiden zu sprechen. Angesichts der Kartons, die mitten im Zimmer standen, war es schwierig, das Thema zu vermeiden.

„Es tut mir leid, daß ich dich habe hängenlassen", sagte er. „Ich hätte dir helfen sollen."

„Warum?"

„Weil es offensichtlich ist, daß du den Verstand verloren hast", meinte er lachend.

Ich versuchte, das Thema so leicht zu behandeln wie er. „Ja, ich bin im Augenblick vielleicht ein bißchen verrückt, aber darüber komme ich schon hinweg."

„Nein, im Ernst: Ich hatte gehört, daß du eine harte Zeit durchmachst. Letzte Woche wollte ich mit dir reden, aber du warst nicht da. Ich hab mir Sorgen um dich gemacht, aber du weißt ja, ich hatte bei Gericht zu tun, das Übliche."

„Ich weiß. Vergiß es!"

„Wann hast du beschlossen, aus der Kanzlei auszuscheiden?"

Darüber mußte ich kurz nachdenken. Die Wahrheit wäre gewesen: in jenem Augenblick am vergangenen Sonntag, als Bill das Laken zurückgezogen und ich meinen Freund Ontario in Frieden ruhen gesehen hatte. In diesem Augenblick, in der städtischen Leichenhalle, war ich ein anderer Mensch geworden.

„Am Wochenende", sagte ich. „Du hättest mich nicht davon abhalten können, Barry. Niemand hätte mich davon abhalten können."

Er nickte – irgendwie verstand er es. Eine Pistole wird auf deinen Kopf gerichtet, die Zeit steht still, das Wichtigste stürzt auf dich ein: Gott, Familie, Freunde. Geld ist mit einemmal völlig unbedeutend. Die Kanzlei und die Karriere lösen sich in nichts auf, während die Sekunden verstreichen.

„Wie steht's mit dir?" fragte ich ihn. „Wie kommst du damit zurecht?"

„Wir haben am Dienstag einen Prozeß begonnen. Wir konnten den Richter nicht um einen neuen Termin bitten, weil unser Mandant schon vier Jahre lang auf diesen Prozeß gewartet hatte. Also haben wir Gas gegeben, uns in den Prozeß gestürzt und ganze Arbeit geleistet. Der Prozeß hat uns gerettet."

Natürlich. Arbeit ist Therapie – bei Drake & Sweeney ist sie sogar Erlösung. Ich hätte ihn am liebsten angeschrien, denn noch vor zwei Wochen hätte ich wahrscheinlich dasselbe gesagt.

„Gut", sagte ich. „Dann geht es dir also gut?"

„Ja." Er war Prozeßanwalt, ein Krieger mit einer Teflonhaut. Außerdem hatte er drei Kinder, und darum kam der Luxus eines Karriereknicks mit einer Gehaltsreduzierung auf dreißigtausend Dollar im Jahr für ihn nicht in Betracht.

Plötzlich schien in seinem Kopf wieder die Stoppuhr zu ticken. Wir schüttelten uns die Hände, umarmten uns und gaben uns die üblichen Versprechen, miteinander in Verbindung zu bleiben.

Nachdem er gegangen war, ließ ich die Tür geschlossen, damit ich den Aktendeckel anstarren und entscheiden konnte, was ich tun sollte. Wenn die Schlüssel paßten, war es möglich, daß ich die Akte an mich nehmen konnte, ohne erwischt zu werden. Sie könnte innerhalb kurzer Zeit kopiert werden, und ich könnte sie zurücklegen, so daß niemand Verdacht schöpfen würde. Ich ging davon aus, daß die Akte tatsächlich Beweise für dunkle Machenschaften enthielt.

Die Entwendung einer Akte war ein Grund für eine fristlose Kündigung, aber das war mir egal. Die eigentliche Schwierigkeit war das Kopieren. Da es in der Kanzlei keine Akte gab, die weniger als drei Zentimeter dick war, würde ich, wenn ich über die gesamte Akte verfügen wollte, wahrscheinlich hundert Seiten kopieren müssen. Ich würde, für alle sichtbar, minutenlang am Kopiergerät stehen. Das war zu gefährlich. Kopien machten nicht Anwälte, sondern Sekretärinnen und Gehilfen.

Ich würde also mit der Akte das Gebäude verlassen müssen, und das war, auch wenn ich sie nicht stahl, sondern nur auslieh, fast schon eine strafbare Handlung.

UM FÜNF Uhr verließ ich die Kanzlei. In einem Feinkostgeschäft kaufte ich ein paar Sandwiches, und dann fuhr ich zu meinem neuen Büro.

Meine Teilhaber waren noch da und erwarteten mich. Sofia Mendoza lächelte sogar, als sie mir die Hand schüttelte, wenn auch nur für einen Augenblick.

„Willkommen an Bord“, begrüßte mich Abraham ernst, als wäre ich dabei, ein sinkendes Schiff zu betreten. Mordecai wies mit einer ausladenden Geste auf einen kleinen Raum neben dem seinen.

„Wie wär’s damit?“ fragte er. „Das ist Suite E.“

„Ausgezeichnet“, sagte ich und betrat mein neues Reich. Das Zimmer war etwa halb so groß wie das bei Drake & Sweeney. Mein Schreibtisch hätte nicht hineingepaßt. An einer Wand standen vier Aktenschränke, jeder in einer anderen Farbe. Das Licht kam von einer nackten Glühbirne an der Decke.

„Gefällt mir“, sagte ich, und das war nicht mal gelogen.

Mordecai und ich aßen an seinem Schreibtisch zu Abend: die mitgebrachten Sandwiches und seinen schlechten Kaffee.

Das Kopiergerät war ein Klotz aus den achtziger Jahren. Es stand in einer Ecke des großen Zimmers neben einem der vier unter alten Akten begrabenen Schreibtische.

„Wann gehen Sie heute nach Hause?“ fragte ich Mordecai.

„Ich weiß nicht. Vielleicht in einer Stunde. Warum?“

„Ich bin bloß neugierig. Ich fahre noch für ein paar Stunden zu Drake & Sweeney – wichtige Dinge, die ich in letzter Minute noch abschließen soll. Danach würde ich gern mein Bürozeug herbringen. Geht das?“

Kauend zog er eine Schublade auf, holte einen Ring mit drei Schlüsseln hervor und warf ihn mir zu. „Sie können kommen und gehen, wie Sie wollen.“

FÜR DIE Fahrt zu Drake & Sweeney brauchte ich elf Minuten. Wenn das Kopieren dreißig Minuten dauerte, würde die Akte insgesamt eine Stunde nicht in Chances Büro sein. Vorausgesetzt, alles ging glatt. Ich wartete bis acht und schlenderte dann hinunter in die Immobilienabteilung, wieder mit aufgekrempelten Ärmeln, als wäre ich sehr beschäftigt.

Auf den Gängen war niemand. Ich klopfte an Chances Tür. Keine Antwort. Sie war verschlossen. Der Schlüssel paßte perfekt, und plötzlich stand ich in dem Büro. Ich verriegelte die Tür, schaltete das Licht an, ging zu dem Aktenschrank unter dem Fenster und öffnete ihn mit dem zweiten Schlüssel. Ich kniete nieder und zog die Schublade leise heraus.

Es waren Dutzende von Akten darin, die allesamt etwas mit RiverOaks zu tun hatten und nach irgendeinem System geordnet waren. Chance war gut organisiert, und das schätzte man in dieser Kanzlei.

Ein dicker Ordner trug die Aufschrift RIVEROAKS/TAG INC. Ich zog ihn heraus und blätterte darin, denn ich wollte mich zunächst davon überzeugen, daß ich die richtige Akte hatte.

Ich schloß den Aktenschrank ab, nahm die Akte und löschte das Licht. Dann öffnete ich leise die Tür und spähte durch den Spalt den Gang hinauf und hinunter. Niemand. Ich huschte hinaus, an Hectors Tisch vorbei, und ging in zügigem Tempo in Richtung Empfangsbereich, wobei ich mich bemühte, einen gelassenen Eindruck zu machen.

„He!" rief jemand hinter mir. Während ich um eine Ecke bog, wandte ich mich rasch um und sah, daß ein Mann mir folgte. Die nächste Tür führte in eine kleine Bibliothek. Ich schlüpfte hinein; zu meinem Glück war es hier dunkel. Zwischen den Bücherregalen hindurch ging ich zur gegenüberliegenden Wand, wo ich eine zweite Tür entdeckte. Ich öffnete sie und sah über einer Tür am Ende eines kurzen Ganges ein beleuchtetes Schild mit der Aufschrift AUSGANG. Ich riß sie auf und befand mich im Treppenhaus. Da ich schneller hinunter- als hinauflaufen konnte, rannte ich in Richtung Erdgeschoß, obgleich mein Büro zwei Etagen höher lag. Wenn der Mann mich durch Zufall erkannt hatte, würde er mich vielleicht dort suchen.

Außer Atem kam ich im Erdgeschoß an. Ich trug keine Jacke und wollte nicht gesehen werden, am wenigsten von dem Mann des Sicherheitsdienstes, der den Aufzug bewachte. Ich ging zu einem Seiteneingang. Es war eiskalt und nieselte, als ich zu meinem Wagen rannte.

DIE GEDANKEN eines dilettantischen Ersttäters. Es war eine Dummheit. Eine gigantische Dummheit. Ich hätte nicht davonrennen sollen. Niemand hatte mich Chances Büro verlassen sehen. Niemand wußte, daß ich im Besitz einer Akte war, die mir nicht gehörte. Ich hätte stehenbleiben und mich mit ihm unterhalten sollen, als wäre alles in schönster Ordnung, und wenn er die Akte hätte sehen wollen, hätte ich sein Ansinnen empört von mir weisen und ihn wegschicken sollen. Er war wahrscheinlich bloß eine der Hilfskräfte gewesen.

Aber warum hatte er gerufen? Wenn er mich nicht kannte, warum hatte er dann versucht, mich vom anderen Ende des Ganges aus anzuhalten? Ich fuhr auf die Massachusetts Avenue – ich hatte es eilig, die Akte zu kopieren und wieder an ihren Platz zu stellen.

Die Heizung lief auf vollen Touren. Ich entspannte mich ein wenig.

Ich konnte nicht wissen, daß eine Polizeiaktion schiefgegangen und ein Polizist angeschossen worden war. Ich konnte nicht wissen, daß der Jaguar eines Dealers die 18th Street entlangraste. An der Ampel an der New Hampshire Avenue hatte ich grünes Licht, aber die Kerle, die auf den Polizisten geschossen hatten, kümmerten sich nicht um die Straßenverkehrsordnung. Der Jaguar war nur ein verschwommenes Etwas zu meiner Linken. Im nächsten Augenblick nahm mir der Airbag die Sicht.

Als ich zu mir kam, drückte die Fahrertür in meine linke Schulter. Schwarze Gesichter starrten mich durch das zersplitterte Fenster an. Ich hörte Sirenen, dann wurde wieder alles verschwommen.

Irgendwann in der Nacht erwachte ich im Krankenhaus in einem Einzelzimmer. Claire saß schlafend auf einem Stuhl neben meinem Bett.

Sie war gegangen, bevor es hell wurde. In einem liebevollen Brief auf dem Nachttisch erklärte sie mir, sie müsse ihre Visite machen und werde später am Morgen wiederkommen. Sie habe mit den behandelnden Ärzten gesprochen. Es deute alles darauf hin, daß ich nicht sterben würde. Wir machten einen ganz normalen, glücklichen Eindruck – ein einander liebevoll zugetanes Paar. Während ich wieder einschlief, fragte ich mich, warum wir uns eigentlich scheiden lassen wollten.

Eine Schwester weckte mich um sieben und maß meinen Blutdruck. Ich bat sie um eine Zeitung. Sie brachte sie eine halbe Stunde später, zusammen mit dem Frühstück. Die Story war auf der ersten Seite des Lokalteils. Der V-Mann hatte mehrere Kugeln abbekommen; sein Zustand war kritisch. Einen der Dealer hatte er erschossen. Der zweite Dealer war der Fahrer des Jaguars. Er war am Unfallort gestorben. Ich wurde nicht erwähnt, was mir sehr recht war.

Mein linker Oberarm war geschwollen und lief bereits blau an. Die linke Schulter und das Schlüsselbein waren steif und druckempfindlich. Meine Rippen schmerzten so sehr, daß ich mich sowenig wie möglich bewegte. Am schlimmsten war es, wenn ich atmete. Ich schaffte es bis ins Badezimmer, wo ich auf die Toilette ging und mein Gesicht im Spiegel betrachtete. Ein Airbag ist eine kleine Bombe, dennoch war der Schaden minimal: Nase und Augenpartie waren leicht geschwollen, die Oberlippe hatte eine neue Form. Nichts, was nicht über das Wochenende verschwinden würde.

Der Arzt sah um halb acht vorbei und untersuchte mich kurz. Da ich keine Brüche oder schweren Verletzungen davongetragen hatte, würde ich bald entlassen werden. Er schlug eine zweite Serie von Röntgenaufnahmen vor, nur zur Sicherheit. Ich wollte Einwände erheben, aber er hatte die Sache bereits mit meiner Frau besprochen. Und so humpelte ich eine halbe Ewigkeit in meinem Zimmer herum, betastete vorsichtig die verletzten Körperpartien, schaute mir das Frühstücksfernsehen an und fragte mich, wie ich meinen abgeschleppten Wagen wiederfinden sollte – und die Akte.

Als erstes rief ich Mordecai an, meine neue Quelle für alle Informationen, die irgend etwas mit den Straßen von Washington zu tun hatten. Ich erklärte ihm, ich sei zwar im Krankenhaus, aber in blendender Verfassung, und fragte ihn, ob er wisse, wie man einen abgeschleppten Unfallwagen finden könne. Er sagte, er habe da eine Idee.

Danach rief ich Polly an und erzählte ihr dasselbe.

„Heißt das, Sie kommen nicht?“ fragte sie bestürzt.

„Polly, ich habe Ihnen doch gerade gesagt, daß ich im Krankenhaus liege.“

Sie zögerte und bestätigte damit meine Befürchtungen. Ich sah die Torte geradezu vor mir, daneben eine Schüssel mit Punsch, das Ganze wahrscheinlich in einem überfüllten Konferenzzimmer. Ich war auf einigen dieser Partys gewesen. Sie waren gräßlich.

„Wann werden Sie entlassen?“ fragte sie.

„Weiß ich nicht. Vielleicht morgen.“ Das war gelogen. Ich würde noch vor Mittag gehen, mit oder ohne Einverständnis des behandelnden Arztes.

„Das tut mir leid“, sagte sie.

„Mir auch. Ich muß jetzt Schluß machen. Die wollen noch ein paar Untersuchungen machen.“

Und so fand meine einst vielversprechende Karriere bei Drake & Sweeney ein unspektakuläres Ende. Ich schwänzte meine eigene Abschiedsfeier.

CLAIRE kam kurz nach elf und beriet sich auf dem Gang mit dem behandelnden Arzt. Dann traten sie ein und verkündeten meine Entlassung. Ich zog die Kleidung an, die Claire mir mitgebracht hatte, und dann fuhr sie mich nach Hause. Während der kurzen Fahrt sprachen wir nur wenig. Es gab keine Versöhnung. Warum hätte ein simpler Autounfall etwas ändern sollen? Sie tat das alles nicht als Ehefrau, sondern als Freundin und Ärztin.

Zu Hause kochte sie mir eine Tomatensuppe und deckte mich auf dem Sofa zu. Dann reihte sie meine Tabletten auf der Küchentheke auf, gab mir ein paar ärztliche Anweisungen und ging.

Ich blieb zehn Minuten liegen, aß die Hälfte der Suppe und griff dann zum Telefon. Mordecai hatte nichts in Erfahrung bringen können.

Ich schlug die Mietangebote in der Zeitung auf und sprach mit Maklern und Hausverwaltern. Dann rief ich eine Mietwagenfirma an, bestellte einen Wagen mit Fahrer und duschte ausgiebig, um die verspannten Muskeln zu lockern.

Mein Fahrer hieß Leon. Ich setzte mich auf den Beifahrersitz und versuchte, nicht bei jedem Schlagloch zu stöhnen und das Gesicht zu verziehen.

Wenn ich mir auch keine schöne Wohnung leisten konnte, so sollte sie doch wenigstens in einer sicheren Gegend liegen. Nach Leons Meinung war Adams-Morgan, nördlich des Dupont Circle, eine gute Wohngegend. Entlang den Straßen standen Reihenhäuser aus der Jahrhundertwende. Die Bars und Klubs in dieser Gegend waren im Augenblick sehr beliebt, und laut Leon befanden sich hier auch die besten neuen Restaurants der Stadt. Die heruntergekommeneren Straßen waren gleich um die Ecke, und natürlich mußte man äußerst vorsichtig sein.

Auf dem Weg nach Adams-Morgan tauchte vor uns plötzlich ein Schlagloch auf, das größer war als unser Wagen. Wir rumpelten hindurch, hoben für zehn Sekunden – so lang kam es mir jedenfalls vor – ab und landeten hart. Ich schrie auf. Meine ganze linke Seite war ein einziger Schmerz.

Leon erschrak. Ich mußte ihm die Wahrheit sagen und erzählte ihm, wo ich die gestrige Nacht verbracht hatte. Er fuhr erheblich langsamer und verwandelte sich in meinen Makler. Er half mir die Treppen hinauf und hinunter, als wir verschiedene Wohnungen besichtigten.

Die letzte war eine Dachgeschoßwohnung im dritten Stock, aber das Haus verfügte über einen schönen, sauberen Aufzug. Es lag an der Wyoming Avenue, einer hübschen, schattigen Straße, die von der Connecticut Avenue abzweigte. Die Miete betrug fünfhundertfünfzig pro Monat für drei winzige Zimmer mit schrägen Wänden und ein Badezimmer mit anscheinend funktionierenden Leitungen.

Ich war kurz davor zusammenzubrechen und hätte jede halbwegs akzeptable Wohnung genommen. „Wir nehmen sie“, sagte Leon zum Vermieter. In einem kleinen Zimmer im Untergeschoß überflog ich den Mietvertrag, unterschrieb ihn und stellte einen Scheck aus.

Ich hatte Claire gesagt, ich würde bis zum Wochenende ausgezogen sein, und war entschlossen, diese Ankündigung wahr zu machen.

Falls Leon sich wunderte, wieso ich vom schicken Georgetown in ein Dreizimmerloch in Adams-Morgan zog, ließ er es sich nicht anmerken. Dazu war er zu professionell. Er brachte mich nach Hause und wartete im Wagen, während ich meine Tabletten nahm und ein kleines Nickerchen machte.

Ein Telefon läutete. Es war Rudolph.

„Ich dachte, Sie wären im Krankenhaus?" sagte er.

Ich hörte seine Stimme und erkannte sie auch, doch der Nebel lichtete sich nur langsam. „War ich auch", antwortete ich. „Jetzt nicht mehr. Was wollen Sie?"

„Wir haben Sie heute nachmittag vermißt."

Ach ja. Die Torte und der Punsch. „Vergeben Sie mir, Rudolph. Ich hatte nicht vor, einen Autounfall zu haben."

„Es geht Ihnen nicht besonders gut, nicht?"

„Genau. Ich fühle mich, als hätte ich einen Autounfall gehabt."

„Entschuldigung. Übrigens war Braden Chance vor einer Stunde bei mir. Er wollte Sie unbedingt sprechen. Eigenartig, nicht?"

„Weswegen wollte er mich sprechen?"

„Das hat er nicht gesagt. Aber er sucht Sie."

„Sagen Sie ihm, ich bin ausgeschieden."

„Das habe ich. Tut mir leid, daß ich Sie gestört habe. Schauen Sie doch mal wieder vorbei. Sie haben hier immer noch Freunde."

„Danke, Rudolph."

Ich steckte die Schmerztabletten ein. Leon schlief im Wagen. Als wir losfuhren, rief ich Mordecai an. Er hatte den Unfallbericht ausfindig gemacht, und dort war vermerkt, daß die Polizei meinen Wagen zu einer Verwahrstelle an der Georgia Avenue, nördlich der Howard University, gebracht hatte.

Als wir die Verwahrstelle gefunden hatten, war es bereits dunkel. Ein halber Block war mit Maschen- und Stacheldraht eingezäunt. Dahinter standen Hunderte von Unfallwagen kreuz und quer durcheinander. Manche waren sogar übereinandergestapelt.

Leon stand neben mir auf dem Bürgersteig und spähte durch den Zaun. „Da drüben", sagte ich und zeigte auf meinen Lexus, dessen Kühler wir neben einem Schuppen sahen. Links vorne hatte die Wucht des Aufpralls alles demoliert. Der Kotflügel war abgerissen, der Motor lag frei und war nur noch Schrott.

„Sie sind ein Glückspilz", sagte Leon.

In dem Schuppen befand sich eine Art Büro, doch es war abgeschlossen und dunkel. Die Tore waren mit schweren Ketten gesichert. Der Stacheldraht glitzerte im Regen. An der nächsten Ecke lungerten einige dunkle Gestalten herum. Ich konnte spüren, daß sie uns beobachteten.

„Lassen Sie uns hier verschwinden", sagte ich.

Leon fuhr mich zum Nationalen Flughafen, wo man einen Wagen mieten konnte.

Als ich in das Apartment in Georgetown zurückkam, war der Tisch gedeckt, und auf dem Herd stand mitgebrachtes Essen vom Chinesen. Claire wartete auf mich und hatte sich Sorgen gemacht, auch wenn sie mir nicht verriet, wieviel Sorgen sie sich gemacht hatte. Ich sagte ihr, ich hätte einen Wagen gemietet. Sie untersuchte mich gewissenhaft und ließ mich eine Tablette schlucken.

„Ich dachte, du wolltest dich ausruhen", meinte sie.

„Ich hab's versucht, aber es ging nicht. Ich habe Hunger."

Dies würde unser letztes gemeinsames Essen als Ehepaar sein. Unsere Beziehung endete, wie sie begonnen hatte: mit einer schnellen Mahlzeit, die jemand anders zubereitet hatte.

„Kennst du einen Hector Palma?" fragte sie während des Essens.

Ich schluckte. „Ja."

„Er hat vor einer Stunde angerufen und gesagt, daß er dich unbedingt sprechen muß. Er will sich heute abend um neun mit dir treffen, bei Nathan's in der M Street."

Mein Appetit war verschwunden, doch ich aß weiter, um mir nichts anmerken zu lassen. Es war eine unnötige Vorsichtsmaßnahme. Claire war das sowieso alles vollkommen gleichgültig.

Ich ging zu Fuß zur M Street, in einem leichten Regen, der sich immer mehr mit Schnee vermischte, und unter ziemlich großen Schmerzen. An einem Freitagabend war es praktisch unmöglich, dort einen Parkplatz zu finden. Außerdem brauchte ich ein bißchen Bewegung und einen klaren Kopf. Dieses Treffen konnte nur bedeuten, daß es Schwierigkeiten gab, und ich bereitete mich innerlich darauf vor. Ich dachte mir Lügen aus, mit denen ich meine Spur verwischen würde, und noch ein paar weitere, um die ersten abzusichern. Hector handelte vielleicht im Auftrag der Kanzlei; es bestand die Möglichkeit, daß er verkabelt war.

Die Bar war erst halb voll. Ich kam zehn Minuten zu früh, aber Hector erwartete mich bereits in einer kleinen Nische. Als ich näher kam, sprang er auf und streckte mir die Hand hin. „Sie müssen Michael sein. Ich bin Hector Palma aus der Immobilienabteilung. Freut mich, Sie kennenzulernen."

Es war wie ein Überfall, eine Überschwenglichkeit, die mich wachsam werden ließ. Ich schüttelte ihm die Hand und sagte etwas wie: „Freut mich ebenfalls."

Er zeigte auf die Nische. „Setzen wir uns doch", forderte er mich mit einem herzlichen Lächeln auf. Ich ging vorsichtig in die Knie und zwängte mich auf die Bank.

„Was ist mit Ihrem Gesicht passiert?" fragte er.

„Ich habe einen Airbag geküßt."

„Ja, ich hab von dem Unfall gehört", meinte er, als der Ober erschien, und fragte mich dann: „Was möchten Sie trinken?"

„Einen Kaffee, schwarz, bitte", antwortete ich. In diesem Augenblick, als er darüber nachdachte, was er trinken wollte, stieß Hector mich mit der Schuhspitze an.

„Welche Biersorten haben Sie?" fragte er den Ober. Der Ober sah starr geradeaus und rasselte die Marken herunter.

Ich sah Hector an. Seine Hände lagen gefaltet auf dem Tisch. Während der Ober uns vor fremden Blicken abschirmte, krümmte Hector den rechten Zeigefinger und zeigte auf seine Brust.

„Molson", sagte er dann plötzlich, und der Ober verschwand.

Er war verkabelt, und wir wurden beobachtet. Egal, wo sie saßen: Der Ober hatte uns verdeckt. Instinktiv wollte ich mich nach den anderen Leuten in der Bar umdrehen, doch ich widerstand der Versuchung, unter anderem weil mein Hals so steif wie ein Brett war.

„Ich bin Gehilfe in der Immobilienabteilung", erklärte er. „Sie kennen sicher Braden Chance, einen unserer Teilhaber."

„Ja." Da meine Antworten aufgezeichnet wurden, beschloß ich, sowenig wie möglich zu sagen.

„Ich arbeite hauptsächlich für ihn. Wir haben ein paar Worte gewechselt, als Sie letzte Woche in seinem Büro waren."

„Wenn Sie es sagen ... Ich kann mich nicht erinnern, Sie gesehen zu haben."

Ich bemerkte ein ganz schwaches Lächeln, eine Entspannung der Muskeln rings um die Augen – nichts, was man auf dem Film einer geheimen Überwachungskamera sehen würde. Ich stieß ihn mit dem Fuß an und hoffte, daß wir zur selben Melodie tanzten.

„Ich wollte mit Ihnen sprechen, weil eine Akte aus Bradens Büro fehlt."

„Und ich soll der Dieb sein?"

„Nein. Die Kanzlei untersucht den Fall sehr gründlich, und wir reden einfach mit allen, die in Frage kommen könnten."

„Ich weiß nichts über die Akte."

„Würden Sie sich einem Lügendetektortest unterziehen?"

„Selbstverständlich", sagte ich entschlossen, ja indigniert. Selbstverständlich würde ich mich unter keinen Umständen einem Lügendetektortest unterziehen.

„Gut. Jeder, der jemals mit dieser Akte zu tun gehabt hat, wird gebeten werden, diesen Test zu machen."

Das Bier und der Kaffee wurden gebracht, und so entstand eine kurze Pause, in der wir das Gesagte und das weitere Vorgehen überdenken konnten. Hector hatte mir gerade zu verstehen gegeben, daß er in großen Schwierigkeiten steckte. Ein Lügendetektortest würde ihm das Genick brechen. Er würde nicht lügen können, er würde den Test nicht überstehen.

„Sie nehmen auch Fingerabdrücke", erklärte er. Das sagte er leiser – nicht um das versteckte Mikrofon zu überlisten, sondern um den Schlag zu mildern.

Es traf mich dennoch hart. Weder vor noch nach dem Diebstahl hatte ich jemals daran gedacht, daß ich überall meine Fingerabdrücke hinterließ. „Schön für sie", erwiderte ich. „Hoffentlich finden sie den Übeltäter."

„Den ganzen Nachmittag lang haben sie einen Fingerabdruck nach dem anderen gefunden. An der Tür, am Lichtschalter, am Aktenschrank. Jede Menge Fingerabdrücke." Er trank einen großen Schluck. „Hat Ihnen jemand die Schlüssel zu Bradens Büro gegeben?"

„Selbstverständlich nicht."

„Man hat nämlich einen leeren Aktendeckel auf Ihrem Schreibtisch gefunden, zusammen mit einer Notiz, in der irgendwas von zwei Schlüsseln stand. Einer für die Tür und einer für einen Aktenschrank."

„Davon weiß ich nichts", behauptete ich so arrogant wie möglich.

Hector nahm noch einen großen Schluck. Ich nippte an meinem Kaffee.

Er hatte genug gesagt. Die Botschaften waren übermittelt worden – eine von der Kanzlei, die andere von Hector selbst. Die Kanzlei wollte die Akte zurück, und zwar vollständig, und Hector wollte mich wissen lassen, daß seine Beteiligung ihn den Job kosten konnte. Ich konnte ihn retten.

„Noch etwas?“ fragte ich. Plötzlich wollte ich gehen.

„Nein. Wann können Sie den Lügendetektortest machen?“

„Ich rufe Sie an.“ Ich nahm meinen Mantel und ging.

SIEBEN

Mordecai hatte Verbindungen zur Polizei und ließ sie spielen, damit ich Zugang zu meinem Wagen bekam. Am Samstag morgen um kurz nach neun holte Mordecai mich ab, und wir fuhren auf schnee- und eisglatten Straßen nach Northeast. Der Verkehr war spärlich. Es war ein ungemütlicher Februarmorgen.

Wir parkten vor dem mit Vorhängeschlössern gesicherten Tor der städtischen Verwahrstelle an der Georgia Avenue. „Warten Sie hier“, sagte Mordecai. Ich konnte die Überreste meines Lexus sehen.

Mordecai ging zum Tor und drückte auf den Klingelknopf am Pfosten. Die Schuppentür öffnete sich. Ein kleiner, dünner Polizist trat mit einem Regenschirm heraus, und die beiden redeten kurz miteinander.

Mordecai kam zurück, schlug die Tür zu und streifte die Regentropfen von den Schultern. „Er erwartet Sie“, verkündete er.

Ich stieg aus, spannte meinen Regenschirm auf und ging rasch zum Tor, wo der Polizist ohne eine Spur von Freundlichkeit oder Sympathie auf mich wartete. Er holte ein paar Dutzend Schlüssel hervor, fand irgendwie die drei, die zu den schweren Vorhängeschlössern paßten, und sagte, während er das Tor öffnete: „Hier entlang.“ Ich folgte ihm und wich den tiefen, mit braunem Wasser und Matsch gefüllten Löchern aus. Bei jeder Bewegung hatte ich Schmerzen.

Ich sah sogleich auf dem Beifahrersitz nach. Keine Akte. Nach einem Augenblick der Panik fand ich sie unbeschädigt auf dem Boden hinter dem Fahrersitz. Ich hob sie auf und wandte mich zum Gehen.

„Ist das alles?“ fragte der Polizist.

„Ja“, antwortete ich und wäre am liebsten losgerannt.

„Kommen Sie mit!“

Wir traten in den Schuppen, wo in der Ecke ein zischender Gasbrenner Wärme verströmte. Der Polizist nahm eins von zehn Klemmbrettern von der Wand und starrte auf die Akte, die ich in der Hand hielt. „Ein brauner Aktenordner“, meinte er, während er schrieb. „Steht da ein Name drauf?“

„Wozu brauchen Sie den?“ fragte ich.

„Legen Sie die Akte auf den Tisch!"

Ich legte sie auf den Tisch. „RiverOaks Schrägstrich TAG Incorporated", las er laut und schrieb. „Nummer TBC-96-3381." Die Spur, die ich hinterließ, wurde immer breiter.

„Gehört das Ihnen?" fragte er und zeigte auf die Akte.

„Ja."

„Gut. Sie können gehen."

Ich bedankte mich und erhielt keine Antwort.

Als ich wieder im Wagen saß, warf Mordecai einen Blick auf die Akte. Er wußte nicht, worum es ging. Ich hatte ihm lediglich gesagt, die Akte sei sehr wichtig und ich müsse sie holen, bevor sie zusammen mit dem Wagen vernichtet würde. Auf dem Rückweg war ich in Versuchung, sie durchzublättern, tat es aber nicht.

Ich verabschiedete mich von Mordecai und fuhr vorsichtig zu meiner neuen Wohnung.

ALS ICH die Akte durchsah, erfuhr ich, daß es um Bundesgelder ging. Die Post plante ein neues Verteilungszentrum für zwanzig Millionen Dollar, und RiverOaks war eine der aggressiv auftretenden Immobiliengesellschaften, die sich Hoffnungen machten, diese Stelle bauen, vermieten und verwalten zu dürfen. Mehrere Standorte, allesamt in ärmeren, heruntergekommenen Vierteln, waren in Erwägung gezogen worden. Im vorigen Dezember hatte RiverOaks schließlich eine Liste mit drei Standorten vorgelegt und begonnen, die billigen Grundstücke aufzukaufen, die man brauchen würde.

TAG war eine rechtmäßig eingetragene Gesellschaft, deren alleiniger Besitzer Tillman Gantry war, ein zweifach vorbestrafter ehemaliger Zuhälter und Kleinkrimineller, wie es in einer Aktennotiz hieß. Leute wie er waren in dieser Stadt nichts Ungewöhnliches. Nach seiner gescheiterten Karriere als Krimineller hatte Gantry sich auf Grundstücksgeschäfte verlegt. Er kaufte verlassene Häuser auf, ließ sie oberflächlich renovieren und verkaufte oder vermietete sie als Gewerberäume. Als die Post ein neues Verteilungszentrum brauchte, hatten sich die Wege von RiverOaks und Gantry gekreuzt.

Am 6. Januar hatte die Postdirektion RiverOaks per Einschreiben davon in Kenntnis gesetzt, daß die Gesellschaft den Zuschlag bekommen habe und der Erbauer, Eigentümer und Vermieter des neuen Verteilungszentrums sein werde. Eine schriftliche Vereinbarung sah jährliche Mietzahlungen in Höhe von 1,5 Millionen Dollar vor, und zwar über einen garantierten Zeitraum von zwanzig Jahren. In dem Brief stand auch, daß der Vertrag zwischen der Postdirektion und RiverOaks spätestens am 1. März unterschrieben sein müsse, was auf eine für Regierungsbehörden völlig unübliche Hast hindeutete. Bis zum 1. März war es nur noch eine Woche. Kein Wunder, daß Chance die Akte so schnell vermißt hatte.

RiverOaks und ihre Anwälte und Makler machten sich an die Arbeit. Im Januar kaufte die Gesellschaft vier Grundstücke an der Florida Avenue, in der Nähe des Lagerhauses, wo die Zwangsräumung erfolgt war.

Das Lagerhaus an der Florida Avenue hatte TAG im vergangenen Juli für eine nicht genannte Summe erworben. Am 31. Januar hatte RiverOaks es für zweihunderttausend Dollar gekauft, vier Tage vor der Zwangsräumung, in deren Verlauf DeVon Hardy und die Burton-Familie auf die Straße gesetzt worden waren. Weil das Geschäft in bar abgewickelt worden war, gab es keine Bankunterlagen.

Auf der linken Innenseite des Aktenordners befand sich das Journal, ein Vordruck, auf dem jeder Bestandteil der Akte mit Datum und kurzer Beschreibung eingetragen wurde. Chances Akte war penibel geführt. Doch irgend jemand hatte sich daran zu schaffen gemacht.

Am 22. Januar war Hector Palma allein zum Lagerhaus gegangen, um es routinemäßig vor dem Kauf in Augenschein zu nehmen. Als er durch eine als Eingang gekennzeichnete Tür getreten war, hatten ihn zwei Straßenräuber überfallen, die ihn mit einem Stock niedergeschlagen, ihm ein Messer unter die Nase gehalten und sich mit seiner Brieftasche und seinem Geld aus dem Staub gemacht hatten. Hector war am 23. zu Hause geblieben und hatte den Überfall in einer Aktennotiz beschrieben. Der letzte Satz lautete: „Werde das Objekt am Montag, dem 27. Januar, in Begleitung eines Wachmanns besichtigen."

Über seinen zweiten Besuch gab es jedoch keine Aktennotiz. Am 27. Januar dagegen war ins Journal eingetragen worden: „AN von HP – Objektbesichtigung, Inspektion des Geländes." Hector war am 27. in Begleitung eines Wachmanns zum Lagerhaus gegangen, hatte es besichtigt, zweifellos festgestellt, daß es bewohnt war, und eine Aktennotiz geschrieben, die, nach den anderen von ihm verfaßten Unterlagen zu urteilen, recht ausführlich gewesen sein mußte.

Diese Aktennotiz war entfernt worden.

Das Geschäft wurde am 31. Januar, einem Freitag, abgewickelt. Am Dienstag darauf kehrte Hector zum Lagerhaus zurück, um die Hausbesetzer zu vertreiben. Er wurde von einem Angestellten eines privaten Sicherheitsdienstes, einem Polizisten und vier Schlägern von einer

Räumungsfirma begleitet. Laut seiner zwei Seiten umfassenden Aktennotiz dauerte die Aktion drei Stunden. Hector hatte versucht, seine Gefühle zu verbergen, doch es wurde deutlich, daß Zwangsräumungen nicht nach seinem Geschmack waren.

Mein Herz stockte, als ich las: „Die Frau hatte vier Kinder, eins davon im Säuglingsalter. Die Familie lebte in einer Zweizimmerwohnung ohne sanitäre Installationen und schlief auf zwei Matratzen auf dem Boden. Während die Mutter dem Polizisten Widerstand leistete, sahen die Kinder zu. Die Wohnung wurde schließlich geräumt."

Also hatte Ontario gesehen, wie seine Mutter sich gegen den Polizisten gewehrt hatte.

Eine Liste der Betroffenen war beigefügt. Es waren siebzehn Namen, die Namen der Erwachsenen – dieselbe Liste, die man mir am Montag morgen zusammen mit einer Kopie des Artikels in der *Washington Post* auf den Schreibtisch gelegt hatte. Am Ende der Akte waren die Räumungsaufforderungen an die siebzehn Betroffenen eingeheftet. Sie waren nicht benutzt worden. Hausbesetzer hatten keinerlei Rechte, nicht einmal das Recht auf eine Benachrichtigung. Die Aufforderungen waren im nachhinein eingefügt worden, um die Sache zu vertuschen.

Die Manipulation war offenkundig und dumm. Andererseits war Chance Teilhaber. Daß ein Teilhaber eine seiner Akten dem Vorstand hatte vorlegen müssen, war noch nie vorgekommen. Sie war auch nicht vorgelegt, sondern gestohlen worden. Das war eine kriminelle Handlung, und man war dabei, Beweismaterial zu sammeln. Der Dieb war ein Idiot.

Vor sieben Jahren, als ich eingestellt worden war, hatte ein privater Sicherheitsdienst meine Fingerabdrücke genommen. Es würde ein leichtes sein, sie mit denen an Chances Aktenschrank zu vergleichen. Ich war sicher, daß man es bereits getan hatte. Würde man einen Haftbefehl ausstellen? Es war unvermeidlich.

Nach drei Stunden hatte ich die Akte, deren Inhalt den ganzen Boden des Zimmers bedeckte, durchgearbeitet. Sorgfältig heftete ich alles in der richtigen Reihenfolge wieder ein. Dann fuhr ich zum Rechtsberatungsbüro und kopierte alles.

AUF DEM Zettel stand, sie sei einkaufen gegangen. Wir hatten schönes Gepäck, ein gemeinsamer Besitz, den wir bei unserer Aufteilung gar nicht berücksichtigt hatten. Claire würde in der näheren Zukunft häufiger verreisen als ich, und darum nahm ich das billigere Zeug:

eine Reisetasche und ein paar kleinere Sporttaschen. Ich räumte rasch meine Schubladen und meine Hälfte des Badezimmerschränkchens aus. Ich litt körperliche und seelische Qualen, als ich die Taschen nach unten trug, im Mietwagen verstaute und wieder hinaufging, um meine Anzüge zu holen. Ich stieß auf meinen alten Schlafsack, den ich vor mindestens fünf Jahren zum letztenmal benutzt hatte, und lud ihn, eine Bettdecke und ein Kopfkissen in den Wagen. Außerdem hatte ich ein Anrecht auf einen Wecker, ein Radio, einen tragbaren CD-Spieler und ein paar CDs, den kleinen Fernseher auf der Küchentheke, eine Kaffeekanne, einen Fön und einen Satz blauer Handtücher.

Als der Wagen voll war, schrieb ich auf einen Zettel, ich sei ausgezogen, und legte ihn neben ihren. Meine Gefühle waren gemischt und lauerten dicht unter der Oberfläche, und ich war im Augenblick nicht imstande, mich mit ihnen auseinanderzusetzen. Ich war noch nie aus einer gemeinsamen Wohnung ausgezogen und wußte nicht, wie man das macht.

Ich schloß die Tür und ging die Treppe hinunter. In ein paar Tagen würde ich zurückkehren, um meine restlichen Sachen zu holen, und doch hatte ich das Gefühl, es sei das letzte Mal.

ICH SCHLOSS mich im Büro ein. Es war Sonntag, und hier drinnen war es noch kälter als gestern. Ich trug einen dicken Pullover, eine Kordhose und Wintersocken und las die Zeitung an meinem Schreibtisch, auf dem zwei dampfende Tassen Kaffee standen.

Mir fehlte mein lederbezogener Chefsessel, auf dem ich nach Belieben wippen und herumrollen konnte. Mein neuer Bürosessel war nur wenig besser als ein Klappstuhl, wie man ihn für eine Gartenparty benutzen würde. Der Tisch war ramponiert und aus zweiter Hand. Er hatte ursprünglich vermutlich in einer Schule gestanden. Die beiden Stühle für die Mandanten waren tatsächlich Klappstühle – der eine war schwarz, der andere hatte eine grünliche Farbe, die ich noch nie zuvor gesehen hatte.

Ach, wie tief war ich gefallen! Wenn mein lieber Bruder Warner mich so hätte sehen können – es war Sonntag, ich saß frierend an meinem jämmerlich kleinen Schreibtisch, starrte auf die Risse im Putz und hatte die Tür verschlossen, damit meine potentiellen Mandanten nicht hereinkommen und mich ausrauben konnten –, dann hätte er mich mit so wilden und ausgefallenen Schimpfwörtern bedacht, daß ich Lust verspürt hätte, sie aufzuschreiben.

Ein lautes Klopfen an der Tür jagte mir einen Heidenschreck ein. Ich fuhr hoch und wußte nicht, was ich tun sollte. Waren irgendwelche Straßenräuber hinter mir her? Während ich zur Tür ging, klopfte es wieder, und ich konnte eine Gestalt erkennen, die durch die Gitterstäbe und das dicke Glas der Vordertür zu spähen versuchte.

Es war Barry Nuzzo. Er zitterte und hatte es eilig, in die Sicherheit des Büros zu kommen. Ich schloß auf und ließ ihn ein.

„Was für ein Loch!" meinte er freundlich und sah sich um, während ich die Tür wieder abschloß.

„Ein bißchen verstaubt, nicht?" erwiderte ich. Ich war vollkommen überrascht von seinem Erscheinen und fragte mich, was es zu bedeuten hatte. „Wir halten die laufenden Kosten so niedrig wie möglich, damit wir mehr Zaster nach Hause tragen können."

„Dann hast du also wegen des Geldes gewechselt?" fragte er amüsiert.

„Natürlich."

„Du bist verrückt!"

„Ich habe meine Berufung gefunden."

„Berufung? Du meinst, du hörst Stimmen?"

„Bist du deshalb gekommen? Um mir zu sagen, daß ich verrückt bin?"

Er zuckte mit den Achseln. „Was ist mit deinem Gesicht passiert?"

„Ein Airbag."

„Ach ja, stimmt, das hatte ich vergessen. Ich hatte gehört, es sei nur ein Blechschaden gewesen."

„Ja, nur ein Blechschaden."

Er schlenderte herum und sah in die kleinen Büros, die von dem Hauptraum abgingen. „Wie hast du diesen Laden gefunden?"

„Mister war öfters hier. Die Leute hier waren seine Anwälte."

„Der gute alte Mister", sagte er. Er unterbrach seine Inspektion und starrte an die Wand. „Glaubst du, er hätte uns wirklich umgebracht?"

„Nein. Aber keiner hat ihm zugehört. Er war bloß irgendein Obdachloser. Er wollte gehört werden."

„Hattest du dir eigentlich überlegt, ob du versuchen solltest, ihn zu überwältigen?"

„Nein, aber ich habe mit dem Gedanken gespielt, ihm die Pistole zu entreißen und Rafter zu erschießen."

„Hättest du's nur getan."

„Vielleicht beim nächstenmal."

„Kann ich einen Kaffee haben?"

„Klar.“ Ich fand einen Becher, wusch ihn aus und füllte ihn mit Kaffee. Dann bat ich Barry in mein Büro.

„Hübsch“, sagte er und sah sich um.

„Hier werden die wirklich wichtigen Fälle besprochen“, erklärte ich stolz. Wir setzten uns einander gegenüber an den Schreibtisch. Die Stühle quietschten.

„Hast du davon geträumt, als du auf der Uni warst?“ fragte er.

„An die Uni kann ich mich nicht mehr erinnern. Ich hab seitdem zu viele honorarfähige Stunden abgerissen.“

Endlich sah er mich an, ohne zu grinsen oder zu lächeln, und wurde ernst. Es war ein schlimmer Gedanke, und doch fragte ich mich unwillkürlich, ob Barry wohl verdrahtet war.

„Dann bist du also auf den Spuren von Mister hierhergekommen?“ sagte er.

„Ich glaube schon.“

„Und was hast du gefunden?“

„Stellst du dich dumm, Barry? Was ist in der Kanzlei los? Habt ihr meine Verfolgung aufgenommen?“

Er trank rasche, kleine Schlucke von seinem Kaffee und dachte nach. „Dieser Kaffee schmeckt entsetzlich“, meinte er und machte ein Gesicht, als wollte er ihn ausspucken.

„Wenigstens ist er heiß.“

„Eine Akte ist gestohlen worden, und alle haben dich im Verdacht.“

„Warum haben sie mich im Verdacht?“

„Die Akte hat irgendwas mit Mister zu tun. Du bist zu Braden Chance gegangen und hast Einsicht verlangt. Es gibt Indizien dafür, daß jemand dir Schlüssel gegeben hat, die du vielleicht nicht hättest haben dürfen.“

„Ist das alles?“

„Und es gibt Fingerabdrücke.“

„Fingerabdrücke?“ fragte ich und versuchte, ein überraschtes Gesicht zu machen.

„Überall in Chances Büro. Es sind deine. Du warst da, Michael. Du hast die Akte an dich genommen. Was willst du jetzt tun?“

„Was weißt du noch von dieser Sache?“

„Mister ist von einem unserer Immobilienkunden auf die Straße gesetzt worden.“

„Ist das alles?“

„Das ist alles, was sie uns gesagt haben. Am Freitag, kurz vor Büroschluß, kam ein Rundschreiben an alle Mitarbeiter der Kanzlei, in dem man uns davon in Kenntnis setzte, daß eine Akte gestohlen worden sei, daß du der Hauptverdächtige seist und daß sämtlichen Mitarbeitern der Kanzlei jeglicher Kontakt mit dir verboten sei. Ich dürfte eigentlich gar nicht hier sein."

„Ich werde es niemandem verraten."

„Danke."

„Warum bist du dann gekommen?"

„Weil ich dein Freund bin. Im Augenblick ist alles verrückt. Mein Gott, am Freitag hatten wir die Polizei im Haus, kannst du dir das vorstellen? Vor einer Woche war's das Einsatzkommando, und wir waren Geiseln. Und jetzt bist du über die Klippe gegangen. Laß uns doch mal eine Pause, ein paar Wochen irgendwo Urlaub machen. Du bringst die Akte zurück, die Firma vergibt und vergißt ebenfalls, du und ich spielen zwei Wochen Tennis auf Maui, und wenn wir zurückkommen, setzt du dich wieder in dein schönes Büro, wo du hingehörst."

„Sie haben dich geschickt, stimmt's? Es wird nicht gehen, Barry."

„Nenn mir einen guten Grund. Bitte!"

„Rechtsanwalt zu sein bedeutet mehr, als honorarfähige Stunden zu berechnen und Geld zu scheffeln. Ich habe es satt, Barry. Ich will etwas bewirken."

„Du klingst wie ein Erstsemester."

„Genau. Wir haben Jura studiert, weil wir dachten, das Recht sei eine edle, erhabene Sache. Wir wollten gegen Ungerechtigkeiten und soziale Mißstände angehen und alle möglichen großen Taten vollbringen, denn wir waren ja Rechtsanwälte. Früher haben wir unser Handeln an Idealen ausgerichtet. Was hält uns davon ab, das wieder zu tun?"

„Ratenzahlungen."

„Ich will dich nicht auf meine Seite ziehen. Du hast drei Kinder – Claire und ich haben zum Glück keine. Ich kann es mir leisten, ein bißchen verrückt zu sein."

Ein Heizkörper in der Ecke, den ich bisher gar nicht bemerkt hatte, begann zu rasseln und zu zischen. Wir sahen ihn an und hofften auf ein wenig Wärme.

„Sie werden dich drankriegen, Michael", sagte er und starrte noch immer auf den Heizkörper, ohne ihn wirklich zu sehen.

„‚Sie'? Du meinst ‚wir'?"

„Ja. Die Kanzlei. Du kannst nicht hingehen und eine Akte stehlen."

„Strafanzeige? Untersuchungshaft?"

„Wahrscheinlich. Sie sind fuchsteufelswild, Michael."

„Die Kanzlei hat mehr zu verlieren als ich."

Er musterte mich. „Geht es um mehr als um Mister?" fragte er.

„Um viel mehr. Die Kanzlei steht auf sehr dünnem Eis. Wenn die mich drankriegen wollen, werde ich sie ebenfalls drankriegen. Sag ihnen, sie sollen mich in Ruhe lassen."

„Es waren bloß ein paar Hausbesetzer, Michael."

„Die Sache ist viel komplizierter. Glaub mir, Barry, das wird Schlagzeilen machen. Wenn das rauskommt, werdet ihr euch nicht mehr aus dem Haus trauen."

„Du schlägst also einen Waffenstillstand vor? Du behältst die Akte, und wir lassen dich in Ruhe?"

„Für den Augenblick jedenfalls. Was nächste oder übernächste Woche sein wird, weiß ich nicht."

„Warum soll ich nicht mit Arthur Jacobs sprechen? Ich mache den Vermittler. Wir drei setzen uns zusammen, schließen die Tür ab und klären diese Angelegenheit. Was meinst du?"

„Dafür ist es zu spät. Es hat Tote gegeben."

„Mister hat es nicht anders gewollt."

„Es gibt noch andere." Damit hatte ich genug gesagt. Er war zwar mein Freund, aber über den größten Teil unseres Gesprächs würde er seinen Bossen berichten.

„Könntest du mir das erklären?"

„Nein. Das ist vertraulich."

Der Heizkörper gluckste und gurgelte, und für eine Weile war es leichter, ihn anzusehen, als zu sprechen. Keiner von uns wollte etwas sagen, was er später bereuen würde. Er fragte nach den anderen Mitarbeitern des Rechtsberatungsbüros. Ich führte ihn herum. Mehr als einmal murmelte er: „Unglaublich!"

„Wollen wir in Verbindung bleiben?" fragte er an der Tür.

„Klar."

MEINE Einweisung am Montag morgen dauerte etwa dreißig Minuten. Das war die Fahrtzeit vom Büro zum Samaritan House in Northeast. Mordecai fuhr und redete, und ich saß da, umklammerte meine Aktentasche und war so nervös wie ein Anfänger vor seiner ersten Bewährungsprobe. Ich trug Jeans, ein weißes Hemd und Krawatte, einen alten marineblauen Blazer, weiße Socken und alte Nike-Turnschuhe. Ich hatte mich nicht rasiert. Als Armenanwalt konnte ich mich kleiden, wie ich wollte.

„Ihre Mandanten lassen sich schnell klassifizieren", sagte Mordecai.

Er lenkte mit einer Hand, hielt in der anderen einen Becher Kaffee und achtete nicht auf die Fahrzeuge rings um uns her. „Etwa ein Viertel hat Arbeit, ein Viertel sind Familien mit Kindern, ein Viertel ist geistig zurückgeblieben, und ein Viertel sind Veteranen. Und etwa ein Drittel von denen, die Anrecht auf eine Sozialwohnung haben, wohnen auch tatsächlich in einer." Mühelos rasselte er Statistiken herunter. Dies war sein Leben, sein Beruf. Ich saß nur da und hörte zu.

„Diese Leute arbeiten für Mindestlohn. Die normalen Mietwohnungen auf dem freien Markt kommen für sie also nicht in Frage. Nicht mal im Traum. Und ihre Löhne haben mit der Entwicklung der Mietpreise nicht Schritt gehalten. Also wird die Kluft immer größer. Etwa die Hälfte aller Armen muß siebzig Prozent ihres Einkommens dafür aufwenden, um ihre Wohnung zu halten. Laut der offiziellen Statistik dürfte die Wohnung aber nur ein Drittel des Einkommens kosten. Es gibt in dieser Stadt Zehntausende, die am Rand der Obdachlosigkeit stehen – ein verspäteter Gehaltsscheck, ein unerwarteter Krankenhausaufenthalt, ein unvorhergesehener Notfall, und sie verlieren ihre Wohnung."

„Und wohin gehen sie dann?"

„Meistens nicht direkt in die Notunterkünfte. Zuerst wohnen sie bei Verwandten, dann bei Freunden. Die Belastung ist gewaltig. Sie wohnen also mal hier, mal da. Ein Kind lassen sie bei der Schwester, ein anderes bei einer Freundin. Es geht immer weiter bergab. Viele Obdachlose haben Angst vor den Notunterkünften und tun alles, um nicht dort zu landen."

Er hielt inne und nahm einen Schluck Kaffee.

„Warum?" fragte ich.

„Nicht alle Notunterkünfte sind sicher. Es hat Schlägereien gegeben, Überfälle, ja sogar Vergewaltigungen."

Und hier sollte ich also den Rest meines Berufslebens verbringen. „Um was wird es bei meinen ersten Fällen gehen?"

„Sie sind nervös, stimmt's?"

„Ja, und ich habe keine Ahnung, was mich erwartet."

Die Ampel sprang auf Grün, und Mordecai fuhr an. „Nur die Ruhe. Die Fälle sind nicht kompliziert, aber Sie werden Geduld brauchen. Dem einen wird eine ihm zustehende Unterstützung, wahrscheinlich Lebensmittelgutscheine, verweigert. Der andere will sich scheiden lassen. Einer hat eine Beschwerde gegen seinen Vermieter. Außerdem werden Sie garantiert auch ein Strafverfahren kriegen."

„Was für eine Art von Strafverfahren?"

„Kleinkram. Der Trend geht dahin, Obdachlosigkeit zu kriminalisieren. In den großen Städten sind Verordnungen erlassen worden, die sich ausschließlich gegen Menschen richten, die auf der Straße leben. Razzien sind an der Tagesordnung."

„Razzien?"

„Ja. Sie nehmen sich eine Gegend der Stadt vor, sammeln alle Obdachlosen ein und karren sie irgendwo anders hin." Er nahm einen Schluck Kaffee und verstellte den Heizungsregler. Fünf Sekunden ohne eine Hand am Steuer. „Vergessen Sie nicht, Michael: Jeder muß irgendwo sein. Diese Leute haben keine Alternative. Wenn man hungrig ist, bettelt man, um essen zu können. Wenn man müde ist, schläft man, wo man einen Platz findet. Auch wenn man obdachlos ist, muß man irgendwo leben."

RECHTS an einer Straßenecke standen ein paar dick vermummte Männer um einen tragbaren Gasofen. Wir bogen ab und parkten am Randstein. Das Gebäude war einst, vor vielen Jahren, ein Kaufhaus gewesen. Auf einem handgemalten Schild stand: SAMARITAN HOUSE.

„Es ist eine private Unterkunft", erklärte Mordecai. „Neunzig Betten, anständiges Essen, finanziert von einem Verband von Kirchengemeinden in Arlington."

Mordecai sprach mit einem älteren Mann, der an der Tür stand, und wir durften eintreten.

„Ich werde Sie kurz herumführen", sagte Mordecai. Während wir durch das Erdgeschoß gingen, hielt ich mich dicht bei ihm. Es war ein Labyrinth aus kurzen Korridoren, mit kleinen Räumen zu beiden Seiten, deren Wände aus Spanplatten bestanden. Jeder Raum hatte eine mit einem Schloß versehene Tür. Eine stand offen. Mordecai warf einen Blick in das Zimmer und rief: „Guten Morgen!"

Ein kleiner Mann mit wildem Blick saß auf der Bettkante und starrte uns an. „Das ist ein gutes Zimmer", meinte Mordecai. „Ein abschließbarer Raum mit einem Bett, Platz für persönliche Dinge und Elektrizität."

„Schönen Tag noch", sagte er zu dem Mann auf dem Bett.

Der nickte nur.

Ein paar Radios waren eingeschaltet. Menschen gingen umher. Es war Montag morgen, und sie mußten zur Arbeit oder hatten andere Dinge zu erledigen.

„Ist es schwer, hier einen Platz zu bekommen?" fragte ich und ahnte bereits die Antwort.

„So gut wie unmöglich. Die Warteliste ist kilometerlang."

Die Mandanten erwarteten uns bereits. Unsere Beratung fand in einer Ecke des Speisesaals statt. Wir liehen uns vom Koch einen Klapptisch, Mordecai schloß einen Aktenschrank auf, der in der Ecke stand, und damit war die Kanzlei geöffnet. Auf an der Wand aufgereihten Stühlen saßen sechs Leute.

„Wer ist der erste?" fragte Mordecai, und eine Frau nahm ihren Stuhl und setzte sich uns gegenüber. Wir hielten Block und Bleistift bereit und waren ihre Anwälte – der eine ein Veteran, der andere völlig unbeleckt.

Die Frau hieß Waylene und war siebenundzwanzig Jahre alt. Unverheiratet, zwei Kinder. Waylenes Problem war nicht kompliziert. Sie hatte in einer Imbißstube gearbeitet, bevor sie, aus Gründen, die Mordecai unerheblich fand, gekündigt hatte. Es standen noch zwei Gehaltsschecks aus: weil sie keinen festen Wohnsitz hatte, waren sie von ihrem Arbeitgeber an die falsche Adresse geschickt worden. Die Schecks waren verschwunden, doch das war Waylenes ehemaligem Boß vollkommen egal.

„Wo werden Sie in der nächsten Woche unterkommen?" fragte Mordecai.

Das wußte sie noch nicht. Vielleicht hier, vielleicht dort.

„Ich lasse die Schecks an die Kanzlei schicken." Er gab ihr eine Visitenkarte. „Rufen Sie mich in einer Woche unter dieser Nummer an."

Sie nahm die Karte, bedankte sich und eilte davon.

„Rufen Sie ihren Boß an", sagte Mordecai zu mir, „und stellen Sie sich als ihr Anwalt vor. Seien Sie erst einmal nett und freundlich, aber hauen Sie kräftig auf den Putz, wenn er nicht kooperationsbereit ist."

Ich schrieb diese Anweisungen mit, als wären sie kompliziert. Waylene hatte zweihundertzehn Dollar zu bekommen. Der letzte Fall, den ich bei Drake & Sweeney bearbeitet hatte, war ein Kartellverfahren gewesen, bei dem es um neunhundert Millionen Dollar gegangen war.

Während wir fachkundig einen Mandanten nach dem anderen berieten, wurde die Schlange der Wartenden länger. Für Mordecai war das alles nichts Neues: Lebensmittelgutscheine kamen mangels eines festen Wohnsitzes nicht mehr an, ein Vermieter wollte die Kaution nicht herausrücken, ein Vater weigerte sich, Unterhalt zu zahlen.

Nach zwei Stunden und zehn Mandanten setzte ich mich ans andere Ende des Tisches und beriet meine Mandanten selbst. An meinem ersten richtigen Arbeitstag als Armenanwalt war ich bereits auf mich allein gestellt; ich machte mir Notizen und benahm mich ebenso würdig wie mein Kollege.

Der Morgen verging schnell, und meine Nervosität verschwand. Ich half Menschen mit echten Problemen, armen Menschen, die keine andere Möglichkeit hatten, juristischen Beistand zu bekommen. Ich lernte zu lächeln und ihnen das Gefühl zu geben, willkommen zu sein. Manche entschuldigten sich dafür, daß sie nicht imstande waren, mich zu bezahlen. Geld sei nicht wichtig, versicherte ich ihnen dann.

Um zwölf gaben wir den Tisch frei, damit das Mittagessen serviert werden konnte. An der Ausgabe stand eine Menschenschlange. Die Suppe war fertig.

IM RECHTSBERATUNGSBÜRO zog ich mich am Nachmittag in mein Zimmer zurück. Mordecai hatte vorgeschlagen, ich sollte mir gleich die Fälle vornehmen, die wir morgens im Samaritan House angenommen hatten. Es waren insgesamt neunzehn. Wenn ich gedacht hatte, das Arbeitspensum eines Armenanwalts würde kleiner sein, so hatte ich mich getäuscht. Mit einemmal steckte ich bis zum Hals in den Problemen anderer Leute.

Mein erster Anruf ging allerdings an Drake & Sweeney. Ich fragte nach Hector Palma in der Immobilienabteilung und kam in die Warteschleife. Nach fünf Minuten bellte Braden Chances rauhe Stimme unvermittelt in mein Ohr. „Kann ich Ihnen helfen?“

Ich schluckte und sagte: „Ja, ich versuche, Hector Palma zu erreichen.“

„Und wer sind Sie?“ wollte er wissen.

„Rick Hamilton. Ich bin ein alter Schulfreund von Hector.“

„Tut mir leid, er arbeitet nicht mehr hier.“ Chance legte auf, und ich starrte das Telefon an und überlegte, ob ich Polly anrufen sollte oder vielleicht auch Rudolph oder Barry. Doch dann wurde mir bewußt, daß sie nicht mehr meine Freunde waren. Ich war draußen. Ich war gesperrt. Ich war der Feind.

Am Ende meines ersten Arbeitstages hatte ich es nicht sehr eilig, das Büro zu verlassen. Mein Zuhause war eine leere Mansardenwohnung, ein Schlafzimmer ohne Bett, ein Wohnzimmer mit einem Fernseher ohne Kabelanschluß und eine Küche mit einem Klapptisch und ohne Kühlschrank.

Sofia ging pünktlich um fünf, wie immer. Die Gegend, in der sie wohnte, war gefährlich, und darum wollte sie bei Einbruch der Dunkelheit zu Hause und hinter verschlossenen Türen sein. Mordecai ging um sechs, nachdem er mit mir eine halbe Stunde lang die Fälle des heutigen Tages besprochen hatte. „Bleiben Sie nicht zu lange", warnte er mich, „und gehen Sie am besten nicht allein." Er hatte Abraham Lebow gefragt, der vorhatte, bis neun zu arbeiten, und riet uns, gemeinsam aufzubrechen. „Parken Sie in der Nähe. Gehen Sie schnell. Behalten Sie die Umgebung im Auge."

Ich rief drei Hector Palmas an, die ich im Telefonbuch gefunden hatte. Der erste war nicht der Hector, den ich sprechen wollte. Bei der zweiten Nummer hob niemand ab. Die dritte Nummer bescherte mir nur einen Anrufbeantworter. Die Nachricht war kurz und bündig: „Es ist niemand zu Hause – bitte hinterlassen Sie eine Nachricht, wir rufen Sie zurück." Es war Hectors Stimme.

Ich schrieb die Adresse aus dem Telefonbuch ab. Ich war mir sicher, daß ich ihn mit Hilfe meines gerade erst erworbenen Straßenwissens würde ausfindig machen können.

ACHT

Die Polizei wartete bis ein Uhr morgens und schlug dann in einer kommandoartigen Aktion zu.

Das Handy klingelte neben dem Kissen, das ich am Kopfende des Schlafsacks auf den Boden gelegt hatte. Es war meine dritte Nacht auf dem Fußboden – ich versuchte, mich in das Leben meiner Mandanten einzufühlen. Ich aß wenig, schlief noch weniger und sah Parkbänke und Bürgersteige mit neuen Augen. Die linke Körperhälfte war bis hinunter zum Knie grün und blau und schmerzte, weswegen ich auf der rechten Seite schlief.

Ich tastete nach dem Handy und meldete mich mit: „Ja?"

„Michael!" zischte Claire im Flüsterton. „Die Polizei ist hier und durchsucht die Wohnung."

„Was?"

„Die Polizei ist hier. Vier Beamte, und sie haben einen Durchsuchungsbefehl."

„Und nach was suchen sie?"

„Ich glaube, nach einer Akte."

„Ich bin in zehn Minuten da."

„Bitte beeil dich!"

ICH STÜRMTE in die Wohnung wie ein Besessener und sprach den ersten Polizisten an, der mir über den Weg lief. „Ich bin Michael Brock. Wer zum Teufel sind Sie?"

„Lieutenant Gasko", antwortete er mit einem bösen Grinsen.

„Zeigen Sie mir Ihren Ausweis." Ich wandte mich zu Claire, die, eine Tasse Kaffee in der Hand, am Kühlschrank lehnte. „Hol mir ein Stück Papier", bat ich sie.

Gasko zog seinen Dienstausweis aus der Jackentasche und hielt ihn hoch.

„Larry Gasko", sagte ich. „Sie sind der erste, den ich morgen früh um neun verklagen werde. Wen haben Sie mitgebracht?"

„Es sind noch drei andere", erklärte Claire und reichte mir ein Blatt Papier. „Ich glaube, sie sind in den Schlafzimmern."

Ich ging nach hinten, gefolgt von Gasko und, in einigem Abstand, von Claire. Im Gästezimmer war ein Beamter in Zivil auf allen vieren und spähte unter das Bett. „Ihren Ausweis!" schrie ich ihn an. Er sprang auf und nahm die Fäuste hoch. Ich trat einen Schritt vor, biß die Zähne zusammen und knurrte: „Ausweis, aber schnell!"

„Wer sind Sie?" fragte er und sah zu Gasko.

„Michael Brock. Wer sind Sie?"

Er zog seinen Dienstausweis hervor.

„Darrell Clark", las ich laut und notierte mir den Namen. „Beklagter Nummer zwei."

„Sie können mich nicht verklagen", sagte er.

„Sie werden's erleben, Sie Schlaumeier. In acht Stunden werde ich Sie vor einem Bundesgericht wegen Hausfriedensbruchs auf eine Million Dollar Schmerzensgeld verklagen. Und ich werde gewinnen und Sie so lange verfolgen, bis Sie einen Offenbarungseid leisten."

Die anderen beiden Beamten kamen aus meinem früheren Schlafzimmer. Ich war von Polizisten umringt.

„Claire, hol die Videokamera", bat ich. „Ich will das hier gefilmt haben." Sie verschwand im Wohnzimmer.

„Wir haben einen von einem Richter ausgestellten Durchsuchungsbefehl", erklärte Gasko. Er wirkte jetzt deutlich weniger forsch. Die anderen drei traten einen Schritt vor und machten den Kreis enger.

„Die Durchsuchung ist unrechtmäßig", entgegnete ich bitter. „Ich werde den Unterzeichner verklagen. Ich werde jeden von Ihnen verklagen. Sie werden vom Dienst suspendiert werden, wahrscheinlich ohne Bezüge, und ich werde ein Zivilverfahren gegen Sie anstrengen."

„Wir sind durch das Gesetz gedeckt", erwiderte Gasko und sah seine Kollegen an.

„Einen Scheiß sind Sie!"

Claire kam mit der Kamera. „Hast du ihnen gesagt, daß ich nicht mehr hier wohne?" fragte ich sie.

„Ja", sagte sie und hob die Kamera ans Auge.

„Und trotzdem haben Sie mit der Durchsuchung begonnen, obwohl sie von diesem Zeitpunkt an unrechtmäßig war. Sie wußten, daß Sie hätten umkehren müssen. Sie hätten umkehren können, aber Sie haben's nicht getan, und jetzt werden Sie die Konsequenzen tragen müssen."

„Sie sind ja verrückt", meinte Gasko. Sie versuchten, sich keine Angst anmerken zu lassen, aber sie wußten, daß ich Rechtsanwalt war, und vielleicht war ich ja tatsächlich im Recht. Das war ich nicht, aber in diesem Augenblick klang das, was ich sagte, verdammt gut.

„Warum gehen Sie nicht?" fragte ich.

„Wo ist die Akte?" wollte Gasko wissen.

„Die Akte ist nicht hier, weil ich nicht mehr hier wohne. Darum werde ich Sie ja auch verklagen, Lieutenant Gasko."

„Ich werde andauernd verklagt. Das juckt mich nicht weiter."

„Gut. Wer ist Ihr Anwalt?"

In der entscheidenden Sekunde, die meiner Frage folgte, fiel ihm kein Name ein.

„Gehen Sie!" forderte ich. „Die Akte ist nicht hier!"

Claire hielt die Kamera auf sie gerichtet, und so beschränkten sich ihre Einwände auf ein Minimum. Auf dem Weg zur Tür murmelte Clark etwas über Rechtsanwälte.

Als sie draußen waren, las ich mir den Durchsuchungsbefehl durch. Claire saß am Küchentisch, nippte an ihrem Kaffee und sah mir zu. Sie hatte den Schock überwunden, und sie war wieder sehr zurückhaltend, ja eisig.

„Was steht in der Akte?" fragte sie. Sie wollte es aber eigentlich gar nicht wissen.

„Das ist eine lange Geschichte", erwiderte ich. Mit anderen Worten: Frag lieber nicht.

Sie verstand und fragte nur: „Willst du sie wirklich verklagen?"

„Nein. Ich wollte sie nur loswerden."

Ich faltete den Durchsuchungsbefehl zusammen und steckte ihn in die Tasche. Er betraf nur einen Gegenstand: die RiverOaks/TAG-Akte, die sich jetzt, zusammen mit einer Kopie, in einer Zwischenwand meiner neuen Wohnung befand.

„Hast du ihnen gesagt, wo ich wohne?“ fragte ich Claire.

„Ich weiß nicht, wo du wohnst“, antwortete sie. Dann trat eine Pause ein, in der sie mich danach hätte fragen können. Sie tat es nicht.

„Es tut mir sehr leid, Claire.“

„Schon gut. Versprich mir nur, daß es nicht noch einmal vorkommt.“

„Ich verspreche es.“

Wir verabschiedeten uns ohne Umarmung, ohne Kuß, ohne irgendeine Berührung. Ich sagte einfach: „Gute Nacht“ und ging hinaus. Das war genau das, was sie wollte.

DIENSTAG war Beratungstag bei der Community for Creative Non-Violence (CCNV), die die bei weitem größte Notunterkunft der Stadt unterhielt. Auch diesmal setzte sich Mordecai ans Steuer.

Meine Drohungen Barry gegenüber, daß ich der Kanzlei schaden würde, wenn sie versuchte, mir zu schaden, waren auf taube Ohren gestoßen. Drake & Sweeney wollte die Sache offenbar nicht gütlich regeln, und das überraschte mich nicht. Die Durchsuchung meiner ehemaligen Wohnung in den frühen Morgenstunden war eine unfreundliche Warnung vor dem, was noch kommen würde. Ich mußte Mordecai sagen, was ich getan hatte.

Als wir im Wagen saßen und losfuhren, sagte ich: „Meine Frau und ich haben uns getrennt. Ich bin ausgezogen.“

Um acht Uhr morgens war der arme Kerl noch nicht auf so trübe Nachrichten eingestellt. „Das tut mir leid“, meinte er, sah mich an und hätte um ein Haar einen unvorsichtigen Fußgänger überfahren.

„Braucht es aber nicht. Heute in den frühen Morgenstunden war die Polizei in meiner ehemaligen Wohnung und hat nach mir und besonders nach einer Akte gesucht, die ich aus der Kanzlei mitgenommen habe.“

„Was für eine Akte?“

„Die DeVon-Hardy- und Lontae-Burton-Akte.“

„Ich bin ganz Ohr.“

„DeVon Hardy hat Geiseln genommen und ist dabei erschossen worden, weil Drake & Sweeney ihn auf die Straße gesetzt hat. Und zwar zusammen mit sechzehn anderen sowie einigen Kindern. Lontae und ihre Familie gehörten ebenfalls dazu. Das ehemalige Lagerhaus stand zufällig auf einem Grundstück, auf dem RiverOaks ein neues Postverteilungszentrum bauen wollte. Das ist ein 20-Millionen-Projekt.“

„Ich kenne das Gebäude. Da waren schon immer Besetzer.“

„Nur daß es in diesem Fall keine Besetzer waren. Jedenfalls glaube ich das nicht."

„Ist das eine Vermutung? Oder sind Sie sich sicher?"

„Im Augenblick ist es nur eine Vermutung. An der Akte ist manipuliert worden – es sind Unterlagen entfernt und hinzugefügt worden. Ein Gehilfe namens Hector Palma hat die schmutzige Arbeit erledigt – die Inspektionen und die Zwangsräumung –, und er ist auch meine Quelle. Er hat mir einen anonymen Brief geschrieben, in dem stand, daß die Zwangsräumung nicht Rechtens war. Er hat mir bestimmte Schlüssel gegeben, damit ich mir die Akte holen konnte. Seit gestern arbeitet er nicht mehr in der Washingtoner Kanzlei."

„Wo ist er?"

„Das würde ich auch gern wissen."

„Er hat Ihnen die Schlüssel gegeben, damit Sie die Akte stehlen konnten?"

„Ich wollte sie ja nicht stehlen. Ich war unterwegs zu unserem Büro, um sie zu kopieren, als irgendein Idiot eine rote Ampel überfahren hat und ich im Krankenhaus gelandet bin."

„Ist das die Akte, die wir aus Ihrem Wagen geholt haben?"

„Ja. Ich wollte sie kopieren und bei Drake & Sweeney wieder an ihren Platz stellen. Niemand hätte etwas gemerkt."

„Was fehlt aus der Akte?" fragte er.

Ich faßte die Geschichte von RiverOaks und ihren Bemühungen um den Postauftrag kurz zusammen und erzählte ihm von der Aktennotiz.

„Und was steht in dieser Aktennotiz?"

„Weiß ich nicht. Aber ich habe so ein Gefühl, daß Hector das Lagerhaus inspizieren wollte und dabei auf die Besetzer in ihren Behelfswohnungen gestoßen ist. Er hat mit ihnen gesprochen und erfahren, daß sie Tillman Gantry Miete zahlten. Sie waren also keine Besetzer, sondern Mieter mit allen allgemein festgelegten Rechten. Aber die Abrißbirne war schon unterwegs, und so wurde die Aktennotiz ignoriert und die Zwangsräumung durchgeführt."

„Es waren siebzehn Leute? Kennen Sie die Namen der anderen?"

„Ja. Jemand – ich nehme an, es war Palma – hat mir eine Liste gegeben. Er hat sie auf meinen Schreibtisch gelegt. Wenn wir diese Leute finden, haben wir unsere Zeugen."

„Wieviel hat Gantry für das Gebäude gekriegt?" fragte er.

„Zweihunderttausend. Er hatte es sechs Monate vorher gekauft. Aus den Unterlagen geht nicht hervor, wieviel er damals dafür bezahlt hat."

„Wahrscheinlich hat er fünftausend dafür bezahlt – höchstens zehn."

„Kein schlechter Gewinn."

„Allerdings. Und für Gantry ist das ein Schritt auf der Karriereleiter. Bisher hat er nur Kleinkram gemacht: Garagen, Autowaschanlagen, kleine Gemüseläden – nichts Großes."

„Warum hat er ein Lagerhaus gekauft?"

„Um Bargeld zu haben. Nehmen wir mal an, er hat fünftausend dafür bezahlt und noch mal tausend für ein paar Wände und ein paar Toiletten hineingesteckt. Er läßt den Strom wieder anschließen, und schon ist er im Geschäft. So was passiert andauernd. Die amtliche Bezeichnung dafür ist ‚ungeschützte Zurverfügungstellung von Wohnraum'."

Als wir bei CCNV, einem dreistöckigen Gebäude, das für dreizehnhundert Menschen als Notunterkunft diente, ankamen, war es fast halb neun, die Zeit, um die die Obdachlosen das Haus verlassen mußten. Viele hatten Jobs, und die anderen würden den Tag draußen verbringen. Hundert Männer standen vor dem Haupteingang herum, rauchten und unterhielten sich.

Im Erdgeschoß sprach Mordecai mit dem Pförtner in seinem Glaskasten. Er trug sich in ein Buch ein, und dann gingen wir durch die Lobby, gegen den Strom von Männern, die auf dem Weg hinaus waren. Ich vermied direkten Blickkontakt.

„Bei Besitz von Waffen oder Drogen wird ein lebenslanges Hausverbot ausgesprochen", sagte Mordecai, während wir zusahen, wie die Männer zum Ausgang strömten. Ich fühlte mich ein wenig sicherer.

„Werden Sie hier drinnen nicht manchmal nervös?" fragte ich ihn.

„Man gewöhnt sich daran."

Er hatte leicht reden.

An einem Klemmbrett neben der Tür hing eine Anmeldeliste für die Rechtsberatung. Mordecai und ich studierten die Namen unserer Mandanten. Bislang waren es dreizehn.

Wir rückten ein paar Tische zurecht und waren bereit, juristischen Beistand zu leisten. Ich lernte schnell, daß man als Armenanwalt vor allem die Fähigkeit besitzen mußte zuzuhören. Viele meiner Mandanten wollten nur mit jemandem sprechen. Sie alle waren auf irgendeine Weise gestoßen und getreten worden, und wenn juristische Beratung gratis zu haben war, warum dann nicht das alles bei einem Anwalt abladen? Mordecai beherrschte meisterhaft die Kunst, die Geschichten vorsichtig darauf abzutasten, ob es sich um ein echtes juristisches Anliegen handelte.

Außerdem lernte ich, daß die besten Fälle die waren, die sich an Ort und Stelle und ohne Nachbehandlung klären ließen. Bis zum Mittag hatten wir mit sechsundzwanzig Mandanten gesprochen. Als wir die Beratung beendeten, waren wir erschöpft.

„Lassen Sie uns einen Spaziergang machen", sagte Mordecai, als wir vor dem Gebäude standen. Der Himmel war blau, und nach drei Stunden in einem stickigen, fensterlosen Raum war die kalte, windige Luft erfrischend.

Ich brachte den Mut auf, Mordecai zu erklären, daß ich einen freien Nachmittag brauchte, und er setzte mich recht brüsk davon in Kenntnis, daß niemand die Anzahl meiner Stunden kontrolliere und daß ich mir, wenn ich einen freien Nachmittag brauchte, doch einfach freinehmen solle.

Ich verbrachte eine Stunde beim Sachbearbeiter meiner Versicherung. Der Lexus war ein Totalschaden. Die Versicherung bot 21480 Dollar gegen Abtretung aller Ansprüche, damit sie die Angelegenheit mit der Versicherung des Jaguars regulieren konnte. Ich schuldete der Bank 16000 Dollar, und so bekam ich einen Scheck über 5000 Dollar und ein bißchen Kleingeld, auf jeden Fall genug, um mir einen Wagen zu kaufen, der zu meiner neuen Position als Armenanwalt paßte und keine Autodiebe in Versuchung führen würde.

Eine weitere Stunde vertat ich im Wartezimmer meines Arztes. Dann sagte eine Sprechstundenhilfe mir, ich solle mich bis auf die Unterhose ausziehen, und danach saß ich zwanzig Minuten lang auf einem kalten Untersuchungstisch. Die Prellungen waren jetzt dunkelbraun. Der Arzt tastete sie ab und vergrößerte die Schmerzen, bevor er mich für weitere zwei Wochen krankschrieb.

Punkt vier Uhr betrat ich die Kanzlei von Claires Anwältin. Jacqueline Hume hatte eine Menge Geld damit verdient, gegen Ärzte zu prozessieren, die vom rechten Weg abgekommen waren. Anschließend hatte sie sich einen Ruf wie Donnerhall erworben, indem sie ein paar ehebrecherische Senatoren fertiggemacht hatte. Die bloße Erwähnung ihres Namens ließ jedem unglücklich verheirateten Washingtoner mit gutem Einkommen die Haare zu Berge stehen. Ich las die vorbereitete Erklärung sorgfältig, unterschrieb sie und ging.

Meine vierte Station an diesem Nachmittag war Hector Palmas Wohnung. Im Telefonbuch war als seine Adresse ein Apartmenthaus in Bethesda verzeichnet. Da ich es nicht eilig hatte und ohnehin nachdenken mußte, fuhr ich, Stoßstange an Stoßstange mit

Millionen anderen, auf dem Schnellstraßenring einmal rund um die Stadt.

Ich nahm an, daß meine Chancen, innerhalb einer Woche verhaftet zu werden, fünfzig zu fünfzig standen. Die Kanzlei hatte keine andere Wahl, als mir nachzusetzen, und wenn Braden Chance tatsächlich sowohl Arthur als auch den Vorstand belogen hatte, würde sie nichts dabei finden, die Sache auf die harte Tour zu spielen. Es gab ausreichende Indizien für meine Täterschaft, um einen Haftrichter zu überzeugen.

Der Mister-Vorfall hatte die Kanzlei aufgeschreckt. Chance war vor den Vorstand zitiert und nach allen Regeln der Kunst ausgequetscht worden, und es war unvorstellbar, daß er irgendwelche krummen Machenschaften zugegeben hatte. Er hatte gelogen in der Hoffnung, die Akte so manipulieren zu können, daß er mit weißer Weste dastand.

Chance brauchte Hector, um die Wahrheit zu vertuschen. Hector brauchte Chance, um seinen Job zu behalten. An irgendeinem Punkt hatte der Teilhaber dafür gesorgt, daß man den Plan, einen Lügendetektor einzusetzen, fallenließ – falls man ihn überhaupt in Erwägung gezogen hatte. An Chances Stelle hätte ich Hector Geld angeboten und dafür gesorgt, daß er eine besser bezahlte Stelle in einer anderen Niederlassung der Kanzlei bekam.

Das Apartmentgebäude war langgestreckt und verwinkelt; man hatte, als die Stadt sich nach Norden ausdehnte, neue Teile angebaut. Ich parkte neben ein paar Tennisplätzen und begann, mir die Teile des Komplexes anzusehen. Ich ließ mir Zeit, denn ich wußte ohnehin nicht, wohin ich nach diesem Abenteuer gehen sollte. Überall konnten mich Polizisten mit Handschellen und einem Haftbefehl erwarten. Ich versuchte, nicht an die Horrorgeschichten zu denken, die ich über das Washingtoner Gefängnis gehört hatte.

Im Telefonbuch war keine Apartmentnummer angegeben gewesen. Ich machte mich auf die Suche nach einem Hausmeisterbüro. Ein Mann vom Sicherheitsdienst hielt mich an. Nachdem er sich davon überzeugt hatte, daß ich keine Gefahr darstellte, beschrieb er mir den Weg zum Hauptbüro, das mindestens fünfhundert Meter entfernt war.

Die Nachtbereitschaft hatte ein Student, der ein Sandwich aß. Ein Physikbuch lag aufgeschlagen auf dem Tisch, doch er hatte den Blick auf einen kleinen Fernseher gerichtet, wo das Spiel der Bullets gegen die Knicks lief. Ich fragte nach Hector Palma, und er tippte den Namen in den Computer ein. Wohnung G-134.

„Die sind allerdings umgezogen“, sagte er mit vollem Mund.

„Ja, ich weiß“, behauptete ich. „Ich war ein Kollege von ihm. Freitag war sein letzter Tag. Ich suche eine Wohnung und wollte fragen, ob ich mir seine mal ansehen kann.“

Bevor ich ausgeredet hatte, schüttelte er schon den Kopf. „Nur samstags. Und es gibt eine Warteliste.“

„Am Samstag bin ich nicht da.“

„Tut mir leid“, sagte er, nahm noch einen Bissen und wandte sich wieder dem Spiel zu.

Ich holte meine Brieftasche hervor. „Was kostet die Wohnung pro Monat?“

„Siebenhundertfünfzig.“

Ich zog einen Hundertdollarschein aus der Brieftasche. Den sah er sofort. „Ich mache Ihnen einen Vorschlag: Sie geben mir den Schlüssel, ich sehe mir die Wohnung mal an und bin in zehn Minuten wieder zurück. Keiner wird es je erfahren.“

Er legte das Sandwich auf den Pappteller, nahm den Schlüssel aus einer verschlossenen Schublade und steckte den Schein ein. „Aber nur zehn Minuten“, meinte er.

Die Wohnung lag in der Nähe, im Erdgeschoß eines dreistöckigen Gebäudes. Der Schlüssel paßte. Schon bevor ich eintrat, nahm ich den Geruch frischer Farbe wahr.

Nicht einmal ein Team von der Spurensicherung hätte irgendwelche Hinweise darauf gefunden, daß die Familie Palma hier gelebt hatte. Alle Einbauschränke und Abstellkammern waren leer. Alle Zimmer waren weiß gestrichen. Die Wohnung war makellos sauber.

Ich ging wieder ins Büro und warf den Schlüssel auf die Theke.

„Und? Wie sieht's aus?“ fragte der Student.

„Zu klein“, antwortete ich. „Aber trotzdem vielen Dank.“

„Wollen Sie Ihr Geld zurück?“

„Studieren Sie noch?“

„Ja.“

„Dann behalten Sie's.“

„Danke.“

An der Tür drehte ich mich noch einmal um und fragte: „Hat Palma eigentlich eine Nachsendeadresse hinterlassen?“

„Ich dachte, er war Ihr Kollege“, entgegnete er.

„Richtig“, erwiderte ich und schloß rasch die Tür hinter mir.

NEUN

Als ich am Mittwoch morgen zur Arbeit kam, saß eine kleine Frau auf unserer Schwelle. Es war kurz vor acht, die Tür war noch verschlossen, und die Temperatur lag unter Null. Als sie mich kommen sah, sprang sie auf und sagte: „Guten Morgen."

Ich lächelte, begrüßte sie und holte die Schlüssel hervor.

„Sind Sie Anwalt?" fragte sie.

„Ja."

„Für Leute wie mich?"

Ich nahm an, daß sie obdachlos war, und das war die einzige Bedingung, die unsere Mandanten erfüllen mußten. „Ja. Kommen Sie rein", sagte ich und öffnete die Tür. Drinnen war es kälter als draußen. Ich stellte einen Thermostat höher, der, soviel ich hatte herausfinden können, mit keinem Heizkörper verbunden war. Ich setzte Kaffee auf und bot ihr ein paar altbackene Doughnuts an, die ich in der Küche gefunden hatte. Sie schlang einen hinunter.

„Wie heißen Sie?" fragte ich. Wir saßen im Empfangsraum neben Sofias Schreibtisch, warteten auf den Kaffee und beteten darum, daß die Heizkörper wärmer wurden.

„Ruby Simon."

„Ich heiße Michael Brock. Wo wohnen Sie?"

„Ich schlafe auf dem Rücksitz eines Autos. Hier und da." Sie trug einen grauen Trainingsanzug, dicke braune Socken und schmutzige weiße Turnschuhe ohne Markennamen. Sie war zwischen dreißig und vierzig, sehr dünn und hatte einen leichten Silberblick.

Ich schenkte Kaffee in zwei große Pappbecher, und dann gingen wir in mein Büro, wo der Heizkörper glücklicherweise gurgelte. Ruby saß auf der Kante des braunen Klappstuhls für Mandanten. Sie ließ die Schultern hängen, ihr ganzer Oberkörper schien sich um den Kaffeebecher zu schmiegen, als wäre es das letzte Warme, das sie in ihrem Leben bekommen würde.

„Was kann ich für Sie tun?" fragte ich. Meine Notizblöcke lagen in Reichweite.

„Es geht um meinen Sohn Terrence. Er ist sechzehn, und sie haben ihn mir weggenommen."

„Wer hat ihn Ihnen weggenommen?"

„Die Stadt, die Pflegeeltern."

„Wo ist er jetzt?"

„Bei ihnen." Ihre Antworten waren kurz und nervös.

„Entspannen Sie sich, und erzählen Sie mir von Terrence", bat ich.

Das tat sie dann auch. Ohne auch nur den Versuch zu machen, mir in die Augen zu sehen, und mit beiden Händen den Kaffeebecher umklammernd, schnurrte sie ihre Geschichte herunter. Vor ein paar Jahren – sie wußte nicht mehr genau, wann, aber Terrence war etwa zehn Jahre alt gewesen – hatten sie allein in einer kleinen Wohnung gewohnt. Dann hatte man sie wegen Drogenhandels verhaftet. Sie mußte für vier Monate ins Gefängnis, und Terrence lebte in dieser Zeit bei ihrer Schwester. Nach ihrer Entlassung hatte sie Terrence abgeholt, und dann hatte der Alptraum eines Lebens auf der Straße begonnen. Sie hatten in Autos geschlafen, in leerstehenden Gebäuden kampiert, im Sommer auch unter Brücken, und waren im Winter in eine Unterkunft gezogen. Sie hatte auf der Straße gebettelt und alles getan, um Terrence warme Mahlzeiten, anständige Kleidung und regelmäßigen Schulbesuch zu ermöglichen.

Aber sie war süchtig und konnte die Finger nicht vom Crack lassen. Die Behörden hatten angefangen, nach Terrence zu fragen, und Mutter und Kind hatten sich immer tiefer in die Schatten der Obdachlosigkeit zurückgezogen. In ihrer Verzweiflung hatte Ruby sich an eine Familie gewandt, bei der sie einmal als Hausmädchen gearbeitet hatte. Die Rowlands hatten selbst Kinder, die aber längst aus dem Haus waren. Und sie hatten ein warmes kleines Haus in der Nähe der Howard University. Sie hatte ihnen fünfzig Dollar pro Monat angeboten, wenn sie Terrence bei sich aufnehmen würden. Über der hinteren Veranda war ein kleines Zimmer, das Ruby oft geputzt hatte und das für Terrence ideal war. Zunächst hatten die Rowlands gezögert, doch schließlich waren sie einverstanden gewesen. Damals waren sie gute, anständige Menschen gewesen. Ruby hatte ihren Sohn täglich für eine Stunde besuchen dürfen. Seine schulischen Leistungen hatten sich verbessert, er nahm keine Drogen und lebte in einer sicheren Umgebung. Ruby war sehr zufrieden mit sich gewesen.

Er war das Zentrum, um das ihr Leben kreiste. Sie hatte sich neue Suppenküchen und Essenausgabestellen gesucht, die in der Nähe der Rowlands lagen, andere Notunterkünfte, andere Gassen und Parks und ausrangierte Wagen. Jeden Monat hatte sie das versprochene Geld aufgebracht, und jeden Abend hatte sie ihren Sohn besucht. Aber sie war einfach nicht vom Crack losgekommen.

An diesem Punkt ihrer Geschichte begann Ruby zu weinen. Ich

machte mir Notizen und hörte, daß Mordecai und Sofia den vorderen Raum betraten.

Terrence lebte nun schon seit drei Jahren bei den Rowlands, fuhr Ruby fort. Er war ein guter Schüler mit ausgezeichneten Leistungen in Mathematik und Spanisch. Er spielte Posaune und wirkte bei Aufführungen der Theatergruppe mit. Er träumte davon, auf die Marineschule zu gehen. Mr. Rowland hatte nämlich in der Marine gedient.

Kürzlich war Ruby in besonders schlechter Verfassung gewesen. Als Mrs. Rowland ihr in der Küche Vorwürfe gemacht hatte, war es zu einem Streit gekommen. Es fielen harte Worte; Ultimaten wurden gestellt. Terrence stand auf der Seite der Rowlands – drei gegen eine. Entweder sie bemühte sich um Hilfe, oder sie würde das Haus nicht mehr betreten dürfen. Ruby hatte erklärt, sie werde ihren Jungen einfach mitnehmen. Terrence hatte daraufhin gesagt, er werde nicht mitkommen.

Am nächsten Abend hatte sie ein Mitarbeiter des Jugendamtes mit vielen Formularen erwartet. Er hatte bereits ein Gerichtsurteil dabei: Terrence war den Rowlands als Pflegekind zugeteilt worden. Ruby würde ihn erst besuchen dürfen, wenn sie sich einer Entziehungskur unterzogen hatte und sechzig Tage drogenfrei war.

Seitdem waren drei Wochen vergangen.

„Ich will meinen Sohn sehen“, sagte sie. „Er fehlt mir so sehr.“

„Machen Sie eine Entziehungskur?“ fragte ich.

Sie schüttelte den Kopf und schloß die Augen.

„Warum nicht?“

„Ich kriege keinen Platz.“

Ich hatte keine Ahnung, wie eine obdachlose Süchtige einen Platz in einer Entziehungsklinik bekommen konnte, aber es war an der Zeit, es herauszufinden. In einer Stadt, in der fünfhundert Familien auf einen Platz in einer Notunterkunft warteten, konnte es nicht viele freie Plätze in Entziehungskliniken geben.

„Das wird aber eine Weile dauern, Ruby. Sie werden Terrence erst wiedersehen, wenn Sie keine Drogen mehr nehmen“, erklärte ich und bemühte mich, nicht allzu selbstgerecht zu klingen.

Sie hatte Tränen in den Augen, sagte aber nichts.

Sie hatte keine Papiere, keine Adresse, keine Unterlagen – nur eine herzzerreißende Geschichte. Sie schien sich auf meinem Mandantenstuhl ganz wohl zu fühlen, und ich begann mich zu fragen, wie ich sie bitten könnte zu gehen.

Sofias schrille Stimme riß mich aus meinen Gedanken. Andere

Stimmen bellten Kommandos. Ich stürzte zur Tür und sah, daß Lieutenant Gasko wieder da war und Unterstützung mitgebracht hatte. Drei uniformierte Polizisten gingen auf Sofia zu, die wie ein Rohrspatz schimpfte, was aber gar nichts nützte. Mordecai und ich traten gleichzeitig aus unseren Büros.

„Hallo, Mikey!" begrüßte mich Gasko.

„Was soll das hier werden?" brüllte Mordecai, daß die Wände bebten. Einer der Uniformierten griff nach seinem Dienstrevolver.

„Eine Durchsuchung", sagte Gasko und hielt Mordecai ein paar Papiere hin.

„Die Akte ist nicht hier!" schrie ich Gasko an.

„Ich warte noch auf Ihre Anzeige", erwiderte Gasko. „War wohl alles bloß leeres Geschwätz!"

„Die Akte ist nicht hier", wiederholte ich. „Sie verschwenden Ihre Zeit."

„Dann bleibt uns wohl nichts anderes übrig."

Ich wollte etwas Scharfsinniges und juristisch Fundiertes sagen, ein bestechendes Argument anführen, das die Durchsuchung verhindern und die Polizisten zum Rückzug blasen lassen würde, aber leider fiel mir nichts ein. Ich schämte mich, der Anlaß zu sein, daß die Polizei im Beratungsbüro herumschnüffelte. Ich bat Ruby zu gehen und schloß die Vordertür ab, damit nicht noch mehr Mandanten Zeugen der Durchsuchung wurden.

„Ich schlage folgendes vor", sagte Mordecai. Die Polizisten sahen ihn finster an, waren aber dankbar für jede Anweisung. Eine Anwaltskanzlei war etwas anderes als eine Bar voller Minderjähriger. „Also: Ich verspreche Ihnen, die Akte ist nicht hier. Sie können sich alle Akten ansehen, aber Sie dürfen keine öffnen. Das wäre ein Verstoß gegen die Vertraulichkeit des Verhältnisses zwischen Anwalt und Mandant. Einverstanden?"

Die anderen sahen Gasko an, der die Schultern zuckte.

Wir begannen in meinem Büro. Alle sechs Polizisten, Mordecai und ich drängten sich in dem winzigen Raum und gaben sich große Mühe, jeglichen Körperkontakt zu vermeiden. Ich zog jede einzelne Akte aus dem Regal, hielt sie Gasko unter die Nase und stellte sie wieder zurück. Ich war erst seit Montag da, und so gab es nicht viel zu durchsuchen.

Mordecai ging zu Sofias Schreibtisch und telefonierte. Als Gasko mein Büro für durchsucht erklärte und wir hinausgingen, hörten wir Mordecai sagen: „Ja, Euer Ehren. Danke. Hier ist er."

Er hielt Gasko den Hörer hin und lächelte herausfordernd. „Hier ist Richter Kisner, der den Durchsuchungsbefehl unterschrieben hat. Er möchte mit Ihnen sprechen."

Gasko nahm den Apparat, als könnte er sich daran mit Lepra infizieren. „Gasko", meldete er sich und hielt den Hörer ein paar Zentimeter von seinem Ohr entfernt.

Mordecai wandte sich den anderen Polizisten zu. „Meine Herren, Sie dürfen nur diesen Raum durchsuchen, nicht aber die anderen Büros. Anordnung des Richters."

Gasko murmelte: „Ja, Euer Ehren" und legte auf.

Wir beobachteten, wie sie sich einen Schreibtisch nach dem anderen vornahmen. Nach einigen Minuten wurde ihnen klar, daß diese Durchsuchung erfolglos bleiben würde, und sie gingen grußlos hinaus. Ich entschuldigte mich bei Mordecai und Sofia für die Störung und zog mich in die Sicherheit meines Büros zurück.

DER FÜNFTE Name auf der Liste der von der Zwangsräumung Betroffenen lautete Kelvin Lam und kam Mordecai bekannt vor. Er setzte sich ans Telefon und rief bei verschiedenen Suppenküchen und Unterkünften an. Als es dunkel wurde, fuhren wir in die Innenstadt zu einer Kirche, die von teuren Bürogebäuden und feinen Hotels umgeben war. In einem großen Kellerraum, zwei Stockwerke unter der Straße, fand gerade die „Fünfbrotespeisung" statt.

„Ich bin schon seit Jahren nicht mehr hier gewesen", erklärte Mordecai, als wir an der Tür stehenblieben und hinunter auf die Essenden sahen. „Ist das nicht wunderbar? Sie sammeln bei örtlichen Restaurants überschüssige Lebensmittel ein – wohlgemerkt keine Reste, sondern rohe Lebensmittel, die sonst verderben würden. Sie haben eine Reihe Kühlwagen, fahren überall in der Stadt herum und holen Lebensmittel ab, die sie dann zu Mahlzeiten verarbeiten."

Eine junge Frau namens Liza kam auf uns zu. Sie war neu bei Fünf Brote. Mordecai kannte ihren Vorgänger. Sie unterhielten sich kurz über ihn. Liza kannte Kelvin Lam nicht, wollte sich aber umhören. Wir sahen ihr nach, als sie zwischen den Tischen hindurchging und mit Leuten sprach. Liza kam bald zu uns zurück. „Kelvin Lam sitzt dahinten", sagte sie und nickte in die Richtung. „Am zweitletzten Tisch. Der mit der Redskin-Mütze."

„Gibt es hier einen kleinen Raum, den wir mal kurz benutzen könnten?"

„Ja."

„Dann sagen Sie Lam bitte, daß ein Armenanwalt mit ihm sprechen möchte."

Als Lam zu uns kam, begrüßte er uns nicht. Mordecai saß am Tisch, ich stand in einer Ecke, und Lam setzte sich auf den einzigen freien Stuhl.

„Es ist alles in Ordnung", sagte Mordecai beruhigend. „Wir müssen Ihnen bloß ein paar Fragen stellen."

Lam sagte keinen Ton.

„Kennen Sie eine Frau namens Lontae Burton oder einen Mann namens DeVon Hardy?" fragte Mordecai.

Lam schüttelte den Kopf.

„Haben Sie letzten Monat in einem leerstehenden Lagerhaus an der Ecke New York und Florida gelebt?"

„Ja."

„Haben Sie dafür Miete bezahlt?"

„Ja."

„Hundert Dollar pro Monat?"

„Ja."

„An Tillman Gantry?"

Lam schloß die Augen, um nachzudenken. „Ich hab die Miete an einen Typ namens Johnny abgedrückt."

„Und für wen hat dieser Johnny gearbeitet?"

„Weiß ich nicht. War mir egal. Ich hab ihn nicht gefragt."

„Wie lange haben Sie dort gewohnt?"

„Ungefähr vier Monate."

„Und warum sind Sie ausgezogen?"

„Ich bin rausgeschmissen worden."

„Wer hat Sie rausgeschmissen?"

„Weiß ich nicht. Eines Tages kamen die Bullen mit ein paar anderen Typen. Sie haben uns rausgetrieben und unsere Sachen auf den Bürgersteig geschmissen."

„Haben Sie den Polizisten gesagt, daß Sie Miete gezahlt haben?"

„Ein paar von den anderen haben's ihnen gesagt. Eine Frau mit ein paar kleinen Kindern hat versucht, sich zu wehren. Es war 'ne schlimme Szene."

„Hat man Ihnen vor der Zwangsräumung irgendwas Schriftliches gegeben?"

„Nein. Nichts. Auf einmal waren sie einfach da. Die Bullen haben gesagt, wir wären bloß Besetzer und müßten sofort verschwinden."

„Kannten Sie die anderen Leute in dem Lagerhaus?"

„Ein paar. Herman Harris und Shine Soundso."

„Wo sind sie jetzt?"

„Ich hab sie seitdem nicht mehr gesehen."

„Und wo wohnen Sie jetzt?"

„Beim CCNV."

Mordecai zog eine Visitenkarte aus der Tasche und reichte sie Lam. „Würden Sie mit mir in Verbindung bleiben?" fragte er.

„Warum?"

„Weil Sie vielleicht bald einen Anwalt brauchen werden. Rufen Sie mich bitte an, wenn Sie in eine andere Unterkunft oder eine eigene Wohnung ziehen."

Lam steckte die Karte wortlos ein. Wir bedankten uns bei Liza und fuhren zurück ins Büro.

WIE BEI jedem Verfahren gab es auch hier mehrere Vorgehensmöglichkeiten gegen unsere drei Gegner – RiverOaks, Drake & Sweeney und TAG.

Die erste Möglichkeit war ein Hinterhalt. Die zweite war „Serve and Volley".

Bei einem Hinterhalt würden wir den groben Rahmen unserer Anschuldigungen abstecken, vor Gericht gehen, Klage erheben, die Sache an die Presse durchsickern lassen und hoffen, daß wir genug Beweise zusammenbekamen. Der Vorteil hierbei war, daß die Gegenseite bloßgestellt wurde und der Überraschungseffekt und hoffentlich auch die öffentliche Meinung zu unseren Gunsten arbeiten würden. Der Nachteil war, daß es das juristische Gegenstück zu einem Sprung von der Klippe war, bei dem man, ohne echte Beweise dafür zu haben, davon überzeugt ist, daß irgendwo da unten ein Netz gespannt ist.

Bei „Serve and Volley" würden wir die Gegenpartei zunächst nicht verklagen, sondern ihr einen Brief schreiben, in dem wir dieselben Anschuldigungen erhoben und sie zu einem Gespräch über die Angelegenheit aufforderten. Es würden Briefe gewechselt werden, und wenn wir einen Verstoß gegen Gesetze oder Bestimmungen nachweisen konnten, würde man uns vermutlich eine stille außergerichtliche Einigung vorschlagen. Es mußte nicht unbedingt zu einem Prozeß kommen.

Die Methode des Hinterhalts gefiel Mordecai und mir aus zwei Gründen. Erstens: Arthur und der Vorstand sowie Rafter und seine hartgesottenen Prozeßanwälte hatten offenbar nicht vor, mich in Ruhe zu lassen. Die beiden Durchsuchungen waren ein deutliches Zeichen dafür. Meine Verhaftung würde eine schöne Zeitungsmeldung abgeben, und man würde sie sofort durchsickern lassen, um weiteren Druck auf mich auszuüben.

Der zweite Grund war der Dreh- und Angelpunkt unseres Falles: Hector und die anderen Zeugen konnten nur dann zu einer Aussage gezwungen werden, wenn wir Klage erhoben. Wir würden vorladen können, wen wir wollten, Hector Palma und andere Zeugen. Wenn wir sie fanden.

Theoretisch lag der Fall also ganz einfach. Praktisch aber standen wir vor gewaltigen Hürden. Wir mußten Hector Palma finden. Und wenn wir ihn gefunden hatten, mußten wir ihm klarmachen, daß er die verschwundene Aktennotiz entweder vorlegen oder aber verraten mußte, was darin gestanden hatte. Ihn zu finden würde vergleichsweise einfach sein; möglicherweise würde es uns aber nicht gelingen, ihn zum Reden zu bringen. Wahrscheinlich würde er nicht reden wollen – er brauchte seinen Job. Er hatte eine Frau und vier Kinder.

Mordecai und ich saßen im Empfangsraum, an dem Tisch neben dem von Sofia. Hier stand ein altersschwacher Computer, der die meiste Zeit funktionierte. Mordecai ging diktierend auf und ab, und ich tippte. Bis Mitternacht schmiedeten wir Pläne, entwarfen und änderten die Klageschrift, erörterten Theorien, diskutierten über die Vorgehensweise und träumten davon, RiverOaks und meine ehemalige Kanzlei in einen Prozeß zu verwickeln, der eine Menge Staub aufwirbeln würde. Für Mordecai war der Fall eine günstige Gelegenheit, das öffentliche Interesse für die Obdachlosen wachzurütteln. Für mich war es eine Gelegenheit, ein Unrecht wiedergutzumachen.

ALS ICH am nächsten Morgen um Viertel vor acht am Büro ankam, wartete Ruby auf den Eingangsstufen und freute sich, mich zu sehen. Wie konnte jemand, der acht Stunden versucht hatte, auf dem Rücksitz eines Schrottwagens zu schlafen, so gut gelaunt sein?

„Haben Sie Doughnuts?“ fragte sie, als ich das Licht anschaltete.

„Ich werde mal nachsehen. Setzen Sie sich – ich mache uns einen Kaffee.“ Ich durchstöberte die Küche, wusch die Kaffeekanne aus und suchte nach etwas Eßbarem. Die gestern schon recht zähen Doughnuts waren inzwischen noch zäher, aber etwas anderes war nicht da. Sie aß einen Doughnut, knabberte an den harten Rändern herum und versuchte höflich zu sein.

„Wo essen Sie mittags und abends?“ fragte ich sie.

„Mittagessen bei Naomi. Zum Abendessen gehe ich zur Calvary Mission drüben in der 15th.“

„Naomis Frauenzentrum in der 10th Street? Das nur für obdachlose Frauen ist?“

„Ja. Die Betreuerinnen dort wollen, daß ich zu Treffen für Alkoholiker und Drogensüchtige gehe.“

Wieder umklammerte sie ihren Kaffeebecher, um sich etwas zu wärmen.

„Haben Sie gestern abend was genommen?“ fragte ich sie. Die Worte hallten mir in den Ohren. Ich konnte kaum glauben, daß ich solche Fragen stellte.

Sie ließ den Kopf hängen und schloß die Augen.

„Sagen Sie mir die Wahrheit“, forderte ich.

„Ich mußte. Ich tu es jeden Abend.“

Ich wollte ihr keine Vorhaltungen machen. Ich hatte noch nichts unternommen, um ihr einen Platz in einer Entziehungsklinik zu besorgen. Plötzlich jedoch erschien mir nichts wichtiger als das.

Sie bat mich um noch einen Doughnut. Ich wickelte den letzten in ein Stück Alufolie. Sie sagte, sie habe bei Naomi etwas zu erledigen und sei spät dran, und im nächsten Augenblick war sie verschwunden.

MEIN Abendessen bestand aus einem Taco und einem Bier in einem Restaurant in der Nähe. Das Publikum bestand hauptsächlich aus jungen Regierungsangestellten, die auf dem Heimweg waren und sich über Politik unterhielten, Bier vom Faß tranken und schreiend ein Baseballspiel im Fernsehen kommentierten.

An die Einsamkeit mußte ich mich erst noch gewöhnen. Ich hatte Frau und Freunde hinter mir gelassen. Ich war zweiunddreißig Jahre alt und schlecht vorbereitet auf ein Leben als Junggeselle. Ich sah das Baseballspiel und die Frauen und fragte mich, ob ich von nun an in Bars und Nachtklubs würde gehen müssen, um Gesellschaft zu finden. Es mußte doch auch andere Orte und Methoden geben. Deprimiert ging ich hinaus.

Ich fuhr langsam in die Stadt, denn ich hatte es nicht eilig, in meine Wohnung zu kommen. Mein Name stand auf einem Mietvertrag, und ich nahm an, daß die Polizei wenig Mühe haben würde, meine neue Adresse herauszufinden. Wenn sie mich verhafteten, würden sie sicher mitten in der Nacht kommen. Es würde ihnen Spaß machen, mich einzuschüchtern, indem sie mich um Mitternacht aus dem Bett holten, mich bei der Leibesvisitation ein bißchen hart anfaßten und die Handschellen eng anlegten. Sie würden mich nur zu gern mit ein paar üblen Burschen in eine Zelle sperren, wo ich vollkommen auf mich allein gestellt sein würde.

Zwei Dinge hatte ich immer in Reichweite: ein Handy, damit ich im Falle meiner Verhaftung sofort Mordecai anrufen konnte, und ein Bündel Geldscheine – zwanzig Hunderter –, damit ich Kaution stellen und auf freien Fuß kommen konnte, bevor ich auch nur in die Nähe des Polizeigefängnisses kam.

Ich parkte zwei Blocks entfernt, achtete auf etwaige verdächtige Gestalten in anderen Wagen am Straßenrand und betrat meine Wohnung unbehelligt und als freier Mann.

Mein Wohnzimmer war inzwischen mit zwei Gartenstühlen und einer Vorratskiste aus Plastik ausgestattet, die als Couchtisch diente. Der Fernseher stand ebenfalls auf einer Vorratskiste. Die Spärlichkeit der Einrichtung gefiel mir, doch ich war entschlossen, sie niemandem zu zeigen. Niemand sollte sehen, wie ich lebte.

Ich wählte Claires Nummer. Wir hatten seit vier Tagen nicht miteinander gesprochen, und ich wollte höflich sein und das Eis brechen.

Nach dem dritten Klingelton meldete sich eine fremde Stimme: „Hallo?" Es war ein Mann.

Eine Sekunde lang war ich so verblüfft, daß ich kein Wort herausbrachte. Es war Donnerstagnacht, halb zwölf. Claire hatte Besuch von einem Mann. Ich war vor nicht einmal einer Woche ausgezogen. Fast hätte ich aufgelegt, aber dann faßte ich mich und sagte: „Kann ich bitte Claire sprechen?"

„Wer ist da?" fragte er barsch.

„Michael, ihr Mann."

„Sie ist unter der Dusche", erklärte er mit einem Unterton der Befriedigung.

„Dann sagen Sie ihr, daß ich angerufen habe." Ich legte den Hörer rasch auf. Unsere Ehe war beendet – so einfach war das.

AM NÄCHSTEN Morgen kaufte ich eine Schachtel gemischte Doughnuts, zwei große Becher Kaffee und eine Zeitung. Ruby wartete wie die Tage zuvor zitternd vor der Tür. Ihre Augen waren geröteter als sonst, und sie lächelte nicht so bereitwillig.

Ich räumte die Akten auf dem Schreibtisch im Empfangsraum ein wenig beiseite und stellte die Kaffeebecher und die Doughnuts auf den Tisch. Ruby mochte die mit Schokolade nicht so gern und nahm lieber die mit Fruchtfüllung.

„Übernachten Sie auch im Wagen, wenn es sehr kalt wird?“ fragte ich sie.

„Ja.“

„Und wie halten Sie sich warm?“

„Ich hab jede Menge Decken. Ich vergrabe mich einfach unter Decken.“

„Sie gehen nie in eine Unterkunft?“

„Nie.“

„Würden Sie in eine Unterkunft gehen, wenn es Ihnen helfen würde, Terrence wiederzusehen?“

Sie legte den Kopf schief und sah mich eigenartig an. „Könnten Sie das wiederholen?“

„Wenn Sie Terrence sehen wollen, müssen Sie die Finger von den Drogen lassen. Dazu müssen Sie für eine Weile in einer Entziehungsklinik leben. Wären Sie dazu bereit?“

„Vielleicht“, sagte sie. „Nur vielleicht.“

Es war ein kleiner, aber bedeutender Schritt.

„Ich kann Ihnen helfen, Terrence wiederzusehen, und Sie können wieder einen Platz in seinem Leben einnehmen. Aber erst müssen Sie clean sein und bleiben.“

„Wie soll ich das machen?“ fragte sie und schaffte es nicht, mir in die Augen zu sehen. Sie hielt den Kaffeebecher in beiden Händen. Vor ihrem Gesicht stieg Dampf auf.

„Gehen Sie nachher wieder zu Naomi?“

„Ja.“

„Ich habe mit der Direktorin gesprochen. Es gibt heute zwei Gruppensitzungen – für Alkoholiker und für Drogensüchtige. Ich will, daß Sie an beiden teilnehmen. Die Direktorin wird mich anrufen.“

Sie nickte wie ein gescholtenes Kind. Im Augenblick wollte ich keinen weiteren Druck ausüben. Sie aß ihre Doughnuts und trank ihren Kaffee.

Ein leichter Regen, der am Boden gefror, hatte eingesetzt, und so fuhr ich Ruby zu Naomis Frauenzentrum, einem vierstöckigen Reihenhaus in der 10th Street. Das Zentrum bot Essen, Duschen, Kleidung, gemeinsame Tätigkeiten und Beratung für alle obdachlosen Frauen, die den Weg dorthin fanden. Ruby ging regelmäßig hin und wurde bei unserem Eintreffen von ihren Freundinnen herzlich begrüßt.

Ich hatte eine leise Unterredung mit der Direktorin, einer jungen Frau namens Megan. Wir verschworen uns, Ruby von den Drogen abzubringen. Megan sagte, die Hälfte der Frauen sei geistesgestört oder süchtig. Als ich ging, hatten sich die Frauen im Aufenthaltsraum versammelt und sangen.

ICH SASS am Schreibtisch und hatte mich in die Arbeit vertieft, als Sofia anklopfte und eintrat.

„Mordecai hat mir erzählt, daß Sie jemanden suchen“, sagte sie. Sie hielt einen Block in der Hand, bereit, sich Notizen zu machen.

Ich überlegte einen Augenblick. Dann fiel mir Hector ein. „Ja, das stimmt.“

„Ich kann Ihnen vielleicht helfen. Erzählen Sie mir alles, was Sie über ihn wissen.“ Sie setzte sich und schrieb alles auf: Name, Adresse, Anschrift des letzten Arbeitgebers, Personenbeschreibung und die Tatsache, daß er Frau und vier Kinder hatte.

Mir fiel nichts weiter über ihn ein. Sie ging hinaus und setzte sich an ihren Tisch. Ich ließ die Tür offen, damit ich sie sehen und hören konnte. Zuerst rief sie jemanden bei der Post an, verfiel aber sogleich ins Spanische, das ich nicht verstand. Sie machte einen Anruf nach dem anderen.

Eine Stunde später kam sie an meine Tür und sagte: „Die Familie ist nach Chicago gezogen.“

„Wie haben Sie ...?“ Ich starrte sie ungläubig an.

„Fragen Sie lieber nicht.“

Drake & Sweeney beschäftigte in ihrer Chicagoer Filiale mehr als hundert Anwälte. Ich war im Zusammenhang mit Kartellrechtsfällen zweimal dort gewesen. Die Kanzlei befand sich in einem Wolkenkratzer in der Nähe des Sees. Das Foyer war mehrere Etagen hoch und verfügte über Springbrunnen und Geschäfte. Aufzüge schossen hinauf und hinunter. Es war ein idealer Ort, um sich auf die Lauer zu legen und auf Hector Palma zu warten.

ZEHN

„Draußen sind die Bullen“, sagte einer unserer Mandanten am Freitag nachmittag zu Sofia. Sie ging zur Eingangstür, sah über die Q Street und entdeckte den zivilen Polizeiwagen. Sie wartete eine halbe Stunde, sah noch einmal nach und ging zu Mordecai.

Ich wußte nichts davon, denn ich führte gerade einen Krieg gegen die Ausgabestelle für Lebensmittelgutscheine. Sofia und Mordecai überbrachten mir gemeinsam die Neuigkeit.

„Ich glaube, die Polizei wartet auf Sie", meinte Mordecai ernst.

Mein erster Impuls war, mich unter dem Schreibtisch zu verstecken, aber das tat ich natürlich nicht. Ich versuchte, gelassen zu erscheinen. „Wo?" fragte ich.

„An der Ecke. Sie beobachten das Haus."

„Ich hab ein bißchen telefoniert", erklärte Sofia. „Es gibt einen Haftbefehl gegen Sie. Wegen schweren Diebstahls."

Ein Verbrechen! Gefängnis! Ich würde in den Kerker geworfen werden. Ich rutschte hin und her und tat mein Bestes, keine Angst zu zeigen.

„Das war zu erwarten", meinte ich. „Na gut, bringen wir's hinter uns."

Wir einigten uns rasch auf eine Taktik. Sofia würde einen Kautionsbürgen anrufen, der sich im Gefängnis mit uns treffen würde. Mordecai würde versuchen, einen freundlich gesonnenen Richter aufzutreiben. Das Offensichtliche blieb unausgesprochen: Es war Freitagnachmittag. Ein Wochenende im Polizeigefängnis würde ich vielleicht nicht überleben.

Sie gingen an ihre Telefone, und ich saß wie versteinert am Schreibtisch und konnte nichts unternehmen, nichts denken, nichts tun, als auf das Quietschen der Eingangstür zu lauschen. Ich mußte nicht lange warten. Punkt vier Uhr trat Lieutenant Gasko mit einigen Männern ein.

Er stolzierte herum wie ein alternder Lebemann und lächelte höhnisch und triumphierend zugleich. In der Hand hielt er ein paar zusammengefaltete Papiere, die nur darauf warteten, an meine Brust geschlagen zu werden.

„Ich will zu Mr. Brock", sagte er zu Sofia, und in diesem Augenblick trat ich lächelnd aus meinem Zimmer.

„Hallo, Gasko", begrüßte ich ihn. „Suchen Sie noch immer diese Akte?"

„Nein. Heute nicht."

Mordecai kam aus seinem Büro. Sofia stand an ihrem Schreibtisch. „Haben Sie einen Haftbefehl?" fragte Mordecai.

„Ja. Für Mr. Brock", entgegnete Gasko.

Ich zuckte die Schultern und meinte: „Na gut, dann gehen wir." Ich trat auf Gasko zu. Einer der Polizisten nahm ein Paar Handschellen vom Gürtel.

„Ich bin sein Anwalt", erklärte Mordecai. „Lassen Sie mich das mal sehen." Er nahm den Haftbefehl an sich und studierte ihn, während man mir die Hände auf den Rücken fesselte. Kalter Stahl schnitt in meine Handgelenke.

„Wohin bringen Sie ihn?"

„Zum Präsidium."

„Ich folge Ihnen", sagte Mordecai zu mir. Sofia telefonierte, und das war noch beruhigender als der Gedanke, daß Mordecai irgendwo hinter mir war.

Einer der Polizisten zerrte an meinem Ellbogen und stieß mich hinaus auf die Straße zu einem schmutzigen weißen Wagen. Ich ließ mich tief in den Sitz sinken, starrte ins Leere und versuchte, den Schock zu verdauen. Gasko saß neben mir im Fond.

Irgendwie war es aber auch eine Erleichterung, daß es endlich passiert war. Ich konnte aufhören, Versteck zu spielen und mich ständig umzusehen. Und es war keine Mitternachtsaktion, bei der ich keine Chance gehabt hätte, vor dem Morgen wieder freizukommen. Mit etwas Glück konnte ich registriert und auf Kaution freigelassen werden, bevor die Wochenendfestnahmen erfolgten.

Dennoch empfand ich eine Angst, die ich noch nie zuvor gehabt hatte. Ich schloß die Augen und versuchte, es mir bequem zu machen, was aber, da ich auf meinen Händen saß, praktisch unmöglich war.

DIE EINLIEFERUNG nahm ich nur verschwommen wahr: Ich bewegte mich wie im Traum von einem Punkt zum anderen, wobei Gasko mich führte wie ein zugelaufenes Hündchen. Sieh diese Leute nicht an, sagte ich mir immer wieder, sieh auf den Boden. Zuerst mußte ich meine Taschen leeren und ein Formular unterschreiben. Dann ging es durch einen schmutzigen Korridor zur Fotostelle: Schuhe aus, vor der Meßlatte aufstellen. Schauen Sie in die Kamera. Das Ganze noch einmal im Profil. Dann Fingerabdrücke.

Ich brauchte nicht zu telefonieren. Mein Anwalt war irgendwo in der Nähe. Auf dem Weg hinunter in den Zellentrakt wurden die Türen immer massiver. Wir gingen in die falsche Richtung: Der Ausgang lag hinter uns.

„Wie sieht's mit Kaution aus?" fragte ich schließlich. Ich sah Gittertüren vor mir.

„Ich glaube, Ihr Anwalt arbeitet daran", sagte Gasko.

Er übergab mich an einen Sergeanten namens Coffey, der mich zur Wand stieß, meine Beine auseinandertrat und mich abtastete, als suchte er nach einer 10-Cent-Münze. Nachdem er keine gefunden hatte, grunzte er und zeigte auf einen Metalldetektor. Ich ging unbeanstandet hindurch. Ein Summen, eine Tür schob sich zur Seite, und ich sah einen Gang mit Gittern auf beiden Seiten. Die Tür fiel hinter mir ins Schloß, und meine Hoffnung auf eine schnelle Entlassung schwand.

Hände und Arme reckten sich durch die Gitter in den schmalen Gang. Die Männer beobachteten uns. Coffey sah in jede Zelle. Bei der dritten auf der rechten Seite blieb er stehen.

Meine Zellengenossen waren schwarz und allesamt viel jünger als ich. Ich sah zunächst vier, doch dann entdeckte ich auf dem oberen Bett einen fünften. Es gab ein Etagenbett für sechs Personen. Die Zelle war ein kleines Rechteck, das auf drei Seiten von Gittern begrenzt wurde, so daß ich die Häftlinge nebenan und gegenüber sehen konnte. Die Rückwand bestand aus Beton. In einer Ecke stand eine kleine Toilette.

Coffey schlug die Tür hinter mir zu. Der Bursche auf dem oberen Bett setzte sich auf und schwang die Beine über die Bettkante, so daß seine Füße neben dem Gesicht des Mannes baumelten, der auf dem unteren Bett saß. Alle fünf starrten mich feindselig an, während ich an der Tür stand und versuchte, furchtlos und gelassen zu wirken. Ich suchte verzweifelt nach einem Platz auf dem Boden, wo ich mich hinsetzen konnte. Ich ignorierte ihre Blicke und setzte mich mit dem Rücken zur Tür auf den Boden. Aus einer anderen Zelle ertönten Rufe nach der Wache.

Zwei Zellen weiter brach ein Kampf aus. Andere Gefangene feuerten die Kämpfenden an, und im ganzen Flügel herrschte eine Atmosphäre der Gewalttätigkeit. Eine Tür wurde geöffnet, ein schriller Pfiff ertönte, und Coffey erschien und schwang seinen Gummiknüppel. Der Kampf war sofort vorbei. Niemand wußte etwas, niemand hatte etwas gesehen.

„Ich will hier Ruhe haben!“ brüllte er und verschwand wieder.

Minuten vergingen. Einer meiner Zellengenossen stand auf und kam zu mir herüber. Seine nackten Füße berührten fast meine Beine. Ich blickte auf und sah dann wieder zu Boden. Er starrte mich an, und ich wußte, nun würde es losgehen.

„Hübsche Jacke“, sagte er.

„Danke“, murmelte ich. Es war ein alter Blazer. Jedenfalls war er es nicht wert, sich dafür zusammenschlagen zu lassen.

„Hübsche Jacke“, wiederholte er und stupste mich mit dem Fuß an. Der Bursche auf dem oberen Bett sprang herunter und kam näher, um besser sehen zu können.

„Danke“, sagte ich noch einmal.

Der Bursche, der mich angesprochen hatte, war achtzehn oder neunzehn, groß und schlank und wollte die anderen mit seinem Selbstbewußtsein beeindrucken.

„So 'ne Jacke hab ich nicht“, meinte er und stupste mich noch einmal, diesmal kräftiger.

Ich zog die Beine an, so daß die Knie mein Kinn berührten. Es war eine Abwehrstellung. Wenn er mich schlagen oder treten sollte, würde ich mich nicht wehren. Jeder Widerstand würde sofort die anderen auf den Plan rufen.

„Der Typ hat gesagt, daß du 'ne hübsche Jacke hast“, sagte der vom oberen Bett.

Ein dritter kam hinzu und schloß den Halbkreis um mich. Der erste trat gegen meinen Fuß, und alle drei kamen näher. Ich zog rasch den Blazer aus und warf ihn auf den Boden.

„Ist das ein Geschenk?“ fragte der erste und hob ihn auf.

„Es ist, was du willst“, antwortete ich. Ich starrte noch immer vor mich hin und vermied jeden Blickkontakt, und darum sah ich seinen Fuß nicht. Der Tritt traf mich an der linken Schläfe und stieß meinen Kopf gegen die Gitterstäbe. „Scheiße!“ schrie ich und betastete meinen Hinterkopf. „Du kannst das verdammte Ding haben.“

„Ist das ein Geschenk?“

„Ja.“

„Danke, Mann.“

„Keine Ursache“, sagte ich. Mein ganzer Kopf fühlte sich taub an.

Sie zogen sich zurück. Ich saß zusammengekrümmt da.

Minuten vergingen, auch wenn ich kein Zeitgefühl mehr hatte. Mein Gesicht pochte, blutete aber nicht. Wenn ich keine weiteren Verletzungen davontrug, konnte ich mich glücklich schätzen. Ich dachte darüber nach, was die Nacht bringen würde. Wir waren zu sechst und hatten nur zwei sehr schmale Betten. Sollten wir auf dem Fußboden schlafen, ohne Kissen und Decke? Der Boden fühlte sich immer kälter an.

„Hübsche Schuhe“, sagte jemand und riß mich aus meinen Gedanken. Ich sah auf. Einer der Kerle stand vor mir. Er trug schmutzige weiße Strümpfe, keine Schuhe. Es ging um meine alten Nike-Tennisschuhe.

„Möchtest du sie gern haben?“ fragte ich und zog sie aus. „Hier, ich möchte dir eine Freude machen und schenke dir meine Schuhe.“ Ich schob sie ihm hin, und er nahm sie.

GEGEN neunzehn Uhr hatte Mordecai alle nötigen Formalitäten erledigt. Coffey holte mich aus der Zelle. Als wir dem Ausgang zustrebten, fragte er mich: „Wo sind Ihre Schuhe?"

„In der Zelle", entgegnete ich. „Die anderen haben sie mir abgenommen. Und meinen Blazer auch."

„Ich werde die Sachen holen." Er musterte die linke Seite meines Gesichts. Mein Auge schwoll langsam zu. „Alles in Ordnung?"

„Mir geht's prima. Ich bin frei!"

Meine Kaution war auf zehntausend Dollar festgesetzt. Ich gab meinem Kautionsbürgen tausend Dollar in bar und unterschrieb ein paar Formulare. Coffey brachte mir meine Schuhe und meinen Blazer, und damit war meine Gefängniszeit fürs erste vorbei. Draußen wartete Sofia im Wagen und fuhr mich nach Hause.

KÖRPERLICH bezahlte ich einen Preis für meinen Wechsel vom Hochhausbüro auf die Straße. Die Prellungen, die ich mir bei dem Unfall zugezogen hatte, waren fast verheilt, aber die Schmerzen in den Muskeln und Gelenken würden mich noch einige Wochen lang begleiten. Mir tat der Rücken weh, weil ich im Schlafsack auf dem Boden schlief. Und ein Straßengangster hatte mir mit dem nackten Fuß beinahe den Schädel gebrochen. Jedesmal, wenn ich in dieser Nacht erwachte, schien die Schwellung größer geworden zu sein. Dennoch schätzte ich mich glücklich, daß ich lebte und diesen Abstieg in die Hölle einigermaßen unversehrt überstanden hatte, auch wenn ich schon nach einigen Stunden gerettet worden war. Ich hatte keine Angst mehr vor dem Unbekannten, jedenfalls fürs erste nicht. Es lauerten keine Polizisten mehr in den Schatten.

Schwerer Diebstahl war keine Kleinigkeit, wenn man wie ich schuldig war. Die Höchststrafe waren zehn Jahre Gefängnis, doch darüber würde ich mir später den Kopf zerbrechen.

Am Samstag verließ ich kurz vor Sonnenaufgang meine Wohnung, um mir rasch eine Zeitung zu kaufen. Das nächste Café in meiner neuen Nachbarschaft war eine winzige, von einer streitsüchtigen pakistanischen Familie betriebene und die ganze Nacht geöffnete Bäckerei. Ich setzte mich an die Theke, bestellte einen großen Milchkaffee, schlug die Zeitung auf und fand eine kleine Meldung über die Geschichte, die mich den größten Teil meines Schlafs gekostet hatte.

Meine Freunde bei Drake & Sweeney hatten die Sache gut geplant. Auf Seite zwei des Lokalteils sah ich mein Foto. Es war vor einem Jahr gemacht worden, und zwar für eine Broschüre, mit der junge Juraabsolventen geworben werden sollten. ANWALT WEGEN SCHWEREN DIEBSTAHLS VERHAFTET lautete die Überschrift.

Es waren nur vier kurze, knappe Absätze – hauptsächlich Informationen, die der Reporter von der Kanzlei erhalten hatte: Ich sei sieben Jahre lang in der Abteilung Kartellrecht tätig gewesen und bislang nicht vorbestraft. Es wurde niemand zitiert, und das war auch gar nicht nötig. Der einzige Zweck des Artikels war, mich zu demütigen, und das war ihnen gelungen.

Bei den Pakistanis gab es keine Doughnuts mit Fruchtgeleefüllung. Ich kaufte statt dessen Kekse und fuhr zum Büro.

Ruby lag vor dem Eingang und schlief, und als ich näher kam, fragte ich mich, wie lange sie wohl schon da war. Sie lag unter zwei oder drei alten Decken. Ich räusperte mich, und sie erwachte und sprang auf.

Ich schloß auf, machte Licht und setzte Kaffeewasser auf. Gemäß unserem Ritual ging sie auf dem kürzesten Weg zu dem Schreibtisch, den sie mittlerweile vermutlich als den ihren betrachtete, und wartete.

Ruby hatte gestern nachmittag die Gruppensitzung bei Naomi verlassen. Megan, die Direktorin, hatte mich angerufen.

„Wie geht's Ihnen heute morgen?“ fragte ich Ruby, als ich den Kaffee und die Kekse aufgetischt hatte.

„Gut. Und Ihnen?“

„Bestens. Ich nehme keine Drogen. Wie steht's mit Ihnen?“

Ihr Kinn klappte herunter. Sie sah zur Seite. „Ich nehme keine Drogen mehr“, behauptete sie.

„Nein, das stimmt nicht. Lügen Sie mich nicht an, Ruby. Ich bin Ihr Freund und Rechtsanwalt und will Ihnen helfen, damit Sie Terrence wiedersehen können. Aber das kann ich nur, wenn Sie mich nicht anlügen. Also, sehen Sie mir in die Augen, und sagen Sie mir, warum Sie die Gruppensitzung gestern nachmittag verlassen haben!“

„Ich dachte, sie wären schon fertig.“

Ich wollte mich nicht auf eine Diskussion einlassen, die ich nicht gewinnen konnte. „Gehen Sie heute zu Naomi?“

„Ja.“

„Gut. Ich werde Sie hinbringen, aber Sie müssen mir versprechen, daß Sie an beiden Sitzungen teilnehmen. Sie werden die erste sein, die kommt, und die letzte, die geht, okay?“

„Okay.“ Sie nickte und nahm ihren vierten Keks.

Als wir kurz darauf zu Naomi fuhren, fragte Ruby unvermittelt: „Sie sind verhaftet worden, stimmt's?“

Beinahe hätte ich eine rote Ampel überfahren. Wie war sie an diese Information gekommen?

„Ja, das stimmt. Woher wissen Sie das?"

„Auf der Straße hört man so allerlei."

Natürlich. Wozu Zeitungen lesen? Die Obdachlosen hatten ihr eigenes Nachrichtensystem.

„Es war ein Mißverständnis", sagte ich, als wäre das für sie von Bedeutung.

Sie hatten schon ohne sie angefangen zu singen – wir hörten sie, als wir bei Naomi die Stufen zum Eingang hinaufgingen. Megan öffnete uns die Tür und lud mich auf eine Tasse Kaffee in ihr Büro ein. Als ich mich gesetzt hatte, warf sie mir eine Ausgabe der *Post* auf den Schoß.

„Sie haben eine harte Nacht hinter sich, was?" fragte sie lächelnd.

Ich betrachtete noch einmal mein Foto. „Hätte schlimmer sein können."

„Was ist das?" fragte sie und zeigte auf meine Schläfe.

„Ein Zellengenosse wollte meine Schuhe haben. Er hat sie bekommen."

„Wie lange haben die Sie dabehalten?"

„Nur ein paar Stunden. Dann hab ich mich resozialisieren lassen. Jetzt bin ich ein neuer Mensch."

Sie lächelte abermals – ein wunderbares Lächeln. Unsere Blicke trafen sich für einen Moment, und ich dachte: Mein lieber Mann! Kein Trauring. Sie war groß und ein bißchen zu dünn. Ihr Haar war dunkelrot und so kurz geschnitten, daß die Ohren frei blieben. Sie hatte hellbraune, sehr große und runde Augen, in die ich gern für ein, zwei Sekunden hineinsah. Ich fand diese Frau sehr attraktiv und wunderte mich, daß mir das nicht schon früher aufgefallen war.

Wir erzählten uns gegenseitig unsere Lebensläufe. Ihr Vater war ein Pfarrer der Episkopalkirche in Maryland, ein Redskins-Fan, dem Washington gefiel. Schon als Teenager hatte sie beschlossen, für die Armen zu arbeiten. Eine höhere Berufung gab es in ihren Augen nicht.

Ich mußte gestehen, daß ich bis vor zwei Wochen keinerlei Gedanken an die Armen verschwendet hatte. Sie war fasziniert von der Mister-Episode und ihrer läuternden Wirkung auf mich.

Sie lud mich ein, zum Mittagessen zu kommen und nach Ruby zu sehen. Wenn sich die Sonne zeigte, würden wir im Garten essen können.

Armenanwälte sind ganz normale Menschen. Sie können sich an den seltsamsten Orten verlieben, zum Beispiel in einem Heim für obdachlose Frauen.

NACHDEM ich nun schon eine Woche lang Washingtons übelste Viertel erkundet, viele Stunden in Notunterkünften verbracht und ausgiebig mit Obdachlosen gesprochen hatte, war mein Bedürfnis, mich jedesmal hinter Mordecai zu verstecken, verschwunden. Ich mußte den Sprung ins kalte Wasser wagen und schwimmen lernen.

Ich hatte eine Liste von etwa dreißig Unterkünften, Suppenküchen und Hilfszentren für Obdachlose. Und ich hatte eine zweite Liste mit den Namen der siebzehn Menschen, die von Drake & Sweeney auf die Straße gesetzt worden waren, darunter auch DeVon Hardy und Lontae Burton. Ich hatte einen Plan, und der sah den Besuch vieler Stationen in kurzer Zeit vor.

Zuerst sprach ich mit einem Arzt in der Capitol Clinic, einer privat finanzierten Einrichtung für Obdachlose. Hier hatte man Unterlagen über jeden einzelnen Patienten. Heute war Samstag, und der Arzt versprach mir, seine Sekretärin werde am Montag die Computerdateien nach den Namen auf meiner Liste durchsuchen. Wenn einer dieser Leute ärztliche Hilfe in Anspruch genommen habe, werde sie mich anrufen.

In der Redeemer Mission von Rhode Island trank ich Tee mit einem katholischen Priester. Er las die Liste aufmerksam durch, kannte aber keinen Namen. „Zu uns kommen so viele", meinte er.

Anschließend rief ich Megan an und sagte die Verabredung zum Mittagessen ab. Meine Entschuldigung war, ich befände mich am anderen Ende der Stadt und hätte noch eine lange Liste von Leuten, mit denen ich sprechen müsse. In Wirklichkeit wußte ich nicht, ob sie mit mir geflirtet hatte oder nicht. Sie war hübsch und intelligent und ausgesprochen liebenswert – und sie war das letzte, was ich im Augenblick brauchte.

Aber Megan hatte gute Neuigkeiten: Ruby hatte nicht nur die morgendliche Gruppensitzung durchgehalten, sondern auch hoch und heilig versprochen, in den nächsten vierundzwanzig Stunden keine Drogen zu nehmen. Es war eine anrührende Szene gewesen. „Sie darf heute nicht auf der Straße übernachten", erklärte sie. „Es wird der erste Tag seit zwölf Jahren sein, an dem sie keine Drogen nimmt."

Mir fiel nicht viel ein, wie man Ruby helfen könnte, aber Megan hatte ein paar gute Ideen.

Der Nachmittag war so fruchtlos wie der Morgen, auch wenn ich jede einzelne Obdachlosenunterkunft in Washington kennenlernte und Kontakte mit Leuten knüpfte, die ich vermutlich bald wiedersehen würde.

Kelvin Lam war das einzige Opfer der Zwangsräumung, das wir hatten ausfindig machen können. DeVon Hardy und Lontae Burton waren tot. Die übrigen vierzehn waren wie vom Erdboden verschluckt.

Um sechzehn Uhr erwartete Ruby mich bei Naomi an der Tür mit einem strahlenden Lächeln und einer Umarmung, die mir die Luft nahm. Sie hatte beide Sitzungen überstanden. Megan hatte bereits die Parole für die nächsten zwölf Stunden ausgegeben: Ruby durfte unter keinen Umständen auf der Straße sein.

Sie und ich ließen die Stadt hinter uns und fuhren in westlicher Richtung nach Virginia. In einem Einkaufszentrum außerhalb der Stadt kauften wir eine Zahnbürste, Zahnpasta, Seife, Shampoo und so viele Süßigkeiten, daß sie für eine Schulklasse gereicht hätten. Wir fuhren immer weiter, bis ich in dem kleinen Ort Gainesville ein nagelneues Motel entdeckte, das Einzelzimmer für zweiundvierzig Dollar pro Nacht anbot. Ich zahlte mit meiner Kreditkarte und ließ Ruby dort mit der strengen Anweisung, die Tür verschlossen zu halten, bis ich Sonntag morgen nach ihr sehen würde.

Am Samstag abend, dem 1. März, trank ich Bier, aß eine Pizza und sah mir Basketballspiele im Fernsehen an.

Ich rief Ruby an. Das Telefon läutete achtmal, bevor sie abnahm, und ich war kurz davor, in Panik zu geraten. Ihr ging es prächtig: Sie hatte lange geduscht, ein Pfund Süßigkeiten gegessen und sah ununterbrochen Fernsehen. Sie hatte das Zimmer nicht verlassen.

Während der Halbzeit im Spiel Duke gegen Carolina läutete das Handy. Eine freundliche weibliche Stimme sagte: „Hallo, Knacki." Es war Claire, und sie sprach ohne bissigen Unterton.

„Hallo", erwiderte ich und schaltete den Ton des Fernsehers aus.

„Alles in Ordnung?"

„Alles ganz wunderbar. Und bei dir?"

„Prima. Ich habe dein lächelndes Gesicht heute morgen in der Zeitung gesehen und mir Sorgen um dich gemacht."

„Es war eine neue Erfahrung", erklärte ich und erzählte ihr die ganze Geschichte, angefangen bei Gaskos Besuch im Büro bis zu meiner Freilassung.

„Wie schwer sind die Anschuldigungen?" fragte sie.

„Auf schweren Diebstahl stehen bis zu zehn Jahre", sagte ich ernst. Mir gefiel die Vorstellung, daß sie um mich besorgt war. „Aber darüber zerbreche ich mir nicht den Kopf."

„Könntest du deine Zulassung verlieren?"

„Ja. Wenn man wegen eines Verbrechens verurteilt wird, verliert man automatisch die Zulassung."

„Das ist ja schrecklich, Michael. Was würdest du dann tun?"

„Ehrlich gesagt, darüber hab ich mir noch gar keine Gedanken gemacht."

Jeder erkundigte sich höflich nach der Familie des anderen, und ich vergaß nicht, sie nach ihrem Bruder James und seiner Hodgkin-Krankheit zu fragen. Die Behandlung hatte bereits begonnen, und die Familie war optimistisch.

Ich dankte ihr für den Anruf, und wir verabredeten, in Verbindung zu bleiben. Als ich das Handy weggelegt hatte, starrte ich auf den stummen Fernseher und gestand mir widerstrebend ein, daß Claire mir fehlte.

AM SONNTAG morgen war Ruby frisch geduscht und eingecremt und trug die sauberen Kleider, die Megan ihr gestern gegeben hatte. Ihr Motelzimmer lag im Erdgeschoß, und die Tür ging auf den Parkplatz. Sie erwartete mich, trat hinaus in die Sonne und umarmte mich. „Ich bin clean!" erklärte sie mit einem breiten Lächeln. „Ich bin seit vierundzwanzig Stunden clean!" Wir umarmten uns noch einmal.

Ein Paar in den Sechzigern trat aus der Tür des übernächsten Zimmers und starrte uns an. Weiß der Himmel, was sie dachten.

Wir fuhren zurück in die Stadt, zu Naomi, wo Megan und ihre Mitarbeiterinnen auf Neuigkeiten warteten. Als Ruby ihren Erfolg verkündete, brachen alle in Jubelrufe aus. Megan und ich tranken im Garten Kaffee und machten einen Plan für die nächsten vierundzwanzig Stunden. Außer Gebeten und Gottesdienst würde Ruby zwei Gruppensitzungen durchhalten müssen. Unser Optimismus war noch gedämpft. Megan war mit allen Aspekten von Sucht vertraut und überzeugt davon, daß Ruby einen Rückfall haben würde, wenn sie wieder auf der Straße landete. So etwas kam täglich vor.

Ich würde um sechzehn Uhr nach Chicago aufbrechen, um mich auf die Suche nach Hector zu machen, und wußte nicht, wie lange ich fort sein würde. Wir beschlossen, nicht weiter als einen Tag im voraus zu planen. Megan würde Ruby zu einem Hotel in einem Außenbezirk fahren, das ich bezahlen würde, und sie Sonntag nacht dort lassen. Am

Montag morgen würde sie sie wieder abholen, und dann würden wir uns überlegen, wie es weitergehen sollte.

„Vierundzwanzig Stunden sind ein großer Schritt", stellte Megan fest, „aber vor ihr liegt noch immer ein ganzer Berg."

Sie lud mich ein, zum Mittagessen wiederzukommen. Wir konnten in ihrem Büro essen, nur wir beide, und wichtige Dinge besprechen. Ihre Augen blitzten und sahen mich herausfordernd an. Also sagte ich zu.

WER ALS Anwalt bei Drake & Sweeney arbeitete, flog immer erster Klasse – das war man sich schuldig. Auf dem Flug nach Chicago saß ich in der Touristenklasse, und da ich außerdem Last-Minute gebucht hatte, landete ich auf einem der gefürchteten Mittelplätze. Auf dem Fensterplatz saß ein dicklicher Mann mit Knien, so groß wie Basketbälle, und am Gang ein verschwitzter, etwa achtzehn Jahre alter Teenager mit pechschwarzem Haar, einem perfekten Irokesenschnitt und einer erstaunlichen Menge Leder und verchromter Stacheln. Ich schloß für zwei Stunden die Augen und versuchte, nicht an die aufgeblasenen Dummköpfe in der ersten Klasse zu denken, wo ich früher einmal gesessen hatte.

Mein Ausflug nach Chicago war ein klarer Verstoß gegen meine Kautionsauflagen: Ohne Genehmigung des Richters durfte ich Washington, D. C., nicht verlassen. Mordecai und ich waren allerdings zu dem Schluß gekommen, daß es sich um einen weniger schweren Verstoß handelte, der keine weiteren Folgen haben würde, sofern ich wieder nach Washington zurückkehrte.

Die Chicagoer Kanzlei von Drake & Sweeney beschäftigte hundertsechs Anwälte und war damit die drittgrößte nach Washington und New York. Die Immobilienabteilung war überproportional groß und mit achtzehn Anwälten besetzt, mehr als in der Washingtoner Kanzlei. Ich nahm an, daß dies der Grund gewesen war, warum man Hector nach Chicago versetzt hatte: Hier gab es viel Arbeit für ihn. Ich erinnerte mich dunkel daran, am Anfang meiner Karriere bei Drake & Sweeney etwas von einer Übernahme einer gutgehenden Chicagoer Immobilienfirma gehört zu haben.

AM MONTAG morgen um kurz nach sieben fuhr ich von dem billigen Hotel, in dem ich übernachtet hatte, zum Associated Life Building. Der Himmel war düster und grau, und vom Michigansee wehte ein schneidender Wind. Ich kaufte eine Zeitung, hinter der ich mich verstecken konnte, fand einen geeigneten Tisch in einer Ecke des riesigen

Atriums und legte mich auf die Lauer. Die Rolltreppen gingen im Zickzack hinauf zur ersten und zweiten Ebene, wo Dutzende von Aufzügen warteten.

Gegen halb acht wimmelten zahlreiche Menschen geschäftig durch das Erdgeschoß. Um acht standen Hunderte von Angestellten auf den Rolltreppen, Anwälte und Sekretärinnen, die allesamt dick vermummt waren und einander erstaunlich ähnlich sahen.

Um zwanzig nach acht trat Hector Palma zusammen mit anderen Pendlern von der Südseite des Gebäudes in die Eingangshalle. Er fuhr sich mit den Fingern durch das windzerzauste Haar und steuerte auf eine Rolltreppe zu. Es war eindeutig Hector. Ich wußte nun also, wo er war und in den nächsten acht bis zehn Stunden sein würde.

Von der zweiten Ebene des Atriums aus rief ich Megan an. Ruby hatte auch diese Nacht überstanden – jetzt war sie schon achtundvierzig Stunden clean. Dann wählte ich Mordecais Nummer und erzählte ihm von meiner erfolgreichen Suche.

Laut dem Drake-&-Sweeney-Handbuch des vergangenen Jahres gab es in der Chicagoer Immobilienabteilung drei Teilhaber. Auf dem Wegweiser im Atrium waren sie aufgeführt, in der einundfünfzigsten Etage. Meine Wahl fiel auf Dick Heile.

Um neun Uhr fuhr ich hinauf in die einundfünfzigste Etage und trat aus dem Aufzug in eine vertraute Umgebung: Marmor, Messing, Walnußholz, indirekte Beleuchtung, teure Teppiche.

Als ich auf die Empfangsdame zuschlenderte, runzelte ich die Stirn und tat, als hätte ich Schmerzen.

„Ja, Sir?" sagte sie lächelnd zwischen zwei Anrufen.

Ich biß die Zähne zusammen, holte zischend Luft und erklärte: „Ich habe für neun Uhr einen Termin bei Dick Heile, aber ich fühle mich gar nicht gut. Wahrscheinlich habe ich etwas Falsches gegessen. Ist hier in der Nähe eine Toilette?" Ich preßte die Hände auf den Magen.

Das Lächeln der Empfangsdame verschwand, als sie aufsprang und auf einen Gang zeigte. „Dort entlang, um die Ecke und dann rechts."

Ich setzte mich in Bewegung, noch immer zusammengekrümmt, als würde es im nächsten Augenblick aus mir herausbrechen. „Danke", stieß ich hervor. Ich schleppte mich um die Ecke zur Herrentoilette, ging hinein und wartete.

Das Telefon der Empfangsdame läutete so oft, daß sie zu beschäftigt sein würde, um sich über mich Gedanken zu machen. Ich sah aus wie ein Anwalt aus einer großen Kanzlei und würde niemandem auffallen. Nach zehn Minuten verließ ich die Toilette und ging weiter den Gang hinunter. Am ersten unbesetzten Schreibtisch nahm ich ein paar zusammengeheftete Papiere, auf die ich beim Gehen etwas kritzelte, als hätte ich Wichtiges zu tun. Ich warf unauffällige Blicke nach links und rechts: Namensschildchen an den Türen und auf den Schreibtischen.

Hector hatte ein eigenes Büro. Ich sah ihn durch die halboffene Tür, trat sogleich ein und schlug sie hinter mir zu.

Er fuhr auf seinem Sessel zurück und hob abwehrend die Hände, als wäre ich bewaffnet. „Was machen *Sie* denn hier?" fragte er ungläubig.

„Hallo, Hector!"

Seine Hände fielen auf den Schreibtisch, und er brachte sogar ein Lächeln zustande. „Was machen Sie hier?" wiederholte er.

„Dasselbe könnte ich Sie fragen."

„Ich arbeite", antwortete er. „Wie haben Sie mich gefunden?"

„Das war sehr einfach. Ich bin jetzt Armenanwalt und kenne alle Tricks. Wenn Sie noch einmal davonlaufen, werde ich Sie wieder finden."

„Ich werde nicht mehr davonlaufen", sagte er und wandte den Blick ab.

„Wir werden morgen die Klage einreichen", erklärte ich. „Gegen RiverOaks, TAG und Drake & Sweeney. Sie können sich nirgends verstecken."

„Wer sind die Kläger?"

„Die Hinterbliebenen von Lontae Burton. Später auch die anderen Betroffenen – sobald wir sie ausfindig gemacht haben. Sie erinnern sich doch an Lontae, oder? Sie war die junge Mutter, die den Polizisten bei der Zwangsräumung Widerstand leistete. Sie haben alles gesehen, und Sie fühlen sich schuldig, weil Sie die Wahrheit wußten: daß diese Leute nämlich an Gantry Miete bezahlten. Das haben Sie in Ihrer Aktennotiz vom 27. Januar auch geschrieben, und Sie haben dafür gesorgt, daß die Notiz im Journal eingetragen wurde. Und das haben Sie gemacht, weil Sie wußten, daß Braden Chance die Notiz irgendwann verschwinden lassen würde. Wie er es dann ja auch getan hat. Und darum bin ich hier, Hector. Ich will eine Kopie dieser Aktennotiz."

„Wie kommen Sie darauf, daß ich eine Kopie haben könnte?"

„Sie sind zu intelligent, um keine Kopie gemacht zu haben. Sie wußten, daß Chance das Original entfernen würde, um sein Vorgehen zu decken. Aber jetzt kommt alles ans Licht. Passen Sie auf, daß Sie nicht zusammen mit Chance untergehen."

Er schüttelte den Kopf.

„Wenn Sie mir eine Kopie der Aktennotiz geben“, sagte ich, „werde ich nicht verraten, woher sie stammt.“

„Ich könnte ja auch lügen“, entgegnete er.

„Sie könnten. Aber Sie werden nicht, denn Sie wissen, daß man Sie überführen würde. Es ist kinderleicht zu beweisen, daß die Notiz in der Akte war und später entfernt worden ist. Sie werden nicht leugnen können, daß Sie sie geschrieben haben. Außerdem haben wir die Aussagen der Leute, die Sie auf die Straße gesetzt haben. Vor einer Jury aus lauter Schwarzen werden die eine großartige Figur machen.“

Jeder Schlag war ein Treffer, und Hector hing in den Seilen.

Hector war zu aufrichtig, um zu lügen. Immerhin war er es gewesen, der mir die Liste der Betroffenen und die Schlüssel zugespielt hatte. Er hatte eine Seele und ein Gewissen, und solange er sich hier in Chicago versteckte, konnte er nicht glücklich sein.

„Die werden mich rausschmeißen.“

„Kann sein, aber Sie werden einen wunderschönen Prozeß gegen sie führen. Ich werde das in die Hand nehmen, und ich werde Ihnen dafür keinen Cent berechnen.“

Es klopfte. Wir beide schreckten hoch.

„Ja!“ rief er.

Eine Sekretärin sah zur Tür herein. „Mr. Peck erwartet Sie“, sagte sie.

„Ich komme sofort“, erklärte Hector, und sie schloß die Tür wieder.

„Sie entschuldigen mich“, meinte er.

„Ich werde erst gehen, wenn ich die Kopie der Aktennotiz habe.“

„Wir treffen uns um zwölf am Brunnen vor dem Gebäude.“

„Einverstanden.“

Als ich durch das Foyer ging, nickte ich der Empfangsdame zu. „Vielen Dank“, sagte ich. „Jetzt geht es mir schon viel besser.“

„Gern geschehen“, erwiderte sie.

VOM BRUNNEN gingen wir die Grand Avenue in westlicher Richtung hinunter zu einer gut besetzten jüdischen Sandwich-Bar. Während wir in der Schlange warteten, steckte er mir einen Umschlag zu. „Ich habe vier Kinder“, sagte er. „Bitte beschützen Sie mich!“

Ich nahm den Umschlag und wollte gerade etwas sagen, als er sich umdrehte und in der Menge verschwand. Ich sah noch, wie er sich durch die Tür drängte und vor dem großen Fenster vorbeiging. Er hatte den Mantelkragen hochgeschlagen und rannte fast.

Ich ließ das Mittagessen aus, ging vier Blocks weit zum Hotel, bezahlte und lud meinen Koffer in ein Taxi. Ich ließ mich tief in den

Rücksitz sinken. Die Türen waren verriegelt, der Taxifahrer nahm mich kaum wahr, niemand wußte, wo ich mich in diesem Augenblick befand. Ich öffnete den Umschlag.

Die Aktennotiz hatte das typische Drake-&-Sweeney-Aussehen und trug das Datum 27. Januar. Die Notiz stammte von Hector Palma, war an Braden Chance gerichtet und betraf die Zwangsräumung in Sachen RiverOaks/TAG.

An diesem Tag war Hector Palma in Begleitung eines bewaffneten Wachmanns von 9.15 Uhr bis 12.30 Uhr in dem Lagerhaus gewesen. Im Erdgeschoß, am westlichen Ende des Gebäudes, hatte er elf provisorische Wohnungen mit ungestrichenen Wänden aus Sperrholz und Spanplatten vorgefunden. Die Wohnungen waren ungefähr gleich groß gewesen und hatten Türen mit einem Riegel gehabt.

Am anderen Ende des Gebäudes war Hector auf zehn weitere Wohnungen ähnlicher Bauart gestoßen. Hinter einer der Türen hatte ein Kind geweint, und Hector hatte den Mann vom Sicherheitsdienst gebeten, sich im Hintergrund zu halten. Auf sein Klopfen hin hatte eine junge Mutter mit einem Baby auf dem Arm geöffnet, drei Kleinkinder hatten sich hinter ihr gedrängt. Hector hatte ihr gesagt, er arbeite für eine Anwaltskanzlei. Das Gebäude sei verkauft worden, und sie werde in einigen Tagen ausziehen müssen. Die Frau war schnell zum Angriff übergegangen. Es sei ihre Wohnung. Sie habe sie von einem Mann namens Johnny gemietet, der jeden Monat so um den Fünfzehnten vorbeikomme und hundert Dollar kassiere. Hector hatte sie gefragt, ob sie beweisen könne, daß sie Miete zahle. Sie hatte ihre Handtasche unter dem Bett hervorgefischt und ihm ein Stück Papier gegeben, den Kassenzettel eines Supermarkts. Auf die Rückseite hatte jemand geschrieben: *100 $ Miete erhalten von Lontae Burton, 15.1.*

Die Aktennotiz war zwei Seiten lang, doch es war noch eine Seite angeheftet: eine Kopie der kaum zu entziffernden Quittung. Die Handschrift war krakelig, die Rechtschreibung stimmte nicht, die Kopie war verschwommen – und doch war es eine wunderbare Überraschung. Ich muß einen kleinen Freudenschrei ausgestoßen haben, denn der Taxifahrer wandte den Kopf und musterte mich im Rückspiegel.

Am Flughafen faxte ich die Aktennotiz an Mordecai. Wenn das Flugzeug abstürzte oder ich überfallen und ausgeraubt wurde, wollte ich sicher sein, daß sich eine Kopie dieses Schriftstücks im Besitz des Rechtsberatungsbüros in der 14th Street befand.

ELF

Nach drei Nächten, die Ruby isoliert im Hotel zugebracht hatte, konnte ich mir diese Therapie für sie nicht mehr leisten. Megan sagte mir am Montag abend am Telefon, daß es für Ruby an der Zeit sei, in ihre gewohnte Umgebung zurückzukehren. Wenn sie wirklich clean bleiben wollte, mußte sie sich dem Test der Straße stellen.

Am Dienstag morgen um halb acht klopfte ich an die Tür von Rubys Hotelzimmer. Es rührte sich nichts. Ich klopfte noch einmal und versuchte, die Tür zu öffnen. Sie war verschlossen. Ich rannte zur Rezeption, um von dort aus anzurufen. Es meldete sich niemand. Es war auch niemand abgereist. Man hatte nichts Ungewöhnliches bemerkt.

Eine Hotelmanagerin wurde herbeigeholt, und es gelang mir, sie davon zu überzeugen, daß hier ein Notfall vorlag. Sie ging mit mir auf das Zimmer.

Es war leer. Das Bett war tadellos gemacht; es sah unbenutzt aus. Alles war an seinem Platz. Von ihren Sachen hatte Ruby nichts zurückgelassen.

Ich dankte der Managerin und ging. Anschließend rief ich Megan an und kämpfte mich dann zusammen mit einer Million Pendlern in die Innenstadt. Um Viertel nach acht, als ich mitten im Stau stand, rief ich Sofia an, um sie zu fragen, ob sie Ruby gesehen habe. Sie hatte sie nicht gesehen.

DIE KLAGESCHRIFT war kurz und bündig: Die Treuhänder für den Nachlaß von Lontae Burton und ihren Kindern verklagten RiverOaks, Drake & Sweeney und TAG Inc. auf Zahlung von 10 Millionen Dollar wegen fahrlässiger Tötung der Burtons. Der kausale Zusammenhang war offensichtlich. Wären unsere Mandanten nicht aus ihrer Wohnung geworfen worden, dann hätten sie nicht in einem Wagen leben müssen. Und wären sie nicht gezwungen gewesen, in einem Wagen zu übernachten, dann hätten sie nicht sterben müssen. Es war eine hübsche Haftungstheorie, die um so attraktiver wirkte, weil sie so einleuchtend war. Jede Jury in diesem Land konnte sie nachvollziehen.

Drake & Sweeney würden sofort beantragen, daß ich ihnen die Akte aushändigte. Der Richter konnte mich dazu zwingen, und das wäre dann ein Eingeständnis meiner Schuld. Es konnte mich auch meine Zulassung als Rechtsanwalt kosten. Außerdem konnten alle Beweise, die auf der gestohlenen Akte beruhten, aus dem Prozeß ausgeschlossen werden.

Am Dienstag gingen Mordecai und ich die Klageschrift noch einmal durch, und noch einmal fragte er mich, ob ich diese Sache wirklich durchziehen wolle. Um mich zu schützen, wäre er bereit gewesen, die Klage fallenzulassen. Ich wollte davon aber nichts wissen.

Er unterschrieb die Klageschrift, und wir fuhren zum Gericht. Mordecai saß am Steuer, während ich die Klage noch einmal durchlas. Je weiter wir fuhren, desto schwerer wurde das Papier.

Alles hing von unserem Verhandlungsgeschick ab. Drake & Sweeney hatte unrecht getan. Ich hatte den Verdacht, daß man dort gar nicht wußte, wie groß dieses Unrecht war. Ich stellte mir Braden Chance vor, wie er sich hinter verschlossenen Türen verschanzte und betete, daß alles bald vorüber sein würde.

Aber auch ich hatte falsch gehandelt. Vielleicht konnten wir uns in der Mitte treffen und uns vergleichen. Wenn nicht, würde Mordecai Green das Vergnügen haben, den Fall Burton schon sehr bald einer freundlich gesinnten Jury vorzutragen und sie um viel Geld zu bitten. Und die Kanzlei würde das Vergnügen haben, meinen schweren Diebstahl unerbittlich zu verfolgen.

TIM CLAUSSEN, ein ehemaliger Kommilitone von Abraham, war Gerichtsreporter bei der *Washington Post.* Er wartete vor der Geschäftsstelle, und wir gaben ihm eine Kopie der Klageschrift. Er las sie und stellte uns dann ein paar Fragen, die wir – mit der Bitte, ungenannt zu bleiben – nur zu gern beantworteten.

Der Fall Burton entwickelte sich in politischer Hinsicht rasant zu einer heißen Kartoffel. In erstaunlichem Tempo wurden die verschiedensten Schuldzuweisungen geäußert. Der Stadtrat schob die Schuld auf den Bürgermeister, der sie wieder auf den Stadtrat und auch auf den Kongreß schob.

Daß man nun ein paar reiche Anwälte für den Fall verantwortlich machen wollte, gab eine erstklassige Story ab. Claussen war ein sarkastischer, abgebrühter Journalist, doch er konnte seine Begeisterung nicht verbergen.

ZUM BERATUNGSTERMIN im CCNV kam ich allein. Es war erstaunlich, wie sehr ich mich innerhalb einer Woche verändert hatte. Vor ein paar Minuten hatte ich dieses Gebäude betreten, ohne daß ich Angst gehabt hatte, erschossen zu werden, und ohne daß ich auch nur daran gedacht hatte, daß ich weiß war. Ich hörte meinen Mandanten geduldig zu und erklärte ihnen dann, was zu tun war.

Die Mandanten wollten jemanden, der ihnen zuhörte, und das war ich. Die Beratung dauerte vier Stunden. Ich vergaß den bevorstehenden Kampf mit Drake & Sweeney. Ich vergaß Claire, auch wenn ich zugeben mußte, daß mir das leichter fiel. Ich vergaß sogar Hector Palma.

Doch Ruby Simon konnte ich nicht vergessen. Warum hatte sie ein sauberes Hotelzimmer mit Bad und Fernseher verlassen und war auf die Straße zurückgekehrt?

Weil sie süchtig war – das war die offensichtliche und unvermeidliche Antwort. Crack war der Magnet, der sie zurück auf die Straße zog. Wenn ich sie nicht einmal dazu bewegen konnte, drei Nächte in einem Vororthotel zu bleiben, wie sollte ich ihr dann helfen, von der Droge loszukommen?

AM SPÄTEN Nachmittag bekam ich einen Anruf von meinem älteren Bruder Warner. Er sei ganz unvorhergesehen in der Stadt. Ob wir uns zum Abendessen treffen könnten? Er wolle mich einladen, sagte er; er habe von einem tollen neuen Restaurant namens Danny O gehört.

Ich war mit Danny O einverstanden. Es war „in", laut, überteuert und damit nichts Besonderes.

Noch lange nach dem Gespräch starrte ich gedankenverloren auf das Telefon.

Warner war sicher nicht geschäftlich in der Stadt. Ich war ziemlich sicher, daß meine Eltern ihn geschickt hatten. Sie saßen in Memphis und trauerten über die Tatsache, daß ich von der Karriereleiter gefallen war.

Am Abend trafen wir uns in der überfüllten Bar von Danny O. Bevor wir uns die Hand schütteln oder uns umarmen konnten, trat er einen Schritt zurück, um meine neue Erscheinung zu mustern. Bart, Frisur, Khakihose, alles.

„Ein echter Linksliberaler", sagte er mit einer Mischung aus Witz und Sarkasmus.

„Schön, dich zu sehen", entgegnete ich und versuchte, seine theatralische Eröffnung zu überhören.

„Du bist dünner geworden."

„Du siehst gut aus", erklärte ich. Und das stimmte. Hemd und Anzug waren maßgeschneidert, die Krawatte war teuer. Ich hatte einen ganzen Schrank voll von diesem Zeug.

Wir bestellten Bier und tranken es im Stehen.

„Wie geht's Claire?" fragte er.

„Gut, nehme ich an. Wir werden die Scheidung im beiderseitigen Einvernehmen einreichen. Ich bin ausgezogen."

„Ist sie froh?"

„Ich glaube, sie war erleichtert, mich los zu sein."

„Hat sie einen anderen?"

„Ich glaube nicht." Ich mußte vorsichtig sein, denn das meiste, wenn nicht alles, was wir hier besprachen, würde Warner meinen Eltern erzählen.

„Und du?" fragte Warner.

„Nein."

„Warum wollt ihr euch dann scheiden lassen?"

„Du hast das doch auch hinter dir, Warner. Du weißt, daß es nicht so einfach ist."

Der Oberkellner führte uns zu unserem Tisch am Ende des Restaurants. Wir kamen an einem Tisch vorbei, an dem Wayne Umstead mit zwei Männern saß, die ich nicht kannte. Umstead war derjenige gewesen, den Mister an die Tür geschickt hatte, damit er das Essen hereinholte, und den die Kugel des Scharfschützen knapp verfehlt hatte. Er sah durch mich hindurch.

Um elf Uhr, als ich im CCNV gewesen war, hatte man dem Vorstandsvorsitzenden Arthur Jacobs eine Kopie der Klageschrift übergeben. Umstead war kein Teilhaber, und so fragte ich mich, ob er von der Klage wußte.

Glücklicherweise konnte Umstead unseren Tisch nicht sehen. Ich blickte mich um, ob noch irgendwelche anderen bösen Buben im Restaurant waren. Warner wollte zwei Martinis bestellen, doch ich unterbrach ihn rechtzeitig, ich wollte nur Mineralwasser.

Bei Warner hieß es immer volle Kraft voraus – ob es nun um Arbeit, Spiel, Essen, Trinken, Frauen oder Reisen ging. Als Teilhaber in einer großen Kanzlei in Atlanta verdiente er viel Geld. Und gab viel aus.

„Mineralwasser?" sagte er verächtlich. „Na komm schon. Bestell dir einen richtigen Drink!"

„Nein", lehnte ich ab.

„Feigling", murmelte er. Ich überflog die Speisekarte. Er musterte jede Frau, die vorbeiging.

Der Ober brachte Warners Martini, und wir bestellten. „Erzähl mir von deiner Arbeit", forderte er mich auf und gab sich redlich Mühe, den Eindruck zu erwecken, als interessierte er sich dafür.

„Warum?“

„Weil das faszinierend sein muß. Du hast ein Vermögen ausgeschlagen. Dafür mußt du schon einen verdammt guten Grund haben.“

„Es gibt Gründe, und für mich sind sie gut genug.“ Ich wußte nicht, welches Ziel Warner bei unserem Treffen verfolgte.

„Letzte Woche bin ich verhaftet worden“, sagte ich. Es war ein Ablenkungsmanöver. Die Nachricht war schockierend genug, um ihn zu irritieren.

„Du bist was?“

Während wir aßen, erzählte ich ihm die Geschichte und breitete die Einzelheiten ausführlich aus, denn solange ich das tat, hatte ich dieses Gespräch unter Kontrolle. Er hieß meinen Diebstahl nicht gut, aber ich versuchte auch gar nicht, mein Tun zu verteidigen.

„Dann hast du also alle Brücken zu Drake & Sweeney abgebrochen?“ fragte er.

„Ja, für immer.“

„Wie lange kannst du umsonst arbeiten?“

„So lange, wie ich überleben kann.“

„Deine Meßlatte heißt also ‚Überleben‘?“

„Im Augenblick, ja. Wie heißt deine?“ Es war eine lächerliche Frage.

„Meine Meßlatte heißt ‚Geld‘. Wieviel ich verdiene, wieviel ich ausgebe, wieviel ich irgendwo bunkere, damit ich mir eines Tages keine Sorgen mehr machen muß.“

Das kannte ich bereits. Schamlose Gier galt als etwas Bewundernswertes. Arbeite hart, verdiene viel Geld, dann wird auch die Gesellschaft als Ganzes irgendwie davon profitieren.

„Wieviel Geld hast du?“ fragte ich ihn.

„Mit vierzig werde ich eine Million in irgendwelchen Investmentfonds haben. Mit fünfundvierzig werden es drei sein. Und mit fünfzig habe ich zehn Millionen. Und dann höre ich auf. Und du?“

„Hm, laß mich mal überlegen. Ich bin zweiunddreißig und habe als Rücklage so um die fünftausend. Wenn ich hart arbeite und sparsam bin, werden es in drei Jahren zehntausend sein. Mit fünfzig könnte ich zwanzigtausend Dollar in irgendwelchen Investmentfonds haben.“

„Na, dann hast du ja was, auf das du dich freuen kannst. Achtzehn Jahre in Armut.“

„Was weißt du schon von Armut? Was würdest du tun, wenn jemand dich zwingen würde, für dreißigtausend Dollar im Jahr zu arbeiten?“

„Mich umbringen. Ich könnte auf keinen Fall für so wenig Geld arbeiten.“

„O doch, du könntest für so wenig Geld arbeiten. Aber du könntest nicht mit so wenig Geld auskommen.“

„Das ist dasselbe.“

„Und das ist der Punkt, in dem wir verschieden sind“, erklärte ich.

„Da hast du verdammt recht. Aber wie sind wir so verschieden geworden, Michael? Vor einem Monat warst du noch wie ich – und jetzt sieh dich an: dieser alberne Bart und die zerknitterte Hose und dieser ganze Blödsinn von ‚den Menschen dienen‘ und ‚der Menschheit helfen‘. Wo bist du vom Weg abgekommen?“

Ich holte tief Luft und würdigte den Witz in seiner Frage. Auch er entspannte sich. Wir waren zu wohlerzogen, um uns in der Öffentlichkeit zu streiten.

Wir widmeten uns wieder dem Essen, und die Unterhaltung stockte. Warner war überheblich genug zu glauben, daß eine einfache Zurechtweisung mich wieder zur Vernunft bringen würde. Ich konnte geradezu hören, wie er zu meinen Eltern sagte: „Ich werde mal mit ihm reden.“

Wir verabschiedeten uns auf dem Bürgersteig vor dem Restaurant. Ich versicherte ihm, daß ich wisse, was ich täte. Ich würde schon zurechtkommen, und sein Bericht an unsere Eltern solle optimistisch ausfallen. „Sag ihnen nichts, worüber sie sich Sorgen machen würden, Warner. Sag ihnen, bei mir ist alles in Ordnung.“

„Ruf mich an, wenn du Hunger bekommst“, meinte er in dem Bemühen, witzig zu sein.

Ich winkte ab und ging.

DER PYLON GRILL war ein die ganze Nacht geöffneter Coffeeshop in Foggy Bottom, nicht weit von der George Washington University. Es war ein Treffpunkt für Schlaflose und Nachrichtensüchtige. Die erste Ausgabe der *Post* kam kurz vor zwölf, und dann ging es hier zu wie in einem Restaurant zur Mittagszeit. Ich kaufte mir eine Zeitung und setzte mich an die Bar. Mir fiel auf, wie ruhig es hier war, weil jeder, der dort saß, in die Zeitung vertieft war.

Die Story war wie gemacht für die *Post.* Sie begann unter einer großen Schlagzeile auf Seite eins und wurde auf Seite zehn fortgesetzt, wo auch die Fotos abgedruckt waren: eins von Lontae, eins von Mordecai und drei, die die obere Etage bei Drake & Sweeney besonders demütigen würden. In der Mitte war ein Bild des weißhaarigen Arthur Jacobs, rechts und links davon je ein Polizeifoto von DeVon Hardy und von dem äußerst bedrohlich aussehenden Tillman Gantry.

Ich sah richtig vor mir, wie sich die Anwälte in meiner alten Kanzlei in Büros und Konferenzräumen versammelten, hinter verschlossenen Türen. Sie würden hundert verschiedene Strategien entwickeln, sie würden ihre Public-Relations-Leute rufen. Es würde ihre dunkelste Stunde sein.

Der Artikel war lang und ausführlich. Der Reporter hatte Wort gehalten und uns nicht als Quelle preisgegeben. In dem Bericht war nur von „informierten Kreisen" die Rede. Ich hätte ihn nicht besser schreiben können.

Kein Wort von den Beklagten. Es hatte den Anschein, als hätte sich der Reporter wenig oder gar nicht bemüht, sie zu erreichen.

WARNER rief um fünf Uhr morgens an. „Bist du wach?" fragte er. Er war in seiner Hotelsuite, lief auf Hochtouren und sprudelte über von Fragen und Bemerkungen zu unserer Klage. Er hatte die Zeitung gelesen.

Ich zog meinen Schlafsack enger um mich und hörte mir an, wie ich den Fall weiterverfolgen sollte. Warner war Prozeßanwalt, und zwar ein sehr guter, und bei dem Gedanken daran, wie man den Fall Burton vor den Geschworenen ausbreiten könnte, lief ihm das Wasser im Mund zusammen. Wir hatten nicht genug gefordert – zehn Millionen waren viel zuwenig. Die richtige Jury, und wir konnten jeden beliebigen Betrag bekommen. Ach, wie gern hätte er den Fall selbst übernommen!

Er lachte schadenfroh beim Anblick des alten Arthur Jacobs zwischen zwei Verbrechern. Seine Maschine nach Atlanta gehe in zwei Stunden – um neun werde er an seinem Schreibtisch sein. Er könne es kaum erwarten, die Fotos herumzuzeigen.

Mitten im Satz legte er auf.

Ich hatte nur drei Stunden geschlafen. Mein Leben hatte sich so radikal verändert, daß an sanfte Ruhe nicht zu denken war. Ich duschte, trank bei den Pakistanis Kaffee, bis es hell wurde, und kaufte Kekse für Ruby.

Als ich um halb acht am Büro eintraf, standen an der Ecke 14th und Q Street zwei fremde Wagen. Mein Instinkt riet mir weiterzufahren. Ruby war nirgends zu sehen.

Wenn Tillman Gantry glaubte, Gewalt könne irgendwie zu seiner Verteidigung beitragen, würde er nicht zögern, sie anzuwenden, hatte Mordecai mich gewarnt. Ich rief ihn zu Hause an und sagte ihm, was ich gesehen hatte. Er wollte um halb neun ins Büro kommen, und wir verabredeten, uns dort zu treffen.

Gantry hatte uns nicht umgebracht, nachdem wir gegen ihn und seine beiden Mitbeklagten vor Gericht gegangen waren.

Im Büro war alles normal. Die Telefone läuteten nicht öfter als sonst. Es kamen so viele Mandanten wie sonst. Da die Klage nun eingereicht war, konnte ich mich leichter auf meine anderen Fälle konzentrieren.

Ich konnte mir die Stimmung in den mit Marmor ausgekleideten Hallen von Drake & Sweeney lebhaft vorstellen. Kein Lächeln, keine Klatschgeschichten an der Kaffeemaschine, keine Witze und Gespräche über Sport in den Korridoren.

Der einzige traurige Aspekt dieses Angriffs gegen vierhundert Anwälte war die Tatsache, daß fast alle nicht nur unschuldig waren, sondern auch keine Ahnung hatten, worum es überhaupt ging. Die Unschuldigen taten mir leid – die Altgedienten, die eine großartige Kanzlei aufgebaut und uns alles beigebracht hatten, meine Altersgenossen, die die Tradition hervorragender Leistungen fortsetzen würden, und die Neulinge, die zu ihrer Bestürzung erfuhren, daß ihr verehrter oberster Chef durch gesetzwidrige Machenschaften irgendwie für den Tod von Menschen verantwortlich war.

Für Braden Chance, Arthur Jacobs und Donald Rafter empfand ich allerdings kein Mitleid. Sie hatten mir an die Kehle gehen wollen. Nun sollten sie schwitzen.

MEGAN machte eine Pause von der anstrengenden Arbeit, Ordnung in einem Haus zu halten, das achtzig obdachlose Frauen beherbergte, und gemeinsam fuhren wir eine Weile durch Northwest. Sie wußte nicht, wo Ruby lebte, und wir rechneten eigentlich auch nicht damit, sie zu finden. Es war aber ein guter Grund, ein paar Minuten miteinander zu verbringen.

„Daß eine obdachlose Frau untertaucht, ist nichts Ungewöhnliches“, versicherte sie mir. „Obdachlose sind einfach unberechenbar.“

„Kennen Sie das?“

„Ich habe schon so einiges erlebt. Es gibt mehr Täler als Berge.“

„Wie schaffen Sie es, keine Depressionen zu bekommen?“

„Man schöpft Kraft aus seinen Gästen. Es sind bemerkenswerte Menschen. Die meisten hatten seit ihrer Geburt keine Chance, und trotzdem überleben sie. Sie stolpern und fallen, aber sie stehen wieder auf und machen weiter.“

Wir fuhren langsam, beobachteten die Leute auf der Straße und musterten jeden Bettler. Wir gingen durch Parks, suchten nach

Obdachlosen, warfen Münzen in ihre Becher und hofften, jemanden zu sehen, den wir kannten, doch wir hatten kein Glück.

Ich setzte Megan bei Naomi ab und versprach, sie am Nachmittag anzurufen. Ruby war eine wunderbare Ausrede, um miteinander in Verbindung zu bleiben.

DER ABGEORDNETE stammte aus Indiana, und dies war seine fünfte Legislaturperiode. Er war Republikaner, hieß Burkholder und hatte eine Wohnung in Virginia, joggte aber am frühen Abend gern in der Umgebung von Capitol Hill. Er war einundvierzig, mäßig ehrgeizig, ein Gesundheitsfanatiker, der auf Sauberkeit hielt. Er war Vorsitzender eines Unterausschusses für die Beschaffung von Spendenmitteln.

Burkholder war am frühen Mittwochabend beim Joggen in der Nähe der Union Station angeschossen worden. Er hatte einen Jogginganzug getragen – keine Brieftasche, kein Bargeld. Es schien kein Motiv für die Tat zu geben. Er war mit einem Obdachlosen zusammengestoßen; vielleicht war er angerempelt worden. Ein Wort hatte das andere ergeben, und dann waren zwei Schüsse gefallen. Die eine Kugel verfehlte den Abgeordneten, die andere durchschlug die Schulter und blieb in der Nähe des Halses stecken.

Es war kurz nach Einbruch der Dunkelheit geschehen, auf dem Bürgersteig an einer Straße voller Berufsverkehr. Es gab vier Zeugen, denen zufolge der Täter ein Schwarzer gewesen sei, der wie ein Obdachloser ausgesehen und sich aus dem Staub gemacht habe. Der Abgeordnete war zum George Washington Hospital gebracht worden, wo man die Kugel in einer zweistündigen Operation entfernt hatte. Sein Zustand war stabil.

Als ich den Bericht um 23 Uhr im Fernsehen sah, hatte ich gerade in meinem Sessel ein bißchen gedöst. An diesem Tag hatte es aus Washington nicht viel zu berichten gegeben – bis Burkholder niedergeschossen wurde. Eine Reporterin stand zitternd in der Kälte und berichtete vier Stunden nach dem Vorfall live vom Tatort.

Im Hintergrund flackerten die Warnlichter von Polizeiwagen. Das fiel mir auf, der Reporterin allerdings nicht. Es war eine Säuberungsaktion im Gange. Die Washingtoner Polizei sammelte Obdachlose ein und nahm sie mit. Die ganze Nacht hindurch suchte sie die Gegend um Capitol Hill ab und verhaftete jeden, der auf einer Bank schlief, in einem Park herumsaß, auf einem Bürgersteig bettelte und offenbar kein Dach über dem Kopf hatte.

Im Pylon Grill war es am nächsten Morgen warm und stickig. Schon an der Tür roch man das Aroma der Kaffeebohnen aus aller Welt, und der Zigarettenrauch hing dicht über den Tischen. Um halb fünf morgens saßen hier die üblichen Nachrichtensüchtigen.

Burkholder war der Mann der Stunde. Sein Gesicht war auf der Titelseite der *Post*, und es gab mehrere Berichte über seine Person, die Tat und die polizeilichen Ermittlungen. Kein Wort über die Säuberungsaktion.

Im Lokalteil erwartete mich eine angenehme Überraschung. Tim Claussen war offenbar ein Mann mit einer Mission. Unsere Klage hatte ihn inspiriert. In einem ausführlichen Artikel nahm er unsere gegnerischen Parteien unter die Lupe. RiverOaks bestand seit zwanzig Jahren und befand sich im Besitz einiger Investoren. Der Wert der Anteile wurde mit dreihundertfünfzig Millionen Dollar beziffert.

Dann ging es weiter mit Drake & Sweeney. Es überraschte mich nicht, daß die Kanzlei sich bedeckt gehalten hatte. Claussen war telefonisch nicht zu den wichtigen Leuten durchgedrungen und brachte nur die allgemein zugänglichen Informationen: Größe, Geschichte, berühmte Teilhaber. Der durchschnittliche Teilhaberbonus des vergangenen Jahres betrug 910 500 Dollar.

Hatte ich tatsächlich so viel Geld ausgeschlagen?

Das letzte Mitglied dieses eigenartigen Trios war Tillman Gantry, dessen wechselvolles Leben für einen recherchierenden Journalisten ein gefundenes Fressen war. Polizisten äußerten ihre Meinung über ihn. Einer seiner Knastbrüder sang ein Loblied auf ihn. Eine ehemalige Prostituierte erinnerte sich an die Prügel, die er ihr verpaßt hatte. Er hatte zwei Gesellschaften – TAG und Gantry Group – und besaß durch sie drei Gebrauchtwagenhandlungen, ein Apartmentgebäude, in dem zwei Menschen erschossen worden waren, einen Videoverleih und verschiedene unbebaute Grundstücke, die er für einen Spottpreis von der Stadt erworben hatte.

Gantry war der einzige der Beklagten, der bereit war, sich zu äußern. Er gab zu, das Lagerhaus an der Florida Avenue im Juli des vergangenen Jahres für elftausend Dollar gekauft und am 31. Januar dieses Jahres für zweihunderttausend Dollar an RiverOaks verkauft zu haben. Er habe eben Glück gehabt, sagte er. Im Lagerhaus hätten sich schon immer so viele Obdachlose herumgetrieben, daß er sich gezwungen gesehen habe, sie zu verjagen. Das Gebäude oder Teile davon seien nie vermietet gewesen, und er könne sich nicht erklären, woher dieses

Gerücht stamme. Er habe viele Rechtsanwälte und werde sich energisch dagegen wehren.

Das war nun schon der zweite Tag, an dem die altehrwürdige Kanzlei Drake & Sweeney als Komplize eines ehemaligen Zuhälters bezeichnet wurde.

Für morgen wurde eine weitere Folge versprochen: ein Blick auf das kurze, traurige Leben von Lontae Burton. Der Reporter machte offenbar Überstunden. Wie lange würde Arthur Jacobs noch zulassen, daß der Name seiner geliebten Kanzlei in den Schmutz gezogen wurde?

Es WAR zwanzig nach neun, als ich mit meinem Anwalt am Carl Moultrie Building in der Innenstadt eintraf. Mordecai kannte sich hier aus. Ich war nie auch nur in der Nähe dieses Gebäudes gewesen, in dem die Zivil- und Strafsachen im District of Columbia verhandelt wurden. Im Gebäude herrschte reger Betrieb: Die Eingangshalle war voller nervöser Menschen, und darüber erhoben sich vier Stockwerke mit Korridoren und Verhandlungsräumen.

Der Ehrenwerte Richter Norman Kisner saß in der ersten Etage zu Gericht, in Raum Nr. 114. Eine Prozeßliste an der Tür führte mich unter „erstmaliges Erscheinen" auf. Elf weitere Kriminelle standen ebenfalls darauf. Mordecai verschwand im Richterzimmer, und ich setzte mich in die zweite Reihe, blätterte in einer Zeitschrift und bemühte mich, einen äußerst gelangweilten Eindruck zu machen.

„Guten Morgen, Michael", sagte jemand im Mittelgang. Es war Donald Rafter, der seine Aktentasche in beiden Händen hielt.

Ich nickte und brachte ein „Hallo" heraus.

Rafter war der gerissenste und gemeinste Prozeßanwalt bei Drake & Sweeney, und sein Anblick im Gerichtssaal sollte mich sicher erzittern lassen. Er ging weiter und setzte sich auf die andere Seite des Ganges. Er vertrat die Opfer und war daher berechtigt, in jedem Stadium des Verfahrens anwesend zu sein.

Um halb zehn erschien Mordecai und winkte mir zu kommen. Der Richter erwartete mich in seinem Zimmer. Mordecai stellte mich vor, und dann setzten wir uns an einen kleinen Tisch.

Richter Kisner war mindestens siebzig. Er hatte buschiges graues Haar, einen schütteren grauen Bart und braune Augen, die mich zu durchbohren schienen, wenn er mit mir sprach. Mein Anwalt und er kannten sich seit vielen Jahren.

„Ich habe gerade zu Mordecai gesagt“, begann er, „daß dies ein sehr ungewöhnlicher Fall ist.“

Ich nickte. Vor allem für mich war dieser Fall ungewöhnlich.

„Ich kenne Arthur Jacobs seit dreißig Jahren. Ich kenne eine Menge der Anwälte in dieser Kanzlei. Es sind gute Anwälte.“

Das waren sie wirklich. Sie stellten nur die besten ein und gaben ihnen den letzten Schliff. Daß der Richter, der meinen Fall verhandelte, die Opfer so sehr bewunderte, war mir unbehaglich.

„Der finanzielle Wert einer aktiven Akte aus dem Büro eines Anwalts ist schwer einzuschätzen. Sie besteht aus lauter Papieren, die nur für den Anwalt einen Wert haben. Das soll natürlich nicht heißen, daß ich Sie beschuldige, die Akte gestohlen zu haben.“

„Natürlich.“ Ich war nicht sicher, ob ich verstand, was er meinte, aber ich wollte, daß er fortfuhr.

„Angenommen, Sie haben die Akte. Wenn Sie sie jetzt, unter meiner Aufsicht, zurückgeben würden, würde ich ihren Wert auf etwas weniger als hundert Dollar festsetzen. Dann wäre der Diebstahl ein Vergehen, das mit ein bißchen Papierkram erledigt wäre. Selbstverständlich dürften Sie keinerlei Informationen aus dieser Akte in irgendeiner Form verwenden.“

„Und wenn ich sie nicht zurückgebe? Vorausgesetzt natürlich, daß ich sie überhaupt habe.“

„Dann steigt der Wert der Akte. Die Anklage wegen schweren Diebstahls bleibt bestehen, und wenn die Staatsanwaltschaft schlüssige Beweise liefert und die Geschworenen Sie schuldig sprechen, werde ich Sie verurteilen.“ Die Falten auf seiner Stirn, die Härte seines Blicks und der Ton seiner Stimme ließen wenig Zweifel daran, daß ein solches Urteil etwas war, was ich besser vermeiden sollte. „Wenn die Geschworenen Sie wegen schweren Diebstahls schuldig sprechen, werden Sie außerdem Ihre Zulassung als Anwalt verlieren.“

„Ja, Sir“, sagte ich zerknirscht.

Mordecai hörte zu und nahm alles in sich auf.

„Im Gegensatz zu meinen meisten anderen Fällen spielt die Zeit hier eine wichtige Rolle“, fuhr Richter Kisner fort. „Ich möchte diese Strafsache erledigt haben, bevor das Zivilverfahren zu weit fortgeschritten ist. Immer vorausgesetzt natürlich, Sie haben die Akte überhaupt.“

„Wie bald?“ fragte Mordecai.

„Ich denke, zwei Wochen sollten ausreichen, um Sie zu einem Entschluß kommen zu lassen.“

Dieser Meinung waren wir ebenfalls. Mordecai und ich kehrten in den Gerichtssaal zurück und warteten eine weitere Stunde, in der sich nichts ereignete.

Tim Claussen von der *Post* erschien. Er sah uns, kam aber nicht zu uns herüber. Mordecai stand auf und näherte sich ihm unauffällig. Er erklärte Claussen, es sei ein Anwalt der Kanzlei Drake & Sweeney – Donald Rafter – anwesend, der vielleicht bereit sei, ein Interview zu geben.

Claussen ging sofort zu ihm. Man hörte Stimmen von den hinteren Bänken, wo Rafter gewartet hatte. Die zwei verließen den Gerichtssaal und setzten ihre Auseinandersetzung draußen fort.

Mein Erscheinen vor Kisner war wie erwartet kurz. Ich bekannte mich nicht schuldig, unterschrieb ein paar Formulare und machte, daß ich wegkam. Rafter war nirgends zu sehen.

In der *Washington Post* stieß ich auf zwei Artikel, beide mit Fotos und an herausgehobener Stelle.

Der erste war in der gestrigen Ausgabe bereits angekündigt worden: die Geschichte des tragischen Lebens von Lontae Burton. Mit der für sie typischen Hartnäckigkeit und ihren unbegrenzten Mitteln leistete die Zeitung hervorragende Arbeit und sammelte die Fakten, die wir für unseren Fall brauchten.

Die Mutter war bei Lontaes Geburt sechzehn gewesen. Lontae war das zweite von drei Kindern, die allesamt unehelich waren. Lontae war in einer üblen Gegend in Northwest aufgewachsen. Ihre Mutter war häufig umgezogen und hatte immer wieder ins Gefängnis gemußt, und nach der sechsten Klasse war Lontae nicht mehr zur Schule gegangen. Von da an war es mit ihr, wie nicht anders zu erwarten, bergab gegangen. Drogen, Jungen, Banden, kleine Diebstähle – das gefährliche Leben auf der Straße. Sie hatte in verschiedenen Aushilfsjobs gearbeitet und sich als vollkommen unzuverlässig erwiesen. Mit einundzwanzig Jahren hatte Lontae bereits vier Kinder gehabt.

Doch in dieser traurigen Geschichte gab es einen Hoffnungsschimmer. Nach der Geburt des vierten Kindes war Lontae im House of Mary gelandet, einem Tagesheim für Frauen ähnlich wie das Naomis, und hatte eine Sozialarbeiterin namens Nell Cather kennengelernt.

Nach deren Schilderung war Lontae in den letzten Monaten ihres Lebens entschlossen gewesen, die Straße hinter sich zu lassen und ihr Leben in Ordnung zu bringen. Sie hatte an den Gruppensitzungen teilgenommen und tapfer gegen ihre Süchte angekämpft, auch wenn sie immer wieder Rückschläge erlitten hatte. Ihre Lese- und

Schreibfertigkeiten hatten sich rasch verbessert, und sie hatte davon geträumt, eine feste Arbeit zu finden, mit der sie ihre kleine Familie ernähren konnte. Miß Cather hatte ihr schließlich einen Job als Packerin in einem großen Lebensmittelgeschäft vermittelt, zwanzig Wochenstunden für 4 Dollar 75 pro Stunde. Lontae hatte nicht einen einzigen Tag gefehlt.

Eines Tages im vergangenen Herbst hatte sie Nell Cather zugeflüstert, sie habe eine Wohnung gefunden, doch es dürfe niemand davon wissen. Da das zu ihrem Aufgabenbereich gehörte, hatte Nell die Wohnung besichtigen wollen, aber Lontae hatte sich geweigert. Die Wohnung sei nicht legal, hatte sie erklärt. Es sei eine kleine Zweizimmerwohnung, und sie zahle hundert Dollar pro Monat in bar.

Ich notierte mir die Namen Nell Cather und House of Mary und lächelte bei dem Gedanken daran, wie sie im Zeugenstand stehen würde.

Die meisten obdachlosen Mütter im House of Mary hatten ihre Kinder verloren, und je öfter Lontae diese furchtbaren Geschichten gehört hatte, desto entschlossener war sie gewesen, ihre Familie zusammenzuhalten. Sie hatte noch eifriger gelernt und sich sogar mit den Grundzügen der Bedienung von Computern vertraut gemacht.

Dann war sie aus ihrer Wohnung vertrieben worden, und das bißchen, was sie besaß, war zusammen mit ihren Kindern auf die Straße geworfen worden. Miß Cather hatte sie am Tag danach gesehen: Lontae war ein Wrack gewesen. Die Kinder waren hungrig und schmutzig gewesen, und Lontae hatte getrunken. Eine der Regeln des House of Mary besagte, daß niemand aufgenommen wurde, der offensichtlich betrunken war oder unter dem Einfluß von Drogen stand. Die Leiterin hatte Lontae bitten müssen zu gehen. Miß Cather hatte sie nie wiedergesehen und auch nichts mehr von ihr gehört, bis sie aus der Zeitung von ihrem Tod erfahren hatte.

Nachdem ich diesen Artikel gelesen hatte, dachte ich an Braden Chance und hoffte, daß er ihn ebenfalls gelesen hatte, in der behaglichen morgendlichen Wärme seines hübschen Hauses in einem Vorort in Virginia. Ich wünschte mir, daß er litt, daß ihm bewußt wurde, wieviel Unglück und Elend er mit seiner zynischen Nichtachtung der Rechte und der Würde anderer über diese Menschen gebracht hatte. Am liebsten hätte ich ihn angerufen und mit der Frage: „Na, wie geht's Ihnen jetzt, Braden?" von seinem Morgenkaffee aufgeschreckt.

Der zweite Artikel war eine angenehme Überraschung, jedenfalls aus juristischer Sicht. Ein Freund von Lontae war aufgetaucht, ein neunzehnjähriger Krimineller namens Kito Spires. Sein Foto würde jedem gesetzestreuen Bürger Angst und Schrecken einjagen. Kito war ein arbeitsloser junger Mann ohne Schulabschluß und mit einem langen Vorstrafenregister. Seine Glaubwürdigkeit würde sicher in Frage gestellt werden, aber Kito hatte eine Menge zu sagen. Er behauptete, der Vater der drei jüngeren Kinder Lontaes zu sein, der Zwillinge und des Babys. Er sei in den letzten drei Jahren hin und wieder mit ihr zusammen gewesen – mehr hin als wieder. Er habe in dem Lagerhaus mit Lontae und den Kindern gelebt, sagte er. Er habe sich an der Miete beteiligt, wann immer er gekonnt habe. Ein Typ namens Johnny habe die Miete kassiert, immer am Fünfzehnten des Monats. Hundert Dollar. Irgendwann nach Weihnachten hätten sie sich gestritten, und er sei ausgezogen. Er wußte nichts von der Zwangsräumung, fand aber, daß sie nicht Rechtens gewesen war.

Mordecai und ich würden ihn bald finden. Unsere Zeugenliste wurde länger, und Mr. Spires konnte sich vielleicht zu unserem Star entwickeln.

Unsere Klage bekam mehr Publicity, als wir uns hätten träumen lassen. Bei Drake & Sweeney arbeiteten jetzt vierhundert aggressive Anwälte, die nicht bereit waren, ihre Meinung für sich zu behalten – die Kanzlei befand sich vermutlich am Rand des offenen Aufstands. Wenn ich noch dort gearbeitet hätte und mit einem ähnlichen Skandal in einer anderen Abteilung konfrontiert gewesen wäre, hätte ich wahrscheinlich Himmel und Hölle in Bewegung gesetzt, damit die Sache unauffällig abgeschlossen wurde und aus der Presse verschwand. Die Option, die Schotten zu schließen und den Sturm vorüberziehen zu lassen, existierte einfach nicht. Die Artikel in der *Post* waren nur ein Vorgeschmack auf das, was Drake & Sweeney in einem öffentlichen Verfahren blühte. Und bis zu diesem Verfahren würde noch ein ganzes Jahr vergehen.

Die Kanzlei Drake & Sweeney vermarktete ihr Image, ihr öffentliches Ansehen. Das taten alle großen Kanzleien. Und keine davon hätte die Schläge verkraften können, die nun auf Drake & Sweeney zukamen.

ZWÖLF

Am Montag morgen tauchte Ruby wieder auf und brachte einen Riesenhunger auf Kekse und Neuigkeiten mit. Sie saß auf der Schwelle und begrüßte mich mit einem Lächeln und einem freundlichen Hallo, als ich um acht Uhr, ein bißchen später als sonst, am Büro eintraf. Solange Gantry frei herumlief, zog ich bei meiner Ankunft helles Tageslicht und einen belebteren Bürgersteig vor.

Sie sah unverändert aus. Ich dachte, ich könnte vielleicht von ihrem Gesicht ablesen, ob sie Crack genommen hatte oder nicht, aber dort war nichts Ungewöhnliches zu entdecken. Ihr Blick war traurig, aber sie war guter Stimmung. Wir gingen gemeinsam hinein und legten unsere Sachen auf dem gewohnten Tisch ab.

„Wie geht es Ihnen?"

„Gut", sagte sie und steckte die Hand in eine Kekstüte. Davon hatten wir drei, allesamt vorige Woche nur für Ruby gekauft, obgleich Mordecai eine Spur von Krümeln hinterlassen hatte.

„Wo schlafen Sie?"

„In einem Wagen." Wo sonst? „Ich bin froh, daß der Winter bald vorbei ist."

„Ich auch. Sind Sie bei Naomi gewesen?" fragte ich.

„Nein. Aber ich gehe heute hin. In letzter Zeit ging es mir nicht so gut."

„Ich fahre Sie hin."

„Danke."

Die Unterhaltung war ein wenig steif. Sie erwartete garantiert, daß ich sie nach ihrer letzten Nacht im Hotel fragen würde. Das wollte ich auch, hielt es aber für besser, es nicht zu tun.

Als der Kaffee fertig war, schenkte ich zwei Becher ein und stellte sie auf den Schreibtisch. Sie war bei ihrem dritten Keks angelangt.

„Soll ich ein bißchen aus der Zeitung vorlesen?" fragte ich.

„Das wär' schön."

Auf der Titelseite war ein Foto des Bürgermeisters. Er forderte das Justizministerium auf, den Tod von Lontae Burton und ihren Kindern zu untersuchen. Waren irgendwelche Bürgerrechte verletzt worden? Der Bürgermeister deutete an, daß er diese Vermutung hege, doch das letzte Wort solle die Justiz haben.

Ruby war von der Burton-Geschichte fasziniert.

Am Fuß der Titelseite stand eine kurze Meldung, nach der die Postdirektion beschlossen hatte, die Errichtung einer Verteilstelle in Northeast zu verschieben. Die Kontroverse um den Erwerb des Grundstücks und des Lagerhauses sowie die Klage gegen RiverOaks und Gantry hatten diese Entscheidung beeinflußt.

RiverOaks war ein Zwanzigmillionenprojekt durch die Lappen gegangen, und die Gesellschaft würde tun, was jeder zielstrebige Bauträger tun würde, der eine Million Dollar für ein wertloses Innenstadtgrundstück ausgegeben hatte: Sie würde sich an der Kanzlei schadlos halten.

Und der Druck würde noch ein bißchen zunehmen.

Wir wandten uns den Ereignissen in aller Welt zu. Ein Erdbeben in Peru interessierte Ruby, also las ich ihr die Meldung vor. Weiter zum Lokalteil, wo die ersten Worte, auf die mein Blick fiel, mein Herz stocken ließen. Unter einem großen Foto von Kito Spires stand: KITO SPIRES ERSCHOSSEN AUFGEFUNDEN. Der Artikel führte aus, welche Rolle Spires in dem Burton-Drama gespielt hatte. Weiter hieß es dann, er sei in der Nacht zum Samstag erschossen aufgefunden worden. Keine Zeugen, keine Spuren, nichts. Er war nur irgendein toter Straßengangster.

„Alles in Ordnung?“ fragte Ruby und weckte mich aus meiner Trance.

„Äh, ja“, sagte ich und holte tief Luft.

„Warum lesen Sie nicht weiter?“

Weil ich zu bestürzt war, um laut lesen zu können. Tillman Gantry hatte gesprochen. Andere Zeugen von der Straße würden entweder den Mund halten oder verschwinden, nachdem wir sie aufgestöbert hatten. Daß Zeugen umgebracht wurden, war schlimm genug. Aber was würde ich tun, wenn Gantry beschloß, auf die Anwälte der Gegenseite loszugehen?

„Lesen Sie weiter“, forderte Ruby und riß mich abermals aus meinen Gedanken.

Wir gingen den Lokalteil durch, wo ich auf einen Artikel über die Säuberungsaktionen der Polizei als Reaktion auf den Burkholder-Anschlag stieß. Ein Anwalt der Obdachlosen kritisierte die Aktion heftig und drohte mit einer Klage. Ruby gefiel der Artikel. Sie fand es wunderbar, daß so viel über Obdachlose geschrieben wurde.

Ich fuhr sie zu Naomi, wo man sie wie eine alte Freundin begrüßte. Die Frauen umarmten sie und reichten sie von einer zur anderen weiter, sie drückten sie an sich, und einige weinten sogar. Ich verbrachte ein paar Minuten in der Küche und flirtete mit Megan, doch im Grunde stand mir der Sinn nicht danach, mich zu verlieben.

ALS ICH ins Büro zurückkehrte, hatte Sofia alle Hände voll zu tun. Es herrschte ein reges Kommen und Gehen; bereits um neun Uhr saßen fünf Mandanten im Wartebereich. Sofia telefonierte und terrorisierte jemanden auf spanisch. Ich schloß leise die Tür zu meinem Zimmer und nahm mir meine Akten vor. Innerhalb von zwei Wochen hatte ich einundneunzig Fälle übernommen und nur achtunddreißig abgeschlossen. Ich war im Verzug und brauchte einen produktiven Vormittag am Telefon, um den Rückstand aufzuholen. Aber es sollte nicht sein.

Sofia klopfte und stieß gleichzeitig schon die Tür auf. Kein „Hallo“, kein „Entschuldigung“.

„Wo ist die Liste der Leute aus dem Lagerhaus?“ fragte sie. Ihre Lesebrille war auf die Nasenspitze gerutscht.

Ich hatte die Liste immer zur Hand und reichte sie ihr. Sie warf einen kurzen Blick darauf. „Treffer“, sagte sie dann.

„Was?“ Ich stand auf.

„Nummer acht, Marquis Deese“, erklärte sie. „Der Name kam mir gleich so bekannt vor.“

„Bekannt?“

„Ja, der Mann sitzt an meinem Tisch. Wurde gestern abend im Lafayette Park eingesammelt, bei einer von diesen Säuberungsaktionen. Anscheinend ist heute Ihr Glückstag.“

Ich folgte ihr in den Eingangsraum, in dessen Mitte Mr. Deese vor Sofias Schreibtisch saß. Er hatte bemerkenswerte Ähnlichkeit mit DeVon Hardy: Ende Vierzig, graues Haar, grauer Bart, dicke Sonnenbrille, viele Kleiderschichten übereinander, wie die meisten Obdachlosen Anfang März. Ich musterte ihn kurz, während ich zu Mordecai ging, um ihm die Neuigkeit mitzuteilen.

Wir näherten uns vorsichtig. Mordecai sollte ihn befragen. „Entschuldigen Sie“, sagte er sehr höflich, „ich bin Mordecai Green, einer der Anwälte hier. Darf ich Ihnen ein paar Fragen stellen?“

Deese hob den Kopf und meinte: „Von mir aus.“

„Wir arbeiten an einem Fall, in dem es um ein paar Leute geht, die in einem alten Lagerhaus an der Ecke Florida und New York Avenue gewohnt haben“, erklärte Mordecai langsam.

„Da hab ich auch gewohnt“, sagte Deese. Ich holte tief Luft.

„Sie haben dort gewohnt?“

„Klar. Bin rausgeschmissen worden.“

„Ja, und genau darum geht es. Wir sind der Ansicht, daß die Zwangsräumung nicht Rechtens war.“

„Das seh ich auch so.“

„Haben Sie Miete bezahlt?“

„Logisch. An einen Typen namens Johnny. Hundert Dollar im Monat.“

Mordecai zog einen Stuhl heran und machte Nägel mit Köpfen. „Wir möchten Sie gern als Mandanten haben, Mr. Deese."

„Wozu?"

„Wir klagen gegen die Zwangsräumung. Wir möchten Sie vertreten und können Ihnen zu Geld verhelfen."

„Wieviel?"

„Das wissen wir noch nicht. Aber was haben Sie zu verlieren?"

„Nichts."

Ich tippte Mordecai auf die Schulter. Wir entschuldigten uns und zogen uns in sein Büro zurück. „Was ist?" fragte er.

„Nach dem, was Kito Spires zugestoßen ist, halte ich es für besser, seine Aussage aufzunehmen. Und zwar jetzt."

Mordecai kratzte sich am Bart. „Keine schlechte Idee. Wir machen eine eidesstattliche Erklärung. Er unterschreibt sie, Sofia beglaubigt sie, und wenn ihm etwas zustößt, können wir beantragen, daß sie zugelassen wird."

Nach einer halben Stunde waren wir fertig. Er glaubte zu wissen, wo zwei der anderen Opfer lebten, und versprach, sie aufzutreiben.

Bevor Deese ging, schärfte Mordecai ihm ein, mit keinem Menschen über die Sache zu sprechen. Ich setzte mich an einen der Schreibtische im Eingangsraum und tippte im Namen unseres neuen Mandanten Marquis Deese eine drei Seiten umfassende Klage.

Kurz vor zwölf läutete das Telefon. Sofia telefonierte gerade auf dem anderen Apparat, also griff ich zum Hörer und meldete mich wie gewöhnlich mit „Rechtsberatung".

Eine würdige alte Stimme am anderen Ende sagte: „Hier ist Arthur Jacobs von Drake & Sweeney. Ich würde gern mit Mr. Mordecai Green sprechen."

„Einen Augenblick, bitte", brachte ich heraus und legte den Anruf in die Warteschleife. Ich stand langsam auf und ging zu Mordecais Tür.

„Was ist?" fragte er, ohne von dem Bundesgesetzbuch aufzusehen, das aufgeschlagen vor ihm lag.

„Arthur Jacobs ist am Telefon."

Wir starrten einander ein paar Sekunden lang an, dann lächelte er. „Das könnte der Anruf sein", meinte er. Ich nickte nur.

Er griff nach dem Hörer, und ich setzte mich.

Es war ein kurzes Gespräch, bei dem Arthur das meiste sagte. Offenbar wollte er ein Treffen, um über die Klage zu verhandeln, und zwar je früher, desto besser.

Nach dem Telefonat erzählte mir Mordecai alles noch einmal genau.

„Sie wollen sich morgen mit mir treffen und über die Rücknahme der Klage verhandeln."

„Wo?"

„Bei ihnen. Um zehn Uhr morgens und ohne Sie."

Ich hatte nicht erwartet, eingeladen zu werden. „Sind sie besorgt?" fragte ich.

„Natürlich sind sie besorgt. Sie sind sogar sehr besorgt!"

NACH einer weiteren schlaflosen Nacht verbrachte ich den nächsten Morgen in der Redeemer Mission und beriet Mandanten mit der Finesse eines Anwalts, der sich seit Jahren mit den juristischen Problemen von Obdachlosen herumschlug. Die Versuchung war zu groß, und um Viertel nach elf rief ich Sofia an, um zu fragen, ob sie schon etwas von Mordecai gehört habe. Nein, hatte sie nicht.

Es fiel mir schwer, mich auf Lebensmittelgutscheine, Wohngeldanträge und zahlungsunwillige Väter zu konzentrieren, während es an einer anderen Front um meine Zukunft ging. Als das Mittagessen ausgegeben wurde, ging ich. Meine Gegenwart war weit weniger wichtig als das tägliche Brot.

Als ich zum Büro zurückkehrte, stand Mordecais Wagen neben dem Gebäude. Er erwartete mich in seinem Zimmer. Ich schloß die Tür.

DAS GESPRÄCH hatte in Arthur Jacobs' persönlichem Konferenzraum in der siebten Etage stattgefunden, einem heiligen Bezirk der Kanzlei, dem ich nie auch nur nahe gekommen war. Empfangsdamen und Angestellte hatten Mordecai wie einen Staatsbesuch behandelt. Er hatte auf einer Seite des Tisches gesessen, ihm gegenüber Arthur Jacobs, Donald Rafter, ein Anwalt der Gesellschaft, bei der die Kanzlei versichert war, und ein Anwalt von RiverOaks. Tillman Gantrys Anwalt hatte man nicht eingeladen. Für den Fall eines Vergleichs war kaum zu erwarten, daß Gantry auch nur einen Cent dazu beisteuern würde.

Die meiste Zeit hatte Arthur Jacobs das Wort für die Gegenpartei geführt; Mordecai konnte kaum glauben, daß dieser Mann tatsächlich schon achtzig war. Er kannte die Fakten auswendig und hatte sie sofort parat.

Arthur hatte das Gespräch eröffnet, indem er sagte, die Beklagten, insbesondere Drake & Sweeney und RiverOaks, seien von der Klage vollkommen überrascht gewesen – sie seien erschüttert und irritiert durch die ungewohnte Herabsetzung und die schlechte Behandlung durch die Presse. Er hatte sehr freimütig über die Kränkungen, denen seine geliebte Kanzlei ausgesetzt war, gesprochen. Mordecai hatte einfach nur zugehört.

Arthur hatte darauf hingewiesen, daß es um eine ganze Reihe von Themen gehe. Er hatte mit Braden Chance begonnen und erklärt, dieser sei nicht mehr für die Kanzlei tätig. Er sei nicht auf eigenen Wunsch gegangen, sondern hinausgeworfen worden. Arthur sprach offen über Chances Verfehlungen: Er habe alle Angelegenheiten, die RiverOaks betrafen, persönlich bearbeitet und habe mit seiner Anweisung, die Zwangsräumung durchzuführen, wahrscheinlich eine Verletzung der Sorgfaltspflicht begangen.

„Wahrscheinlich?" hatte Mordecai gefragt.

Nun ja, mehr als wahrscheinlich, hatte er als Antwort bekommen. Chance habe die Akte manipuliert. Er habe versucht, die Sache zu vertuschen. Er habe sie alle schlicht belogen und sei nun entfernt worden.

„Wie hat er die Akte manipuliert?" hatte Mordecai wissen wollen.

Arthur hatte erklärt, gewisse Unterlagen seien aus der Akte entfernt worden.

„Kennen Sie die Aktennotiz, die Hector Palma am 27. Januar verfaßt hat?" hatte Mordecai daraufhin gefragt, und sie waren erstarrt.

„Nein", hatte Arthur geantwortet.

Chance hatte also die Aktennotiz und Lontaes Quittung entfernt und vernichtet. Mit großer Gebärde – er genoß jeden Augenblick – hatte Mordecai einige Kopien der Aktennotiz und der Quittung hervorgezogen und sie über den Tisch geschoben. Hartgesottene Anwälte nahmen sie entgegen und waren so bestürzt, daß es ihnen die Sprache verschlug.

Es war ein langes Schweigen eingetreten, als sie die Aktennotiz lasen.

„Darf ich Sie fragen, woher Sie das haben?" hatte Arthur dann höflich gefragt.

„Das ist unwichtig, jedenfalls für den Augenblick", hatte Mordecai entgegnet.

Die Anwälte hatten nicht fassen können, daß sie die Kopien der Aktennotiz in Händen hielten. Aber weil sie erfahrene Anwälte waren, hatten sie sich schnell wieder gefangen und die Notiz beiseite gelegt, als wäre sie etwas, womit sie sich zu gegebener Zeit befassen würden.

„Ich nehme an, damit wären wir bei der fehlenden Akte", hatte Arthur in dem Bestreben gesagt, wieder festeren Boden unter den Füßen zu bekommen.

Sie hatten ja meine Fingerabdrücke. Sie hatten den mysteriösen Aktendeckel auf meinem Schreibtisch, in dem die Schlüssel gewesen waren. Und ich war bei Chance gewesen und hatte die River-Oaks/TAG-Akte einsehen wollen. Ich hatte also ein Motiv.

„Aber das sind alles bloß Indizien", hatte Mordecai erklärt.

„Wissen Sie, wo die Akte ist?" hatte Arthur gefragt.

„Nein", war die Antwort gewesen.

„Wir haben kein Interesse daran, Mr. Brock ins Gefängnis zu bringen", hatte Arthur erklärt.

„Warum drängen Sie dann auf einen Strafprozeß?" hatte Mordecai gefragt.

„Es liegt alles auf dem Tisch, Mr. Green. Wenn Sie Ihre Klage zurückziehen, ziehen wir unsere Anzeige zurück", hatte Arthur erwidert.

„Wunderbar. Was schlagen Sie vor, damit wir unsere Klage zurückziehen?" hatte Mordecai entgegnet.

Rafter hatte ein zehn Seiten umfassendes Papier voller mehrfarbiger Tabellen und Diagramme über den Tisch geschoben, die allesamt das Argument stützen sollten, Kinder und junge alleinstehende Mütter ohne Ausbildung seien in Schadenersatzprozessen wegen fahrlässiger Tötung nicht viel wert.

Mit der typischen Gründlichkeit einer großen Kanzlei hatten die Gehilfen in stundenlanger Arbeit die Datenbanken der Nation durchsucht und den neuesten Trend in der Schadenersatzrechtsprechung herausgefiltert – aufgeschlüsselt nach Bundesstaaten und nach Städten. Wieviel sprachen Schwurgerichte für den Tod eines Vorschulkindes zu? Nicht sehr viel. Der Bundesdurchschnitt lag bei fünfundvierzigtausend – im Süden und im mittleren Westen war die Summe weit kleiner, in Kalifornien und den größeren Städten etwas größer.

In Lontaes Fall war man bei der Berechnung des Verdienstausfalls nicht kleinlich gewesen. Rafter war auf eine Summe von fünfhundertsiebzigtausend Dollar gekommen. Um den Fall beizulegen, sei die Kanzlei großzügigerweise bereit, fünfzigtausend Dollar pro Kind sowie Lontaes vollen Verdienstausfall zu bezahlen, insgesamt also siebenhundertsiebzigtausend Dollar – was aber keinesfalls als Schuldeingeständnis aufzufassen sei.

„Das ist viel zuwenig", hatte Mordecai sofort eingewendet. „Soviel kriege ich von den Geschworenen für ein einziges totes Kind."

Sie waren in ihren Sesseln zusammengesunken.

Mordecai hatte Rafters hübsche kleine Aufstellung auseinandergenommen. Es sei ihm vollkommen egal, wie Gerichte in Dallas oder

Seattle entschieden hätten, und er sehe auch keinen Zusammenhang mit dem vorliegenden Fall. Er wisse, was er aus einem Schwurgericht hier im District herausholen könne, und allein darauf komme es an.

„Hier im District" konnte nur heißen: eine schwarze Jury.

„Darüber kann man verhandeln", hatte Arthur noch einmal erklärt. „An welche Summe hatten Sie gedacht?"

Wir hatten darüber gesprochen, mit welcher Forderung wir beginnen sollten. In der Klageschrift hatten wir zehn Millionen verlangt, aber diese Zahl war aus der Luft gegriffen. Es hätten ebensogut vierzig oder fünfzig oder hundert Millionen sein können.

„Eine Million für jedes verstorbene Opfer", hatte Mordecai gefordert. Die Worte waren wie Keulenschläge gewesen.

„Fünf Millionen?" hatte Rafter entgeistert gefragt.

„Fünf Millionen", hatte Mordecai wiederholt. „Eine Million für jedes verstorbene Opfer."

Nach einer kurzen Pause hatte Arthur die stärkste Karte ausgespielt: mich. Insbesondere die Tatsache, daß ich die Akte aus Chances Büro entwendet hatte, nachdem man mir gesagt hatte, ich dürfe sie nicht einsehen. In diesem Punkt gab es keinen Verhandlungsspielraum. Sie seien bereit, die Anzeige gegen mich zurückzuziehen, sobald man im Zivilverfahren einen Vergleich erzielt habe, doch dem Disziplinarverfahren aufgrund ihrer Beschwerde würde ich mich stellen müssen.

„Was wollen sie?" fragte ich Mordecai.

„Eine zweijährige Aberkennung der Zulassung", antwortete Mordecai ernst.

Ich brachte kein Wort heraus. Zwei Jahre, kein Verhandlungsspielraum.

„Ich hab ihnen gesagt, daß sie verrückt sind", meinte Mordecai, allerdings nicht so nachdrücklich, wie ich es mir gewünscht hätte.

Es war leichter zu schweigen. In Gedanken wiederholte ich die Worte: *zwei Jahre, zwei Jahre.*

Sie hatten dann noch eine Weile miteinander gesprochen, aber abgesehen von der Vereinbarung, möglichst bald wieder zusammenzukommen, hatten sie sich eigentlich über gar nichts geeinigt. Zum Schluß hatte Mordecai ihnen eine Kopie der namens Marquis Deese verfaßten Klage gegeben, die wir demnächst einreichen würden. Darin wurden dieselben drei Beklagten benannt und die bescheidene Summe von fünfzigtausend Dollar gefordert. Es würden noch weitere folgen, hatte Mordecai versprochen, bis alle Opfer der Zwangsräumung ihre Forderung geltend gemacht hätten.

„Wollen Sie damit zur Zeitung gehen?“ hatte Rafter gefragt.

„Warum nicht?“ hatte Mordecai entgegnet. „Sobald die Klage eingereicht ist, ist sie ein öffentliches Dokument.“

„Ich frage nur, weil wir schon genug Presseberichte hatten.“

„Sie haben damit angefangen. Sie haben die Story von Mr. Brocks Verhaftung an die Presse weitergegeben.“

„Das haben wir nicht“, hatte Rafter behauptet.

„Woher hatte die *Post* dann sein Foto?“ hatte Mordecai gefragt.

Dann hatte Arthur Rafter aufgefordert, den Mund zu halten.

NOCH lange nachdem Sofia und Abraham gegangen waren, saß ich im Halbdunkel meines Büros. Mordecai trat ein und setzte sich auf einen der Klappstühle. Ich wußte, daß er den ganzen Nachmittag telefoniert hatte, doch ich war nicht in seinem Büro gewesen.

„Die Dinge entwickeln sich schneller, als wir gedacht hatten“, sagte er.

Ich hatte nichts zu sagen und hörte zu.

„Ich habe hin und her telefoniert, mit Arthur und mit Richter DeOrio. Er ist einer von der harten Sorte, aber gut, fair.“

„Ich glaube, ich habe seinen Namen schon mal gehört.“

„Das will ich hoffen. Sie sind seit sieben Jahren Anwalt in dieser Stadt. Wir haben uns auf folgendes geeinigt: Wir treffen uns morgen um eins in DeOrios Gerichtssaal. Es werden alle Beteiligten anwesend sein: die drei Beklagten mit ihren Anwälten, ich, Sie.“

„Ich?“

„Ja. Der Richter will, daß Sie anwesend sind. Er sagt, Sie können sich auf die Geschworenenbank setzen und zuhören. Und er will, daß Sie ihm die Akte geben.“

„Mit Vergnügen.“

„In gewissen Kreisen ist er dafür bekannt, daß er die Presse haßt. Er ist bereits verärgert über den Wirbel, der um diesen Fall gemacht wird, und will nicht, daß irgend etwas an die Presse weitergegeben wird.“

„Und er will eine Beilegung?“

„Natürlich will er das. Er ist schließlich Richter, oder? Jeder Richter will, daß seine Fälle beigelegt werden. Dann hat er mehr Zeit zum Golfspielen.“

„Wie denkt er über unseren Fall?“

Mein Freund Mordecai suchte nach Worten, die ehrlich und tröstlich zugleich sein sollten. „Er wird die harte Linie vertreten.“

Daran war nichts Tröstliches. „Und was wäre eine faire Entscheidung, Mordecai? Es geht um meinen Kopf. Ich habe nicht genug Abstand zu der Sache."

„Es ist keine Frage der Fairneß. Sie haben die Akte an sich genommen, um ein Unrecht aufzudecken und wiedergutzumachen. Es war eine ehrenwerte Tat, aber es war trotzdem ein Diebstahl."

„Hat DeOrio es als Diebstahl bezeichnet?"

„Ja. Einmal."

Der Richter war also ebenfalls der Ansicht, daß ich ein Dieb war. Das schienen langsam alle zu denken. Ich hatte nicht den Mut, Mordecai nach seiner Meinung zu fragen. Vielleicht hätte er mir die Wahrheit gesagt, und die wollte ich lieber nicht hören.

Er verlagerte sein erhebliches Gewicht. „Ich will Ihnen was sagen: Ein Wort von Ihnen, und wir blasen die ganze Sache ab. Uns liegt nichts an einem derartigen Vergleich – eigentlich liegt niemandem daran. Die Opfer sind tot. Ihre Erben sind entweder unbekannt oder im Gefängnis. Ich könnte Arthur anrufen und ihm sagen, daß wir alles zurückziehen, wenn sie ebenfalls alles zurückziehen. Er wäre sofort einverstanden."

„Die Presse würde uns in der Luft zerreißen."

„Na und? Glauben Sie, unsere Mandanten geben etwas darauf, was die *Washington Post* schreibt?"

„Na gut, stellen wir uns mal vor, wir blasen die ganze Sache ab", sagte ich. „Was haben wir dann erreicht? Sie kommen mit einem Mord davon."

„Es ist die einzige Möglichkeit, Ihnen die Aberkennung Ihrer Zulassung zu ersparen."

„Es geht doch nichts über ein bißchen Druck, Mordecai", sagte ich ein bißchen zu bitter. Aber er hatte recht. Es war meine Beerdigung, und so war es nur recht und billig, daß ich es war, der die grundlegenden Entscheidungen traf. Zwei Jahre sind eine lange Zeit.

Mordecai Green wäre schwer enttäuscht gewesen, wenn ich plötzlich kalte Füße bekommen hätte. Er hatte sein Leben der Aufgabe gewidmet, bemitleidenswerten Menschen zu helfen, wieder auf eigenen Beinen zu stehen. Geld bedeutete ihm nichts. Mordecai wollte einen Prozeß, ein riesiges, lautes Spektakel mit Scheinwerfern und Kameras und vielen Zeitungsartikeln, und im Mittelpunkt würde nicht er selbst, sondern das Elend seiner Mitmenschen stehen.

„Ich bin dabei, Mordecai", erklärte ich.

„Das hatte ich nicht anders erwartet."

DREIZEHN

DeOrios Gerichtssaal befand sich in der ersten Etage des Carl Moultrie Buildings, und auf dem Weg dorthin kamen wir an Richter Kisners Gerichtssaal vorbei, in dem mein Fall von schwerem Diebstahl auf den nächsten Schritt im mühseligen Prozeß der Wahrheitsfindung wartete. Die Korridore waren voller geschäftig hin und her eilender Strafverteidiger, arme Schlucker, die im Kabelfernsehen oder mit Plakaten an Bushaltestellen warben. Sie berieten sich mit ihren Mandanten, die fast allesamt aussahen, als wären sie schuldig. Ich konnte nicht glauben, daß mein Name zwischen den ihren auf einer Prozeßliste stand.

Der Zeitpunkt unseres Eintreffens erschien mir wichtig. Wir hatten nicht vor, zu spät zu kommen – DeOrio war ein Pünktlichkeitsfanatiker –, doch ich wollte um keinen Preis zehn Minuten zu früh dort sein und mich den Blicken und dem Geflüster aussetzen. Und ich wollte nicht mit Tillman Gantry in einem Raum sein, es sei denn, Seine Ehren war ebenfalls anwesend. Zwei Minuten vor eins traten wir ein.

DeOrios Gerichtsgehilfin gab Kopien der Verhandlungspunkte aus und wies uns die Plätze an: Ich setzte mich allein und zufrieden auf die Geschworenenbank, und Mordecai nahm am Tisch der Klägerpartei Platz.

Der Tisch der beklagten Partei war ein anschauliches Beispiel für eine strategische Aufstellung. Die Anwälte von Drake & Sweeney saßen am einen Ende, Tillman Gantry und seine beiden Anwälte am anderen, und dazwischen, als Puffer sozusagen, hatten zwei Vorstandstypen von RiverOaks und ihre drei Anwälte Stellung bezogen. Auf der Liste der Verhandlungspunkte waren dreizehn Namen für die Verteidigung aufgeführt.

Da Gantry ein ehemaliger Zuhälter war, hatte ich angenommen, er werde viele Ringe an den Fingern tragen und auffallend gekleidet sein, doch er trug einen gutsitzenden dunkelblauen Anzug, und sein Erscheinungsbild war besser als das seiner Anwälte. Er war in Unterlagen vertieft und beachtete seine Umgebung nicht.

Ich sah Arthur. Und Rafter und Nathan Malamud und Barry Nuzzo, drei der ehemaligen Geiseln. Die Kanzlei ließ mir eine subtile Nachricht zukommen: Keiner der anderen Anwälte, die in Misters Gewalt gewesen waren, hatte durchgedreht. Was war mit mir? Warum war ich ein Weichei?

Der fünfte in ihrer Gruppe war ein Anwalt der Versicherungsgesellschaft der Kanzlei. Drake & Sweeney war gegen Verletzungen der Sorgfaltspflicht selbstverständlich hoch versichert, doch ich bezweifelte, daß dieser Fall gedeckt war. Fahrlässigkeit war gedeckt, Vorsätzlichkeit nicht. Auf einem Nebenkriegsschauplatz, vor unseren Blicken verborgen, würde es noch einen bösen Kampf zwischen Drake & Sweeney und der Versicherungsgesellschaft geben. Sollten sie kämpfen.

Punkt ein Uhr erschien DeOrio und ging zu seinem Platz. „Guten Tag“, sagte er barsch und setzte sich. Er stellte sein Mikrofon ein. „Meine Gehilfin hat mir gesagt, daß alle Parteien und ihre Anwälte anwesend sind“, stellte DeOrio fest und sah mich an, als wäre ich irgendein Dieb. „Der Zweck dieser Verhandlung ist die Beilegung des Falles. Nachdem ich gestern ausführlich Gelegenheit hatte, mit den beteiligten Anwälten zu sprechen, kam ich zu dem Schluß, daß eine Verhandlung wie diese zu diesem Zeitpunkt möglicherweise hilfreich sein könnte. Wir werden die Verhandlungspunkte einen nach dem anderen durchgehen. Da Sie, Mr. Green, die Klage eingereicht haben, dürfen Sie beginnen. Sie haben fünf Minuten.“

Mordecai erhob sich. Er sprach frei, mit den Händen in den Taschen, und wirkte ganz entspannt. In zwei Minuten hatte er den Fall in klaren, knappen Worten geschildert und setzte sich. Richter DeOrio schätzte Leute, die sich kurz faßten.

Für die Beklagten sprach Arthur. Er erkannte die Fakten an, bestritt aber irgendeine Haftung seitens der Beklagten. Die größte Schuld hatte nach seinen Worten der „unverhoffte“ Schneesturm, der über die Stadt hereingebrochen sei und allen Einwohnern das Leben schwergemacht habe.

Er stellte auch Lontae Burtons Handlungen in Frage.

„Es gab doch Orte, an denen sie Zuflucht hätte suchen können“, meinte er. „Die Notunterkünfte waren geöffnet. Die Nacht zuvor hatte sie mit vielen anderen Menschen im Keller einer Kirche verbracht. Warum ist sie nicht wieder dorthin gegangen? Ich weiß es nicht. Es hat sie, soweit wir wissen, niemand dazu gezwungen, im Auto zu schlafen. War Mrs. Burton nicht wenigstens teilweise für diese Tragödie selbst verantwortlich? Hätte sie nicht mehr tun können, um ihre kleine Familie zu beschützen?“

„Warum mußte sie überhaupt auf der Straße übernachten?“ fragte DeOrio scharf, und ich lächelte beinahe.

Arthur ließ sich nicht aus dem Konzept bringen. „Im Interesse eines Vergleichs sind wir bereit zu konzedieren, daß die Zwangsräumung gesetzwidrig war, Euer Ehren."

„Danke."

„Nichts zu danken. Wir möchten nur betonen, daß unseres Erachtens ein Teil der Verantwortung bei der Mutter liegt. Mag sein, daß sie durch unsere Schuld auf der Straße gelandet ist, aber dort war sie bereits eine Woche bevor sich die Tragödie ereignete."

„Mr. Green."

Mordecai erhob sich und schüttelte den Kopf, als wäre Arthur ein Erstsemester, der sich die elementaren Grundsätze der Rechtsprechung erst noch aneignen mußte. „Es geht hier nicht um Menschen, die sich jederzeit eine Wohnung mieten könnten, Mr. Jacobs. Darum bezeichnet man sie ja als Obdachlose. Sie geben zu, daß Sie es waren, die diese Frau und ihre Kinder auf die Straße gesetzt haben, wo sie dann gestorben sind. Diesen Punkt würde ich gern in Anwesenheit von Geschworenen diskutieren."

Arthur ließ die Schultern hängen. Rafter, Malamud und Barry lauschten auf jedes Wort, und ihre Gesichter verrieten ihr Entsetzen bei dem Gedanken an Mordecai Greens möglichen Auftritt vor Geschworenen seinesgleichen.

„Eine Haftung ist gegeben, Mr. Jacobs", sagte DeOrio. „Sie können die Frage, ob die Mutter fahrlässig gehandelt hat, natürlich den Geschworenen vorlegen, wenn Sie wollen, aber ich würde es Ihnen nicht empfehlen." Mordecai und Arthur setzten sich.

Die Haftung der Beklagten war der nächste Verhandlungspunkt. Rafter präsentierte den Bericht über die neuesten Trends in der Schadenersatzberechnung, den wir bereits kannten, und machte dasselbe Angebot wie am Tag zuvor.

„Ich nehme an, das ist nicht Ihr letztes Angebot, Mr. Rafter", meinte DeOrio.

„Nein, Euer Ehren", erwiderte Rafter.

„Mr. Green."

Mordecai stand auf. „Wir lehnen das Angebot ab, Euer Ehren. Diese sogenannten Trends sind für uns unerheblich. Mich interessiert nur die Summe, von der ich die Geschworenen überzeugen kann, und die wird, bei allem Respekt vor Mr. Rafter, sehr viel höher sein als das, was er hier angeboten hat."

Niemand im Gerichtssaal zweifelte an seinen Worten.

Er bestritt die Behauptung der Gegenpartei, ein totes Kind sei nur fünfzigtausend Dollar wert, und deutete an, in diese Berechnung seien die gängigen Vorurteile über obdachlose und obendrein schwarze Kinder eingeflossen. „Ihr Sohn geht in St. Alban's zur Schule, Mr. Rafter. Würden Sie für seinen Verlust fünfzigtausend Dollar akzeptieren?"

Rafters Nase war noch zehn Zentimeter von seinem Notizblock entfernt.

„Ich kann jede Jury in diesem Gerichtssaal davon überzeugen, daß die beklagte Partei für jedes dieser Kinder mindestens eine Million bezahlen muß – genausoviel wie für irgendein Kind, das in Virginia oder Maryland in einen teuren Vorschulkindergarten geht."

Das war ein Tiefschlag.

Rafter war in seinem Vortrag nicht auf das Leid der Opfer eingegangen, und darum erzählte Mordecai nun ausführlich, wie die Burtons die letzten Stunden ihres Lebens verbracht hatten. Er schilderte ihre Suche nach einem warmen Unterschlupf und Essen, er schilderte den Schnee, die bittere Kälte und die Angst vor dem Erfrierungstod, er schilderte, wie sie sich verzweifelt bemüht hatten, nicht getrennt zu werden, und wie sie den Schrecken erlebt hatten, mitten in einem Schneesturm in einem klapprigen Wagen mit laufendem Motor zu sitzen und die Tankanzeige im Auge zu behalten.

Es war eine beeindruckende Vorstellung, aus dem Stegreif dargeboten von einem begnadeten Geschichtenerzähler. Als Geschworener hätte ich ihm einen Blankoscheck gegeben.

Das Beste sparte Mordecai für den Schluß auf. Er erläuterte den Sinn und Zweck von Zivilstrafen: Sie seien dazu da, Übeltäter zu bestrafen und Exempel zu statuieren, damit diese Menschen von weiteren Übeltaten absahen. Er legte die Verfehlungen bloß, die sich die Beklagten hatten zuschulden kommen lassen – reiche Leute, die keinen Gedanken an Menschen verschwendeten, denen das Schicksal weniger freundlich gesonnen war. Ihre Gier habe sie getrieben, Recht und Gesetz außer acht zu lassen. Eine rechtmäßige Räumung hätte das Projekt um mindestens dreißig Tage verzögert und das Geschäft mit der Postdirektion platzen lassen. Aber dreißig Tage später wären die schweren Winterstürme vorbei und die Straßen ein wenig sicherer gewesen.

Es sei ein typischer Fall für eine Zivilstrafe, und er habe keinen Zweifel daran, daß die Geschworenen das auch so sehen würden. Ich jedenfalls sah es genauso.

„Wir wären einverstanden mit einer Summe von fünf Millionen", sagte er schließlich. „Keinen Cent weniger."

Als er geendet hatte, schwiegen alle. DeOrio machte sich ein paar

Notizen und wandte sich dann der Liste der Verhandlungspunkte zu. Als nächstes sollte es um die Akte gehen. „Haben Sie sie?“ fragte er Mordecai.

„Ja, Euer Ehren.“ Mordecai öffnete seine abgewetzte Aktentasche und entnahm ihr die Akte. Er übergab sie der Gerichtsgehilfin, die sie dem Ehrenwerten Richter übergab. Wir sahen zehn Minuten lang zu, wie DeOrio jede Seite überflog. Als er fertig war, sagte er: „Die Akte ist ausgehändigt, Mr. Jacobs. Ein paar Türen weiter ist ein Strafverfahren deswegen anhängig. Ich habe mit Richter Kisner darüber gesprochen. Was beabsichtigen Sie zu tun?“

„Euer Ehren, wenn wir alle anderen Streitfragen klären und beilegen können, werden wir unsere Anzeige zurückziehen.“

„Ich nehme an, das findet Ihr Einverständnis, Mr. Brock“, sagte DeOrio.

Allerdings fand das mein Einverständnis. „Ja, Euer Ehren.“

„Dann also weiter zum nächsten Punkt. Wir wollen über die Beschwerde sprechen, die Drake & Sweeney vor der Anwaltskammer gegen Mr. Brock vorgebracht hat. Mr. Jacobs, würden Sie das bitte erläutern?“

„Gewiß, Euer Ehren.“ Arthur sprang auf und begann eine Rede, in der er meine standesrechtlichen Verfehlungen anprangerte. Er war nicht übertrieben streng, er faßte sich kurz, und das Ganze schien ihm keinen Spaß zu machen. Er war ein Anwalt alter Schule, der ein bestimmtes Berufsethos predigte und praktizierte. Er und die Kanzlei würden mir meinen Fehltritt nie verzeihen, aber immerhin war ich einmal einer der Ihren gewesen. Ich sei kein Verbrecher, erklärte er, und sie seien durchaus bereit, die Anzeige wegen schweren Diebstahls zurückzuziehen. Doch ich sei Anwalt, und darum müsse ich zur Verantwortung gezogen werden. Sie seien unter keinen Umständen bereit, die Beschwerde zurückzuziehen.

„Mr. Brock“, sagte DeOrio. „Haben Sie etwas zu erwidern?“

Ich hatte nichts vorbereitet, doch ich hatte keine Scheu, aufzustehen und zu sagen, was mir durch den Kopf ging. Ich sah Arthur an und erklärte: „Mr. Jacobs, ich hatte und habe den größten Respekt vor Ihnen. Es war falsch, die Akte an mich zu nehmen, und ich habe seitdem tausendmal gewünscht, ich hätte es nicht getan. Ich habe nach Informationen gesucht, die, wie ich wußte, geheim bleiben sollten, aber das ist keine Entschuldigung. Ich möchte mich bei Ihnen, den anderen Anwälten und Mitarbeitern der Kanzlei und Ihrem Mandanten RiverOaks entschuldigen.“

Ich setzte mich und brachte es nicht fertig, sie anzusehen. Mordecai sagte mir später, meine Zerknirschung habe die Temperatur im Saal um drei Grad ansteigen lassen.

Dann traf DeOrio eine kluge Entscheidung: Er ging zum nächsten Punkt über, nämlich zu den Schadenersatzzahlungen in den Fällen, die noch nicht behandelt worden waren. Wir wollten im Namen von Marquis Deese und Kelvin Lam und jedem anderen Opfer klagen, das wir finden konnten. DeVon Hardy und Lontae Burton waren tot, also gab es noch fünfzehn weitere potentielle Kläger. Das hatte Mordecai angekündigt, und auch der Richter wußte es.

„Wenn Sie eine Haftung Ihrerseits einräumen, Mr. Jacobs“, erklärte DeOrio, „müssen wir über Schadenersatzzahlungen sprechen. Wieviel bieten Sie zur Beilegung der fünfzehn anderen Fälle an?“

Arthur beriet sich flüsternd mit Rafter und Malamud und antwortete dann: „Nun, Euer Ehren, wir nehmen an, daß diese Leute seit nunmehr einem Monat ohne Wohnung sind. Wenn wir ihnen je fünftausend Dollar geben, können sie sich eine neue Wohnung suchen, wahrscheinlich sogar eine wesentlich komfortablere.“

„Das ist wenig“, meinte DeOrio. „Mr. Green?“

„Das ist viel zuwenig“, pflichtete Mordecai ihm bei. „Auch hier gilt: Ich beurteile einen Fall danach, was die Geschworenen vermutlich dazu sagen werden. Dieselben Beklagten, dieselbe Klage, eine ähnliche Zusammensetzung der Geschworenen – ich kann mit Leichtigkeit fünfzigtausend pro Fall bekommen.“

„Und mit wieviel wären Sie zufrieden?“ fragte DeOrio.

„Fünfundzwanzigtausend, Euer Ehren.“

„Ich finde, Sie sollten annehmen“, sagte der Richter zu Arthur.

„Fünfundzwanzigtausend für jeden der fünfzehn Betroffenen?“ fragte Arthur. Er befand sich in einem Zweifrontenkrieg, und seine Unerschütterlichkeit geriet ins Wanken.

„Sehr richtig.“

Sie steckten die Köpfe zu einer Besprechung zusammen, bei der jeder der vier Drake-&-Sweeney-Anwälte sein Votum abgab. Es war vielsagend, daß die Anwälte der anderen beiden Parteien nicht befragt wurden. Offenbar würde die Kanzlei allein die Rechnung bezahlen.

„Wir akzeptieren fünfundzwanzigtausend“, sagte Arthur leise, und Drake & Sweeney war dreihundertfünfundsiebzigtausend Dollar ärmer.

DeOrios Klugheit bestand darin, daß er wußte, wie man das Eis brach. Er wußte, daß er sie zwingen konnte, kleinere Forderungen zu akzeptieren, und wenn das Geld erst einmal begonnen hatte zu fließen, würde es nicht mehr aufhören, bis wir mit allen Punkten fertig waren.

„Meine Herren, damit sind nur noch zwei Punkte ungeklärt. Der erste betrifft das Geld: Wieviel davon wird nötig sein, um einen Vergleich zu erzielen? Der zweite betrifft Mr. Brocks Disziplinarverfahren. Wie es scheint, hängt das eine mit dem anderen zusammen. Wenn die Verhandlungen an einem solchen Punkt angelangt sind, spreche ich gern vertraulich mit beiden Parteien. Ich werde mit den Klägern beginnen. Mr. Green und Mr. Brock, würden Sie bitte ins Richterzimmer kommen?"

Die Gehilfin führte uns durch den Gang hinter dem Richtertisch in ein schön ausgestattetes Büro mit getäfelten Wänden, in dem DeOrio gerade die Robe ablegte. „Wir kommen gut voran", meinte er. „Ich muß Ihnen allerdings sagen, Mr. Brock, daß das Disziplinarverfahren ein ernstes Problem ist. Ist Ihnen klar, wie ernst?"

„Ich glaube schon. Aberkennung der Zulassung für zwei Jahre", antwortete ich.

„Auf gar keinen Fall werden wir zwei Jahre akzeptieren", erklärte Mordecai.

„Was würden Sie denn akzeptieren?"

„Höchstens sechs Monate. Und darüber lassen wir nicht mit uns reden. Diese Burschen haben die Hosen voll, Richter – das wissen Sie. Die haben die Hosen voll, wir nicht. Warum sollten wir uns überhaupt auf einen Vergleich einlassen? Mir wäre eine Verhandlung vor einem Schwurgericht viel lieber."

„Es wird keine Schwurgerichtsverhandlung geben." DeOrio blieb vor mir stehen und sah mir in die Augen. „Wären Sie mit einer sechsmonatigen Aberkennung Ihrer Zulassung einverstanden?" fragte er.

„Ja", sagte ich. „Aber sie müssen bezahlen."

„Wieviel?" fragte er Mordecai.

„Fünf Millionen. Von den Geschworenen würde ich mehr kriegen."

DeOrio trat, tief in Gedanken, ans Fenster und kratzte sich am Kinn. „Von den Geschworenen könnten Sie fünf Millionen kriegen", sagte er, ohne sich umzudrehen.

„Oder zwanzig", entgegnete Mordecai.

„Wer soll das Geld bekommen?" fragte der Richter.

„Das wird ein Alptraum, das zu verteilen", gab Mordecai zu.

„Wieviel davon ist Ihr Honorar?"

„Zwanzig Prozent. Die Hälfte davon geht an eine Stiftung in New York."

Der Richter drehte sich abrupt um, faltete die Hände hinter dem Kopf und begann wieder auf und ab zu gehen. „Sechs Monate sind wenig“, meinte er.

„Mehr gestehen wir nicht zu“, erwiderte Mordecai.

„Na gut. Lassen Sie mich mit der anderen Partei sprechen.“

UNSERE Unterredung mit DeOrio hatte nicht einmal fünfzehn Minuten gedauert. Die bösen Buben brauchten eine Stunde.

Wir tranken Colas auf einer Bank in der geschäftigen Eingangshalle und betrachteten schweigend die zahllosen Anwälte, die auf der Jagd nach Gerechtigkeit und Mandanten vorübereilten. Mordecai unterhielt sich mit ein paar Anwälten, die er kannte. Ich kannte niemanden. Die Anwälte der großen Kanzleien verbrachten nicht sehr viel Zeit im Superior Court.

DeOrios Gerichtsgehilfin fand uns und führte uns zurück zum Gerichtssaal, wo die anderen Beteiligten bereits versammelt waren. Die Atmosphäre war gespannt. DeOrio schien erregt, Arthur und die anderen machten einen erschöpften Eindruck. Wir setzten uns.

„Mr. Green“, begann der Richter, „ich habe mit den Anwälten der Beklagten gesprochen. Hier ist ihr Angebot: drei Millionen Dollar und eine einjährige Aberkennung von Mr. Brocks Zulassung.“

Mordecai hatte sich gerade erst gesetzt und sprang wieder auf. „Wir verschwenden unsere Zeit“, erklärte er und nahm seine Aktentasche. Ich folgte seinem Beispiel und erhob mich ebenfalls.

„Bitte entschuldigen Sie uns, Euer Ehren“, sagte Mordecai. „Wir haben Besseres zu tun.“ Wir gingen zum Mittelgang.

„Sie sind entschuldigt“, entgegnete der Richter deutlich verärgert.

Wir verließen eilends den Gerichtssaal.

ICH SCHLOSS gerade den Wagen auf, als das Handy in meiner Tasche vibrierte. Es war Richter DeOrio. Mordecai lachte, als ich sagte: „Ja, Euer Ehren, wir sind in fünf Minuten da.“ Wir ließen uns Zeit und brauchten zehn Minuten – wir wuschen uns in der Toilette im Erdgeschoß die Hände, wir gingen langsam und benutzten die Treppe –, damit DeOrio Gelegenheit hatte, die Gegenpartei noch ein wenig zu bearbeiten.

Das erste, was ich beim Betreten des Gerichtssaals sah, war, daß Jack Bolling, einer der drei RiverOaks-Anwälte, sein Jackett ausgezogen und die Hemdsärmel aufgekrempelt hatte und den Drake-&-Sweeney-Anwälten den Rücken kehrte. Ich bezweifelte zwar, daß er sie geohrfeigt hatte, aber er sah aus, als sei er dazu willens und in der Lage.

In einem Schwurgerichtsprozeß würde die große Schadenersatzzahlung, von der Mordecai träumte, allen drei Beklagten auferlegt werden, und die Vergleichsverhandlungen hatten RiverOaks offenbar einen großen Schrecken eingejagt. Vielleicht hatte es Drohungen gegeben, vielleicht hatte die Gesellschaft beschlossen, sich lieber jetzt mit einem kleineren Betrag zu beteiligen – wir würden es nie erfahren.

Ich setzte mich nicht auf die Geschworenenbank, sondern neben Mordecai.

„Wir haben's fast geschafft", meinte DeOrio.

„Und wir erwägen, unser Angebot zurückzuziehen", erwiderte Mordecai in barschem Ton. Wir hatten nichts besprochen, und weder die anderen Anwälte noch der Richter hatten diese Möglichkeit in Betracht gezogen. Sie zuckten zusammen und sahen einander an.

„Setzen Sie sich", forderte uns der Richter auf.

„Ich meine es ernst, Euer Ehren. Je länger ich hier sitze, desto mehr bin ich davon überzeugt, daß diese Schmierenkomödie vor einem Schwurgericht verhandelt werden sollte. Wir können wie gehabt ein Wettspucken veranstalten." Mordecai zeigte auf Arthur und sagte: „Wenn Sie zur Presse gehen, gehen wir auch zur Presse."

„Sind Sie fertig?" fragte DeOrio.

„Ich glaube schon."

„Gut. Das Angebot ist auf vier Millionen erhöht worden."

„Wenn sie vier Millionen zahlen können, können sie auch fünf Millionen zahlen." Mordecai zeigte wieder auf die Drake-&-Sweeney-Anwälte. „Diese Kanzlei hat im letzten Jahr fast siebenhundert Millionen Dollar eingenommen." Er hielt inne und ließ die Worte ausklingen. „Siebenhundert Millionen, nur im letzten Jahr." Er zeigte auf die RiverOaks-Anwälte. „Und diese Gesellschaft besitzt Immobilien im Wert von dreihundertfünfzig Millionen Dollar. Ich will ein Schwurgerichtsverfahren."

Als Mordecai schließlich schwieg, fragte DeOrio noch einmal: „Sind Sie fertig?"

„Nein, Euer Ehren", antwortete er und wurde mit einemmal ganz ruhig. „Wir sind einverstanden mit einer sofortigen Zahlung von zwei Millionen: eine Million für die Erben, eine Million für unser Honorar. Der Rest von drei Millionen kann über die nächsten zehn Jahre verteilt werden – dreihunderttausend Dollar pro Jahr, zuzüglich der üblichen Zinsen."

Ein gegliederter Vergleich mit einer über Jahre gestaffelten Zahlung erschien vernünftig. Mordecais Vorschlag war geradezu genial. Die Drake-&-Sweeney-Anwälte entspannten sich sichtlich. Er hatte ihnen einen Ausweg gezeigt.

Jack Bolling beriet sich mit ihnen. Gantrys Anwälte hörten zu, waren aber fast ebenso gelangweilt wie ihr Mandant.

„Wir sind einverstanden", verkündete Arthur schließlich. „Doch wir bleiben bei unserer Forderung bezüglich Mr. Brock. Wir wollen eine einjährige Aberkennung seiner Zulassung, oder es gibt keinen Vergleich."

Plötzlich haßte ich Arthur wieder. Es war ihr letzter Trumpf, und in dem Versuch, ihr Gesicht zu wahren, wollten sie soviel wie möglich herausschlagen. Doch Arthur befand sich nicht in einer Position der Stärke. Er war verzweifelt, und man sah es ihm an.

„Was für einen Unterschied würde das machen?" schrie Mordecai ihn an. „Er ist bereit, die Demütigung einer Aberkennung seiner Zulassung hinzunehmen. Was haben Sie davon, wenn es sechs Monate mehr sind? Das ist doch absurd!"

Und er hatte recht. Es machte wirklich keinen Unterschied, jedenfalls nicht für einen Armenanwalt wie mich, dessen Tätigkeit, Status und Gehalt diese befristete Aberkennung der Zulassung nicht im mindesten berühren würde.

Ich erhob mich und sagte sehr verbindlich: „Wir könnten uns bis zur Mitte entgegenkommen, Euer Ehren. Sie fordern zwölf Monate, wir bieten sechs. Ich bin mit neun Monaten einverstanden." Dabei sah ich Barry Nuzzo an. Er lächelte.

Hätte Arthur in diesem Augenblick Einwände erhoben, dann hätten die anderen ihn zu Boden geschlagen. Alle, auch der Richter, waren erleichtert. „Dann ist ja alles geregelt", erklärte er, ohne die Beklagten nach ihrem Einverständnis zu fragen.

Seine wunderbar tüchtige Gerichtsgehilfin tippte bereits auf die Tastatur des Computers und präsentierte uns nach wenigen Minuten einen nur eine Seite umfassenden Vergleichsvertrag. Wir beeilten uns, ihn zu unterschreiben, und gingen.

WENN es in Amerika eine Kanzlei gab, in der fünfhunderttausend Dollar spurlos verschwinden konnten, dann war es das Rechtsberatungsbüro in der 14th Street. Mordecai wollte moderne Computer und Telefone anschaffen und spielte mit dem Gedanken, eine neue Heizung einbauen zu lassen. Der größte Teil des Geldes sollte auf ein

Konto gehen, Zinsen tragen und zur Überbrückung schlechter Zeiten dienen. Es war eine schöne Rücklage, die unser mageres Gehalt für mehrere Jahre sichern würde.

Falls es Mordecai ärgerte, die anderen fünfhunderttausend an die Cohen-Stiftung überweisen zu müssen, dann verbarg er es gut. Mordecai war kein Mensch, der sich über Dinge, die er nicht ändern konnte, den Kopf zerbrach. Er schlug nur Schlachten, die er gewinnen konnte.

Es würden mindestens neun Monate harter Arbeit nötig sein, um die Schadenersatzsumme zu verteilen, und den größten Teil dieser Arbeit würde ich erledigen. Erben mußten festgestellt und gefunden werden, und wenn sie gemerkt hatten, daß viel Geld im Spiel war, würde man sich mit ihnen auseinandersetzen müssen. Es würde kompliziert werden.

Mordecai verfolgte noch zwei andere äußerst interessante Projekte. Das erste war die Rekrutierung von Gratisanwälten. Das Büro hatte vor Jahren ein solches Programm organisiert. Damals hatten zeitweise hundert Anwälte einige Wochenstunden zur Verfügung gestellt, um Obdachlosen zu helfen. Mordecai bat mich nun, dieses Programm wiederzubeleben. Der Gedanke gefiel mir. Wir würden mehr Menschen erreichen, bessere Kontakte zu den etablierten Kanzleien unterhalten und eine breitere Basis für unsere Spendensammlung haben.

Das war das zweite Projekt. Aufgrund ihres Naturells waren Sofia und Abraham nicht imstande, erfolgreich um Geld zu bitten. Mordecai konnte einem das letzte Hemd abschwatzen, brachte es aber nicht über sich zu betteln. Ich war der intelligente, junge, weiße, wohlerzogene Anwalt, der sich mühelos unter seinesgleichen bewegen und die Leute überzeugen konnte, jährlich zu spenden.

„Mit der richtigen Vorgehensweise könnten Sie zweihunderttausend pro Jahr zusammenbekommen“, meinte Mordecai.

„Und was würden wir damit machen?“

„Ein paar Sekretärinnen und Gehilfen einstellen, vielleicht sogar einen weiteren Anwalt.“

Sofia war nach Hause gegangen. Wir saßen im vorderen Raum, und Mordecai begann zu träumen. Er sehnte sich nach den Tagen, als noch sieben Anwälte im Büro gearbeitet hatten. Jeden Tag hatte Chaos geherrscht, aber das Büro war eine Machtzentrale gewesen. Es hatte Tausenden von Obdachlosen geholfen. Politiker und Bürokraten hatten ein offenes Ohr gehabt. Das Büro hatte mit lauter Stimme gesprochen und war meist gehört worden.

„Seit fünf Jahren sind wir auf dem absteigenden Ast", sagte er. „Und die Menschen auf der Straße leiden. Dies ist der richtige Augenblick, das Ruder herumzureißen."

AM FREITAG morgen saß ich an meinem Schreibtisch und ging fröhlich meiner Arbeit nach, als plötzlich Drake & Sweeney in der Person von Arthur Jacobs in der Tür stand. Ich begrüßte ihn freundlich und vorsichtig, und er setzte sich auf einen meiner Klappstühle. Er wollte keinen Kaffee. Er wollte mit mir sprechen.

Arthur hatte Sorgen. Fasziniert hörte ich dem alten Mann zu.

Die letzten Wochen waren die schwersten seiner immerhin sechsundfünfzigjährigen Karriere gewesen. Der Vergleich war kein großer Trost. Die Kanzlei war nach diesem kleinen Unwetter wieder auf Kurs, doch Arthur schlief schlecht. Einer seiner Teilhaber hatte ein schreckliches Unrecht begangen, wodurch unschuldige Menschen gestorben waren. Drake & Sweeney würde immer für den Tod von Lontae Burton und ihren vier Kindern verantwortlich sein. Und Arthur bezweifelte, daß er darüber hinwegkommen würde.

Ich war zu überrascht, um etwas sagen zu können, also hörte ich nur zu. Ich wünschte, Mordecai hätte es ebenfalls hören können.

Arthur litt, und es dauerte nicht lange, bis ich Mitleid mit ihm empfand. Er war achtzig und dachte schon seit Jahren daran, sich aus der Kanzlei zurückzuziehen. Er war es leid, dem Geld nachzujagen. „Mir bleibt nicht mehr viel Zeit", sagte er.

Er war fasziniert von unserem Rechtsberatungsbüro, und ich erzählte ihm, wie wir arbeiteten. Er hatte das Stichwort gegeben. Da ich in den kommenden neun Monaten ohnehin nicht als Anwalt praktizieren dürfe, erklärte ich ihm, hätten wir beschlossen, daß ich ein Programm zur Rekrutierung von Freiwilligen aus den großen Kanzleien der Stadt entwerfen solle. Die Freiwilligen würden unter meiner Aufsicht einige Wochenstunden Gratisarbeit leisten, wodurch wir für Tausende von Obdachlosen tätig sein könnten.

Arthur wußte von diesen Programmen, wenn auch nicht sehr viel. Er habe seit zwanzig Jahren keine Gratisarbeit mehr geleistet, gestand er traurig. Aber der Gedanke gefiel ihm. Je länger wir darüber sprachen, desto umfangreicher wurde das Programm. Nach ein paar Minuten erwog er bereits, alle vierhundert Anwälte der Washingtoner Kanzlei zu verpflichten, einige Wochenstunden zugunsten der Armen zu arbeiten.

„Können Sie die Arbeit von vierhundert Anwälten koordinieren?" fragte er.

„Natürlich“, antwortete ich, obgleich ich keine Ahnung hatte, wie ich das anstellen sollte. Doch meine Gedanken liefen auf Hochtouren. „Ich brauchte allerdings Hilfe.“

„Welche Art von Hilfe?“

„Wir wäre es, wenn es bei Drake & Sweeney einen Mitarbeiter gäbe, der ausschließlich für die Koordination der Gratisarbeit zuständig wäre? Er würde in allen Fällen, in denen es um Obdachlose geht, eng mit mir zusammenarbeiten. Ehrlich gesagt: Bei vierhundert Anwälten brauche ich einen Ansprechpartner.“

Er dachte darüber nach. Alles war neu, und alles klang gut. Ich setzte nach. „Und ich wüßte auch schon den richtigen“, erklärte ich. „Er muß kein Anwalt sein – ein guter Anwaltsgehilfe könnte das ebensogut.“

„An wen denken Sie?“

„Sagt Ihnen der Name Hector Palma etwas?“

„Kommt mir irgendwie bekannt vor.“

„Er arbeitet in der Drake-&-Sweeney-Kanzlei in Chicago, aber er ist ursprünglich aus Washington. Er war für Braden Chance tätig und wurde versetzt.“

Arthur kniff die Augen zusammen und versuchte sich zu erinnern.

„Bis vor drei Wochen wohnte er noch in Bethesda – dann ist er plötzlich und mitten in der Nacht umgezogen. Eine schnelle Versetzung nach Chicago. Er wußte alles über die Zwangsräumung, und ich habe den Verdacht, daß Chance ihn irgendwo verstecken wollte. Ich bin sicher, daß er gern wieder zurückkehren würde.“

„Und will er sich überhaupt für Obdachlose engagieren?“

„Warum fragen Sie ihn nicht selbst?“ antwortete ich.

„Das werde ich tun. Eine ausgezeichnete Idee!“

Das Programm nahm Gestalt an. Jeder Anwalt bei Drake & Sweeney würde verpflichtet sein, pro Woche einen Fall zu bearbeiten. Die jüngeren Mitarbeiter würden unter meiner Aufsicht beratend tätig sein, und wenn die Fälle bei Drake & Sweeney eingingen, würde Hector sie an die Anwälte verteilen. Bei dem Gedanken daran, daß in Kürze vierhundert Drake-&-Sweeney-Anwälte mit Eifer für die Rechte von Obdachlosen eintreten würden, hatte ich beinahe Mitleid mit Politikern, Bürokraten und Sachbearbeitern.

Arthur blieb fast zwei Stunden und entschuldigte sich, als er merkte, wieviel meiner Zeit er in Anspruch genommen hatte. Seine Stimmung war jedoch sehr viel besser. Er hatte ein neues Ziel, er war ein Mann mit einer Mission. Ich begleitete ihn bis zu seinem Wagen und eilte dann hinein, um es Mordecai zu erzählen.

MEGANS Onkel hatte ein Haus in Delaware an der Atlantikküste. Sie hatte es als ein heimeliges altes Haus beschrieben, zweistöckig, mit einer großen Veranda, die fast bis zum Meer reichte, und drei Schlafzimmern – ein ideales Haus für einen Wochenendausflug. Es war Mitte März und noch kalt, aber wir konnten ja am Kamin sitzen und lesen.

Sie hatte die Tatsache betont, daß drei Schlafzimmer vorhanden waren: Es gab also genug Platz, so daß jeder seine Privatsphäre haben konnte, ohne daß es zu irgendwelchen Komplikationen kam. Sie wußte, daß meine seelische Verletzung durch die Trennung noch nicht verheilt war, und nachdem wir zwei Wochen lang vorsichtig miteinander geflirtet hatten, hatten wir gemerkt, daß wir ein langsames Tempo würden anschlagen müssen. Es gab allerdings noch einen anderen Grund, warum sie die drei Schlafzimmer erwähnt hatte.

Am Freitag nachmittag ließen wir Washington hinter uns. Ich lenkte, Megan lotste mich, und Ruby saß auf dem Rücksitz, knabberte Kekse und freute sich wie ein Kind darauf, ein paar Tage nicht in der Stadt und auf den Straßen, sondern am Meer zu verbringen, und zwar clean.

Sie hatte seit Donnerstag abend keine Drogen genommen. Mit den drei Tagen in Delaware würden das schon vier sein, wenn wir sie am Montag nachmittag nach Easterwood, eine kleine Entziehungsklinik für Frauen in der East Capitol Street, bringen würden. Mordecai hatte bei jemandem, den er dort kannte, seinen ganzen Einfluß geltend gemacht, und Ruby würde für mindestens neunzig Tage ein kleines Zimmer mit einem warmen Bett haben.

Bei Sonnenuntergang kamen wir an. Megan fuhr ein- oder zweimal im Jahr hierher. Der Schlüssel lag unter der Fußmatte.

Ich bekam das Schlafzimmer im Erdgeschoß, was Ruby erstaunte. Die anderen beiden Schlafzimmer waren im ersten Stock, und Megan wollte nachts in Rubys Nähe sein.

AM SAMSTAG regnete es. Es war ein kalter, windverwehter Regen, der vom Meer hereinkam. Ich saß unter einer dicken Decke allein auf der Verandaschaukel, schwang leise vor und zurück und lauschte, verloren in eine Traumwelt, auf das Geräusch der Brandung. Die Verandatür fiel ins Schloß, die Fliegentür klappte, und Megan setzte sich neben mich, hob die Decke an und schmiegte sich an mich. Ich hielt sie fest; sie war leicht zu halten.

„Wo ist unsere Mandantin?“ fragte ich.

„Sie sieht fern.“

Eine Bö trieb Sprühregen in unsere Gesichter, und wir schmiegten uns enger aneinander. Die Ketten, an denen die Schaukel aufgehängt war, quietschten lauter und verstummten, als unsere Bewegung fast zum Stillstand kam. Wir sahen den Wolken zu, die über das Meer heranzogen. Zeit spielte keine Rolle mehr.

„Woran denkst du?“ fragte sie leise.

An alles und nichts. Fern der Stadt konnte ich zum erstenmal zurückblicken und versuchen, in dem, was geschehen war, einen Sinn zu entdecken. Vor zweiunddreißig Tagen war ich mit jemandem verheiratet gewesen, hatte in einer anderen Wohnung gewohnt, in einer anderen Kanzlei gearbeitet und hatte die Frau, die ich jetzt in den Armen hielt, noch nie in meinem Leben gesehen. Wie konnte sich das Leben innerhalb eines Monats so grundlegend verändern?

Ich wagte nicht, an die Zukunft zu denken; die Vergangenheit war mir noch zu nah.

JOHN GRISHAM

Foto: Deborah Feingold

„Ich war auch lange einer von denen, die sich wenig Gedanken um Obdachlose machen."

Bevor John Grisham die Idee für den Roman *Der Verrat* kam, hat er sich, wie er bekennt, nie viele Gedanken über Obdachlose gemacht. „Ich bin schließlich auch so ein reicher Weißer, der sich nicht weiter um das Schicksal dieser Menschen kümmert. Und ich hab erst recht niemanden gekannt, der mit ihnen arbeitete." Für die Recherchen zu seinem neunten Roman nahm Grisham immer wieder die zweistündige Fahrt von seinem Haus in Albemarle County in Virginia nach Washington, D. C., auf sich. Dort sprach er mit Menschen, die auf der Straße leben, mit Freiwilligen, die ihnen helfen, und mit Anwälten, die die Interessen dieser Menschen vertreten. Ihr Schicksal berührte ihn tief. Ganz besonders beeindruckte ihn in einer Unterkunft für Obdachlose der Anblick einer verängstigten Mutter, deren vier Kinder das kostenlose Mahl verschlangen, als sei es ihr letztes. Ihnen hat er im Roman gewissermaßen ein Denkmal gesetzt.

Grisham hofft, mit seinem spannenden Roman die Leser nicht nur gut zu unterhalten, sondern auch das Bewußtsein für die aus der Gesellschaft Ausgestoßenen zu wecken, und dafür, daß es Menschen mit Bedürfnissen nach Zuwendung und Liebe sind, die man anständig behandeln sollte.

Zu der Frage, ob auch dieser Roman, wie mehrere der vorangegangenen Bestseller, verfilmt werden soll, wollte Grisham sich nicht eindeutig äußern. Er brauche einfach mal eine Pause vom hektischen Hollywoodbetrieb, erklärte der Autor. Allerdings verriet er, daß er im vergangenen Jahr ein Drehbuch für einen Film geschrieben hat, in dem es um Basketball geht – Grishams große Leidenschaft.

Modoc

Ralph Helfer

Am gleichen Tag werden sie geboren – Bram, der Sohn eines Zirkusdompteurs, und Modoc, ein überaus intelligenter Elefant. Zusammen wachsen sie auf und sind bald unzertrennlich. Doch das Schicksal hält schwere Prüfungen für die beiden bereit …

KAPITEL 1

An einem grauen, nebligen Morgen waren sie zu hören, sie stiegen auf mit dem kalten Nordwind, der von den eisigen Gipfeln über die Wälder bis tief in die trüb verhangenen Täler des Schwarzwaldes fegte: die unverkennbaren Klänge neuen Lebens! Durch den dichten Nebel drang das Schreien eines Babys.

Und dann kam der andere Laut. Tiefer, metallener, wie der Klang einer Trompete, aber immer noch die Stimme eines Neugeborenen. Einen kurzen Augenblick lang war es still. Dann wurden Geschrei und Trompeten eins.

Die ersten Sonnenstrahlen tauchten das kühle Hasenbachtal in einen warmen Ockerton. Es war, als verweilten sie kurz am Fuße des Wiesenberges auf einem kleinen, etwas fremdartig anmutenden alten Bauernhof. Dorther kam das Säuglingskonzert. Überall lagen Zirkusutensilien. Gestreifte Zeltbahnen hingen über dem Scheunentor. Hühner, Gänse und ein paar Schweine liefen frei herum. Das war der Guntersteinhof.

Das Duett war zu Ende. Aus dem ersten Stock des Wohnhauses war nur noch das leise Weinen eines neugeborenen Kindes zu hören. Hanna, die Hebamme, wickelte den Jungen in eine weiche, warme Decke und reichte ihn seiner Mutter. Katrina Gunterstein hielt ihren Erstgeborenen zärtlich in den Armen. Sie war eine hübsche Frau Anfang Vierzig. Katrinas starker Kiefer und ihre hohe Stirn verrieten auf den ersten Blick ihre bäuerliche Abstammung. Sie küßte die hellrosa Bäckchen, knöpfte ihr Nachthemd auf und legte ihn an ihre vollen Brüste. „O Josef! Wir können so stolz auf unseren Jungen sein. Ist er nicht wunderschön?“ Sie blickte ihren Mann unter Freudentränen an.

Josef war Jude, ein ruhiger, sanfter Mann. Wie er so auf seinen Sohn herabblickte, war er der Inbegriff eines stolzen Vaters. Sein schlanker Körper und seine ausgeprägten hohen Wangenknochen ließen ihn viel größer erscheinen, als er in Wirklichkeit mit seinen 1,80 Metern war. Nach zehn Jahren Ehe war ihnen endlich ein Sohn geboren worden. Wenngleich das blonde Haar des Kleinen und seine Gesichtszüge eindeutig auf den starken nordischen Einschlag von Katrinas Familie zurückgingen, besaß er dieselbe sanfte, strahlende Wärme wie sein Vater Josef. Sie nannten ihn Bram, nach Josefs Vater.

„Der Junge wird einmal ein hervorragender Elefantendompteur", erklärte Josef, und dieser Gedanke ließ sein Herz voller Vorfreude höher schlagen.

Wie schon sein Vater, arbeitete Josef für einen kleinen Zirkus in der nahe gelegenen Stadt Allmersbach. Er war Elefantendompteur. Es gab Zeiten, da dachte Katrina, daß er die Elefanten mehr liebte als sie, aber, und bei dem Gedanken lächelte sie still, es war eben diese Liebe zu den Tieren, die ihn zu einem so wunderbaren, fürsorglichen Mann machte.

Ein ohrenbetäubendes Trompeten ließ sie aus ihrer Glückseligkeit hochschrecken. Da war ja noch ein anderes Baby! Josef gab seiner Frau, seinem Sohn und in seiner Aufregung auch Hanna einen Kuß und eilte die Treppe hinunter.

Er spürte die Kälte, als er hinaus auf den Hof trat. Der Winter war vorbei, und der Frühling hatte bereits die ersten Blumen auf den Wiesen hervorgelockt. Josef überlief ein Schauder, und er rannte hinüber zur Scheune. Er öffnete das große, knarrende Tor und trat ein.

Der Geruch von Luzerne, Heu und Sattelseife, vermischt mit der strengen Ausdünstung von Elefantendung, hing schwer in der muffigfeuchten Luft. Am hinteren Ende der Scheune zeichnete sich die Silhouette eines riesengroßen Lebewesens ab.

„Curpo, bist du da?" Josefs Stimme hallte in der höhlenartig wirkenden Scheune wider.

Ein kleines, buckeliges Männlein tauchte aus dem Dunkeln auf. Es maß knapp 1,20 Meter, und sein Kinn war ebenso ausgeprägt wie der Buckel auf seinem Rücken. Es trug eine kurze Lederhose, hohe Schnürstiefel und war bis zur Taille nackt. Es wischte seine blutigen Hände an dem Handtuch ab, das über seiner Schulter hing, und zwängte sich zwischen den Beinen des Elefanten hervor.

„Ich bin hier, Boß, bei dem Winzling", antwortete er mit seiner hohen Stimme.

Als Josef näher trat, hörte er eine Reihe von kurzen Zirplauten und dann ein liebevolles Schnauben. Sein Gesicht strahlte, als er um die Elefantenmutter herumging. Er tätschelte ihr Hinterteil. Emma antwortete mit einem gedämpften Trompeten.

„Nein, sag mal, ist das nicht großartig!" meinte Josef. Mit dem gleichen Ausdruck, mit dem er seinen Sohn angeschaut hatte, blickte er nun entzückt auf das Elefantenbaby, das auf seinen wackligen Beinchen stand und sich bereits nach den Zitzen seiner Mutter reckte, die voller Milch waren. Seinen winzigen Rüssel, ganze dreißig Zentimeter lang, hielt es aufgerollt in der Luft, damit es sich der wichtigsten Handlung seines ersten Lebenstages ungestört hingeben konnte.

Josef richtete sich auf und lehnte sich an eines von Emmas massiven Beinen. Er fühlte sich mit sich und der Welt im Einklang. „Das muß eines dieser besonderen, mystischen Ereignisse sein, Curpo, daß mein Sohn am selben Tag, ja sogar in derselben Stunde geboren wurde wie dieses Elefantenbaby."

„Hm", murmelte Curpo, der verzweifelt versuchte, sein Hemd anzuziehen, aber nicht weiter als bis zu seinem Buckel kam.

Josef lächelte und half ihm. „Ich wollte schon immer einen Jungen und ein Mädchen, Curpo, und jetzt habe ich beides."

ZWEI Tage später stand Josef gerade vor dem Elefantenzelt, als der Zirkusbesitzer seine Runde machte. Herr Gobel war klein und untersetzt, und sein watschelnder Gang erinnerte an einen Pinguin.

„Morgen, Herr Gobel."

„Guten Morgen, Josef, wie geht es unserer Kleinen heute morgen? Gedeiht prächtig, hoffe ich?"

Josef fürchtete sich vor Herrn Gobel. Er war ein starrsinniger alter Mann, und wenn etwas Außergewöhnliches passierte, konnte er sehr unangenehm werden.

„Dem Kalb geht es gut, Herr Gobel, und Emma auch."

„Das freut mich, Josef. Ab jetzt wird jede Woche etwas mehr in deiner Lohntüte sein, vorausgesetzt natürlich, es gibt keine Probleme, nicht wahr, Josef?"

Josef schoß das Blut in die Wangen angesichts Gobels herablassender Art.

„Und auch alles Gute für deine Frau und den kleinen Bram." Gobel wandte sich ab und ging auf das Hauptzelt zu.

Der „Wunderzirkus" war nicht besonders groß. Er bestand aus einem Hauptzelt, einem Menageriezelt, sechs Zelten für Nebenvorstellungen und dem, was eben sonst noch zu einem richtigen Zirkus gehört. Alles war rot-gold gestreift. Von weit her waren die riesigen roten Buchstaben oben an der Spitze des Zeltes zu sehen: WUNDERZIRKUS und darunter in kleinerer Schrift: DIE SENSATIONELLSTE SHOW DER WELT.

Im Menageriezelt waren die Tiere untergebracht. Obwohl manche von Natur aus eine Abneigung gegeneinander hegten, schienen sie sich doch zu respektieren. Drei Elefanten, zwei Kamele, drei Lamas, sechs

Ziegen, ein Bär, zwei Tiger, ein Löwe, drei Schimpansen und ein sehr großer Python – das war die Tiertruppe des Wunderzirkus.

Die Beziehung zwischen Dompteuren und Tieren war anders als in jedem anderen Zirkus. Das war Josefs Verdienst, und er wurde dafür von allen respektiert und bewundert. Sein Umgang mit Tieren war von Sanftmut und Verständnis geprägt, und diese Haltung übertrug sich auf Tiere und Dompteure gleichermaßen. Er baute seine Arbeit auf Liebe auf, nicht auf Angst. Sehr viel Liebe und Geduld, aber auch gemeinsames Essen, Saubermachen und manchmal sogar gemeinsames Schlafen verbanden Menschen und Tiere in besonderer Weise.

Karno, der dreihundert Kilo schwere russische Braunbär, hatte einst seinen früheren Dompteur angegriffen. Seine Aggressivität rührte von den brutalen Zähmungsmethoden her, die man bei ihm angewendet hatte. Inzwischen hatte ihn aber Josefs alter Freund, der erfahrene Bärendompteur Hubert Theiss, übernommen, und Karno, der sehr intelligent war und außerdem sehr viel Zuwendung brauchte, führte nun viele schwierige Kunststücke vor, unter anderem feurige Tanzschritte mit Hubert. Nicht selten fand man die beiden in kalten Winternächten eng aneinandergeschmiegt schlafend im Stroh.

Die Schimpansen Luki, Helyn und Baby Oskar zeigten eine altmodische Slapsticknummer, und mit ihrer ausgelassenen Fröhlichkeit steckten sie alle Zuschauer an. Gleicher Beliebtheit erfreute sich Appelle, der Clown, der von den Schimpansen als Mitglied ihrer Familie betrachtet wurde.

Sultan und Patrina, zwei Bengalische Tiger, hielten zusammen mit Leo, dem Afrikanischen Löwen, das Publikum in Atem. Heinz Schmitz, der Großkatzendompteur, hatte niemals eine Peitsche, ein Gewehr oder einen Stuhl in der Manege. Die Tiere machten ihre Kunststücke, weil sie es gerne taten, und nicht, weil sie dazu gezwungen wurden.

Josef und seine Elefanten aber waren die größte Attraktion. Emma nahm wegen ihrer Größe und Intelligenz die mittlere Position ein. Zu ihrer Linken marschierte Krono auf, ein junger Elefantenbulle, und rechts von Emma war Tina, ein schüchternes, eher schmächtiges Elefantenfräulein. Sie machten Männchen, tanzten elegant Walzer, sprangen Seil und stemmten sich in den Handstand. Da Emma gerade ihr Baby bekommen hatte, setzte sie fürs erste aus.

Viermal im Jahr zog der ganze Zirkus an einen neuen Ort, um auch dort den Menschen mit seinen Vorstellungen eine Freude zu bereiten.

Im Winter war es am härtesten. Das naßkalte Wetter hielt jedermann im Haus, und immer dann machten Gerüchte über ein baldiges Unglück die Runde. Es hieß, der alte Gobel hätte kein Geld mehr und müsse die Tiere verkaufen, um seine Schulden zu bezahlen.

Diese Aussicht versetzte alle Dompteure in Angst, aber keiner fürchtete sich so sehr davor wie Josef. Die Vorstellung, Emma und ihr Junges oder einer seiner anderen Elefanten würden verkauft, reichte aus, um seine Magengeschwüre aufflammen zu lassen. Aber zum Glück beruhigte sich die Lage mit jedem neuen Frühling wieder.

JOSEF wußte schon lange, wie das Elefantenjunge heißen sollte. Als er noch ein kleiner Junge war, so erinnerte er sich, hatte ihm sein Vater eine Geschichte erzählt, die er nie vergessen hatte – die Geschichte eines großen Elefanten.

„Dieser Indische Elefant", hatte sein Vater begonnen, „war der größte Elefant, der jemals gesehen wurde, doch er war so sanft wie ein Lamm. Was ihn aber so berühmt machte, war, daß er ganz alleine im Zirkus auftrat, ohne Dompteur."

„Ohne Dompteur?" hatte der kleine Josef mit großen Augen gefragt. „Aber das geht doch gar nicht! Woher wußte er denn, was er machen sollte? Wie konnte er die Reihenfolge seiner Kunststücke behalten?"

„Nun, mein Sohn, das war kein normaler Elefant. Man sagt, einer von zehntausend Elefanten ist ein besonderer, ein ganz besonderer Elefant. Etwas passiert in ihren Köpfen, etwas, das wir Menschen nicht verstehen, aber sie, sie verstehen uns Menschen."

„Wie hieß er, Vater?"

Josefs Vater hatte gedankenverloren in die Flammen geblickt. „Modoc, mein Sohn. Modoc – der großartigste Elefant, der jemals auf Erden wandelte."

Josef hatte diese Geschichte, die ihm sein Vater vor langer Zeit erzählt hatte, nie vergessen. In seinem Herzen wußte er, daß sein Vater mit Modoc gearbeitet hatte, und er glaubte fest, daß Emmas Junges auch ein ganz besonderer Elefant war. Im tiefsten Innern war Josef überzeugt, daß Modocs Geist darauf wartete, wiedergeboren zu werden – und in Emmas Kalb weiterzuleben.

IN DER Nebensaison sah Curpo auf dem Bauernhof nach dem Rechten, während Josef im Zirkus beschäftigt war. So arbeitete eines der größten Landtiere der Welt mit einem der kleinsten Menschen zusammen – eine höchst ungewöhnliche Zusammensetzung. Aber Emma schenkte Curpo, ohne zu zögern, ihr Vertrauen. Sie gewöhnte sich an seine

Größe, und wenn er ihr zwischen die Beine geriet, stupste sie ihn vorsichtig zur Seite. Einmal, als sie etwas ungeduldig war, hob sie ihn einfach auf und setzte ihn auf einem Stapel Heu wieder ab.

Wenn Emma frühstückte, setzte sich Katrina mit dem kleinen Bram dazu, damit er zuschauen und sich langsam an die Elefanten gewöhnen konnte. Bram hatte nie Angst vor den Riesen. Morgens konnte er es kaum erwarten, zu den Elefanten zu kommen, er gluckste, jauchzte und strahlte über das ganze Gesicht.

Jeden Mittag fand dasselbe Ritual statt: Emma mußte sich wie eine Sphinx hinlegen, Curpo stellte eine Leiter an ihre Seite, kletterte hinauf und setzte sich rittlings auf ihren Nacken. Von dort aus konnte er mit Hilfe eines Elefantenhakens jede Bewegung Emmas lenken.

Und so ritten sie aus, ein riesiger Dickhäuter, ein kleiner Mann und ein winziger Elefant, der Mühe hatte, mit seiner Mutter Schritt zu halten. Fünfhundert Meter hinter dem Hof begann ein üppiger Wald. Schmale Pfade liefen durch das Dickicht und kreuzten kleine Wiesen und Sümpfe voller Farne und glänzendem grünem Gras. Das waren Emmas und Modocs Lieblingsplätze. Curpo ließ sie dort laufen, und Modoc konnte nach Herzenslust herumtollen und spielen, während Emma sich in Ruhe das köstliche Grün schmecken ließ.

Schon bald war Bram unter Katrinas wachsamen Augen mit von der Partie. Katrina hielt Bram auf dem Arm und sprach beruhigend auf ihn ein, als sie auf Modoc zuging.

Das war ein wichtiger Augenblick, ein Anfang. Weder der Elefant noch das Kind gaben einen Ton von sich, als sie einander anschauten. Modocs kleiner Rüssel drehte sich langsam nach oben und näherte sich dem Baby. Bram lehnte sich vor und zog seine kleine Hand aus dem schützenden Griff der Mutter. Voller Neugier streckte er einen Finger aus und berührte die feuchte Spitze des Rüssels. Modoc führte ihren „Finger“ an Brams Hand entlang, betastete jeden einzelnen Finger und die Handfläche. Ein entzücktes Strahlen ging über Brams Gesicht, Modoc ließ ihr Elefantengequietsche hören, und in Katrinas Augen glitzerten Tränen. Die Freundschaft der beiden war für die Ewigkeit besiegelt.

DIE JAHRE vergingen, und die Kinder wuchsen schnell heran. Mit zehn Jahren war Bram 1,50 Meter groß und wog 35 Kilo. Modoc war 1,80 Meter groß und wog anderthalb Tonnen, aber sie war noch genauso verspielt wie Bram.

Jeden Morgen schaukelte Modoc vor Ungeduld hin und her, bis

Bram endlich auftauchte, damit sie gemeinsam frühstücken konnten. Mittags, wenn Bram aus der Schule kam, rannte er als erstes zu Modoc und umarmte sie stürmisch zur Begrüßung. Schon bald entwickelte auch Modoc eine besondere Art, Bram ihre Zuneigung zu zeigen. Sie schwang den Rüssel über Brams Schulter, legte ihn um seine Taille und hielt ihn fest, wobei sie unentwegt ein leises Kollern hören ließ – das hatte etwas sehr Beschützendes.

Modoc entwickelte einen ausgeprägten Sinn für Humor. Manchmal hob sie Bram mitten im Spiel auf und trug ihn weg ... Bram konnte noch so laut schreien, sie ließ ihn nicht los. Meist fand sie eine weiche Stelle, an der sie ihn fallen ließ, zum Beispiel auf einer nahe gelegenen Wiese. Einmal warf sie ihn in ihrem Übermut in einen kleinen Bach und rannte, so schnell sie konnte, zur Scheune zurück, wobei sie die Beine hoch in die Luft warf und den ganzen Weg lauthals trompetete.

EMMA arbeitete wieder im Zirkus mit. Sie war schon seit längerem bei den meisten Wochenendvorstellungen dabei, jetzt war es aber an der Zeit, ganz zurückzukehren.

Bram, Curpo und Josef bereiteten den Lastwagen mit Anhänger vor, um Emma zurückzubringen.

„Aber hier ist doch ihr Zuhause", protestierte Bram, „und was ist mit Modoc? Sie war doch noch nie länger von ihrer Mutter getrennt."

„Modoc wird sich daran gewöhnen", meinte Curpo, „und außerdem hat sie ja dich."

„Los, Emma, auf geht's!" sagte Josef und führte sie in den Anhänger.

Bram liebte es, in dem großen Lastwagen mitzufahren. Da saß er so hoch, daß er alles überblicken konnte, während die Maschine unter ihm laut dröhnte. Es war Herbst, und die kahlen Bäume schliefen bereits in Erwartung des nahenden Winters.

„Eines Tages wirst du meinen Platz im Zirkus einnehmen, so wie ich den von meinem Vater eingenommen habe!" schrie Josef, um das laute Motorengeräusch zu übertönen, und legte seinen Arm um Bram.

Bei der Vorstellung, eines Tages für den Wunderzirkus zu arbeiten, überlief es Bram kalt. Der alte Gobel war ein sehr egoistischer und habgieriger Mann. Obwohl sein Vater einer der wichtigsten Menschen im Zirkus war, konnte er sich seiner Arbeitsstelle nie sicher sein. Der geringe Lohn und die Möglichkeit, daß seine Tiere verkauft werden könnten, machten ihm sehr zu schaffen. Außerdem war da etwas zwischen Gobel und seinem Vater, das tiefer ging, etwas, das Bram nicht verstand. Er wußte, es hatte damit zu tun, daß sie Juden waren. Auch

Bram fürchtete den alten Gobel, und er machte ihn für die Krankheit seines Vaters verantwortlich, die jedesmal dann wieder ausbrach, wenn Gobel drohte, den Zirkus zu schließen.

Bram sorgte sich nicht umsonst um den Gesundheitszustand seines Vaters. Er litt unter seinen Magengeschwüren, allerdings war es der Husten, der Brams Mutter die meiste Angst bereitete. Der Arzt hatte Josef das Rauchen verboten, aber Josef rauchte weiter – zwei Packungen pro Tag.

Das laute Hupen ließ Bram aus seinen Gedanken hochfahren. Josef brachte den Laster zum Stehen. Sie ließen die Rampe herunter und führten Emma rückwärts heraus. Das Orchestrion war laut und deutlich auf dem ganzen Zirkusgelände zu hören. Eine große Menschenmenge spazierte an den Ställen vorbei, und jedermann schien bester Stimmung.

Bram folgte seinem Vater und Emma die Auffahrt entlang. Er war so stolz. Jeder machte Platz, als Emmas drei Tonnen schwerer Körper vorbeischaukelte. Emma schwenkte ihr Hinterteil herum und schob sich rückwärts neben die anderen Elefanten.

„Du brauchst dir keine Sorgen um Modoc zu machen", sagte Bram beruhigend. „Wir passen gut auf sie auf."

Josef wechselte noch einige Worte mit dem Pfleger, gab Emma zum Abschied einen Klaps, und sie gingen wieder zurück zum Laster.

Am Abend wollte Bram in der Scheune bei Modoc schlafen. Ohne ihre Mutter, dachte er, würde sie sich bestimmt einsam fühlen, vielleicht hatte sie sogar Angst.

„Wie kann ich bei ihr im Heu schlafen?" fragte er seinen Vater. „Was ist, wenn sie vergißt, daß ich da bin, und sich im Schlaf auf mich rollt?"

„Also, wenn ich bei einem Elefanten schliefe", und Josef erinnerte sich an die Tage, als er ein Junge war, „würde ich Kopf an Kopf schlafen. Dann bräuchte ich mir keine Sorgen zu machen, daß er sich auf mich wälzt."

„Aber warum schläft Emma im Stehen und Mo im Liegen?" fragte Bram weiter. Er liebte es, wenn sein Vater ihm diese Dinge erklärte.

„Wenn Elefanten älter werden, legen sie sich aufgrund ihrer Größe und ihres enormen Gewichtes kaum noch hin. Denn wenn sie sich hinlegen, wird die Blutzirkulation in ihren Beinen unterbrochen. Das kann zu Taubheit führen, und wenn sie kein Gefühl mehr in den Beinen haben, können sie nicht wieder aufstehen. Dann sammelt sich Flüssigkeit in ihrem Magen, was langsam zum Tod führen kann. In der Wildnis dösen ausgewachsene Elefanten immer nur wenige Minuten."

In der Scheune fand Bram lange keinen Schlaf. Wie sein Vater ihm geraten hatte, lag er Kopf an Kopf mit Mo. Kaum hatte er seine Augen geschlossen, als er Mos Rüssel spürte, der ihn im Dunkeln suchte. Bram faßte nach ihrem Rüssel, sie ergriff seine Hand und ließ sie nicht mehr los.

Gegen Mitternacht wurde es ungewöhnlich kalt. Bram hatte eine Decke, in die er sich einwickeln konnte und die ihn warm hielt, aber er spürte, wie Mo zitterte. Er wußte, daß es nicht nur die Kälte war, sondern daß sie auch zitterte, weil sie ihre Mutter vermißte. Er konnte sich vorstellen, daß Emmas riesiger Körper eine Menge Hitze abgab und Modoc allein schon dadurch wärmte. Er stand auf und dachte nach. Wie konnte man wohl einen anderthalb Tonnen schweren Elefanten wärmen? Heu! Er beschloß, Modoc mit Heu zuzudecken. Bram öffnete einen Heuballen nach dem anderen, Heugabel für Heugabel warf er ihr das Heu über. Als er endlich fertig war, türmte sich ein zwei Meter hoher Berg vor ihm auf.

„Alles in Ordnung, Mo?“ fragte Bram.

Der Rüssel schlängelte sich aus dem Heu zu ihm durch. Ein gedämpftes Niesen, und dann schoß eine gewaltige Wolke aus Staub und Heu daraus hervor. Als er einschlief, hatte er seinen Arm um Mos Rüssel geschlungen.

MODOCS linker Fuß ruhte auf einem alten Eichenstumpf. Bram hatte ihre Nägel geschnitten und gefeilt und polierte sie jetzt noch auf Hochglanz. Sein Vater hatte ihm mit viel Geduld alles genau gezeigt. Er cremte gerade die Nagelhaut ein, als ein Arm von hinten über seine Schulter reichte und ein Paket auf den Holzstumpf legte. Bram wandte sich um und erblickte seinen Vater.

„Was ist das?“ fragte er und streckte seinen Rücken, der nach zwei Stunden in gebeugter Haltung steif geworden war.

„Setz dich, mein Sohn“, entgegnete der Vater.

Bram ließ Mo ihren Fuß herunternehmen, so hatten er und sein Vater gemeinsam auf dem Holzstumpf Platz. Mo blieb neben Bram stehen, mit dem Rüssel spielte sie mit den Zweigen auf dem Boden.

„Ich möchte dir etwas geben“, begann Josef. „Etwas, das schon seit Generationen im Besitz unserer Familie ist. Ich bekam es von meinem Vater, als ich dreizehn war. Am Tage deiner Geburt legte ich es aus der Hand, denn ich wollte sicher sein, daß es noch viele Jahre hält, damit du genausoviel Freude daran hast wie ich.“

Bram schaute seinen Vater an; er erschien ihm auf einmal sehr alt und müde. Josef legte einen in Leder gehüllten Gegenstand in seinen Schoß. Das Leder war alt und abgenutzt, aber weich wie Samt. Bram wickelte das Paket aus und hielt einen wunderschönen, handgeschnitzten Elefantenhaken in den Händen. Er war ungefähr fünfzig Zentimeter lang und fünf Zentimeter dick. Der Griff war aus einer seltenen indischen Teakholzwurzel. Das Endstück aus gehärtetem Stahl bildete zwei Sprossen, eine gerade und eine, die zum Griff hin gebogen war. Die Enden waren abgerundet. Kostbare Einlegearbeiten mit silbernen Elefanten verzierten die Sprossen. In den Griff waren die Figuren von Männern mit Elefanten geschnitzt. Die Innenseite trug die Initialen der Elefantenführer, die diesen Stab einst besessen hatten. Die letzten Initialen lauteten „B. G.“ – sie waren gerade erst eingekerbt worden.

„Denk daran, mein Sohn, mit diesem Stab führst du den Elefanten, er ist eine Verbindung zwischen dir und deinem Schützling. Er darf nicht als Waffe benutzt werden.“

Bram ließ seine Hand über das glatte Holz und Metall gleiten. Es war, als redeten sie zu ihm, und er spürte, daß er zur rechten Zeit und am rechten Ort die reichen Erfahrungen, von denen dieser Stab berichten konnte, selbst machen würde.

„Ab heute hast du meine Erlaubnis, zusammen mit Modoc Streifzüge durch den Wald zu machen. Ich denke, ihr werdet beide große Freude daran haben.“ Josef legte seine Hand auf Brams Schulter. „Du bist jetzt reif genug, nach dem spirituellen Weg des Lebens zu suchen. Nur wenige Menschen finden je den Zugang dazu. Wenn du lernst, die Stimme der Natur statt deiner eigenen zu hören, wirst du durch dieses Tor in diese andere Welt schreiten dürfen. Bram, höre auf Modoc, sie wird dir den Weg in ihre Welt zeigen.“

Sein Vater hatte noch nie mit ihm über solche Dinge gesprochen, dennoch hatte Bram schon oft eine spirituelle Verbindung zwischen Menschen und Elefanten gespürt. „Manchmal, Papa, habe ich das Gefühl, daß ich weiß, was Mo denkt, und daß Mo meine Gedanken kennt. Es ist, als lebte ich in ihrer Welt, teilte mit ihr die gleichen Gedanken und Gefühle, als flösse unser Blut in gemeinsamen Bahnen. Heißt das nicht, daß wir verwandt sind, wie Geschwister zusammen eins sind?“

Josef quoll das Herz über, Tränen verschleierten seinen Blick. Als Antwort zog er Bram an seine Brust. Ihre Umarmung war die von Männern, die ein kostbares Geheimnis teilen.

KAPITEL 2

„Hallo, ich heiße Gertie“, sagte eine Stimme.

Bram lag flach ausgestreckt auf Modocs Rücken und hörte nichts. Es war ein heißer Tag. Er hatte seine Arbeit erledigt und wollte nun, seine Füße unter Modocs Ohren eingehakt, ein wenig schlafen. Mos sanftes Schaukeln erinnerte ihn an früher, als seine Mutter ihn in den Schlaf gewiegt hatte. Natürlich behielt er das für sich, denn für einen jungen Mann, der in einem Monat schon dreizehn Jahre alt wurde, schickten sich solche Gedanken nicht mehr.

„Hallo, da oben!“ rief die Stimme noch einmal.

Diesmal fuhr Bram hoch, wobei er beinahe den Halt verloren hätte. Er schaute nach links, nach rechts, nach vorne, nach hinten: Niemand war zu sehen. Wieder hörte er die Stimme.

„Bist du immer so unhöflich?“

„Wo bist du?“ entgegnete Bram.

„Hier.“ Der goldblonde Schopf eines hübschen kleinen Mädchens mit haselnußbraunen Augen tauchte unter dem Kinn des Elefanten auf. Es lächelte. „Ist das dein Elefant?“

„Nein, sie gehört dem Zirkus in der Stadt, aber mein Vater …, äh …, ich arbeite mit ihr.“

„Wie heißt sie?“

„Modoc. Aber manchmal nenne ich sie Mo. Wo wohnst du?“ fragte Bram. „Ich habe dich hier noch nie gesehen.“

„Ungefähr eine Stunde von hier. Ich habe dich aber schon oft gesehen.“

„Willst du mitreiten?“ fragte er.

„Klar“, antwortete Gertie, und ihre Augen musterten den Elefanten von oben bis unten, als suche sie eine Leiter.

Bram lachte und sagte: „Modoc, hoch!“

Und schon wickelte Modoc ihren Rüssel um Gertie, hob sie sanft hoch und reichte sie Bram, der sie am Arm nahm und vor sich setzte.

„Oh! Das ist aber ganz schön hoch hier oben!“ rief Gertie.

Bram merkte, daß sie ein wenig ängstlich war, und legte seinen Arm um ihre Taille. „Los, Mosie – manchmal nenne ich sie auch Mosie.“

Modoc verfiel in ihren sanften, ruhigen Gang, der die beiden mit jedem Schritt hin und her schaukelte. Gertie schmiegte sich an Bram, sie fühlte sich sicher und geborgen in seinen Armen. Und Bram spürte ein seltsames, warmes Gefühl in seinem Körper aufsteigen, das ihn erschaudern ließ, obwohl die Sonne heiß vom Himmel brannte.

„SO, KINDER, seid vorsichtig und kommt mir nicht zu spät nach Hause", sagte Katrina und gab Modoc einen Picknickkorb mit Wurst, Käse und frischem Brot, den Bram, der zusammen mit Gertie auf Modocs Rücken saß, entgegennahm.

„Tschüs, Mama, tschüs, Papa."

Bram gab Modoc einen liebevollen Klaps, und ab ging's in Richtung Kürersee.

Es war ein strahlend schöner Tag. Der Sommer kostete seine letzten Tage aus, bald schon würde es Herbst werden. Dicke weiße Wolken zogen am Himmel entlang. An den Hängen wuchsen in kleinen Grüppchen Bergahorn und Tannen, dazwischen leuchteten große Flecken von blauviolettem Wiesensalbei, der in diesem üppigen Tal in Hülle und Fülle zu finden war.

Modoc schritt stolz einher. Eine dichtgewebte Matte aus Hanf lag auf ihrem Rücken und darüber eine große, handgenähte Steppdecke, auf der sich die Kinder bequem ausstrecken konnten.

Bram ließ Modoc das enge, von riesigen Weißtannen gesäumte Tal hinunterlaufen, durch dessen Mitte ein kleiner Bach floß. Mo ging am Wasser entlang, tauchte ab und zu den Rüssel in das kühle Naß, nahm einen Schluck und spritzte den Rest über Bram und Gertie, die vor Vergnügen jauchzten.

Gertie hatte sich auf die Matte auf Modocs Rücken gekniet. „Schau mal, Bram, ich bin ein Zirkusmädchen."

Sie schwang sich hin und her und warf die Arme in die Luft, wie sie es bei den Mädchen mit den glitzernden Kostümen gesehen hatte. Mit halb geschlossenen Augen ließ sie sich von imaginärer Zirkusmusik führen. Ihr junger, geschmeidiger Körper wiegte und bog sich, ihre Hüften folgten in sanften, schwingenden Bewegungen dem lautlosen Rhythmus. Langsam richtete sie sich auf. Ihr weißes Baumwollkleid, das Modoc mit ihrer Dusche völlig durchnäßt hatte, schmiegte sich eng an ihren Körper und zeigte in aller Unschuld ihre kleinen Brüste. Sie setzte einen Fuß auf Mos Rücken und begann sich zu drehen, zunächst langsam, dann schneller und schneller. Ein Arm hob sich halbmondförmig über ihren Kopf. Die Bänder an ihrem Kleid flogen um ihren Körper. Nun streckte sie die Arme zur Seite aus und legte den Kopf in den Nacken. Ihr langes, seidenes Haar schwang mit, als sie sich wie eine Ballerina im Kreis drehte. Plötzlich verlor sie ihr Gleichgewicht, ihr wurde schwindelig, und sie suchte verzweifelt nach einem Halt. Bram fing sie in seinen starken Armen auf. Als sie die Besorgnis in seinem Gesicht sah, waren ihre Angst und Verwirrung wie weggeblasen. Sie berührte die Schweißperlen an seinen Schläfen und legte den Finger auf ihre Lippen. Bram hielt sie eng an sich gepreßt, ihr vom Tanzen erhitzter Körper ließ die ihm bereits vertraute Wärme in seinen Lenden aufsteigen. Gerties warme, sinnliche Lippen berührten schmetterlingszart seinen Mund. Bram schloß die Augen. Das mußte wahre Liebe sein. Gertie war seine erste große Liebe.

Das Wasser sah einladend aus. Bram befreite Modoc von ihrer Last, und gemeinsam trugen sie alles zu einer großen, alten Kiefer.

„Die Welt gehört dir, Mosie!“ rief Bram.

Modoc brüllte vor Freude, schlug mit dem Rüssel auf den Boden und machte sich in Richtung See davon. Bram zog sich bis auf seine kurze Hose aus. Gertie schlüpfte in kindlicher Unschuld aus ihrem Kleid und behielt nur noch das Höschen an. Hand in Hand tauchten sie ins Wasser. Eine Stunde lang spielten die drei ausgelassen miteinander. Immer wieder ließ Mo ihren Kopf aufs Wasser platschen und verursachte damit so hohe Wellen, daß die Kinder wild durcheinanderwirbelten. Sie tanzte und brüllte und war ganz außer sich vor Vergnügen.

Die Nadeln der alten Kiefer bildeten einen weichen Teppich für die Picknickdecke, und die einfache Kost wurde zu einem fürstlichen Mahl. Bram lehnte sich zurück, und sein Blick folgte dem starken Stamm bis hoch in seine weitverzweigten Äste. Gertie hatte sich wie ein Kätzchen an ihn gekuschelt. Bram erinnerte sich an die Worte seines Vaters: „Bäume sind wie Menschen und spiegeln ihre Lebensphasen wider. Sie wachsen von oben nach unten. Wie die Baumwipfel haben Kinder die Geschmeidigkeit der Jugend und biegen sich mehr im Sturm als erwachsene Menschen. Mit dem Älterwerden wandern sie am Stamm entlang nach unten und stärken die Familie, bis sie eines Tages zu großen, dicken Ästen geworden sind. Sie tragen das Gewicht und geben dem ganzen Baum Halt.“

Gertie war unter seinem sanften Streicheln eingeschlafen. Und mit einem Male durchflutete den dreizehnjährigen Bram eine Welle unvorstellbaren Glücks.

Die Jahre vergingen wie im Fluge. Modoc wuchs mit einer erstaunlichen Geschwindigkeit, und ihr Herz schien im gleichen Maße mitzuwachsen. Sie hatte eine ausgeprägte Fähigkeit zu lieben entwickelt – und dafür wurde auch sie von allen geliebt. Die Vögel landeten auf ihrem Rücken, die Katzen rieben sich an ihren Beinen, und die Mäuse nahmen erst Reißaus, wenn sie mit einem Heubüschel schon halbwegs in ihrem Maul gelandet waren.

In diesem Jahr war es sehr früh Winter geworden, und nun stand Weihnachten vor der Tür. Große Butangas-Radiatoren wurden in die Scheune gerollt, damit Mo und das Vieh in den kalten Monaten nicht allzusehr frieren mußten.

Der Zirkus schloß seine Tore für die Saison. Viele Zirkusleute gingen ihrer Wege und warteten auf das Frühjahr. Aber es gab auch immer einige Artisten, die sich in der Scheune des Guntersteinhofes einnisteten und halfen, die Tiere zu versorgen. Bram hatte das Gefühl, daß es eher ein Unterschlupf für diejenigen war, die in den Wintermonaten keine andere Bleibe hatten. Aber es war mehr als das. Sie alle teilten eine große Angst, die Angst, den Zirkus zu verlieren. Er war nicht nur ihre Arbeit, er bedeutete ihr Leben.

Die Wochen wurden zu Monaten, und der Schnee türmte sich immer höher gegen die alte Scheune. In diesem Jahr hatten sich Bram und Gertie so oft wie möglich getroffen, aber nun machte es ihnen der harte Winter unmöglich. Selbst die Schulen hatten geschlossen. Bram vermißte Gertie sehr, und er konnte an nichts anderes mehr denken als an die wunderschönen Augenblicke, die sie zusammen verbracht hatten. Die zärtlichen Gedanken trösteten ihn über die kalten Winternächte hinweg.

Josef war krank. Der Wagen des Arztes stand vor dem Haus. Bram hatte ihn bereits häufig gesehen, immer dann, wenn die Magengeschwüre und der Husten unerträglich wurden – in letzter Zeit alle paar Monate. Bram machte sich Sorgen um seinen Vater, er wußte, daß Josef nicht so leicht klagte. Wenn der Arzt da war, mußte es schlimm um ihn stehen.

Bram betrat das Haus, als Dr. Kreiß und seine Mutter die Treppe herunterkamen. Der Arzt trug Katrina auf, Josef im Bett zu halten und darauf zu achten, daß er seine Medikamente nahm.

„Wird Papa wieder gesund?" fragte Bram, als Tränen die sonst so strahlenden Augen seiner Mutter verschleierten.

„Dieses Mal, ja, mein Sohn", sagte sie und ging wieder nach oben.

„Los, Mo!" Bram holte Modoc zu einem Spaziergang ab. Sie hatte zehn Tage in der Scheune ausharren müssen, während draußen ein starker Sturm tobte. Nun aber war es spürbar wärmer geworden, heute schien sogar die Sonne, und der Himmel war klar. Bram stieg auf, und Modoc setzte sich in Bewegung.

Es war früh am Samstag morgen, und alles lag noch in tiefem Schlaf. Das Rasseln von Schneeketten durchbrach die Stille, als ein kleiner Geländewagen die Straße herunter- und geradewegs auf sie zugefahren kam. Brams Herz machte einen Sprung. Es war das Postauto.

Der Postbote hielt an und streckte seinen Kopf aus dem Fenster. „Ich habe ein Einschreiben für Herrn Gunterstein."

„Da sind Sie genau richtig", sagte Bram. „Ich nehme es mit."

Zur großen Überraschung des Postboten wurde der Brief von Modoc mit dem Rüssel nach oben gereicht, und die von Bram unterschriebene Empfangsbestätigung nahm denselben Weg zurück.

Bram drehte das Kuvert zögernd um und suchte nach dem Absender. Der Brief war von Herrn Gobel. Ein kalter Nordwind ließ Modoc erschaudern. Bram fühlte das Zittern, das durch ihren Körper ging, und auch ihn überlief es kalt, geradeso, als wären sie eins.

JOSEF saß im Wohnzimmer in seinem Lieblingsstuhl, Katrina hockte zu seinen Füßen. Curpo und Bram hatten sich ihnen gegenüber im Schneidersitz auf dem Boden niedergelassen. Josef setzte seine Lesebrille auf und begann, laut vorzulesen:

> „Sehr geehrter Herr Gunterstein,
>
> aufgrund meines schlechten Gesundheitszustandes hat mir mein Arzt empfohlen, in ein wärmeres Klima zu ziehen. Daher teile ich Ihnen mit, daß ich den Zirkus verkaufen werde.
>
> Ich danke Ihnen für die Jahre des Vertrauens und Ihren Einsatz.
>
> Bitte sorgen Sie dafür, daß all Ihre persönlichen Sachen vom Zirkusgelände entfernt werden. Stichtag: heute in einem Monat, da alle Tiere, die gesamte Ausrüstung und alle Fahrzeuge umgehend zum Verkauf angeboten werden.
>
> Hochachtungsvoll
> Franz Gobel"

KAPITEL 3

Eine große Zahl von Männern war damit beschäftigt, mit Lastern und Gabelstaplern alle Geräte und Gegenstände, die dem Zirkus gehörten, vom Guntersteinhof abzuholen. Als der große Elefantenlaster vorfuhr, um Modoc einzuladen, war Bram augenblicklich zur Stelle. Niemand wußte, daß er die ganze Nacht wach gelegen und viele Stunden geweint hatte.

Sein Vater, der Brams Trauer spürte, hatte sich am Morgen an sein Bett gesetzt. „Mein Sohn, ich weiß, wie sehr du darunter leidest, daß Modoc uns verläßt. Es ist schwer, jemanden loszulassen, den man so sehr liebt."

Bram hatte seinen Vater angeschaut. Er sah alt aus, aber es war eine Weisheit in seiner Stimme, die Bram noch nie zuvor wahrgenommen hatte. „Papa, ich werde sie so sehr vermissen. Wir waren immer zusammen – immer. Und jetzt ..." Er hatte nicht weitersprechen können, und seine Augen hatten sich mit Tränen gefüllt.

„Bram", hatte sein Vater geantwortet und ihm die Hand auf die Schulter gelegt, „du und ich, wir wissen, daß es eine Verbindung zwischen allen Lebewesen gibt. Es ist diese Verbindung zum Leben, die uns zusammenhält. Dieses Lebensband ist so stark, es kann niemals zerreißen." Josef lächelte seinen Sohn an. „Modoc muß nicht neben dir stehen, um dir nahe zu sein. Es ist nicht die räumliche Entfernung, die trennt, Bram, es sind der Geist und das Herz. Laß sie gehen. Nur dann wirst du im Einklang mit dir selbst sein."

Nun fuhren Josef, Bram und Curpo Modoc zum Zirkus. Keiner sagte ein Wort. Nur Josef hustete gelegentlich oder verzog das Gesicht vor Schmerz. Modoc wurde ausgeladen und zu den anderen Elefanten geführt.

In jener Nacht schliefen Bram und Curpo im Menageriezelt. Josef wollte auch bleiben, aber sein Husten wurde so schlimm, daß ihn seine Freunde überredeten, nach Hause zu fahren.

Am Morgen trafen neben deutschen auch japanische und amerikanische Interessenten ein, um an der Versteigerung teilzunehmen. Nach Anweisung von einem Herrn Hermann, einem kleinen Mann in einem zerknitterten braunen Anzug, der behauptete, er sei der Vertreter von Familie Gobel, hatten Bram und Curpo die Elefanten an

Stricken ins Freie geführt. Als die potentiellen Käufer die Zirkusanlagen besichtigten, wurden sie plötzlich in eine Staubwolke gehüllt. Eine riesige Düsenberg-Limousine raste mit Vollgas auf das Gelände und machte erst vor dem Eingang des Hauptzeltes halt.

Dem Wagen entstieg ein feingekleideter Herr mit onduliertem schwarzem Haar, das an den Schläfen schon leicht ergraute. Zusammen mit drei Assistenten schritt er geradewegs in Gobels Büro. Schon bald kamen Hermann, der feine Herr und sein Gefolge wieder heraus. Sie spazierten umher und sprachen über die verschiedenen, zum Verkauf angebotenen Gegenstände. Bram sah sie auf sich zukommen.

„Das ist der Sohn des Elefantendompteurs. Wie ist dein Name, junger Mann?" bellte ihn Hermann an.

„Bram, Herr Hermann, Bram Gunterstein."

„Ja, gut. Zeig Mr. North mal, was die Tiere können."

Bram blickte an Hermann vorbei und sagte, an Mr. North gewandt: „Normalerweise arbeitet mein Vater mit den Elefanten, aber er ist krank, wissen Sie..."

„Mach schon! Mr. North hat nicht viel Zeit."

Bram sah Mr. North immer noch an und versuchte, irgendeinen Kontakt zu ihm aufzunehmen, aber er hatte kein Glück. Resigniert ließ er Modoc und die anderen Elefanten die Kunststücke vorführen, die sein Vater ihnen beigebracht hatte. Nach der Vorführung rief Mr. North ihm im Weitergehen ein knappes Danke über die Schulter zu.

Bram sah, wie sich die Männer die Hände schüttelten. Mr. North winkte den anderen Interessenten zu, ging zu seiner Limousine und fuhr davon. Kurz darauf verließen auch die anderen nach und nach das Gelände. Als alle weg waren, rief Hermann die ganze Zirkusfamilie zusammen.

„Also", begann er in selbstgefälligem Ton, „es ist mir eine große Freude, Ihnen mitteilen zu können, daß der weltberühmte Zirkusunternehmer Jack C. North den kompletten Zirkus kaufen wird. Herr Gobel wird hoch erfreut sein zu hören, daß der Zirkus zusammenbleibt."

„Und was ist mit uns?" fragte jemand. „Nimmt er uns auch mit?"

„Tja, ob er Sie auch mitnimmt?" wiederholte Hermann. „Nein! Er bringt den Zirkus in die Vereinigten Staaten von Amerika. Er braucht nur die Tiere und die Ausrüstung."

Eine Stimme erhob sich aus der Menge. „Wie können Sie sagen, daß er den ganzen Zirkus gekauft hat? Wir sind der Zirkus – wir und die Tiere. Wie können Sie unsere Tiere wildfremden Dompteuren anvertrauen? Die Tiere kennen uns seit ihrer Geburt, und wir lieben sie wie unsere eigene Familie!“

Hermann wurde sichtlich nervös. „Ja, also, es wird Zeit, daß Sie nach Hause gehen. Morgen früh treffen andere Dompteure ein, um sich mit den Tieren vertraut zu machen.“

Die Menge löste sich auf. Bram blieb wie vom Blitz getroffen stehen. „Wie ist das möglich, Curpo? Sie können doch nicht einfach alles mitnehmen! Und was wird aus Modoc?“ Verzweifelt suchte er nach einer Antwort. Er würde die Nacht über bei Mo bleiben und Curpo zurück zum Hof schicken, damit er den Eltern berichten konnte, was geschehen war. Am Morgen würde er den neuen Dompteur kennenlernen und sehen, ob er ihn irgendwie dazu überreden konnte, ihn zusammen mit Modoc nach Amerika gehen zu lassen.

Bram spürte, wie ihn jemand rüttelte. Er tauchte auf aus einem unendlich tiefen Schlaf, öffnete die Augen und sah einen kräftigen Mann mittleren Alters, der sich über ihn beugte und ihn mit einem Elefantenhaken anstieß.

„Wer sind Sie?“ fragte Bram verschlafen.

„Jake.“ Und mit Stolz in der Stimme erklärte er: „Der Elefantendompteur von Mr. North. So, jetzt mach, daß du da wegkommst. Ich habe eine Menge zu tun.“

Bram stand auf. „Äh, ich glaube, Sie haben da was nicht richtig verstanden. Sehen Sie, ich arbeite mit den Elefanten. Besonders mit Modoc.“

„Mo–, wer?“

„Modoc, diese hier.“

„Na ja, den Namen werden wir schnell ändern. Hör zu, Junge, ich sehe, daß du Elefanten magst, aber ich muß jetzt mit meiner Arbeit anfangen.“

„Aber ich kann Ihnen Modocs Einsatzzeichen erklären“, protestierte Bram, „dann hätten Sie es doch viel einfacher mit ihr.“

„Wenn du hier noch etwas herumlungern willst, von mir aus. Vielleicht frage ich dich ein paar Sachen – vielleicht auch nicht. Aber komm mir nicht in die Quere.“

Bram war einverstanden. Er hoffte, auf diese Weise eine Möglichkeit zu finden, bei Mo zu bleiben.

An einem der nächsten Tage hörte Bram die neue Zirkusmannschaft darüber reden, daß der neue Besitzer die *Ganges,* einen großen indischen Frachter, geheuert hatte, um Tiere und Ausrüstung über Indien nach New York zu bringen.

Bram war seit dem Verkauf nicht mehr zu Hause gewesen. Er machte sich Sorgen um seinen Vater und bat Curpo, sich am Morgen um die Elefanten zu kümmern, damit er seine Eltern besuchen konnte.

Josef lag still in seinem Schlafzimmer. Der Arzt hatte ihm ein Beruhigungsmittel gegeben, um den Husten ein wenig zu lindern. Bram setzte sich auf die Bettkante. Sein Vater schien zu schlafen, Schweißperlen standen auf seiner Stirn, und er sah müde und erschöpft aus. Dann öffnete er seine Augen. Ein Lächeln ging über sein Gesicht. „Hallo, wie geht es meinem Bramie?"

Bram nahm seine Hand. Sie war warm und weich, auch wenn das Alter und die harte Arbeit unverkennbare Spuren hinterlassen hatten. „Mir geht es prima, und wie geht es dir, Papa?"

Josef schloß die Augen. „Hm, wahrscheinlich nicht ganz so gut. Der Arzt sagte mir, wenn ich aufhörte, mir ständig Sorgen zu machen, ginge es mir bald besser, aber wie soll ich das machen? Ich habe Rechnungen zu bezahlen, ich habe den Hof, ich muß Kleidung und Essen kaufen, Fahrzeuge unterhalten. Manchmal habe ich das Gefühl, daß jeder einzelne Teil meines Körpers meine volle Aufmerksamkeit fordert, um weiter funktionieren zu können. Ich bin der ganzen Verantwortung müde, Bram." Er hielt die Hand seines Sohnes fest in der seinen und sah ihn mit ernstem Blick an. „Du mußt jetzt die Rolle des Familienoberhauptes übernehmen. Ich weiß, du bist noch jung, aber du bist nicht allein, in dir fließt das Blut deines Vaters und deiner wunderbaren Mutter. Und du hast Modoc." Seine Lippen formten sich zu einem Lächeln. „Geht es ... Mo ... gut?"

„Ja, Papa, es geht ihr gut."

„Ist jetzt jemand anderes für sie zuständig?"

„Nein, Papa", log Bram, „ich bin weiter für sie verantwortlich, ich allein."

Josef lächelte. „Du konntest noch nie gut lügen." Sein leises Lachen ging in einen leichten Husten über, aus dem rasch ein explosionsartiger Anfall wurde, der seine Kehle zu zerreißen schien. Endlich ließ der Husten nach.

Josef nahm Bram in die Arme. Er zitterte, und Brams Gesicht wurde naß von seinen Tränen. „Du bist etwas Besonderes, Bram. Du und Modoc. Ihr kamt beide am selben Tag, zur selben Stunde zur Welt. Das verbindet euch. Du mußt auf Mo aufpassen, Bramie", flüsterte er. „Versprichst du mir das?"

„Ja, Papa, das verspreche ich dir!"

Bram verließ den Raum. Er wollte ..., er konnte seiner Mutter nicht in die Augen blicken. Er lief in die Scheune, machte das Tor hinter sich zu und weinte. Er weinte um seinen Vater, weinte um Modoc, und er weinte um sich selbst und seine tiefe Trauer.

ALS BRAM beim Zirkus eintraf, war die ganze Ausrüstung bereits in riesigen Seekisten verpackt. Auf ihnen stand in großen roten Buchstaben: ZIEL USA. Nur das Menageriezelt war noch nicht abgebaut. Jake war gerade dabei, ein Elefantenzaumzeug zu reparieren.

„Morgen, Jake. Wie geht's Mo heute früh?"

„Hallo. Jumbo geht es gut. Überzeug dich selbst!"

„Jumbo?"

„Ja. Das ist ihr neuer Name. Zieht besser in der Werbung. Und laß dich nicht mehr dabei erwischen, sie Mo oder sonstwie zu nennen. Kapiert?"

„Klar, Jake, hab verstanden."

Bram betrat das Zelt. Modoc, die gerade etwas Heu fraß, begrüßte ihn mit einem leisen Kollern und stupste ihn zärtlich mit dem Rüssel an. Bram streichelte sie am Ohr und flüsterte: „Hallo, Mo."

DER FRÜHLING war nicht mehr aufzuhalten. Die Schneeschmelze ließ die Flüsse anschwellen, die Tage wurden wärmer, und wunderschöne Blumen schmückten Berge und Täler. Es war an einem solchen Tag, daß ein Auto laut hupend auf dem Zirkusgelände vorfuhr. Curpo saß neben dem Fahrer. Beide sprangen aus dem Wagen und gingen auf Bram zu. Sie wechselten einige Worte, danach eilten alle drei zum Wagen. In einer riesigen Staubwolke verließen sie die Stadt und jagten zum Guntersteinhof. Josefs Zustand hatte sich sehr verschlechtert.

DIE FRÜHLINGSSONNE stieg hinter dem Höhenkamm auf, als die Prozession langsam den Feldweg zum Bergfriedhof hinaufzog. Von dort hatte man einen ungehinderten Blick auf eine weite, bewaldete Hügellandschaft, die in der Ferne mit den hohen Bergen im Norden verschmolz.

Auf einer nahe gelegenen Anhöhe hob sich die Silhouette von Modoc mit ihren beiden Reitern, Bram und Gertie, gegen den Himmel ab. Sie beobachteten die Autos, die im Schrittempo den Berg hinauffuhren. Einige von Josefs Freunden kamen mit Lastern, andere mit

Personenwagen, alle seine Zirkusfreunde waren angereist. Curpo hatte – ohne Wissen des neuen Zirkusbesitzers – mit einigen Helfern das Orchestrion auf einen Tieflader gepackt und zum Friedhof gefahren, wo er das Fahrzeug in der Nähe des Grabes abstellte. Als auch das letzte Auto den Kamm erreicht hatte, gab Bram Mo ein Zeichen, und sie setzten sich in Richtung Friedhof in Bewegung.

Bram hatte zuvor gefragt, ob Modoc dabeisein konnte. Katrina rief den neuen Besitzer an, der erst nach Fürsprache von Herrn Gobel mißmutig einwilligte. Katrina glaubte fest, daß Gobel nur eingegriffen hatte, weil ihn Schuldgefühle gegenüber seiner Zirkusfamilie plagten, die er so plötzlich im Stich gelassen hatte.

Bram und Gertie waren beide schwarz gekleidet. Gemeinsam hatten sie für Modoc eine riesige schwarze Schleife genäht und sie ihr um den Hals gebunden. Ein Wildblumenstrauß, der an einem Ahornzweig befestigt war, schmückte ihre Stirn. Bram glitt zu Boden und half Gertie abzusteigen. Sie strich ihr Kleid glatt und ging zu ihrem Vater, während Bram den Platz an der Seite seiner Mutter einnahm.

Die Musik begann zu spielen, und dann hielt der Rabbi die Ansprache.

Bram half seiner Mutter, Blumen auf den Sarg zu legen, und auf sein Zeichen hin nahm Modoc den Strauß von ihrer Stirn, machte einen Schritt nach vorne und legte ihn auf den Sarg zu den anderen Blumen.

Die Sonne verschwand hinter den Wolken und ließ sich für den Rest des Tages nicht mehr blicken. Es wurde kalt. Während der Sarg ins Grab hinuntergelassen wurde, zitterten alle unter dem nunmehr grauen Himmel. In Katrinas Schluchzen fielen viele andere ein, die um Josef trauerten. Bram konnte nicht weinen. Statt dessen krampfte sich sein Magen vor Schmerz immer mehr zusammen.

Als die Musik über den Hügeln aufstieg, erklang ein einsamer Trompetenstoß des Elefanten, der auf seine Art einem Freund an seiner letzten Ruhestätte Lebewohl sagte.

DER TAG der Abfahrt rückte näher. Mr. North erschien noch einmal auf dem Zirkusgelände, bevor er an Bord eines Schiffes ging, das der *Ganges* nach Amerika vorausfuhr. Er schien bester Laune zu sein und begrüßte die meisten seiner Leute mit Handschlag.

„Guten Morgen, Mr. North“, grüßte Bram und versuchte einen guten Eindruck zu machen. Schließlich war das seine letzte Chance.

„Guten Morgen, junger Mann. Bist du nicht der Sohn des alten Dompteurs, der gerade gestorben ist? Das ist sehr bedauerlich, aber wir alle müssen ja eines Tages mal abtreten.“ Mr. North wandte sich ab, um seinen Rundgang fortzusetzen.

„Darf ich Sie bitte einen Moment sprechen, Sir?“

„Ja, was gibt's?“ Norths Stimme klang leicht gereizt.

„Ich würde gerne ... mitkommen ... Ich meine, mit Modoc ..., also mit den Tieren ... in die Vereinigten Staaten.“

Mr. North warf Bram einen langen, eisigen Blick zu. „Nein“, erwiderte er und ging weiter.

„Aber, Sir, ich...“

„Meine Antwort lautet nein. Und jetzt entschuldige mich bitte.“

„Aber warum denn nicht?“ rief Bram hinter ihm her. Ohne sich umzublicken, antwortete Mr. North: „Sagen wir mal, weil du nicht einer von uns bist.“

Bram blieb wie angewurzelt stehen.

„Er ist voreingenommen, mein Junge“, sagte eine Stimme hinter Bram. Er drehte sich um und erblickte einen Mann, den er nie zuvor gesehen hatte.

„Was heißt das?“ fragte Bram.

„Voreingenommenheit heißt, daß eine Sorte Menschen eine andere Sorte Menschen nicht leiden kann.“

„Selbst wenn sie einander nicht kennen?“ fragte Bram.

„Ja. Sie können sie nicht leiden, weil sie eine andere Hautfarbe haben oder einer anderen Religion angehören oder einfach, weil sie aus einem anderen Land sind.“

„Sind Sie Amerikaner?“ fragte Bram.

„Yeah. Ich bin der Transportleiter. Zuständig für den Transport des Zirkus zum Schiff und für das Beladen und Entladen des Schiffes.“

„Wieso erzählen Sie mir das?“

„Weil nur wenige Leute so sind wie dieser Mr. North, und ich will nicht, daß du denkst, alle Amerikaner sind so wie er. Ich heiße Kelly, Kelly Hanson. Und du?“

„Bram Gunterstein. Ich bin Modocs Dompteur, sie ist einer unserer Zirkuselefanten.“

„Ich muß jetzt weiter“, sagte Hanson. „Falls ich noch irgend etwas für dich tun kann ... “

„Mr. North wird noch eine Überraschung erleben“, meinte Bram.

„Wieso?“ fragte Kelly.

„Weil Modoc Jüdin ist.“ Dann drehte Bram sich um und ging die grasbewachsene Auffahrt entlang, gerade als die Sonne hinter den Hügeln verschwand.

„BRAM?“ Curpos Stimme hallte in der leeren Scheune wider.

„Ich bin hier.“ Bram saß an Modocs altem Platz, dort, wo sie immer angekettet gewesen war. „Ich bin froh, daß du gekommen bist!“ Bram stockte, schaute zu Boden. „Weißt du, Mama und ich sind dir wirklich sehr dankbar, daß du bei uns bleibst und uns auf dem Hof hilfst.“

„Ich bleibe so lange, wie ich gebraucht werde.“

„Du bist ein wirklich guter Freund und der einzige, dem ich vertrauen kann ... Also, ich muß dir etwas sagen. Du wirst jetzt bestimmt denken, daß ich übergeschnappt bin, aber ich habe mir alles gut überlegt. Es ist die einzige Möglichkeit.“

Curpo fiel es nicht schwer, Brams Gedanken zu erraten. „Du willst dich an Bord schmuggeln, kurz bevor das Schiff ablegt“, sagte Curpo. „Du bist wirklich verrückt!“

Brams Lippen zuckten, und seine Augen füllten sich mit Tränen. „Papa hat mich gebeten, auf Mo aufzupassen. Das war sein letzter Wunsch ..., und sie bedeutet mir alles. Ohne mich stirbt sie vielleicht.“

Curpo verstand den Schmerz des Jungen und wußte, daß er seinen Plan ausführen würde, egal ob er, Curpo, zustimmte oder nicht. Was Bram brauchte, war jemand, der ihn unterstützte und ihm Kraft gab.

„Ja, warum sollte es eigentlich nicht klappen?“ meinte Curpo. „Aber ... was ist mit deiner Mutter? Und mit allen anderen? Du kannst hier nicht einfach so fortgehen. Du trägst Verantwortung.“

„Curpo“, sagte Bram, der merkte, wie er langsam ruhiger wurde, „ich habe gehört, wie Mama erwähnte, daß Papa eine Versicherung abgeschlossen hätte, von der sie nun sehr gut leben kann.“

Curpo zupfte an Brams Hemd, zog ihn zu sich hinab und blickte ihm in die Augen. „Wenn das so ist, dann werde ich dir an dem Tag, an dem du abfährst, eine gute Reise wünschen.“ Er lächelte. „Jetzt haben wir aber keine Zeit mehr zu verlieren, bis dahin haben wir noch eine Menge zu tun.“

„HAST du schon gehört, daß die Lastwagen heute nacht losfahren?“ fragte einer der Arbeiter, der besonders freundlich zu Bram gewesen war.

„Um wieviel Uhr?“

„Um drei Uhr ist Aufbruch.“

Bram ging am Abend nach Hause, um keinen Verdacht aufkommen zu lassen. Er vereinbarte mit Curpo, daß dieser ihn spät in der Nacht abholen würde. Katrina hatte Brams Lieblingsessen gekocht, und zum erstenmal seit Josefs Tod aßen sie gemeinsam zu Abend.

„Wie fühlst du dich so, Mama?"

„Gut, Bram, wirklich gut." Katrina merkte auf. „Warum fragst du?"

„Och, nur so. Ich dachte, jetzt, da Papa nicht mehr da ist ..., ich wollte nur sicher sein ..., du weißt schon."

„Ich weiß, mein Herz. Dein Vater war ein ganz besonderer Mann. Ich glaube nicht, daß man den Tod einer Person, die man liebt, je ganz verwindet, aber da, wo er jetzt ist, ist er gut aufgehoben, und er paßt auch auf uns auf, da bin ich mir ganz sicher."

„Er fehlt mir sehr, Mama. Jedesmal, wenn ich Modoc sehe und weiß, daß sie bald nicht mehr da ist, habe ich das Gefühl, daß ich ihn im Stich lasse. Ich komme mir so hilflos vor. Es muß doch etwas geben, was ich tun kann."

Bram schob ein Stück Apfelstrudel auf die Gabel. Katrina stellte ihre Kaffeetasse ab und blickte ihn aufmerksam an.

„Tu, was du für richtig hältst."

„Aber, Mama, ich ..."

Hastig stand Katrina auf und strich ihre Schürze glatt. „Komm, hilf mir beim Abwasch."

Er nahm sie fest in den Arm und flüsterte: „Ich hab dich lieb, Mama, und ich werde Papa nie vergessen."

„Ich hab dich auch lieb, Bramie." Und Tränen glitzerten in ihren Augen.

ES WAR Punkt Mitternacht, noch drei Stunden bis zur Abfahrt der Zirkuslaster. Zum zehntenmal las Bram den Brief, den er zurücklassen wollte.

> Liebste Mama,
>
> bitte sorge Dich nicht um mich. Ich gehe mit Modoc. Papa hat recht – wir müssen zusammenbleiben, und ich möchte seinen Wunsch, mich um sie zu kümmern, erfüllen.
>
> Danke, Mama – Du bist die beste Mutter, die ein Sohn je haben kann. Du wirst mir fehlen.
>
> In Liebe
> Dein Sohn Bram

Er steckte den Brief in einen Umschlag und legte ihn leise auf den Küchentisch. Ein letzter Blick in sein Zimmer, das Klicken des Türriegels, und er war fort.

Curpo wartete an der vereinbarten Stelle. Am Steuer saß String, der mit seinen 2,40 Metern im Zirkus als der „größte lebende Mensch" aufgetreten war. Der Vordersitz war ausgebaut, damit String in dem speziell für ihn angefertigten Sitz ausreichend Platz für seine endlos langen Beine hatte.

„Hallo, ihr zwei. String, danke fürs Kommen. Das ist wirklich sehr nett von dir."

„Ist doch klar", sagte String. „Ich halte immer zu dir!"

Auf der Fahrt zu Gertie sprach keiner der drei Männer ein Wort. Bram dachte an das, was er zurückließ und was die Zukunft wohl für ihn bereithielt. Ungefähr 500 Meter vor Gerties Haus hielt String den Wagen an und schaltete die Scheinwerfer aus.

„Denk daran, Bram, die Karawane setzt sich um drei Uhr in Bewegung."

„Ich weiß, Curpo. Ich bin rechtzeitig wieder zurück."

Die beiden Männer machten es sich bequem, und Bram verschwand in der dunklen Nacht.

Gerties Haus lag in einer kleinen Schlucht. Über einen kleinen Felsvorsprung konnte er ihr Zimmer im zweiten Stock mühelos erreichen. Er klopfte leise an ihr Fenster.

„Gertie, Gertie, ich bin's – Bram!" rief er leise. Er wartete, klopfte noch einmal. „Gertie?"

Durch die Myriaden von farbigen Eiskristallen auf der Fensterscheibe erschien Gertie wie in einem Kaleidoskop. Sie schob den Riegel zurück und öffnete das Fenster.

Bram kletterte schnell über das Sims und schloß leise das Fenster hinter sich. Gertie, noch nicht ganz wach, fröstelte in ihrem dünnen Nachthemd von der kalten Nachtluft. „Bram, was machst du hier? Ist was passiert?" fragte sie besorgt.

Schnell knöpfte er seinen dicken Mantel auf, nahm ihren zitternden Körper in seine Arme und hüllte sie mit in den Mantel ein. Dicht an ihn gedrängt, sog sie seine Wärme auf. Schon bald erwachte ihr junges, zartes Verlangen, und sie vergaßen die Welt um sich herum.

Sie lagen dicht aneinandergeschmiegt, während er ihr, so behutsam wie möglich, von seinem Plan erzählte.

„... und ich könnte nie glücklich werden, wenn ich nicht versuchen würde, den Wunsch meines Vaters zu erfüllen ..., und du weißt, was mir Modoc bedeutet. Ich weiß nicht, was ich tun würde, wenn ihr etwas zustieße."

„Ich weiß." Gertie lächelte unter Tränen. „Deine Mutter sagte mir einmal, ich würde dich immer mit Modoc teilen müssen, so wie sie

Josef mit seinen Elefanten geteilt hat. Ich verstehe dich ja, aber das kommt alles so plötzlich."

„Aber so ist es am besten, Gertie, glaube mir." Er stand auf, nahm ihre Hände und zog sie an sich. Sie schluchzte leise. „Ich liebe dich, Gertie", sagte er, „und ich weiß, daß viel Zeit vergehen wird, ehe wir uns wiedersehen, aber ich werde oft schreiben und..."

„O Bram! Ich liebe dich so sehr!" Gertie schlang ihre Arme um ihn. „Ich werde warten. Ich werde warten, weil ich weiß, eines Tages werden wir wieder zusammensein."

Sie sagten einander Lebewohl, mit ihren Händen, ihren Augen, ihren Herzen. Dann ein letzter Kuß, und Bram war verschwunden.

STRING fuhr auf das Zirkusgelände, als sich die Lastwagenkarawane gerade langsam in Bewegung setzte. Riesige Scheinwerfer erhellten das Treiben. Menschen liefen hastig hin und her und luden Kisten auf. Bram erkannte seinen Freund, den Transportleiter, der ununterbrochen Befehle durch ein Megaphon brüllte. Er winkte ihm zu, und dieser gab ihm durch ein Nicken zu verstehen, daß er ihn gesehen hatte.

„Das ist Kelly Hanson, der Amerikaner, von dem ich dir erzählt habe. Er will mir helfen, mich auf einem Laster zu verstecken und später dann auch auf dem Schiff."

„Woher weißt du, auf welchen Laster du aufspringen sollst?" wunderte sich Curpo.

„Kelly sagte mir, daß es wahrscheinlich der letzte ist. Ich soll nach einem Lastwagen mit einer amerikanischen Flagge an der Antenne Ausschau halten."

Curpo zog einen kleinen Beutel hervor. „Wir möchten dir das mit auf den Weg geben als kleine Erinnerung von uns allen, nichts Besonderes eigentlich, aber es kommt von Herzen."

Bram schnürte es die Kehle zu. „Ich weiß nicht, was ich sagen soll. Wie könnte ich einen von euch jemals vergessen? Ihr seid die besten Freunde auf der Welt. Ihr werdet mir alle sehr fehlen."

„Ich glaube, dein Lastwagen hat sich gerade eingereiht!" rief Curpo.

Bram holte tief Luft. „Dann geht es jetzt wohl los. Paß auf Mama und Gertie auf! Ach, ich weiß ja, daß ich mich auf dich verlassen kann."

Bram und Curpo umarmten sich. Dann legte Bram String den Arm auf die Schulter. „Danke fürs Fahren ..., und sag der Mannschaft ..., na, du weißt schon, sag es ihnen einfach."

„Klar doch. Los jetzt, du mußt gehen!"

Bram stieg aus und verschwand im Dunkeln. Der Gedanke an

Modoc bestärkte ihn in seinem Entschluß. Der Laster mit der Flagge tauchte plötzlich vor ihm auf. Bram rannte los. Ein schneller Wurf, und sein Gepäck lag auf der Ladefläche, ein Sprung, und er stand hinten auf dem Trittbrett. Mit einem Satz schwang er sich über die Klappe und landete auf prall gefüllten Säcken.

DER MOND stand niedrig, als die Karawane an der Laderampe am Hafen eintraf. Bram stahl sich aus dem Lastwagen, bevor er anhalten konnte, und versteckte sich hinter einem Stapel großer Frachtkisten. Dichter Nebel war aufgezogen. Der Geruch des Hafens erinnerte ihn an den Fischmarkt zu Hause, und es herrschte der übliche Hafenlärm: ohrenbetäubendes Kettengerassel, wenn die Lasten hochgezogen wurden, laute Männerstimmen, die Befehle in den verschiedensten Sprachen riefen.

Eine Schiffssirene ließ ihn herumfahren, und als er auf das Meer blickte, sah er die *Ganges*. Sechs lange Lichterreihen erhellten die Schiffsseite vom Bug bis zum Heck, hoch oben an Deck konnte er Menschen an der Reling erkennen. Ein riesiger Kran schwenkte einen mächtigen Haken mit einem großen Netz zu Boden, in das die Hafenarbeiter die Kisten und Kästen des Zirkus stapelten. Der Kran hob die schwere Last höher und höher, schwang sie über die Reling und ließ sie im Laderaum des Schiffes verschwinden. Dieser Vorgang wiederholte sich Stunde um Stunde.

Das laute Trompeten eines Elefanten ließ Bram aufmerken. Er suchte nach dem Ursprung dieses ihm so vertrauten Lautes. Endlich entdeckte er Modoc, wie sie in luftiger Höhe am Kran hing. Die schwere Kette teilte sich in vier Stränge, die zu den Ecken einer dicken Bodenplatte liefen. Modocs Füße waren an eine Palette angekettet, und ein dickes Seil endete in einer großen Schlinge, die um ihren Bauch lag. Ein weiteres stramm gespanntes Seil verhinderte ein Kippen der Palette. Auch wenn das Ganze recht gefährlich aussah, schien Modoc von alledem unbeeindruckt, ja, sie schien sich sogar sichtlich zu vergnügen.

Bram wurde aus seinen Betrachtungen gerissen, als sich eine Hand auf seine Schulter legte. Er fuhr herum und stand Kelly gegenüber.

„Ich bin froh, daß du es geschafft hast“, sagte Kelly leise. „Wir haben keine Zeit zum Reden. Du mußt jetzt schnell machen und die Zeit nutzen, solange alle anderen den Elefanten zusehen. Steig in diese Kiste, und versteck dich zwischen den Sachen.“ Kelly zeigte auf einen großen Container aus Holz.

„Aber Kelly – “, Bram drängte es, einige Fragen zu stellen.

„Später, schnell, klettre rein! Ich komme dann später und lasse dich wieder raus, okay?“

„Okay ..., hoffentlich“, murmelte Bram.

Kelly malte ein großes X auf die Kiste, und Bram schwang seine Beine über den Rand. Kartons und Segeltuchplanen dämpften seinen Fall. Er stapelte sie in einer Ecke, so daß eine Art Höhle entstand, und kroch hinein.

Nicht lange, und der Deckel der Kiste wurde zugehämmert. Ketten rasselten, Männer hängten die Kiste an den Kran, sie setzte sich in Bewegung, und schon schwebte sie in der Luft, hoch über der Reling. Bram blinzelte durch die Spalten und sah zum erstenmal das ganze Deck. Die Menschen sahen klein wie Ameisen aus. Dicke Rauchwolken stiegen aus den beiden großen Schornsteinen des Schiffes auf, es würde sicher bald ablegen.

Da öffnete sich ein großes Loch unter ihm, und er tauchte ab in die Dunkelheit des Frachtraums. Bram hörte, wie die Ketten gelöst und unter der Kiste weggezogen wurden.

„BRAM! Alles in Ordnung? Bram! Bram? Hörst du mich?“

Bram wachte auf, er war schweißgebadet. Stimmen drangen gedämpft an sein Ohr, und es dauerte eine Weile, bis er wußte, wo er war.

„Ja“, rief Bram, „alles in Ordnung! Mir geht's prima.“

Ein Brecheisen quietschte, und der Deckel der Kiste rutschte zur Seite. Mit Kellys Hilfe kletterte Bram aus der Kiste.

„Mann, bin ich froh, dich zu sehen, Kelly. Ich dachte schon, du hättest das Schiff verpaßt.“

„Ich hätte dich schon nicht im Stich gelassen. Aber vergiß nicht, daß deine Probleme jetzt erst anfangen. Wenn sie rauskriegen, daß du hier bist, dann gnade dir Gott. Komm mit, ich zeige dir, wo die Elefanten sind. Ich habe dir auch etwas zu essen hingestellt.“

Die Tiere waren in einem großen Bereich des Frachtraums auf fünfundzwanzig mal fünfzig Metern an der Steuerbordseite untergebracht. Nur das Schott trennte die Elefanten vom Meer. Jeder Elefant war an einen dicken, in die Deckaufbauten geschweißten Ringbolzen angekettet.

Den Elefanten gegenüber stand eine Kanone. In dem dämmrigen Licht glich sie dem mißratenen Abbild eines Elefanten. Sie war groß, grau und angekettet. Ihr Körper duckte sich im Dunkeln, nur das lange, dicke Kanonenrohr ragte in den Raum.

Kelly erzählte Bram, daß Löwen, Tiger und die übrigen Tiere in einem anderen Bereich des Schiffes untergebracht waren. „Ich muß jetzt gehen, mein Junge. Essen findest du unter einer alten Decke neben den Boxen. Ich komme immer mal zwischendurch vorbei, um nach dir zu sehen und dir etwas zu essen zu bringen."

„Danke, Kelly, du bist ein toller Freund. Vielleicht kann ich mich eines Tages – "

Aber Kelly war bereits fort. Warum setzte er sich so für ihn ein? Eines Tages würde er ihn danach fragen. Plötzlich wurde die Stille von dem donnernden Geschmetter eines Elefanten unterbrochen.

„Mo, ich bin's!"

Bram rannte zu ihr und schlang die Arme um ihren Rüssel. Sie war so aufgeregt, daß sie ihn hochhob und vor Freude hin und her schwenkte. Auch Emma war da und Tina und Krono. In den nächsten Stunden erzählte Bram ihnen alles, was er erlebt hatte. Er suchte sie nach Abdrücken des Elefantenhakens ab. Alle hatten einige Stellen, aber Modoc ganz besonders viele. Er war wütend. Er verabscheute Dompteure, die meinten, sie müßten hart sein, müßten sich mit Gewalt Autorität verschaffen. Sie benutzten den Elefantenhaken als Waffe, stachen und stießen damit, obwohl ein wenig Geduld und Verständnis vollkommen ausgereicht hätten.

KAPITEL 4

Die Tage vergingen, und Bram lebte sich schnell ein. Hinter dem Stellplatz der Elefanten fand er einen Metallschrank, in dem die Tierpfleger ihre Geräte verstaut hatten. Die Tür klemmte und ließ sich nur mit großer Anstrengung öffnen. Er fegte die Spinnweben beiseite, legte seine Sachen hinein und schob die Tür wieder in ihre alte Position zurück.

Bram hatte sich zunächst Gedanken darüber gemacht, wie er an Essen kommen sollte, aber auch dieses Problem hatte er schnell gelöst: Er beteiligte sich an Modocs Mahlzeiten. Morgens und abends bekamen die Elefanten eine Mischung aus Alfalfa und Hafer, dazu Bananen, Äpfel, Apfelsinen, Brot und alles, was in der Küche so übrigblieb. Bram bediente sich, bevor Mo und ihre Freunde sich darüber hermachen konnten. Frisches Wasser gab es jederzeit aus einem Schlauch, der neben den Futtertrögen lag.

Spannend wurde es, wenn die Pfleger zum Saubermachen kamen.

Bram mußte ihnen stets voraus sein, im Dunkeln bleiben, die Schatten ausnutzen.

Wenn Kelly ihm etwas zu essen brachte, setzten sie sich hin und redeten über Gott und die Welt. Kelly erzählte Bram, daß die *Ganges* ein ostindisches Frachtschiff im Besitz der britischen Regierung sei, das die Route zwischen Europa und der Ostküste der Vereinigten Staaten befuhr. „Das ist zwar alles andere als der kürzeste Weg", fuhr Kelly fort, „aber Mr. North konnte nichts anderes auftreiben, um seinen Zirkus noch vor den schweren Stürmen, die das Meer zu gefährlich machen, nach Hause zu bringen."

EINE Woche war verstrichen, und Bram meinte, es sei nun an der Zeit, sich zu zeigen. Kelly riet ihm zwar davon ab, aber Bram hoffte, daß der Kapitän Erbarmen mit ihm haben würde, und wenn nicht – jetzt konnte ihn das Schiff nicht mehr nach Deutschland zurückbringen. Er verabschiedete sich gerade von Modoc, als er eine starke Hand im Nacken spürte. Sie packte so hart zu, daß er sich nicht einmal nach dem Mann umdrehen konnte, der ihn da so fest im Griff hatte.

„Was zum Teufel machst du hier?" Die Stimme klang laut und wütend.

„Ich ..., ich war gerade auf dem Weg zum Kapitän", stammelte Bram.

„Ach was, tatsächlich? Dann gehen wir doch zusammen."

Nach den langen Tagen im dunklen Frachtraum war Bram nicht auf die grelle Nachmittagssonne vorbereitet. Seine Augen brannten in dem gleißenden Licht, er mußte sie schließen.

Der Mann, der ihn fest im Griff hatte, stieß Bram grob die Treppen hinauf und enge Gänge entlang, bis er endlich durch eine Tür in das Steuerhaus geschoben wurde. Als sich seine Augen an das Licht gewöhnt hatten, sah er einen Matrosen, der mit beiden Händen das große Steuerrad hielt und unverwandt den Horizont beobachtete.

„Wie heißt du?" fragte Kapitän Patel, der weiter hinten im Steuerhaus stand, mit autoritärer Stimme.

Bram wandte sich ihm zu und sah einen Mann in Uniform, deren Jacke die typischen Kapitänsstreifen trug. Seine dunkle Haut unterstrich das Weiß seines Turbans. Er hatte buschige Brauen und dunkelbraune Augen mit einem durchdringenden Blick.

„Bram, Sir, Bram Gunterstein."

„Was hast du auf meinem Schiff zu suchen?"

„Sie haben meinen Elefanten hier, Sir – das heißt, der Zirkus."

Er ging auf Bram zu. „Was willst du damit sagen, deinen Elefanten?"

„Ja, wissen Sie, Sir, bevor mein Vater starb, bat er mich, auf Mo aufzupassen – so heißt mein Elefant, nur die Zirkusleute nennen sie Jumbo…"

„Einen Augenblick!" befahl der Kapitän. „Damit wir uns richtig verstehen, junger Mann. Die Tiere, und zwar alle Tiere, gehören Mr. North. Du bist ein blinder Passagier, und ich könnte dich jetzt über Bord werfen lassen!" Der Kapitän redete sich immer mehr in Rage. „Also", schnaubte er, „ich verstehe kein Wort von dem, was du mir erzählst, und es ist mir auch egal. Ich werde dich im ersten Hafen, den wir anlaufen, den Behörden übergeben. Bis dahin wirst du in der Kombüse arbeiten, um dir Bett und Essen zu verdienen. Verstanden?" Er wandte sich an den Mann, der immer noch Brams Nacken festhielt. „Schaff diesen Burschen hier raus, und zeig ihm, was ein blinder Passagier bei uns zu erwarten hat."

„Jawohl, Herr Kapitän. Komm, du Pimpf, raus hier!"

Bram wurde wieder durch eine Reihe von Gängen geschoben, dann durch eine Schwingtür gestoßen, und schließlich stand er in der riesigen Kombüse des Schiffes. Das Küchenpersonal lief geschäftig hin und her, kochte, wusch ab, putzte Gemüse. Ein Mann mit einer Kochmütze schrie jedermann Befehle zu, keiner schien es ihm recht zu machen. Dann bemerkte der Koch den Gefangenen und seinen Aufpasser.

„Was gibt's?"

„Blinder Passagier. Befehl vom Kapitän, er soll bis zum nächsten Hafen volle Schicht arbeiten." Damit ließ er Bram los.

Jetzt konnte Bram endlich das Gesicht des Mannes sehen, der diesen unglaublichen Bulldoggengriff hatte. Sein Gesicht war so grobschlächtig wie sein Körper, seine Hände mindestens doppelt so groß wie die eines normalen Mannes. Bram taufte ihn im stillen „die Hand". Später stellte sich heraus, daß er von allen so genannt wurde.

Jeden Tag spülte Bram zwölf Stunden lang das Geschirr der ganzen Besatzung, scheuerte die Töpfe und schrubbte den Boden. Abends waren seine Hände wund, rissig und blutig.

„Sir, wenn ich mich mit meiner Arbeit beeile und früher fertig werde, meinen Sie – bestünde dann eventuell die Möglichkeit –, daß ich nach unten gehe und Modoc besuche?" fragte er eines Tages schüchtern den Koch.

„Was glaubst du, was das hier ist, Junge, eine Vergnügungsfahrt? Wenn du früher fertig bist, habe ich noch genug andere Aufgaben für dich." Und damit ließ der Koch ihn stehen und schlug im Hinausgehen mit seinem Hackebeil gegen die Töpfe.

Sie waren nun schon drei Wochen auf hoher See. Da kündigte der Kapitän eine Inspektion für den nächsten Tag um acht Uhr morgens an. Das Schiff bereitete sich darauf vor, die asiatische Küste anzulaufen.

Der Koch rief seine Kombüsenmannschaft zusammen und legte ihr eine lange Liste mit Arbeiten vor, denn für diese Inspektion mußte alles tipptopp in Ordnung sein. Bram putzte bis tief in die Nacht hinein. Als er endlich fertig war, glänzte alles wie neu, und nirgends war auch nur der kleinste Krümel zu finden.

Der Pfiff eines Bootsmanns gab das Zeichen. Die Kombüsenmannschaft stellte sich in einer langen Reihe auf. Kapitän Patel erschien in der Tür, dicht gefolgt von „der Hand". Er ging durch die Kombüse und strich ab und zu mit seinem weißen Handschuh über einen Gegenstand. Offensichtlich zufrieden schritt er die Reihe ab und blieb vor Bram abrupt stehen.

„Wie geht es deinem Elefanten, mein Sohn?" fragte er.

Bram fand diese Frage etwas seltsam, denn der Kapitän selbst hatte ihm doch verboten, Modoc zu sehen.

„Ich war nicht mehr bei ihr, wie Sie es verlangt haben, Sir."

„Ich habe vom Koch gehört, daß du gute Arbeit leistest."

„Ja, Sir."

„Hm. Ab heute kannst du jeden Tag nach deiner Arbeit eine Weile zu ihr gehen."

„Ja, Sir, danke, Sir!" Bram wußte nicht, wohin vor Freude, doch er wollte sich nichts anmerken lassen. Aus dem Augenwinkel sah er, wie die ewig finster dreinblickende „Hand" ein ganz klein wenig lächelte.

„Hm", nickte der Kapitän. Der wichtigste Mann an Bord salutierte, die Mannschaft salutierte zurück, und schon war er wieder verschwunden.

An diesem Abend eilte Bram den gleichen Weg zurück in den Frachtraum, den er vor einer Ewigkeit – zumindest schien es ihm so – gekommen war. Sein Gesicht strahlte, als er in den großen Raum stürzte, in dem die Tiere untergebracht waren. Er erwischte Modocs Rüssel auf halber Höhe und klammerte sich daran fest, als sie ihn hoch in die Luft schwang und dabei vor Freude unentwegt trompetete. Emma, Tina und Krono warteten geduldig, bis Bram auch sie stürmisch umarmte. Dann ging er wieder zurück zu Modoc, und sie erzählten stundenlang, jeder auf seine Art: Bram berichtete ihr alles, was ihm in der Zwischenzeit widerfahren war, Modoc schnurrte und quiekte, während sie ihn von Kopf bis Fuß mit ihrer Rüsselspitze liebkoste.

In dieser Nacht kehrte Bram nicht in seine Koje zurück.

Ein für die Jahreszeit ungewöhnlich starker Sturm wühlte das Meer zu turmhohen Wellen auf, die über den Frachter in seiner ganzen Länge niederkrachten. Da ertönte der Pfiff des Bootsmanns.

„Hier spricht der Kapitän. Wir sind in einen Orkan geraten. Alle Personen, die keine besonderen Anweisungen haben, gehen unter Deck. Wir befinden uns zur Zeit ungefähr vierzehn Seemeilen vor der Küste Indiens. Die Hafenbehörde in Kalkutta wurde per Funk über unsere Position informiert."

Der Sturm wütete den ganzen Tag und die ganze Nacht, stürzte das Schiff gnadenlos in abgrundtiefe Wasserschluchten, um es dann wieder wie eine Feder auf den weißschäumenden Gipfeln der berghohen Wellen tanzen zu lassen.

Bram blieb in dieser Nacht bei den Elefanten. Sie schaukelten ruhelos vor und zurück und hatten Schwierigkeiten, das Gleichgewicht zu halten. Sie gaben wiederholt kurze, schrille Laute von sich, die Ohren starr nach vorne gerichtet, die Augen weit aufgerissen.

Immer stärker wurde der Frachter hin und her geworfen. Plötzlich verlor Emma den Halt und geriet ins Rutschen. Bram stemmte sich verzweifelt mit seiner Schulter gegen ihr Bein und versuchte mit aller Kraft, das riesige Tier aufzuhalten, aber umsonst. Außer sich vor Panik fiel sie zu Boden. Als sie versuchte, sich wieder aufzurichten, stieß sie mit Tina zusammen. Dann ein lautes Knacken! Emma hatte eine der Ketten, mit denen sie an den Hinterbeinen festgebunden war, aus der Stahlverankerung gerissen. Bram wußte, daß er die Kontrolle über die Elefanten verlieren würde, sobald sie sich losrissen. Von irgendwoher drang Wasser in den Raum und breitete sich schnell aus.

Mitten in dem Gewühl der riesigen Leiber bemerkte Bram noch eine andere Bewegung im hinteren Teil des Raums. Eine der Ketten, die die riesige Kanone sicherten, war gerissen. Das Geschütz bewegte sich!

Bram stürzte auf den Gang und schrie um Hilfe. An der Wand hing ein großer Kasten mit der Aufschrift Nur für den Notfall. Bram zertrümmerte die Scheibe und drückte auf den Knopf. Sofort heulte eine schrille Sirene los. Innerhalb von Sekunden kam ein Dutzend Männer angerannt, darunter auch Kelly.

„Bram! Was ist passiert?" schrie er und rannte hinter dem Jungen her.

„Die Kanone!" brüllte Bram zurück. „Sie hat sich losgerissen. Wenn sie auf die Elefanten zurollt..."

Kelly hatte sofort verstanden. Das Wasser im Frachtraum war inzwischen gestiegen und umspülte bereits die Knie der Elefanten. Die

Männer hatten Mühe, festen Halt auf dem Boden zu finden und die Kanone mit Seilen festzubinden.

Knack! Eine weitere Kette der Kanone ging entzwei. Wieder rutschte das Monstrum einige Schritte nach vorne. In dem steigenden Wasser trieben jetzt auch mehrere Frachtstücke. Plötzlich wußte Bram, daß das Schiff sank. Sie würden alle ertrinken! Alles würde untergehen!

Modoc verhielt sich sehr ruhig. Die anderen Elefanten hatten sich rund um Modoc so aufgestellt, daß sie sich gegenseitig stützen konnten. Bram ließ die Elefanten allein, um den Männern zu helfen, die Kanone festzuzurren.

Zwei Seeleute hatten eine Bilgepumpe in Gang gesetzt, die jedoch nicht viel ausrichtete. Als die *Ganges* mit dem Bug voran in ein weiteres Wellental tauchte, machte die Kanone einen Ruck nach vorn, riß die noch intakten Ketten aus der Verankerung und zog alle Männer mit sich. Die riesige stählerne Waffe rollte in die Mitte des Raums und hielt an – knapp zwei Meter vor den Elefanten. Bei der nächsten Gegenbewegung des Schiffs wälzte sich das Monster wieder in seine „Höhle" zurück.

Kelly brüllte: „Bram! Mach die Elefanten los! Das nächste Mal können wir die Kanone nicht mehr halten!"

Bram rannte von einem Elefanten zum anderen und löste ihre Ketten. Zuerst die von Tina, die vor Angst laut schrie, dann die von Krono und Emma. Als er sich nach Modocs Ketten bückte, warf ihn das heftige Schlingern des Schiffs zu Boden. Er fluchte verzweifelt, als er sah, wie die Kanone ihren Kurs änderte und geradewegs auf Modoc zurutschte. „Auf, Modoc! Auf! Los! Auf, auf!"

Modoc spannte jeden Muskel ihres Körpers an.

Die Ketten an ihrem rechten Vorder- und Hinterfuß rissen in dem Augenblick, in dem die Kanone auf sie zukrachte. Sie konnte gerade noch einen Schritt zur Seite machen. Das Ungetüm raste an ihr vorbei, rammte mit voller Wucht das Schott und hinterließ eine gewaltige Beule in der Schiffswand.

Bram schaffte es, Mo ganz loszubinden, bevor die Kanone wieder auf sie zurollte. Emma, Krono und Tina hatten sich in die hinterste Ecke verzogen, so weit weg von der Kanone wie möglich. Modoc blieb bei Bram, sie zitterte am ganzen Leib und stieß unentwegt kollernde Laute aus.

„Wir müssen das Monster zum Stehen bringen, bevor es ein Loch in die Schiffswand rammt!" schrie Kelly.

Bis auf die Haut durchnäßt, kämpfte er gegen die überwältigende

Macht des Wassers an. Er watete zu der Stelle, an der das Kanonenrohr die Wand getroffen hatte, und riß ein Stück Metall ab, das nach dem gewaltigen Aufprall lose herabhing. Schon setzte die Kanone erneut zum Angriff an. Als sie immer schneller wurde, stieß Kelly ihr die Metallstrebe zwischen die Speichen und blockierte die Räder. Das Monster schwang herum. Es spuckte die verbogene Strebe aus und sauste auf Emma und Tina zu. Wie gelähmt warteten die Elefanten bis zum allerletzten Augenblick, erst dann wichen sie dem Ungeheuer aus. Panik hatte sie ergriffen.

Immer wieder raste das stählerne Ungeheuer quer durch den Raum, knapp an den Elefanten und Menschen vorbei, und zertrümmerte Frachtkisten, Hebevorrichtungen, einfach alles, was auf seinem Weg lag. Allmählich waren die Spuren der Verwüstung auch an der Schiffswand nicht mehr zu übersehen: Ein großer Bereich war vollkommen demoliert und drohte auseinanderzubersten.

Plötzlich zerriß ein furchtbarer Schrei die Luft. Bram fuhr herum und sah, wie ein Matrose vom Rad des Ungetüms erfaßt und unter Wasser gedrückt wurde. Erst beim Zurückrollen gab es sein Opfer frei, das nun leblos auf dem Wasser trieb. Dieser grausige Anblick war zuviel für Bram. Er ging zu Modoc, klammerte sich an ihrem Bein fest, wollte sie vor der Kanone, vor dem Wasser schützen, wollte nur noch, daß dieser Alptraum ein Ende hätte.

Mitten in dem Inferno streckte Modoc behutsam ihren Rüssel aus und umarmte Bram liebevoll.

Die Kanone hatte ihre Attacken fürs erste eingestellt. Sie schien Luft zu holen ... oder auf irgend etwas zu warten, dort in den dunklen Tiefen des Frachtraums. Die Elefanten hatten sich ein wenig beruhigt.

„Ist es vorbei, Kelly?" Bram fürchtete sich vor der Antwort.

„Entweder ist es vorbei, oder wir sind mittendrin." Kelly wischte sich das Wasser aus dem Gesicht.

„Was heißt das?" fragte Bram.

„Wenn es ein Orkan ist, dann sind wir jetzt nur im Zentrum, im Auge des Sturms. Dort ist alles ruhig. Du denkst, du hast es geschafft, und dann geht es plötzlich wieder los..."

„Woher wissen wir, ob wir im Auge sind?" wollte Bram wissen.

„Abwarten."

„Wenn das so ist, dann sind wir oben auf Deck sicherer!" rief einer der Matrosen. Die anderen stimmten ihm zu, und einer nach dem anderen gingen sie nach oben.

„Er hat recht." Kelly wandte sich an Bram. „Wir sollten besser alle an Deck gehen."

„Aber was ist mit den Tieren?" Brams Stimme zitterte bei dem Versuch, seine Tränen zurückzuhalten.

Kelly legte seinen starken Arm um Brams Schultern. „Bram, jetzt hör mir mal gut zu. Ich weiß, daß du und dein Elefant, daß ihr sehr gute Freunde seid. Ich habe euch beide zusammen beobachtet. Aber wir haben nur dann eine Chance, wenn wir an Deck sind – und wenn wir es schaffen, dann können wir vielleicht ihr und den anderen helfen. Komm, laß uns nach oben gehen."

Bram schniefte und wischte sich die Nase am Handrücken ab. Er nickte. „In Ordnung. Ich komme gleich."

Kelly wußte sofort, was Bram vorhatte. Er watete durch das Wasser und drehte sich noch einmal nach ihm um: „Du bist wirklich ein Teufelskerl!" rief er ihm zu, bevor er in der Dunkelheit verschwand.

Bram sah sich im Frachtraum um. Müll trieb im Wasser, und schwimmende Frachtstücke stießen gegen den verstümmelten Körper des toten Matrosen. Tina, Emma und Krono standen jetzt ganz ruhig da. Die Kanone wartete drohend, ihr Rohr ragte trotzig aus dem Dunkeln hervor. Modoc wartete neben Bram, bereit, alles zu tun, was er von ihr verlangte.

Eine dunkle Vorahnung beschlich Bram in der unheimlichen Stille des Frachtraumes. Die einzigen Geräusche waren das monotone Tropfen des Meerwassers und das laute Atmen der Elefanten.

Modoc legte ihren Rüssel um Bram und murmelte leise vor sich hin. Die anderen Elefanten kamen dazu und bildeten einen Kreis, Kopf an Kopf, die Rüssel ineinander geschlungen. Bram machte keine Anstalten, nach oben zu gehen, er hatte es ohnehin nicht vorgehabt. Er zog die Beine an die Brust, verschränkte die Arme und ließ den Kopf sinken.

Es begann sanft wie ein Flüstern. Das Wasser kräuselte sich, bildete kleine Wellen und schwappte gegen die Beine der Elefanten. Der Körper des toten Matrosen nahm seinen makabren Tanz auf dem Wasser wieder auf. Das Warten war vorbei. Das Auge hatte sich geschlossen.

Bram führte die Elefanten so weit wie möglich von der Kanone weg. Sie waren jetzt viel gefaßter, als spürten sie das herannahende Ende.

Draußen erwachte das Meer heulend zu neuem Leben. Ein gähnender Abgrund tat sich vor dem Schiff auf, und es stürzte in die Wasserschluchten. Und wieder setzte sich die Kanone in Bewegung, rollte aus ihrem Versteck, wurde schneller und zielte direkt auf das bereits beschädigte Schott, das Rohr zum Angriff bereit. Das Metall zerbarst, die ganze Seite des Frachtraums riß auf, und die Kanone stürzte geradewegs in den Schlund des Meeres, wo sie ihr nasses Grab fand.

Für den Bruchteil einer Sekunde schien der Ozean stillzustehen. Dann schlug er zu. Eine Wasserwand stürzte mit ohrenbetäubendem Getöse in den Frachtraum.

Bram wurde durch die Wucht der Wassermassen von Modoc weggerissen und von einer gewaltigen Kraft gepackt. Die Welt um ihn herum verlor ihr Gesicht, und es überkam ihn eine übernatürliche Ruhe. Er spürte ein scharfes Brennen in der Lunge, er wollte unbedingt Luft holen, nur einmal, aber sein Überlebenswille war stärker und befahl ihm, die Luft weiter anzuhalten ..., nur noch einen Augenblick.

Hustend, spuckend und nach der kostbaren Luft ringend, tauchte er auf. Der starke Salzgeschmack ließ ihn würgen, bis sich sein Magen vor Schmerz zusammenkrampfte. In einer Welt, die aus den Fugen geraten war, kämpfte Bram um sein Leben. Blitze jagten über den tiefschwarzen Himmel. Regen peitschte das Wasser.

„Modoc! Modoc!“ Bram weinte. Er rollte sich auf den Rücken, ließ sich treiben. „Mosie“, flüsterte er, schon halb bewußtlos, „atme das Wasser ein. Sauge fest, atme tief ein. Es geht schnell vorbei ..., es tut nicht weh. Leb wohl!“

„HILFE! ... Hilfe!“

Bram schreckte hoch. „Wo seid ihr?“ schrie er.

„Hier drüben!“

Für einen kurzen Augenblick erhellte ein Blitz den Himmel. Keine fünfzig Meter vor ihm trieb eine Menschengruppe ineinandergehakt auf dem Wasser. Bram schwamm sofort in ihre Richtung, gab aber nach zehn Minuten erschöpft auf. Da erfaßte ihn eine Welle und trug ihn näher heran. Er spürte, wie ihn eine Hand am Nacken packte. Nur ein Mensch hatte einen solchen Griff!

„‚Hand‘! Du hast es geschafft! Bin ich froh, dich zu sehen!“ Bram blickte in die Runde. „Euch alle!“

„Die Hand“ grinste breit. „Du hättest dir wirklich kein besseres Schiff für deine Abenteuer aussuchen können.“

Bram reihte sich neben der „Hand“ ein. „Was ist mit den Rettungsbooten?“

„Wegen des rauhen Seegangs war es unmöglich, sie zu Wasser zu lassen. Sie wurden mit solcher Wucht gegen die Bordwände geschleudert, daß es einfach zu gefährlich war hineinzuspringen.“

Eine weitere Stimme durchbrach die Dunkelheit, dann noch eine. Alle schrien wild durcheinander. „Hierher! Hier sind wir!“

In den nächsten Stunden kamen zwanzig Leute zusammen. Die Starken stützten die Verletzten, versuchten, sie über Wasser zu halten. Endlich verlor der Sturm an Kraft.

„Zum Glück ist das Wasser warm“, sagte ein Amerikaner.

„Klar, weil wir im Golf von Bengalen sind. Im Atlantischen Ozean wären wir alle schon längst tot“, sagte „die Hand“.

DIE GRUPPE war inzwischen auf vierunddreißig Personen angewachsen. Wenn nicht bald Hilfe eintraf, hatten sie umsonst ums Überleben gekämpft. Sie würden an Erschöpfung und Unterkühlung sterben. „Die Hand“ sagte, die *Ganges* hätte vor dem Sinken noch einen SOS-Ruf abgeschickt, aber kein Schiff könne zu ihrer Rettung kommen, solange der Sturm nicht nachließe.

Bram versuchte, sich über Wasser zu halten und gleichzeitig zu schlafen. „Die Hand“ und der Mann auf der anderen Seite von Bram stützten den Jungen, während er schlief.

„Bram! Wach auf! Hör mal!“

Bram zuckte hoch. Als er sich umschaute, sah er, daß alle aufmerksam lauschten. „Was ist los, wa–“

„Scht!“

Bram horchte nach den Wellen und dem Wind und, nein, das konnte unmöglich sein, ein Trompeten! Ein Trompeten! Träumte er noch? *Mo ... Mosie. Bitte, lieber Gott, laß es wahr sein! Bitte, Mo ... Mo!*

Das Geräusch kam näher. Dann tauchte hinter einer Welle eine große graue Masse auf.

„Ja, ja – das ist sie, das ist Mo! Moodooc!“ Bram schrie und schrie.

Mo antwortete mit einem lauten Trompeten. Mit ganzer Kraft bewegte sie ihren mächtigen Körper auf ihn zu und streckte ihren Rüssel nach Bram aus. Er hielt ihr seine Hand entgegen, so weit er konnte, ihre Rüsselspitze kam näher und näher – bis sie sich endlich berührten! Bram packte den Rüssel, Mo zog ihn zu sich heran und stieß einen schrillen Ton aus, den noch nie zuvor ein Mensch gehört hatte. Bram umarmte sie und bedeckte ihren Nacken, ihren Rüssel und ihre Augen mit Küssen und weinte.

Die Leute johlten und jubelten. Ein altes Seil wurde über Modocs Rücken geworfen, und Bram kletterte hinauf. Die anderen banden sich an dem Seil fest und bildeten einen Kreis um Modoc. Endlich konnten sie sich ein wenig ausruhen. Die Verletzten setzten sich neben Bram auf Mos Rücken, und zum erstenmal seit dem Untergang des Frachters schliefen die Schiffbrüchigen, während Mo wie eine Insel in der aufgewühlten See trieb.

Der Morgen brach an. Die Wellen hatten an Kraft verloren. Dichter Nebel hatte sich wie eine Wolke über das Meer gelegt, die Sichtweite betrug nur noch drei bis fünf Meter.

Als die Überlebenden nach und nach erwachten, machten sich Verzweiflung und Hoffnungslosigkeit breit. Bram hatte die Nacht auf Mos Rücken verbracht. Er wachte auf, als er ihren Rüssel auf seinem Gesicht fühlte.

„Ist der Sturm vorbei?" fragte er.

„Er ist vorbei", kam eine Stimme von unten, „aber die denken bestimmt, wir wären alle ertrunken."

„Schluß jetzt", sagte „die Hand" energisch, „ich will nichts mehr davon hören. Ihr solltet vielmehr eurem Glücksstern danken, daß dieser Elefant hier aufgetaucht ist. Denn ohne ihn wären viele von uns nicht mehr da."

„Sie haben recht, Sir, aber das ist alles so verdammt seltsam. Oder haben Sie jemals von einem Elefanten gehört, der mitten im Ozean schwimmt?"

„Elefanten sind sehr gute Schwimmer", warf Bram ein, „bei uns zu Hause waren wir oft den ganzen Tag im Wasser, und Modoc wurde nie müde. Elefanten schwimmen ganz von selbst an der Oberfläche. Es sei denn, sie saugen sich voll Wasser oder können ihren Rüssel nicht mehr hochhalten."

Ein System wurde ausgedacht, nach dem sich die Leute abwechselnd auf Mos Rücken ausruhten. Alle paar Stunden schwammen vier oder fünf Männer vor Mo her, damit sie den Rüssel über ihre Schultern ausstrecken und auch ein wenig verschnaufen konnte.

Der Tag verging. Bram hatte seinen neuen Lieblingsplatz entdeckt: Er rollte sich unter Mos Kinn zusammen. Das war wie ein kleines Zimmer ganz für ihn allein – über ihm Mos Kinn und ihr Kiefer, hinter ihm ihr Nacken und die Brust und zu beiden Seiten die Beine wie zwei riesige Säulen.

Der zweite Tag brachte nichts Neues. Der Nebel wurde so dicht, daß sie das Gefühl hatten, in einem geheimnisvollen Raum eingeschlossen zu sein, mit wattierten Wänden, einem naßkalten Fußboden und einem unheimlichen Licht, das hoch über ihnen leuchtete. Bei Einbruch der Dunkelheit waren einige dem Wahnsinn nahe, sie begannen zu schreien, zu weinen, sich zu streiten. Diejenigen, die alle Hoffnung auf eine Rettung aufgegeben hatten, bahnten sich langsam ihren Weg zum Schwanz des Elefanten, ließen das Seil los und trieben unbemerkt davon.

Am dritten Tag hatten sich die meisten mit ihrem Schicksal abgefunden. Kaum einer sprach mehr ein Wort. Bram spürte, wie er immer schwächer wurde. Auch Mo begann, die Folgen des ständigen Kampfes mit den Naturelementen zu spüren. Die Männer waren jetzt so entkräftet, daß sie Modocs Rüssel nicht mehr stützen konnten. So tauchte er manchmal unter Wasser, wenn sie einschlief, und sie wachte niesend und prustend wieder auf.

In dieser Nacht zählte Bram nur noch siebenundzwanzig Menschen.

Nach seiner inneren Uhr war es zehn Uhr nachts, als sie das Dröhnen eines Schiffsmotors vernahmen. Alle begannen zu rufen und zu schreien. Farbige Suchlichter glitten über das Wasser und malten rote, blaue und gelbe Streifen auf die Nebelwand. Plötzlich tauchte der Bug des Schiffes auf.

„Halloooo!“ schrie eine Stimme.

„Wir sind hier! Hierher!“ brüllte „die Hand“ zurück.

Durch die Nebelschwaden kam ein altes indisches Fischerboot auf sie zu. Es war klein, aber solide gebaut. Es hatte einen Mast mit einem straff eingerollten Segel und ein kleines Ruderhaus im vorderen Teil des Bootes. Am Bug stand in großen Buchstaben sein Name: *Sahib.* An Bord waren zwei Inder.

Sie stellten den Motor ab und ließen das Boot treiben, bis „die Hand“ eine Seite packen konnte. Der Wind hatte wieder an Kraft gewonnen, und das Wasser kräuselte sich jetzt stärker, so daß er Mühe hatte, ins Boot zu klettern. An Bord bemerkte „die Hand“, daß das Boot kaum größer war als Modoc.

„Gab es denn keine größeren Boote?“

„Wir haben den SOS-Ruf gehört und sind zu Hilfe geeilt. Bitte entschuldigen Sie, daß unser Boot nicht größer ist“, antwortete der Mann bescheiden.

„Tut mir leid, ich wollte nicht unhöflich sein. Aber wie Sie sehen, gibt es da ein Problem.“

„Wenn Sie den Elefanten meinen, das ist doch kein Problem! Lassen Sie ihn hier, ich helfe Ihnen, einen neuen zu besorgen, sobald wir die Küste erreicht haben.“

„Die Hand“ suchte Brams Blick, doch der hatte sich unter Mos Kinn zurückgezogen.

„Es ist mir wirklich unangenehm, Sir, aber wir müssen uns beeilen, weil ein äußerst heftiger Sturm im Anzug ist. Wir müssen sofort umkehren." Die Wellen wurden immer größer, weißer Schaum krönte die Kämme ... Die Männer kannten diese Anzeichen nur zu gut.

„In Ordnung." „Die Hand" übernahm das Kommando. „Alle Mann an Bord. Einer nach dem anderen."

Die Männer seufzten laut auf vor Erleichterung. Viele brachen an Bord zusammen, zu schwach, um sich auf den Beinen zu halten.

„Die Hand" war außer sich. Was konnte er nur tun?

„Bram!" Bram tauchte auf, als er seinen Namen hörte. „Hör zu, Bram. Das einzige, was wir tun können, ist, mit diesem Boot an Land zu fahren und ein Schiff zu chartern, das groß genug ist, Modoc aufzunehmen."

„Die Hand" wußte, daß er Unsinn redete. Der herannahende Sturm würde ihnen gar nicht genug Zeit lassen.

Unter Mos Kinn drang Brams resignierte Stimme hervor. „Ist schon in Ordnung. Fahrt los! Mir geht's gut hier."

„Was zum Teufel redest du da? Jetzt mach keinen Blödsinn. Irgendein Schiff wird sie schon finden und ..., Bram, hörst du mir überhaupt zu?" Bram hatte Mo bereits vom Boot abgedreht, und „die Hand" wußte, daß er verloren hatte.

„Bram! Verdammt noch mal, komm zurück!"

Brams Stimme wurde immer leiser: „Wiedersehen, ‚Hand', und vielen Dank für alles."

„Nein. Warte. Bleib doch! Ich habe eine Idee. Wir könnten sie ins Schlepptau nehmen. Ja, das ist es! Wir schlingen diese Seile um ihren Körper und schleppen sie ab. Los, Männer, schnappt euch die Seile! Bram, bring sie hierher!"

„Die Hand" stolperte und fiel zu Boden, als er nach den Seilen griff. Keiner der Männer rührte sich. Bei dem bevorstehenden Sturm mußten sie zusehen, daß sie so schnell wie möglich in den Hafen kamen, und mit Mo im Schlepptau wären sie um einiges langsamer.

„He, Männer, los, packt mit an!" „Die Hand" tobte, Tränen der Wut schossen ihm in die Augen.

Er bückte sich gerade nach einem zweiten Seil, als einer der Matrosen einen dicken Holzknüppel nahm und ihn auf seinen Kopf niedersausen ließ. „Die Hand" fiel zu Boden, Blut sickerte an seiner Schläfe herunter. Mit einem Mal wurde es still auf dem Boot, und alle starrten nur noch den Körper an, der sich nicht mehr rührte.

ERST viele Stunden später lichtete sich der Nebel und gab die Sicht auf einen leuchtendgelben Halbmond frei. Die weißschäumenden Wellen hatten sich besänftigt und waren zu großen, ruhigen Wogen geworden, die in endlosen Reihen über den unergründlichen Ozean rollten, während ein leichter, warmer Regen silbrige Muster auf die Wasseroberfläche malte.

Modocs riesiger, kraftloser Körper lag so tief im Wasser, als hätte sie bereits ihren letzten Atemzug getan. Kleine Wirbel begleiteten sie in großen Kreisen wie ein Blatt, das flußabwärts treibt. Allerlei Treibgut sammelte sich an ihrer Seite. Bram war nirgends zu sehen. Da kam langsam eine Hand unter ihrem Kopf hervor und griff nach dem größten Holzstück.

„Das hilft dir bestimmt, Mosie." Brams Stimme war kaum zu vernehmen. Mit letzter Kraft hob er Modocs Rüssel von seiner Schulter und legte ihn auf das Holzstück, damit die Rüsselspitze nicht unter Wasser tauchte. Bram wußte, daß sie im Sterben lag. Ihr Körper war kalt, der Rüssel hing kraftlos im Wasser, alles Leben schien aus ihr gewichen, mit Ausnahme der Augen ... Mit halb geschlossenen Augen verfolgte sie jede einzelne seiner Bewegungen. Unter ihrem Kinn schwimmend, stützte Bram ihren riesigen Kopf mit seinen Schultern, so gut er konnte.

„So, mein Mädchen, wir müssen uns jetzt an all die schönen Dinge erinnern, die wir erlebt haben. Papa sagte immer, wenn die Zeiten schlechter werden, dann ..." Bram fühlte, wie ein leichtes Zittern durch Modocs Körper ging. „Mo, hörst du mich?" Tränen liefen ihm über die Wangen, als er ihren Kopf sinken ließ und an ihre Seite schwamm, damit sie ihn besser sehen konnte. Ihre Augen waren geschlossen. „Mo! ... Mo! ..."

Langsam öffnete sie die Augen, suchte müde, bis das ihm zugewandte Auge direkt auf ihn gerichtet war. Absolutes Vertrauen und grenzenlose Liebe lagen in ihrem Blick. Bram redete mit tränenerstickter Stimme weiter.

„Es ist soweit, Mosie ..., habe keine Angst. Wir sind zusammen, und solange wir zusammen sind, kann nichts und niemand uns was anhaben."

Er streichelte sanft die weiche Haut unter ihrem Auge. „Mach's gut, Mosie. Wir sehen uns am anderen Ufer wieder. Wir sehen uns in einer anderen Welt wieder."

Ihre Lider schlossen sich wieder, und eine Träne schimmerte durch die langen Wimpern.

„Ich ziehe jetzt gleich dieses Stück Holz unter deinem Rüssel weg“, Bram küßte den feuchten Fleck in ihrem Augenwinkel, „und wenn ich ziehe, denkst du an den Zirkus, an Emma und die Kleewiesen und an all deine Freunde, die dich liebhaben.“

Bram wußte, er wollte nicht allein im Meer zurückbleiben. Er schob seinen Arm sanft in Mos Maul, legte seine Hand auf ihre Zunge und gab ihr den Befehl zu „halten“. Dann murmelte er, bleich vor Angst: „Lebt wohl, Mama ..., Gertie ..., Curpo.“ Dann zog er das Holz weg.

Modoc wehrte sich nicht. Sie wußte, daß sie am Ende ihrer Reise angekommen waren. Ihr riesiger Kopf sank langsam immer tiefer, Brams Arm fest in ihrem Mund.

Einen Moment lang hörte das quälende Rauschen des Ozeans auf, Friede und Stille durchfluteten Bram. Ohne nachzudenken, hielt er den Atem an. Als er ihn ganz langsam entweichen ließ, vernahm er ein Geräusch – das deutliche Brummen eines Motors, das immer lauter wurde!

Er strampelte und wand sich, aber sein Arm lag fest in der tödlichen Umklammerung.

Verzweifelt schlug er gegen Mos Wange.

Umsonst. Sie sanken tiefer und tiefer. Langsam verlor Bram das Bewußtsein, alles verschwamm und wurde eins: das Wasser, die Luftblasen, Modoc, das Geräusch...

Da spürte er eine ungeheure Masse genau über sich. Es kam so plötzlich, daß selbst Modoc reagierte. Aufgeschreckt schwamm sie an die Oberfläche und zog Bram mit sich. Oben wurden sie von grellen Flutlichtern empfangen. Um sie herum schwammen Männer im Wasser, einige hielten Mos Kopf und Rüssel, andere tauchten ab und banden eine dicke Schlaufe aus Segeltuch um ihren Bauch. Bram spürte, wie ein starker Arm ihn aus dem Wasser zog und auf eine harte Unterlage legte. Er sah, wie Modoc mit einem riesigen Kran aus dem Wasser gezogen, vorsichtig über die Reling gehoben und langsam abgelassen wurde. Als ihre Füße den Boden berührten, gaben ihre Beine nach, und sie brach zusammen. Bram verlor das Bewußtsein.

Ein großer Mann mit einem Turban schrie Befehle. „Maschinen ... volle Kraft voraus... Meldung an Kalkutta, Ankunft 04.00!“ Und die Fähre setzte sich in Bewegung.

KAPITEL 5

„Es tut mir leid, der Arzt hat strikte Anweisung gegeben, den Patienten nicht zu stören!“

„Aber der Arzt sagte mir, er sei dabei aufzuwachen!“

Bram kam langsam wieder zu sich. Er versuchte zu begreifen, was mit ihm geschehen war. Er öffnete die Augen, sah jedoch nichts als verschwommene Pastelltöne, weiß, hellbraun, hellgelb, ein blasses Blau. Nichts bewegte sich, außer einem flachen braunen Ding über ihm, das sich ratternd im Kreis drehte.

„Bitte, lassen Sie mich zu ihm. Ich muß dasein, wenn er aufwacht.“

Der Mann schob sich an der Krankenschwester vorbei und betrat den Raum. Er beugte sich über das Bett und spähte durch das Moskitonetz. „Bram, bist du da drin? Ich bin's, Kelly.“

Bram versuchte verzweifelt, einen klaren Gedanken zu fassen. Wer war der Mann auf der anderen Seite des Moskitonetzes, der da mit ihm redete? Kelly… Kelly! „Ich… verstehe nicht…, du warst auf dem Schiff, als es…“

„Ja, ich und einige andere wurden zuerst aus dem Meer gefischt. Wir hatten riesiges Glück, wir konnten uns auf einen Teil der Brücke retten. Es war ziemlich übel, das Ganze. Aber“, und ein Strahlen ging über sein Gesicht, „ich konnte es einfach nicht glauben, als ich hörte, daß du hier bist.“

Bram stützte sich auf einen Ellbogen. „Kelly, was ist mit Mo? Ist sie…?“

„Sie ist noch nicht wieder auf den Beinen, aber sie lebt. Darum bin ich hier. Ich wußte, daß du sofort nach ihr fragen würdest. Sie wurde an einen besonderen Ort für Elefanten gebracht. Alle reden von ihr, nur deshalb habe ich von euch erfahren.“

„Ich muß sofort zu ihr, Kelly!“ Bram machte Anstalten, aus dem Bett zu klettern.

„He, jetzt mach aber mal langsam … Du liegst hier seit einer Woche! Warte erst einmal ab, was der Arzt sagt, und wenn es dir morgen früh bessergeht, lassen sie dich ja vielleicht für eine Weile zu Modoc. Ich werde dich selbst zu ihr bringen.“

BRAM schlief bis tief in die Nacht. Als er aufwachte, war es stockdunkel in seinem Zimmer. Er knipste eine kleine Nachttischlampe an und schaute sich zum erstenmal in dem Raum um. In der hinteren Ecke auf dem Boden saß ein sehr alter Mann mit Turban und Sarong. Seine Hand hielt eine Schnur, die mit dem großen Ventilator an der Decke verbunden war. Wenn er daran zog, drehte sich der Ventilator langsam und brachte etwas Kühlung in den heißen, feuchten Raum. Aber der Mann war eingeschlafen, und der Ventilator hing bewegungslos von der Decke.

Bram mußte sofort zu Mo. Er ignorierte die quälenden Schmerzen in seinem Körper, richtete sich auf und tastete nach einer Öffnung im Moskitonetz. Als er sie nicht auf Anhieb fand, riß er einfach ein großes Loch in den dünnen Stoff. Dann kletterte er auf den Boden und suchte nach seinen Kleidern. Sie waren nirgends zu finden. Daraufhin nahm er einen der großen Kopfkissenbezüge, riß die Naht an einer Seite auf und zog ihn über den Kopf. Er reichte ihm bis über die Hüfte. Die Kordel, mit der das Moskitonetz befestigt war, diente ihm als Gürtel. Einen zweiten Kissenbezug riß er in Streifen, um sich daraus einen Turban zu binden. Danach betrachtete er sich in der Glastür des Medikamentenschrankes.

„Nicht schlecht“, murmelte er vor sich hin, „gar nicht mal schlecht.“

Er zog den rot-weiß gestreiften Vorhang, der als Türersatz diente, zur Seite und streckte vorsichtig den Kopf hinaus. Niemand war zu sehen. Er hielt sich im Schatten der Korridore, fand die Treppe und gelangte schon bald durch die runden Torbögen auf die Straße.

Dort blieb er verwirrt stehen. Obwohl sie kaum beleuchtet war, sah er, daß die Straße eigentlich nur aus Löchern bestand. Niedrige Lehmgebäude säumten sie zu beiden Seiten.

Bram fiel es schwer, einen klaren Gedanken zu fassen, Übelkeit und Schmerzen raubten ihm fast die Sinne. Er betrachtete die verschiedenen Schilder, die an Gebäuden, Bäumen und Pfählen hingen – sie waren alle in einer fremden Sprache geschrieben, die er nicht verstand. Plötzlich fiel sein Blick auf einen Hinweis, der sein Herz höher schlagen ließ: KÖNIGLICHES ELEPHANTARIUM KISMET 10 KM.

Er folgte dem Pfeil auf dem Schild. Ohne Pause marschierte er, bis er in einiger Entfernung Lichtstreifen sah, die quer über die Straße fielen. Vor ihm, auf einem Felsvorsprung, stand ein strahlend weißer Palast von unermeßlicher Pracht. Aus reinstem Alabaster erbaut, bezauberte er durch das raffinierte Spiel seiner Kuppeln, Erker und Fensterpavillons. Von prächtig blühenden Chrysanthemen, Bougainvilleen und Rosen eingefaßte Pfade verzweigten sich in alle Richtungen. Den

Eingangsbereich beherrschte die lebensgroße Nachbildung eines Indischen Elefanten aus Teakholz. Mitten auf dem Rasen erhob er sich in seiner ganzen Majestät, den Rüssel als Zeichen des Triumphes gen Himmel gereckt.

Nie zuvor hatte Bram so viel Schönheit und Eleganz gesehen. Er folgte dem gepflasterten Weg, der zu den großen Toren des Palastes führte, als er plötzlich zwei Wachen bemerkte, die, mit Lanzen bewaffnet, am Eingang standen. Jetzt, da er Mo fast gefunden hatte, wollte er nicht das Risiko eingehen, entdeckt zu werden.

Zu seiner Rechten ging ein schmaler Pfad ab. Bram wählte diesen Weg, der sich jedoch schon bald in einem wahren Meer von Rosen, Flieder und Narzissen verlor, die einen atemberaubenden Duft verströmten. Aber Bram erkannte noch einen anderen, ihm sehr vertrauten Geruch: Elefanten! Zwanzig Meter vor ihm lag ein kleiner Hügel. Oben angekommen, konnte er das ganze Gelände einsehen. Und was er da sah, verschlug ihm den Atem.

Unter ihm lag das Elefantengehege. Alle Gebäude waren im indischen Stil erbaut, mit gekalkten Steinmauern, spitz zulaufenden Dächern, blattgoldverzierten Säulen und überall dazwischen erlesenen Statuen und Figuren. Die Flagge mit dem Roten Kreuz auf einem der Dächer sprach für sich. Er schlich sich von der Seite an das Krankenhaus heran und hoffte, so früh am Morgen noch niemandem über den Weg zu laufen.

Die Tür knarrte, als er sie behutsam öffnete. Drinnen war es stockdunkel, bis auf kleine Kerzen, die am Boden aufgereiht den Mittelgang beleuchteten. Bram wartete, bis sich seine Augen an die Dunkelheit gewöhnt hatten, und folgte dann den lautlos flackernden Lichtern. Auf beiden Seiten lagen oder standen Elefanten, einige trugen Verbände, andere Beinschienen. Das war wirklich ein Krankenhaus für Elefanten.

„Mo?“ rief er leise, „Mosie, bist du hier?“

Alle Elefanten antworteten mit Quieklauten oder dumpfem Grollen. Als sich die Tiere wieder beruhigt hatten, hörte Bram einen tiefen Kehllaut.

„Mo ..., bist du’s?“ Das Herz schlug ihm bis zum Hals. Wieder vernahm er den Laut, der aus einem anderen Teil des Gebäudes kam. Bram nahm eine Kerze und ging in die Dunkelheit hinein.

„Mosie, wo bist du? Sag was, Kleines, damit ich dich finden kann.“ Er hielt für einen Moment inne.

Vom Boden stieg ein Stöhnen auf, das bereits den Tod erahnen ließ. Bram fiel auf die Knie. Da lag Mo, direkt vor ihm!

„Mo, Mo! Du lebst!“ Er preßte sein Gesicht gegen ihre Wange und weinte vor Freude und tiefer Dankbarkeit. Mos Rüssel fand Brams Gesicht und tastete es immer und immer wieder ab. Bram rollte sich unter ihrem Kinn zusammen, ihrem gemeinsamen Lieblingsplatz. Mo legte ihren Rüssel um seine Schultern, wie eine Mutter ihr Kind tröstend in den Armen hält, und die beiden redeten, jeder auf seine Weise, bis die Kerze niedergebrannt war und der Schlaf sie übermannte.

Als Bram aus einem tiefen Schlaf erwachte, sah er eine Gruppe von Männern, die sich um ihn und Modoc versammelt hatten. Auf ihren Turbanen und lose über der Hose getragenen Hemden trugen sie das Emblem eines Elefanten, und darüber stand in einem Bogen der Name ELEPHANTARIUM.

„Verzeihen Sie, Sir, aber Sie sind sich gewiß nicht der Gefahr bewußt, der Sie sich in diesem Augenblick dort unten aussetzen?“ Der junge Mann, der das Wort an Bram richtete, war groß und schlank.

Bram wurde plötzlich bewußt, daß er immer noch unter Mos Kinn lag, und stand schnell auf. „Englisch? Sprechen Sie Englisch?“ fragte er.

„Ja, und Sie auch, wie ich höre. Das ist gut. Mein Name ist Sabu“, sagte der Fremde, „und ich arbeite für Dr. Scharren, das ist unser Tierarzt.“

„Ich heiße Bram, und Modoc und ich sind zusammen aus dem Meer gerettet worden.“

„Ah, dann sind Sie derjenige, von dem alle sprechen. Ich heiße Sie herzlich bei uns willkommen.“ Sabu lächelte. „Aber nun lassen Sie mich Ihnen einen ruhigen Platz zeigen, an dem Sie sich ein wenig von Ihrer Reise erholen können.“

„Vielen Dank, ich weiß Ihr Angebot sehr zu schätzen, aber Modoc braucht mich. Ich denke, es ist besser, wenn ich hierbleibe.“

Sabu blickte Bram mit ernsten Augen an. „Ich sehe, Sie sind einer von uns. Ihr Elefant hat sich kaum bewegt, seitdem er hier ist. Er hat sich höchstens einmal von einer Seite auf die andere gedreht, und es besteht die Gefahr einer Bauchfellentzündung, da sein Kreislauf sehr schwach ist.“

Als Bram das hörte, wandte er sich sofort an Modoc. „Guten Morgen, Mosie, Zeit zum Aufstehen. Die weite Welt liegt vor uns, und ich denke gar nicht daran, alleine loszuziehen. Aufstehen, Mo!“

Mo öffnete ihre Augen, blickte um sich und schien Energie zu sammeln. „Gut so, Mosie, hoch jetzt, Mo, hoch!“

Mo begann, hin- und herzuschaukeln. Sie warf den Kopf hoch, und mit der Unterstützung von sechs Männern, die allesamt schoben, schaffte sie es, sich wie eine Sphinx aufzusetzen.

„Gut gemacht, Mo. So, ruh dich jetzt ein wenig aus, während das Blut alle trockenen Stellen wieder auffüllt."

Sabu war sprachlos. „Aber das ist ja wundervoll!" platzte er heraus. „Sie sprechen die Sprache der Dickhäuter. Sollen wir sie mit einem milden Adstringens abreiben, um den Blutkreislauf anzuregen?"

„Ja", nickte Bram.

Modocs Körper wurde mit dem Mittel eingerieben, und Bram bereitete sich darauf vor, Modoc wieder auf die Beine zu stellen.

Sie war von Männern umringt, die alle auf Brams Signal warteten. „So, Mosie, los geht's. Auf, Mo! Jetzt. Jetzt!"

Modoc setzte zunächst ihre Füße zwei Schritte zurück und richtete dann ihren Oberkörper auf. Auf Brams Kommando stemmten sich alle Männer gegen ihre Brust und ihre Vorderbeine und drückten mit aller Kraft. Langsam bewegten sich ihre Vorderbeine nach hinten, bis sie die richtige Position gefunden hatten. Daraufhin liefen die Männer nach hinten und bildeten einen Halbkreis um sie herum.

„Sehr gut, Mo. So, hoch jetzt, Mo, hoch!" Sie gab ihr Letztes, und das galt auch für die Männer, einige krochen sogar unter ihren Leib – ein gefährlicher Platz, wenn die Bemühungen mißlingen sollten. Und unter den allergrößten Anstrengungen schaffte es Modoc schließlich. Sie stand! Ihr Siegesgebrüll hallte durch die Räume und wurde von allen anderen Elefanten mit einem lauten Trompetenstoß beantwortet. Eine Schlinge wurde um Modocs Körper gelegt, damit ihre Beine von dem Gewicht entlastet wurden.

Von nun an wich Bram nicht mehr von ihrer Seite, er fütterte sie, gab ihr zu trinken, wusch sie und half Dr. Scharren mit den Spritzen und Pillen. Das Personal achtete darauf, daß es Bram an nichts fehlte.

Inzwischen war Modocs Geschichte dem Besitzer des Elephantariums, dem Maharadscha, zu Ohren gekommen. Er ließ durch Sabu ausrichten, es sei ihm eine große Ehre, solche Helden wie ihn zu beherbergen, und er freue sich, Bram bald zu empfangen.

Oft kam Kelly zu Besuch. Eines Tages, als sie durch die großzügigen Anlagen des Elephantariums spazierten, deutete Kelly auf eine goldene Kuppel, die hoch über die Bäume des angrenzenden Waldes ragte. „Was ist das?" fragte er.

„Sabu erzählte mir, daß dort der Königliche Weiße Hathi lebt, das heißt Elefant auf Hindi. Niemand darf zu ihm, es sei denn, der Maharadscha selbst erteilt die Erlaubnis dazu."

„Vielleicht wirst du ihn eines Tages sehen“, meinte Kelly.

„Dann würde ein Märchen wahr. Ich glaube nämlich nicht an diese Geschichte. Aber falls es diesen Elefanten wirklich gibt, dann verstehe ich, warum er bei den Hindus als heiliges Tier gilt und mit tiefem Respekt behandelt wird.“ Bram wechselte das Thema. „Ich habe noch immer nicht verstanden, warum wir in Kalkutta gelandet sind. Da müssen wir aber verdammt weit von unserem eigentlichen Kurs abgekommen sein. Zumindest nach dem, was man mir erzählt hat.“

„Das stimmt“, Kelly nickte. „Es war aber auch ein außergewöhnlich starker Sturm! Nachdem wir den Südzipfel von Indien umschifft hatten, brachte uns der Orkan vom Kurs ab, und die Strömung in der Bucht zog uns zur Küste.“

„Wir haben großes Glück gehabt, Kelly. Die Menschen hier nennen das gutes Karma. Sie sagen, wir seien gerettet worden, weil auf Erden noch besondere Aufgaben auf uns warten.“

„Wie auch immer, wenn irgendwo etwas auf mich wartet, dann wird es zu Hause in Amerika sein. Ich habe ein Telegramm vom Zirkus bekommen. Sie sind alle tief bestürzt über das schwere Unglück und wollen, daß ich so bald wie möglich zurückkomme.“

„Stand auch etwas über die Tiere darin?“

„Nein. Aber in einem früheren Telegramm schrieben sie, wie leid es ihnen täte, daß die meisten Menschen und Tiere ertrunken seien.“

Bram blieb stehen. Er legte seine Hand auf Kellys Arm. „Kelly, ich habe noch nie jemanden gebeten, für mich zu lügen, aber wenn jemand nach Mo fragen sollte oder etwas über sie liest...“

„Mo – was ist das? Ich habe noch nie etwas von einem Mo gehört.“ Kelly legte seinen Arm um Brams Schultern, und sie setzten ihren Spaziergang fort.

Am Abend erkundigte sich Bram im Krankenhaus, ob es Neuigkeiten von der „Hand“ gäbe. Niemand wußte, was aus ihm geworden war. In jener Nacht schmiegte sich Bram eng an Modoc, um ihre Nähe zu spüren.

EIN BOTE überbrachte Bram einen Brief, der in goldener Tinte abgefaßt war. Der Maharadscha gab sich die Ehre, Bram zu einem Essen in den Palast einzuladen. Über dem Arm des Boten lag fein säuberlich gefaltet ein rotbraunes Hemd mit dem fürstlichen Wappen – ein Geschenk für Bram, das er bei Tisch tragen sollte.

Sabu begleitete ihn zum Palast und belehrte ihn über all die Dinge, die er tun oder lieber lassen sollte. „Sitz niemals höher als der

Maharadscha. Unterbrich ihn nie, wenn er spricht. Beantworte stets seine Fragen, bevor du deine eigenen stellst..." Als sie endlich ankamen, war Bram mit den Nerven schon völlig am Ende.

Sie wurden von einem Diener des Maharadschas empfangen, der sie in einen großen, luftigen Raum führte, an den sich eine Terrasse anschloß. Die Aussicht war atemberaubend schön: klare blaue Seen, Wasserfälle, tropische Pflanzen, dazwischen friedlich umherziehende rosafarbene Flamingos. Am Ufer des Sees war eine Tafel für vier Personen gedeckt.

Die Stimmen zweier Männer hallten durch den Raum, als sie durch die Tür schritten. Beide schienen Mitte Vierzig zu sein. Einer trug einen mit Juwelen verzierten Turban, eine weiße, perlenbestickte Samtjacke, dazu die passende Hose und samtigweiche Velourssschuhe. Der andere war Brite. Er trug eine exklusive Buschjacke mit Schulterstücken, englische Breecheshosen und auf Hochglanz polierte Reitstiefel aus Ochsenleder.

„Seien Sie willkommen, junger Mann. Sabu, es freut mich, Sie zu sehen." Der Mann in der Samtjacke trat vor und schüttelte beiden die Hand. Das war zweifelsohne der Maharadscha. „Darf ich Sie mit einem guten Freund von mir, Mr. John Rudyard, bekannt machen. Er arbeitet in den Teakbaumwäldern von Birma."

Der Maharadscha wandte sich an Bram: „Sie müssen wissen, ich bin über Ihr Verhalten während des Schiffsbruchs bestens informiert, und Ihr Mut und Ihre Treue zu Ihrem Elefanten Modoc haben mich sehr beeindruckt."

Bram senkte bescheiden den Kopf und brachte nur ein leises Danke hervor.

„Mr. Rudyard bleibt nur eine kurze Weile bei uns, er nutzt unsere Anlagen, um seine Elefanten abzurichten."

Als die Männer in den Hof hinausgingen, erschienen vier Diener, um ihnen die Stühle zurechtzurücken.

Rudyard wandte sich an Bram: „Junger Mann, Sie haben da etwas Außerordentliches zustande gebracht – sagen Sie, wie konnten Sie denn ihre Modoc über einen so unglaublich langen Zeitraum über Wasser halten?"

„Sie hat ein starkes Herz, Sir", erwiderte Bram.

„Ich würde eher sagen, ein liebendes, oder?" warf der Maharadscha dazwischen.

Bram spielte mit seiner Serviette. Sabu, der seine Verlegenheit bemerkte, ergriff das Wort. „Eure Majestät, Bram hat ein ganz besonderes Verhältnis zu Modoc. Er hat die einzigartige Fähigkeit, Elefanten über ihre Gefühlsebene anzusprechen und nicht mit Gewalt."

„Ja, ich habe gehört, was seit Ihrer Ankunft geschehen ist, und ich finde das alles sehr interessant." Und zu Rudyard gewandt, fügte der Maharadscha hinzu: „John, vielleicht hat Bram ja Lust, Ihnen zuzuschauen, wie Sie die Elefanten auf ihre Arbeit in den Teakbaumwäldern vorbereiten."

„Selbstverständlich. Es wird mir ein Vergnügen sein."

Das Mahl, das ihnen gereicht wurde, war alles andere als ein einfaches Mittagessen. Auf dem Heimweg stand Brams Mundwerk nicht mehr still. Der Palast, das Essen, das Treffen mit dem Maharadscha und Mr. Rudyard und die Aussicht, miterleben zu dürfen, wie Arbeitselefanten abgerichtet werden – noch am Morgen hatte er nicht gewußt, daß es so etwas überhaupt gab –, all das war mehr, als er auf einmal verkraften konnte. Sein ganzes Leben lang hatte Bram gelernt, wie man Elefanten für den Zirkus dressiert. Natürlich gab es auch Zeiten, in denen die Elefanten für schwere Arbeiten auf dem Zirkusgelände eingesetzt wurden, aber das war etwas anderes. Diese Elefanten hier verbrachten ihr Leben mit Arbeiten, so wie Zirkuselefanten ihr Leben in der Manege verbrachten. Den ganzen Weg zurück zum Elefantenhaus redete Bram wie ein Wasserfall, und dort angekommen, mußte er für Modoc noch einmal von vorne anfangen!

IN DEN folgenden Monaten setzten sich Dr. Scharren und Bram unermüdlich dafür ein, daß Modoc wieder zu Kräften kam. Selbst von ihren Depressionen, die Bram große Sorgen bereitet hatten, schien Modoc geheilt.

Bram entschied, daß er nun beruhigt die neuen Gemächer beziehen konnte, die der Maharadscha ihm angeboten hatte. Für ihn war es das Paradies auf Erden: Eine Wendeltreppe führte zu seinen Räumen, von denen aus er einen freien Blick auf das Gelände hatte, auf dem die Elefanten abgerichtet wurden. Durch eine großzügige Doppelflügeltür konnte er auf einen kleinen Balkon hinaustreten und von einem bequemen Korbstuhl aus die Elefanten beobachten.

Modoc bezog ihr Quartier direkt unterhalb des Balkons. So konnten sie einander sehen und miteinander reden.

Bram erfuhr, daß dieser Maharadscha mehr Elefanten besaß als alle anderen Maharadschas vor ihm. Man erzählte sich, sein Lieblingselefant sei Atoul, der Heilige Weiße Elefant. Bram glaubte immer noch, daß es nur eine schöne Geschichte sei.

„Aber nein", sagte Sabu. „Er wird in einem goldenen Tempel mitten im Wald gehalten. Niemand darf in seine Nähe. Atoul ist der größte lebende Elefant, jeder seiner Stoßzähne wiegt fünfundsiebzig Kilo. Seine Haut ist weiß wie Schnee, und seine tiefliegenden Augen sind schwarz wie die Nacht. Nur einer, ein heiliger Mann mit Namen Jagrat, darf sich um ihn kümmern. Es heißt, er habe den Weg in das Herz des Elefanten und dort den wahren Frieden gefunden."

Bram saß oft stundenlang am Fenster und beobachtete, wie die Mahuts, die Elefantenführer, ihre Tiere zum Abrichten brachten. Eines Tages sah er, wie fünfundzwanzig riesige Baumstämme auf den Platz gerollt und aufgereiht wurden. Daneben wurden Arbeitsgeschirre und Ketten gelegt. Dann betrat ein Mann mit zwei auffallend großen Elefanten den Platz. Es war Mr. Rudyard. Bram beobachtete, wie die Elefanten unter seiner Anleitung die Holzstämme von einem Stapel auf einen anderen legten. Dazu mußten sie die schweren Stämme schieben, ziehen, hochheben, tragen und schleifen.

In dieser Nacht lag Bram wach in seinem Bett und dachte darüber nach, wie es wohl wäre, im Wald zu leben und mit den Elefanten diese riesigen Baumstämme hin und her zu ziehen und zu schieben. Er fand das in mancherlei Hinsicht besser, als Elefanten für Zirkusvorführungen abzurichten, sie Männchen machen und Purzelbäume schlagen zu lassen wie dressierte Pudel.

Von nun an nutzte Bram die Stunden, in denen der Platz nicht belegt war, und brachte Modoc die Arbeitsabläufe der Teakholzelefanten bei. Nach einigen Monaten veränderte sich Mos Körper spürbar, sie entwickelte neue Muskeln und machte insgesamt einen kräftigeren und gesünderen Eindruck.

Die Tierpfleger des Elephantariums betrachteten Bram schon bald als einen der ihren. Er lebte wie ein Inder, trug indische Kleidung, aß vegetarisch und begann, ihre Sprache zu lernen.

ALLE Briefe an seine Mutter, Gertie und Curpo waren während des Sturms den Wellen zum Opfer gefallen. Seit seiner Rettung hatte er nicht mehr geschrieben ..., nicht einen einzigen Brief. Er hatte Angst, daß ein Brief an Gertie oder die anderen seinen Aufenthaltsort verraten würde – und daß Modoc am Leben war. Ein Versprecher, und die ganze Stadt wüßte Bescheid. Und womöglich würde Herr Gobel oder einer seiner Leute davon erfahren. Bram war sicher, daß der Schiffskapitän Mr. North darüber informiert hatte, daß er, Bram, sich als blinder Passagier auf das Schiff geschmuggelt hatte. Wenn

North irgend etwas von Modocs Überleben hörte, würde er auch sofort an Bram denken. Und über seine Familie könnte er schnell die Spur zu Modoc aufnehmen.

MITTEN durch den Wald, der den Palast umgab, floß der Agra, ein geheimnisvoller Fluß, der dunkelblaues Wasser führte. Jeden Morgen ritt Bram auf Mo zu diesem Fluß. Sie ließen sich dabei viel Zeit und schlenderten gemütlich durch den Wald. Andere schlossen sich ihnen an, und an manchen Tagen waren es bis zu dreißig Elefanten. Das vergnügte Trompeten und Brüllen der Elefanten, sobald sie das Wasser erreichten, war von weit her zu hören.

Die Mahuts führten ihre Schützlinge zunächst ans Ufer und schrubbten sie dort sauber. Danach konnten sie nach Herzenslust herumtoben. Den Schwanz steil nach oben gerichtet, den Rüssel hoch erhoben, stürzten sie sich ins Wasser. Modoc beteiligte sich nur an dem täglichen Waschritual. Wenn die anderen dann ins Wasser eilten, blieb sie mit hängenden Ohren am Rand zurück. Bram stand neben ihr und strich ihr sanft über die Beine.

BRAM sah ihn schon von weitem ..., Sabu kam über den grasbewachsenen Abhang am Rande des Waldes auf ihn zugerannt, auf dem er und Mosie in der warmen Sonne ruhten und die sanfte Brise genossen.

„Bram! Bram!“ rief Sabu. „Ich habe eine großartige Nachricht für dich!“ Erschöpft ließ er sich neben ihn ins Gras fallen.

„Erzähl schon!“

„Der Maharadscha hat dir die Erlaubnis gegeben, Atoul zu sehen! Heute abend bei Sonnenuntergang triffst du Jagrat am Ufer des Sees, an dem großen Mimosenbaum. Er wird dich zu Atoul führen!“

Lange vor der verabredeten Zeit stand Bram unter dem Mimosenbaum. Als die Sonne am Horizont unterging, erschien ein Mann mit weißem Turban, weißem Hemd und weißen Sandalen auf einer Anhöhe in der Nähe des Baums. Er war kräftig, hatte einen Schnurrbart und trug einen goldenen Elefantenhaken. Auf seiner Jacke war links das Emblem des Elephantariums aufgestickt. Er legte seine Handflächen zum Gruß zusammen und verbeugte sich langsam.

„Ich heiße Jagrat. Ich habe die Anweisung, dich zu Atoul zu bringen.“

Bram begrüßte Jagrat auf die gleiche Weise. Dann stellte er sich vor: „Mein Name ist Bram. Ich danke dir, daß du mir diese Ehre erweist.“

Sie gingen tiefer in den Wald hinein, und schon bald wurde die Vegetation wilder und urwüchsiger, denn hier war der Wald sich selbst überlassen. Nach einer Weile sah Bram die goldene Kuppel des Tempels, in dem der Weiße Elefant lebte. Anstatt direkt darauf zuzugehen, hielten sie sich parallel dazu. Der Mond stieg groß und rund am Himmel auf.

Da erblickte er ihn: Unbeweglich stand er auf einer Anhöhe zwanzig Meter über ihnen und lauschte in die Stille hinein. Die Spitzen seiner Stoßzähne spiegelten sich in dem fahlen Mondlicht und ließen die Kraft des weißen Patriarchen erahnen.

Jagrat hatte einen schmalen Pfad eingeschlagen, der sich den Berg hochschlängelte. Als sie um die letzte Biegung kamen, wandte sich Atoul ihnen langsam zu.

Bram schaute zu dem Koloß auf. Er maß über vier Meter – eine bis dahin unbekannte Größe für einen Indischen Elefanten. Sein Körper war von einem makellosen Weiß, seine riesigen Stoßzähne bogen sich wie Dolche, die hell funkelnden Spitzen scharf geschliffen. Sein Rüssel war doppelt so dick wie der eines anderen Elefanten.

„Nähere dich ihm von vorne ..., langsam, dann bleib ruhig stehen."

Bram war wie verzaubert. Vor dem Antlitz Gottes zu stehen hätte ihn in diesem Moment nicht mehr beeindruckt. Er holte tief Luft, straffte die Schultern und ging auf den großen Elefanten zu. Nach fünf Schritten hielt er inne, er stand jetzt ganz nah vor ihm. Bram starrte in das Gesicht des alten Monarchen. Die schwarzen Augen durchbohrten ihn wie Pfeile.

Ihm war, als bewege sich Atoul auf ihn zu. Bram ließ sich von den unergründlichen schwarzen Augen aufsaugen. In seinem Kopf drehte sich alles, seine Sinne waren bis aufs äußerste angespannt. Zeit und Raum existierten nicht mehr. Er fühlte sich hochgehoben, seine Hände ruhten fest auf glatten, harten Zylindern ..., dann wurde er von einer strahlenden Helligkeit erfüllt. Er schwebte in einer weiten Sphäre, zusammen mit den Atomen aller Lebewesen – des Waldes, der Tiere, der ganzen Erde, die in Harmonie und Einklang einander begegneten, alles teilten–, und er vernahm Musik. Sie ging von den unendlich vielen Atomen aus, jedes sang sein ureigenes Lied der Schöpfung, und alle Lieder zusammen ergaben eine Symphonie der Natur, eine Lobeshymne zur Ehre Gottes ..., und dann Stille ...

BRAM schlug die Augen auf. Er fand sich in einem Korbstuhl wieder, der von der hohen Gewölbedecke eines Tempels herabhing. Jagrat erschien mit zwei Gläsern, die mit einer sprudelnden goldenen Flüssigkeit gefüllt waren.

„Hier, trink“, sagte er. Bram leerte sein Glas in einem Zug, das Getränk hatte einen leicht süßlichen Geschmack.

„Wo sind wir?“

„Wir sind im Tempel von Atoul. Das hier ist der Raum für Metaphysik und Meditation“, begann Jagrat, „hier wird nur über Dinge gesprochen, die aus dem Geist und aus dem Herzen kommen. Wie fühlst du dich?“

„Ich fühle mich ... wunderbar.“

„Kannst du dich an irgend etwas erinnern?“

Bram dachte einen Augenblick nach. „Ich erinnere mich, daß ich sehr nahe vor Atoul stand ..., an seine Augen ... und an ein Gefühl zu ..., zu ..., ja, zu schweben. Und dann war ich in einer Art Blase, die voller Lebensenergie war und sich zu drehen begann, und ...“ – Bram brach der Schweiß aus –, „und ich erinnere mich an Musik ..., wunderschöne Klänge. Was hat das alles zu bedeuten?“

Jagrat nahm einen Schluck aus seinem Glas. Er hielt inne, als wäge er seine Worte sorgfältig ab. „Man sagt, jeder Mensch habe einen Weg. Einen Weg zu Gott. Der Weg ist hier drinnen“, er zeigte auf seine Stirn, „und hier“, und er deutete auf sein Herz. „Die meisten von uns müssen hart arbeiten, um zu dieser Wahrheit zu gelangen. Nur sehr wenige finden diesen Weg ganz von selbst – so wie du. Viele Hindus glauben an das kosmische Gesetz des Universums, wonach die Suche nach der Wahrheit und nach Gott in jahrelanger, stiller Meditation zur Erleuchtung führt, und es sind nicht wenige, die in dieser Abgeschiedenheit unvergleichliches Glück erfahren. Aber so wie viele Flüsse in denselben Ozean münden, so gibt es auch viele Wege, die zu Gott führen. Diejenigen von uns, die im Einklang mit den Pflanzen und den Tieren leben, wissen, daß es eine Verbindung zwischen allen Lebewesen gibt – die Lebensenergie. Wir glauben, der beste Weg, mit der Natur, mit Gott zu kommunizieren, führt über ein Medium: die Tiere.“ Jagrat streckte seine Hand aus und berührte die Schulter des Jungen. In seinen Augen erkannte Bram die gleiche Kraft, die er auch in Atouls Augen gesehen hatte.

„Die Natur hört eine Stimme und folgt ihr“, fuhr Jagrat fort. „Darum können zehn oder zehntausend Vögel zur gleichen Zeit von einem See auffliegen, ohne einander zu berühren. Die Menschen hören nur ihre eigene Stimme. Sie kommen sich ständig in die Quere. Sie fällen ihr eigenes Urteil und werden Opfer ihrer Gier.“ Jagrat lächelte, seine Augen glitzerten. „Der Mond spiegelt sich in einem Wassertropfen ebenso wie im Ozean – so ist es auch mit Gott. Er spiegelt sich in jedem einzelnen Lebewesen – in jedem Tier, in allen Kreaturen.“

Behutsam bewegte sich Jagrat durch den Raum. Bram spürte in sich eine Kraft, die zuhörte, verstand – und wußte. Er lauschte Jagrats Worten: „Die Entscheidungsfreiheit des Menschen verleitet ihn dazu, sich eher auf sich selbst zu verlassen, als eins zu sein mit der Natur. Dies führt zu Störungen. Wenn diese ursprüngliche Energie ungenutzt bleibt, wird sie schwächer und verliert an Kraft. Immer weniger Menschen können die Stimme hören."

Nun sprach Bram zum erstenmal: „Aber, Jagrat, ist es den Menschen nicht von Natur aus gegeben, zu wählen und zu entscheiden, so wie es den Tieren von Natur aus verwehrt ist?"

Jagrat nickte. „Uns allen wurden bestimmte Regeln vorgegeben, nach denen wir leben. Der einzige Unterschied besteht darin, daß der Mensch diese Regeln mit Hilfe seiner Intelligenz deutet und steuert. Dazu muß er erst lernen, mit seiner Entscheidungsfreiheit richtig umzugehen. Der Mensch ist wie ein Kind, das ein neues Spielzeug geschenkt bekommt. Er weiß zunächst nicht, wie es funktioniert, hat er das Prinzip aber einmal erkannt, muß er lernen, es richtig zu handhaben.

Wenn der Mensch sich entscheidet, seine ihm innewohnende Fähigkeit zu nutzen und mit der Natur zu kommunizieren, wird er auch die Stimme hören, und alles wird gut auf Erden – wir werden ein großes Ganzes sein. Was du mit Modoc machst, ist das, wonach die Menschen seit Urzeiten suchen – über Tiere mit der Natur in Kontakt zu treten. Bewahre dir diese Gabe.

Lausche den Schwingungen der Energie, dem Lied der Natur. Die Klänge der Natur sind ihre Musik, sie kommt von allen Lebewesen. Das leise Violinenspiel des Windes in den Bäumen, das heulende Fagott des kräftigen Monsuns, die helle Klarinette der Vögel, die Harfenklänge der Meere, alle gemeinsam spielen sie das Lied Gottes. Es ist ein Lied, das in jedem Lebewesen, im ganzen Universum klingt.

Der Mensch muß lernen, darin einzustimmen. Es liegt in seiner Natur, neue Kompositionen zu ersinnen, aber er kann nichts Vollkommeneres schaffen als der Schöpfer selbst. Lehre deine Mitmenschen das Zuhören, besonders deine Feinde. Lausche der Symphonie der Natur. Die Blinden können sie sehen, die Tauben können sie hören. Die Klänge der Natur wahrzunehmen bedeutet, der Schöpfung in ihren Anfängen, in ihrer Entstehung und in ihrer Vollendung beizuwohnen. Denn Mensch, Natur und Gott sind eins.

Dein Zusammentreffen mit Atoul sollte dir zeigen, daß du die Fähigkeit besitzt, in sein tiefstes Inneres einzutauchen. Als er und du in denselben universalen Gedanken eintratet, ebnete Atoul dir den Weg des Wissens, und du warst fähig, ihn zu beschreiten, zu sehen, zu erfahren und zurückzukehren. Du besitzt die Gabe, mit den Tieren zu sprechen. Nutze sie als Medium, höre auf die Stimme der Natur!"

EINES Tages ließ der Maharadscha Bram ausrichten, er solle ihn umgehend aufsuchen.

„Bram, ich fürchte, ich habe schlechte Nachrichten für Sie..." Der Maharadscha zeigte ihm einen gelben Briefbogen. „Heute morgen erhielt ich dieses ausführliche Schreiben von Mr. North. Er zitiert einen Artikel aus einer New Yorker Zeitung über die wundersame Rettung eines Jungen und eines Elefanten auf hoher See. Da das Schiff mit seinen Tieren in der Nähe dieser Stelle untergegangen ist, glaubt er nun, daß es sich bei dem geretteten Elefanten um sein Eigentum handelt."

Brams Magen krampfte sich zusammen.

„Er plant, mit dem nächsten Schiff von New York nach Indien zu kommen."

„Aber ...", begann Bram.

„Warten Sie, das ist noch nicht alles. In seinem Brief schreibt er: ‚... und was den Jungen angeht, er ist ein Dieb, lassen Sie sich nicht von ihm täuschen. Er hat mein Eigentum gestohlen, und ich werde nicht eher ruhen, bis ich es mir wieder zurückgeholt und ihn als Schuldigen vor Gericht gebracht habe...' Er ersucht mich darum, ihm in diesem Anliegen meine volle Unterstützung zu gewähren." Der Maharadscha legte den Brief zur Seite. „Bram, wir sind gute Freunde geworden, und Sie sollen wissen, daß ich alles tun werde, was in meiner Macht steht, um Ihnen zu helfen."

Bram war wie versteinert. „Ich muß gehen ... und Modoc mitnehmen", stammelte er und starrte ins Leere.

„Warten Sie, Bram. Es gibt noch andere Möglichkeiten. Vielleicht kann ich Mr. North ja davon überzeugen, daß es das beste wäre, Sie und Modoc nicht zu trennen und Sie mit nach Amerika zu nehmen."

„Nein", antwortete Bram niedergeschlagen. „Er würde sich nicht darauf einlassen. Er mag uns nicht, weil wir Juden sind. Und selbst wenn er zunächst einverstanden wäre, könnte ich mir vorstellen, daß er sein Versprechen ganz schnell vergißt, sobald er wieder in Amerika ist. Mich würde er wahrscheinlich ins Gefängnis stecken, und Mo käme in andere Hände, und das wäre mehr, als ich ertragen könnte. Ich muß weg, und zwar sofort!"

Bevor Bram aufstehen konnte, legte ihm der Maharadscha seine

Hand auf die Schulter. „Bitte, noch einen Augenblick." Er räusperte sich und fuhr dann fort: „Ich bin der Herrscher über ein großes Fürstentum. Viele meiner Untertanen wissen, was an meinem Hof vorgeht. In meiner Position kann ich mir nichts Unrechtmäßiges erlauben. Ich kann Modoc nicht einfach ziehen lassen! Das würde meinen Prinzipien widersprechen, und mein Volk würde das Vertrauen in mich verlieren."

Bram sprang auf. „Was? Sie meinen ..., nein, das ist nicht wahr! Sie sind doch mein Freund. Sie haben gerade noch gesagt, daß Sie mir helfen wollen!"

„Bram ..., so verstehen Sie doch. Es ist eine Sache des Protokolls."

„Ich weiß nur, daß North kommen und Modoc mitnehmen wird, wenn wir nicht sofort von hier weggehen!"

Der Maharadscha schwieg eine Weile. Dann sagte er: „Modoc befindet sich in meiner Obhut und unter meiner Befehlsgewalt, und jeder Versuch, sie mitzunehmen, wird auf Widerstand stoßen. Würde sie dagegen ohne mein Wissen entwendet, wäre ich ganz bestimmt sehr verärgert. Aber Indien ist ein großes Land, und es gibt viele Orte, an denen man einen Elefanten verstecken kann. Ich sähe mich natürlich verpflichtet, Mr. North über diese mißliche Entwicklung zu informieren und ihm in jeder Weise behilflich zu sein. Aber ich glaube kaum, daß jemand so töricht wäre, oder?" Und er schenkte Bram ein wissendes Lächeln.

Bram war vollauf damit beschäftigt, seine Abreise vorzubereiten. Er war dankbar für das „Verständnis" des Maharadschas und wollte so bald wie möglich aufbrechen, um weit fort zu sein, wenn Mr. North einträfe.

Es klopfte leise an seine Tür. Sabu trat ein, auf dem Arm einen Stapel Dinge, die er auf seiner Reise benötigen würde. An vieles hatte Bram überhaupt nicht gedacht. Sabu setzte sich auf den Boden und breitete alles aus.

Bram ließ sich neben ihm nieder und sagte leise: „Woher wußtest du, daß ich ..."

„Du hast hier viele Freunde, Sahib. Ich habe Karten von den Gegenden besorgt, die ihr auf eurer Reise durchqueren werdet. Du mußt vorsichtig sein, Sahib. Indien ist ein armes Land, und es gibt Menschen, die anderen schlimme Dinge zufügen, um ihr eigenes Leben angenehmer zu machen. Wann willst du los?"

„Morgen nacht. Dann ist Vollmond, und ich hoffe, die Stadt bis zum

Tagesanbruch verlassen zu haben. Ich werde dich vermissen, Sabu, du warst wie ein Bruder für mich. Wer weiß, vielleicht sehen wir uns eines Tages wieder."

Vor der Tür stand ein Howdah, ein Reitgestell für Elefanten.

„Offensichtlich ein Geschenk Gottes", lautete Sabus schlichte Erklärung. „Du mußt es dankbar annehmen und sorgsam damit umgehen."

Dann kam ein Bote vom Tempel des Weißen Elefanten, der eine Botschaft überbrachte:

> Auf Deiner Reise gibt es viele Wasser, die es zu durchqueren gilt.
> Agra – heute abend, 22 Uhr, zusammen mit Modoc.
>
> Jagrat

BRAM freute sich über die Nachricht von Jagrat, und obgleich er sie nicht verstand, wußte er doch, daß es sich um etwas Wichtiges handeln mußte.

Er konnte sich nicht offiziell vom Maharadscha verabschieden, aber er fand einen Grund, ihn vor seiner Abreise noch einmal aufzusuchen.

Der Maharadscha thronte auf seinem juwelengeschmückten Sessel. Zwei Hofdiener hielten am hinteren Ende der Halle Wache. Bram blieb am Eingang stehen.

Der Maharadscha winkte ihn zu sich. „Treten Sie näher, mein Freund. Sie möchten mich sprechen? Bitte, setzen Sie sich doch."

„Die Nachricht von Mr. North hatte mich bei unserem letzten Gespräch so durcheinandergebracht, daß ich ganz vergaß, Ihnen zu sagen, wie sehr mich das Treffen mit Atoul beeindruckt hat. Dieses Erlebnis wird mich mein Leben lang begleiten. Jagrat und er haben mir Einsichten vermittelt, die mein Verständnis für die Worte meines Vaters vertieft haben. Seit unserem Treffen hat sich etwas verändert. Modoc und ich brauchen nicht mehr so viele Worte. Wir ... wissen ganz einfach! Und ich fühle mich ... reifer, mehr im Einklang mit dem Leben. Was ich jetzt vor mir habe, gehe ich mit einer neuen Energie an. Ich werde Ihnen für Ihre Weisheit und Güte ewig dankbar sein."

Der Maharadscha sah, wie sich Brams Augen mit Tränen füllten. Er wußte, daß dieser junge Mann viel gelitten hatte, seit er sein Zuhause und seine Familie verlassen hatte. Und jetzt mußte er ein weiteres Mal alles aufgeben – und all das aus Liebe zu einem Elefanten! Der Maharadscha umarmte Bram wie ein Vater seinen Sohn. Und Bram wußte, daß dies ein Abschied für immer war.

Der Vollmond tauchte über den Baumwipfeln auf, als sie sich dem See näherten. Bram versuchte immer noch, Jagrats Nachricht zu entschlüsseln. Dann sah er ihn. Er stand unter dem Mimosenbaum und hob die Hand zu einem stillen Gruß.

„Salam, Bram."

„Salam, Jagrat."

„Bevor du von hier fortgehst, müssen wir noch etwas für Modoc tun. Nimm den Howdah von ihrem Rücken."

Bram schnallte das Gestell ab und ließ es zu Boden gleiten.

„Führe Modoc zum See!"

„Aber sie hat Angst vor – "

„Laß sie einfach am Ufer stehen", erwiderte Jagrat ungerührt.

Bram führte sie ans Wasser. Er strich ihr aufmunternd über die Beine und gab ihr zu verstehen, daß sie dort warten solle. Dann ging er zu Jagrat zurück.

„Komm mit", sagte Jagrat, und Bram folgte ihm zu dem Hang, an dem sie sich das erste Mal getroffen hatten.

Sie setzten sich und nahmen die Stille des Waldes und des Sees in sich auf. Die Oberfläche des Wassers war spiegelglatt. Modoc stand ruhig am Ufer und spielte mit der Rüsselspitze im Schlamm. In Gedanken wiederholte Bram immer wieder die Worte Jagrats: „Auf deiner Reise gibt es viele Wasser, die es zu durchqueren gilt." Was hatte das zu bedeuten?

In der Mitte des Sees wurde es plötzlich unruhig. Das Wasser kräuselte sich in einem weiten Umkreis, so als bewege sich dort ein großes Wesen. Modoc hörte auf zu spielen und lauschte. Die kleinen Wellen formten ein riesiges V, das langsam auf sie zukam. In der Nähe des Ufers hielt es an. Mo grollte leise und streckte vorsichtig den Rüssel aus. Etwas ergriff die Spitze ihres Rüssels und führte sie ins Wasser! Mo wehrte sich nicht. Langsam und behutsam schritt sie immer tiefer ins Wasser. Als sie in der Mitte des Sees angelangt war, schwamm sie neben einem anderen Elefanten.

Jetzt verstand Bram. Jagrat wußte, daß Modoc das tiefe Wasser scheute, und hatte Atoul gebeten, ihr auf seine Art zu helfen.

„Jetzt wird sie es schaffen. Ich wünsche euch beiden eine sichere und erfüllte Reise." Und Jagrat verschwand im Wald.

Bei Tagesanbruch erreichte Bram den Wald südlich der Stadt. Er war die ganze Nacht hindurch geritten und hatte die großen Straßen gemieden, um möglichst wenigen Menschen zu begegnen, die sich später an ihn erinnern könnten.

Im Wald stieß Bram auf einen ausgetretenen Pfad. Er führte von der Stadt weg in Richtung Meer. Bram wollte der Küste in südöstlicher Richtung folgen, bis er den Oberlauf des Ganges hinter sich gelassen hatte, und dann weiter nach Süden in die Teakbaumwälder Birmas ziehen. Er hoffte, dort Arbeit zu finden und gleichzeitig vor Mr. North sicher zu sein.

KAPITEL 6

Die Wochen vergingen. Bram und Mo folgten ihrer Route ohne größere Zwischenfälle und nahmen hier und dort kleine Arbeiten an. Mo zog steckengebliebene Autos aus dem Schlamm, schleppte drei Wochen lang Wasser von einem Brunnen hoch oben auf einem Bergkamm in das im Tal liegende Dorf, ließ sich vor den Pflug spannen oder schob Autos an, die nicht mehr ansprangen.

Kühle Brisen kündigten die höher gelegenen Bergregionen an, denen sie sich langsam näherten. Sie durchquerten ausgedehnte Bambuswälder. Neben dem zuweilen fünf bis sieben Meter hohen Bambus war selbst Modoc ein Zwerg. Nach drei Wochen hatten sie den Bambuswald verlassen und kamen auf eine Ebene, die bis an die hohen Berge im Süden reichte. Bram wußte, daß die Teakbaumwälder noch weit hinter diesen Bergen lagen. Er füllte seine Wassertaschen aus Kamelleder, überprüfte seine Essensvorräte, und dann hieß es wieder: „Weiter geht's, Mo!"

Sie kamen in eine trockene Region namens Klippzanii. In dieser kargen Landschaft gab es nur wenige Bäume, und die waren kahl und vom Wind zerzaust. Auch Gras wuchs hier nur spärlich, gerade noch genug, damit Mo in den Pausen ihren Hunger stillen konnte.

Die Tage wurden immer heißer. Sie wanderten an einem Flüßchen entlang, und Mo spritzte sich immer wieder das kühle Naß über Beine und Rücken und ließ auch ihren Reiter an der Erfrischung teilhaben. Bram war für jeden Tropfen dankbar. Er spannte ein Leinentuch über den Howdah, um sich vor der sengenden Sonne zu schützen. Wenn eine leichte Brise durch das nasse Tuch strich, brachte ihm das ein wenig Abkühlung. Mos monotones Schaukeln ließ ihn dann bald in einen tiefen Schlaf fallen.

Es war an einem dieser Nachmittage – Bram döste auf seiner Matte hoch oben auf Modocs Rücken –, als er plötzlich Stimmen hörte. Modoc blieb abrupt stehen.

„Oh, großer Sahib“, ließ sich eine heisere, tiefe Stimme vernehmen. Andere fielen in ebenso rauhem Ton ein.

„Reisen Sie alleine in diesem seltsamen Käfig?“

„Oder sind Sie zu zweit?“

„Vielleicht ist es eine Frau?“ Anzügliches Gelächter drang an sein Ohr.

„Zeigen Sie uns Ihr Gesicht, holdes Fräulein.“ Schallendes Gelächter.

Bram spürte, wie sich Modocs Muskeln spannten. Er zog ein kleines Messer aus seiner Tasche und versteckte es in seinem Gürtel. Vorsichtig hob er das Tuch hoch. Eine lange, gekrümmte Stahlklinge zielte genau auf seine Stirn. Drei heruntergekommene, finster dreinblickende Gestalten schauten Bram drohend an. Der Anführer hatte sich auf einen Baumstumpf gestellt, damit er den Howdah mit seinem Krummschwert erreichen konnte. Ein Mann lehnte lässig an einem abgestorbenen Baum, und ein anderer stand vorne neben Modocs Kopf, sein Säbel lehnte an ihrem Fuß. Bram zählte insgesamt fünf Banditen.

„Wen haben wir denn da?“ Der Anführer ließ die Klinge grinsend über Brams Wange gleiten. „Du bist ja noch ein richtiges Bübchen! Wo hast du denn dieses schöne Tier her, he? Geklaut, was?“

„Was wollen Sie?“ fragte Bram und bemühte sich, so erwachsen wie möglich aufzutreten.

„Wir wollen ihn ..., oder ist es eine sie?“

„Sie gehört mir und ist nicht zu verkaufen. Und jetzt machen Sie bitte Platz, wir haben es eilig.“ Er wollte Mo das Zeichen zum Weitergehen geben.

„Oh, das wäre aber nicht sehr klug. Denn dann sähe sich mein Freund Ranji gezwungen, etwas wirklich Unangenehmes zu tun.“

Bram sah, daß einer der Männer in der Zwischenzeit hinter Mo getreten war und seinen kleinen Dolch nur wenige Zentimeter über der Sehne ihres linken Beins angesetzt hatte.

„Ein Schnitt an der richtigen Stelle, und der Fuß ist nicht mehr zu gebrauchen.“

„Wenn Sie den Elefanten haben wollen, warum wollen Sie ihn dann so verletzen, daß er nicht mehr laufen kann?“

Ohne darauf einzugehen, schob der Bandit die Klinge seines Schwertes unter den Howdah und durchtrennte mit einem Hieb den Sattelgurt. Dann zerrten er und seine Kumpane so lange daran, bis der

Howdah zusammen mit Bram zu Boden krachte. Vor Schreck machte Modoc einen großen Satz, und im Nu lag Brams Hab und Gut auf dem Boden verstreut.

Sofort machten sich die Banditen darüber her, wühlten darin herum, schlugen aufeinander ein, denn jeder wollte der erste sein, und nahmen sich, was sie gebrauchen konnten. Als Bram versuchte, sie daran zu hindern, wurde er grob zur Seite gestoßen.

Die Plünderung war schnell beendet, und der Anführer baute sich vor Bram auf: „Wir verlassen dich jetzt wieder, aber dein Elefant kommt mit uns. Kapiert?"

„Ja."

„Wenn du oder dein Elefant uns in irgendeiner Weise provoziert, erschieße ich zuerst deinen Elefanten, damit du zusehen kannst, wie er stirbt, und danach bist du an der Reihe. Hast du das verstanden?" Er packte Bram am Kragen. „Kapiert?" brüllte er.

Doch bevor Bram einen Ton herausbringen konnte, war ein drohendes Grollen zu hören. Mit gesenktem Kopf und aufgerolltem Rüssel stürzte Modoc auf den Anführer los, der Bram sofort freigab: „Halt sie! Halt sie – oder ich schieße!" Er zog ein Gewehr aus seiner zerlumpten Hose und zielte auf Modoc.

„Nein, Modoc! Nein! Bleib stehen!" brüllte Bram. Gerade als sie den Anführer mit ihrem Rüssel in die Luft werfen wollte, hielt sie inne, am ganzen Körper zitternd, und stieß tiefe, dumpf grollende Laute aus. Bram ging zu ihr und besänftigte sie. „Ruhig, Mo, ruhig, es ist alles in Ordnung." Sie antwortete ihm in quiekender Babysprache, den Rüssel um seine Schultern gelegt. „Mo, ich möchte, daß du mit diesen Männern gehst. Sie werden dir nichts tun." Er wußte, daß sie seine Worte zwar nicht verstehen, aber erkennen konnte, worauf er hinauswollte. Außerdem war es wichtig, daß die Männer dachten, sie könnte ihn verstehen.

Zwei Banditen warfen Seile über ihren Kopf.

„Ich hoffe, sie hat dir gut zugehört", sagte der Anführer und stieg auf sein Pferd. „Weil du ein netter Kerl bist, schenke ich dir dein Leben und deine Sachen. Aber versuche nicht, uns zu folgen, Sahib, das wäre äußerst unklug."

Nach dieser Drohung ritt er an die Spitze des Zuges. Zwei Männer auf Pferden nahmen Modoc in ihre Mitte, jeder hielt ein Seil, das um ihren Hals geschlungen war. Die beiden anderen bildeten den Schluß. Erst auf Brams Zureden hin setzte Modoc sich in Bewegung.

Sie schritt langsam aus und schaute sich immer wieder um, sie verstand nicht, warum Bram zurückblieb.

Bram verfolgte die immer kleiner werdenden Reiter mit den Augen und hoffte inständig, daß Modoc nicht versuchen würde zu fliehen.

Die flimmernde Hitze über der Wüste malte groteske Bilder am Horizont, und die Männer, Modoc und die Pferde wurden zu einer langen, schmalen Silhouette, die sich auflöste und wieder zusammenfloß.

Plötzlich setzte sich ein Punkt ab, er wurde größer, veränderte seine Form und entfernte sich immer weiter von der Gruppe. Bram fuhr sich über die Augen. Der Punkt kam auf ihn zu. Mo? War sie entkommen? Oder war es ein Reiter? Kamen sie zurück, um ihn umzubringen? Natürlich, das war's. Sie hatten Angst, er würde sie bei der Polizei anzeigen, aber sie konnten ihn nicht umbringen, solange Modoc in der Nähe war.

Bram konnte den Mann jetzt erkennen. Mit gezogenem Schwert hing er vornübergebeugt im Sattel und preschte in rasendem Galopp auf ihn zu.

Bram legte die Hände wie ein Sprachrohr um den Mund und schrie aus Leibeskräften.

Der heiße Wind trug den Schrei an Modocs riesige Ohren. Sie blieb wie vom Donner gerührt stehen. Dann stieg aus ihrem tiefsten Innern ein primitiver Urlaut von archaischer Kraft, ein Schrei, der unmittelbar vor dem Töten ausgestoßen wird. Getrieben von einer furchtbaren Wut, warf sie ihren mächtigen Körper herum, riß dabei die Pferde zu Boden und stürzte sich auf die Reiter. Den ersten hob sie hoch in die Luft, schmetterte ihn zu Boden und riß ihm mit einem Ruck den Kopf ab. Mit einem weiteren Tritt zerquetschte sie den zweiten Räuber.

Modoc hatte noch nie in ihrem Leben getötet, aber die Stimme, die ihr der Wind zugetragen hatte, gab ihr das Recht dazu.

Der Anführer warf sein Messer. Mit einem dumpfen Schlag drang es in Modocs Brust, Blut schoß heraus. Er nahm sein Gewehr zur Hand, aber mit einer schnellen Bewegung hob Modoc ihn auf, warf ihn zu Boden und bohrte ihren Fuß in seinen Leib. Der letzte Bandit suchte brüllend vor Angst das Weite. Modoc ließ ihn laufen und raste mit einem schrillen Trompeten den Weg zurück zu Bram.

Der Reiter, der nichts von dem Schicksal seiner Kumpane ahnte, brachte sein Pferd kurz vor Bram zum Stehen, sprang zu Boden, noch bevor sich der Staub legte, und hieb mit seinem Krummschwert auf Bram ein. Bram duckte sich und hastete zu einem Baum. Der Bandit war sofort hinter ihm, ein gewaltiger Säbelhieb verfehlte sein Opfer nur um wenige Zentimeter. Jetzt rannte Bram zu den Sachen, die verstreut auf dem Boden lagen, und bewarf seinen Angreifer mit allem, was er fassen konnte: Kleidung, Seile, Bananen, Brot. Vor Wut schäumend, stürzte der Bandit auf ihn los. Bram stolperte und fiel zu Boden. Verzweifelt versuchte er, den Säbelhieben auszuweichen. Da nahm der Bandit den Säbel in beide Hände und kam langsam auf ihn zu. Bram stieß einen lauten Schrei aus. Die Antwort war ein furchterregendes Trompeten. Der Bandit fuhr herum und sah nur noch Staub und Beine, riesige Ohren und einen in alle Richtungen peitschenden Rüssel.

Mo zögerte keine Sekunde. Sie rannte den Mann um und stampfte ihn in den Boden. Dann lief sie zu Bram, umschlang ihn mit ihrem Rüssel und drückte ihn fest an sich. Die Wunde in ihrer Brust blutete immer noch heftig, ihr Körper zitterte nach dem Kampf vor Hitze und Erschöpfung. Bram zog ihr mit einem Ruck das Messer aus der Brust, wobei ihm das Blut über den Handrücken strömte. Dann legte er seinen Kopf an ihr zitterndes Bein und brach in ein lautes Schluchzen aus, in dem sich Liebe und Trauer mischten.

HUNDERT Meter flußabwärts fand Bram eine Stelle, an der das Flüßchen etwas breiter wurde. Dort hieß er Mo sich hinlegen, damit er ihre Verletzung kühlen und säubern konnte. Das Wasser färbte sich purpurrot. Mit einem Stück des zerrissenen Sattelgurts bastelte er einen riesigen Verband, den er ihr auf die Wunde legte.

Dann suchte er die Sachen zusammen, die noch zu gebrauchen waren, band sie mit einem Seil zusammen und hängte sie sich über die Schulter. Und so setzten sie ihre Reise zu den nahe gelegenen Bergen fort. Diesmal ritt Bram nicht auf Mo, sondern ging neben ihr her.

Am Morgen des dritten Tages konnte sich Modoc nur noch mühsam auf den Beinen halten. Die Blutung hatte zwar aufgehört, aber die Brust war stark angeschwollen, und Eiter floß aus der Wunde.

Endlich erreichten sie den Fuß der Berge und fanden bald ein Dorf in einem kleinen, geschützten Tal. Als sie näher kamen, liefen die Dorfbewohner zusammen, um den Jungen mit dem Elefanten zu bestaunen. Bram wies auf Modocs Wunde und machte Zeichen, daß sie Hilfe brauchte. Die Männer verschwanden und kamen innerhalb von Minuten mit Desinfektionsmitteln, Salben und Bandagen zurück. Ein Mann, der sich offensichtlich damit auskannte, fing sofort an, Modoc zu behandeln.

In den nächsten Tagen und Wochen freundeten sich Bram und Modoc immer mehr mit den Bewohnern von Mayaua, so hieß das Dorf, an.

Modocs Zustand besserte sich zusehends. Mit der Zeit konnten

Bram und Mo Arbeiten ausführen, die Modocs Größe und Kraft erforderten, um sich auf diese Weise für die herzliche Gastfreundschaft erkenntlich zu zeigen. Gemeinsam hängten sie Schilder auf, schleppten Wasser, Baumstämme und andere schwere Lasten und gaben jeden Samstagnachmittag eine Zirkusvorstellung für die Kinder.

Bram bereitete sich darauf vor, den Winter in diesem Dorf zu verbringen, obwohl es ihn in wärmere Regionen drängte, wo er auf eine Arbeit in den Teakbaumwäldern hoffte. Gleichzeitig war ihm klar, welches Glück sie hatten, auf so warmherzige und fürsorgliche Menschen gestoßen zu sein.

Der Winter kam mit einer wahren Sintflut. Unablässig strömte der Regen vom Himmel. Bram dachte an Mr. North – suchte er noch nach ihnen, oder hatte auch ihm der große Regen für eine Weile Einhalt geboten?

Eines Morgens wurde Bram von Kinderstimmen geweckt. Ihr Gekicher und Gelächter erinnerten ihn an seine Schulzeit, als er ausgelassen mit den anderen Kindern auf dem Schulhof gespielt hatte. Diese Erinnerung schien inzwischen wie aus einem anderen Leben zu stammen, so weit lag sie zurück. Zum erstenmal seit langem hörte er beim Aufwachen nicht den Regen auf das Blechdach prasseln. Der Monsun war vorbei, und über Nacht erstrahlten die Berghänge in allen Farben und Schattierungen, überall schossen kleine Blumen aus dem Boden und erinnerten ihn an die Frühlingswiesen zu Hause.

Er wußte, daß es nun an der Zeit war weiterzuziehen, um in den Teakbaumwäldern nach Arbeit zu suchen.

Das ganze Dorf war auf den Beinen, um Bram und Modoc zu verabschieden. Mit Nahrungsmitteln und anderen nützlichen Sachen schwer bepackt, begannen sie den Aufstieg in langgezogenen Serpentinen. Oben auf dem Berg angekommen, blickten sie zurück. Viele Dorfbewohner standen immer noch da und schauten ihnen nach. Bram winkte ihnen zu, und es erhob sich eine Woge aus farbigen Tüchern. Modoc trompetete noch einmal fröhlich zum Abschied, und dann verschwanden sie hinter dem Bergkamm.

EINEN Monat lang zogen sie ohne größeren Aufenthalt weiter. Die Vegetation wurde dichter, exotischer, dschungelähnlicher. Bäche, die kühles Wasser aus den Bergen führten, schlängelten sich munter durch den Wald.

Der Pfad teilte sich. Beide Wege waren gleich breit, und Bram überließ Modoc die Entscheidung. Sie wählte den linken. Schon bald wurde der Pfad schmaler, und er wollte Modoc gerade wegen ihrer falschen Wahl necken, als er das Geräusch von fließendem Wasser vernahm.

Bram stieg ab. Nach wenigen Schritten lichtete sich das dichte Unterholz, und er stand vor einem bezaubernden kleinen See. Zartrosa Seerosen trieben in kleinen Blumenteppichen über das Wasser, ihre ausladenden Blätter zogen unzählige purpurleuchtende Libellen an, die in tiefem Flug über den Teich schwirrten.

Es war ein heißer Tag, und das kühle Naß war mehr als verlockend. Bram streifte seinen Sarong und sein Kopfband ab, legte sein Amulett zusammen mit dem Elefantenhaken in die Tasche, die quer über Modocs Rücken hing, und glitt in das stille Wasser. Er ließ sich einfach treiben, und seine Gedanken tauchten in eine Traumwelt voller Liebe und Zärtlichkeit.

„Hallo!" Die Stimme des Mädchens klang wie das Zirpen eines Insekts.

Bram zuckte zusammen, als hätte ihn ein elektrischer Schlag getroffen. Völlig orientierungslos verschwand er unter Wasser und schwamm bis zu den Seerosen. Dort tauchte er vorsichtig bis zur Nase auf und suchte den Teich mit den Augen ab. Und da erblickte er sie: Sie saß am Ufer, ihre Beine baumelten ins Wasser, sie hatte den Kopf in den Nacken gelegt und fuhr sich mit den Händen durch das kohlrabenschwarze Haar. An ihrem leuchtendgelben Wickeltuch hingen noch Wassertropfen.

„Hallo!" sagte sie noch einmal, wobei sie das Lachen kaum unterdrücken konnte. „Tut mir leid, wenn ich dich erschreckt habe, aber ich komme oft zum Schwimmen hierher, und meist bin ich ganz alleine." Keine Antwort von Bram. Sein Schweigen machte sie ein wenig verlegen. „Es tut mir leid. Ich gehe wohl besser", sagte sie und wollte aufstehen.

„Nein, ist schon in Ordnung. Du ..., äh ..., hast mich nur ... etwas überrascht."

„Ich weiß", erwiderte sie und blickte auf Brams Kleider, die ein Stück weiter im Gras lagen. Sie warf ihm seinen Sarong zu. Bram band ihn schnell um und schwamm ans Ufer. Als er aus dem Wasser stieg, erhob sich das Mädchen und blickte mit seinen mandelförmigen Augen zu ihm auf. Sie war viel kleiner, als er gedacht hatte. Mit einem sanften Lächeln erklärte sie: „Ich heiße Sian."

„Ich heiße Bram."

Es entstand eine Pause. Keiner wußte, was er als nächstes sagen sollte. Modoc rettete die Situation, indem sie neben Bram trat und ihren Rüssel um seine Schultern legte.

„Das ist Modoc, aber ich nenne sie Mo. Manchmal auch Mosie." Mo streckte ihren Rüssel neugierig nach dem Mädchen aus, schnüffelte an seinem langen Haar, legte vorsichtig den Rüssel um seine Taille und zog es zu sich heran. „Sie mag dich", sagte Bram.

Sian streichelte Mos Rüssel. „Ich mag sie auch. Möchtest du meinen sehen?"

„Deinen was?"

Sie lachte. „Meinen Elefanten. Eigentlich gehört er ja meinem Vater. Wir haben vier Elefanten! Sollen wir zu ihm gehen? Er steht gleich hier." Sie zeigte ins Unterholz.

„Klar", sagte Bram und faßte Mo am Ohr, um ihr den Weg zu zeigen. „Was macht ihr denn mit den Elefanten?"

„Mein Vater arbeitet mit ihnen in einem Teakholzdorf, weißt du, da, wo sie die Bäume fällen."

„Ja, ich weiß. Ich komme von weit her, in der Hoffnung, ein Dorf zu finden, das mich ... und Mo einstellt."

„Wir fragen Vater. Vielleicht kann er dir ja helfen."

Ein kleiner Elefant wartete ruhig neben dem Hauptpfad. „Das ist mein Baby Swati", stellte ihn Sian stolz vor.

„Er ist ein schönes Tier", sagte Bram und streichelte über seinen hellgrauen Bauch. Sie stiegen auf ihre Elefanten. Bram folgte Sian, die voranritt, und erfreute sich am Anblick ihrer Hüften, die auf dem Elefantenrücken sanft auf und ab geschaukelt wurden.

Das Teakholzdorf sah genauso aus, wie Bram es sich immer vorgestellt hatte. Es lag in einem saftig grünen, von riesigen Teakholzbäumen gesäumten Tal, durch das sich ein lehmbrauner Fluß schlängelte.

Sian hatte einen kleinen Pfad gewählt, der mitten im Dorf vor einem großen Gebäude endete. Über dem Eingang hing ein großes Schild: TEAKWOOD LTD. – NÖRDLICHER DISTRIKT. Ein Mann kam heraus, er war stämmig gebaut und hatte dunkle Augen und schwarzes Haar. Er trug ein weißes, kurzärmeliges Hemd mit Schulterklappen und die übliche kurze Hose.

„Hallo, Vater!" grüßte Sian und gab ihm einen Kuß auf die Wange. „Vater, das hier sind Bram und Modoc." Bram trat vor und schüttelte ihm die Hand.

Der Handschlag war kräftig und herzlich. „Ich heiße Jah", erklärte Sians Vater und wandte sich dann Modoc zu: „Ein schönes Tier hast du da. Stammt aus dem Norden, oder?"

„Bram sucht Arbeit, Vater."

„Ja, hm." Er zögerte. „Heute muß ich noch einiges erledigen. Aber ich bin sicher, daß Sian dir gerne unser Dorf zeigen wird. Heute abend rede ich mit unserem Dorfvorsteher, und morgen kann ich dir dann Bescheid geben. Sian, richte Bram ein Nachtlager in einer unserer Bananenhütten." Dann verabschiedete er sich mit einem freundlichen Lächeln und einer leichten Verbeugung und verschwand.

Auf einer Anhöhe standen palmblattgedeckte Hütten, überall wuchsen Bananen. Affen saßen in den angrenzenden Bäumen, die Bäuche zu voll, um sich zu bewegen.

Sian zeigte Bram das Dorf. Am Fuße der Anhöhe gab es drei große, grasgedeckte Gebäude, einen Eßbereich, ein Haus, in dem sich die Büros befanden, und ein weiteres, in dem die Arbeitsausrüstung der Elefanten repariert und aufbewahrt wurde. Am anderen Ende des Dorfes stand auf halber Höhe ein kleiner Hindutempel aus Teak – ein wahres Kleinod, dessen aufwendige Schnitzereien von der auserlesenen Schönheit dieses Holzes zeugten.

Am Ufer des Flusses befand sich der Elefantensammelplatz. Zwei dicke, etwa hundert Meter lange Hanfseile waren in einem Abstand von fünf Metern parallel zueinander mit schweren Wurzelpflöcken im Boden verankert.

Bram und Sian kehrten zu den Bananenhütten zurück. Dort standen Essen und ein großer Kessel mit dampfend heißem Wasser für ihn bereit. Sian wünschte ihm eine gute Nacht und ging den Pfad hinunter zu ihrem eigenen Haus. Auf halber Höhe drehte sie sich schnell noch einmal um und warf Bram ein letztes Lächeln zu: „Bis morgen!"

LAUTES Trompeten ließ Bram am nächsten Morgen mit einem Satz von seinem Lager aufspringen. Er trat ans offene Fenster und wurde von einem atemberaubenden Anblick begrüßt. Unten am Fluß standen dreißig, vielleicht sogar vierzig Elefanten, dazwischen liefen doppelt so viele Menschen emsig umher und trafen die Vorbereitungen für einen neuen Arbeitstag. Rasch zog sich Bram an, sagte Mo guten Morgen und gab ihr zu verstehen, daß er bald zurückkomme. Dann lief er zum Fluß.

Die meisten Elefanten waren starke Bullen mit großen Stoßzähnen. Die Elefantenkühe hatten entweder keine oder viel kleinere Stoßzähne. Die Kühe ohne Stoßzähne wurden zum Ziehen eingesetzt.

Mit ihren Stoßzähnen hoben die großen Bullen die schweren

Stämme auf, balancierten sie mit ihren Rüsseln und legten sie zu hohen Stapeln zusammen oder trugen sie bis zu einer Rinne, in der die Baumstämme in den weit unter ihnen liegenden Fluß hinabdonnerten.

Modocs Stoßzähne wuchsen schnell und waren bereits recht groß im Vergleich zu denen der anderen Elefantenkühe.

Das Geschnatter der Mahuts und das unaufhörliche Grollen und Trompeten der Elefanten ließen Brams Puls schneller schlagen. Mitten unter den Leuten stand Jah und sprach mit einem Mann, der ein braunes Hemd mit zahlreichen Abzeichen, eine kurze braune Hose, braune Kniestrümpfe und hochgeschnürte braune Stiefel trug. Ein Tropenhelm rundete seine Erscheinung ab.

Jah winkte Bram zu sich und stellte ihn dem Boß vor, einem Mann namens Singh. Sie verabredeten sich auf eine Tasse Tee.

Bram ging zu seiner Hütte zurück, räumte auf, zog sich um, und als er gerade Modoc von ihren Fesseln befreite, erschien Sian.

„Wie hat dir das gefallen, was du heute morgen gesehen hast?“

„Es war sehr beeindruckend. Obwohl alles wie ein einziges großes Durcheinander aussah, war kein Handgriff überflüssig. Ich hoffe, ich bin auch bald dabei.“

„Es ist nicht so einfach, wie es aussieht, Bram. Die Mahuts widmen ihrer Arbeit ihr ganzes Leben. Du und Mo, ihr müßt viele Prüfungen bestehen, das kann Jahre dauern!“

„Ich bin bereit und Modoc auch. Vieles von dem, was ich heute gesehen habe, kann Modoc schon. Das andere zeige ich ihr, sie lernt schnell.“

DAS TREFFEN fand im Wohnhaus des Dorfvorstehers statt. Hände wurden geschüttelt, Stühle angeboten, und danach ergriff Mr. Singh das Wort.

„Nun, junger Mann, ich habe gehört, daß du als Mahut für Teakwood Ltd. arbeiten willst. Das geht natürlich nicht, weil du für diese überaus schwierige Arbeit nicht ausgebildet bist. Es gibt Männer, die warten Jahre darauf, eingestellt zu werden. Ich kann dir eine Beschäftigung in der Küche anbieten. In deiner Freizeit kannst du den Elefantenreitern helfen und dir so alles Wichtige aneignen. In ein paar Jahren können wir dann weitersehen, aber bis dahin müßte dein Elefant von einem erfahrenen Mahut eingearbeitet werden.“ Er schaute auf die Uhr. „Mehr kann ich leider nicht für dich tun.“ Er stand auf, um sie zur Tür zu begleiten.

Bram stand auf, machte aber keine Anstalten zu gehen. „Darf ich etwas sagen, Sir?“

Mr. Singh war leicht verdutzt. Er war es nicht gewohnt, daß junge Männer von sich aus das Wort ergriffen. „Nun gut, aber faß dich bitte kurz.“

„Sir“, begann Bram, „bitte halten Sie mich nicht für respektlos, aber ich habe Erfahrungen in dem Bereich, von dem Sie sprechen. Unter der Anleitung meines Vaters habe ich in einem Zirkus in Deutschland gearbeitet. Er hat mir Sachen beigebracht, die mich als Mahut qualifizieren. Bitte, Sir, geben Sie mir zwei Wochen, dann kann ich all das lernen, was mir noch fehlt.“

Der Dorfvorsteher mußte sich setzen. Nie zuvor hatte er so etwas gehört.

„Ich glaube, ich habe dich nicht ganz richtig verstanden.“

„Sir, geben Sie mir eine Chance. Danach steht es Ihnen frei, über mich zu urteilen.“

Mr. Singh blickte Jah an. Jah zog seine Augenbrauen hoch und lächelte unverbindlich. „Also, das Ganze ist ziemlich verrückt, einfach unmöglich. Aber ich werde dir diese ungewöhnliche Bitte nicht abschlagen. Solltest du es jedoch nicht schaffen, mußt du dich in der Küche nützlich machen, und dein Elefant wird mit einem unserer Mahuts im Wald arbeiten. Bist du damit einverstanden?“

„Ja! Einverstanden. Vielen Dank, Sir …, ich …“

„Sei jetzt bitte so freundlich und geh“, fiel Singh ihm ins Wort. „Das Mittagessen wartet auf mich.“

„SIAN! Sian!“ Bram flog fast zu dem verabredeten Treffpunkt am Fluß.

Gespannt wartete sie auf seine Neuigkeiten, bereit, Trost zu spenden oder seine Freude mit ihm zu teilen. Ihr dünnes weißes Wickeltuch betonte die Schönheit ihrer bronzefarbenen Haut, ihre schwarzen Haare schimmerten wie Seide.

Bram stürmte auf die Lichtung. „Ich hab’s geschafft! Er ist einverstanden!“ Er nahm sie in die Arme. Während sie jedem seiner Worte lauschte, spürte sie die übersprudelnde Begeisterung.

Bram fühlte, wie sie zitterte. Sie senkte ihren Blick, als sie den Ausdruck auf seinem Gesicht sah. Nach einer Weile legten sich seine Lippen warm und feucht auf ihren Mund. In inniger Umarmung versanken sie im Nirwana der Verliebten.

IN DIESER Nacht fand Bram keinen Schlaf. Seine Gedanken wanderten zu Gertie. Er sah sie auf Modocs Rücken tanzen, über die Blumenwiesen laufen, im Kürersee baden, er spürte ihren ersten Kuß und erinnerte sich an sein Versprechen zurückzukehren. Tränen liefen ihm über die Wangen.

Er wußte jetzt, daß er Gertie loslassen mußte. Er mußte ihr von Sian erzählen und sie freigeben, das war er ihr schuldig. Er liebte sie genauso, wie er Sian liebte, aber Sian war hier und jetzt.

Seine Gedanken gingen auch zu seiner Mutter. Auch sie mußte endlich erfahren, daß er noch am Leben war und daß es ihm gutging. Und Curpo, sein geliebter Freund.

Ihm wurde bewußt, daß er sein Leben einem Elefanten gewidmet hatte. Für Mo hatte er alles aufgegeben, seine Mutter, das Mädchen, das er liebte, alles. War es nicht selbstsüchtig gewesen, die Menschen, die er liebte, so zu verletzen, wie er es getan hatte? Sie einfach im Stich zu lassen? Und, was schlimmer war als alles andere, sie im unklaren darüber zu lassen, was aus ihm geworden war?

In dieser Nacht faßte er einen Entschluß. Er wollte den Kontakt zu seiner Familie wiederaufnehmen. Er hoffte einfach, daß North die Briefe nicht in die Hände bekommen würde. Er würde seinen Aufenthaltsort nicht nennen und die Briefe zu einem weit entfernten Postamt bringen, damit der Poststempel ihn nicht verraten konnte. Dann erinnerte er sich an den Brief, den North dem Maharadscha geschrieben hatte. Dieser Mann war fest entschlossen, sie zu finden! Er war reich und hatte vermutlich viele Leute zu diesem Zweck angeheuert. North würde seine Suche nach Modoc niemals aufgeben.

Am nächsten Morgen schrieb er zwei Briefe, den ersten an seine Mutter und an Curpo: Er erzählte ihnen von dem Schiffbruch, vom Elephantarium, vom Versuch der Banditen, Modoc zu stehlen, er schrieb ihnen, wie sehr er sie vermißte, von seiner Angst vor North und … von Sian. Das war das schwerste. Er bat beide um Verzeihung und Verständnis.

Der zweite Brief war an Gertie gerichtet. Auch ihr schrieb er zunächst, wie es ihm ergangen war. Dann sprach er von Sian, von dem Schmerz, den er durchlebte, weil er sie beide liebte. Er war sich sehr selbstsüchtig vorgekommen – bis letzte Nacht. Plötzlich hatte er alles deutlich vor Augen gehabt. Er würde Modoc niemals Mr. North überlassen, und deshalb konnte er auch niemals nach Hause zurückkehren, und das hieß, daß er Gertie vielleicht nie mehr wiedersehen würde.

Du bist zu schön, um auf etwas zu warten, was vielleicht nie eintreten wird. Du mußt jetzt Dein eigenes Leben führen. Ich werde Dich immer lieben, Gertie. In Gedanken und mit dem Herzen werde ich immer bei Dir sein.

In Liebe
Bram

Obgleich er die Liebe zu Gertie noch schmerzlich fühlte, waren die folgenden zwei Wochen die schönsten seines Lebens. Jeden Tag lernte er mehr über die Gefühle des Herzens. Er hatte sich unsterblich verliebt. Sian und er waren unzertrennlich.

DER TAG der Prüfung rückte näher. Das ganze Dorf wartete mit Spannung auf das große Ereignis, und alle Bewohner unterstützten Bram, soweit es nur ging, denn er war sehr beliebt. Seine Liebe zu Sian tat ihr übriges.

Bram arbeitete jeden Tag mit Modoc, um sie mit dem Teakholz vertraut zu machen. Schieben und Ziehen bedeuteten körperliche Schwerstarbeit und erforderten außerordentliches Geschick. Es war die Harmonie zwischen Bram und Modoc, die sie nicht aufgeben ließ, und die liebevolle Verständigung zwischen den beiden machte das Unmögliche möglich. Außenstehenden erschien es wie ein Wunder, und die Mahuts waren nicht wenig erstaunt, wie selten Bram den Elefantenhaken zu Hilfe nahm.

SONNTAG, der Tag der Prüfung, war gekommen. Bram und Sian gingen früh zum Tempel, damit Bram sich in aller Ruhe auf den Tag vorbereiten konnte. Sian gab ihm zum Abschied einen Kuß, und ihre Familie wünschte ihm viel Glück. Dann machten er und Modoc sich auf den Weg.

Zunächst führte er Modoc zum Fluß und badete sie. „Heute ist ein wichtiger Tag, Mosie." Er lehnte seinen Kopf an ihr Bein. „Aber es ist auch überhaupt nicht schlimm, wenn sie uns nicht nehmen, dann soll es eben so sein." Sie antwortete mit einem sanften Grollen, als wollte sie sagen: Ich weiß, Bram, ich weiß.

Denk daran, mein Sohn, mit diesem Stab führst du den Elefanten, er ist eine Verbindung zwischen dir und deinem Schützling. Die Worte seines Vaters kamen ihm wieder in den Sinn. Entschlossen stieg er auf, und mit dem Befehl „Los, Modoc, auf geht's!" zogen sie zum Prüfungsgelände.

Niemand außer den Mahuts durfte diesem wichtigen Ereignis beiwohnen. Es waren auch Mahuts aus anderen Dörfern eingeladen, und jedes noch so entfernte Dorf hatte Vertreter entsandt. Als Bram auf den Platz ritt, wurde er von der wartenden Menge mit aufmunternden Zurufen begrüßt.

Der Platz maß dreißig mal siebzig Meter. Er war in zwei Hälften aufgeteilt: Auf einer Seite sollten die Schiebearbeiten stattfinden, auf der anderen die Zieharbeiten. Für die Zieharbeiten waren dicke, aufgerollte Stricke ausgelegt sowie sechs große Teakholzstämme, ein Zuggeschirr, Klammern, Öle, Bürsten, Spitzhacken und andere Werkzeuge. Für die Schiebearbeiten lagen verschiedene Auflagepolster bereit, daneben standen drei mit Teakholz beladene Wagen unterschiedlicher Größe, es gab eine steile Rampe, ungefähr dreißig Meter lang, und zahlreiche Bremsklötze, um die Wagen am Hang vor dem Zurückrollen zu bewahren.

Auf einem Podium saßen zwei Männer im Schneidersitz hinter einer großen Kesselpauke. Man hatte Bram erzählt, daß die Trommler beginnen, die Pauke zu schlagen, sobald der Prüfling mit den Arbeiten anfängt. Im Laufe der Stunden steigern sie den Rhythmus so unauffällig, daß es kaum jemand merkt. Ganz plötzlich hören sie auf. Und vor dem letzten Paukenschlag sollte der Prüfling seine Aufgaben bewältigt haben.

Bram stellte sich neben Modoc. Das Trommeln begann. Mit einer einzigen Bewegung saß Bram auf Modocs Rücken, den Elefantenhaken in der Hand – die Prüfung begann. Kopf neigen, Zuggeschirr anlegen, Führungsketten mit dem Fuß in Position schieben. Holzstamm zurechtlegen. Ketten an Stammdurchmesser anpassen. Ketten mit Fuß geradeschieben. Anziehen. Wenn Ketten greifen, Seil anziehen. Gewicht prüfen. Langsam ziehen. Wenn sich der Stamm in Bewegung setzt, das ganze Gewicht auf Brust und Vorderbeine verlagern.

Die Stunden verstrichen. Allmählich wurde das Trommeln schneller. Die Stämme waren unglaublich schwer. Bram und Mo hatten das Ziehen abgeschlossen und beendeten gerade das Schieben. Modoc schob einen Wagen mit sechs schweren Stämmen die Rampe hinauf. Bram warf ihr die keilförmigen Bremsklötze zu, die sie vorsichtig hinter die Räder schob, während sie sich gleichzeitig gegen die schwere Last stemmte, damit der Wagen nicht zurückrollte. Das Gewicht war ungeheuer groß, fast vier Tonnen. Als sie eben den zweiten Bremsklotz positionieren wollte, brach plötzlich ein Hinterrad. Die ganze Wagenladung rutschte auf Modoc zu! Aufgeregt sprangen die Mahuts auf.

Modoc setzte ihre ganze Kraft ein, lehnte sich mit ihrem Körper gegen die Ladung und hob die Seite mit dem gebrochenen Rad mit Rüssel und Stoßzähnen an. Bram warf ihr einen Bremsklotz zu. Sie ertastete ihn zwar mit dem Fuß, aber der Wagen versperrte ihr die Sicht. Bram legte sich flach auf ihren Rücken und erklärte ihr, wo der Klotz lag und wohin sie ihn schieben sollte. Sie spitzte die Ohren und nahm jedes Wort auf, das er ihr sagte. Endlich hatte sie den Klotz unter das andere Rad geschoben. Ein Raunen ging durch die Zuschauerreihen. Aber Bram war noch nicht fertig. Er gab Modoc ein Zeichen, sie stellte sich direkt neben den Wagen und suchte mit den Füßen eine sichere Position. Dann sprang Bram von ihrem Rücken auf den Wagen und setzte sich oben auf die Stämme. Über den Wagenrand gebeugt, gab er ihr den Befehl, den Wagen auf der beschädigten Seite anzuheben. Modoc hakte ihre Stoßzähne unter die Ladefläche und schob den Wagen mit einer ungeheuren Kraftanstrengung, den Kopf gesenkt, die Rampe ganz hinauf, während sie die Stämme mit ihrem Rüssel in Schach hielt. Jetzt waren die Mahuts nicht mehr zu halten, sie brachen in wahre Begeisterungsstürme aus. Als der Jubel abebbte, verstummte auch das Trommeln.

DIE MÄNNER des Dorfes hatten in einem neuen Gebiet mit den Holzfällarbeiten begonnen. Die Bäume dort waren sehr groß, und die Männer kamen abends müde und geschafft nach Hause. Aber sie verdienten auch mehr Geld als üblich. Bram fand, daß nun der richtige Zeitpunkt für die Hochzeit gekommen war.

Sians Mutter webte ein traumhaftes Hochzeitskleid für ihre Tochter; Bram stattete sie mit einem eleganten weißen Sarong und dem dazu passenden türkisfarbenen Hemd aus. Die Hütten, die Gehwege, die Bäume und selbst die Elefantenquartiere wurden mit Blumengirlanden geschmückt. Das ganze Dorf würde mitfeiern.

Am Morgen des Festes wurde Bram von zehn seiner Mahutfreunde an seiner Hütte abgeholt und zum Tempel begleitet.

Sians Familie kam geschlossen zum Tempel. Vorneweg, hoch erhobenen Hauptes und stolzen Schrittes, der Vater, gefolgt von den Brüdern. Die Frauen kamen zum Schluß, sie strichen sich noch einmal schnell über ihre Kleider und glätteten ihr Haar.

Die Braut sah einfach bezaubernd aus. Ihr weiß-orangefarbenes Kleid war aus feinster indischer Seide und unterstrich ihre zierliche, aber doch frauliche Erscheinung. Ihr langes, seidiges Haar umschmeichelte ihre goldbraune Haut, und ihre dunklen Augen strahlten vor

Glück. Eine Kette aus glänzenden roten Perlen schmückte ihren Hals. Sie war wunderschön wie eine zart erblühte Rose.

Die Hochzeitszeremonie war angenehm schlicht. Die Ehegelübde sprachen von dem Leben der Dorfbewohner, von den Bergwäldern und den kühlen Wasserläufen, den Teakbäumen, den Elefanten, von dem goldenen Faden, der alles zusammenhält, und von Yin und Yang, dem weiblichen und dem männlichen Prinzip aller Dinge. Die Eheringe bestanden aus zwei Fäden, einem goldenen und einem silbernen, die unzertrennbar miteinander verwoben waren.

Das Paar verließ den Tempel durch ein Spalier von Elefanten, die über und über mit Blumengirlanden behangen waren. Am unteren Ende wartete Modoc, schwer mit Taschen bepackt, um die beiden an den See zu entführen, an dem sie sich das erste Mal begegnet waren.

Das letzte, was man von ihnen sah, waren Modocs mächtiges Hinterteil und ihr mit Blumen geschmückter Schwanz, der hin und her wedelte und mit Rosen und Nelken nur so um sich warf.

KAPITEL 7

Die Jahre verstrichen, und das Dorf lebte in Frieden und Wohlstand. Bram schrieb regelmäßig nach Hause. Sian und er hatten beschlossen, noch keine Kinder zu bekommen. Sie wollten erst für die nötige Sicherheit sorgen, ein Haus bauen und ausreichend Geld für eventuelle Notfälle sparen.

In der letzten Zeit hatten Gerüchte das Dorf erreicht, daß etwa hundert Kilometer nördlich der Berge ein Guerillakrieg ausgebrochen sei. Kleine Gruppen hatten anscheinend verschiedene Dörfer überfallen, aber danach war es wieder ruhig geworden. Nur an der Grenze gab es noch ab und zu Schußwechsel. Nach jahrelangen Kämpfen hatte die Armee des Landes schließlich zum entscheidenden Schlag ausgeholt und die überlebenden Rebellen im weiten, unüberschaubaren Hinterland verstreut.

Der Dorfrat hatte Sicherheitsvorkehrungen getroffen und Wachposten auf der zehn Kilometer langen Straße zwischen dem Dorf und der nächsten Stadt eingerichtet. Ein batteriebetriebenes Funktelefonsystem diente der Nachrichtenübermittlung.

„Hauptmann Rajah Mohinder, Befehlshaber der östlichen Division, ist auf dem Weg zu Ihnen, Mr. Singh", erklärte Mapur Punda, der unten in der Stadt stationiert war.

Der Jeep erreichte das Dorf eine Stunde später. Hauptmann Rajah Mohinder und drei mit Gewehren bewaffnete Armeesoldaten stiegen aus dem Wagen.

„Hauptmann Mohinder, es ist mir eine Ehre!" Singh trat vor, um sie zu begrüßen.

Der Hauptmann schüttelte ihm die Hand und stellte seine Kameraden vor. „Mr. Singh, es hat in letzter Zeit keine feindlichen Angriffe mehr gegeben. Meine Einheit zieht morgen früh ab. Wir haben neue Befehle. Die Wachposten sind jetzt nicht mehr erforderlich."

„Das sind ja wirklich gute Neuigkeiten", sagte Singh. „Diese Sache hält uns nun schon seit Monaten von unserer Arbeit in den Teakwäldern ab."

„Können meine Männer und ich hier übernachten?" wollte der Hauptmann wissen. „Mit Einbruch der Dunkelheit könnten wir Schwierigkeiten bekommen, den Weg zu finden."

Singh gab einem wartenden Wachposten ein Zeichen: „Sorgen Sie dafür, daß die Männer ein ordentliches Mahl bekommen, und weisen Sie ihnen eine Hütte für die Nacht zu."

Die Soldaten bedankten sich freundlich, wünschten allen eine gute Nacht und verschwanden.

BRAM und Sian schliefen fest, bis Bram mitten in der Nacht von einem Geräusch geweckt wurde. Etwas bewegte sich vor ihrer Tür. Er sprang aus dem Bett, nahm seinen Elefantenhaken und öffnete die Tür. Der Lauf eines Gewehres bohrte sich in seine Brust.

„Los, rein mit dir!" sagte eine Stimme.

Bram wich zurück, gefolgt von dem Mann mit dem Gewehr und zwei weiteren Männern. Einer davon stieß Bram aufs Bett und weckte damit Sian, die erschrocken hochfuhr. Das Bettlaken rutschte zur Seite und gab ihre jungen, festen Brüste frei. Schnell griff sie nach dem Laken und hüllte sich darin ein. Einer der Männer zündete eine Kerze an. Der Schein warf lange Schatten in der Hütte und beleuchtete die Gesichter von Hauptmann Mohinder und zwei seiner Soldaten.

„Was ...?" Bram hatte es die Sprache verschlagen.

„Ruhe! Kein Wort!" Der Hauptmann schien auf etwas zu horchen. Dann wandte er seine Aufmerksamkeit Sian zu. Er packte sie am Arm und zog sie aus dem Bett, das Laken glitt zu Boden.

Bram sprang auf und nahm sie schützend in die Arme.

„Setz dich! Setz dich sofort hin!“ Ein Gewehrlauf schob sich in Brams Ohr. Langsam sank er auf das Bett.

Sian stand starr vor Entsetzen da, während sich die Männer am Anblick ihres nackten Körpers weideten. Sie weinte still und zitterte am ganzen Leib.

Mohinder grinste anzüglich. „Nicht schlecht“, sagte er, zog sie zu sich heran und griff mit seiner Hand nach ihren Brüsten.

„Es reicht jetzt!“ schrie Bram. „Was wollen Sie von uns?“

„Von dem Mädchen ... das, was alle Männer wollen. Von dir ...“, er musterte Bram von oben bis unten, „du führst die Elefanten.“

„Wohin?“

„Frag nicht soviel. Ich habe eurem Mr. Singh gesagt, der Krieg sei vorbei. Ha! Ist gar nicht wahr. Die verdammte Armee ist nicht weit. Diese Uniformen hier haben wir einigen Nachzüglern nach einem kleinen Kampf abgenommen.“

Unvermittelt knallte ein Schuß. Dann noch einer! Der Hauptmann ließ Sian los und ging zur Tür. „Sehr schön. Da sind ja endlich meine Leute. Ihr beide – raus jetzt!“ Er sah Sian an. „Später habe ich mehr Zeit für dich.“ Sian wandte den Blick ab. „Los jetzt!“ brüllte er.

Sian ging zuerst, notdürftig in das Bettlaken gehüllt. Bram griff nach seinem Sarong und wickelte ihn um, bevor sie auf den Dorfplatz zusteuerten.

Im Dorf herrschte Panik. Aus allen Hütten kamen Leute, manche wurden herausgezerrt, andere zu Boden gestoßen. Frauen schrien, Schüsse fielen. Schließlich waren alle auf dem Dorfplatz versammelt.

Militärfahrzeuge fuhren vor. Soldaten sprangen heraus, Ausrüstung wurde abgeladen, Maschinengewehre aufgestellt. Mohinder kletterte auf einen großen Teakbaumstamm.

„Alle mal herhören! Im Namen der Volksbefreiungspartei haben wir euer Dorf eingenommen. Meine Truppen haben den Befehl, sofort zu schießen. Jeder, der zu fliehen versucht, wird erschossen. Wir sind hier, weil unsere Einheit in den Norden verlegt wird, unsere Route führt über den Dullirahpaß.“

Ein Murmeln ging durch die Menge. Der Dullirahpaß war unüberwindbar.

„Die Armee marschiert auf euer Dorf zu. Wenn es hier zu einem Zusammenstoß kommt, werden viele von euch sterben. Wenn ihr uns aber helft, über die Berge zu kommen, wird niemandem etwas passieren. Jetzt geht wieder in eure Hütten und schlaft gut, denn morgen müssen wir hart arbeiten, um unsere Pläne in die Tat umzusetzen! Und denkt daran, wer seine Hütte vor Tagesanbruch verläßt, wird auf der Stelle erschossen!“

Den Rest der Nacht schlief Sian in Brams Armen. Das leiseste Geräusch ließ sie aufschrecken oder in Tränen ausbrechen. Auch Bram fand keine Ruhe. Er wußte, daß Widerstand zwecklos war. Alles, was diese Männer kannten, war Gewalt. Er beschloß, ihnen zu folgen, ohne Schwierigkeiten zu machen, denn er wollte nicht, daß andere durch ihn leiden mußten.

Der Morgen kam viel zu früh. Sian wachte auf, ihr erster Gedanke galt den schrecklichen Ereignissen der Nacht. Sie schmiegte sich an Bram und vergrub ihr Gesicht an seiner Brust.

Bevor sie ihre Hütte verließen, versicherte Bram Sian, daß er nie aufhören würde, sie zu lieben, ganz gleich, was passiert war oder noch passieren würde. „Er hat uns nichts weggenommen. Ein bißchen von unserer Würde vielleicht, aber nicht mehr. Verstehst du?“

Er hob ihr Kinn zärtlich an. Ihre Augen füllten sich mit Tränen.

„Ich liebe dich, Bram“, schluchzte sie. Lange Zeit hielten sie einander eng umschlungen.

„Sian, ich möchte, daß du zum Haus deines Vaters gehst. Bleibe dort, bis ich dich holen komme.“

„Aber ich will nicht allein bleiben. Mein Vater muß arbeiten. Was ist, wenn Mohinder kommt … Ich werde eher sterben, als mit ihm …“

„Mach dir keine Sorgen, mein Herz, er und seine Leute sind viel zu beschäftigt, und außerdem bin ich bei ihm und weiß immer, wo er gerade ist.“ Ein letzter Kuß, und Bram verschwand.

„Was soll ich tun?“ Bram trat von hinten an den Hauptmann heran, der jedem in Hörweite seine Befehle zuschrie.

„Sieh an, du hast dich also entschlossen, mit uns zusammenzuarbeiten.“

„Ich werde alles tun, was Sie mir sagen, nur damit Sie die Leute hier in Frieden lassen.“

„Blödsinn! Du hast doch bloß Angst, daß ich deiner Liebsten was antue. Stimmt's?“

Bram wußte, daß dieser Mann ihn provozieren, ihn wütend machen wollte.

„Ja, das stimmt“, erwiderte er deshalb nur.

„Nun, mein kleiner Feind, du sorgst dich zu Recht.“ Er packte Bram mit beiden Händen an den Schultern und zog ihn zu sich heran. „Bei der nächsten Gelegenheit ist deine Herzensdame reif. So, und jetzt komm mit mir.“

Bram wurde die Verantwortung für die Vorbereitungen übertragen. In den beiden darauffolgenden Tagen war das ganze Dorf damit beschäftigt, den Marsch der Guerillakämpfer durch die Berge vorzubereiten. Maschinengewehre wurden auf spezielle Gestelle montiert, die die größten Elefanten, unter ihnen Modoc, tragen sollten. Die Mahuts führten die Elefanten in ein kleines Tal, um sie dort mit dem lauten Gewehrfeuer vertraut zu machen. Viele gerieten in Panik und rissen aus. Erst nach zwei Tagen hatten sich die Elefanten so weit daran gewöhnt, daß die Männer ihnen die Maschinengewehre aufschnallen und abfeuern konnten.

Jeden Tag trieb der Hauptmann die Männer bis zum Äußersten, abends sprach er kräftig dem Alkohol zu und fiel danach in tiefen Schlaf.

Bram wußte, daß sie am nächsten Tag aufbrechen würden.

Sian und er wachten früh auf. Bram spürte, wie sie zitterte, und versuchte, sie zu beruhigen.

„Heute morgen reitest du mit Swati zu unserem See und versteckst dich dort, bis jemand dich holen kommt. Nimm genug Proviant für ein paar Tage mit.“

„Sie werden mich finden! Ich weiß es! Ich weiß es ganz genau!“ Sian war außer sich vor Angst.

„Sian, jetzt hör mir gut zu! Man wird dein Verschwinden erst bemerken, wenn es zu spät ist. Mohinder ist noch viele Stunden beschäftigt, und er wird so lange bei den Elefanten bleiben, bis alles nach seinen Vorstellungen vorbereitet ist. Und ich werde die ganze Zeit bei ihm sein.“

„Aber wenn ihr heute aufbrecht, sehen wir uns nicht mehr.“ Sie begann zu weinen. „Ich will mit dir gehen. Bitte, laß mich mit dir gehen!“

„Sian, Liebste, hör zu. Der Hauptmann wird dich suchen, bevor er das Kommando zum Aufbruch gibt. Mich brauchte er doch nur für die Vorbereitungen. Wenn er dich findet, werde ich bei dem Versuch sterben, dich vor ihm zu schützen, und uns beiden wird grausame Gewalt angetan. Verstehst du? Ich muß mit ihm gehen, aber ich komme zurück.“ Er nahm ihren Kopf in seine Hände. „Ich muß sicher sein, daß du außer Gefahr bist.“

Er küßte sie zärtlich, ihre Lippen, ihre Ohren, ihre Nase.

„Bitte, paß gut auf dich auf, und komm zurück!“

Er ging zur Tür. „Natürlich komme ich zurück, wir sehen uns bald wieder“, hörte sie ihn noch sagen, dann war er verschwunden.

VIERUNDDREISSIG Elefanten standen zum Abmarsch bereit. Acht von ihnen trugen die Maschinengewehre, die anderen waren mit der Ausrüstung und Essensvorräten beladen oder dienten als Reittiere. Auf jedem dieser Elefanten saßen sechs Soldaten.

Mohinder schlug den Weg zum Dorf ein. Bram folgte ihm.

„Wohin wollen Sie?“

„Zu deiner Frau natürlich.“

„Das lasse ich nicht zu.“

„Dann muß ich dich eben erschießen, oder du kannst zugucken!“

Als sie ankamen, war das Haus leer. Laut fluchend rannte der Hauptmann durch die Räume und schrie Bram an: „Du verdammter Hurensohn, wo ist sie?“

„Woher soll ich das wissen? Ich war den ganzen Tag mit Ihnen zusammen.“

Mohinder packte Bram am Arm und zerrte ihn nach draußen. Er winkte einen seiner Leute heran.

„He, du, Soldat!“

„Ja, Sir.“

„Die hübsche Kleine, Sian heißt sie, geh sie suchen!“ Und er fügte noch hinzu: „Hol dir ein paar Männer zur Verstärkung!“

Die Stunden verstrichen. Die Mahuts stiegen wieder ab und setzten sich in den Schatten der Bäume. Die Elefanten bewegten sich kaum, ihre Rüssel spielten mit Grashalmen oder den Schwänzen ihrer Nachbarn. Die Dorfhunde schliefen. Bleiern lastete die Hitze auf Mensch und Tier. Einer nach dem anderen kamen die Soldaten zurück, jeder fürchtete sich davor, dem Hauptmann die Nachricht zu überbringen: „Sie ist nirgends zu finden.“

„Quatscht keinen Blödsinn, sie muß doch irgendwo sein.“ Mohinder brüllte neue Befehle, als in der Ferne Gewehrsalven zu hören waren.

„Verdammt!“ murmelte er. „Wir müssen los. Alle Mann aufsteigen! Wir marschieren sofort los.“

Ein besonderer Howdah war auf dem ersten Elefanten befestigt worden, einem riesigen Tier namens Sinja. Er war für den Hauptmann bestimmt. Neben ihm nahmen zwei weitere Soldaten Platz.

Bram ritt auf Modoc, die mit Ausrüstung und einem Maschinengewehr schwer bepackt war. Ein Soldat saß am Gewehr, ein anderer ging neben ihr her. Bram beobachtete, wie der Hauptmann einem seiner Soldaten etwas zuflüsterte, der daraufhin nickte.

Der Weg in die Berge stieg zunächst nur langsam an, wurde aber von Tag zu Tag schwieriger. Die Elefanten kannten diese Art von

Anstrengung nicht, ihre Muskeln waren für Arbeiten im Wald ausgebildet, nicht aber für lange Märsche und anstrengende Steigungen.

Am vierten Tag brach einer der Elefanten zusammen. Bram sah, daß er völlig ausgetrocknet war. „Sie werden uns alle zusammenbrechen, wenn wir keine längeren Pausen einlegen, Elefanten müssen viel mehr trinken und fressen", sagte er.

Widerwillig gab Mohinder nach, denn ohne die Elefanten, das wußte er, hatte er keine Chance.

Dann lag der Dullirahpaß vor ihnen. Viele Gebete wurden in dieser Nacht gesprochen, und alle wußten, daß nur ein Wunder sie heil über den Paß bringen konnte.

Bram verbrachte eine schlaflose Nacht. Er dachte an das, was sie morgen erwartete. In all den Jahren, die er nun schon in dem Dorf lebte, hatte er viele Geschichten über diesen Paß gehört, immer wieder hatten Menschen dort ihr Leben gelassen. Berüchtigt waren seine steilen Hänge, die heimtückischen Steinlawinen und der dichte Nebel. Seine Sorge galt Modoc, zum erstenmal würde ihre Größe ein Nachteil sein.

Die ersten Sonnenstrahlen tasteten sich in das kleine Tal vor, in dem die Männer und die Elefanten die Nacht verbracht hatten. Plötzlich hörten die Elefanten auf zu grasen und standen still wie Statuen. Jetzt hörten auch die Männer den Ruf eines Elefanten, der aus einiger Entfernung zu ihnen drang. Bram stürmte in großen Sätzen auf den nahe gelegenen Hügel und sah einen jungen Elefanten mit zwei Reitern in schnellem Tempo den Pfad hinauftraben.

Als die drei näher kamen, begann Brams Herz schneller zu schlagen. Wie konnte das nur möglich sein? Das war Sian auf Swati, und hinter ihr saß einer von Hauptmann Mohinders Männern.

Oben angekommen sprang Sian ab und rannte in Brams offene Arme. Er hielt sie so fest, als wollte er sie nie mehr loslassen. Jetzt wußte er, was der Hauptmann seinem Soldaten zugeflüstert hatte: „Bleib hier, und bring sie zu mir, wenn sie wiederauftaucht."

„Na, Leute, keiner kann mir nachsagen, daß ich mich nicht um das Wohl meiner Männer kümmere. Du reitest auf meinem Elefanten mit!" befahl er Sian.

Die Karawane hatte den Paß erreicht. Sian ritt mit Mohinder, Bram folgte direkt hinter ihnen. Dem Hauptmann schien das zu gefallen, ständig faßte er Sian an und vergewisserte sich, daß Bram auch zuschaute.

Der Paß war genauso heimtückisch, wie Bram ihn sich vorgestellt hatte. Über eine Länge von etwa dreißig Kilometern schlängelte sich der Pfad in Serpentinen an einer dreihundert Meter hohen, steilen Felswand entlang.

Schlagartig änderte sich jetzt das Wetter, es wurde kalt, und ein starker Wind kam auf. An einigen Stellen führte der Pfad unter überhängenden Felswänden hindurch, so daß der Howdah abgenommen und von den Männern getragen werden mußte, bis das Terrain wieder offener wurde. Die Elefanten zitterten vor Kälte.

Nebel zog in dichten Schwaden auf und machte jedes Vorwärtskommen unmöglich. Sie hatten aber noch Glück und erreichten eine kleine, offene Stelle, wo sich die Elefanten dicht aneinandergedrängt ein wenig wärmen konnten. Es gab weder Futter noch Wasser. Völlig erschöpft und ausgelaugt ertrugen sie Kälte und Hunger, während die Nacht kein Ende zu nehmen schien.

Langsam färbte sich der graue Nebel rosa, das einzige Zeichen für den Anbruch des neuen Tages. Bram und die Mahuts versorgten ihre Elefanten, so gut sie konnten: Sie stahlen Brot, Früchte und Gemüse bei den Soldaten und gaben es den schwächsten Tieren.

Als sie weiterzogen, waren Sian und Bram beide froh, daß Mohinder sehr beschäftigt war. So hatte er wenigstens keine Zeit, Sian zu belästigen.

In dieser Nacht setzte ein heftiger Regen ein, der bis in die Morgenstunden anhielt und den Pfad in eine gefährliche Rutschbahn verwandelte. Die Elefanten kamen nur langsam voran und verloren ständig den Halt unter ihren Füßen. Einige fielen auf die Knie, und es dauerte viele Stunden, bis sie mit Hilfe der Männer wieder auf den Beinen waren.

Nach Brams Berechnungen würden sie noch zwei weitere Tage brauchen, bis sie den Paß endlich überwunden hatten.

Am nächsten Morgen war die Sichtweite gleich Null. Bram ließ Modoc die Führung übernehmen. Er stellte sie so dicht an die Felswand, daß ihr Körper die rauhen Steine berührte. Dann setzte sie einen Schritt an der Wand entlang nach vorne. Alle Mahuts machten es ihm nach, und langsam setzte sich die Karawane wieder in Bewegung.

Als sich der Nebel nach Stunden endlich etwas lichtete, hatten viele Elefanten ihre Füße an der Felswand blutig gescheuert.

Plötzlich hörte Bram hinter sich einen Hilfeschrei. Er drehte sich suchend um und sah durch den Nebel, daß ein Elefant wie in Zeitlupe in die Knie ging. Sein lautes Gebrüll zeugte von seinen Qualen, den zerschundenen Füßen, dem Hunger, der Erschöpfung. Dann ließ er sich lautlos zur Seite fallen ... und in den Tod – man hörte nur noch den Aufschlag, viele Lichtjahre entfernt.

„Das war Selbstmord", sagte Bram zu Sian.

Bevor der Tag zu Ende ging, hatten noch zwei weitere Elefanten diesen Ausweg gewählt. Keiner konnte sie daran hindern. Inzwischen hätten selbst die Soldaten lieber den Rückzug angetreten, aber jetzt war es zu spät. Sie mußten durchhalten oder sterben.

DER NEUE Tag brach mit strahlendem Sonnenschein an. Alle freuten sich und zogen mit neuem Mut weiter. Das Ende des Passes war in Sicht.

Doch dann war etwas wie das Summen eines Bienenschwarms zu hören. Mehrere Doppeldecker stiegen aus dem Tal auf, sie flogen sehr tief; auf ihren Tragflächen waren Maschinengewehre montiert.

„An die Gewehre! Los, los!"

Der Hauptmann war in seinem Element. Seine Leute bewegten sich wie gut geölte Roboter. Die Gewehre wurden entsichert, nun mußten die Flugzeuge nur noch in Reichweite kommen.

„Wartet! Wartet! Nicht schießen!" flehte Bram. „Wo sollen wir denn hier in Deckung gehen? Die knallen uns doch alle der Reihe nach ab! Ergebt euch!"

„Du hast scheinbar immer noch nichts begriffen! Wir sind Soldaten. Unsere Aufgabe ist es, zu kämpfen und zu siegen. Darum geht es. Um den Sieg! Feuer eröffnen! Schießen!"

Die Maschinengewehre ratterten los. Feuersalven erfüllten die Luft. Ein Flugzeug wurde getroffen und kam ins Trudeln. Die anderen hatten zunächst abgedreht und kehrten jetzt zurück.

„O mein Gott! Die Elefanten! Sian, steig auf Modoc!" schrie Bram. Der Pfad wurde an dieser Stelle etwas breiter. Bram lief zu Modoc, rief „Bein hoch, Mo!" und sprang auf ihre Schulter. Der Mann am Maschinengewehr fiel lautlos zu Boden, Brams Elefantenhaken hatte auf Anhieb die richtige Stelle getroffen. Sian klammerte sich an Bram, der jetzt aus voller Kehle schrie: „Los, Mo, lauf, lauf!"

Mo gab, was sie konnte. Mit weit ausholenden Schritten und hoch aufgerichtetem Rüssel rannte sie um ihr Leben.

Das Maschinengewehrfeuer wurde erneut eröffnet, die Flugzeuge schossen zurück. Männer wurden getroffen und fielen zu Boden. Einige Elefanten brachen zusammen. Die anderen folgten Modoc in panischer Flucht, wobei sie gellend trompeteten. Sie waren nicht mehr zu halten. Maschinengewehre rutschten von ihren Rücken, Männer hingen in den Bügeln der Sitzgestelle, die Ausrüstung flog in alle Richtungen.

Und wieder kamen die Flugzeuge und schossen auf alles, was sich bewegte. Der dumpfe Einschlag von Kugeln in einen lebenden Körper drang an Brams Ohren ... Modoc!

Zwei Kugeln hatten ihr Ziel gefunden. Sie durchbohrten Modocs Kopf. Blut schoß aus den kleinen, aber todbringenden Öffnungen. Ihr Körper krümmte sich zusammen, die Knie knickten ein. Sie warf ihren Kopf vor Schmerzen hin und her und brüllte vor Wut und Ohnmacht. Bram wollte absteigen, aber Mo rappelte sich wieder hoch, das Blut lief jetzt in Strömen über ihren Rüssel, und schwankend stolperte sie in den Schutz einer kleinen Baumgruppe. Dort brach sie zusammen. Bram und Sian wurden ins Gebüsch geschleudert. Mos Schrei war der eines wilden Wesens, das zwischen zwei Welten geraten war.

Bram sprang an ihre Seite. „Mosie, Mosie, mein Mädchen, alles wird gut. Ruhig jetzt, leg dich ganz ruhig hin. Ja, so ist's fein." Er betastete die beiden Schußwunden hoch oben in der Stirn, eine Kugel hatte den unteren Teil des Ohrs zerrissen. Sie schnappte nach Luft, verlor immer mehr Blut. „Sian, Liebes, hilfst du mir?" rief Bram, seine Stimme zitterte. „Wir müssen das Blut stoppen. Sian? Sian ...!"

Er lief zu ihr. Sie lag in einer Blutlache. Bram hob sie vorsichtig auf. „Liebes, wach auf, wach auf!" Er betastete ihren Mund, die Augen, schüttelte sie, kniff sie. „Sian, mein Herz, hör zu, wir haben es geschafft! Wir haben es geschafft! Wir ... Sian? ... Sian? Bitte sag doch was ..., bitte! Sag irgend etwas!" Er brach in lautes Schluchzen aus, Tränen liefen ihm über das Gesicht. „Gott, bitte..." Sie hing leblos in seinen Armen, Blut sickerte aus vielen kleinen Wunden, dort, wo die Kugeln sie getroffen hatten. Ihre schönen Augen starrten in die Unendlichkeit, ihr Haar lag schwer über Brams Schulter.

„Sian, meine Sian ... Liebste ..., mein Liebling." Bram war außer sich vor Schmerz.

Sian war tot. Die Wärme wich langsam aus ihrem Körper, das Leuchten in ihren Haaren, das Funkeln in ihren Augen, der sanfte Schimmer ihrer Haut, all das war nicht mehr. Die Todesgeister hatten sie ihm, Bram, weggenommen.

BRAM deckte Sian mit einem Seidentuch zu. In den nächsten beiden Stunden saß er neben Mo. Inzwischen hatte sie ihren Oberkörper aufgerichtet, aber Beine und Kopf lagen noch auf dem Boden. Die Wunden hatten aufgehört zu bluten. Bram sah, daß die Schüsse den großen hohlraumartigen Bereich des Schädels getroffen hatten. Er erinnerte sich an das, was sein Vater ihm erzählt hatte: Wenn der Kopf eines

Elefanten aus solidem Knochen wäre, könnte der Elefant ihn gar nicht tragen, er wäre viel zu schwer. Durch die schwammartige Struktur wird das Gesamtgewicht erheblich reduziert.

Bis zum Abend konnte Modoc wieder stehen. Sie hatte sehr viel Blut verloren, aber sie war auf den Beinen. Noch sehr wackelig zwar und äußerst langsam, aber sie konnte laufen.

Die Toten wurden beerdigt. Die zu schwer verletzten Elefanten erhielten den Gnadenschuß. Gewehre und Kriegsausrüstung wurden zurückgelassen. Die Soldaten und die Mahuts, die das Gemetzel überlebt hatten, folgten Bram, der den Pfad durch die Schlucht wiederaufnahm, in der Hoffnung, bald auf eine Siedlung zu treffen.

Und er wurde nicht enttäuscht. Nicht weit entfernt, direkt hinter dem Kamm, tauchten die ersten Häuser auf.

Er fand einen großen alten Baum, unter dem er Sian in den frühen Morgenstunden begrub. So hatte sie einen freien Blick auf ihren Weg ins Jenseits. Er und Modoc blieben bei ihr, bis die Sonne unterging.

Bram saß immer noch hemmungslos weinend am Fuße ihres Grabes, als ihn jemand an der Schulter packte. Er schaute auf, konnte aber durch den Tränenschleier zunächst nichts erkennen. Langsam nahm die Person scharfe Konturen an.

„Mr. North!"

BRAM wurde von lauten Stimmen, hektischem Hin- und Hergerenne, verzweifelten Schreien und dem Trompeten eines Elefanten geweckt.

Mit einem Ruck setzte er sich auf, sank aber vor Schmerzen sofort wieder zurück. Er lag auf einem alten, verschlissenen Armeefeldbett, das mit vielen anderen unter einem hohen, mit Palmblättern gedeckten Dach stand, das sie vor der gleißenden Sonne schützte. Überall wanden sich Körper vor Schmerzen, ragten Arme und Beine, blutverschmiert und grausig anzusehen, unter den Laken hervor.

„Wie geht es dir?"

Bram drehte den Kopf. Mr. North stand an seinem Bett. Man konnte nicht behaupten, daß seine Stimme sonderlich besorgt klang.

„Schwach. Schwach und erschöpft", antwortete er. Dann versuchte er sich aufzurichten, aber die Schmerzen waren zu groß. Mr. North hob seinen Kopf an und schob ihm ein Kissen unter. In seinem makellosen Nadelstreifenanzug wirkte er vollkommen fehl am Platz. Er zog sich einen Stuhl ans Bett und setzte sich.

„Du hast vierundzwanzig Stunden durchgeschlafen. Die Schüsse haben dich zwar nur gestreift, aber trotzdem ganz schön zugerichtet."

Bram war sich keiner Schußwunde bewußt, aber der Schmerz in seinem Körper sagte ihm, daß er anscheinend doch nicht ganz verschont geblieben war. Er versuchte, sich an gestern zu erinnern, und das Grauen überwältigte ihn. Er sah noch, wie sich Mr. North an Sians Grabstätte über ihn beugte und dann ... nichts mehr. Mr. North sah den fragenden Ausdruck in Brams Augen.

„Du hast seit unserem Wiedersehen kein einziges Wort gesagt. Du bist aufgestanden, hast nach Modocs Schwanz gegriffen und zu ihr gesagt: ‚Auf, Modoc!‘, und sie hat dich hierhergebracht. Die anderen Elefanten sind hinter euch hergelaufen. Es war ein unglaublicher Anblick! All diese Elefanten, einige schon so gut wie tot, lahmend, blutend, alle folgten ihr! Modoc schwankte und taumelte, das arme Tier, aber sie hat euch beide hierhergebracht.“

„Wie ... geht es ihr?“ fragte Bram zögernd.

„Oh, es geht ihr gut“, antwortete Mr. North. „Diese Einschußstellen ..., so etwas habe ich noch nie gesehen, ich wußte gar nicht...“

Mr. North redete noch eine Weile weiter, bis er merkte, daß Bram in einen tiefen Schlaf gefallen war, nachdem er gehört hatte, daß Modoc noch lebte.

BRAM lag jetzt schon drei Tage in diesem provisorischen Lazarett. Langsam kehrten seine Kräfte zurück, und es drängte ihn, Modoc zu sehen. Eine Krankenschwester half ihm beim Anziehen. „Eigentlich sollten Sie noch gar nicht aufstehen“, sagte sie warnend.

„Ich habe ein Rendezvous mit einer Dame“, erklärte er nur und trat, noch etwas wackelig auf den Beinen, hinaus in die Morgensonne. Er nahm den Weg ins Tal, der zu den kranken Elefanten führte.

Der strenge Geruch der Tiere hing schwer in der Luft. Aber das war es nicht allein – es roch nach Tod und Verwesung. Er kletterte auf eine kleine Anhöhe, von der aus er das Elefantenlager einsehen konnte.

Der Anblick schnürte ihm die Kehle zu. Sein Atem stockte. Sein Verstand weigerte sich zu glauben, was er sah.

Überall im Tal verstreut lagen riesige graue Steine – Elefanten! Bei einigen war die Totenstarre bereits eingetreten, andere atmeten nur noch flach. Wieder andere wanderten ziellos umher, zogen ihre gebrochenen Gliedmaßen hinter sich her, stießen mit anderen Elefanten zusammen oder stolperten über ihre am Boden liegenden Artgenossen. Blutlachen teilten sich in kleine Rinnsale und suchten ihren Weg zwischen den Körpern.

Bram war jetzt mitten unter ihnen, berührte sie, sprach mit ihnen.

Die Mahuts versorgten die Elefanten, so gut sie konnten. Bram erkannte den Arzt, der ihm und den anderen geholfen hatte. Jetzt kümmerte er sich um die Elefanten. Geduldig und unter großen Schmerzen ließen sie sich die Kugeln aus ihren Körpern schneiden.

Am anderen Ende, etwas abseits von den anderen, waren die Elefanten, denen es schon etwas besserging. Modoc war einer davon. Sie lag auf der Seite, ihr Atem ging schwer. Ein Mahut wickelte Mull um einen dünnen Stock, steckte ihn in eine Desinfektionslösung und führte ihn in die Tunnel ein, die die Kugeln in ihren Kopf getrieben hatten. Das mußte höllisch brennen, aber sie lag ganz still, als verstünde sie, daß ihr geholfen wurde.

Als sie Bram bemerkte, versuchte sie sich aufzurichten. Er aber gab ihr zu verstehen, daß sie ruhig liegenbleiben sollte, streichelte ihr über den Rüssel und legte seine Arme um sie. Den Rest des Tages kümmerte sich Bram um Mo, brachte ihr frisches Wasser und verwöhnte sie mit saftigem Gras und Bergklee von den Hängen ringsum. Er erzählte ihr alles, was passiert war, vom Leben und Sterben derjenigen, die sie beide gekannt hatten, und von Mr. North.

Erst gegen Abend kam Mr. North selbst vorbei. „Und wie geht es meinem Elefanten?“

„Sehr gut. Sie ist noch schwach, aber sie hat guten Appetit, und die Schwellung scheint zurückgegangen zu sein.“

Bram zündete vier kleine Feuer rund um Modoc an, und die Wärme hüllte sie wie eine große Decke ein. Mr. North setzte sich vor eines der Feuer auf einen schweren Stamm, der später den Flammen geopfert werden sollte. Mit den lodernden Flammen hinter seinem Rücken war sein Gesicht nicht zu erkennen.

„Bram, es wird Zeit, daß wir uns ernsthaft unterhalten.“ Mr. North zündete eine Zigarette an. „Ich kann mich nicht daran erinnern, jemals einen Menschen so sehr verabscheut zu haben wie dich“, fuhr er fort. „Nein, ich glaube, Haß ist das treffendere Wort!“

Zwei Flammen loderten wie spitze Hörner hinter seinem Kopf auf. Der Qualm seiner Zigarette vermischte sich mit dem Rauch der umliegenden Feuer. Für einen kurzen Augenblick sah er aus wie der Teufel.

„W-w-wie bitte ...?“ stotterte Bram. Das hatte er nicht erwartet.

„Ein Vermögen hast du mich gekostet! Ich bin Geschäftsmann und habe nichts für Sentimentalitäten übrig, also werde ich diese ganze Geschichte zu Geld machen. Wir werden Modoc den See-Elefanten oder Neptun nennen, ihr einen Namen geben, der die Menschen anlockt. Wir werden eine Heldin aus ihr machen. Die Leute werden in Scharen herbeiströmen und bares Geld zahlen, um sie zu sehen! Das wird wenigstens zum Teil die Kosten decken, die du mir verursacht hast."

Geballte Spannung lag in der Luft, beide Männer starrten einander wortlos an. Es war Mr. North, der das Schweigen brach.

„Und während wir mit ihrer Berühmtheit die Leute anlocken, arbeitest du an einer Sondervorstellung. Besser als die, die ich im Zirkus gesehen habe. Ich will etwas sehen, das kein anderer Elefant jemals gezeigt hat oder zeigen wird. Dann werde ich vielleicht aufhören, dich zu hassen..., und dich nur noch verabscheuen. Du wolltest deine Chance, jetzt hast du sie. Wenn du mich blamierst, wirst du Modoc nie wiedersehen. Habe ich mich deutlich genug ausgedrückt?"

„Ja, Sir – sehr deutlich." Brams Magen krampfte sich bei dem Gedanken zusammen, für diesen Menschen arbeiten zu müssen.

Der Rauch des Feuers blies Mr. North ins Gesicht, und er wurde von heftigem Husten geschüttelt. Hastig stand er auf und rang verzweifelt nach Luft. Bevor er über den dunklen Pfad zurück ins Dorf stolperte, preßte er noch heraus: „Wir reisen ab, sobald Mo transportfähig ist!"

DIE KARAWANE wartete. Bram hatte vor der Abreise noch einiges zu erledigen. Zunächst sagte er seinen Freunden, den Mahuts, Lebewohl. „Wir haben so viel gemeinsam erlebt, wir sind zu einer großen Familie zusammengewachsen. Bitte erklärt den Leuten aus dem Dorf, daß ich mit Modoc nach Amerika gehen muß, mir bleibt keine andere Wahl. Ihr alle wißt das. Sagt ihnen, daß ich sie nie vergessen werde."

In den frühen Morgenstunden war Bram noch einmal den Pfad bergab gestiegen, um Sians letzte Ruhestätte aufzusuchen. Er kam, um Abschied zu nehmen. Er kniete nieder und legte die Blumen, die er unterwegs gepflückt hatte, auf ihr Grab. „Irgendwann", begann er mit leiser Stimme, „werden wir uns wiedersehen, Sian, Liebste. Da draußen, im Wald der Unendlichkeit. Ich werde dich immer lieben, werde in Gedanken immer bei dir sein." Seine Stimme zitterte, aber er sprach weiter: „Modoc wollte auch kommen, aber da wir einen langen Weg vor uns haben, wollte ich sie nicht zu sehr anstrengen. Sie läßt dir sagen, daß du ihr fehlst und ..., ich liebe dich, Sian. Ich werde dich immer lieben. Ich vermisse dich so sehr!"

Seine Tränen fielen auf ihr Grab. Eine blieb an einer Blüte hängen, und er sah, wie sich darin die Wolken, der Himmel und der Baum spiegelten. Da wußte er, daß alle Dinge der Natur in Sian sein würden und Sian in ihnen. Ihre Schönheit war in das Universum eingegangen, und das Universum war um ihre Schönheit reicher geworden.

DAS SCHIFF war kleiner als die *Ganges*. Sein Anblick ließ in Modoc die Erinnerung an die dunklen Schrecken des Meeres wieder lebendig werden, und sie weigerte sich entschieden, den Frachtraum zu betreten. Alles Bitten und Betteln half nichts, selbst Bram war machtlos. Nach einer kleinen, aufmunternden Geldsumme von Mr. North gab der Kapitän schließlich die Erlaubnis, ein provisorisches „Elefantenquartier“ zu errichten – hoch oben und ganz vorne auf dem offenen Deck. Von dort aus konnte Modoc das Meer sehen und beobachten, was sich um sie herum abspielte.

SCHON bei Tagesanbruch war Bram an Deck. Heute sollten sie im New Yorker Hafen einlaufen. Aufgeregt suchte er den Horizont ab. Nichts. Plötzlich ertönte ein Trompetenstoß von Modoc, und jetzt sahen es alle direkt vor sich – Land!

Dumpfe Nebelhörner kündigten ihre Ankunft an. Bram sah die hohen Gebäude, die weit in den Himmel ragten. Er hatte nicht gewußt, daß eine Stadt so groß sein konnte. Träge stieg eine Nebelbank von der kleinen Insel vor der Küste auf. Dann tauchte eine große Figur auf. Er hörte, daß sie Freiheitsstatue genannt wurde. Wie mächtig sie war! Und sie fuhren ganz nah an ihr vorbei. Wieder erklangen die Nebelhörner. Modoc, die sich davon persönlich angesprochen fühlte, nahm die Herausforderung an, und so liefen sie mit einem lauten Horn- und Trompetenkonzert in den Hafen ein.

Eine Lastwagenkarawane wartete bereits, um sie abzuholen. Am Ziel angekommen, wurden die Anhängertüren geöffnet, die Rampen heruntergelassen und alles ausgeladen. Das also war das Zirkusgelände des weltberühmten Zirkus North. Die Menschen waren in Massen herbeigeströmt, um den „See-Elefanten“ zu sehen, dessen Geschichte bereits in aller Munde war.

„Bram! Bram!“ Die Stimme kam aus der Menge. Ein Mann bahnte sich einen Weg durch die dichtgedrängten Menschen.

„Kelly? Kelly! Ich glaub’s nicht. Mo, schau mal, da ist Kelly!“

Die beiden Männer fielen einander in die Arme und tanzten wie Kinder über den Platz. Beide hatten Tränen in den Augen vor Freude, aber keiner von ihnen hätte das je zugegeben.

Bram führte Modoc aus dem Transporter. Sie waren begeistert. Eine komplette Zeltstadt lag vor ihren Augen. Der ganze Wunderzirkus von Herrn Gobel hätte in nur eines dieser riesigen Zelte gepaßt! Überall wimmelte es von Menschen. Da waren Clowns, Zirkusleute, Helfer, Tiere und Elefanten. Modoc war außer sich vor Freude. Sie trompetete laut, und die anderen Elefanten antworteten ihr. Daraufhin brüllten die Löwen in den Menageriezelten, die Zebras und Pferde wieherten fröhlich. So hießen alle Mo in ihrem neuen Zuhause willkommen.

KAPITEL 8

Bram und Modoc wurden den anderen Dompteuren und Elefanten vorgestellt. Kelly hatte Bram gewarnt, daß es am Anfang bestimmt nicht einfach sein würde – Eifersüchteleien und eine ausgeprägte Machtgier beherrschten das Klima im Zirkus North.

In der ersten Saison nutzte Mr. North Modoc als Sehenswürdigkeit. Auf einen Trommelwirbel folgte die Ansage des Zirkusdirektors: „Meine Damen und Herren, liebe Kinder von nah und fern! Der Zirkus North ist stolz darauf, Ihnen das berühmteste, das wagemutigste und das tapferste Tier der Welt vorstellen zu können! Meine Damen und Herren – hier kommt Modoc, der Goldene Elefant!"

Die Scheinwerfer schwenkten dann auf den Eingang der Manege, und Modoc erschien in einem roten Samtüberwurf, der mit Goldstickereien und Quasten verziert war. Bram führte sie in die Mitte der Manege und ließ sie die Kunststücke vorführen, die sie noch vom Wunderzirkus kannte.

Die Begeisterungsrufe und der Applaus waren ohrenbetäubend, doch Bram wußte, daß sie nicht der Vorführung selbst galten. Die Zuschauer liebten Modoc wegen ihrer Heldentaten, die Mr. North in jeder Zeitung des Landes hatte veröffentlichen lassen. Bram jedoch wollte der Welt zeigen, daß Modoc sehr viel größere Talente hatte, die sie einzigartig unter allen Elefanten der Welt machten.

Der Zirkus gastierte in jeder kleinen Stadt an der Ostküste. Aber es wurde allmählich kühler, und bald würde der Zirkus zum Überwintern in ein wärmeres Klima ziehen. Bram konnte es kaum erwarten, denn dann hätte er endlich Zeit, ernsthaft mit Modoc zu arbeiten.

Sofort nach seiner Ankunft in New York hatte Bram nach Hause geschrieben, bislang hatten aber nur seine Mutter und Curpo geantwortet. Von Gertie kam kein Lebenszeichen. Er beschloß, ihr einen weiteren Brief zu schreiben.

Meine liebe Gertie,
die Zeit ist wie im Fluge vergangen, und ich fühle mich so viel älter, als ich wirklich bin. Die grauenvolle Erfahrung auf dem Meer, von der ich Dir im letzten Brief erzählt habe, meine Reise durch Indien, Sians Tod und vieles mehr haben ihren Tribut gefordert. Du, Mama und Curpo, Ihr seid die einzigen, die ich noch habe. Und trotzdem habe ich Euch allen weh getan. Wahrscheinlich ist es mein schlechtes Gewissen, das mir keine Ruhe läßt und mich drängt, Dir erneut zu schreiben.

Seit sechs Monaten bin ich jetzt hier in Amerika und habe immer noch nichts von Dir gehört. Curpo schreibt mir, daß er Dich ab und zu sieht, wenn Du auf den Hof kommst und meiner Mutter allerlei Gutes bringst – Gebäck, Marmelade, Kuchen. Er sagt, Du wolltest nicht über mich, über uns sprechen. Ich kann Dich nur zu gut verstehen.

Ich habe große Qualen durchlebt, als ich zwei Frauen liebte. Mit der einen zusammenzusein, die mir sehr viel bedeutete, und zu wissen, daß ich die andere nie mehr wiedersehen würde, hat mich in große Verwirrung und Ängste gestürzt. Ich weiß, wie weh es mir täte, wenn Du einen anderen Mann lieben würdest!

Aber jetzt ist Sian tot. Meine Liebe zu Dir aber war und ist so groß, wie eine Liebe zu einem anderen Menschen nur sein kann.

Über meine Arbeit hier kann ich nicht klagen. Modoc läßt Dich grüßen. Bitte entschuldige, wenn ich mich ungeschickt ausgedrückt habe.

Anfang nächsten Jahres werde ich genug Geld gespart haben, um Mama, Curpo und… Würdest Du kommen, Gertie? Ich glaube nicht. Es wird Dir wohl immer noch zu weh tun. Ich weiß nicht, wie ich das jemals wiedergutmachen kann! Vor langer Zeit sagte ich Dir, daß ich Dich immer lieben werde. Daran hat sich bis heute nichts geändert.

Es heißt, wir können vergeben, aber niemals vergessen. Bitte, bitte – vergib mir! Bitte komm!

In Liebe
Bram

Lieber Bram,
Liebster, ich habe Dich immer geliebt. Vom ersten Tag an, als wir uns trafen und ich an Modocs Kopf vorbeilugte und Dich da oben so stolz sitzen sah. Du warst mein Prinz, bereit, zum König gekrönt zu werden. Und du hattest mich als Deine Königin auserkoren!

O Bram! Als ich von Sian hörte, brach eine Welt für mich zusammen. Ich weiß und verstehe, warum Du so gehandelt hast. Ich kann Dir sogar vergeben. Aber trotzdem war ich zutiefst verletzt!

Wie das Schlechte auf das Gute folgt, so folgt auch das Gute auf das Schlechte. Hätte es nicht diesen furchtbaren Krieg gegeben und Mr. North Dich nicht gefunden, dann würden wir uns jetzt nicht diese Briefe schreiben. Wir haben uns so große Sorgen gemacht, die ganze Familie und ich auch, all die langen Jahre nichts von Dir zu hören! Als Du mir von Sian erzähltest, war ich auf eine seltsame Weise sogar glücklich für Dich. Ja! Wenn man einander wirklich liebt, dann zählt das Glück des anderen mehr als alles andere, selbst wenn man selber dabei verliert.

Und jetzt? Mal bin ich außer mir vor Freude, mal vollkommen verwirrt. Laß mir Zeit! Hab Geduld! Wir sollten nichts überstürzen.

In Liebe
Gertie

Nach einigen Wochen kam ein weiterer Brief von Gertie.

Mein liebster Bram,
ich habe schlechte Nachrichten für Dich. Deine Mutter ist gestorben, ganz plötzlich und unerwartet. Am Abend vorher ging es ihr noch sehr gut. Wir saßen alle gemütlich zusammen – Curpo und einige alte Freunde waren zum Abendessen da. Nach dem Essen sagte Deine Mutter, sie sei müde, und ging schlafen. Ich blieb über Nacht, um am nächsten Morgen beim Aufräumen zu helfen. Bram, sie starb friedlich im Schlaf. Sie liebte Dich so sehr! Und sie war so stolz auf Dich! Es verging kein Tag, an dem sie nicht Deine Briefe zur Hand nahm und jemandem die Zeitungsartikel zeigte.

Sie wird neben Deinem Vater auf dem Friedhof beerdigt.

O Bram! Ich wünschte, ich wäre jetzt bei Dir, könnte Dich in den Arm nehmen und trösten, Deinen Schmerz mit Dir teilen. Ihr Fortgehen hat mir so deutlich gezeigt, wie kurz unsere Zeit hier auf Erden ist. Wenn es jemanden gibt, den Du mehr liebst als irgend etwas auf dieser Welt, der für Dich da ist und Dich liebt, das ist das Leben!

Deine Mutter wollte immer, daß wir zusammen sind. Jeder hier will das und ich auch! Ich komme, Liebster, laß uns die Freuden und Leiden des Lebens miteinander teilen!

Auf ewig Dein
Gertie

In dieser Nacht schlief Bram bei Modoc. Er brauchte die Gesellschaft eines Familienmitglieds. Er schlief wie ein Kind eingerollt in ihrem Rüssel. Ihr allein zeigte er seine Tränen.

DIE KARAWANE zog in New York City ein. Mr. North wollte die neue Saison im weltberühmten Madison Square Garden eröffnen!

Er hatte Bram für seine neue Aufführung mit Modoc eine Frist gesetzt – die Saisonpremiere! Nicht nur Bram, der ganze Zirkus mußte bis dahin bereit sein. Alle Artisten hatten den ganzen Winter über hart an ihren neuen Nummern gearbeitet, und jetzt endlich war es soweit.

Der große Tag war gekommen. Zeitungen und Radiosender hatten darüber berichtet, Freikarten waren verteilt worden. Eine Parade mit Elefanten, buntgeschmückten Pferden und Clowns marschierte durch die New Yorker Innenstadt und kündigte die neue Zirkussaison an.

Die Werbeabteilung des Zirkus hatte eine aufwendige Kampagne für Modoc geführt, und jetzt war die Stunde der Wahrheit gekommen.

Bram hatte furchtbares Lampenfieber. Immer wieder rieb er mit einem Tuch über Modocs Stoßzähne. Sie war von Kopf bis Fuß sauber geschrubbt und eingeölt, ihre Haut hatte einen warmen, glänzenden Schimmer. Ihre Fußnägel waren geschnitten und poliert. Modoc war bereit, nur Bram nicht. Was, wenn etwas schiefging? Wenn Mo stolperte oder ein Einsatzzeichen übersah oder ...? Er würde sie verlieren!

„Meine Damen und Herren! Liebe Kinder von nah und fern! Herzlich willkommen im Madison Square Garden zur Premierenvorstellung des legendären Zirkus North!“

In den nächsten eineinhalb Stunden ging es Schlag auf Schlag: zuerst die Pferdeakrobaten, dann die Clowns, unmittelbar darauf die Trapezkünstler, die High Flying Zifferonis. Einige Artisten patzten bei ihrer Nummer, andere waren einfach hinreißend.

Brams und Mos Aufführung sollte die zweite Hälfte der Vorstellung einleiten, direkt nach der Pause. Die halbe Stunde, in der sich die Zuschauer mit Getränken, Popcorn, Süßigkeiten und Hot dogs versorgten, schien Bram wie eine Ewigkeit.

Und dann war es soweit: „Meine Damen und Herren! Liebe Kinder von nah und fern!“ brüllte der Zirkusdirektor. „Jetzt präsentiert Ihnen der Zirkus North eine einmalige, einzigartige Darbietung, eine absolute Weltneuheit!“

Bram beugte sich vor und flüsterte Modoc ins Ohr: „Das ist für Papa, Mosie. Und für Mama.“

Die Musik begann zu spielen. Der Vorhang ging auf. Modoc

streckte ihren Rüssel hoch in die Luft, als Bram ihr das Zeichen gab: „Los, Mo!"

Zwei Scheinwerfer, blau und weiß, erstrahlten, als Bram Modoc in die Manege führte. Modoc neigte den Kopf, Bram faßte ihre Ohren mit beiden Händen und gab ihr einen Kuß auf die Stirn. Dann verließ er die Manege, gefolgt von dem blauen Scheinwerfer. Auf einem Podium stand ein blauer Samtstuhl für ihn bereit, und als er sich setzte, wurde der Scheinwerfer ausgeblendet. Was blieb, war der helle weiße Scheinwerfer, der Modoc anstrahlte – das einzige Licht im ganzen Zelt.

Das Orchestrion begann zu spielen. Modoc verstand ihr Einsatzzeichen, und erst zum zweitenmal in der Zirkusgeschichte trat ein Tier ohne Dompteur auf! Sie machte eine tiefe Verbeugung und ging dann in schwungvolle Drehungen über, zeigte Pirouetten, Sprünge, Figuren am Boden, Rüsselphantasien – und trompetete, quiekte, brummte, je nach Einlage. Das war keine einfache Zirkusnummer – das war schon eine richtige Gesangs- und Tanzvorführung! Ein Deckenmikrofon verstärkte jeden Ton von Modoc für die Zuschauer.

Bram saß still auf seinem Stuhl und wagte kaum zu atmen. In Gedanken machte er jede Bewegung Modocs mit. Wie stolz er auf sie war! Alles, was sie beide zusammen erlebt hatten, alles, was sie voneinander gelernt hatten, die Liebe, die sie füreinander empfanden, all das kam in dieser Darbietung zum Ausdruck. Es war, als hörte er Modoc lachen und spürte ihre Freude, als sie mit einer schwungvollen Verbeugung ihre Vorführung beendete und das Scheinwerferlicht erlosch.

Für einen langen Augenblick herrschte absolute Stille, dann gingen die Lichter wieder an. Bram rannte vom Podium in die Manege. Mo hob ihr Vorderbein, und Bram stieg auf ihren Rücken. Da sprangen die Zuschauer von ihren Sitzen auf und brachen in stürmischen Beifall aus.

Plötzlich hörte Bram eine vertraute Stimme, die alle anderen übertönte. Er schaute ins Publikum. Mitten unter den applaudierenden und jubelnden Menschen entdeckte er Gertie und Curpo! Curpo stand auf seinem Sitz und hatte Mühe, sein Gleichgewicht zu halten. Gertie sprang hoch, klatschte in die Hände und schrie: „Bram! Bram!" Und mit ihren Lippen formte sie die Worte: Ich liebe dich!

Als Bram Modoc aus der Manege führte, warteten die beiden bereits am Ausgang.

„Bram! Bram!" schrie Gertie und warf sich in seine Arme. Er fing sie in der Luft auf, und sie umarmten und küßten sich. Beide hatten Tränen in den Augen. Da spürte Bram, wie jemand an seinem Bein hing.

„Curpo! Curpo!" Er sank auf die Knie und umarmte seinen Freund.

Modoc tanzte, trompetete und quiekte vor Freude, als Gertie und Curpo auch sie stürmisch begrüßten. Sie wickelte ihren Rüssel um Gertie, wie sie es sonst nur bei Bram tat, und ließ ein tiefes Kollern hören.

Gertie flüsterte ihr ins Ohr: „Danke, daß du ihn zu mir zurückgebracht hast."

SCHON bald nahm Gertie Mr. Norths Angebot an, bei einer Pferdenummer mitzumachen, einem prächtigen Gespann mit vier stattlichen Palominohengsten, die zusammen mit vier blonden Akrobatinnen eine fesselnde Darbietung gaben. Es dauerte nicht lange, und sie war für die komplette Regie verantwortlich, für Planung, Kostüme, Trainingsprogramm, einfach für alles. Da sie von einem Bauernhof kam, kannte sie sich mit Pferden bestens aus.

Curpo lehnte das Angebot ab, in der Nebenvorstellung als kleinster Mensch der Welt aufzutreten. „Das war eine Demütigung, nichts anderes. North wußte, daß ich nein sagen würde, schon bevor er mich fragte! Er hält sich für was Besonderes, er glaubt, er wäre etwas Besseres als alle anderen hier."

Bram bat Mr. North um eine Unterredung.

„Ich brauche Curpo."

„Wofür?"

„Er kann mir mit Modoc helfen."

„Ha! Den zerquetscht sie doch wie eine Fliege! Selbst ich übersehe ihn die meiste Zeit."

Als Mr. North schon fast an der Tür war, hatte Bram noch eine Idee. Er rief hinter Mr. North her: „Wie wäre es, wenn er bei mir in der Vorstellung mitmacht? Das Publikum wäre begeistert, einen riesigen Elefanten zusammen mit dem kleinsten Mann der Welt auftreten zu sehen."

Mr. North blieb stehen. „Hm", sagte er. Wie üblich weckte alles, was ihm möglicherweise mehr Geld einbrachte, sofort sein Interesse.

NIEMAND war überrascht, als Bram und Gertie ihre bevorstehende Vermählung bekanntgaben. Die Zeremonie sollte im Hauptzelt während der Vorstellung stattfinden.

Die Menschen strömten in Scharen herbei, um die Hochzeitsfeier zu erleben. Als das Publikum seine Plätze eingenommen hatte, senkte sich eine gespannte Stille über das Zelt. Die Zeremonie begann. Die Trompeten spielten den Auftakt, und der Ansager hob an: „Meine Damen und Herren, liebe Kinder von nah und fern, der Zirkus North freut sich, Sie heute anläßlich der Vermählung von Bram Gunterstein,

Modocs weltberühmtem Elefantendompteur, mit Gertie Baron, unserer bezaubernden Pferdeakrobatin, begrüßen zu dürfen."

Das Orchestrion spielte den Hochzeitsmarsch, und bunte Scheinwerfer glitten über die Manege. Endlich teilte sich der Vorhang.

Sechs Mädchen in glitzernden Kostümen wirbelten in die Manege, gefolgt von den blonden Akrobatinnen auf elegant ausschreitenden Pferden. Ihnen folgten die Trapezkünstler, die Clowns, die Jongleure, die Drahtseilakrobaten. Die Parade schien kein Ende zu nehmen, und erst als die Mädchen in den Silberkostümen auf der anderen Seite des großen Zeltes angekommen waren, begann der Einmarsch der Elefanten: paarweise und nach Größe gestaffelt, zuerst die ganz kleinen, dann die etwas größeren und so fort, bis zum Schluß alle zweiundvierzig Dickhäuter in ihren bunten Überhängen die Manege bevölkerten.

Dann ein Trommelwirbel, der Vorhang ging erneut auf. Da stand Modoc in ihrer ganzen Pracht, den Rüssel hoch erhoben. Auf ihrem Rücken thronten Bram und Gertie. Wieder intonierte die Orgel eine Zirkusversion des Hochzeitsmarsches, untermalt von roten, weißen und blauen Scheinwerferlichtern, die im Rhythmus der Musik durch das Zelt tanzten.

Gertie saß in einer prunkvollen, mit Pailletten besetzten rot-goldenen Sänfte. Sie war strahlend schön: Mit ihrem weich fließenden goldenen Haar und ihrem langen weißen Seidenkleid, das ihre weiblichen Rundungen sanft umspielte, wirkte sie wie eine Märchenprinzessin. Ihre Schleppe fiel schwer über Modocs Rücken.

Hinter ihr stand Bram. Er trug einen eleganten, enganliegenden weißen Samtanzug. Sein Hemd war über und über mit winzigen Diamanten bestickt, die sich zu beiden Hosenseiten in Kaskaden fortsetzten.

Modoc erschien im Smoking mit Fliege, die polierten Stoßzähne glänzten. Mit hoch erhobenem Rüssel kündigte sie mit lautem Trompeten ihren Einzug an. Die Zuschauer erhoben sich und applaudierten begeistert, als sie an ihnen vorbeischritt.

In der Manege blieb Modoc neben einer gläsernen Treppe stehen. Bram reichte Gertie die Hand, und gemeinsam schritten sie die Stufen zu dem wartenden Priester und ihren Freunden hinunter.

So gaben sich Bram und Gertie an einem strahlenden Sonntag nachmittag vor Tausenden von Bewunderern und Freunden das Jawort. Ihr Kuß besiegelte eine Liebe, die vor vielen Jahren ihren Anfang genommen hatte und die nun endlich zur Vollkommenheit erblühen konnte.

Bram und Gertie wußten schon seit einiger Zeit, wohin ihre Hochzeitsreise gehen würde. Sie sehnten sich danach, zusammen nach Deutschland zu reisen, den Schwarzwald wiederzusehen, den Kürersee, den alten Hof, die Scheune – all die Orte, an denen sie ihre Jugend verbracht hatten.

Bram hatte sich geweigert, nach dem Tod seiner Mutter das Haus zu verkaufen. Als sie endlich das große Scheunentor öffneten, stürmten die Erinnerungen auf ihn ein. Hier stand noch der alte Ofen, ein paar muffige Heuballen lagen in einer Ecke, an der Decke hing eine durchgebrannte Glühbirne. Bram ging zu der Stelle, an der Modoc geboren wurde. Der ganze Ort roch modrig, und es war ungemütlich kalt.

Als nächstes besuchten sie Gerties Eltern. Sie saßen bei Kaffee und Kuchen im Hof und hatten sich viel zu erzählen. Gemeinsam gingen sie noch einmal in Gerties altes Zimmer, wo er in der Kälte der Nacht zu ihr gesagt hatte: „Ich liebe dich, Gertie, und ich weiß, daß viel Zeit vergehen wird, ehe wir uns wiedersehen."

Schweren Herzens nahm Gertie Abschied von ihren Eltern. Denn sie wußte, daß es ein Abschied für immer sein würde.

Am dritten Tag gingen sie zum Friedhof. Tief bewegt legte Bram die Blumen, die sie unterwegs gepflückt hatten, auf das Grab seiner Eltern. Irgendwo spielte eine Orgel. Bram sah zu der Anhöhe hinüber, auf der sie vor langer Zeit zusammen mit Modoc die Anreise der Trauergäste erwartet hatten.

Ihren letzten Tag verbrachten sie am Kürersee. Sie lagen unter ihrem Baum. Von dem kleinen Hügel, der zum See führte, war das Schluchzen eines Mannes zu hören, der endgültig Abschied nahm von seinen Jugendjahren, von all den glücklichen und traurigen Momenten, denen er jetzt mit jeder neuen Träne auf immer Lebewohl sagte.

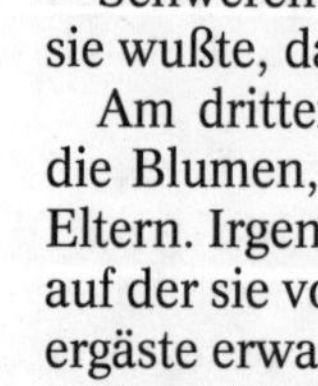

KAPITEL 9

Die Elefanten hatten gerade ihren großen Auftritt hinter sich, als im Eingangsbereich Rauch aufstieg. Zunächst achtete niemand weiter darauf – am Eingang würde sich schon jemand darum kümmern. Aber das war ein fataler Irrtum. Schon zog der Rauch durch das Zelt, in einer dünnen Linie, hoch oben unter der Zirkuskuppel.

„Feuer!" Der Schrei ließ die Zuschauer aufspringen und aufgeregt nach der Richtung suchen, aus der das Feuer kam. Der Rauch wurde jetzt immer stärker und drang in dichten grauen Schwaden in das Zelt ein. Die Leute begannen, die Orientierung zu verlieren. Panik brach aus, Menschen begannen zu schreien und zu husten.

Bram und Curpo hatten Modoc gerade die Decke abgenommen. Sie befanden sich am Bühnenausgang, als Bram das Schreien der Zuschauer hörte. Er blickte Curpo an.

„Geh schon vor, ich schau mal, was da los ist", sagte Curpo.

„Komm, Mo!" Bram steuerte auf den Ausgangsbereich zu.

Die Menschen drängelten, stießen, schlugen um sich, sie wollten nur raus aus dem Zelt! Viele stürzten dabei zu Boden.

Bram brüllte, so laut er konnte: „Folgen Sie dem Elefanten! Folgen Sie dem Elefanten!"

„Bitte, nehmen Sie meine Kinder mit!" bettelte eine Frau und dann noch eine und noch eine. Er hob ein Dutzend Kinder auf Modocs Rücken, die sich voller Angst aneinanderklammerten. Als sich Modoc dem Ausgang näherte, machte der beißende Rauch das Atmen fast unmöglich.

„Haltet die Luft an, so lange ihr könnt!" schrie Bram. „Los, Modoc, weiter! Weiter!"

Instinktiv und sehr behutsam schritt sie durch den dichten Nebel auf den Ausgang zu, dort, wo die Zeltplanen zurückgeschlagen waren, während sich immer mehr Menschen verzweifelt an sie drängten. Wie eine Lokomotive, die aus einem Tunnel auftaucht, stampfte sie ins Freie. Dort ging sie in die Knie, sie brannte und prustete Luft und Rauch aus ihrem Rüssel. Bram würgte und rang nach Luft. Menschen rannten herbei, um die Kinder in Sicherheit zu bringen. Bram fand einen Wasserschlauch und spritzte erst Modoc, dann sich selbst von oben bis unten ab.

„Bram, Bram! Wo bist du?" Gertie hatte Mühe, Bram wiederzuerkennen. Modoc und er waren über und über mit einer dicken Schicht Ruß bedeckt und klatschnaß.

„Wo ist Curpo?" fragte Bram.

„Keine Ahnung. Ich habe ihn nicht gesehen! War er nicht mit dir hinter der Bühne?"

„Er ist noch im Zelt! O mein Gott!" Bram rannte zu Modoc. „Auf, Modoc!"

Modoc richtete sich langsam auf, ihre Augen tränten von dem beißenden Rauch. Bram saß sofort wieder auf.

„Gertie, gib mir die Zeltplane, die da drüben liegt! Ich werfe sie über uns, und dann bespritzt du uns mit Wasser!"

Gertie reichte ihm die Plane, und er legte sie, so gut es ging, über Modoc und sich. Dann nahm sie den Wasserschlauch und bespritzte die beiden, bis sie vollkommen durchnäßt waren.

Bram lenkte Modoc zurück ins Zelt. Sie zögerte keinen Augenblick. Das Segeltuch an den Seiten hatte bereits Feuer gefangen, und die Tribünen standen in hellen Flammen. Er spürte die glühende Hitze auf seinem Gesicht. Verstörte Menschen rannten an ihnen vorbei, sie rangen verzweifelt nach Luft. Manchmal mußte Mo über einen am Boden liegenden Körper steigen. Als sie an der Stelle ankamen, an der sie Curpo zurückgelassen hatten, stieg Bram ab und ging neben Modoc her, wobei er sie am Ohr festhielt.

„Curpo!" rief er, seine Kehle schmerzte ihm vom Rufen und von dem dichten Rauch. „Curpo, wo bist du?"

Nichts. Verzweifelt rief er immer wieder, bis seine Stimme nur noch ein heiseres Flüstern war. Um ihn herum schrien die Menschen in größter Verzweiflung, in der Ferne hörte er das Rufen verängstigter Tiere – die Großkatzen brüllten, die Pferde wieherten schrill.

Bram konnte kaum noch atmen, ihm wurde schwindelig. Auch Modoc schnappte jetzt nach Luft. Schließlich fiel Bram zu Boden. Modoc hielt einen Augenblick inne, dann gab sie ihm einen Schubs. Diese Bewegung brachte ihn wieder zu sich, und er sah, daß Modoc Curpo gefunden hatte! Sie trug ihn mit ihrem Rüssel gerade eben über dem Boden, da, wo die Rauchschwaden nicht ganz so dicht waren. Sie torkelte, fand aber ihren Weg zurück zu Bram und half ihm aufsteigen. „Los, Mosie, looos!"

Auf Modocs Rücken verlor Bram endgültig das Bewußtsein.

Plötzlich gab es eine laute Explosion am Eingang. Das Feuer hatte neue Nahrung bekommen, als die Menschen bei dem Versuch, dem Rauch zu entkommen, die Planen hochgehoben hatten und frischer Sauerstoff in das Zelt geströmt war. Was gerade noch ein Rauchtunnel gewesen war, hatte sich nun in eine meterhohe Flammenwand verwandelt!

Modoc zögerte keinen Augenblick. Sie stieß einen gequälten, schrillen Schrei aus und raste mit Volldampf durch das lodernde Inferno hinaus auf den Vorplatz. Nach zwanzig Metern verließen sie die Kräfte, und sie brach zusammen.

Von überall kamen Menschen herbeigeeilt und zogen Bram und Curpo aus den Flammen. Eimerweise wurde Wasser auf sie gekippt. Modoc warfen sie Decken über, um das Feuer auf ihrem brennenden Körper zu ersticken.

Gertie rannte zu Bram und kniete an seiner Seite nieder. „Bram! Bram, Liebling!“ Sie hielt ihn, wiegte ihn wie ein kleines Kind in ihren Armen.

Ein Feuerwehrmann zog sie von ihm fort. „Er braucht Sauerstoff!“ Er zog Bram eine Sauerstoffmaske über und fühlte seinen Puls. „Sein Puls ist regelmäßig“, sagte er.

Gertie stieß einen tiefen Seufzer der Erleichterung aus.

„Er wird bald wieder zu sich kommen. Er muß nur frei durchatmen können.“

„Und was ist mit ...?“ Der Satz blieb ihr im Hals stecken, als sie auf ihren kleinen Freund blickte, der neben Bram lag. Auch er trug eine Sauerstoffmaske, aber er gab kein Lebenszeichen mehr von sich. Der Feuerwehrmann suchte den Puls. Nichts.

Gertie wandte sich ab, unfähig zu begreifen, was geschehen war. Ihr Blick fiel auf Modoc, die wie tot im Gras lag. Der scharfe Geruch ihrer verbrannten Haut hing schwer in der Luft. Gerties Knie wurden weich. Da vernahm sie eine vertraute Stimme.

„Gertie? Mach dir keine Sorgen! Ich krieg das schon hin!“ Es war Kelly. Er wandte sich an die Leute, die um sie herum standen, und zeigte auf mehrere Männer. „Du, du und du, ihr richtet ihren Kopf auf, und du bringst mir den Luftschlauch von der Sauerstoffflasche!“ befahl er.

Zehn Freiwillige machten sich sofort daran, Modocs Kopf aufzurichten, damit sie ungehindert atmen konnte. Sie steckten ihr den Schlauch in den Schlund, aus dem immer noch Rauch aufstieg. Endlich, nach einer kleinen Ewigkeit, begann Modoc zu husten, und sie versuchte sogar aufzustehen.

„Helft ihr!“ rief Kelly und gab den Männern Anweisungen, wo sie anpacken sollten. Er machte es genauso, wie er es bei Bram schon mehrmals beobachtet hatte. Nach einigen Minuten stand sie auf den Beinen. Langsam ging sie zu Bram und liebkoste ihn mit ihrem Rüssel.

Curpo erlangte nie wieder das Bewußtsein. Er hatte so viel Rauch eingeatmet, daß seine kleinen Lungen einfach aufgehört hatten zu arbeiten. Sein Körper wurde zugedeckt und in den wartenden Krankenwagen geschoben. Ohne Sirene wurde er weggebracht.

Bram kam nie über Curpos Tod hinweg. Der Freund hatte ihm so viel Liebe und Verständnis entgegengebracht, er war wie ein Bruder zu ihm gewesen, immer bereit, zuzuhören, einzuspringen, wenn Not am Mann war. Doch das Wichtigste für ihn war, daß er jedes Glück und Leid mit Curpo hatte teilen können. Niemand würde jemals seinen Platz in Brams Herzen einnehmen können.

Nach dem Feuer mußte der Zirkus erst einmal schließen. Dutzende von Menschen, darunter auch Kinder, waren in den Flammen umgekommen. Die Gerichtsverfahren hätten Mr. North beinahe das Genick gebrochen, aber nicht umsonst hatte er den Charakter einer Bulldogge – verbissen kämpfte er darum, seinen Zirkus weiterzuführen.

Zunächst verkaufte er alles, was für einen Neuanfang nicht unbedingt notwendig war. Die meisten Nummern ließ er fallen – sie waren jederzeit ersetzbar. Bram behielt er, denn er ging davon aus, daß Modocs Nummer auch dann noch ein Hit sein würde, wenn er seinen Zirkus endlich wiedereröffnen konnte. Gertie verlor ihre Arbeit, Kelly ebenso. Er versprach ihnen, sie so bald wie möglich wieder einzustellen.

Die meisten Elefanten durften ebenfalls bleiben. Sie standen jetzt alle in Brams Obhut, und es verging kein Tag, an dem Bram nicht draußen auf dem verlassenen Gelände mit ihnen Kunststücke einübte.

Modoc würde für den Rest ihres Lebens von den Brandnarben gezeichnet sein. An einigen Stellen hatte sich die Haut auf ihrem Rücken zu riesigen Wülsten aufgeworfen. Mr. North gab Bram Anweisung, Modoc bei wichtigen Besuchern eine Decke überzuwerfen.

Sobald die Gerichtsverfahren abgeschlossen waren, begann Mr. North mit dem Neuaufbau des Zirkus. Einige Tierdressuren wurden wiederaufgenommen, und er traf eine Sondervereinbarung mit einer Eisenbahngesellschaft, die das Reisen enorm vereinfachte.

Da sie jetzt ihren eigenen Zug hatten, konnten sie in Städte fahren, in denen sie noch nie zuvor gewesen waren. Sie hatten viel mehr Zeit, was das Leben sehr viel angenehmer machte. Doch eines dieser Gastspiele sollte Modocs Leben für immer verändern.

„HALLO, ihr Elefanten, na, wie geht's euch denn so? Wie wär's mit 'nem Schluck? Hicks, hoppla, jetzt bin ich doch auf eurem Mist ausgerutscht! Schschsch! Verratet keinem, daß ich hier bin, ja?" Von den Wachposten unbemerkt, hatte sich ein Betrunkener nachts in das Elefantenzelt eingeschlichen. In der einen Hand hielt er eine Flasche Schnaps, in der anderen einen Elefantenhaken, den ein Pfleger auf einem Heuballen liegengelassen hatte.

„Die, hicks, nennen dich Modoc, die ‚Goldene Elefantendame'. Du bist wirklich gut, da gibt's keine Frage, hicks." Der Betrunkene kletterte auf einen Heuballen und stand jetzt Auge in Auge mit Mo. Er grub den Haken in Modocs Kinn und riß daran: „Komm her!"

Mo schwang ihren Kopf so schnell herum, daß er das Gleichgewicht verlor und von dem Heuballen fiel.

„Hey, du, ich glaub, ich muß dir mal Manieren beibringen!“ Er rappelte sich hoch, griff den Elefantenhaken und ließ ihn auf Mo niedersausen. Sie wich zurück, und der Schlag ging knapp daneben.

„Du Miststück, komm jetzt sofort her!“ Er nahm erneut Anlauf, schlug den Haken mit voller Wucht in ihre Seite und riß ihr eine fünfzehn Zentimeter lange, klaffende Wunde.

Modoc brüllte auf. Der Mann war wie besessen. Wieder ging er auf sie los, den Elefantenhaken drohend erhoben. Mo hielt ihren Kopf so hoch, daß er ihn nicht erreichen konnte, und warf ihren Körper zur Seite, wobei eine der Ketten zerriß, die ihre Hinterbeine hielten.

„Ha, jetzt stehen die Chancen gleich!“ schrie er.

Modoc ging in Angriffshaltung. Sie rollte ihren Rüssel ein, klappte die Ohren nach vorne und wartete auf ihren Gegner. Der Mann merkte, daß sie zu allem entschlossen war. Er drückte sich vorsichtig an der Wand entlang und griff nach einer Mistgabel. Wie ein Matador umkreiste er Modoc, die Mistgabel in der einen Hand, den Elefantenhaken in der anderen, bereit, auf sie einzustechen. „Umbringen kann ich dich nicht, du Miststück, aber ich kann dir weh tun.“

Er rammte die Mistgabel so tief in ihr Bein, daß er Mühe hatte, sie wieder herauszuziehen. Mo schrie vor Schmerzen laut auf. Sie packte ein dickes Heubündel und bewarf ihn damit. Im ganzen Zelt regnete es Heu.

„Haha, du Witzbold!“

Wie ein Dämon warf sich der Mann mit lautem Gebrüll auf Modoc. Sie riß ihm die Mistgabel aus der Hand und zerbrach sie wie ein Streichholz. Dann packte sie den Mann und hielt ihn hoch in der Luft. Sie zögerte kurz – sollte sie ihn zerstampfen oder zu Boden werfen? Dieser Moment reichte aus – das Ungeheuer holte weit aus und stieß ihr den Elefantenhaken mit voller Wucht ins Auge!

Dort blieb er stecken, während sie den Mann zu Boden schleuderte, einen Fuß auf seinen Kopf stellte und ihn enthauptete.

Bram hatte die furchtbaren Schreie gehört. So schnell seine Beine ihn trugen, rannte er in das Zelt, aber zu spät. Er sah nur noch den Mann ohne Kopf am Boden liegen und den Elefantenhaken, der locker in Modocs Auge hin und her schwang.

MODOC lag still, noch benommen von der Operation.

„Das Auge ist nicht mehr zu retten, Bram, sie wird nie mehr damit sehen können. Ich lasse es, wie es ist. Mit der Zeit wird es eine weißliche Farbe annehmen. Mehr kann ich nicht für sie tun.“

Der Mann, der Modoc angegriffen hatte, war vor vielen Jahren ein berühmter Dompteur gewesen. Er hatte mit Elefanten, Löwen, Tigern und Pferden gearbeitet. Er war gut im Umgang mit Tieren, sanft, aber bestimmt, und hoch geschätzt unter den Kollegen gewesen.

Dann hatte er sich in eine Drahtseilkünstlerin verliebt, und sie waren ein unzertrennliches Paar geworden. Eines Tages übte er mit seinen Elefanten in einer Seitenmanege, während die Drahtseilakrobaten in der Hauptmanege arbeiteten. Da hörte er einen Schrei und mußte mit ansehen, wie seine Geliebte aus zwölf Meter Höhe in den Tod stürzte.

Er suchte Trost im Alkohol, um den Schmerz über den tragischen Verlust ertragen zu können. Die Sucht machte ihn unberechenbar, und er begann, seine Launen an den Elefanten auszulassen. Die Zirkusleitung verwarnte ihn, aber es wurde immer schlimmer. Und eines Tages nahm ihn einer seiner Elefanten hoch und schleuderte ihn weit von sich. Danach bekam er nie wieder Arbeit. Er sank immer tiefer, verfiel völlig dem Alkohol. Jeder wußte, daß er sterben wollte. Aber er hatte nicht den Mut, sich selbst umzubringen.

In der Presse wurde Modoc verteufelt. KILLER-ELEFANT DREHT DURCH, so und ähnlich lauteten die Schlagzeilen. Andere nannten sie „die einäugige Hexe".

Als sie noch vor nicht allzu langer Zeit von allen geliebt wurde, da war sie der „Goldene Elefant" gewesen. Jetzt, nach diesem furchtbaren Ereignis, war sie plötzlich zu einem Ungeheuer geworden.

Mr. North rief Bram in sein Büro. „Ich verkaufe Modoc. Sie ist ja jetzt blind."

„Nein, das stimmt nicht!"

„... auf einem Auge. Und außerdem sieht ihr Rücken aus wie ein Schlachtfeld!"

„Weil sie Menschen aus den Flammen gerettet hat!"

„Und jetzt hat sie einen Mann getötet!"

„Der versuchte, sie umzubringen!"

„Ich verkaufe sie an den Meistbietenden – und damit Schluß!"

Bram wandte sich an alle, die er kannte – Kelly, die Artisten, Bankiers, Zoogeschäfte –, und fragte, ob sie ihm Geld leihen könnten, damit er Modoc kaufen konnte. Viele waren sofort bereit, ihm mit großen Summen unter die Arme zu greifen.

Zwei Monate lang stand Modoc offiziell zum Verkauf. Bram war überrascht, wie wenige Leute wirkliches Interesse zeigten. Die meisten hatten Angst, sie zu kaufen. Viele befürchteten, daß sie nicht für sie arbeiten würde. Andere wiederum, die von der Geschichte erfahren hatten und Modocs Liebe zu Bram kannten, gaben erst gar kein Angebot ab.

„BRAM, der Alte will dich sehen!" rief ihm ein Zirkusarbeiter durch die offene Wohnwagentür zu.

Mr. North war außer sich. „Das höchste Angebot lautet 5000 Dollar! 5000 Dollar. Mehr nicht. Kriegst du das Geld zusammen, oder soll ich die Hundefutterfirma anrufen?"

Bram hatte 6000 Dollar. Nie hätte er gedacht, daß diese Summe ausreichen würde, um Modoc zu kaufen. Er bemühte sich, Mr. North gegenüber gelassen zu bleiben, innerlich aber jubelte er. „Ja, das müßte klappen."

„Du willst sagen, daß du das Angebot überbietest?"

„Sagen wir 5500 Dollar!"

„Einverstanden!"

Die offizielle Übergabe mit Kaufvertrag und Zahlung sollte im Winterquartier im Süden Floridas stattfinden. Bis Saisonende lagen allerdings noch 2000 Kilometer vor ihnen.

Es gab zwei Züge. Die Zirkusleute fuhren mit der Ausrüstung im ersten Zug, damit sie bis zum Eintreffen der Tiere mit dem zweiten Zug die Quartiere vorbereiten konnten.

Bram verabschiedete sich von Modoc. „Bald haben wir es geschafft. Ruh dich jetzt ein wenig aus, schau aus dem Fenster, und laß die Welt an dir vorüberziehen." Er gab ihr einen dicken Kuß auf das blinde Auge und winkte ihr noch einmal zu: „Viel Spaß und bis bald!"

An einem verlassenen Bahnhof mitten in den Ozarkbergen machte der Menageriezug plötzlich halt. Es war zwei Uhr morgens. Ein einziges Fahrzeug stand dort, ein großer Möbelwagen. Er parkte im Schatten der Bäume direkt neben den Gleisen. Ein Mann saß am Steuer und rauchte eine Zigarre.

Die schweren Stahltüren eines der Güterwaggons wurden aufgeschoben und eine Rampe heruntergelassen. Nur schemenhaft war eine Gestalt zu erkennen, die einen Elefanten an einem Strick herausführte. Der Mann im Möbelwagen warf seine Zigarre in den Rinnstein und stieg aus. Er öffnete die riesigen Türen und ließ ebenfalls eine Rampe herunter. Der andere Mann führte den Elefanten hinein. Die beiden sprachen kurz miteinander und tauschten etwas aus. Der Laster startete, als der Zug den Bahnhof verließ. Das Ganze ging so lautlos über die Bühne, daß keiner, der im Zug schlief, irgend etwas bemerkte.

„Wo ist Modoc? Mr. North! Wo ist Modoc?“ Bram und Gertie waren zum Bahnhof gekommen, aber Modocs Waggon war leer.

„Wo ist sie?“ Brams Atem ging schwer, er zitterte. Mr. North saß ruhig an seinem Schreibtisch. Zwei kräftige Burschen standen rechts und links neben ihm.

„Ich habe sie verkauft“, sagte er trocken.

„Sie haben sie mir verkauft! Hier, ich habe die 5500 Dollar dabei. Wo ist sie?“

„Mir wurden 10000 Dollar geboten – da habe ich zugeschlagen.“

Bram sah rot. „Sie dreckiger Bastard!“ Mit einem Satz sprang er über den Tisch und warf Mr. North vom Stuhl. Er traf Norths Gesicht, Zähne flogen, ein Arm zeigte in die falsche Richtung. Erst dann schafften es die beiden Schwergewichtler, Bram wegzureißen. „Wo ist sie? Wo ist sie?“ brüllte er außer sich, als sie ihn aus dem Raum zogen.

Am nächsten Morgen hörte sich der Richter geduldig die Plädoyers der Anwälte an, die ihre Mandanten vertraten. Nachdem die Fakten offengelegt waren, schien selbst Norths Anwalt Mitleid mit Bram zu haben.

Die Anklage lautete auf Beleidigung und Körperverletzung. Das Urteil: dreißig Tage Haft auf Bewährung, ein Jahr Bewährungsfrist und Zahlung aller Krankenhausrechnungen einschließlich Ersatz des beschädigten Tisches!

Bram gab sein ganzes Geld für den Anwalt, den Tisch und Norths Krankenhausrechnungen aus – North verbrachte einen Monat im Krankenhaus, um sich von seinen Verletzungen zu erholen.

Bram und Gertie suchten noch lange nach Modoc. Aber als die Monate und schließlich die Jahre ins Land gingen und ihre Suche erfolglos blieb, breitete sich eine kalte Leere in Brams Herzen aus, und man sah ihn nur noch selten lachen.

KAPITEL 10

Eines Tages erhielt eine Tierverleihgesellschaft namens „Zahme Dschungeltiere“ den Auftrag, dressierte exotische Tiere für eine Fernsehserie zu beschaffen. „Zahme Dschungeltiere“ gehörte einem Mann namens Ralph Miller, der gleichzeitig auch das Unternehmen leitete. Eines Morgens rief ihn der Regisseur an.

„Für den Start der neuen Serie brauchen wir unbedingt einen Elefanten!“ Er sagte das so, als hätte Miller immer einen Elefanten auf Vorrat. „Sie haben doch einen für uns, oder?“

„Ja, ja, natürlich“, stotterte Miller. „Für wann brauchen Sie ihn denn?“

„Erst für September. Drei Monate müßten Ihnen ja reichen, um ihm die Kunststücke beizubringen.“

„Äh ..., ja, sicher, kein Problem. Schicken Sie mir das Drehbuch.“

Miller legte auf, nachdem er dem Regisseur glaubhaft versichert hatte, daß er mit den besten Elefantenkunststücken rechnen könnte, die je in einem Zirkus vorgeführt wurden. Er hatte noch nie selbst einen Elefanten besessen, aber er hatte Erfahrung im Umgang mit Dickhäutern. Für ihn waren Elefanten immer schon sehr intelligente und gleichzeitig sehr empfindsame Tiere gewesen.

In den nächsten fünf Tagen riefen Miller und seine Mitarbeiter all ihre Bekannten an, um herauszufinden, ob irgendwer einen Elefanten zu verkaufen hatte. Einige Angebote gingen ein, und alle lagen um die 10 000 Dollar – viel zuviel für ihr mageres Budget.

Als Miller bereits so gut wie alle Möglichkeiten ausgeschöpft hatte, machte ihn ein Freund auf eine Zeitungsanzeige aufmerksam: „Zu verkaufen: alter weiblicher Zirkuselefant, auf einem Auge blind, nur an Fachleute preisgünstig abzugeben.“ Daneben stand eine Telefonnummer, die auf einen Ort im Osten hindeutete – die Gegend war ihm völlig unbekannt. Miller griff zum Telefon.

„Hallo?“ meldete sich eine ruppige Stimme.

„Ich habe Ihre Anzeige wegen der Elefantenkuh gelesen. Ist sie noch zu verkaufen?“

„Ja, die ist noch zu haben.“

„Wieviel soll sie kosten?“

„Tausend Dollar, Mister – mehr nicht. Ist glatt geschenkt. Für den Preis finden Sie so schnell keinen anderen Elefanten.“

„Was hat sie denn für Macken? Ich meine, irgendwelche schlechten Angewohnheiten?“ Miller war überzeugt, daß bei dem Preis etwas faul sein mußte.

„Hören Sie, Mann – entweder Sie nehmen sie, oder Sie lassen es bleiben. Wenn Sie sie haben wollen, schön. Wenn nicht, na, dann verfüttern wir sie eben an die Hunde. Ha!“

Miller konnte sich diesen Typen bildhaft vorstellen – glatzköpfig, dick, nackter Oberkörper und unrasiert. „Gut, ich nehme sie.“

„Wirklich?“ tönte es völlig überrascht am anderen Ende.

Sie tauschten Telefonnummern und Adressen aus. Miller wollte gerade einhängen, da fiel ihm noch eine Frage ein: „Übrigens, wie heißt sie eigentlich?"

„Modoc. Aber die Einheimischen hier nennen sie ‚die einäugige Mo'."

Frank Smith, der Ranchvorarbeiter, und Miller sprangen in ihren Laster und machten sich auf in die kleine Ortschaft in den Ozarkbergen, wo Modoc lebte. Sie rasten durch die Wüste von Arizona und keuchten die Rocky Mountains hinauf. Texas schien nicht enden zu wollen, doch dann flogen die Staaten nur so an ihrem Fenster vorbei – und ab Chicago rutschten sie ungeduldig auf ihren Sitzen hin und her und konnten es kaum erwarten, endlich anzukommen.

Es ging tief in die Ozarkberge hinein, weitab vom Highway, und schließlich erreichten sie ein winziges Nest. Nach einigem Suchen fanden sie das alte, verfallene Haus, das man ihnen am Telefon beschrieben hatte.

Sie klopften an die Tür. Es war niemand da. Sie gingen um das Haus herum und überquerten einen Hof. Dort sahen sie, wie einige Jungen Steine auf etwas warfen, das wie ein großer Baum aussah. Plötzlich hörten sie die Stimme, die Miller vom Telefon her kannte. „He, Sie da! Sie befinden sich auf Privatbesitz!"

Da stand der Mann, genauso, wie Miller ihn sich vorgestellt hatte – fett, kahlköpfig und barsch.

„Wir sind die Leute, die wegen Modoc angerufen haben", sagte Miller. „Ich heiße Ralph Miller, und das ist Frank Smith."

„Bo Jenkins."

Sie gaben sich die Hand. In diesem Moment hörte Miller den gequälten Laut eines verwundeten Tieres.

„Getroffen!" rief einer der Jungen.

„Geht jetzt nach Hause, Jungs!"

„Ich habe sie getroffen, Mr. Jenkins! Mitten aufs Bein! Hier ist Ihr Geld." Miller sah, wie die Kinder Jenkins ein paar Cents gaben.

„Los jetzt, ab mit euch!" brummte er verlegen. Schnell wechselte er das Thema. „Kommen Sie, ich zeige Ihnen Mo."

Sie gingen zu einem ein Meter hohen Stacheldrahtzaun. Außer einigen Sträuchern war das Gelände dahinter öde und trostlos. Es war übersät mit Bierdosen und Limonadenflaschen. Am anderen Ende der Umzäunung lagen auffallend viele Steine. Dort stand auch eine alte, abgestorbene Eiche. Um ihren Stamm lag eine schwere Kette, ungefähr fünf Meter lang. Daran angebunden war ein riesiger Elefant. Ein verbogenes Blechschild hing an einem Pfahl: EINÄUGIGE MO – KILLER-ELEFANT! NICHT ANFASSEN!

Millers Gesicht wurde rot vor Zorn. „Das kann ja wohl nicht wahr sein – Sie lassen sich dafür bezahlen, daß die Kinder den Elefanten mit Steinen bewerfen?"

„Äh ... Na ja, nur manchmal. Das Geld kann ich gut für die Futterkasse gebrauchen."

„So wie diese Elefantenkuh aussieht, hat sie seit Ewigkeiten keine ordentliche Mahlzeit mehr bekommen. Und was hat das Schild zu bedeuten – Killer? Ist sie gefährlich?"

„Keine Ahnung", antwortete er, „ich habe ihr nie die Möglichkeit gegeben, es unter Beweis zu stellen."

„Das heißt, Sie sind nie zu ihr hingegangen?"

„Zu der? Niemals! Für wen halten Sie mich eigentlich, ich bin doch nicht lebensmüde! Also, wenn Sie den Elefanten wollen, ich bin im Haus. Wenn nicht – nett, Sie kennengelernt zu haben." Er drehte sich um und ging hastig auf das Haus zu.

Smith und Miller holten tief Luft und kletterten über den Zaun. Als sie sich Modoc näherten, wandte sie sich ihnen langsam zu und richtete ihre großen, ausgefransten Ohren auf.

Sie hatte mindestens fünfhundert Kilo Untergewicht. Auf dem linken Auge war sie blind, und die schwere Kette verschwand in ihrem Fuß. Mit den Jahren war die Haut über die Kettenglieder gewachsen.

Miller sprach sie an: „Hallo, Mo ..., hallo, altes Haus ..." Sie hob ihren riesigen Kopf und gab keinen Ton von sich. Dann machte sie einen Schritt nach vorne und ließ ein tiefes Grollen hören, so als flehte sie die beiden Männer an, näher zu kommen.

Mit ausgestreckten Händen ging Miller auf Mo zu. Sie lehnte sich vor und kam ihm mit dem Rüssel entgegen. Er berührte ihn vorsichtig. Ein Beben durchlief ihren Körper. Als Antwort auf die erste menschliche Berührung seit vielen, vielen Jahren begann sie, schrill zu trompeten. Den Schwanz aufgerichtet, den Kopf hoch erhoben, tänzelte sie auf der Stelle.

Miller trat neben sie. Mo legte ihm sanft ihren Rüssel über die Schulter. Sie begann zu zittern. Aus ihrem Innern drang ein dumpfes Grollen. Er wußte, daß das ihre Art war, ihn zu begrüßen. Er spürte auch, daß sie gleichzeitig vor Freude schluchzte und daß die furchtbaren Qualen, die Jahre des Hungers und der Einsamkeit mit einem Mal aus ihr herausbrachen.

Smith begab sich daran, die Kette durchzuschneiden. Immer wieder mußte er zum Laster gehen und anderes Werkzeug holen, ehe er es endlich geschafft hatte. Ein kurzes Stück baumelte noch an Modocs Fuß, die Feinarbeiten überließ er dem Tierarzt. Sie schnitten ein Loch in den Zaun, und Mo setzte sich langsam in Bewegung, wobei sie das Bein mit der Kette hinter sich herzog. Zum erstenmal seit vielen Jahren ging Mo wieder der Freiheit entgegen.

Als sie den Laster sah, begann sie zu brüllen. Vielleicht erinnerte sie sein Anblick an die Zirkusfahrzeuge aus fernen Zeiten. Auf das Gebrüll hin liefen viele Menschen herbei, und die Mütter hielten ihre Kinder eng an sich gepreßt, als die berüchtigte Killer-Mo die Rampe hinauf in den Laster humpelte.

Frank ging ins Haus, zahlte die vereinbarte Summe und kam mit dem Kaufvertrag zurück. Sie schlossen die Ladeklappen, ließen den Motor warmlaufen und fuhren wieder auf den Highway. Sie hatten jetzt einen Elefanten!

TAGE später rollte der Lastwagen auf die Ranch. Der Geruch der anderen Tiere ließ Modoc vor Aufregung einen Trompetenstoß nach dem anderen abgeben. Alle kamen heraus, um Mo zu begrüßen. In den nächsten Stunden wurde sie verhätschelt und mit Leckerbissen verwöhnt: Popcorn – um ihr das Einleben zu erleichtern –, Kandis, Limonade, Plätzchen, Brot. Sie verschlang sogar einen Blumenstrauß, den man ihr zur Begrüßung überreicht hatte.

Eine umgebaute Garage wurde ihr neues Zuhause. Mit einer leichten, zwanzig Meter langen Kette, die um ihr gesundes Hinterbein gebunden war, hatte sie in der Garage, aber auch im Freien einen großen Bewegungsspielraum. Eine große, mit Wasser gefüllte Badewanne stand stets zu ihrer Verfügung.

Gleich am nächsten Morgen traf der Tierarzt ein. Nach einem kurzen Blick auf Modoc gratulierte er ihnen, daß sie die Elefantendame gerade noch rechtzeitig gerettet hätten. Unter seiner Anleitung schnitten sie ihre Fußnägel, die hoffnungslos ins Fleisch gewachsen und gebrochen waren. Er entwurmte sie, behandelte die kleineren Verletzungen und verschrieb ihr schnell wirkende Vitamine und Mineralien.

Dann konzentrierten sich alle auf das große Problem ..., ihren Fuß. Mit den Kommandos „Runter!“ und „Auf die Seite legen!“ bereiteten sie Modoc auf die Operation vor. Als das Betäubungsmittel seine Wirkung zeigte, schnitt der Arzt die Haut über der Kette mit einem großen Messer rundum ein. Dann entfernte er mit einem Skalpell vorsichtig das Fleisch, das darüber gewachsen war, und legte die Kette frei.

Für ihn grenzte es an ein Wunder, daß Modoc nicht an einer Blutvergiftung oder Entzündung gestorben war. Der Rost der Kette war im Laufe der Jahre in das Fleisch eingedrungen und hatte den ganzen Bereich dunkelbraun gefärbt. Sie schnitten den Bolzen durch, der die Kette zusammenhielt. Miller nahm das eine und der Arzt das andere Ende der Kette, und gemeinsam lösten sie ein Glied nach dem anderen vorsichtig aus dem rohen Fleisch. Danach wuschen und desinfizierten sie die etwa fünf Zentimeter tiefe Wunde.

DIE WOCHEN vergingen. Modocs Zustand besserte sich zusehends, sie nahm mehrere hundert Kilo zu, und ihre Hautfalten glätteten sich wieder. Der Termin für die Fernsehaufnahmen rückte näher, und mit Zustimmung des Tierarztes wollten sie versuchen, mit Modoc die ersten leichten Kunststücke einzuüben.

Sie bauten einige kräftige Postamente und ordneten sie wie in einer Zirkusmanege im Kreis an. Einige Leute von der Ranch liefen herbei, um Modoc bei der Dressur zuzuschauen. Jemand hatte Zirkusmusik aufgetrieben und stellte sie an. Und plötzlich begann Modoc zu tanzen, von ganz allein ihre Kunststücke vorzuführen. Ihre Muskeln waren schwach von den langen Jahren des Nichtstuns, und ihr wunder Fuß bereitete ihr noch Schwierigkeiten, aber sie gab ihre Vorstellung! Rüssel in der Luft, Kopf hoch erhoben – Modoc war nicht auf diesem improvisierten Platz, sie war in einem Zirkuszelt.

Von jenem Moment an wußte Miller, daß diese alte Elefantendame einmal ein Star gewesen war.

„HIER gibt es Firmen, die Tiere ausleihen“, sagte Gertie.

„Wie bitte – wer leiht sich denn Tiere aus?“

„Die Filmindustrie. Wie sollten die denn sonst an all die Tiere kommen, die in den Filmen mitspielen? Komm, schauen wir uns einige an. Es sind nicht viele. Wir können nach Modoc fragen und uns erkundigen, ob sie Arbeit für uns haben!“

Die meisten Tierverleiher hatten sich am nördlichen Rand von Los Angeles niedergelassen. Bram und Gertie suchten einen nach dem anderen auf, aber die Antwort war immer die gleiche: „Tut uns leid, nein, wir haben noch nie etwas von – wie heißt das Tier? – Modoc gehört!“

Die letzte Adresse war in einer entlegenen Gegend namens Aqua Dulce. Sie bogen in die Zufahrt der Ranch ein, über der in großen Buchstaben zu lesen war: ZAHME DSCHUNGELTIERE – VERLEIH. Plötzlich befanden sie sich in einer anderen Welt: Platanen, Eichen, Palmen und andere halbtropische Pflanzen verwandelten diesen Ort in eine wahre Oase. Und überall waren Tiere: Orang-Utans, Leoparden, Kamele, Schimpansen, Tiger und Löwen.

Sie hielten auf einem großen Platz. Bram sog tief die Luft ein: „Gertie, die haben Elefanten hier!"

Ein Tierpfleger kam heraus und begrüßte sie. „Hallo, was kann ich für Sie tun?"

„Wir wollten fragen, ob Sie vielleicht Arbeit für uns hätten und ...?"

„Oh, das tut mir leid, aber der Besitzer ist nicht da und kommt erst spät zurück. Am besten kommen Sie dann noch einmal wieder."

Bram war ein paar Schritte gegangen, aufmerksam suchten seine Augen das Gelände ab, und er lauschte angespannt ... „Gertie, Mosie ist hier! Ich fühle es! O mein Gott, Gertie ...! Mosie, wo bist du, mein Mädchen, Mosie, Modoc!"

Die Erde explodierte unter der Urgewalt des Schreis, der als Antwort kam. Von der anderen Seite des Gebäudes hörte man, wie eine Bretterwand eingerissen wurde. Und dann erschien Modoc, trompetete wild und rannte humpelnd auf den Zaun zu. Mit gesenktem Kopf pflügte sie alles nieder – Pfähle und Drähte flogen in alle Richtungen. Unter lautem Gebrüll, die Ohren aufgestellt, das geschwächte Bein hinter sich her schleifend, hielt sie ihren Kopf seitlich, damit sie ihn mit ihrem gesunden Auge sehen konnte.

Bram sprang hoch, packte ihren Rüssel, umschlang ihn und hielt ihn fest, ganz fest! Modoc schwang ihn hoch in die Luft, tanzte und quiekte.

„Mosie, Mosie, du hast mir so sehr gefehlt!" rief er.

Ihr gesundes Auge öffnete sich weit, um Brams Bild ganz in sich aufzunehmen, ihren Freund, den sie liebte, mit dem sie ihr ganzes Leben geteilt hatte. Endlich waren sie wieder vereint!

Der Pfleger stand mit offenem Mund daneben und verstand die Welt nicht mehr. Bram drehte sich um und sagte strahlend vor Glück: „Machen Sie sich keine Sorgen, sie gehört zur Familie!"

Am Abend kehrte Miller zurück, er hatte an diesem Tag mit einem Löwen im Fernsehstudio gearbeitet. Bram und Gertie wechselten gerade zusammen mit dem Pfleger die Bandagen an Modocs Fuß. Im ersten Moment war Miller über diese „Fremden", die sich da an Modoc zu schaffen machten, ziemlich verärgert. Dann aber kamen sie ins Gespräch und redeten bis tief in die Nacht hinein. Bram und Gertie erzählten ihm ihre Geschichte, die vor so langer Zeit in Deutschland begonnen hatte.

Miller war überwältigt. „In den vielen Jahren meiner Arbeit mit Tieren habe ich noch nie so eine Geschichte gehört! Unglaublich!"

Schon bald verliebten sich Hollywood und seine Filmstars in Modoc. Sie hatte ihr Comeback geschafft – und wurde wieder zu einem gefeierten Star.

„MO SIEHT auch auf dem gesunden Auge nicht mehr so gut. Das macht das Alter, Bram, sie ist ja auch nicht mehr die Jüngste, weißt du."

Von den Höllenqualen, die sie in den Jahren bei Jenkins erduldet hatte, hatte sie sich nie richtig erholt. Bram wußte, daß der Tierarzt recht hatte, denn in letzter Zeit stolperte Mo häufig.

„Modoc sollte sich zur Ruhe setzen, Bram."

„Niemals! Wenn sie nichts mehr zu tun hätte, wäre das ihr sicherer Tod."

„Das meine ich ja gar nicht. Sie soll nur nicht mehr soviel arbeiten. Sie könnte sich auf der Ranch nützlich machen, an den Wochenenden kleinere Nummern für die Schulkinder aufführen, aber ansonsten ... Es ist wirklich an der Zeit, Bram."

In seinem tiefsten Innern wußte Bram, daß der Tierarzt recht hatte, aber wie sollte er es Modoc sagen? Auch er spürte eine ihm bis dahin unbekannte Müdigkeit – sie wurden eben wirklich alt.

Mo entwickelte eine Methode, um ihr schlechtes Sehvermögen auszugleichen. Wie ein Blinder mit seinem Stock tastete sie ständig alles mit ihrem Rüssel ab, auch die Menschen wurden berüsselt, denn nur so konnte sie mit ihnen „reden". Aber alles, was nicht niet- und nagelfest war – Stühle, Tische, Gläser –, fiel auf diese Weise ihrem ewig hin und her schwingenden Rüssel zum Opfer.

Bram, der das Problem erkannte, steckte das Ende ihres Rüssels hinten in seinen Gürtel. „Laß ihn hier stecken, und ich übernehme das Sehen für dich."

Und ab da sah man die beiden immer nur zu zweit, Bram vorneweg, dicht gefolgt von Mo, die ihren Rüssel in Brams Gürtel eingehakt hatte. Ihr Vertrauen zu Bram war grenzenlos.

Bram brachte ihr bei, die Stufen zur Manege zu bewältigen, wo sie dreimal pro Woche arbeiteten. „Du mußt einen Sinn im Leben haben, Mädchen, Arbeit ist wichtig."

Gertie machte sich Sorgen, was mit Bram passieren würde, wenn Modoc einmal nicht mehr da war. „Sie wird alt, Bram. Du weißt, daß die Zeit kommen wird..."

„Ich weiß, Gertie, ich weiß."

Die Hände auf dem Rücken verschränkt, marschierte Bram vor Modoc auf und ab. Sie hörte ihm aufmerksam zu, schwang dabei ihren Kopf hin und her und nahm jedes einzelne seiner Worte auf.

„Mo, wenn wir sterben, zerfällt unser Körper in Asche, Gase und so weiter. Die Asche ist fruchtbarer Nährboden für Bäume, die Gase vermischen sich mit anderen Stoffen und werden ... zu etwas anderem! Das heißt, eines Tages werden du und ich uns verwandeln und ..., äh ..., ja ..." Seine Stimme versagte. Er blieb stehen, räusperte sich, drehte sich um und ging zu Modoc. Er rieb die weiche, lederartige Haut an der Innenseite ihres Ohrs. „Und ich warte auf dich, hörst du? Wir treffen uns da." Seine Stimme brach. „Ich will nur nicht, daß du zuerst gehst. Verstanden? Ich will nicht, daß du da drüben allein bist." Er lehnte seinen Kopf an ihren und weinte laut. „Geh nicht vor mir, Mo, versprichst du mir das?"

Miller beschloß, Modoc in den Ruhestand zu versetzen. Er hatte Angst, daß sie sich verletzen, stolpern oder sogar hinfallen könnte. Aber er wußte, wie Bram darüber dachte. Er würde sagen: Nichtstun bedeutet für sie den sicheren Tod.

Deshalb setzte sich Miller mit den Tiertrainern der Ranch zusammen. „Ich würde Modoc gerne in Pension schicken, aber ohne es ihr ..., ich meine Bram ..., nun, den beiden so deutlich zu sagen. Wir dürfen niemals dieses Wort gebrauchen."

„Wie alt ist sie?" wollte einer der Trainer wissen.

„Sie wird jetzt siebzig."

„Unglaublich! Das ist ja rekordverdächtig."

„Ich hab's! Wir schmeißen eine Geburtstagsparty für sie und für Bram auch. Die beiden haben ja am selben Tag Geburtstag."

Sie mieteten ein großes Zelt und bauten es auf der Ranch über der Zirkusmanege auf. Es war so geräumig, daß neben der Manege auch Zuschauertribünen Platz hatten. Sogar ein Orchestrion wurde herbeigeschafft, damit es wie bei einer richtigen Zirkusvorstellung zuginge.

All ihre Freunde aus nah und fern erhielten Einladungen, und die Reaktion war überwältigend: Sie wurden mit Briefen, Telegrammen und Telefonanrufen aus aller Welt überhäuft.

„Heute ist ein wichtiger Tag für dich, Modoc. All deine Freunde sind da." Bram badete sie am Morgen der Feier und sprühte sie mit einem wohlriechenden Duft ein.

Modocs Rüssel stand keinen Augenblick still und spielte mit allem, was ihm in die Quere kam, Brams Nase, seinem Gesicht, seinen Haaren.

Bram legte ihr eine rot-goldene Decke über, die er von den Artisten ausgeliehen hatte. „Die Ehre gebührt dir ganz alleine, Modoc, keiner wird jemals das zustande bringen, was du vollbracht hast!“

Unwillkürlich glitt Brams Blick über ihr weißes Auge und ihren knochigen Rücken, und seine Gedanken wanderten in die Zeit zurück, als er und Modoc noch jung und kräftig gewesen waren. „Weißt du noch, Mosie, als du den Wagen die Rampe hinaufgeschoben hast und das Rad brach?“

Diese Bilder ließen auch Sian wieder lebendig werden, ihr Lächeln, ihre schwarzen seidigen Haare, die im Wind wehten. Seine Augen füllten sich mit Tränen. „In letzter Zeit kommen die ganzen Erinnerungen wieder. Vielleicht geht es dir ja genauso, Modoc?“

Doch Modoc war zu sehr damit beschäftigt, die Quasten zu befühlen, die an ihrem Bauch herunterbaumelten.

Bram zog sein altes Kostüm an und mußte feststellen, daß die Hose nicht mehr wie früher paßte. Die Jacke genügt auch, sagte er sich.

Er trat einige Schritte zurück und betrachtete Modoc. „Laß dich mal anschauen, mein Mädchen!“

Da stand sie vor ihm, hoch erhobenen Hauptes, den Rüssel aufgerollt. Sie hatte nichts von ihrer Würde eingebüßt!

Bram nahm den Elefantenhaken und ließ seine Hand über die Initialen seines Vaters gleiten. Dann steckte er Modocs Rüssel in seinen Gürtel und sagte mit stolzer Stimme: „Los, Modoc, auf geht's!“

Zirkusmusik drang aus dem Zelt. Modoc folgte Bram in die abgedunkelte Manege. Eine Stimme hieß sie willkommen: „Meine Damen und Herren, liebe Kinder von nah und fern, wir präsentieren Ihnen Bram Gunterstein und die großartigste Elefantendame aller Zeiten, die einzigartige Modoc!“

Ein Scheinwerfer strahlte auf.

„Mosie, du bist dran!“

Das Orchestrion begann zu spielen. Mo rührte sich nicht ... Hatte sie ihren Einsatz verpaßt?

Sie war in einer anderen Welt, hörte eine andere Musik, von einem anderen Ort. Dann begann sie zu schwingen, zu tanzen ..., ihren Tanz, in ihrem eigenen Rhythmus, schöner als jemals zuvor. Ein leichtes Stolpern, eine kurze Unsicherheit wurden von der Erhabenheit des Augenblicks getragen.

Das Zirkuszelt drehte sich, Artisten tauchten blitzartig auf, Mädchen auf dem fliegenden Trapez, Gertie, wie sie auf ihrem Rücken tanzte, saftige Blumenwiesen, das erbarmungslose Feuer, ihr Rüssel um Brams Schultern …

Am Ende der Vorführung verneigte sie sich, nicht ganz so tief wie sonst, und der Scheinwerfer erlosch.

Als die Zeltlichter angingen, hörte sie den donnernden Applaus. Die Tribünen waren voll besetzt. Hunderte waren herbeigeströmt, um ihr zuzujubeln, um ihr dafür zu danken, daß sie das Leben so vieler Menschen mit ihrer grenzenlosen Liebe bereichert hatte. Das gesamte Publikum erhob sich in tiefem Respekt, zu Ehren einer großen Elefantendame.

Gertie, Kelly und String waren da, und wenn man ganz genau hinsah, konnte man da nicht auch ein kleines Männlein erkennen, das auf seinem Sitz stand, winkte und Mühe hatte, nicht herunterzufallen? Sie alle waren gekommen, um ihr Lebewohl zu sagen.

BRAM starb bald nach Modocs Geburtstagsfeier. Mo folgte ihm kurze Zeit später. Brams letzter Wunsch war in Erfüllung gegangen: Modoc hatte Bram vorausgehen lassen, damit sie da drüben … nicht allein war.

RALPH HELFER

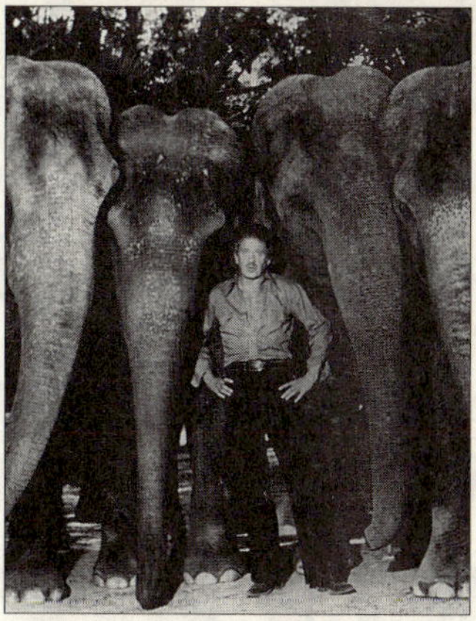

Foto: Spearhead International

„Tiere sollen mit Respekt und Liebe erzogen werden, nicht durch körperliche Züchtigung."

Was die Haltung Tieren gegenüber betrifft, hat Ralph Helfer einiges mit seiner Romanfigur Bram gemeinsam. Er war einer der ersten Tiertrainer, die eine „sanfte", nicht auf körperlicher Züchtigung beruhende Erziehung von Tieren propagierten und auch praktizierten. Sein Umgang mit Tieren gründet sich auf Zuneigung und ist von gegenseitigem Respekt und Vertrauen geprägt. Dadurch, daß er diese unübliche Methode einsetzte, hatte er mit seiner Firma „Gentle Jungle" großen Erfolg. Die Firma verlieh Tiere für Filmaufnahmen in Hollywood. Während bis dahin meist Stuntmen für Szenen mit gefährlichen Tieren eingesetzt wurden, konnten die Schauspieler nun selbst mit Helfers Tieren arbeiten.

Nach ein paar Jahren benannte Helfer seine Firma in „Afrika, USA" um, weil hauptsächlich afrikanische Tiere gefragt waren, und binnen kurzer Zeit wurde Afrika, USA zum größten Tierverleih der Welt. Fast jeder dürfte schon einmal einen Film oder eine Fernsehserie mit Tieren von Helfer gesehen haben – wer kennt schließlich nicht Modoc, Zamba, den Löwen, C. J., den Orang-Utan, Judy, die Schimpansin, oder Clarence, den schielenden Löwen. Helfers Tiere erhielten insgesamt 24mal den Patsy-Preis, die höchste Auszeichnung, die einem Tierfilmstar zuteil werden kann. Nun soll der Roman *Modoc* verfilmt werden.

Helfer lebt zum Teil in den USA, zum Teil in Kenia auf einer Farm, wo er seine Bücher schreibt, weil er dort mehr Ruhe hat. Nebenbei führt er zusammen mit seiner Tochter Fotosafaris, die sich großer Beliebtheit erfreuen, weil er den Gästen das unverstellte Afrika zeigt, dem seine Liebe mittlerweile ebenso gehört wie den Tieren.

MARY HIGGINS CLARK

SIEH DICH NICHT UM

Lacey Farrell war
zur falschen Zeit am
falschen Ort:
Sie hat etwas gesehen,
was für immer im
dunkeln bleiben sollte.
Es könnte sie ihr
Leben kosten.
Es hat sie bereits ihre
Identität gekostet.

Später versuchte Lacey sich mit dem Gedanken zu trösten, daß sie ihr auch nicht hätte helfen können, wäre sie nur wenige Sekunden früher gekommen. Sie wäre zusammen mit Isabelle getötet worden.

Aber es war ohnehin ganz anders abgelaufen. Mit dem Schlüssel, über den sie als Immobilienmaklerin verfügte, hatte sie die Maisonettewohnung in der 70. Straße Ost betreten und Isabelles Namen gerufen. „Nicht ...!" schrie Isabelle im selben Augenblick, und dann knallte ein Schuß.

Sollte Lacey weglaufen oder sich verstecken? Sie schlug die Wohnungstür zu und schlüpfte rasch in einen Wandschrank im Flur. Es blieb ihr nicht einmal die Zeit, die Schranktür ganz zu schließen, denn schon im nächsten Moment kam ein Mann mit dunkelblonden Haaren die Treppe heruntergerannt. Durch den Türspalt erkannte Lacey deutlich sein Gesicht, das sich unauslöschlich in ihr Gedächtnis einprägte. Sie hatte es schon einmal gesehen, vor wenigen Stunden erst. Obwohl es jetzt wutverzerrt war, handelte es sich eindeutig um denselben Mann, dem sie noch am Vormittag die Wohnung gezeigt hatte: Curtis Caldwell, den freundlichen Herrn aus Texas.

Lacey beobachtete, wie er an ihr vorbeistürzte, eine Pistole in der rechten und eine Ledermappe in der linken Hand. Er riß die Tür auf und eilte auf den Hausflur hinaus.

Lacey war klar, daß Caldwell sofort merken würde, daß die Person, die in die Wohnung gekommen war, noch hier sein mußte. Instinktiv stürzte sie aus dem Schrank und versetzte der Wohnungstür einen Stoß. Caldwell wirbelte herum, und einen beängstigenden Moment lang trafen sich ihre Blicke. Er fixierte Lacey mit blaßblauen eisigen Augen. Dann warf er sich gegen die Tür, aber nicht schnell genug. Sie knallte zu, und Lacey schob den Riegel vor, während schon ein Schlüssel ins Schloß gesteckt wurde.

Mit klopfendem Herzen lehnte sich Lacey gegen die Tür und beobachtete zitternd, wie sich der Knauf drehte. Hoffentlich schaffte Caldwell es nicht, wieder hereinzukommen!

Isabelle! war ihr nächster Gedanke. Voller Angst eilte Lacey die mit einem dicken Teppich bedeckte Treppe hinauf und dann durch den Wohnraum ins Schlafzimmer. Isabelle lag zusammengekrümmt auf dem Bett. Mit ihrer blutverschmierten Hand tastete sie verzweifelt nach einem Stoß Papier, der neben ihr unter einem Kissen lag.

Lacey fiel auf die Knie. „Isabelle!" stieß sie hervor. Sie wollte sagen, daß sie einen Krankenwagen holen würde, daß Isabelle sich keine Sorgen zu machen brauchte – aber sie brachte kein Wort über die Lippen. Es war zu spät, das war nicht zu übersehen. Isabelle lag im Sterben.

KAPITEL 1

Es war Anfang September, die Woche nach dem *Labor Day*. Das unaufhörliche Klingeln der Telefone im Büro von Parker und Parker machte deutlich, daß die Sommerflaute auf Manhattans Immobilienmarkt vorbei war. Jetzt tat sich wieder etwas.

„Wurde auch Zeit", sagte Lacey zu Rick Parker. „Seit Juni habe ich keinen anständigen Abschluß mehr gemacht." Sie griff nach der Tasse Kaffee, die er ihr hinhielt. „Danke. Es ist nett, vom Juniorchef bedient zu werden."

„Gern geschehen. Du siehst übrigens großartig aus."

Lacey hatte immer das Gefühl, daß er sie mit den Augen auszog. Rick war verwöhnt, attraktiv und verfügte über einen künstlichen Charme, den er nach Gutdünken anknipsen konnte. Lacey fühlte sich in seiner Gesellschaft äußerst unwohl. Sie wünschte, daß sein Vater ihn nicht aus der Filiale in der West Side hierher versetzt hätte.

Als ihr Telefon klingelte, nahm sie erleichtert den Hörer ab und meldete sich.

„Miß Farrell, hier spricht Isabelle Waring. Wir haben uns kennengelernt, als Sie im Frühjahr in dem Haus, in dem sich das Apartment meiner Tochter befindet, eine Eigentumswohnung verkauft haben."

Lacey versuchte sich zu erinnern. Im Mai hatte sie zwei Wohnungen in der 70. Straße Ost verkauft. Bei der ersten hatte sie außer mit dem Hausverwalter mit niemandem gesprochen. Die zweite hatte in der Nähe der Fifth Avenue gelegen und einer Familie Norstrom gehört. Lacey entsann sich vage einer attraktiven Rothaarigen in den Fünfzigern, die sie im Aufzug um ihre Visitenkarte gebeten hatte.

„Die Wohnung der Norstroms?" fragte sie auf gut Glück.

Mrs. Waring klang erfreut. „Genau! Ich möchte die Wohnung meiner Tochter verkaufen, und ich würde mich freuen, wenn Sie die Angelegenheit für mich abwickeln könnten."

Lacey vereinbarte einen Termin für den folgenden Vormittag, legte auf und drehte sich zu Rick um. „Glück gehabt! 70. Straße Ost, Nummer 3. Ein lohnendes Objekt."

„Nummer 3 auf der 70. Ost? Welche Wohnung?" fragte er rasch.

„Zehn B. Kennst du sie etwa?"

„Woher sollte ich?" antwortete er barsch. „Schließlich hat mich mein Vater in seiner unendlichen Weisheit fünf Jahre lang die West Side bearbeiten lassen."

Nach diesen Worten ging Rick in sein eigenes Büro, von dem aus sich ein Blick über die 62. Straße Ost öffnete. Von Laceys Fenstern aus konnte man die Madison Avenue sehen. Es machte ihr Spaß, das Verkehrschaos, die Touristenhorden und die gutbetuchte Schickeria zu beobachten, die die Designerboutiquen frequentierte.

Lacey hatte ihre Liebe zu New York von ihrem Vater geerbt. Schon von frühester Kindheit an hatte sie mit ihm die Stadt erkundet. Sie hatte auch sein irisches Aussehen geerbt: helle Haut, blaugrüne Augen und dunkelbraunes Haar.

Jack Farrell war Musiker gewesen und hatte meistens in Theaterorchestern gespielt. Als Kind hatte Lacey die Lieder jedes Broadway-Musicals mitsingen können. Den plötzlichen Tod ihres Vaters, der kurz nach ihrem Abschluß am College gestorben war, hatte sie noch immer nicht verwunden.

Ihre Mutter war Kinderkrankenschwester und hatte sich nach dem Tod ihres Mannes eine Eigentumswohnung in New Jersey gekauft, um in der Nähe von Laceys Schwester Kit und deren Familie zu sein. Inzwischen arbeitete sie dort in einem Krankenhaus.

Als frischgebackene Collegeabsolventin hatte Lacey eine kleine Wohnung in der East End Avenue und eine Stelle bei der Immobilienfirma Parker und Parker, einer der größten in Manhattan, gefunden. Nach acht Jahren gehörte sie heute zu den erfolgreichsten Maklern des Unternehmens.

Vor sich hin summend, zog sie die Unterlagen zu dem Apartment der Norstroms in der 70. Straße Ost heraus. Gutgeschnittene Zimmer, hohe Decken. Jetzt brauchte sie nur noch Informationen über die Wohnung von Mrs. Warings Tochter.

Wenn möglich, versuchte Lacey, schon im voraus etwas über das angebotene Objekt zu erfahren. Dazu war es hilfreich, die Leute zu kennen, die in den verschiedenen von Parker und Parker betreuten Häusern arbeiteten. Glücklicherweise hatte sie sich mit Tim Powers, dem Hausmeister des betreffenden Gebäudes, angefreundet. Also rief sie ihn an.

Tim erzählte ihr, daß Isabelle Waring die Mutter von Heather Landi sei, einer jungen Schauspielerin, die gerade dabeigewesen sei, sich einen Namen in der Theaterszene zu machen, als sie letzten Winter bei einem Autounfall ums Leben gekommen sei. Ihr Wagen sei auf dem Heimweg von einem Skiwochenende in Vermont eine Böschung hinuntergestürzt. Das Apartment habe Heather gehört. Ihr Vater sei der prominente Restaurantbesitzer Jimmy Landi.

Nachdem Lacey aufgelegt hatte, saß sie eine Weile da und überlegte. Sie hatte Heather Landi im vergangenen Jahr in einem Off-Broadway-Musical gesehen. Sie war ihr sogar besonders aufgefallen. Heather hatte das Zeug zum Star gehabt: Schönheit, Ausstrahlung und einen glockenreinen Sopran. „Ein Riesentalent“, hätte Laceys Dad gesagt.

AM DIENSTAG morgen schlenderte Isabelle Waring durch die Wohnung ihrer Tochter und versuchte, sie mit dem kritischen Blick einer Immobilienmaklerin zu sehen. Sie war froh, daß sie Lacey Farrells Visitenkarte behalten hatte. Als sie sich im Aufzug begegnet waren, hatte sie die junge Frau, die sie an Heather erinnerte, auf Anhieb sympathisch gefunden.

Zugegeben, Lacey sah nicht aus wie Heather, die kurze hellbraune Locken mit goldenen Strähnchen und braune Augen gehabt hatte. Außerdem war sie klein gewesen, nur knapp eins zweiundsechzig, mit weiblichen Rundungen. Lacey hingegen war hochgewachsen, schlank und hatte blaugrüne Augen und dunkles langes Haar, das ihr bis zu den Schultern reichte. Doch etwas in ihrem Lächeln und ihrer Art hatte eine wohltuende Erinnerung an Heather zurückgebracht.

Monatelang war Isabelle zwischen Cleveland und New York hin- und hergefahren, hatte die fünf großen Wandschränke und die vielen Schubladen in der Wohnung geleert und sich mit Heathers Freunden getroffen. Nun mußte sie endlich einen Schlußstrich ziehen. Sie mußte aufhören, nach Gründen für Heathers Tod zu suchen, und ihr eigenes Leben weiterführen.

Allerdings wurde sie nach wie vor den Gedanken nicht los, daß Heathers Tod kein Unfall gewesen war. Ihre Tochter wäre nie so leichtsinnig gewesen, mitten in der Nacht mit dem Auto loszufahren – noch dazu in einem Schneesturm. Doch der Gerichtsmediziner hatte nichts

Verdächtiges gefunden. Auch Jimmy, Isabelles Exmann, hatte offenbar keine Zweifel. Andernfalls hätte er ganz Manhattan auf den Kopf gestellt, um sich Klarheit zu verschaffen. Er lehnte jedoch die Möglichkeit, daß bei Heathers Tod nicht alles mit rechten Dingen zugegangen sein könnte, rundherum ab.

Isabelle aber konnte sich nicht damit abfinden. Beim letzten ihrer gelegentlichen gemeinsamen Mittagessen hatte sie Jimmy von einem merkwürdigen Telefonat erzählt, das sie mit ihrer gemeinsamen Tochter kurz vor deren Tod geführt hatte. „Heather klang ganz anders als sonst. Sie machte sich über irgend etwas Sorgen. Schreckliche Sorgen. Ich habe es ihrer Stimme angehört."

Das Essen war zu einem abrupten Ende gekommen, als Jimmy der Geduldsfaden gerissen war. „Isabelle, laß es endlich gut sein! Hör bitte auf damit! Es ist schon schwer genug für mich, ohne daß du ständig alles noch einmal durchkaust! Laß unsere Tochter in Frieden ruhen!"

Als Isabelle sich an diese Worte erinnerte, schüttelte sie den Kopf. Jimmy hatte Heather über alles geliebt. Aber gleich an zweiter Stelle kam sein Wille zu Erfolg und Macht, überlegte sie bitter. Daran war auch ihre Ehe gescheitert. Sein berühmtes Restaurant, seine Investitionen und nun sein Casino-Hotel in Atlantic City. Für sie hatte er nie Zeit gehabt. Vielleicht wäre es nicht zur Scheidung gekommen, wenn er sich schon vor Jahren mit einem Geschäftspartner zusammengetan hätte wie jetzt mit Steve Abbott.

Als Isabelle auffiel, daß sie durch die Räume gegangen war, ohne sie wahrzunehmen, blieb sie an einem Fenster stehen und sah auf die Fifth Avenue hinaus.

Im September war New York besonders schön. Sie beobachtete die Jogger auf den Pfaden im Central Park und die Kindermädchen mit ihren Schützlingen. An solchen Tagen habe ich Heather in ihrem Kinderwagen auch durch den Park geschoben, erinnerte sie sich.

Was ist in jener Nacht geschehen, Heather? fragte sie sich einmal mehr. Was hat dich dazu gebracht, dich hinters Steuer zu setzen? Oder wer? Nachdem du als Kind miterlebt hast, wie ein Auto von der Fahrbahn abkam und sich überschlug, hast du immer Angst vor vereisten Straßen gehabt. Aus welchem Grund also bist du um zwei Uhr morgens trotzdem über einen verschneiten Berg gefahren?

Die Haussprechanlage riß Isabelle aus ihren quälenden Grübeleien. Der Pförtner meldete, daß Miß Farrell eingetroffen sei.

LACEY war nicht auf Isabelle Warings überschwengliche Begrüßung vorbereitet. „Mein Gott, Sie sehen viel jünger aus, als ich Sie in Erinnerung habe! Wie alt sind Sie denn? Dreißig? Meine Tochter wäre nächste Woche fünfundzwanzig geworden. Diese Wohnung gehörte ihr. Es ist eine schreckliche Umkehrung der natürlichen Ordnung, finden Sie nicht? Normal wäre es doch, wenn *ich* zuerst gestorben wäre und sie nun *meinen* Haushalt auflösen würde."

„Ich habe zwei Neffen und eine Nichte", antwortete Lacey. „Nicht auszudenken, wenn einem von ihnen etwas zustoßen sollte. Ich glaube, ich kann nachfühlen, was Sie durchmachen."

Isabelle folgte ihr, während Lacey ihren geschulten Blick durch die Räume schweifen ließ. Das erste Geschoß bestand aus einer Diele, einem großen Wohnzimmer, einem Eßzimmer, einer kleinen Bibliothek, einer Küche und einer Toilette. Im oberen Stockwerk, das man über eine Wendeltreppe erreichte, lagen ein weiteres Wohnzimmer, ein Ankleidezimmer, ein Schlafzimmer und das Bad.

„Eine Menge Platz für eine junge Frau", bemerkte Isabelle. „Ihr Vater hat ihr die Wohnung geschenkt, als sie nach dem Studium nach New York zog. Jetzt möchte er, daß ich das Apartment verkaufe. Aber es ist so schwer loszulassen ..." Tränen traten ihr in die Augen.

„Sind Sie sicher, daß Sie verkaufen wollen?" fragte Lacey. Hilflos sah sie zu, wie Isabelle Waring ihre mühsam gewahrte Fassung verlor.

„Ich wollte herausfinden, warum meine Tochter gestorben ist. Ich dachte, ich könnte hier in ihrer Wohnung oder durch ihre Freunde eine Erklärung finden. Aber ihr Vater will nicht, daß ich noch länger andere Menschen belästige. Wahrscheinlich hat er recht. Wir müssen weiterleben. Und deshalb: Ja, ich will die Wohnung verkaufen."

Lacey nahm Isabelles Hand. „Ich glaube, Heather hätte das auch gewollt", sagte sie leise.

AN DIESEM Abend fuhr Lacey die vierzig Kilometer nach Wyckoff in New Jersey, wo ihre Schwester Kit und ihre Mutter lebten. Seit Anfang August, als sie zu einem einmonatigen Urlaub nach East Hampton aufgebrochen war, hatte sie die beiden nicht mehr gesehen. Kit und ihr Mann Jay besaßen ein Ferienhaus auf Nantucket und drängten Lacey ständig, den Urlaub doch lieber mit ihnen zu verbringen.

Als Lacey die George Washington Bridge überquerte, bereitete sie sich innerlich schon auf die Vorwürfe vor, die sicher gleich auf die Begrüßung folgen würden. „Du warst nur drei Tage lang bei uns", würde ihr Schwager ihr vorhalten. „Was gibt es denn in East Hampton, das es auf Nantucket nicht gibt?“

Zumindest gibt es *dich* dort nicht, dachte Lacey mit einem Grinsen.

Ihr Schwager Jay Taylor, der Inhaber eines florierenden Unternehmens für Gastronomiebedarf, gehörte nicht zu den Menschen, die ihr besonders sympathisch waren. Doch sie hielt sich vor Augen, daß Kit ihn über alles liebte. Außerdem hatten die beiden drei wunderbare Kinder in die Welt gesetzt. Es stand ihr also nicht zu, abfällig über ihn zu urteilen. Wenn Jay nur nicht so geschwollen daherreden würde. Einige seiner Äußerungen hörten sich an wie ein päpstlicher Erlaß.

Als sie in die Route 4 einbog, wurde ihr bewußt, wie sehr sie sich auf das Wiedersehen mit der Familie freute, besonders auf die Kinder – den zwölfjährigen Todd, den zehnjährigen Andy und ihren besonderen Liebling, die schüchterne vierjährige Bonnie. Als sie an ihre Nichte dachte, fiel Lacey auf, daß ihr die arme Isabelle Waring und ihre Worte den ganzen Tag nicht aus dem Kopf gegangen waren. Es war schmerzhaft gewesen, die Trauer dieser Frau mit anzusehen, die darauf bestanden hatte, daß Lacey zum Kaffee blieb, und dabei weiter über ihre Tochter gesprochen hatte. „Nach der Scheidung bin ich wieder in meine Geburtsstadt Cleveland gezogen. Damals war Heather fünf. Als Kind pendelte sie zwischen mir und ihrem Dad hin und her, was großartig geklappt hat. Ich habe wieder geheiratet. Bill Waring war zwar viel älter als ich, aber wir führten eine gute Ehe. Vor drei Jahren ist er gestorben. Ich habe so gehofft, daß Heather den Richtigen kennenlernt und eine Familie gründet. Aber sie beharrte darauf, zuerst Karriere zu machen. Allerdings hatte ich kurz vor ihrem Tod den Eindruck, daß es einen Mann in ihrem Leben gab.“ Dann hatte Isabelle einen mütterlichen Ton angeschlagen. „Was ist mit Ihnen, Lacey? Haben Sie einen Freund?“

Beim Gedanken an diese Frage lächelte Lacey gequält. Nicht daß sie wüßte. Nun ja, irgendwann würde sie schon den Richtigen treffen.

Ihre Mutter öffnete die Tür. „Kit ist in der Küche, und Jay holt die Kinder ab“, erklärte sie, nachdem sie Lacey liebevoll umarmt hatte. „Und drinnen wartet jemand, mit dem ich dich gern bekannt machen möchte.“

Lacey war überrascht und auch ein wenig befremdet, als sie vor dem großen Kamin im Wohnzimmer einen fremden Mann stehen sah, der einen Drink in der Hand hielt. Verlegen stellte ihre Mutter ihn als Alex Carbine vor und fügte hinzu, sie hätten einander schon vor vielen Jahren kennengelernt. Durch Jay, der Alex’ neues Restaurant ausgestattet habe, seien sie sich vor kurzem wieder begegnet.

Lacey schüttelte dem Mann die Hand und sah ihn prüfend an. Etwa sechzig, schätzte sie. So alt wie Mutter. Macht einen guten, seriösen Eindruck. Und Mutter ist vollkommen aufgekratzt. Was wird hier gespielt?

Sobald sie sich loseisen konnte, ging sie in die Küche, wo Kit gerade den Salat anmachte. „Wie lange läuft das schon?" fragte sie ihre Schwester.

Mit ihrem blonden Pferdeschwanz sah Kit aus wie eine Vorzeigehausfrau. Sie grinste. „Seit ungefähr einem Monat. Er ist sehr nett. Jay hat ihn zum Essen mitgebracht, als Mom gerade bei uns war. Alex ist Witwer und schon seit vielen Jahren in der Gastronomie tätig. Aber erst jetzt hat er sein erstes eigenes Restaurant eröffnet. Wir waren schon dort. Es ist toll eingerichtet."

Als die Vordertür krachend ins Schloß fiel, zuckten die beiden Schwestern zusammen. „Volle Deckung!" warnte Kit. „Da kommen Jay und die Kinder."

Wie immer wurde Lacey von den Jungen stürmisch begrüßt. Die schüchterne Bonnie kuschelte sich an sie. „Ich habe dich sehr vermißt", bekannte sie.

Beim Essen wurde Lacey nach dem New Yorker Wohnungsmarkt gefragt. „Es wird wieder besser", antwortete sie. Sie erzählte ihrer Familie von Isabelle Waring und bemerkte, daß Alex Carbine plötzlich aufhorchte. „Kennen Sie Mrs. Waring?" wollte sie wissen.

„Nein", erwiderte er, „aber Jimmy Landi, und ein paarmal bin ich Heather begegnet. Jay, Sie hatten doch geschäftlich mit Landi zu tun. Sicher haben Sie Heather auch kennengelernt. Sie war oft im Restaurant ihres Vaters."

Zu ihrem Erstaunen stellte Lacey fest, daß ihr Schwager puterrot anlief. „Nein, nie gesehen", entgegnete er gereizt. „Meine Geschäftsbeziehungen mit Jimmy Landi liegen schon ein paar Jahre zurück. Wer möchte noch eine Scheibe Lammbraten?"

ES WAR sieben Uhr abends. An der Bar herrschte großer Andrang, und allmählich trafen die Gäste ein, die fürs Abendessen reserviert hatten. Eigentlich hätte Jimmy Landi hinuntergehen und die Leute begrüßen müssen, aber er konnte sich nicht dazu aufraffen. Heute war kein guter Tag für ihn gewesen. Nach Isabelles Anruf hatte er sich niedergeschlagen gefühlt und wieder an Heather denken müssen, wie sie eingeschlossen in dem umgestürzten Auto verbrannt war. Es hatte eine Weile gedauert, dieses schreckliche Bild zu verscheuchen.

Jimmy saß an einem massiven Schreibtisch in seinem holzgetäfelten Büro. Es befand sich im selben Backsteingebäude in der 56. Straße West wie das „Venezia", das Jimmy vor dreißig Jahren eröffnet hatte. Inzwischen zählte es zu den beliebtesten Restaurants in Manhattan. Jimmy Landi war 67, ein Mann mit dunklem Teint, dessen schwarzes Haar noch nicht ergraut war. Seine grüblerischen Augen unter den buschigen Brauen gaben seinem Gesicht einen zynischen Ausdruck, und seine muskulöse Gestalt vermittelte den Eindruck außergewöhnlicher körperlicher Kraft. Böse Zungen lästerten, auch in Maßanzügen sehe er noch aus wie ein einfacher Arbeiter.

Doch die letzten Monate hatte er nur überstanden, weil er sich mit Leib und Seele dem neuen Casino-Hotel in Atlantic City gewidmet hatte. „Jetzt kann Donald Trump einpacken", hatte Heather gesagt, als er ihr das Modell gezeigt hatte.

Seufzend erinnerte er sich und schüttelte den Kopf. Ein Klopfen an der Tür riß ihn aus seinen Gedanken. „Komm rein, Steve", sagte er.

Wie gut, daß er Steve Abbott hatte. Vor 25 Jahren hatte der gutaussehende blonde Studienabbrecher an die Tür des Restaurants geklopft. „Ich möchte bei Ihnen arbeiten, Mr. Landi. Von Ihnen kann ich mehr lernen als auf dem College."

Jimmy hatte nicht gewußt, ob er amüsiert oder verärgert sein sollte. Ein grüner Junge und ein Besserwisser – das war sein erster Eindruck gewesen. „Sie möchten für mich arbeiten?" hatte er gefragt und dann in Richtung Küche gezeigt. „Gut, ich habe dort angefangen."

Dieser Tag war mein Glückstag, entsann sich Jimmy. Steve hatte zwar wie ein verwöhnter Musterschüler gewirkt, doch er war ein durch und durch irischer Junge, dessen Mutter sich als Kellnerin hatte durchschlagen müssen, um ihn zu ernähren. Wie sich herausgestellt hatte, besaß er genausoviel Energie wie sie. Damals hatte Jimmy es zwar für einen schweren Fehler gehalten, daß Steve sein Studium abgebrochen hatte, aber er hatte sich geirrt. Der Bursche war für das Gastronomiegewerbe wie geboren.

Steve Abbott öffnete die Tür und knipste beim Hereinkommen das Licht an. „Warum sitzt du hier im Dunkeln?"

Mit einem wehmütigen Lächeln blickte Jimmy auf und sah den besorgten Blick seines Kompagnons. „Ich grüble."

„Eben ist der Bürgermeister mit vier Freunden gekommen."

Jimmy schob seinen Stuhl zurück und stand auf. „Mir hat niemand gesagt, daß er einen Tisch reserviert hat."

„Hat er auch nicht." Mit langen Schritten durchquerte Abbott das

Zimmer und legte Jimmy die Hand auf die Schulter. „Hast wohl keinen guten Tag hinter dir."

„Stimmt", antwortete Jimmy. „Heute morgen hat Isabelle angerufen. Wie sie sagt, glaubt die Maklerin, daß sich die Wohnung gut verkaufen lasse. Und natürlich mußte Isabelle wie jedesmal wieder damit anfangen, daß Heathers Tod kein Unfall war. Sie macht mich damit noch wahnsinnig." Er starrte an Abbott vorbei ins Leere.

KAPITEL 2

In den nächsten Wochen führte Lacey acht Interessenten durch die Wohnung. Zwei von ihnen waren offensichtlich nur neugierig, die Sorte Leute, denen es Spaß machte, die Zeit von Immobilienmaklern zu verschwenden.

„Aber man kann nie wissen", sagte Lacey zu Rick Parker. Es war früher Abend, und sie wollte gerade nach Hause gehen, als er vor ihrem Schreibtisch stehenblieb. „Man schleppt jemanden ein Jahr lang von Objekt zu Objekt und schwört sich, lieber zu sterben, als noch einmal einen Termin mit diesem Menschen auszumachen. Und dann blättert ausgerechnet er, der unwahrscheinlichste Kandidat, eine Million Dollar für eine Wohnung hin."

„Du hast eben mehr Geduld als ich", entgegnete Rick. „Ich kann Leute nicht ausstehen, die sich nicht entscheiden können. Übrigens: RJP will wissen, ob du schon einen ernsthaften Interessenten für Mrs. Warings Objekt hast." RJP war Ricks Spitzname für seinen Vater.

„Ich glaube nicht. Aber wir haben sie ja noch nicht lange im Programm. Und morgen ist ein neuer Tag."

„Danke, Scarlett O'Hara. Ich richte es ihm aus."

Hinter seinem Rücken schnitt Lacey ein Gesicht. Heute war Rick ganz besonders schlecht gelaunt. Welche Laus war ihm wohl über die Leber gelaufen? Und warum interessierte sich sein Vater, der sich sonst nur mit Luxusobjekten wie dem Plaza Hotel befaßte, für die Wohnung von Isabelles Tochter?

Lacey schloß ihren Schreibtisch ab und rieb sich die Schläfen. Auf einmal wurde ihr bewußt, wie müde sie war. Sie hatte viel Zeit mit Isabelle Waring verbracht. Mittlerweile rief diese täglich an und lud sie häufig in die Wohnung ein. „Lacey, kommen Sie doch zum Mittagessen. Irgendwann müssen Sie doch Hunger haben", schlug sie dann vor. Oder: „Möchten Sie auf dem Heimweg nicht auf einen Sprung vorbeischauen und ein Glas Wein trinken? Wenn es dämmert, fühle ich mich immer so einsam."

Um diese Tageszeit kann einem wirklich einsam zumute werden, dachte Lacey. Es macht mir nichts aus, Isabelle hin und wieder zu besuchen. Inzwischen ist sie wie eine Freundin für mich. Aber Lacey gestand sich auch ein, daß Isabelles Trauer in ihr jene Gefühle zurückrief, die sie beim Tod ihres Vaters empfunden hatte.

Sie stand auf. Ich gehe nach Hause und lege mich auf die faule Haut, entschied sie. Das brauche ich jetzt.

ZWEI Stunden später fühlte sich Lacey nach zwanzig Minuten im Whirlpool wieder erfrischt. Sie machte sich gerade ein Sandwich mit Speck, Salat und Tomate, als das Telefon läutete. Es war kurz nach neun. Lacey wartete, bis der Anrufbeantworter ansprang, und vernahm gleich darauf Isabelle Warings vertraute Stimme. Sie beschloß, nicht an den Apparat zu gehen. Sie hatte einfach keine Lust auf ein Gespräch.

Isabelle klang fast flehend. „Lacey, wahrscheinlich sind Sie nicht zu Hause, aber ich muß Ihnen etwas erzählen. Ich habe Heathers Tagebuch in dem großen Wandschrank gefunden. Nachdem ich darin gelesen habe, bin ich ziemlich sicher, daß ich doch nicht verrückt bin, wenn ich glaube, daß ihr Tod kein Unfall war. Vielleicht kann ich beweisen, daß jemand sie beseitigen wollte. Alles Weitere erkläre ich Ihnen morgen."

Kopfschüttelnd hörte Lacey zu. Dann schaltete sie den Anrufbeantworter ab und stellte das Telefon leise. Am besten war es, wenn sie überhaupt nicht mitbekam, ob jemand sie zu erreichen versuchte. Den restlichen Abend wollte sie nicht mehr gestört werden.

Dann machte sie es sich mit dem Sandwich, einem Glas Wein und einem Buch gemütlich. Ich habe mir einen ruhigen Abend verdient, bekräftigte sie sich.

GLEICH nach ihrer Ankunft im Büro am nächsten Morgen erschien Rick mit offensichtlich genervter Miene in der Tür. „Isabelle Waring möchte unbedingt mit dir sprechen. Sie haben sie zu mir durchgestellt."

Lacey ging an den Apparat in Ricks Büro. „Tut mir leid, daß ich Sie gestern nicht mehr zurückrufen konnte, Isabelle", entschuldigte sie sich.

„Schon gut. Eigentlich sollte ich sowieso nicht am Telefon darüber sprechen. Ist für heute eine Wohnungsbesichtigung angesetzt?"

„Nein, bis jetzt habe ich noch niemanden auf der Liste."

Aber noch während sie das sagte, schob Rick ihr einen Zettel zu:

Curtis Caldwell, Anwalt bei Keller, Roland und Smythe, von Texas hierherversetzt. Sucht eine Wohnung in der Fifth Avenue zwischen 65. und 72. Straße. Hat heute Zeit für einen Besichtigungstermin.

„Vielleicht bringe ich doch jemanden vorbei", korrigierte sich Lacey. „Drücken Sie mir die Daumen, Isabelle. Es könnte sein, daß wir die Wohnung heute verkaufen werden."

„EIN MR. CALDWELL wartet auf Sie, Miß Farrell", meldete Patrick, der Pförtner, als Lacey aus dem Taxi stieg.

Durch die verschnörkelte Glastür erkannte Lacey einen schlanken Mann Mitte Vierzig mit dunkelblondem Haar, der am Empfang stand und mit den Fingern auf die Theke trommelte.

„Leider haben wir ein Problem", berichtete Patrick seufzend. „Die Klimaanlage ist kaputt. Die Handwerker sind schon da, aber drinnen herrscht eine Bullenhitze."

Na, großartig! schoß es Lacey durch den Kopf. Kein Wunder, daß der Typ so ungehalten ist. Doch als sie sich vorstellte, erhellte sich die Miene des Mannes. Er versuchte sogar, einen Witz zu machen. „Jetzt raus mit der Sprache, Miß Farrell", sagte er. „Ist die Klimaanlage in diesem Haus schon im Klimakterium?"

ALS LACEY angerufen hatte, um den Termin zu bestätigen, hatte Isabelle Waring ihr mitgeteilt, sie sei in der Bibliothek beschäftigt. Sie solle selbst aufschließen.

Daher hielt Lacey den Maklerschlüssel in der Hand, als sie mit Curtis Caldwell aus dem Aufzug stieg, und öffnete die Tür. „Isabelle, ich bin's!" rief sie und ging, gefolgt von Caldwell, zur Bibliothek.

Isabelle saß mit dem Rücken zur Tür am Schreibtisch. Vor ihr lag eine Ledermappe, einige Papiere waren über den Tisch verstreut. Sie schaute nicht auf. „Vergessen Sie einfach, daß ich hier bin", sagte sie nur.

Also führte Lacey Caldwell herum und erklärte ihm dabei, daß die Wohnung Isabelle Warings Tochter gehört habe, die im letzten Winter bei einem Unfall ums Leben gekommen sei.

Offenbar gefiel dem Anwalt das Apartment, und auch der Preis von 600 000 Dollar schien ihn nicht zu schrecken. „Sie sagten, sie sei im nächsten Monat bezugsfertig?" fragte er.

„Auf jeden Fall", antwortete Lacey und triumphierte innerlich: Geschafft!

„Ich habe keine Lust zu verhandeln, Miß Farrell. Ich bin bereit, den geforderten Preis zu bezahlen, vorausgesetzt, ich kann am nächsten Ersten garantiert einziehen.“

„Sprechen wir mit Mrs. Waring“, entgegnete Lacey.

Aber als sie an die Tür der Bibliothek klopfte, antwortete Isabelle nicht. „Macht es Ihnen etwas aus, einen Moment im Wohnzimmer zu warten?“ wandte sich Lacey an Caldwell. „Ich rede kurz mit Mrs. Waring und bin sofort wieder bei Ihnen.“

„Kein Problem.“

Lacey öffnete die Tür und sah hinein. Isabelle saß noch immer am Schreibtisch und hatte den Kopf tief über die Papiere gesenkt, die sie gerade gelesen hatte. Ihre Schultern zuckten. „Gehen Sie“, murmelte sie. „Ich kann mich jetzt nicht damit beschäftigen.“

„Isabelle“, sagte Lacey leise. „Es ist sehr wichtig. Der Interessent hat uns ein Angebot gemacht, aber er stellt eine Bedingung, die ich erst mit Ihnen besprechen möchte.“

„Vergessen Sie's! Ich verkaufe nicht. Ich brauche noch mehr Zeit in dieser Wohnung!“ Isabelle Warings Stimme steigerte sich zu einem hysterischen Kreischen. „Kommen Sie später wieder!“

Lacey sah auf die Uhr. Es war fast vier. „Ich bin um sieben zurück“, sagte sie. Unter allen Umständen wollte sie eine Szene vermeiden.

Sie machte die Tür hinter sich zu und drehte sich um. Curtis Caldwell stand im Flur zwischen Bibliothek und Wohnzimmer.

„Sie will nun doch nicht verkaufen?“ fragte er ungläubig.

„Ich bin sicher, daß sich alles klären wird“, beruhigte ihn Lacey. „Heute abend spreche ich noch einmal mit ihr. Sie hat viel durchgemacht, doch sie wird darüber hinwegkommen. Wo kann ich Sie erreichen?“

„Ich wohne im Waldorf Tower, im Apartment meiner Kanzlei.“

„Keine Sorge, es klappt schon“, versprach Lacey. „Sie werden sehen.“

Caldwells Lächeln war ausgesprochen freundlich. „Davon bin ich überzeugt“, sagte er.

ER GING von der 70. Straße zum Essex House an der Südseite des Central Park, wo er eine Telefonzelle betrat. „Sie hatten recht“, sagte er, nachdem sein Gesprächspartner abgehoben hatte. „Sie hat das Tagebuch gefunden. Es befindet sich in einer Ledermappe, wie Sie es beschrieben haben. Außerdem will sie die Wohnung anscheinend nicht mehr verkaufen, doch die Immobilienmaklerin besucht sie heute abend noch einmal, um sie zur Vernunft zu bringen.“

Dann hörte er zu.

„Wird erledigt", antwortete er schließlich und legte auf. Danach schlenderte Sandy Savarano alias Curtis Caldwell in die nächste Bar und bestellte einen Scotch.

UM SECHS rief Lacey Isabelle Waring an, die sich zu ihrer Erleichterung inzwischen beruhigt hatte. „Kommen Sie doch vorbei, Lacey", schlug sie vor. „Dann reden wir über alles. Allerdings muß ich wohl riskieren, daß uns der Käufer durch die Lappen geht, wenn ich die Wohnung sofort freimachen soll. Ich habe etwas in Heathers Tagebuch gefunden, was sich als wichtig erweisen könnte."

„Ich bin um sieben bei Ihnen", entgegnete Lacey.

„Schließen Sie einfach auf. Ich bin oben im Wohnzimmer."

Aber dann war Lacey zwanzig Minuten zu früh dran. Sie beschloß, dennoch schon nach oben zu gehen.

Als sie die Tür öffnete und Isabelles Namen rief, hörte sie den Schrei und den Schuß. Zuerst blieb sie wie erstarrt stehen, dann aber schlug sie instinktiv die Tür hinter sich zu und versteckte sich im Schrank. Im nächsten Moment stürmte Caldwell die Treppe hinunter und rannte auf den Flur hinaus. Er hielt eine Pistole in der Hand und hatte eine Ledermappe unter dem Arm.

Später fragte sich Lacey, ob sie wirklich die Stimme ihres Vaters gehört hatte. „Mach die Tür zu! Sperr ihn aus!" War er ihr Schutzengel, der ihr die Kraft gab, die Tür zuzustoßen und zu verriegeln, während Caldwell sich von draußen dagegenwarf?

Sie lehnte sich gegen die Tür und hörte das Geräusch des Schlüssels im Schloß. Caldwell wollte wieder herein.

Isabelle! Die Polizei anrufen! Hilfe holen!

Lacey stolperte die Wendeltreppe hinauf und dann durchs Wohnzimmer ins Schlafzimmer, wo Isabelle auf dem Bett lag. Überall war Blut.

Isabelle bewegte sich und zerrte an einem Stoß Papiere, der unter dem Kopfkissen lag. Auch sie waren blutverschmiert.

Lacey wollte Isabelle sagen, daß sie Hilfe holen würde. Doch dann versuchte Isabelle zu sprechen. „Lacey ..., geben Sie Heathers Tagebuch ... ihrem Vater." Keuchend schnappte sie nach Luft. „Nur ihm. Versprechen Sie's mir ... Lesen Sie's ... Zeigen Sie ihm ..., wo..." Ihre Stimme erstarb. Mit letzter Kraft ergriff sie Laceys Hand. „Versprechen ..., bitte ... Mann ...!"

„Ich verspreche es, Isabelle", antwortete Lacey mit tränenerstickter Stimme.

Plötzlich ließ der Druck auf ihre Hand nach. Isabelle war tot.

„ALLES in Ordnung, Lacey?"

„Ich glaube schon." Sie saß in der Bibliothek am Schreibtisch, wo Isabelle noch vor wenigen Stunden gesessen und den Inhalt der Ledermappe gelesen hatte.

Curtis Caldwell hatte die Mappe unter dem Arm getragen. Er mußte danach gegriffen haben, ohne zu bemerken, daß Isabelle etliche Blätter herausgenommen hatte.

Die Seiten, die unter Isabelles Kopfkissen gelegen hatten, befanden sich inzwischen in Laceys Aktenkoffer. Zwar hatte Isabelle ihr das Versprechen abgenommen, sie nur Heathers Vater und niemand anderem zu geben. Aber war es nicht doch besser, der Polizei davon zu erzählen?

„Lacey, trink einen Schluck Kaffee. Es wird dir guttun." Rick kauerte neben ihr und hielt ihr eine Tasse hin. Er hatte den Kriminalbeamten bereits erklärt, daß er keinen Grund gesehen habe, die Angaben eines Mannes zu überprüfen, der sich als Angestellter der Kanzlei Keller, Roland und Smythe vorgestellt hatte. „Wir arbeiten häufig mit dieser Kanzlei zusammen", hatte er erläutert.

„Und Sie sind sicher, daß es dieser Caldwell war, der aus der Wohnung gelaufen ist, Miß Farrell?" fragte nun Ed Sloane, der ältere der beiden Detectives vom 19. Bezirk. „Miß Farrell?" Er klang ein wenig ungeduldig.

Lacey sah Sloane an. Er war um die Fünfzig und ziemlich stämmig. Was hatte er sie gefragt? Ach ja: Ob Curtis Caldwell der Mann gewesen sei, den sie aus Isabelles Schlafzimmer die Treppe habe hinunterlaufen sehen.

„Ich bin vollkommen sicher, daß es derselbe Mann war", antwortete sie. „Er hatte eine Pistole und die Ledermappe bei sich." Im stillen verwünschte sie sich noch im selben Augenblick. Sie hatte das Tagebuch doch gar nicht erwähnen wollen!

„Die Ledermappe?" fragte Detective Sloane in scharfem Ton. „Was für eine Ledermappe? Davon haben Sie bis jetzt noch nichts erzählt."

Lacey seufzte. „Eine von denen mit Reißverschluß. Heute nachmittag hat sie aufgeschlagen auf diesem Schreibtisch gelegen. Isabelle hat Papiere gelesen, die sich darin befanden." Eigentlich hätte sie nun von den Seiten erzählen sollen, die sich jetzt nicht mehr darin befanden. Aber sie hatte Isabelle geschworen, diese Heathers Vater zu übergeben. Sie mußte ihr Wort halten …

Auf einmal spürte Lacey, wie ihre Knie zu zittern anfingen. Obwohl sie die Hände dagegenpreßte, wollte das Zittern nicht aufhören.

„Ich glaube, wir rufen besser einen Arzt, Miß Farrell", sagte Sloane.

„Ich möchte nur nach Hause", murmelte Lacey. „Bitte lassen Sie mich gehen."

Rick flüsterte dem Detective etwas zu. Als Lacey die Handflächen gegeneinanderrieb, stellte sie fest, daß ihre Hände klebrig waren. Sie sah hinab und rang nach Atem. Bislang war ihr nicht bewußt gewesen, daß ihre Hände mit Isabelles Blut bedeckt waren.

„Mr. Parker wird Sie nach Hause bringen, Miß Farrell", sagte Detective Sloane. „Wir unterhalten uns morgen weiter."

Lacey fühlte, wie Ricks Hände sie unter den Achseln faßten und hochzogen. Folgsam stand sie auf und ließ sich durch den Flur führen. Heute nachmittag hatte Curtis Caldwell hier gestanden und gehört, wie Isabelle sich geweigert hatte, die Wohnung zu verkaufen.

„Er hat nicht im Wohnzimmer gewartet", sagte Lacey.

„Wen meinst du?" fragte Rick.

Aber sie antwortete nicht. Auf einmal fiel ihr der Aktenkoffer mit den Tagebuchseiten ein. Sie erinnerte sich an das Gefühl, als sie die blutgetränkten Papiere in die Hand genommen hatte. Deshalb waren ihre Hände jetzt auch blutig. Detective Sloane hatte sie gefragt, ob sie Isabelle angefaßt habe, und sie hatte ihm erklärt, sie habe Isabelle die Hand gehalten, als diese gestorben sei.

Bestimmt war auch an dem Aktenkoffer Blut. Plötzlich konnte Lacey wieder klar denken. Wenn sie Rick bat, ihr den Koffer aus dem Wandschrank zu holen, würde man das Blut am Griff bemerken. Also mußte sie ihn selbst nehmen und verhindern, daß ihn sich jemand ansah, bevor sie Gelegenheit hatte, das Blut abzuwischen.

Überall wimmelte es von Leuten. Blitzlichter. Jemand fotografierte. Die Polizisten suchten nach Fingerabdrücken und trugen ein Pulver auf die Tische auf.

An der Treppe blieb Lacey stehen und blickte hinauf. Lag Isabelle noch dort oben auf dem Bett? fragte sie sich.

„Komm, Lacey", sagte Rick.

Sie kamen an dem Wandschrank vorbei, in den sie ihren Aktenkoffer gestellt hatte. Lacey machte sich von Rick los, öffnete die Schranktür und griff danach.

„Ich trage ihn", bot sich Rick an. Doch Lacey ließ sich gegen ihn sacken und stützte sich mit der rechten Hand schwer auf seinen Arm, so daß er sie halten mußte, während sie mit der linken den Griff des Aktenkoffers fest umklammerte.

Sie hatte den Eindruck, daß alle sie und den blutigen Aktenkoffer anstarrten. Fühlte sich so ein Dieb? Geh zurück, gib ihnen die Tagebuchseiten, bohrte eine Stimme in ihr. Nein, ich darf es nicht, entgegnete sie sich verzweifelt.

LACEY wohnte in der East End Avenue, Ecke 79. Straße. Rick wollte unbedingt mit nach oben kommen, aber sie lehnte ab. „Ich gehe sofort ins Bett“, sagte sie.

„Dann ruf ich dich gleich morgen früh an“, versprach er.

In ihrer Wohnung angekommen, wusch sie sich zuerst die Hände, säuberte danach den Aktenkoffer und schob ihn dann unters Sofa. Vom Wohnzimmerfenster aus konnte man den East River sehen. Lange Zeit stand Lacey da und betrachtete die flackernden Lichter auf dem Wasser. Allmählich legte sich das unwirkliche Gefühl, das sich während der letzten Stunden ihrer bemächtigt hatte. Erst jetzt bemerkte sie, daß sie so müde war wie noch nie in ihrem Leben. Sie sah auf die Uhr. Halb elf. Vor gut 24 Stunden hatte sie keine Lust gehabt, ans Telefon zu gehen, um mit Isabelle zu sprechen. Und nun würde diese nie wieder anrufen ...

Lacey erstarrte. Die Tür! Hatte sie auch zweimal abgeschlossen? Sie lief hin, um nachzusehen. Ja, alles war in Ordnung. Aber sie schob zusätzlich den Riegel vor und klemmte einen Stuhl unter die Türklinke. Sie empfand Angst und zitterte wieder.

Für New Yorker Verhältnisse war ihr Bad ziemlich geräumig. Bei einer Renovierung vor zwei Jahren hatte Lacey einen großzügigen Whirlpool einbauen lassen. Diese Investition hat sich wirklich gelohnt, heute nacht mehr als jemals zuvor, dachte sie, ließ sich ins warme Wasser sinken und schaltete die Düsen ein.

Erst nachdem sie warm in einen Frotteebademantel gehüllt war, dachte sie wieder an die blutigen Papiere in ihrem Aktenkoffer. Nein, nicht jetzt, später.

Es gelang ihr einfach nicht, die eisige Furcht abzuschütteln, die sie schon den ganzen Abend quälte. Sie goß ein wenig Scotch in eine Tasse, füllte diese mit Wasser auf und stellte sie in die Mikrowelle. Ihr Vater hatte einmal gesagt, nichts sei besser als ein *Hot toddy,* um sich aufzuwärmen. Nur daß er die klassische Version mit Nelken, Zucker und einer Zimtstange bevorzugt hatte.

Doch auch ohne die Gewürze erfüllte das Getränk seinen Zweck. Als Lacey im Bett schlückchenweise ihre Tasse leerte, spürte sie, wie sie allmählich ruhiger wurde. Kaum hatte sie das Licht gelöscht, schlief sie auch schon ein.

Aber schon kurz darauf fuhr sie mit einem Aufschrei hoch. Sie öffnete die Tür zu Heather Landis Wohnung. Sie beugte sich über Isabelle Warings Leiche. Curtis Caldwell zielte mit einer Pistole auf ihren Kopf – dieses Bild stand ihr deutlich vor Augen.

Es dauerte eine Weile, bis sie begriff, daß das schrille Geräusch, das sie geweckt hatte, das Klingeln des Telefons war. Immer noch zitternd, hob sie ab. Es war ihr Schwager Jay. „Wir haben in den Nachrichten gehört, daß Isabelle Waring erschossen wurde", erklärte er. „Es hieß, es gebe eine Zeugin, eine junge Frau. Das warst doch nicht etwa du, Lacey?"

Die Besorgnis in seiner Stimme hatte etwas Tröstliches. „Doch, ich war es", antwortete Lacey.

„Kit möchte auch mit dir sprechen", sagte Jay.

„Ich kann jetzt nicht reden." Lacey wußte genau, daß ihre Schwester sie vor lauter Liebe und Sorge löchern würde, alles noch einmal zu erzählen. Wie sie in die Wohnung gegangen war, den Schrei gehört und Isabelles Mörder gesehen hatte. „Jay, ich kann jetzt einfach nicht reden!" sagte sie flehend. „Kit hat bestimmt Verständnis dafür."

Sie hängte ein. Dann lag sie in der Dunkelheit da und zwang sich zur Ruhe. Aber sie ertappte sich dabei, angestrengt zu lauschen. Sie wartete auf einen Schrei und das Geräusch hastender Schritte. Caldwells Schritte.

NACHDEM Rick sich von Lacey in der Eingangshalle ihres Hauses verabschiedet hatte, fuhr er in seine Wohnung, Ecke Central Park West und 67. Straße. Inzwischen berichteten die Nachrichten sicher schon über Isabelle Warings Tod. Auf der Straße vor dem Gebäude hatten sich bereits Reporter herumgetrieben. Wahrscheinlich hatte eine Kamera ihn und Lacey beim Einsteigen erwischt. Und wenn dem so war, dann wußte auch sein Vater schon Bescheid.

Wie er vermutet hatte, blinkte das Lämpchen an seinem Anrufbeantworter. Die Nachricht war tatsächlich von seinem Vater. „Egal, wann du nach Hause kommst, ruf mich an!"

Rick hatte so feuchte Hände, daß er sie erst abwischen mußte, ehe er zum Hörer griff. Sein Vater hob nach dem ersten Läuten ab.

„Bevor du fragst", sprudelte Rick mit schriller Stimme los, „mir blieb nichts anderes übrig. Ich mußte hin, denn Lacey hat der Polizei gesagt, ich hätte ihr Caldwells Nummer gegeben. Deshalb hat man mich kommen lassen."

Rick hörte sich die Standpauke seines Vaters eine Weile an, bis er es schaffte, ihm ins Wort zu fallen. „Dad, ich hab dir doch gesagt, daß du dir darüber nicht den Kopf zu zerbrechen brauchst! Niemand weiß, was zwischen mir und Heather Landi passiert ist."

SANDY SAVARANO, den Lacey unter dem Namen Curtis Caldwell kennengelernt hatte, war von der Wohnung die Feuertreppe hinunter in den Keller gerannt, von wo aus er das Haus durch den Lieferanteneingang verlassen hatte. Die Ledermappe unterm Arm, eilte er zur Madison Avenue, hielt dort ein Taxi an und ließ sich zu dem kleinen Hotel in der 29. Straße fahren, in dem er wohnte. In seinem Zimmer angekommen, schenkte er sich zuerst einmal ein großes Glas Whisky ein, griff dann nach der Mappe und ließ sich in dem einzigen Polstersessel nieder, den das Hotelzimmer zu bieten hatte. Bis auf das Fiasko am Ende war der Job ein Kinderspiel gewesen: Er hatte das Gebäude unbemerkt betreten, denn der Pförtner war gerade damit beschäftigt gewesen, einer alten Dame ins Taxi zu helfen. Den Schlüssel zur Wohnung hatte er schon am Nachmittag vom Tischchen im Flur gestohlen.

Die Waring hatte mit geschlossenen Augen im Schlafzimmer auf dem Bett gelegen, die Ledermappe neben sich auf dem Nachttisch. Als sie ihn bemerkt hatte, hatte sie nicht geschrien. Nein, dazu hatte sie zu große Angst gehabt. Das hatte ihm am besten gefallen: die Panik in ihren Augen, aus der das Wissen sprach, daß sie sterben würde. Er hatte diesen Moment genossen. Es machte ihm immer Spaß, langsam die Pistole aus der Tasche zu ziehen und dem Opfer in die Augen zu blicken, während er in aller Seelenruhe zielte. Die Spannung zwischen ihm und dem Todgeweihten, in dem Sekundenbruchteil, bevor sich sein Finger um den Abzug krümmte, erregte ihn.

Er dachte daran, wie die Waring sich aufgerichtet hatte und vor ihm zurückgewichen war. Sie hatte versucht zu sprechen. Dann der Schrei – „Nicht!" –, der plötzlich mit der Stimme einer Frau verschmolzen war, die von unten nach ihr gerufen hatte – genau in dem Moment, als er sie erschossen hatte.

Ohne die Farrell hätte alles prima geklappt. Er war ein Idiot gewesen, sich von ihr aussperren zu lassen, so daß er gezwungen war zu fliehen. Aber immerhin hatte er das Tagebuch bekommen und die Waring getötet. Das war schließlich sein Auftrag gewesen. Allerdings stellte jetzt die Farrell ein Problem dar. Nun, dann würde er sie eben auch kaltmachen müssen.

Savarano zog den Reißverschluß der Mappe auf und sah hinein. Die Seiten waren ordentlich festgeklemmt, doch als er sie durchsah, stellte er ungläubig fest, daß sie alle leer waren. Die Papierbogen waren alle unbenutzt! Das hieß, daß sich das eigentliche Tagebuch noch in der Wohnung befinden mußte! Doch jetzt war es zu spät, es zu holen. Wahrscheinlich wimmelte es in der Wohnung inzwischen nur so von Polizisten. Er würde einen anderen Weg finden müssen.

Allerdings war es noch nicht zu spät, dafür zu sorgen, daß Lacey Farrell ihn nie vor Gericht identifizieren konnte. Es würde ihm Spaß machen.

KAPITEL 3

Lacey wachte um Viertel vor sieben auf und dachte mit Bangen daran, was der Tag bringen würde. Detective Sloane erwartete sie im Polizeipräsidium. Sie sollte gemeinsam mit einem Zeichner ein Phantombild von Curtis Caldwell erstellen.

Doch als sie ihren Kaffee trank und die Schiffe beobachtete, die langsam den East River hinauftuckerten, wurde ihr klar, daß es etwas gab, worüber sie zuerst eine Entscheidung treffen mußte: das Tagebuch.

Was soll ich bloß tun? fragte sich Lacey. Isabelle hatte geglaubt, es enthielte den Beweis dafür, daß Heathers Tod kein Unfall gewesen war. Und Curtis Caldwell hatte nach dem Mord an Isabelle die Mappe gestohlen. Hatte er Isabelle getötet, weil er sich vor dem fürchtete, worauf sie gestoßen war? Hatte er das vermeintliche Tagebuch mitgenommen, damit niemand es lesen konnte?

Der Aktenkoffer mit den blutverschmierten Seiten lag noch unter dem Sofa.

Ich muß sie der Polizei aushändigen, dachte Lacey. Aber ich glaube, es gibt eine Möglichkeit, wie ich gleichzeitig auch mein Versprechen an Isabelle halten kann.

UM ZWEI Uhr saß Lacey Detective Ed Sloane und dessen Assistenten Nick Mars in einem kleinen Raum des Polizeireviers gegenüber. Sloane schien ein wenig außer Atem, als ob er gerannt wäre. Aber vielleicht rauchte er einfach nur zuviel. Aus seiner Hemdtasche ragte ein offenes Päckchen Zigaretten.

Nick Mars war das genaue Gegenteil von ihm. Er war noch keine dreißig, hatte ein jungenhaftes Gesicht, unschuldige blaue Augen und ein freundliches Lächeln. Er wirkte sympathisch. Allerdings war Lacey sicher, daß er in dem Spiel, das bei Verhören üblicherweise gespielt wurde, die Rolle des netten Polizisten übernahm. Sloane würde sich aufblasen und ab und zu die Geduld verlieren, Nick Mars ihn beruhigen und sich stets zuvorkommend benehmen.

Seit fast drei Stunden war Lacey nun auf dem Revier und hatte einen Großteil der Zeit mit dem Bemühen verbracht, dem Polizeizeichner Curtis Caldwell zu beschreiben.

„Er besaß weder Narben noch Muttermale, noch Tätowierungen", hatte sie erklärt. „Wenigstens keine, die ich sehen konnte. Ich kann nur sagen, daß er ein schmales Gesicht, blaßblaue Augen, sonnengebräunte Haut und dunkelblondes Haar hatte. An seinem Gesicht war nichts Auffälliges; bis auf die Lippen vielleicht, die waren ein bißchen schmal."

Nachdem es dem Zeichner aber nicht gelungen war, Curtis Caldwell nach Laceys Angaben zufriedenstellend zu skizzieren, hatte sie sich auch noch unzählige Fotos aus der Verbrecherkartei ansehen müssen. Doch keines hatte dem Mann geähnelt, den sie als Curtis Caldwell kennengelernt hatte. Sloane war darüber offensichtlich verärgert.

„Okay, Miß Farrell", meinte er barsch. „Wir müssen Ihre Geschichte noch mal durchgehen. Sie waren ziemlich aufgeregt, als Sie gestern die Polizei angerufen haben."

Lacey zog die Augenbrauen hoch. „Mit gutem Grund", entgegnete sie.

„Und ich würde sagen, daß Sie bei unserer Ankunft unter Schock standen."

„Kann durchaus sein." Tatsächlich hatte sie den Großteil der Ereignisse des gestrigen Abends nur noch verschwommen in Erinnerung.

„Ich habe Sie nicht zur Tür begleitet, doch ich habe gehört, daß Sie noch geistesgegenwärtig genug waren, um an Ihren Aktenkoffer zu denken, der in dem Wandschrank im Flur stand."

„Ja, er ist mir eingefallen, als ich am Schrank vorbeikam."

„Wissen Sie noch, daß zu diesem Zeitpunkt fotografiert wurde?"

Lacey überlegte. „Ja", antwortete sie.

Sloane schob ihr über den Tisch hinweg ein Foto zu. „Es handelt sich um die Vergrößerung einer Aufnahme, die in der Eingangshalle der Wohnung gemacht wurde", erklärte er. Er nickte seinem jungen Kollegen zu. „Detective Mars ist dieses kleine Detail aufgefallen."

Lacey betrachtete das Bild. Es zeigte sie im Profil, wie sie den Aktenkoffer umklammerte und ihn vor Rick Parker abschirmte, der nach ihm greifen wollte.

„Sie haben sich also nicht nur an Ihren Aktenkoffer erinnert, sondern auch darauf bestanden, ihn selbst zu tragen."

„Nun, in Gegenwart von Berufskollegen zeige ich nicht gerne

Schwächen", erwiderte Lacey mit ruhiger Stimme. „Wahrscheinlich habe ich ganz automatisch reagiert."

„Ich bin der Ansicht, daß Sie ganz bewußt gehandelt haben", widersprach Detective Sloane. „Wissen Sie, Miß Farrell, wir haben in diesem Wandschrank Blutspuren gefunden – Isabelle Warings Blut. Wie, denken Sie, könnte das in den Schrank gekommen sein?"

Heathers Tagebuch, dachte Lacey. Einige der blutbefleckten Seiten waren hinuntergefallen, als sie sie in den Aktenkoffer gestopft hatte. Doch das durfte sie dem Detective nicht verraten – wenigstens noch nicht. Sie brauchte noch Zeit, um das Tagebuch zu lesen.

Vorwurfsvoll, ja fast anklagend, beugte sich Sloane über den Tisch. „Miß Farrell, ich weiß nicht, was für eine Show Sie hier abziehen, und ich habe auch keine Ahnung, was Sie uns verschweigen. Aber es handelt sich hier ganz offensichtlich nicht um einen gewöhnlichen Mord. Der Mann, der sich Curtis Caldwell nannte, war weder ein Einbrecher, noch hat er Isabelle Waring zufällig umgebracht. Die Tat wurde sorgfältig geplant. Ihr plötzliches Erscheinen war vermutlich das einzige, womit der Täter nicht gerechnet hat." Er machte eine Pause. „Sie sagten, er habe Mrs. Warings Ledermappe bei sich gehabt. Beschreiben Sie sie mir noch einmal."

„Es handelte sich um eine Mappe für lose Blätter im Standardformat, die man ringsherum mit einem Reißverschluß zumachen kann, damit nichts herausfällt", entgegnete Lacey.

„Miß Farrell, haben Sie das hier schon einmal gesehen?" Sloane schob ihr ein einzelnes beschriftetes Blatt Papier zu.

Lacey überflog den Text, der mit einer Datierung von vor drei Jahren versehen war. *Papa kam heute wieder in die Vorstellung,* lautete die erste Zeile. *Er hat uns alle in sein Restaurant zum Essen eingeladen.*

Heathers Tagebuch, dachte Lacey abermals. Offenbar habe ich diese Seite übersehen. Habe ich womöglich noch mehr liegenlassen?

„Haben Sie das hier schon einmal gesehen?" wiederholte Sloane.

„Gestern nachmittag, als ich Curtis Caldwell die Wohnung gezeigt habe, saß Isabelle in der Bibliothek an ihrem Schreibtisch. Die Ledermappe lag offen vor ihr, und sie las die losen Seiten, die sich darin befanden. Vielleicht stammt dieses Blatt aus der Mappe."

Wenigstens das stimmte halbwegs, dachte sie. Warum nur hatte sie sich heute morgen nicht die Zeit genommen, die Seiten zu fotokopieren, bevor sie zur Polizei gegangen war? Denn sie hatte folgende Entscheidung getroffen: Das Original sollte die Polizei bekommen, für Jimmy Landi und sich selbst wollte sie je eine Kopie machen.

„Wir haben dieses Blatt im Schlafzimmer unter dem Sofa entdeckt", sagte Sloane. „Vielleicht gab es noch weitere lose Blätter. Halten Sie das für möglich?" Er wartete die Antwort nicht ab. „Befassen wir uns noch einmal mit den Spuren von Isabelle Warings Blut, die wir im Wandschrank im unteren Stockwerk gefunden haben. Können Sie sich vorstellen, wie es dorthin geraten ist?"

„Ich hatte Isabelles Blut an meinen Händen", erwiderte Lacey. „Das wissen Sie doch."

„Das weiß ich allerdings, aber Ihre Hände haben vor Blut nun auch nicht gerade getrieft, als Sie sich gestern abend Ihren Aktenkoffer geschnappt haben. Was also dann? Haben Sie etwas in den Koffer gesteckt, bevor wir kamen? Etwas, was Sie aus Isabelle Warings Schlafzimmer mitgenommen haben? Ich glaube schon. Lagen vielleicht noch mehr Blätter wie das, das Sie eben gelesen haben, im Zimmer herum? Haben Sie dafür eine Erklärung?"

Wie gerne hätte Lacey den beiden erzählt, daß sich das Tagebuch in ihrem Besitz befand und warum das so war. Aber dann werden sie verlangen, daß ich es sofort herausgebe, überlegte sie. Sie werden mir nicht erlauben, es für Heathers Vater und mich zu kopieren. Sie tun so, als sei ich in den Mord an Isabelle verwickelt.

Sie stand auf. „Nein, habe ich nicht. Möchten Sie sonst noch etwas wissen, Detective Sloane?"

„Für heute sind wir fertig, Miß Farrell. Aber vergessen Sie nicht, daß eine Behinderung der Ermittlungen in einem Mordfall empfindliche Strafen nach sich zieht. Und falls Sie die Blätter wirklich mitgenommen haben, stellt sich mir die Frage, ob Sie tatsächlich nur eine unbeteiligte Zeugin sind. Schließlich sind Sie dafür verantwortlich, daß Isabelle Waring ihrem Mörder begegnet ist."

Lacey ging ohne ein weiteres Wort. Eigentlich mußte sie ins Büro, doch zuerst wollte sie nach Hause, um Heather Landis Tagebuch zu holen. Heute abend würde sie bleiben, bis alle Kollegen fort waren, und dann die Seiten kopieren. Und morgen würde sie Sloane das Original übergeben. Ich werde versuchen, ihm zu erklären, warum ich das Tagebuch mitgenommen habe, dachte sie nervös.

Sie wollte schon ein Taxi anhalten, beschloß dann aber, zu Fuß zu gehen. Die Nachmittagssonne tat ihr gut, denn sie fühlte sich noch immer bis ins Innerste durchfroren. Als sie die Second Avenue überquerte, hatte sie den Eindruck, daß jemand ihr dichtauf folgte. Sie wirbelte herum und stand vor einem erstaunten älteren Herrn. „Entschuldigen Sie", murmelte sie und eilte zur anderen Straßenseite hinüber.

Ich habe mit Curtis Caldwell gerechnet, dachte sie und zitterte. Wenn er es auf das Tagebuch abgesehen hatte, wird er zurückkommen. Er weiß, daß ich ihn als Mörder identifizieren kann. Bis die Polizei ihn schnappt – wenn es überhaupt soweit kommt –, schwebe ich in Gefahr!

Nachdem sie in ihrer Etage aus dem Aufzug gestiegen war, rannte sie über den Flur zu ihrer Wohnung, öffnete hastig die Tür und ging rasch hinein. Sie holte den Aktenkoffer unter dem Sofa hervor und stellte ihn auf den Schreibtisch. Vorsichtig nahm sie die Tagebuchseiten heraus. Beim Anblick der Blutflecken auf einigen davon erschauerte sie. Dann steckte sie die Blätter in einen großen braunen Umschlag und suchte im Wandschrank nach einer Tragetasche.

Zehn Minuten später trat sie, die Tasche fest unter den Arm geklemmt, auf die Straße. Während sie ängstlich Ausschau nach einem Taxi hielt, versuchte sie sich einzureden, daß Caldwell wahrscheinlich schon weit weg auf der Flucht war – ganz gleich, wie er in Wirklichkeit hieß und aus welchem Grund er Isabelle umgebracht hatte.

SANDY SAVARANO alias Curtis Caldwell lief nicht die geringste Gefahr, erkannt zu werden, als er vom Münzfernsprecher gegenüber von Lacey Farrells Haus einen Anruf tätigte. Er hatte sein dunkelblondes Haar unter einer grauen Perücke versteckt, Wangen und Kinn waren mit grauen Bartstoppeln bedeckt, und anstelle des Geschäftsanzugs trug er einen ausgeleierten Pullover und ausgebleichte Jeans.

„Nachdem die Farrell bei der Polizei war, ist sie nach Hause gegangen", meldete er, während er aufmerksam die Straße entlangblickte. „Ich möchte mich hier nicht länger herumtreiben. Auf der anderen Straßenseite steht ein Streifenwagen. Vielleicht wird sie überwacht."

Savarano legte auf und ging nach Westen, überlegte es sich dann aber anders. Er beschloß, eine Weile den Streifenwagen zu beobachten, um festzustellen, ob Lacey Farrell tatsächlich unter Observation stand. Er brauchte nicht lange zu warten. Einen halben Block entfernt, sah er, wie die ihm bekannte Gestalt einer jungen Frau in schwarzem Kostüm und mit einer Tragetasche unter dem Arm aus dem Haus kam und wenig später ein Taxi anhielt. Als es davonbrauste, wandte Savarano seine Aufmerksamkeit dem Streifenwagen zu. Was würden die Polizisten tun? Kurz darauf rollte der Streifenwagen vom Bordstein los.

Gut, dachte Savarano. Ein Problem weniger, das ihm jetzt in die Quere kam.

NACH den Vorbereitungen für Isabelles Einäscherung kehrten Jimmy Landi und Steve Abbott ins Restaurant zurück und gingen sofort in Jimmys Büro. Steve schenkte zwei große Gläser Scotch ein. „Ich glaube, das haben wir jetzt beide nötig", sagte er.

Landi griff nach seinem Glas. „Ich ganz bestimmt. Heute war ein scheußlicher Tag. Mir kommt alles so absurd vor, Steve. Ein Typ tut so, als wolle er die Wohnung kaufen, kommt später zurück und bringt Isabelle um." Tränen traten ihm in die Augen. „Jetzt ist sie wenigstens bei Heather. Vielleicht wollte sie das ja. Ich weiß es nicht."

Abbott räusperte sich. „Cynthia kommt zum Abendessen", sagte er, um das Thema zu wechseln. „Willst du dich nicht zu uns gesellen?"

Landi schüttelte den Kopf. „Nein. Aber danke für die Einladung. Mach dir keine Sorgen um mich, und kümmere dich um deine Freundin. Willst du sie heiraten?"

„Ich habe damit keine Eile", antwortete Abbott lächelnd.

„Da hast du recht. Du bist noch jung und hast ein langes Leben vor dir."

„Nicht mehr ganz so lange. Vergiß nicht, daß ich letztes Frühjahr fünfundvierzig geworden bin."

„Ach wirklich? Ich werde nächsten Monat achtundsechzig", brummte Jimmy. „Doch ich habe noch eine Menge Pläne, ehe ich den Löffel abgebe. Denk an meine Worte."

Abbott leerte sein Glas und stand auf. „Ich verlasse mich drauf. Wenn wir unseren Laden in Atlantic City eröffnen, können die anderen Hotels gleich dichtmachen, stimmt's?" Er bemerkte, daß Jimmy auf die Uhr sah, und fügte hinzu: „Ich gehe besser runter und begrüße die Gäste."

Kurz nachdem Abbott gegangen war, meldete sich die Empfangsdame über die Gegensprechanlage. „Mr. Landi, eine Miß Farrell möchte mit Ihnen sprechen. Sie sagt, sie sei die Immobilienmaklerin, die in Mrs. Warings Auftrag die Wohnung verkaufen sollte."

„Stellen Sie durch", entgegnete Jimmy barsch.

LACEY hatte gewartet, bis alle Kollegen in der Abteilung Wohnungsmarkt nach Hause gegangen waren, und dann zwei Kopien von Heathers Tagebuch gemacht: eine für deren Vater und eine für sich selbst. Dann rief sie Jimmy Landi an.

Das Gespräch war kurz; er erwartete sie.

Lacey sprang in ein Taxi und nannte dem Fahrer die Adresse des Venezia in der 56. Straße West. Erst jetzt wagte sie, den Griff um ihre

Tasche ein wenig zu lockern. Warum war sie nur so nervös? Und warum hatte sie wieder das Gefühl, daß jemand sie beobachtete?

Als sie dann Jimmy Landi in seinem Büro gegenübersaß, teilte sie ihm Isabelle Warings letzte Worte mit, ohne ihm etwas zu verschweigen. „Ich habe ihr versprochen, Ihnen das Tagebuch zu geben", erklärte sie. „Und ich habe versprochen, es selbst zu lesen. Sie wollte, daß ich Sie auf etwas darin aufmerksam mache. Vermutlich sah sie ihren Verdacht bestätigt, daß Heathers Tod nicht einfach nur ein Unfall war. Und ich bin hier, um Isabelles Wunsch zu erfüllen." Lacey öffnete ihre Tasche und holte die mitgebrachten Blätter heraus.

Nach einem kurzen Blick darauf wandte sich Landi ab. Lacey war sicher, daß der Anblick der Handschrift seiner Tochter den Mann schmerzlich berührt hatte. Aber er sagte nur unfreundlich: „Das ist nicht das Original."

„Das werde ich der Polizei aushändigen."

Ein ärgerlicher Ausdruck huschte über sein Gesicht. „Darum hat Isabelle Sie nicht gebeten!"

Lacey stand auf. „Mir bleibt nichts anderes übrig, Mr. Landi. Bestimmt bekommen Sie das Original früher oder später, doch ich fürchte, bis dahin müssen Sie sich mit einer Kopie zufriedengeben."

Er blickte nicht einmal auf.

ALS LACEY nach Hause kam, herrschte in ihrer Wohnung das blanke Chaos. Schubladen waren ausgekippt, Schränke durchwühlt worden, und selbst der Kühlschrank war ausgeleert und stand offen. Sie rief den Hausmeister an. Während dieser den Vorfall bei der Polizei meldete, wählte sie die Nummer von Detective Sloane, der kurz nach dem Beamten vom nächsten Revier eintraf.

„Sie wissen doch sicher, was hier gesucht wurde", sagte er.

„Ja", antwortete Lacey, „Heather Landis Tagebuch. Aber es befindet sich nicht hier, sondern in meinem Büro. Hoffentlich ist der Täter noch nicht auf die Idee gekommen, dort nachzusehen."

Während sie im Streifenwagen zu Laceys Büro fuhren, las Detective Sloane ihr ihre Rechte vor. „Ich habe mein Versprechen an eine Sterbende gehalten", protestierte Lacey. „Sie hat mich gebeten, das Tagebuch zu lesen und es Heather Landis Vater zu geben, und das habe ich im Grunde auch getan. Vorhin habe ich ihm eine Kopie gebracht."

Im Büro wich Sloane nicht von Laceys Seite, als sie ihren Schrank aufschloß und den großen braunen Umschlag mit den Originalseiten herausholte.

Der Detective nahm ein paar Blätter heraus und studierte sie. Dann sah er Lacey an. „Sind Sie sicher, daß das alles ist?"

„Zumindest alles, was ich bei Isabelle Waring vorgefunden habe, als sie starb", entgegnete Lacey und hoffte, daß er nicht weiter nachbohren würde. Die zweite Kopie des Tagebuchs befand sich nämlich in der abgeschlossenen Schublade ihres Schreibtisches.

„Am besten fahren wir jetzt aufs Revier, Miß Farrell."

Als sie dort angekommen waren, sagte Sloane: „Okay, dann also noch mal von vorne."

Immer wieder dieselben Fragen: Hatte sie Heather Landi jemals kennengelernt? Fand sie es nicht seltsam, daß Isabelle Waring sie nach einer zufälligen Begegnung im Aufzug vor vielen Monaten mit dem Verkauf der Wohnung ihrer Tochter beauftragt hatte? Wie oft hatte sie Mrs. Waring in den letzten Wochen gesehen? Zum Mittagessen? Zum Abendessen? Nach Feierabend?

Lacey zermarterte sich das Hirn nach einer Antwort, mit der sie sich nicht wiederholen würde. „Zur Zeit der Dämmerung fühlte sich Isabelle immer sehr einsam", hörte sie sich sagen.

Sloanes Miene war nicht zu entnehmen, was er davon hielt. „Reden wir darüber, wie Curtis Caldwell sich Zugang zur Wohnung verschafft hat", wechselte er das Thema. „Nichts weist auf einen Einbruch hin. Haben Sie ihm einen Schlüssel gegeben?"

„Nein, natürlich nicht", entrüstete sich Lacey. „Aber Isabelle hatte immer einen Schlüssel in einer Schale auf dem Flurtisch liegen. Vielleicht hat Caldwell ihn dort gesehen und mitgenommen. Aber was ist mit meiner Wohnung? Wie ist dort jemand hineingekommen? Das Haus hat einen Pförtner."

„Und eine Garage, wo ein ständiges Kommen und Gehen herrscht, und einen Lieferanteneingang. Diese sogenannten bewachten Apartmenthäuser sind ein Witz, Miß Farrell. Sie sind doch Immobilienmaklerin, Sie müßten das eigentlich wissen."

Lacey sah Curtis Caldwell vor sich, der ihr mit einer Pistole in der Hand nachlief, um sie zu töten. Tränen traten ihr in die Augen. „Bitte, ich möchte nach Hause", sagte sie.

Sloane stand auf. „Okay, Sie können jetzt gehen. Aber ich muß Sie warnen. Möglicherweise wird wegen Entfernung und Unterschlagung von Beweisstücken von einem Tatort Anklage gegen Sie erhoben."

Ich hätte mit einem Anwalt sprechen sollen, überlegte Lacey. Wie konnte ich nur so dumm sein?

NORMALERWEISE benutzte sie nur Wimperntusche und einen hellen Konturenstift für die Lippen. Doch als sie im Morgenlicht die Schatten unter ihren Augen und ihre Blässe bemerkte, trug Lacey Rouge und Lidschatten auf. Allerdings hob sich ihre Stimmung dadurch kaum. Nicht einmal ihre Lieblingsjacke mit dem goldbraunen Muster trug dazu bei, den Anflug von Trübsinn zu vertreiben.

Vor der Bürotür holte sie tief Luft und straffte sich. Ihr Vater hatte gesagt, daß man einen selbstbewußten Eindruck mache, wenn man sich geradehalte.

Und genau dieses Selbstbewußtsein brauche ich jetzt, ging ihr durch den Kopf, als sie kurz darauf zu Richard Parker senior gerufen wurde.

Rick war auch da. Sein Vater war offensichtlich ziemlich ärgerlich. „Lacey, der Sicherheitsdienst sagt, daß Sie gestern abend mit einem Polizisten hier waren. Was war da los?“

Lacey schilderte ihm die Zusammenhänge so kurz wie möglich und erklärte, sie habe beschlossen, das Tagebuch der Polizei zu übergeben. Zuerst aber habe sie eine Kopie für Heathers Vater machen müssen.

„Sie haben unterschlagenes Beweismaterial in diesem Büro aufbewahrt?“ fragte Parker senior und zog eine Augenbraue hoch.

„Ich wollte das Tagebuch heute Detective Sloane aushändigen“, antwortete Lacey. Dann erzählte sie vom Einbruch in ihre Wohnung. „Ich habe nur versucht, Isabelle Warings Letzten Willen zu befolgen. Und nun sieht es so aus, als hätte ich vielleicht eine Straftat begangen.“

„Lacey, das war wirklich nicht sehr schlau von dir“, meldete sich Rick zu Wort.

„Ich konnte nicht mehr klar denken“, entgegnete sie. „Hören Sie, es tut mir leid –“

„Mir tut es auch leid“, unterbrach sie Parker senior. „Haben Sie heute irgendwelche Termine?“

„Zwei am Nachmittag.“

„Die können Liz oder Andrew übernehmen. Rick, kümmere dich darum. Lacey, in der nächsten Zeit werden Sie sich auf den Innendienst beschränken.“

„Das ist nicht fair!“ protestierte sie in plötzlichem Ärger.

„Es ist auch nicht fair, diese Firma in einen Mordfall zu verwickeln, Miß Farrell!“

„Tut mir leid, Lacey“, bedauerte Rick.

Aber du benimmst dich trotzdem wie Daddys braver Junge, dachte Lacey, schluckte aber die Antwort hinunter, die ihr auf der Zunge lag.

SLOANES Maxime lautete, daß man zu guter Detektivarbeit den richtigen Riecher brauchte. Nun studierte er gemeinsam mit Nick Mars die losen Seiten von Heather Landis Tagebuch und erläuterte seinem Assistenten seine Theorie.

„Ich glaube, daß Lacey Farrell uns noch immer etwas verschweigt“, sagte er ärgerlich. „Sie steckt tiefer in der Sache drin, als sie zugibt. Schließlich hat sie das Tagebuch aus der Wohnung entfernt, es kopiert und die Kopie Jimmy Landi gegeben.“

„Mir ist noch was aufgefallen, Eddi“, meinte Mars. „Die Seiten sind nicht numeriert. Woher sollen wir wissen, ob die Farrell nicht diejenigen vernichtet hat, die sie uns vorenthalten wollte? Ihre Fingerabdrücke sind nicht nur auf diesen Blättern, sondern auf dem ganzen Fall.“

Eine Stunde später erhielt Sloane einen Anruf von Matt Reilly, einem Spezialisten für Fingerabdrücke. Er hatte einen an Laceys Wohnungstür gefundenen Abdruck als den von Sandy Savarano identifiziert, einem Mafiakiller, der im Verdacht stand, eine Reihe Morde in der Drogenszene begangen zu haben.

„Sandy Savarano!“ rief Sloane aus. „Das ist unmöglich, Matt! Sein Boot ist vor zwei Jahren in die Luft geflogen, während er an Bord war. Wir waren bei seiner Beerdigung.“

„Dann muß da jemand anders beerdigt worden sein“, entgegnete Reilly trocken. „Tote brechen nämlich nicht in Wohnungen ein.“

DEN RESTLICHEN Tag über mußte Lacey tatenlos zusehen, wie Kunden, die sie selbst akquiriert hatte, ihren Kollegen zugeteilt wurden. Sie hatte die Vermutung, daß man sie am Ende des Nachmittags auffordern würde, bis zum Abschluß der Ermittlungen nicht mehr ins Büro zu kommen. Außerdem verspürte sie das unbehagliche Gefühl, von allen beobachtet zu werden. Wenn sie Heathers Tagebuch aus dem Schreibtisch nehmen wollte, würde sie es also tun müssen, wenn gerade niemand zu ihr hinsah.

Zehn Minuten vor fünf gab es endlich einen passenden Moment. Doch kaum hatte sie den braunen Umschlag in ihren Aktenkoffer geschoben, da wurde sie wieder zu Richard Parker senior zitiert. Ihr Chef teilte ihr mit, daß sie bis auf weiteres beurlaubt sei.

„HOFFENTLICH sind Sie noch nicht am Verhungern, Alex“, sagte Jay Taylor und sah wieder auf die Uhr. „Normalerweise ist Lacey nicht so unpünktlich.“ Es war nicht zu übersehen, daß er verärgert war.

Mona Farrell sprang für ihre Tochter in die Bresche. „Um diese Tageszeit ist immer schrecklich viel Verkehr."

Kit warf ihrem Mann einen warnenden Blick zu. „Ich glaube, wir dürfen Lacey keinen Vorwurf machen, wenn sie ein bißchen zu spät kommt. Schließlich hat sie in letzter Zeit einiges erlebt."

„Ganz Ihrer Meinung", stimmte Alex Carbine zu. „Sie hatte ein paar harte Tage."

Mona Farrell lächelte Carbine dankbar an. In Gegenwart ihres oft so selbstgerechten Schwiegersohnes fühlte sie sich immer ein bißchen unwohl. Er hatte wenig Geduld mit seinen Mitmenschen. Doch ihr war aufgefallen, daß er vor Alex Respekt hatte.

Sie tranken Cocktails im Wohnzimmer, während die Jungs im Arbeitszimmer fernsahen. Bonnie hielt sich bei den Erwachsenen auf, weil sie gebettelt hatte, länger aufbleiben zu dürfen, um Lacey noch zu sehen. Nun stand sie am Fenster und hielt nach ihr Ausschau.

Viertel nach acht, dachte Mona. Lacey hätte um halb acht hier sein sollen. Das paßt gar nicht zu ihr. Was ist ihr bloß dazwischengekommen?

ERST als Lacey auf dem Weg zum Haus ihrer Schwester war, wurde ihr die volle Bedeutung der heutigen Ereignisse klar: Sie war praktisch arbeitslos. Parker senior wird mich feuern, überlegte sie. Und zwar unter dem Vorwand, ich hätte dem guten Ruf der Firma geschadet, weil ich Beweismittel dort versteckt habe. Dabei war es sein eigener Sohn, der mir Caldwells Namen genannt und mich gebeten hat, einen Termin mit diesem zu vereinbaren.

Obwohl der Berufsverkehr schon vorbei war, waren noch viele Autos unterwegs, als Lacey über die George Washington Bridge fuhr. Eine gesperrte Spur hatte zu einem Verkehrschaos geführt. Bestimmt hatte Jay inzwischen eine tolle Laune. Es tat ihr wirklich leid, daß sie ihre Familie warten ließ.

Wieviel sollte sie ihnen verraten? Sie beschloß, die ganze Wahrheit zu sagen. Wenn Mom oder Kit sie im Büro anriefen und sie nicht da war, würden sie es so oder so erfahren.

Lacey blickte in den Rückspiegel. Folgte ihr dieser Wagen? Hör auf damit, schalt sie sich. Allmählich wirst du paranoid.

KIT UND Jay wohnten in einem ruhigen, teuren Viertel. Lacey parkte vor dem Haus, stieg aus und ging die Auffahrt hinauf.

„Sie ist da!" jubelte Bonnie. „Lacey ist da!" Sie rannte zur Tür.

„Wird auch langsam Zeit“, brummte Jay.

Bonnie öffnete die Tür. Doch als sie die Arme nach Lacey ausstreckte, knallten plötzlich Schüsse. Kugeln pfiffen ihnen um die Ohren. Lacey spürte einen Schmerz am Schädel und warf sich nach vorne, um Bonnie zu schützen.

In der Stille, die auf die Schüsse folgte, versuchte Lacey zu begreifen, was eben geschehen war. Sie hatte Schmerzen, aber dann erkannte sie entsetzt, daß das Blut, das ihr gegen den Hals spritzte, von ihrer kleinen Nichte stammte.

DER ARZT im Wartezimmer der Kinderabteilung des Hackensack Medical Center lächelte Lacey beruhigend zu. „Bonnie ist nur knapp mit dem Leben davongekommen, aber sie wird es schaffen. Und sie will Sie unbedingt sehen, Miß Farrell.“

Nur Alex Carbine war bei Lacey. Ihre Mutter, Kit und Jay waren Bonnies Bettchen gefolgt, als dieses aus dem OP in ihr Zimmer geschoben worden war. Lacey war zurückgeblieben.

Meine Schuld, meine Schuld, ging es ihr ständig im Kopf herum. Obwohl eine Kugel ihren Schädel gestreift hatte, spürte sie kaum Schmerzen. Sie fühlte sich geistig und körperlich wie betäubt. Sie konnte das schreckliche Ereignis noch immer nicht fassen.

Bonnie war losgelaufen, um ihr die Tür zu öffnen. Mehr hatte sie nicht getan. Und das hatte sie fast das Leben gekostet.

„Lacey, gehen Sie zu Ihrer Nichte“, drängte Alex Carbine.

Als sie ihn ansah, fiel ihr dankbar ein, daß er es gewesen war, der die Polizei gerufen hatte. Währenddessen hatte ihre Mutter versucht, das Blut zu stillen, das aus Bonnies Schulter gespritzt war.

Jay und Kit saßen zu beiden Seiten am Bett ihrer Tochter. Mona stand am Fußende.

Bonnies Schulter und ihr Oberarm waren dick verbunden, aber als sie ihre Tante entdeckte, erhellte sich ihre Miene. Lacey zwang sich zu einem Lächeln. „Schicker Verband, Kleines! Wo soll ich meinen Namen hinsetzen?“ Sie beugte sich über das Bett.

„Hast du denn nicht bemerkt, daß dich jemand verfolgt hat?“ fragte Jay.

„Verdammt, Jay!“ schimpfte Kit. „Natürlich nicht!“

Bonnie ist verletzt, und ihre Eltern streiten sich meinetwegen, schoß es Lacey durch den Kopf. Das darf ich nicht zulassen.

Bonnie fielen die Augen zu. Lacey bückte sich und küßte ihre Nichte auf die Wange.

„Bitte komm morgen wieder“, bettelte diese.

„Ich muß zuerst noch etwas erledigen, aber ich besuche dich ganz bald“, versprach Lacey.

Zurück im Wartezimmer, wurde sie von zwei Detectives aus dem Büro des Bezirksstaatsanwalts empfangen. „New York hat sich mit uns in Verbindung gesetzt“, sagte einer von ihnen.

„Detective Sloane?“

„Nein, der Bundesstaatsanwalt, Miß Farrell. Wir haben den Auftrag, Sie wohlbehalten nach Hause zu bringen.“

Gary Baldwin, Bundesstaatsanwalt für den südlichen Teil des Staates New York, trug im allgemeinen eine gutmütige Miene zur Schau – doch niemand, der ihn einmal im Gerichtssaal erlebt hatte, ließ sich davon täuschen. Baldwin war schlank und mittelgroß und konnte einen Zeugen im Kreuzverhör niedermachen, ohne auch nur die Stimme zu erheben. Inzwischen war er 43 Jahre alt, und es hieß, daß er eine politische Karriere in Washington anstrebe. Ein bedeutender, medienträchtiger Fall wäre ihm zur Krönung seiner juristischen Laufbahn gerade recht gekommen.

Und nun sah es so aus, als sei ein solcher Fall gerade auf seinem Schreibtisch gelandet. Eine junge Frau war zufällig Zeugin eines Mordes in Manhattans nobler East Side geworden. Das Opfer war die Exgattin eines prominenten Restaurantbesitzers. Und das wichtigste: Die Zeugin konnte den Täter identifizieren.

Baldwin wußte, daß Drogen im Spiel sein mußten, wenn Sandy Savarano aus der Versenkung aufgetaucht war, um diesen Auftrag zu erledigen. Der angeblich vor zwei Jahren Umgekommene war als Auftragskiller bekannt gewesen. Er hatte jeden beseitigt, der dem Drogenkartell, für das er arbeitete, hätte gefährlich werden können.

Doch Lacey Farrell hatte ihn nicht erkannt, als man ihr nach dem Attentat auf sie seine alten Fotos aus der Verbrecherkartei vorgelegt hatte. Entweder besaß sie ein schlechtes Gedächtnis, oder Savarano hatte sich einer Gesichtsoperation unterzogen und sein Aussehen völlig verändert. Wahrscheinlich traf letzteres zu. Und in diesem Fall war Lacey Farrell die einzige, die ihn tatsächlich identifizieren konnte.

Gary Baldwins Traum war es, Savarano vor Gericht zu stellen oder – noch besser – eine außergerichtliche Abmachung mit ihm zu treffen, damit er gegen seine Auftraggeber, die großen Bosse, aussagte.

Allerdings erzürnte ihn der Anruf, den er von Detective Ed Sloane erhielt. Das Tagebuch, das offenbar entscheidend zur Aufklärung des Falles beitragen konnte, war aus dem Polizeirevier gestohlen worden.

„Ich habe es in meinem Fach im Asservatenschrank im Büro unter Verschluß aufbewahrt. Nick Mars und ich waren noch dabei nachzulesen, ob etwas Brauchbares drinsteht", erklärte Sloane. „Irgendwann letzte Nacht ist es verschwunden." Dann fügte er hinzu: „Jimmy Landi hat die Kopie, die ihm die Farrell gegeben hat. Ich gehe jetzt los und hole sie mir."

„Aber beeilen Sie sich, bevor die auch noch wegkommt!" raunzte Baldwin. Er knallte den Hörer auf die Gabel. Lacey Farrell würde jeden Moment in seinem Büro erscheinen, und er hatte eine Menge Fragen an sie.

INZWISCHEN ahnte Lacey, daß es naiv von ihr gewesen war anzunehmen, der Fall sei für sie erledigt, sobald sie das Tagebuch der Polizei übergeben habe. Sie war erst bei Morgendämmerung aus New Jersey zurückgekehrt, aber sie hatte einfach nicht schlafen können.

Nun saß sie im Büro von Bundesstaatsanwalt Gary Baldwin, der kein Blatt vor den Mund nahm. „Miß Farrell", begann er, „ich bedauere zutiefst, daß Sie zur Zeit in Schwierigkeiten stecken. Doch Sie haben die Ermittlungen der Polizei schwer behindert, indem Sie Beweismittel vom Tatort entfernt haben. Und wer sagt uns, ob Sie nicht einen Teil dieser Beweismittel vernichtet haben? Außerdem sind die Papiere, die Sie der Polizei dann doch noch übergeben haben, inzwischen verschwunden. Und das weist darauf hin, daß sie für diesen Fall offensichtlich von großer Bedeutung sind."

„Ich habe gar nichts vernichtet ...", entrüstete sich Lacey.

Baldwin unterbrach sie mit eiskalter Stimme. „Miß Farrell, dafür haben wir lediglich Ihr Wort. Ich kann Ihnen nur folgendes versichern: Der Mann, den Sie als Curtis Caldwell kennen, ist ein skrupelloser Killer. Wir brauchen Ihre Aussage, um ihn verurteilen zu können. Und wir werden dafür sorgen, daß niemand das verhindert." Er betrachtete sie schweigend. „Ich bin dazu befugt, Sie als Belastungszeugin zu Ihrer eigenen Sicherheit zu inhaftieren. Es würde bedeuten, daß Sie rund um die Uhr in einer staatlichen Einrichtung so lange bewacht würden, bis wir den Mörder gefaßt und mit Ihrer Hilfe verurteilt haben."

„Wäre ich außer Gefahr, nachdem ich gegen ihn ausgesagt habe?" erkundigte sich Lacey. Sie hatte plötzlich das Gefühl, in einem Auto zu sitzen, das einen steilen Abhang hinunterstürzte – und sie konnte nichts tun, um den Aufprall zu verhindern.

„Ja, das wären Sie", erklärte Baldwin. „Savarano leidet unter Klaustrophobie und wird alles tun, um nicht ins Gefängnis zu müssen. Da wir ihm nun einen Mord nachweisen können, wird er sich vielleicht bereit erklären, nach seiner Festnahme als Kronzeuge auszusagen. In diesem Fall würden wir auf eine Anklage gegen ihn verzichten. Aber bis dahin müssen wir Sie schützen, Miß Farrell." Er hielt kurz inne. „Haben Sie schon einmal vom Zeugenschutzprogramm gehört?"

KAPITEL 4

In der Stille seines abgeschlossenen Büros studierte er noch einmal ungestört Heathers Tagebuch. Es stand wirklich darin, aber er hatte das Problem aus der Welt geschafft. Die Polizei würde nur nach den Leuten suchen, deren Namen ihr bekannt waren. Viel Spaß – damit war sie nämlich auf dem Holzweg.

Lacey Farrell war nun schon seit drei Monaten wie vom Erdboden verschluckt. Entweder wurde sie als Hauptbelastungszeugin unter Verschluß gehalten, oder sie war mit Hilfe des Zeugenschutzprogramms untergetaucht. Angeblich hatte sie für Jimmy Landi eine Kopie des Tagebuchs angefertigt. Aber was hätte sie daran hindern sollen, es auch für sich selbst zu kopieren? Nichts.

Sie würde inzwischen begriffen haben, daß dieses Tagebuch – da es einen Mord wert gewesen war – wichtige Informationen enthielt. Isabelle hatte ihr alles mögliche erzählt. Der Himmel wußte, was sie ihr anvertraut hatte.

Sandy Savarano hatte sich wieder in seinem Versteck verkrochen. Zu Anfang war er scheinbar der richtige Mann gewesen, um das Tagebuch zu holen und Isabelle Waring zu erledigen. Doch er hatte sich leichtsinnig verhalten. Und das gleich dreimal: Zuerst hatte er sich von der Farrell bei dem Mord an Isabelle Waring ertappen lassen. Danach hatte er einen Fingerabdruck an Farrells Wohnungstür hinterlassen. Und schließlich hatte er sie vor dem Haus ihrer Schwester auch noch verfehlt. Bestimmt würde Sandy lieber auspacken, als ins Gefängnis zu wandern. Man mußte die Farrell unbedingt aufstöbern, und Savarano würde sie beseitigen müssen – ohne daß er wie bislang herumpfuschte.

Dann war die Gefahr für ihn selbst vielleicht endlich gebannt ...

AUF DEM Klingelbrett des kleinen Mietshauses in der Hennepin Avenue in Minneapolis stand ALICE CARROLL. Für ihre Nachbarn war sie eine attraktive Frau Ende Zwanzig, die Arbeit suchte und ziemlich zurückgezogen lebte.

Lacey war sich drei Monate lang wie eine Schlafwandlerin vorgekommen, doch das war nun vorbei. Dafür fühlte sie sich jetzt unendlich einsam.

Aber mir blieb ja nichts anderes übrig, hielt sie sich vor Augen, wenn sie nachts wach lag. Man hatte sie aufgefordert, Winterkleidung einzupacken. Aber sie hatte weder Familienfotos noch sonst etwas mitnehmen dürfen, auf dem ihr Name oder ihre Initialen standen.

Kit und ihre Mutter hatten ihr beim Packen geholfen. Zuerst hatte Lacey gedacht, es sei nur vorübergehend. Doch bald war ihr klargeworden, daß sie mit niemandem und keinem Aspekt ihres bisherigen Lebens in New York in Verbindung treten durfte, wenn sie erst einmal umgezogen war und eine neue Identität angenommen hatte.

Alles war rasch und reibungslos vonstatten gegangen. Zwei uniformierte Polizisten hatten sie mit einem Streifenwagen abgeholt, als wollten sie sie zur Vernehmung aufs Revier bringen. Ihr Gepäck war hinunter in die Tiefgarage getragen worden, wo bereits ein unauffälliger Lieferwagen gewartet hatte. Später war Lacey in einen gepanzerten Kleinbus umgestiegen und zu einem sogenannten „sicheren Haus" gefahren worden, einem Schulungszentrum in der Nähe von Washington.

Wie Alice im Wunderland, hatte Lacey gedacht, während ihre Identität mit jedem Tag in dieser Klausur verblaßt war. In diesen Wochen hatte sie mit einem Betreuer an einer neuen Lebensgeschichte gearbeitet. Alles, was sie je gewesen war, gab es auf einmal nicht mehr. Natürlich bestand es noch in ihrer Erinnerung, doch nach einer Weile begann sie, sogar diese in Frage zu stellen. Jetzt mußte sie sich mit wöchentlichen Telefonaten von abhörsicheren Anschlüssen aus und auf geheimen Wegen weitergeleiteten Briefen begnügen. Ansonsten hatte sie keine Kontakte mehr. Null. Nichts. Nur die Einsamkeit, die sie zu verschlingen drohte. Ihre neue Identität wurde zu ihrer einzigen Wirklichkeit. Eines Tages war ihr Betreuer mit ihr vor einen Spiegel getreten. „Schauen Sie hinein, Lacey. Sehen Sie diese junge Frau? Alles, was Sie über sie zu wissen glauben, stimmt nicht. Also vergessen Sie es. Am Anfang wird es Ihnen ziemlich schwerfallen. Sie werden sich fühlen wie eine Schauspielerin. Es gibt einen alten Song, der das sehr treffend ausdrückt. Der Text geht so: ‚Sieh dich nicht um ... Es ist zu spät davonzulaufen ... Schau nach vorn ... Sieh dich nicht um ...'"

In diesem Moment hatte Lacey sich für ihren neuen Namen entschieden: Alice Carroll. Alice nach „Alice im Wunderland" und Carroll nach Lewis Carroll, dem Verfasser dieses Romans. Es paßte genau zu ihrer Situation.

IM JANUAR ist es einfach scheußlich in New York, dachte Rick Parker, als er in den Central Park einbog und rasch einen Langlaufpfad hinunterging. Ein Jogger rempelte ihn an. „Passen Sie doch auf!" brüllte Rick.

Der Jogger blieb nicht einmal stehen. „Reg dich ab, Mann!" schrie er lediglich über seine Schulter.

Reg dich ab! Ja klar, dachte Rick. Endlich hatte sein Vater ihn wieder mit dem Verkauf einiger Objekte betraut, und ausgerechnet heute vormittag hatte abermals dieser neugierige Bulle auftauchen müssen.

Detective Sloane hatte die ganze Geschichte noch einmal von vorne durchgekaut. „Wann haben Sie den Anruf des Mannes erhalten, der sich als Curtis Caldwell ausgab? Sind Sie nicht auf den Gedanken gekommen, bei der Kanzlei nachzufragen, ob er wirklich dort beschäftigt ist?" hatte er zum x-ten Mal gefragt.

Rick schob die Hände in die Manteltaschen. Seine Antwort war nicht sehr überzeugend ausgefallen. „Wir arbeiten viel mit Keller, Roland und Smythe zusammen. Es gab keinen Grund, an der Seriosität des Anrufers zu zweifeln."

„Können Sie sich einen Grund vorstellen, woher der Anrufer *wußte,* daß seine Angaben nicht überprüft werden würden?"

„Ich habe es Ihnen bereits gesagt, und ich sage es Ihnen noch mal: Ich habe keine Ahnung, woher er so gut Bescheid wußte und warum er den Namen der Kanzlei nannte", hatte Rick beteuert.

Er trat nach einem schmutzigen Schneeklumpen, der vor ihm auf dem Weg lag. Schöpfte die Polizei Verdacht, weil er den Termin arrangiert hatte? Vermutete Sloane bereits, daß es gar keinen Anruf gegeben hatte?

Ich hätte mir eine bessere Geschichte ausdenken sollen, überlegte Rick, während er den gefrorenen Schneeklumpen zornig davonkickte. Aber jetzt mußte er bei seiner Version bleiben.

BEIM Zeugenschutzprogramm geht die Sicherheit über alles, dachte Lacey, als sie den Brief an ihre Mutter begann. Worüber soll ich also schreiben? Nicht übers Wetter. Wenn ich erwähnen würde, daß wir hier minus achtzehn Grad haben und an einem Tag die Rekordmenge von 65 Zentimeter Schnee gefallen ist, würde ich verraten, daß ich in Minnesota bin. Das sind die Informationen, vor denen ich ausdrücklich gewarnt worden bin.

Über meine Arbeit kann ich auch nicht schreiben, weil ich noch keine habe. Aber ich darf erwähnen, daß ich gerade meine gefälschte Geburtsurkunde und den dazugehörigen Sozialversicherungsausweis bekommen habe und mich nun nach einem Job umsehen kann. Außerdem habe ich jetzt endlich einen Führerschein, und mein Kontaktmann, ein Mitarbeiter des U. S. Marshal Service, ist mit mir einen Gebrauchtwagen kaufen gegangen. Das Programm bezahlt den Wagen. Ist das nicht wunderbar? Doch natürlich muß ich verschweigen, daß der Marshal George Svenson heißt. Also schrieb sie:

> Mein Kontaktmann ist sehr nett. Er hat drei halbwüchsige Töchter.

Nein, das letzte streiche ich lieber, überlegte sie. Geht zu sehr ins Detail.

> Mein Kontaktmann ist sehr nett und hat viel Geduld mit mir. Er hat mir geholfen, Möbel für mein Einzimmerapartment zu kaufen.

Zu detailliert. Nur *Wohnung* war besser.

> Aber Ihr kennt mich ja. Ich will keine Sachen aus dem Einrichtungshaus. Also hat er mit mir ein paar private Flohmärkte in der Nachbarschaft abgeklappert. Ich habe einige sehr hübsche gebrauchte Möbel gefunden, die wenigstens Atmosphäre verbreiten. Aber ich vermisse meine alten Sachen.

Das war unverfänglich genug. Einmal in der Woche durfte Lacey von einem abhörsicheren Anschluß zu Hause anrufen. Beim letzten Mal hatte sie gehört, wie Jay im Hintergrund Kit zur Eile angetrieben hatte. Aber es war ja auch wirklich lästig, um eine bestimmte Uhrzeit dasitzen und auf einen Anruf warten zu müssen. Daran gab es nichts zu leugnen. Und niemand durfte sie selbst anrufen.

> ... Ich bin so froh, daß Bonnies Arm wieder kräftiger wird. Paß auf Dich auf, Mom. Hört sich an, als ob Du und Alex gut miteinander klarkommt. Er ist ein netter Kerl, und ich werde nie vergessen, wie sehr er uns in der schrecklichen Nacht geholfen hat, als Bonnie operiert wurde.
>
> Liebe Grüße an Euch alle. Betet, daß Isabelle Warings Mörder bald festgenommen wird und sich auf einen Deal mit der Staatsanwaltschaft einläßt. Dann bin ich endlich außer Gefahr.

Lacey steckte den Brief in einen Umschlag. Marshal Svenson würde ihn auf einem sicheren Weg weiterleiten. Wenn sie ihrer Mutter und Kit schrieb oder mit ihnen telefonierte, fühlte sie sich weniger einsam. Doch danach fiel sie immer in ein tiefes Loch.

Reiß dich zusammen, ermahnte sie sich. Spar dir das Selbstmitleid.

Es nützt dir sowieso nichts. Gott sei Dank, daß wenigstens endlich die Feiertage vorbei sind.

Um am ersten Weihnachtstag nicht allein zu Hause zu sitzen, hatte sie eine Abendmesse besucht und dann im Hotel „Northstar" gegessen. Sie hatte die Tränen unterdrücken müssen, als sie an ihre Familie gedacht hatte. Sie und ihre Mutter hatten Weihnachten immer mit Kit und ihrer Familie verbracht.

Hör auf damit! befahl sich Lacey, als sie den Brief in eine Schublade legte, wo er bleiben würde, bis Svenson ihn abholte.

Da sie sonst nichts zu tun hatte, kramte sie die Kopie von Heather Landis Tagebuch aus der untersten Schreibtischschublade hervor. Was hat Isabelle bloß damit gemeint, als sie sagte, ich würde darin etwas finden? fragte sie sich zum wohl hundertsten Mal.

Das Tagebuch umfaßte die vier Jahre, die Heather in New York verbracht hatte. In allen Einzelheiten hatte sie ihre Wohnungssuche geschildert und geschrieben, ihr Vater habe darauf bestanden, daß sie in ein Haus mit Pförtner in der East Side ziehe. Ihr hingegen wäre die West Side viel lieber gewesen. *Dort ist es nicht so spießig und viel lebendiger*, hatte sie notiert.

Sie hatte auch von ihrem Gesangsunterricht, dem Vorsprechen und von ihrer ersten Rolle in einer Neuinszenierung von „The Boy Friend" berichtet. Amüsant hatte sie außerdem die Partys der oberen Zehntausend geschildert, zu denen sie häufig aufgrund der Verbindungen ihres Vaters eingeladen gewesen war.

Offenbar hatte sie eine sehr innige Beziehung zu ihren Eltern gehabt. Sie hatte in freundlichen, liebevollen Worten über sie geschrieben, obwohl sie manchmal geklagt hatte, ihrem Vater nichts recht machen zu können.

Aus den letzten Eintragungen ging hervor, daß Heather sich über etwas große Sorgen gemacht hatte. An einer Stelle hatte sie geschrieben, sie *stecke in einer schrecklichen Klemme. Ich weiß nicht, was ich machen soll.* Anders als beim Rest des Tagebuchs hatte sie hier unliniertes Papier benutzt. Dennoch konnte Lacey nichts Verdächtiges in diesen letzten Notizen entdecken. Und doch hatte etwas darin Isabelle Warings Argwohn erregt.

Weiß Gott, *ich* stecke in einer schrecklichen Klemme, dachte Lacey niedergeschlagen, als sie die Kopie wieder in die Schublade legte.

Um das Gefühl der Angst und Einsamkeit zu vertreiben, schaltete sie das Radio ein. „Hallo, ich bin Tom Lynch, Ihr Moderator auf WCIV", erklang eine Stimme.

Tom Lynch! Mit einem Ruck wurde Lacey aus ihrer schwermütigen Stimmung gerissen. Sie hatte eine Liste aller Personen angefertigt, die in Heather Landis Tagebuch erwähnt wurden, und ein Tom Lynch gehörte auch dazu, ein Rundfunkmoderator, der nicht in New York lebte. Anscheinend war Heather ein wenig in ihn verliebt gewesen. Handelte es sich etwa um denselben Tom Lynch? Und wenn ja, konnte Lacey dann von ihm etwas über Heather erfahren?

Es war einen Versuch wert, entschied sie.

TOM LYNCH hatte die für die Bewohner des Mittleren Westens typische robuste Art. Er war in North Dakota aufgewachsen und gehörte zu jenen Hartgesottenen, die fünf Grad unter Null als belebend empfinden und glauben, daß nur Waschlappen über die Kälte jammern. „Aber heute müßte ich Ihnen recht geben“, sagte er lächelnd zu Marge Peterson, der Empfangsdame bei WCIV, einem der Radiosender in Minneapolis.

Marge bedachte ihn mit einem Blick mütterlicher Zuneigung. Tom brachte Freude in ihren Tag, und seit er die Nachmittagssendung übernommen hatte, teilte sie dieses Gefühl mit den Hörern. Seine Mischung aus Nachrichten, Interviews, Kommentaren und respektlosem Humor sprach ein breites Publikum an. Ein Zeichen dafür war die wachsende Flut von Fanpost, die über Marges Schreibtisch ging. Der beliebte dreißigjährige Moderator hatte noch eine große Zukunft vor sich. Und seine Fans müßten ihn erst mal *sehen,* fand Marge. Mit seinen leuchtenden haselnußbraunen Augen, dem leicht zerzausten mittelbraunen Haar, dem freundlichen Lächeln und den anziehenden unregelmäßigen Gesichtszügen war er für eine Karriere im Fernsehen wie geschaffen.

„Gehen Sie jetzt zum Training?“ fragte Marge.

Am Ende der Nachmittagssendung hatte Tom seinen Hörern angekündigt, er werde jetzt ins Twin Cities Fitneßcenter gehen, da bei diesem Wetter nicht einmal ein Pinguin draußen joggen könne. Er hoffe, einige von ihnen dort zu treffen. Twin Cities war einer seiner Sponsoren.

„Genau! Bis später.“

„WIE SIND Sie auf uns gekommen, Miß Carroll?“ fragte Ruth Wilcox, die Geschäftsführerin, während Lacey den Mitgliedsantrag für das Twin Cities Fitneßcenter ausfüllte.

„Ich habe in Tom Lynchs Sendung von Ihnen gehört“, antwortete Lacey. Da die Frau sie weiter ansah, glaubte sie, ihr eine Erklärung schuldig zu sein. „Ich überlege schon seit einiger Zeit, einem Fitneßklub beizutreten.“

Allerdings hatte die Aussicht, ein Formular ausfüllen zu müssen, ihr angst gemacht, denn sie benutzte zum erstenmal ihre neue Identität. Auf der Fahrt zum Fitneßcenter war sie deshalb im Geiste noch einmal die Einzelheiten durchgegangen: Sie hieß Alice Carroll, stammte aus Hartford, Connecticut, und hatte ihren Abschluß am Caldwell College gemacht – aus dieser Ecke drohte keine Gefahr, denn die Universität war inzwischen geschlossen. In Hartford hatte sie als Arztsekretärin gearbeitet. Weil ihr Chef die Praxis aufgegeben und sie sich außerdem von ihrem Freund getrennt hatte, hatte sie beschlossen, sich örtlich zu verändern. Für Minneapolis hatte sie sich entschieden, weil sie als Teenager einmal hiergewesen war und es ihr sehr gut gefallen hatte. Sie war ein Einzelkind; ihr Vater war tot, ihre Mutter hatte wieder geheiratet und lebte in London.

Doch das interessiert im Augenblick nicht, dachte sie, als sie ihren neuen Sozialversicherungsausweis aus der Handtasche zog. Sie mußte vorsichtig sein. Ganz automatisch hatte sie ihre wirkliche Nummer hinschreiben wollen, es aber gerade noch rechtzeitig gemerkt. ADRESSE? East End Avenue 1, New York, NY 10021, ging ihr automatisch durch den Kopf. Nein: *Hennepin Avenue 520, Minneapolis.* ARBEITGEBER? Sie strich die Zeile durch. BEI EINEM UNFALL ZU BENACHRICHTIGENDE PERSON? Svenson hatte ihr für diesen Fall einen falschen Namen mit Adresse und Telefonnummer gegeben. Jeder Anruf, der dort einging, würde an ihn weitergeleitet werden.

„Kommen Sie irgendwo nicht zurecht?“ fragte Miß Wilcox freundlich. „Vielleicht kann ich Ihnen helfen.“

Lacey hätte geschworen, daß die Frau sie zweifelnd musterte. Bestimmt spürte sie, daß mit ihr etwas nicht in Ordnung war. Aber sie zwang sich zu einem Lächeln. „Nein, alles okay.“ Sie unterschrieb mit *Alice Carroll* und schob der Geschäftsführerin das Formular zu.

„Und jetzt führe ich Sie herum“, sagte diese.

Das Fitneßstudio war mit allen notwendigen Geräten ausgestattet. Außerdem gab es eine lange Joggingbahn, einen großen Swimmingpool, eine Sauna und eine gemütliche Saftbar.

„Früh am Morgen und nach Büroschluß ist es hier ziemlich voll“, erklärte Miß Wilcox. „Ach, da ist er ja“, unterbrach sie sich selbst. „Tom, kommen Sie doch mal her!“ rief sie einem breitschultrigen Mann nach, der gerade in Richtung Herrenumkleidekabine ging.

Einen Augenblick später stellte sie die beiden einander vor. „Tom

Lynch, das ist Alice Carroll. Sie will bei uns Mitglied werden, weil sie in Ihrer Sendung von uns gehört hat", erzählte sie.

Tom lächelte ungezwungen. „Schön, daß ich so überzeugend wirke. War nett, Sie kennenzulernen, Alice." Mit einem Nicken und einem Lächeln schlenderte er weiter.

„WENN Sie über Ihren nicht existenten Exfreund sprechen, müssen Sie dabei an einen wirklichen Menschen denken", hatte George Svenson Lacey geraten. „Stellen Sie sich den Mann und seine Art zu reden genau vor. Wenn Sie dann etwas über ihn erzählen, klingt es glaubwürdiger. Und vergessen Sie den Trick nicht, auf Fragen immer mit einer Gegenfrage zu antworten."

Lacey hatte beschlossen, Rick Parker als Vorbild für den Freund zu nehmen, von dem sie sich getrennt hatte. Sie konnte sich leichter vorstellen, Schluß mit ihm zu machen, als mit ihm liiert zu sein. Darum war er das ideale Vorbild für einen Exfreund, den sie beschreiben konnte, ohne sich in Widersprüche zu verwickeln.

Inzwischen ging sie täglich ins Fitneßstudio, immer am späten Nachmittag. Das Training tat ihr gut und half ihr beim Nachdenken. Da sie nun einen Sozialversicherungsausweis hatte, wollte sie unbedingt Arbeit finden. Doch Marshal Svenson hatte ihr mitgeteilt, daß das Zeugenschutzprogramm keine falschen Zeugnisse früherer Arbeitgeber zur Verfügung stelle.

„Wie soll ich ohne Zeugnisse einen Job kriegen?" hatte sie gefragt.

„Bieten Sie an, ein paar Wochen ohne Gehalt zu arbeiten. Vielleicht werden Sie dann eingestellt."

„*Ich* würde niemanden ohne Zeugnisse einstellen", hatte Lacey widersprochen.

Allerdings führte kein Weg an der Erkenntnis vorbei, daß sie es versuchen mußte. Abgesehen vom Fitneßstudio kam sie nirgendwo mit anderen Menschen in Kontakt. Durch die ständige Einsamkeit schleppte sich die Zeit endlos langsam dahin, und Lacey spürte, daß eine Depression sich wie eine düstere Wolke über sie senkte. Mittlerweile graute ihr sogar vor den wöchentlichen Telefonaten mit ihrer Mutter. Jedesmal brach Mona am Ende in Tränen aus, und Lacey hätte vor ohnmächtiger Wut schreien können.

Nach ein paar Tagen im Fitneßstudio hatte sie es wenigstens geschafft, sich mit Ruth Wilcox anzufreunden, an der sie auch die Geschichte ausprobierte, wie sie nach Minneapolis gekommen sei: Ihre Mutter habe wieder geheiratet und sei nach London gezogen. Der

Arzt, für den sie gearbeitet habe, habe die Praxis aufgegeben. Und sie habe mit ihrem Freund Schluß gemacht. „Er war so jähzornig und sarkastisch“, erzählte sie und dachte dabei an Rick.

„Die Sorte kenne ich“, entgegnete Ruth Wilcox. „Aber ich muß Ihnen etwas sagen: Tom Lynch hat sich nach Ihnen erkundigt. Ich glaube, er mag Sie.“

LACEY gab sich Mühe, Tom Lynch nicht merken zu lassen, daß sie sich für ihn interessierte. Allerdings bereitete sie die nächste Begegnung mit ihm sorgfältig vor. Sie ging früher zum Joggen, um fertig zu sein, wenn er damit begann, und meldete sich zu einem Aerobickurs an, der in einem Raum neben der Laufbahn stattfand, damit Tom sie sah, wenn er vorbeilief. Manchmal trank er vor dem Nachhausegehen an der Bar noch etwas. Also begann Lacey, sich, ein paar Minuten bevor er sein Training beendete, dort an einen Tisch für zwei zu setzen.

In der zweiten Woche hatte ihre Strategie endlich Erfolg. Als er in die Bar kam, saß sie allein an einem kleinen Tisch. Alle anderen Tische waren besetzt. Als Tom sich umsah, trafen sich ihre Blicke. Lacey deutete auf den leeren Stuhl. Nach kurzem Zögern kam Lynch zu ihr herüber.

Lacey hatte Heathers Tagebuch durchforstet und jede Stelle herausgeschrieben, in der der Moderator erwähnt wurde. Zum erstenmal hatte Heather ihn vor etwa anderthalb Jahren erwähnt. Sie hatte ihn nach einer Vorstellung kennengelernt.

> Als wir heute im „Barrymore’s“ einen Hamburger essen waren, war ein toller Typ dabei. Tom Lynch ist groß, sieht unverschämt gut aus und ist um die Dreißig. Er hat seine eigene Radiosendung in St. Louis, will aber bald nach Minneapolis ziehen. Kate, ein Mädchen aus der Show, ist seine Cousine und hat ihn heute abend zur Vorstellung mitgebracht. Ich habe mich lange mit ihm unterhalten. Er bleibt noch ein paar Tage in der Stadt. Ich habe gehofft, daß er sich mit mir verabreden will – aber Pech gehabt.

Ein Eintrag vier Monate später lautete:

> Tom Lynch war übers Wochenende in der Stadt. Ein paar von uns waren zum Skilaufen in Stowe. Er fährt sehr gut. Und er ist nett. Doch er würdigt mich und die anderen Mädchen keines Blickes. Außerdem ist es jetzt sowieso egal.

Drei Wochen danach war Heather bei dem Unfall ums Leben gekommen – wenn es überhaupt ein Unfall gewesen war. Lacey fragte sich, ob Isabelle oder die Polizei je mit Lynch über Heather gesprochen hatten. Und was hatte diese mit dem Satz *Außerdem ist es jetzt sowieso egal* gemeint? Bedeutete das, daß Lynch eine feste Freundin hatte? Oder daß Heather inzwischen mit jemandem liiert war?

Diese Gedanken schossen Lacey durch den Kopf, als Lynch ihr gegenüber Platz nahm.

„Alice Carroll, richtig?“ sagte er. „Ich habe gehört, daß Sie erst seit kurzem in Minneapolis wohnen.“

„Richtig.“ Lacey hoffte, daß ihr Lächeln nicht allzu gezwungen aussah. Er wird Fragen stellen, dachte sie nervös. Vielleicht wird das meine erste richtige Bewährungsprobe. Svenson hatte ihr beigebracht, Fragen mit Gegenfragen zu beantworten.

„Sind Sie in Minneapolis geboren, Tom?“ erkundigte sie sich also.

„Nein, in Fargo, North Dakota. Und Sie?“

Lacey fand, daß sie unglaubwürdig klang, als sie ihre Geschichte erzählte. „Meine Mutter und ich haben hier Freunde besucht, als ich sechzehn war. Ich war begeistert von dieser Stadt.“

„Wahrscheinlich herrschte damals besseres Wetter.“

„Richtig. Es war August.“

„Wenn es überall von schwarzen Fliegen wimmelt.“

Sie wußte, daß er sie nur auf den Arm nehmen wollte. Doch wenn man lügt, kommt einem alles verdächtig vor. Dann fragte er sie, wo sie arbeite.

„Ich mußte mich erst einleben“, antwortete Lacey. „Aber es ist an der Zeit, daß ich mir einen Job suche.“

„Was für einen?“

„Ich habe in einer Arztpraxis gearbeitet.“

„Was für ein Arzt war das denn?“

„Ein Kinderarzt.“ Um das Thema zu wechseln, fuhr sie fort: „Ich habe mir heute Ihre Sendung angehört. Das Interview mit dem Regisseur, der ‚Chicago‘ neu inszeniert hat, fand ich besonders gut. Ich habe das Stück in New York gesehen, und es hat mir gut gefallen.“

„Meine Cousine Kate ist Mitglied der Tourneetruppe von ‚The King and I‘. Zur Zeit gastieren sie hier“, sagte Lynch.

Lacey erkannte an seinem Blick, daß er überlegte, ob er sie einladen solle mitzukommen. Hoffentlich! sandte sie ein Stoßgebet los. Seine Cousine war eine Kollegin von Heather gewesen und hatte die beiden miteinander bekannt gemacht.

„Morgen abend ist Premiere“, fuhr Tom fort. „Ich habe zwei Karten. Haben Sie Lust?“

IN DEN drei Monaten nach Isabelles Tod hatte sich Jimmy Landi seltsam losgelöst gefühlt – als stünden seine Empfindungen unter Narkose. All seine Kraft und seine Gedanken galten dem neuen Casinohotel in Atlantic City. Es lag zwischen dem „Trump Castle" und „Harrah's Marina" und würde sie beide in den Schatten stellen – ein weißschimmernder Prachtbau mit runden Erkertürmchen und einem vergoldeten Dach.

Als Jimmy in der Halle des neuen Gebäudes zusah, wie für die Eröffnung die letzten Vorbereitungen getroffen wurden, wußte er, daß er es geschafft hatte. Endlich war es soweit. Teppiche wurden verlegt, Gemälde und Wandbehänge angebracht und kistenweise Spirituosen in der Bar verstaut.

Jimmy lag viel daran, all seine Konkurrenten am Strip, der Strandpromenade, auszustechen. Er, ein Straßenjunge, der mit dreizehn die Schule abgebrochen und als Tellerwäscher gearbeitet hatte, war nun ganz oben angekommen und schickte sich an, den Konkurrenten einen weiteren Erfolg unter die Nase zu reiben.

Durch breite Glastüren beobachtete er, wie im Casino die Spieltische aufgestellt wurden. Er betrat den riesigen Saal. Rechts befanden sich die schimmernden Spielautomaten, die regelrecht darum zu betteln schienen, daß man sein Glück an ihnen versuchte. Bald, dachte Jimmy. In einer Woche werden die Leute davor Schlange stehen.

In diesem Augenblick kam ihm wieder der Verlust ins Bewußtsein, den er erlitten hatte. *Heather. Isabelle. Beide tot.* Aus irgendeinem Grund dachte er immer öfter an seine Exfrau. Unmittelbar vor ihrem Tod hatte sie der jungen Immobilienmaklerin das Versprechen abgenommen, ihm Heathers Tagebuch zu geben. Er war froh, es bekommen zu haben, wußte aber nicht, was denn so wichtig daran sein sollte. Kurz nachdem er es erhalten hatte, hatte die Polizei ihn um die Kopie gebeten. Man wollte sie mit dem Original vergleichen.

Nur widerwillig war er der Aufforderung gefolgt. An dem Abend, als Lacey Farrell ihm die Kopie gegeben hatte, hatte er nur einen flüchtigen Blick darauf geworfen und das Tagebuch dann auf seinem Schreibtisch liegenlassen. Und bevor er am nächsten Abend versucht hatte, richtig darin zu lesen, hatte er sich zum erstenmal seit Jahren betrunken; es hatte so weh getan, Heathers Handschrift zu sehen und ihre Schilderungen gemeinsamer Unternehmungen zu lesen. Der Polizei hatte er jedoch gesagt, er habe es sorgfältig studiert. Aber er verstand noch immer nicht. Was hätte er nach Isabelles Ansicht darin finden sollen?

Sie hatte hinter allem eine Verschwörung vermutet. Und dann war sie – welche Ironie des Schicksals! – zufällig zum Opfer eines Einbrechers geworden, der sich als angeblicher Kaufinteressent Zugang zur Wohnung verschafft hatte. Diese Vermutung hatte die Polizei ihm gegenüber geäußert. Ein uralter Trick. Isabelle war einfach zur falschen Zeit am falschen Ort gewesen.

Oder etwa doch nicht? fragte sich Jimmy Landi. Bestand vielleicht doch die Möglichkeit, daß Isabelle recht gehabt hatte? Daß Heather nicht bei einem Unfall ums Leben gekommen war? Hatte man Isabelle ermordet, um sie zum Schweigen zu bringen?

Jimmy hatte sich bemüht, nicht darüber nachzudenken. Wenn Isabelle nämlich aus diesem Grund getötet worden war, konnte das nur eines bedeuten: Jemand hatte nachgeholfen, als Heather in ihrem Auto am Fuß eines Abhangs verbrannt war.

Vor einer Woche hatte die Polizei die Wohnung freigegeben. Jimmy hatte das Maklerbüro Parker und Parker angerufen und den Auftrag erteilt, sie wieder zum Verkauf anzubieten. Doch er brauchte Gewißheit. Er spielte mit dem Gedanken, einen Privatdetektiv anzuheuern, der herausfinden sollte, ob die Polizei etwas übersehen hatte. Und er wollte mit Lacey Farrell sprechen.

Das laute Hämmern der Handwerker riß ihn aus seinen Grübeleien. Zeit zu gehen. Mit schweren Schritten durchquerte er den Raum und trat in die Eingangshalle hinaus.

Heather, dachte er, falls sich herausstellen sollte, daß jemand deinen Tod verschuldet hat, mein Kind, bringe ich ihn persönlich um. Das schwöre ich dir.

Es WAR Zeit für den gleichzeitig ersehnten und gefürchteten Anruf zu Hause. Diesmal sollte das Gespräch auf der abhörsicheren Leitung in einem Motelzimmer stattfinden. „Jedesmal woanders", sagte Lacey, als George Svenson auf ihr Klopfen hin die Tür öffnete.

„Richtig", stimmte er zu. „Die Leitung steht. Ich verbinde Sie. Und vergessen Sie nicht, was ich Ihnen gesagt habe, Alice."

Er nannte sie immer bei diesem Namen.

„Ich weiß noch jedes Wort", versicherte Lacey ihm. „Selbst der Name eines Supermarktes könnte meinen Aufenthaltsort verraten. Da ich keinen Job habe, kann ich wenigstens bei diesem Thema nichts falsch machen."

„Ich stelle die Verbindung her und mache dann einen Spaziergang", sagte Svenson.

Kurz darauf hörte Lacey, wie die Tür ins Schloß fiel. „Hallo, Mom, wie geht's euch?" meldete sie sich.

„Kit läßt dir liebe Grüße ausrichten. Den Jungs geht es gut. Sie sind jetzt beide in der Eishockeymannschaft ihrer Schule. Du solltest sehen, wie sie auf ihren Schlittschuhen herumsausen, Lacey."

Das habe ich ihnen beigebracht, dachte Lacey. Ich habe ihnen Schlittschuhe geschenkt, als sie noch kaum laufen konnten.

„Aber Bonnie macht uns Sorgen", sprach ihre Mutter weiter. „Kit geht mit ihr dreimal in der Woche zur Krankengymnastik, und ich übe auch mit ihr. Doch sie vermißt dich so sehr. Sie ahnt, daß du dich versteckst, weil dich jemand umbringen will."

Wie konnte sie bloß darauf kommen? wunderte sich Lacey. Mein Gott, wer hat ihr das verraten?

Ihre Mutter beantwortete die Frage, ohne daß Lacey sie hätte stellen müssen. „Ich glaube, sie hat etwas aufgeschnappt, als Jay und Kit sich unterhalten haben. Ich weiß, daß dir dein Schwager manchmal auf die Nerven geht, aber sei nicht ungerecht, Lacey. Er verhält sich großartig. Immerhin zahlt er deine Wohnung weiter. Außerdem habe ich von Alex erfahren, daß Jay einen großen Auftrag bekommen hat. Er soll die Küche des Casinohotels beliefern, das Jimmy Landi in Atlantic City eröffnet. Offenbar hat Jay aber Angst, Landi könnte den Auftrag noch stornieren, wenn er erfahren sollte, daß Jay mit dir verwandt ist. Alex hat erzählt, daß Landi nach der Ermordung seiner Exfrau am Boden zerstört war, und Jay befürchtet, daß er dir die Schuld an ihrem Tod gibt. Du weißt schon, weil du den Mann in die Wohnung gebracht hast, ohne zuerst Erkundigungen über ihn eingeholt zu haben."

Eigentlich schade, daß ich nicht zusammen mit Isabelle ermordet worden bin, dachte Lacey verbittert.

Aber sie versuchte, sich nichts anmerken zu lassen. Sie erzählte, daß sie nun regelmäßig im Fitneßstudio trainiere und großen Spaß daran habe. „Mir geht es wirklich gut", beteuerte sie. „Und zu lange wird es auch nicht dauern, Ehrenwort. Die Polizei sagt, daß sie den Mann, den ich identifizieren kann, überzeugen wird, nach seiner Verhaftung als Kronzeuge auszusagen. Dann müßte er nicht ins Gefängnis. Sobald diese Abmachung steht, habe ich nichts mehr zu befürchten. Denn seine Auftraggeber werden hinter ihm hersein, nicht hinter mir."

Doch zu ihrem Entsetzen hörte sie ihre Mutter laut schluchzen. „Lacey, ich kann nicht mehr so weiterleben", jammerte Mona Farrell. „Du mußt mir verraten, wo du bist! Du mußt einfach!"

„Mom!"

„Bitte, Lacey! Ich muß es wissen!"

„Wenn ich es dir sage, muß es absolut unter uns bleiben. Du darfst es nicht einmal Kit erzählen. Wenn die Polizei erfährt, daß ich es dir verraten habe, werde ich aus dem Programm geworfen."

„Ich muß es wissen!"

Lacey blickte aus dem Fenster und sah George Svenson zurückkommen. „Minneapolis", flüsterte sie rasch. Die Tür ging auf. „Mom, ich muß jetzt Schluß machen. Bis nächste Woche. Ich liebe dich."

„Alles in Ordnung zu Hause?" fragte Svenson.

„Ich glaube schon", antwortete Lacey. Ihr wurde flau im Magen. Sie hatte das Gefühl, gerade einen schrecklichen Fehler begangen zu haben.

In Landis Restaurant in der 56. Straße West drängten sich nach der Aufführung elegant gekleidete Theatergänger. Steve Abbott ging von Tisch zu Tisch, um die Anwesenden zu begrüßen. Ed Koch, der frühere Bürgermeister von New York, war ebenso unter den Gästen wie Calla Robbins, ein legendärer Musicalstar, der aus dem Ruhestand gelockt worden war, um in einer neuen Broadway-Show aufzutreten.

„Calla, alle Welt sagt, Sie seien einfach traumhaft", schmeichelte Abbott ihr.

„Alle Welt sagt, seit Rex Harrison in ‚My Fair Lady' hätte niemand mehr so stilvoll zu Playback gesungen", konterte Calla.

Abbott lächelte, beugte sich hinunter und küßte sie auf die Wange.

„Ich habe gehört, das neue Casino wird der absolute Knüller", mischte sich Callas Begleiter, ein bekannter Geschäftsmann, ein. „Es heißt, daß Jimmy Ihnen die Leitung übertragen will."

„Jimmy ist der Besitzer und der Chef", antwortete Steve mit Nachdruck. „Das sollten Sie nicht vergessen. Er wird auf jeden Fall dafür sorgen, daß *ich* es nicht vergesse." Aus dem Augenwinkel sah er Jimmy hereinkommen und winkte ihn heran.

Landi bedachte Calla mit einem breiten Lächeln.

„Wer ist der Boß in Atlantic City, Jimmy?" fragte sie. „Steve behauptet, daß Sie es sind."

„Da hat er recht", antwortete Jimmy freundlich. „Deshalb vertragen wir uns auch so gut." Und nachdem sich die beiden von diesem Tisch verabschiedet hatten, fragte er: „Hast du für mich ein Abendessen mit der Farrell vereinbart?"

Abbott zuckte die Achseln. „Ich kann sie einfach nicht erreichen. Sie hat ihren Job gekündigt, und ihr Privatanschluß ist stillgelegt."

Jimmys Miene verfinsterte sich. „Zu weit weg kann sie nicht sein. Sie ist eine wichtige Belastungszeugin, sie kann Isabelles Mörder identifizieren. Der Detective, der meine Kopie von Heathers Tagebuch abgeholt hat, muß wissen, wo sie ist."

„Soll ich mit ihm reden?"

„Nein, das erledige ich selbst. Nanu, wen haben wir denn da?"

Richard J. Parker erschien in der Tür des Restaurants.

„Seine Frau hat Geburtstag", erklärte Steve. „Sie haben drei Plätze reserviert. Deshalb ist Mrs. Parker ausnahmsweise mal dabei."

Und dieser Schnösel von einem Sohn macht die glückliche Familie komplett, dachte Jimmy, während er den Neuankömmlingen entgegeneilte, um sie zu begrüßen.

Daß der ältere Parker oft hierher mit seinen Kunden zum Essen kam, war der einzige Grund, warum Jimmy dessen Sohn nicht schon längst mit einem Hausverbot belegt hatte. Im vergangenen Monat hatte Rick betrunken in der Bar randaliert und zu einem Taxi geführt werden müssen. Außerdem hatte Jimmy schon oft den Eindruck gehabt, der junge Parker stehe unter Drogen.

R. J. erwiderte Landis kräftigen Händedruck. „Es gibt kein festlicheres Lokal, um Priscilla auszuführen, als das Venezia, nicht wahr?"

Priscilla Parker lächelte Jimmy schüchtern zu. Dieser wußte, daß R. J. seine Frau nicht nur betrog, sondern sie auch gnadenlos unterdrückte.

„*Hi*, Jimmy", sagte Rick lässig und mit selbstzufriedenem Grinsen.

Der Aristokrat läßt sich herab, den Bauerntrampel von Gastwirt zu begrüßen, dachte Landi. Doch ohne die Beziehungen seines Vaters würde dieser Schwachkopf nicht einmal einen Job als Kloputzer bekommen. Mit einem Lächeln führte er die drei an ihren Tisch.

LACEY suchte in ihrem Schrank nach passender Kleidung zum Ausgehen und griff nach dem langen schwarzen Wollrock und dem Lurexpullover, die sie bei „Saks" in der Fifth Avenue erstanden hatte.

„Du siehst gut aus, Alice", sagte sie einige Minuten später vor dem Spiegel. Der Rock und der Pullover waren ziemlich teuer gewesen. Doch sie waren ihr Geld wert. Ihre dezent elegante Wirkung munterte Lacey ein wenig auf.

Und diese Aufmunterung habe ich dringend nötig, dachte sie, als sie ihrer Schmuckschatulle ein Paar Ohrringe und die Perlenkette ihrer Großmutter entnahm.

Tom Lynch klingelte pünktlich um halb sieben. Als er aus dem Aufzug stieg, erwartete Lacey ihn schon an der offenen Wohnungstür. Beim Anblick seiner offensichtlich bewundernden Miene fühlte sie sich geschmeichelt.

„Alice, Sie sehen zauberhaft aus", sagte er.

„Danke. Sie haben sich aber auch ziemlich schick gemacht. Kommen Sie –" Lacey beendete den Satz nicht, denn wieder öffnete sich die Tür des Aufzugs. War jemand Tom nach oben gefolgt? Sie packte seinen Arm, zerrte ihn in die Wohnung und verriegelte die Tür.

„Stimmt etwas nicht, Alice?"

Lacey zwang sich zu einem Lachen, spürte aber selbst, daß es gekünstelt und schrill klang. „Ich ..., ich benehme mich albern", stotterte sie. „Vor ein paar Stunden hat ein ..., ein Bote hier geläutet. Er hatte sich jedoch im Stockwerk geirrt. Aber im letzten Jahr ist in meine Wohnung eingebrochen worden ..., in Hartford", fügte sie hastig hinzu. „Als dann die Aufzugtür hinter Ihnen wieder aufging ..., und ... wahrscheinlich bin ich noch immer sehr schreckhaft", schloß sie.

Aber es hatte nie einen Boten gegeben. Und sie war nicht einfach nur schreckhaft. Sie hatte eine Todesangst davor, daß der Lift aufging und Caldwell vor ihr stand!

„Ich kann verstehen, daß Sie nervös sind", entgegnete Tom ernst. „Ich habe in Amherst studiert und hin und wieder Freunde in Hartford besucht. Wo haben Sie denn gewohnt, Alice?"

„Im Lakewood Drive." Lacey versuchte sich an die Fotos der riesigen Wohnanlage zu erinnern, die man ihr im Schulungszentrum gezeigt hatte. Hoffentlich lebten Tom Lynchs Freunde nicht dort!

„Den kenne ich nicht", sagte er jedoch kopfschüttelnd. Dann sah er sich im Zimmer um. „Sie haben es sich hier wirklich schöngemacht."

Die Wohnung wirkte inzwischen in der Tat anheimelnd und gemütlich. Lacey hatte die Wände elfenbeinfarben gestrichen. Der Teppich, den sie auf einem privaten Flohmarkt ergattert hatte, war so alt, daß er aufgrund der Abnutzung einen weichen Glanz aufwies. Und auch die mit dunkelblauem Samt überzogene Couchgarnitur war schon ziemlich abgewetzt, aber noch immer ansehnlich und sehr bequem. In den Regalen neben dem Fernseher standen Bücher und Nippes, die Lacey alle ebenfalls auf Flohmärkten erstanden hatte.

Sie wollte Tom schon erzählen, wie gerne sie dort stöbern ging, doch dann verkniff sie sich diese Bemerkung. Für gewöhnlich nahm man bei einem Umzug seine eigenen Sachen mit. Also dankte sie Tom für das Kompliment und war erleichtert, als er vorschlug aufzubrechen.

Als sie sich eine Stunde später gegenübersaßen, Wein tranken und

Pizza aßen, fiel ihr auf, daß sie sich tatsächlich amüsierte. Tom Lynch antwortete offen auf ihre Fragen.

„Ich bin in North Dakota aufgewachsen", berichtete er. „Das habe ich Ihnen ja schon erzählt. Nach dem College bin ich dann nach New York gezogen, um die Rundfunkszene so richtig aufzumischen, aber natürlich habe ich es nicht geschafft. Ein weiser Mann hat mir dann den Rat gegeben, lieber in einer kleineren Stadt anzufangen, mir einen Namen zu machen und mich langsam hochzuarbeiten. Deshalb habe ich die letzten Jahre in Seattle und St. Louis verbracht und bin schließlich hier gelandet."

Sie hatten sich eine kleine Pizza geteilt. Nach einem kurzen Blick auf das letzte Stück legte Lynch es auf Laceys Teller.

„Nehmen Sie es", protestierte sie.

„Ich habe wirklich keinen Hunger –"

„Ihnen läuft doch das Wasser im Mund zusammen!"

Beide brachen in Gelächter aus, und als sie ein paar Minuten später das Restaurant verließen und die Straßen in Richtung Theater überquerten, hakte Tom Lacey unter. „Sie müssen aufpassen", warnte er sie. „Hier sind überall gefrorene Pfützen."

Wenn du wüßtest, dachte Lacey. Mein Leben ist zur Zeit eine einzige Eisfläche.

SIE SAH „The King and I" zum drittenmal. Das letztemal war es am Broadway gewesen, und ihr Vater hatte im Orchestergraben gesessen. Schade, daß du heute abend nicht spielst, Jack Farrell, dachte Lacey. Als der Zuschauerraum dunkel wurde und die Ouvertüre einsetzte, traten ihr Tränen in die Augen.

„Alles in Ordnung, Alice?" fragte Tom leise.

„Schon gut." Woher wußte er, daß sie traurig war? Vielleicht konnte er Gedanken lesen. Hoffentlich nicht!

Toms Cousine Kate Knowles spielte Tuptim, das Sklavenmädchen, das aus dem Palast des Königs zu fliehen versucht. Sie war eine gute Schauspielerin mit einer ausgezeichneten Stimme. In der Pause lobte Lacey sie Tom gegenüber überschwenglich.

„Fährt sie zusammen mit uns zur Premierenparty?" erkundigte sie sich.

„Nein, mit dem restlichen Ensemble. Wir treffen uns dann dort."

Wenn ich Pech habe, ergibt sich keine Gelegenheit, mit ihr zu sprechen, sorgte sich Lacey.

Kate und die anderen Hauptdarsteller waren, wie Lacey bald merkte, nicht die einzigen „Stars“ auf der Party. Auch Tom Lynch war ständig von einer Menschentraube umringt. Lacey verabschiedete sich kurz, um sich ein Mineralwasser zu holen. Als sie zurückkam, stellte sie fest, daß Tom sich mit einer attraktiven jungen Frau unterhielt, die zum Ensemble gehörte. Sie wollte die beiden nicht stören und blieb stehen.

Man kann es ihr nicht verdenken, dachte sie. Tom sieht gut aus und ist sympathisch. Auch Heather Landi hatte für ihn geschwärmt. Doch in ihrem zweiten Tagebucheintrag über ihn hatte sie angedeutet, daß entweder er oder sie bereits mit jemand anderem liiert war.

Lacey schlenderte zu einem Fenster. Die Party fand in einer Villa in Wayzata statt, einem Nobelvorort am Ufer des Lake Minnetonka, und sie bemerkte, daß die Wasseroberfläche des Sees jenseits des schneebedeckten Rasens zugefroren war.

Wendell Woods, der Gastgeber, ein bekannter Banker, kam auf sie zu. „Sie sind Miß Carroll, richtig?“ Er war ein beeindruckender Mann von etwa sechzig Jahren mit stahlgrauem Haar.

Bestimmt fragt er mich gleich, woher ich komme, überlegte Lacey. So kam es auch, und sie gab wieder einmal die einstudierte Geschichte ihres Umzugs aus Hartford zum besten. „Inzwischen habe ich mich eingelebt und kann mit der Arbeitssuche anfangen“, schloß sie.

„Was für eine Stelle würde Sie denn interessieren?“

„Nun ja, ich möchte es mal in der Immobilienbranche versuchen.“

„Da wird man aber meistens auf Provisionsbasis bezahlt. Außerdem muß man sich in der Gegend auskennen.“

„Das ist mir klar, Mr. Woods“, entgegnete Lacey. Dann lächelte sie. „Aber ich bin ziemlich schnell von Begriff.“

Woods zog einen Stift und seine Visitenkarte aus der Tasche. „Geben Sie mir Ihre Telefonnummer“, sagte er. „Ich empfehle Sie einer Kundin von mir, Millicent Royce. Ihre Assistentin ist vor kurzem in Mutterschaftsurlaub gegangen.“

Erfreut diktierte Lacey ihm ihre Nummer. Jetzt hatte sie eine Empfehlung von einem Bankdirektor. Wenn Millicent Royce an ihr interessiert war, kümmerte sie sich vielleicht nicht um Zeugnisse.

Als Woods sich einem anderen Gast zuwandte, sah Lacey sich im Raum um und bemerkte, daß Kate Knowles im Augenblick allein dastand. Rasch ging sie auf sie zu.

„Sie waren wunderbar“, sagte Lacey. „Ich habe schon drei verschiedene Inszenierungen von ‚The King and I‘ gesehen. Sie spielen die Tuptim einfach großartig.“

Tom Lynch trat zu ihnen. „Ach, ihr habt euch schon miteinander bekannt gemacht?“

„Tom, ich möchte mich mal in Ruhe mit dir unterhalten“, schlug Kate vor. „Ich habe genug von dieser Party. Gehen wir doch irgendwo einen Kaffee trinken.“ Sie lächelte Lacey zu. „Deine Freundin hat mir eben erzählt, wie gut ich war. Ich will mehr davon hören.“

Lacey sah auf die Uhr. Halb zwei. Da sie nicht die ganze Nacht aufbleiben wollte, lud sie die beiden auf einen Kaffee zu sich ein.

„DIESE Kekse habe ich heute morgen gebacken“, verkündete Lacey, als sie den Teller auf den Couchtisch stellte. „Probieren auf eigene Gefahr. Es war mein erstes Backabenteuer seit der High-School.“

Nachdem sie den Kaffee eingeschenkt hatte, versuchte sie das Gespräch auf ein Thema zu lenken, das mit Heather Landi in Zusammenhang stand. „Vor anderthalb Jahren war ich in New York und habe dort eine Neuinszenierung von ‚The Boy Friend‘ gesehen“, wandte sie sich an Kate. „In Ihrer Kurzbiographie im heutigen Programm habe ich gelesen, daß Sie dabei auch mitgewirkt haben. Aber ich kann mich nicht mehr daran erinnern, Sie auf der Bühne gesehen zu haben.“

„Wahrscheinlich waren Sie in der Woche dort, als ich mit Grippe im Bett lag“, erklärte Kate. „Das waren die einzigen Vorstellungen, die ich ausfallen lassen mußte.“

Lacey bemühte sich, beiläufig zu klingen. „Ich erinnere mich aber noch an eine junge Hauptdarstellerin mit einer sehr guten Stimme.“

„Heather Landi“, antwortete Kate. „Tom, du kanntest sie auch. Sie hat für dich geschwärmt. Heather ist bei einem Autounfall ums Leben gekommen.“ Sie schüttelte den Kopf. „Eine Tragödie.“

„Was ist denn passiert?“ fragte Lacey.

„Sie ist von einem Skihotel in Stowe nach Hause gefahren und hat die Kontrolle über den Wagen verloren. Ihre arme Mutter konnte sich einfach nicht damit abfinden. Deshalb ist sie ins Theater gekommen und hat mit uns allen gesprochen. Sie glaubte nicht, daß es ein Unfall gewesen war. Heather hatte sich angeblich über irgend etwas Sorgen gemacht, und ihre Mutter wollte wissen, ob wir eine Ahnung hätten, was es gewesen sein könnte.“

„Und hattest du?“ hakte Tom nach.

Kate Knowles zuckte die Achseln. „Ich habe ihr erzählt, daß ich Heather in der Woche vor ihrem Tod außergewöhnlich still fand. Bestimmt hatte sie etwas auf dem Herzen. Meiner Ansicht nach hat sie sich nicht aufs Fahren konzentriert und ist dadurch ins Schleudern geraten.“

So komme ich nicht weiter, dachte Lacey. Kate weiß auch nicht mehr als ich.

Toms Cousine stellte die Kaffeetasse ab. „Es war sehr nett bei Ihnen, Alice, aber es ist schon spät. Ich muß los." Sie stand auf, doch dann wandte sie sich noch einmal zu Lacey um. „Da fällt mir noch etwas über Heather Landi ein, obwohl es wahrscheinlich nicht wichtig ist. Ein Mann, mit dem ich befreundet bin – du kennst doch Bill Merrill, Tom –, war auch mit ihr bekannt. Er hat mir erzählt, er sei ihr am Nachmittag vor ihrem Tod in der Après-Ski-Bar des Hotels begegnet. Bill war mit ein paar Typen dort, unter anderem mit einem Schnösel namens Rick Parker, einem Immobilienmakler aus New York. Anscheinend hat der Heather kurz nach ihrem Umzug in die Stadt übel mitgespielt. Bill meinte, sie habe bei Parkers Anblick Hals über Kopf die Flucht ergriffen. Sicher hat das nichts zu bedeuten, doch da Heathers Mutter unbedingt alles über dieses Wochenende in Erfahrung bringen wollte, interessiert sie sich bestimmt dafür. Ich glaube, ich schreibe ihr gleich morgen früh."

Das Geräusch ihrer Kaffeetasse, die klirrend zu Boden fiel, riß Lacey aus dem tranceähnlichen Zustand, der sie erfaßt hatte, als Kate Rick Parker erwähnt hatte. Um ihre Verwirrung zu verbergen, machte sie sich sofort daran, die Scherben aufzulesen, und lehnte die Hilfe der beiden anderen ab. Während Kate und Tom zur Tür gingen, wünschte Lacey ihnen eine gute Nacht.

Am liebsten hätte sie Kate gesagt, daß sie sich den Brief an Isabelle Waring sparen könne. Er würde sie nicht mehr erreichen.

KAPITEL 5

Nach fast viermonatiger Fahndung war Bundesstaatsanwalt Gary Baldwin seinem Ziel, Sandy Savarano zu schnappen, noch keinen Schritt näher gekommen. Und das, obwohl seine Mitarbeiter eine der Sicherheitskopien von Heather Landis Tagebuch, welche die Polizei von Jimmy Landis Kopie angefertigt hatte, durchforstet und sämtliche Leute ausfindig gemacht hatten, die darin erwähnt wurden.

Lacey Farrell ist die einzige, die Savarano wiedererkennen kann, dachte Baldwin bedrückt. Wenn ihr etwas zustößt, haben wir nichts gegen ihn in der Hand. Zwar hat er beim Einbruch in ihre Wohnung einen Fingerabdruck an der Tür hinterlassen, aber wir können damit nicht beweisen, daß er die Wohnung auch wirklich betreten hat. Ohne Lacey Farrell ist es unmöglich, ihn wegen Mordes an Isabelle Waring anzuklagen. Ohne sie können wir es vergessen.

Seine verdeckten Ermittler hatten bis jetzt erst einen wichtigen Hinweis bekommen: Offenbar hatte Savarano vor seinem inszenierten Tod unter akuten Schüben seiner Klaustrophobie gelitten. Er hatte Alpträume von einer Zellentür gehabt, die krachend hinter ihm ins Schloß fiel.

Weshalb war Savarano dann wieder aus der Versenkung aufgetaucht? Brauchte er Geld? War er jemandem einen Gefallen schuldig? Vielleicht traf ja auch beides zu. Und natürlich durfte man das Jagdfieber nicht vergessen. Savarano war ein Killer aus Passion.

Baldwin kannte seine Akte in- und auswendig: 42 Jahre alt, in Dutzenden von Mordfällen verdächtig, hatte aber kein Gefängnis mehr von innen gesehen, seit er als Kind in der Besserungsanstalt gewesen war. Ein kluger Kopf und ein geborener Killer.

Wenn ich er wäre, überlegte Baldwin, würde ich jetzt einzig und allein das Ziel verfolgen, Lacey Farrell aufzuspüren und dafür zu sorgen, daß sie mich nicht mehr identifizieren kann.

Er schüttelte den Kopf, und auf seiner Stirn zeichneten sich Sorgenfalten ab. Er wußte, daß das Zeugenschutzprogramm Schwachstellen hatte. Meistens wurden die Betroffenen unvorsichtig. Wenn sie zu Hause anriefen, sagten sie irgendwann etwas, was ihr Versteck verriet. Ein ausgestiegenes Mafiamitglied war so dumm gewesen, einer früheren Freundin eine Geburtstagskarte zu schicken. Eine Woche später war der Mann erschossen worden.

Gary Baldwin hatte ein ungutes Gefühl im Hinblick auf Lacey Farrells Durchhaltevermögen. Laut Persönlichkeitsprofil war sie jemand, der nicht gern über längere Zeit allein war. Außerdem machte sie einen recht vertrauensseligen Eindruck, und das konnte sie ernstlich in Schwierigkeiten bringen. Wieder schüttelte er den Kopf. Er konnte nichts weiter für sie tun, außer ihr einmal mehr mitteilen zu lassen, daß sie stets auf der Hut sein mußte. 24 Stunden am Tag.

INZWISCHEN traf sich Mona Farrell jeden Samstag mit Alex Carbine zum Abendessen in seinem beliebten neuen Restaurant „Alex' Place“ in Manhattan. Wie immer freute sie sich auch diesmal auf den gemeinsamen Abend, obwohl Alex oft vom Tisch aufstehen mußte, um Stammgäste und Prominente zu begrüßen.

„Es macht mir Spaß“, hatte sie ihm versichert. „Und es stört mich wirklich nicht. Vergiß nicht, daß ich mit einem Musiker verheiratet war. Ich habe bei vielen Broadway-Shows allein im Zuschauerraum gesessen, während Jack im Orchestergraben gespielt hat.“

Als sie von der George Washington Bridge in den West Side Highway einbog und nach Süden fuhr, dachte sie an den Blumenstrauß, den Alex ihr heute geschickt hatte, und lächelte. Er wußte, daß ihr Laceys wöchentliche Anrufe fast das Herz zerrissen. Und mit den Blumen wollte er ihr sagen, daß er begriff, wie sehr sie unter der Situation litt. Sie hatte ihm gestanden, daß Lacey ihr verraten hatte, wo sie jetzt wohnte. „Aber nicht einmal Kit habe ich es erzählt", hatte sie bekräftigt.

Komisch, dachte Mona, als sie in einen Stau geriet, bei Kit ist immer alles glattgelaufen. Ganz anders als bei Lacey. Kit hat Jay kennengelernt, als sie am Boston College studierte und er in Tufts seinen Abschluß machte. Sie haben sich verliebt, geheiratet, drei wunderbare Kinder bekommen und wohnen jetzt in einem schönen Haus. Mag sein, daß Jay manchmal zu dick aufträgt und zur Selbstgerechtigkeit neigt, aber er ist ein guter Ehemann und Vater. Erst vorgestern hat er Kit mit einer teuren Goldkette überrascht, die sie im Schaufenster eines Juweliers in Ridgewood bewundert hatte.

Wie Kit erzählte, ging es mit Jays Firma in letzter Zeit wieder bergauf. Mona freute sich darüber. Sie hatte sich schon Sorgen gemacht, weil die Auftragslage schlechter geworden war. Im Herbst hatte Jay regelrecht bedrückt gewirkt.

Aber auch Lacey verdiente es, glücklich zu sein. Sie war jetzt im richtigen Alter, um einen Mann kennenzulernen, zu heiraten und eine Familie zu gründen. Aber statt dessen mußte sie allein in einer fremden Stadt wohnen und sich für jemand anderen ausgeben, weil ihr ein Verbrecher nach dem Leben trachtete.

Um halb acht erreichte Mona den Parkplatz an der 46. Straße West. Da Alex sie erst um acht erwartete, hatte sie noch genug Zeit, zu einem Zeitungsstand am Times Square zu bummeln, um eine Zeitung aus Minneapolis zu kaufen. Wenn sie sich mit der Stadt vertraut machte, würde sie sich Lacey näher fühlen.

Der Abend war kalt, aber klar. Mona genoß den Spaziergang zum Times Square. An einem Zeitungsstand entdeckte sie die *Minneapolis Star Tribune.* Vielleicht hatte Lacey heute morgen diese Ausgabe auch gelesen. Als Mona die Zeitung in die Hand nahm, erschien ihr ihre Tochter mit einemmal nicht mehr ganz so weit weg.

Sie suchte in ihrer Handtasche nach der Geldbörse, während der Verkäufer die Zeitung zusammenfaltete und in einer Plastiktüte verstaute.

Als Mona im Restaurant ankam, standen die Gäste vor der Garderobe Schlange. Alex saß schon an ihrem Tisch. Mona eilte auf ihn zu. „Entschuldige die Verspätung", sagte sie.

Er stand auf und küßte sie auf die Wange. „Du bist gar nicht zu spät dran, aber dein Gesicht ist ja ganz kalt. Bist du von New Jersey aus zu Fuß gegangen?"

„Nein. Ich hatte noch Zeit und habe mir deshalb schnell eine Zeitung besorgt."

Carlos, der Kellner, der sie immer bediente, war schon zur Stelle. „Mrs. Farrell, darf ich Ihnen den Mantel abnehmen? Möchten Sie auch Ihre Tüte abgeben?"

„Die kannst du auch hierbehalten", schlug Alex vor. Er hängte die Tüte über einen unbesetzten Stuhl.

Wie immer war es ein angenehmer Abend. Während sie ihren Espresso tranken, griff Alex nach Monas Hand.

„Hast du heute abend nicht soviel zu tun?" neckte sie ihn. „Du bist nur etwa zehnmal aufgestanden."

„Ich dachte, du hättest dir deshalb die Zeitung mitgebracht."

„I wo! Obwohl ich beim Warten die Schlagzeilen überflogen habe." Mona griff nach ihrer Handtasche. „Jetzt muß *ich* mal aufstehen. Ich bin gleich wieder da."

Um halb zwölf begleitete Alex sie zum Auto. Um eins schloß das Restaurant, und die Angestellten gingen nach Hause.

Bereits um zehn vor zwölf war eine Telefonnummer gewählt worden. Die Nachricht war kurz und bündig gewesen: „Sagen Sie Sandy, sie ist wahrscheinlich in Minneapolis."

WAS WAR zwischen Heather Landi und Rick Parker vorgefallen?

Es hatte Lacey völlig überrascht, daß die beiden einander gekannt hatten. Nachdem Tom Lynch und Kate Knowles Freitag nacht gegangen waren, hatte sie stundenlang dagesessen und versucht, sich einen Reim auf das Ganze zu machen. Und am Wochenende hatte sie ständig an den Abend von Isabelle Warings Todestag denken müssen. Was war in Rick vorgegangen, als er neben ihr gesessen und die Fragen der Polizisten mitbekommen hatte, die hatten wissen wollen, wie gut sie mit Isabelle bekannt gewesen und ob sie Heather je begegnet sei. Warum hatte Rick kein Wort gesagt?

Kate zufolge war Heather am letzten Tag ihres Lebens sichtlich aus der Fassung geraten, als sie Rick im Skihotel in Stowe gesehen hatte. Kate hatte Rick einen „Schnösel, einen Immobilienmakler aus New York" genannt und erzählt, er habe „Heather kurz nach ihrem Umzug in die Stadt übel mitgespielt".

Lacey erinnerte sich, daß Heather in ihrem Tagebuch einen unangenehmen Zwischenfall erwähnt hatte, zu dem es während ihrer Wohnungssuche in der West Side gekommen war. Hatte Rick etwas damit zu tun? Er hatte zu dieser Zeit im Büro in der West Side gearbeitet. Hatte Heather sich an Parker und Parker gewandt und Rick kennengelernt? Wenn ja – was war geschehen?

Ärgerlich schüttelte Lacey den Kopf. War etwa Rick für diese ganze Misere verantwortlich? Saß sie seinetwegen in der Patsche?

Schließlich hatte sie auf seine Vermittlung hin Caldwell die Wohnung gezeigt. Falls er Caldwell gekannt hatte, konnte die Polizei diesem vielleicht durch Rick auf die Spur kommen. Lacey stand auf und lief aufgeregt im Zimmer hin und her. Vielleicht war es das, was Isabelle in Heathers Tagebuch gelesen hatte! Sie mußte diese Information an Bundesstaatsanwalt Gary Baldwin weitergeben.

Es juckte ihr in den Fingern, sofort zum Telefon zu greifen, doch ein direkter Anruf bei Baldwin war absolut verboten. Also mußte sie George Svenson eine Nachricht hinterlassen, damit er sie zurückrief und ihre Botschaft weiterleitete.

Ich muß noch einmal mit Kate sprechen, überlegte Lacey. Ich muß mehr über Bill Merrill erfahren, ihren Freund, der ihr von Heathers Reaktion auf Rick erzählt hat. Sicher will Baldwin mit ihm reden. Schließlich hat Bill Merrill Rick nur wenige Stunden vor Heathers Tod in Stowe gesehen.

Kate hatte erwähnt, daß das Ensemble im „Radisson Plaza Hotel" wohnte. Als Lacey sie anrief, war Kate sofort einverstanden, sich mit ihr zum Mittagessen zu treffen. Sie verabredeten sich für den nächsten Tag um halb eins.

Nachdem sie aufgelegt hatte, empfand Lacey auf einmal wieder Hoffnung. Sie ging zum Fenster und zog die Vorhänge zurück. Es war ein traumhafter Wintertag. Draußen herrschten zwar Temperaturen unter null Grad, aber die Sonne schien. Bis heute hatte sie nicht gewagt, eine längere Strecke zu joggen. Immer verfolgte sie die Angst, sie könnte beim Blick über die Schulter Caldwell hinter sich entdecken, der sie aus blaßblauen Augen anstarrte. Doch jetzt hatte sie auf einmal das Gefühl, daß eine Art Durchbruch bevorstand, und beschloß, wenigstens zu versuchen, wieder ein normales Leben zu führen.

Sie zog ihre warmen Joggingsachen an und war schon auf dem Weg zur Tür, als das Telefon klingelte.

„Miß Carroll, Sie kennen mich nicht", meldete sich eine energische Stimme. „Ich bin Millicent Royce und habe gehört, daß Sie einen Job in der Immobilienbranche suchen. Wendell Woods hat vorgeschlagen, daß wir uns kennenlernen sollten. Hätten Sie vielleicht schon heute nachmittag Zeit?“

Als Lacey wenig später die Wohnung verließ und die Straße entlangjoggte, hatte sie das Gefühl, daß ihre Pechsträhne nun endlich zu Ende war. Wenn Millicent Royce sie tatsächlich einstellte, hatte sie wenigstens etwas zu tun, bis sie wieder nach Hause durfte.

TOM LYNCHS Sendung dauerte wochentags von zwölf bis vier, und stets waren Studiogäste eingeladen: Politiker, Schriftsteller, andere Berühmtheiten und ortsansässige Prominenz.

Am Montag nach der Premiere von „The King and I“ saß Tom in seinem Büro. Er suchte nach interessanten Themen und durchforstete Zeitungen aus dem ganzen Land. Das ganze Wochenende war ihm Alice Carroll nicht aus dem Kopf gegangen. Sie strahlte eine so selbstgenügsame Ruhe aus. Allerdings verriet sie nur wenig von sich, und er ahnte, daß ihr Fragen nicht willkommen waren.

Zur Premiere war sie teuer gekleidet gewesen. Das hätte auch ein Blinder bemerkt. Kate hatte sie erzählt, daß sie „The King and I“ schon dreimal gesehen habe. Und sie hatte mit Kate über die Neuinszenierung von „The Boy Friend“ gesprochen, als ob sie gut Bescheid wüßte.

Teure Kleider. Fahrten von Hartford nach New York, um ins Theater zu gehen. Normalerweise konnte man sich das vom Gehalt einer Arztsekretärin nicht leisten.

Achselzuckend griff Tom nach dem Telefon. Daß er sich diese Fragen überhaupt stellte, war immerhin ein eindeutiges Zeichen für sein Interesse an ihr. Er würde sie anrufen und sie für heute abend zum Essen einladen. Nach viermaligem Läuten sprang aber nur ihr Anrufbeantworter an. Alices leise, angenehme Stimme ertönte. „Dies ist der Anschluß 555-1247. Bitte hinterlassen Sie eine Nachricht. Ich rufe Sie zurück.“

Tom hängte ein und beschloß, es später noch einmal zu versuchen. Doch er war enttäuscht, weil er sie nicht erreicht hatte.

AM MORGEN nahm Sandy Savarano den Flug Northwestern Airlines 1703 von New York nach Minneapolis-St. Paul.

Er flog erster Klasse, genau wie auf der Hinreise aus Costa Rica, wo er inzwischen lebte. Seine Nachbarn dort kannten ihn als Charles Austin, einen wohlhabenden amerikanischen Geschäftsmann, der vor zwei Jahren mit Vierzig seine Firma verkauft und sich in den Tropen zur Ruhe gesetzt hatte.

Seine vierundzwanzigjährige Frau hatte ihn in Costa Rica zum Flughafen gefahren und ihm das Versprechen abgenommen, nicht zu lange wegzubleiben. „Schließlich bist du jetzt im Ruhestand", hatte sie liebevoll geschmollt und ihm einen Abschiedskuß gegeben.

„Das heißt noch lange nicht, daß ich kein Geld aufhebe, das auf der Straße liegt", hatte er entgegnet. Dieselbe Antwort hatte er ihr auch schon bei den anderen Aufträgen gegeben, die er seit seinem angeblichen Tod vor zwei Jahren übernommen hatte.

„Ideales Flugwetter." Die Stimme gehörte der jungen Frau, die neben ihm saß.

„Allerdings", stimmte er zu.

Es amüsierte ihn, als er ihren interessierten Blick bemerkte. Die meisten Frauen fanden ihn attraktiv. Dr. Ivan Yenkel, ein russischer Einwanderer, der ihm vor zwei Jahren zu einem neuen Gesicht verholfen hatte, war ein Genie gewesen. Seine Nase war nun schmaler, das früher vorspringende Kinn wirkte nun markant, die Ohren lagen flach am Kopf an, und die ehemals buschigen Augenbrauen waren dünner und lagen weiter auseinander. Außerdem hatte Yenkel seine hängenden Augenlider operiert. Sein eigentlich dunkelbraunes Haar war nun dunkelblond. Blaßblaue Kontaktlinsen rundeten die Verwandlung ab.

„Sie sehen phantastisch aus!" hatte sich Dr. Yenkel nach dem Abnehmen der Verbände selbst gelobt. „Kein Mensch würde Sie so wiedererkennen."

„Kein Mensch *wird* mich wiedererkennen."

Sandy fühlte stets ein Kribbeln, wenn er sich an das erstaunte Gesicht erinnerte, das Dr. Yenkel gemacht hatte, als er ihn getötet hatte.

Noch so eine Operation tue ich mir aber nicht an, dachte Sandy jetzt. Mit einem abweisenden Lächeln in Richtung seiner Sitznachbarin griff er nach einer Zeitschrift und schlug sie auf.

Während er vorgab zu lesen, ging er im Geiste noch einmal seinen Plan durch. Unter dem Namen James Burgess hatte er für zwei Wochen ein Zimmer im Radisson Plaza reserviert. Wenn er die Farrell dann immer noch nicht aufgestöbert hatte, würde er in ein anderes Hotel umziehen. Wer zu lange blieb, erregte nur unnötige Aufmerksamkeit.

Inzwischen hatte er einige Tips bekommen, wo er sie vielleicht finden konnte. In New York war sie regelmäßig ins Fitneßstudio gegangen. Also lag es nahe, daß sie das in Minneapolis beibehalten würde. Normalerweise legten sich die Leute nicht so schnell neue Hobbys zu.

Außerdem liebte sie das Theater. Das Orpheum in Minneapolis und auch das Tyrone-Guthrie-Theater waren einen Besuch wert.

Zudem hatte sie immer in der Immobilienbranche gearbeitet. Falls sie wieder einen Job hatte, dann vermutlich in einem Maklerbüro.

Savarano hatte bereits zwei Menschen auf dem Gewissen, die ebenfalls ins Zeugenschutzprogramm aufgenommen worden waren. Er freute sich schon auf das Gesicht, das Lacey Farrell machen würde, wenn er ihr mit einer Pistole gegenübertrat.

DAS BÜRO von Royce Realty lag in Edina, etwa fünfzehn Minuten vom Stadtzentrum entfernt. Bevor Lacey aufbrach, suchte sie auf dem Stadtplan nach dem kürzesten Weg.

Am Maklerbüro angekommen, stellte sie ihr Auto ab und blieb einen Moment vor dem Eingang stehen. Durch die große Glastür konnte sie das kleine, aber geschmackvoll ausgestattete Büro sehen. An den eichengetäfelten Wänden im Empfangsbereich hingen Fotos verschiedener Häuser. Der Raum war mit einem fröhlichen rot und blau karierten Teppich, einem Schreibtisch und bequem wirkenden Ledersesseln möbliert. Ein kurzer Flur führte in ein weiteres Büro, wo eine Frau am Schreibtisch saß und arbeitete.

Jetzt wird es ernst, dachte Lacey. Wenn ich das schaffe, kann ich noch Karriere als Schauspielerin am Broadway machen. Ein Glöckchen ertönte, als sie die Tür öffnete. Die Frau aus dem hinteren Büro erhob sich und kam auf sie zu.

„Ich bin Millicent Royce“, sagte sie und streckte Lacey die Hand hin. „Und Sie sind bestimmt Alice Carroll.“

Lacey mochte die Frau auf den ersten Blick. Sie sah sehr gepflegt aus, war etwa siebzig Jahre alt und rundlich und trug ein elegantes braunes Strickkostüm. Das schimmernde grauweiße Haar hatte sie zu einem Knoten aufgesteckt.

Millicent Royce lächelte zwar freundlich, als sie auf einen der Sessel wies, doch als Lacey sich setzte, bemerkte sie, daß die ältere Dame sie aus blauen Augen forschend musterte. Lacey war froh, daß sie die rotbraune Jacke und die graue Hose angezogen hatte. Sie wirkte konservativ und doch modisch – seriös, aber nicht langweilig.

Millicent Royce setzte sich ihr gegenüber. „Heute geht es entsetzlich rund hier“, sagte sie entschuldigend. „Deshalb habe ich nicht viel Zeit. Erzählen Sie mir etwas über sich, Alice.“

Lacey fühlte sich wie bei einem Polizeiverhör im Licht eines grellen Scheinwerfers. Während sie antwortete, blickte Millicent Royce sie weiter an. „Wo soll ich anfangen? Ich bin vor kurzem dreißig geworden. Ich komme aus Hartford, Connecticut. Nach dem College habe ich acht Jahre lang bei einem Arzt gearbeitet, der inzwischen seine Praxis aufgegeben hat."

„Warum interessieren Sie sich ausgerechnet fürs Immobiliengeschäft?"

Weil es mir Spaß macht, für jeden Kunden das richtige Haus zu finden, dachte Lacey. Weil ich das Aufleuchten in den Augen des potentiellen Käufers liebe, wenn ich ihn in ein Haus oder eine Wohnung führe und weiß, daß es genau das ist, was er sucht. Und ich mag das Handeln und Feilschen, bis man sich auf einen Preis einigt.

Aber sie antwortete: „Ich möchte einfach nicht mehr in einer Arztpraxis arbeiten. Und ich hatte schon immer ein Faible für Ihre Branche."

„Gut, wenn Ihr ehemaliger Arbeitgeber für Sie bürgt – und das wird er bestimmt –, können wir ja einen Versuch wagen. Haben Sie seine Telefonnummer?"

„Nein. Er hat sich eine Geheimnummer geben lassen, weil er auf keinen Fall von seinen früheren Patienten belästigt werden wollte."

An Millicent Royce' leichtem Stirnrunzeln erkannte Lacey, daß diese ihre Antwort zu ausweichend fand. Ihr fiel George Svensons Rat ein: „Bieten Sie an, ein paar Wochen oder einen Monat lang ohne Gehalt zu arbeiten."

„Ich mache einen Vorschlag", sagte sie deshalb. „Sie brauchen mir im ersten Monat nichts zu bezahlen. Wenn Sie danach mit mir zufrieden sind, stellen Sie mich ein." Sie sah Millicent Royce direkt in die Augen. „Sie werden es nicht bereuen", fügte sie leise hinzu.

Mrs. Royce zuckte die Achseln. „So ein Angebot kann man nicht ausschlagen."

ES WAR Montag nachmittag. Steve Abbott hatte darauf bestanden, Jimmy zu seinem Gespräch mit den Detectives Sloane und Mars ins 19. Revier zu begleiten.

„Ich will wissen, was hier gespielt wird!" hatte Jimmy am Morgen mit zornesrotem Gesicht zu ihm gesagt. „Irgend etwas ist da im Busch. Die Polizei muß doch wissen, wo Lacey Farrell steckt. Sie hat sich ganz sicher nicht in Luft aufgelöst. Schließlich ist sie Zeugin in einem Mordfall!"

„Hast du bei der Polizei angerufen?" hatte Steve sich erkundigt.

„Und ob ich das habe! Ich habe gesagt, daß ich vorbeikommen würde und Antworten haben will!"

„Ich komme mit", hatte Abbott angeboten.

Nach ihrer Ankunft wurden sie von den beiden Detectives ins

Vernehmungszimmer geführt. Widerwillig gaben die Beamten zu, daß Lacey Farrell in das Zeugenschutzprogramm aufgenommen worden war, nachdem jemand versucht hatte, sie zu töten. Sie mußten auch eingestehen, daß Heathers Tagebuch verschwunden war.

Jimmy schäumte vor Wut. „Sie haben mir bislang weismachen wollen, Isabelle sei nur deshalb getötet worden, weil sie zur falschen Zeit am falschen Ort gewesen sei! Und jetzt erzählen Sie mir, daß Miß Farrell im Zeugenschutzprogramm ist und Ihnen jemand Heathers Tagebuch unter der Nase weggeklaut hat! Ich lasse mich von Ihnen nicht länger zum Narren halten! Dieser Mord war kein Zufall, und das wußten Sie von Anfang an!"

Ed Sloane bemerkte seinen zornigen und verächtlichen Blick. Ich kann ihm keinen Vorwurf machen, dachte der Detective. Seine Exfrau wurde ermordet; uns kommt ein Dokument abhanden, das eigentlich für ihn bestimmt war und uns wichtige Beweise hätte liefern können; und die Maklerin, die den Täter in die Wohnung zu seiner Exfrau gebracht hat, ist verschwunden. An seiner Stelle würde ich mich genauso fühlen.

Die vier Monate, die seit jenem Oktobertag vergangen waren, als der Notruf aus der 70. Straße Ost hereingekommen war, hatten sich für die beiden Detectives als höchst unerfreulich erwiesen. Je weiter die Ermittlungen voranschritten, desto dankbarer war Sloane, daß der Bezirksstaatsanwalt sich von der Bundesstaatsanwaltschaft nicht hatte einschüchtern lassen und darauf bestanden hatte, daß die New Yorker Polizei die Fahndung nach dem Mörder leitete. „Sie bekommen von uns alle Informationen, die wir haben", hatte er Baldwin mitgeteilt. „Und Sie geben uns alles, was Sie wissen. Wenn Savarano verhaftet wird, können wir eine Abmachung treffen, damit er als Kronzeuge aussagt. Doch wir arbeiten nur mit Ihnen zusammen, wenn Sie nicht versuchen, uns die Schau zu stehlen. Wir lassen uns nicht ausbooten."

„Wir halten Sie nicht zum Narren, Mr. Landi", widersprach Nick Mars nun hitzig. „Uns liegt ebensoviel daran, Mrs. Warings Mörder zu fassen, wie Ihnen. Aber wenn Miß Farrell das Tagebuch nicht aus der Wohnung mitgenommen hätte, um es Ihnen zu geben, wären wir mit unseren Ermittlungen schon um einiges weiter."

„Reden Sie nicht um den heißen Brei herum, Detective! Sie haben diesen Fall vermasselt!" zischte Abbott. „Komm, Jimmy, ich denke, es ist Zeit, daß wir wirklich einen Privatdetektiv beauftragen. Solange wir die Angelegenheit der Polizei überlassen, werden wir nie erfahren, was wirklich geschehen ist."

„Das hätte ich gleich tun sollen, als ich von dem Mord an Isabelle erfuhr!“ Jimmy Landi stand auf. „Ich will die Kopie des Tagebuchs meiner Tochter, die ich Ihnen ausgehändigt habe, bevor Ihnen die auch noch wegkommt.“

„Wir haben uns mittlerweile weitere Kopien gemacht“, entgegnete Sloane ruhig. „Nick, hol Mr. Landis Exemplar.“ Und während sie warteten, fuhr er fort: „Mr. Landi, Sie haben erklärt, Sie hätten das Tagebuch sorgfältig studiert. Stimmt das wirklich?“

„Was heißt schon sorgfältig?“ fragte Jimmy gereizt. „Ich habe es durchgeblättert.“

„Hören Sie, Mr. Landi“, sagte Sloane. „Ich kann nur ahnen, was Sie zur Zeit durchmachen, aber ich muß Sie bitten, die Aufzeichnungen jetzt wirklich aufmerksam zu lesen. Wir haben sie gründlich studiert. Aber außer ein paar vagen Anspielungen auf einen Vorfall in der West Side haben wir nichts entdeckt, was uns entscheidend weiterhelfen könnte. Andererseits hat Mrs. Waring Lacey Farrell mitgeteilt, sie habe etwas in diesem Tagebuch gefunden, was vielleicht beweist, daß der Tod Ihrer Tochter kein Unfall war.“

„Isabelle hätte auch im Gesangbuch etwas Verdächtiges gefunden“, entgegnete Jimmy kopfschüttelnd.

Schweigend saßen sie da, bis Nick Mars mit einem großen braunen Umschlag ins Befragungszimmer zurückkehrte und Jimmy das Kuvert reichte.

Der riß es ihm aus der Hand, öffnete es, holte die Blätter heraus und sah sie rasch durch. Bei der letzten Seite hielt er inne. Er las sie und funkelte Mars wütend an. „Was soll das nun schon wieder?“

Sloane hatte das mulmige Gefühl, gleich etwas zu hören zu bekommen, was er lieber nicht hören wollte.

„Ich habe den Eindruck, daß es mehr Seiten waren, als ich Ihnen die Kopie gegeben habe. Und ich glaube mich zu erinnern, daß die letzten Seiten des Tagebuchs unliniert waren“, knurrte Landi. „Wo sind diese Seiten jetzt? Hier sind sie jedenfalls nicht dabei. Sind Ihnen die etwa auch abhanden gekommen?“

NACH seiner Ankunft am Flughafen Minneapolis-St. Paul ging Sandy Savarano direkt zur Gepäckausgabe, um seinen Koffer zu holen. Dann suchte er die Herrentoilette auf und schloß sich in einer Kabine ein.

Er stellte den Koffer auf die Toilettenschüssel und holte einen Handspiegel, eine graue Perücke, buschige graue Augenbrauen und eine runde Brille mit Schildpattrahmen heraus. Dann entfernte er die

Kontaktlinsen, wodurch er seine richtige Augenfarbe enthüllte: dunkelbraun. Geschickt stülpte er sich die Perücke über, kämmte sich einige Strähnen in die Stirn, klebte die Augenbrauen fest und setzte die Brille auf. Mit einem Schminkstift malte er sich Altersflecken auf Stirn und Handrücken. Einer Seitentasche seines Koffers entnahm er orthopädische Schnürschuhe, die er anstelle seiner Gucci-Slipper anzog. Schließlich entfaltete er einen schweren Tweedmantel mit dicken Schulterpolstern und packte den Trenchcoat, den er beim Aussteigen aus dem Flugzeug getragen hatte, in den Koffer.

Der Mann, der die Kabine verließ, wirkte zwanzig Jahre älter als der, der hineingegangen war, und sah ihm nicht im mindesten ähnlich.

Sandy begab sich zum Schalter der Autovermietung, bei der er auf den Namen James Burgess einen Wagen reserviert hatte. Aus seiner Brieftasche zog er einen Führerschein – eine geschickte Fälschung. Die Kreditkarte, mit der er bezahlte, war hingegen echt, denn er hatte als James Burgess ein Konto eröffnet.

Als Sandy aus der Ankunftshalle trat, schlug ihm eiskalte Luft entgegen. Er stellte sich zu den Leuten, die auf den Pendelbus zum Parkplatz der Autovermietung warteten. Dort studierte er die Karte, auf der die Angestellte den Weg zum Hotel eingezeichnet hatte. Er plante am liebsten alles sorgfältig im voraus. Sein Motto lautete: Keine Überraschungen. Aus diesem Grund fand er es besonders ärgerlich, daß Lacey Farrell plötzlich in der Wohnung aufgetaucht war. Er *war* überrascht worden und hatte sie entkommen lassen.

Der Pendelbus näherte sich. Sandy brannte darauf, sich auf die Suche nach Lacey Farrell zu machen. Solange sie lebte, war seine Freiheit in Gefahr.

DA MILLICENT ROYCE einverstanden war, sie auf Probe bei sich arbeiten zu lassen, schlug Lacey vor, daß sie sich während des restlichen Nachmittags mit dem Büro vertraut machte.

Als Mrs. Royce um drei Uhr losging, um einem Kunden eine Eigentumswohnung zu zeigen, bat sie Lacey, das Telefon zu hüten.

Der erste Anruf endete fast mit einer Katastrophe. „Royce Realty, Lacey –", meldete sie sich, knallte den Hörer aber noch im selben Augenblick wieder auf die Gabel und starrte den Apparat an. Beinahe hätte sie ihren richtigen Namen genannt.

In der nächsten Stunde läutete das Telefon ununterbrochen, und Lacey bearbeitete sorgfältig jeden Anruf. Sie stellte die in der Immobilienbranche üblichen Fragen: Welche Summe wollten die Kunden anlegen? Wie viele Zimmer sollte das Haus haben? Mußte es in der Nähe eine Schule geben? Lief die Finanzierung über den Verkauf des Hauses, in dem sie derzeit wohnten? Sie hielt die Antworten sogar in den typischen Kürzeln fest.

Erst einige Zeit später wurde sie sich bewußt, daß es auch seine Tücken hatte, wieder in ihrer alten Branche tätig zu sein. Ihr Fachwissen konnte ihre Tarnung auffliegen lassen. Zur Sicherheit ging sie alle ihre Notizen durch und formulierte sie um, damit Mrs. Royce nicht mitbekam, wie gut sie sich in diesem Geschäft auskannte.

Bei ihrer Rückkehr war ihre neue Chefin erfreut darüber, daß sie die Anrufe so ordentlich aufgeschrieben hatte. Es war fast fünf Uhr. „Sie kommen doch morgen früh wieder, Alice?“ fragte Millicent Royce erwartungsvoll.

„Selbstverständlich“, antwortete Lacey. „Doch ich habe eine Verabredung zum Mittagessen, die ich nicht absagen kann.“

Als sie zu Hause ankam, blinkte der Anrufbeantworter. Tom hatte um halb fünf angerufen. „Ich habe gehofft, Sie im Fitneßstudio zu sehen, Alice. Ich fand es Freitag abend sehr nett. Wenn Sie vor sieben nach Hause kommen und mit mir zu Abend essen wollen, rufen Sie mich doch zurück. Meine Nummer ist –“

Lacey drückte die Stopptaste und löschte die Nachricht, ohne sich Toms Telefonnummer anzuhören. Das war leichter, als einen weiteren Abend den Mann anlügen zu müssen, mit dem sie unter anderen Umständen sehr gerne ausgegangen wäre.

NACHDEM Sandy Savarano im Radisson Plaza abgestiegen war, verbrachte er den Rest des Tages damit, aus dem Telefonbuch von Minneapolis Nummern und Anschriften von Fitneßcentern herauszusuchen.

Dann stellte er eine zweite Liste aller Immobilienmakler zusammen. Sein Plan war einfach. Er hatte vor zu behaupten, er führe für die Bundesvereinigung der Immobilienmakler eine Umfrage durch, weil neueste Daten darauf hinwiesen, daß die Gruppe der 25- bis 35jährigen nur ungern einen Beruf in dieser Branche ergreife. Er wolle nur zwei Fragen stellen: Hatte das Maklerbüro im letzten halben Jahr jemanden aus dieser Altersgruppe als Makler, fürs Sekretariat oder für den Empfang eingestellt? Und wenn ja: einen Mann oder eine Frau?

Bei der Überprüfung der Fitneßstudios mußte er anders vorgehen, denn die meisten Mitglieder stammten ohnehin aus der fraglichen Altersgruppe. Also würde er dort persönlich erscheinen und Lacey Farrells Foto herumzeigen. Es war ein altes Bild, das er beim Einbruch aus ihrem Collegejahrbuch ausgeschnitten hatte, aber es war ihr noch sehr ähnlich. Er würde behaupten, sie sei seine Tochter und habe nach einem Streit mit ihrer Familie gebrochen. Jetzt wolle er sie finden.

Sandy Savarano verspürte jene merkwürdige Erregung, die ihn immer ergriff, wenn er sich an sein Opfer heranpirschte und dessen Witterung aufgenommen hatte.

KAPITEL 6

Als Millicent Royce am Dienstag morgen um neun vor ihrem Büro eintraf, wartete Lacey bereits.

„So gut bezahle ich nun auch wieder nicht", meinte die Maklerin lachend und schloß auf. Drinnen war es angenehm warm. „Das ist mal wieder ein typischer Minnesota-Winter", bemerkte Mrs. Royce. „Darum das Wichtigste zuerst: Ich setze erst mal Kaffee auf. Wie möchten Sie Ihren?"

„Schwarz, bitte."

„Regina, meine Assistentin, die jetzt Babypause macht, hat sich immer zwei gehäufte Teelöffel Zucker genehmigt und dabei kein Gramm zugenommen. Ich habe ihr gesagt, daß sie sich damit leicht den Neid ihrer Mitmenschen zuzieht."

Lacey dachte an Janey Boyd, eine Sekretärin bei Parker und Parker, die ständig Kekse oder Schokoriegel vertilgte und dabei eine Figur wie ein Teenager hatte. „So eine hatten wir auch bei –" Sie biß sich auf die Zunge. „– in der Arztpraxis", verbesserte sie sich. Da klingelte zum erstenmal das Telefon – eine willkommene Unterbrechung.

Um zwölf machte sich Lacey auf den Weg zum Mittagessen mit Kate Knowles.

Um fünf vor halb eins war sie im Radisson Plaza. Kate saß bereits am Tisch und knabberte an einem Brötchen. „Für mich ist das Frühstück und Mittagessen in einem", erklärte sie, „deshalb habe ich schon angefangen. Ich hoffe, das stört Sie nicht."

Lacey setzte sich ihr gegenüber. „Nicht im geringsten. Wie läuft Ihre Show?"

„Großartig."

Sie bestellten Omeletts, Salat und Kaffee. „Ich muß zugeben, daß ich allmählich neugierig werde. Heute morgen habe ich Tom erzählt, daß wir uns zum Mittagessen treffen. Er wäre am liebsten mitgekommen und läßt Ihnen schöne Grüße ausrichten." Kate nahm sich noch ein Brötchen. „Er sagt, daß Sie sich erst kürzlich entschlossen haben hierherzuziehen und daß Sie nur einmal als Kind hier waren. Wie kommt es, daß Ihnen die Stadt so gut in Erinnerung geblieben ist?"

Beantworte die Frage mit einer Gegenfrage, mahnte sich Lacey. „Sie sind doch viel auf Tournee", sagte sie. „Haben Sie da nicht auch zu manchen Städten mehr Bezug als zu anderen?"

„Na klar. Zu den guten, so wie hier, und zu den weniger guten. Von der am wenigsten guten kann ich Ihnen ein Lied singen ..."

Während Kate ihre Geschichte zum besten gab, entspannte sich Lacey allmählich. Wie die meisten Leute aus dem Showbusiness verstand sich Kate hervorragend aufs Erzählen. Laceys Vater hatte dieses Talent auch gehabt. Bei ihm hatte sogar ein Einkaufszettel interessant geklungen.

Bei der zweiten Tasse Kaffee sagte Lacey: „Neulich abend haben Sie von einem Freund gesprochen. Bill Soundso?"

„Bill Merrill. Er könnte sogar der Richtige für mich sein."

„Was macht er denn?"

„Er ist Investmentbanker."

„Bei welcher Bank arbeitet er denn?"

„Chase."

Kate schien zu merken, daß sie ausgehorcht wurde. Ich weiß jetzt, was ich wissen muß, dachte Lacey. Nun kann Kate ruhig weiter von sich erzählen. „Das Beste, was Ihnen passieren kann, wäre wohl ein Broadway-Hit, der zehn Jahre lang läuft", wechselte sie das Thema.

„Sie sagen es", erwiderte Kate grinsend. „Ich würde wirklich gern dauerhaft in New York leben. Natürlich vor allem wegen Bill, aber bestimmt wird auch Tom früher oder später dort landen. Für mich wäre das wirklich das Sahnehäubchen auf dem Kuchen. Weil wir beide Einzelkinder sind, waren wir schon immer eher Geschwister als Cousin und Cousine. Er war immer für mich da. Außerdem ist Tom ein Mensch, der instinktiv spürt, wenn jemand Hilfe braucht."

Ob er mich wohl deshalb letzte Woche ausgeführt und gestern abend angerufen hat? dachte Lacey. Sie winkte der Bedienung. „Ich muß los", erklärte sie hastig. „Heute ist mein erster voller Arbeitstag."

VON EINEM Münzfernsprecher in der Lobby aus hinterließ sie eine Nachricht für George Svenson. „Ich habe neue Informationen im Fall Heather Landi, die ich Mr. Baldwin von der Bundesstaatsanwaltschaft persönlich mitteilen muß."

Sie legte auf und eilte hinaus, da sie bereits spät dran war.

Nicht einmal eine Minute später griff eine Hand mit braunen Altersflecken nach dem Hörer, der noch warm von Laceys Griff war.

Sandy Savarano führte nie Telefonate, die sich zurückverfolgen ließen. Seine Taschen waren mit Vierteldollarmünzen gefüllt. Von diesem Apparat aus wollte er fünf Immobilienmakler anrufen, dann würde er von einem anderen weitere fünf Anrufe erledigen, bis er seine Liste der hiesigen Firmen abgehakt hatte.

Er wählte. „Downtown Realty", meldete sich eine Stimme, und Savarano begann seinen Vortrag. „Ich arbeite für die Bundesvereinigung der Immobilienmakler. Wir führen eine telefonische Umfrage durch ..."

SLOANES gestriger Anruf hatte Bundesstaatsanwalt Gary Baldwin zur Weißglut gebracht: Jetzt hatte sich auch noch herausgestellt, daß vermutlich mehrere Seiten aus Jimmy Landis Kopie des Tagebuchs seiner Tochter abhanden gekommen waren – und das offensichtlich schon zu einem Zeitpunkt, bevor man die Sicherheitskopien angefertigt hatte. Denn in diesen waren die besagten Seiten auch nicht zu finden!

„Ein Wunder, daß nicht alles weg ist!" hatte Baldwin getobt. „Beim Original haben Sie es ja auch geschafft!"

Als Sloane nun 24 Stunden später wieder anrief, hatte der Staatsanwalt nochmals die Gelegenheit, seinem Ärger Luft zu verschaffen. „Wir brüten monatelang über einer der zusätzlichen Kopien, die Sie gemacht und uns gegeben haben, und müssen dann feststellen, daß uns einige Seiten fehlen, die offenbar eine gewisse Bedeutung haben. Wo haben Sie das Tagebuch und die Kopie von Landi eigentlich aufbewahrt? Am Schwarzen Brett?"

Sloane war selbst stinksauer darüber, daß sowohl das Original als vielleicht auch einige Seiten der Kopie des Tagebuchs aus *seinem* verschlossenen Fach im Asservatenschrank verschwunden waren.

Er hatte die Schlüssel für den Schrank an einem Bund, den er in der Jackentasche bei sich trug. Und da er seine Jacke oft auszog und über den Stuhl an seinem Schreibtisch hängte, hätte buchstäblich jeder den Schlüsselbund aus der Tasche holen, einen Abdruck anfertigen und die Schlüssel zurückstecken können, ohne daß er etwas davon bemerkt hätte.

Nach dem Verschwinden des Originaltagebuchs hatte er zwar die Schlösser ausgetauscht. Aber seine Angewohnheit, die Schlüssel in der Jacke zu lassen, hatte er beibehalten.

Er wandte seine Aufmerksamkeit wieder dem Telefongespräch zu und ergriff die nächste Gelegenheit, auch mal etwas zu sagen. „Sir, ich habe den Vorfall gestern gemeldet, weil Sie darüber informiert werden mußten. Jetzt rufe ich an, weil ich offen gestanden nicht ganz sicher bin, ob Jimmy Landi in diesem Fall ein zuverlässiger Zeuge ist. Gestern hat er zugegeben, daß er das Tagebuch gerade mal überflogen hat, nachdem die Farrell es ihm gegeben hatte. Außerdem hat er angekündigt, einen Privatdetektiv auf die Sache anzusetzen. Sein Partner, Steve Abbott, hat ihn begleitet und sich furchtbar aufgespielt."

„Ich mache Landi keinen Vorwurf", gab Baldwin zurück. „Und ein Detektiv könnte in diesem Fall nichts schaden, vor allem, da Sie anscheinend überhaupt keine Fortschritte machen."

„Sie wissen genau, daß das nicht stimmt. Ein Schnüffler würde uns nur in die Quere kommen. Aber im Augenblick sieht es ganz so aus, als sei die Sache abgeblasen. Abbott hat mich gerade angerufen und sich gewissermaßen entschuldigt. Er meinte, wenn man es genau bedenke, sei es ziemlich wahrscheinlich, daß Landi sich geirrt habe und doch keine Seiten fehlten. Als Landi an besagtem Abend das Tagebuch von Lacey Farrell bekommen habe, sei ihm so schwer ums Herz geworden, daß er es erst mal beiseite gelegt habe. Und am nächsten Abend habe er sich vor dem Durchsehen erst einmal betrunken."

„Möglicherweise täuscht er sich ja wirklich, was die fehlenden Seiten angeht, aber das werden wir wohl nie herausfinden", entgegnete Baldwin kühl. „Doch selbst wenn er sich irren sollte, wurde das Tagebuch eindeutig entwendet, als es sich in Ihrer Obhut befand, und das heißt, Sie haben jemanden im Revier, der für die Gegenseite arbeitet. Ich schlage vor, daß Sie mal einen gründlichen Hausputz veranstalten."

„Wenn ich mich recht erinnere, Sir, waren *wir* es, die nach dem Einbruch Savaranos Fingerabdrücke an der Tür zu Miß Farrells Wohnung gefunden und identifiziert haben", konterte Sloane. „Ich glaube, *Ihre* Ermittler waren davon überzeugt, daß er nicht mehr lebt."

Als der Staatsanwalt wortlos auflegte, war Detective Ed Sloane sicher, daß er Baldwin tief getroffen hatte. Eins zu null für uns, dachte er. Aber das hilft uns auch nicht weiter.

AN DIESEM Nachmittag mußten Gary Baldwins Mitarbeiter seine Enttäuschung über die verpatzte Ermittlung ausbaden. Doch als er hörte, daß Lacey Farrell neue Informationen für ihn hatte, besserte sich seine Laune schlagartig.

Für das Telefonat war wieder eine abhörsichere Leitung in einem Hotelzimmer installiert worden.

„Mr. Baldwin", begann Lacey, „ich habe Informationen für Sie, die sich als sehr wichtig erweisen könnten. Ich habe erfahren, daß Rick Parker – von Parker und Parker, der Firma, für die ich gearbeitet habe – sich wenige Stunden vor Heather Landis Tod im selben Skihotel aufhielt wie sie und daß sie bei seinem Anblick erschrak."

Eine lange Pause entstand, dann fragte Baldwin: „Wie sind Sie ausgerechnet in Minnesota an diese Information gekommen, Miß Farrell?"

Schlagartig wurde Lacey klar, daß sie vor diesem Anruf nicht richtig durchdacht hatte, was sie dem Staatsanwalt eigentlich sagen wollte. Sie hatte niemandem erzählt, daß sie sich eine Kopie von Heather Landis Tagebuch gemacht hatte, bevor sie es Detective Sloane übergeben hatte. Man hatte ihr bereits strafrechtliche Konsequenzen angedroht, weil sie die Originalseiten aus Isabelles Wohnung mitgenommen hatte. Auf keinen Fall würde man ihr glauben, daß sie es nur deshalb auch für sich kopiert hatte, weil sie ihr Versprechen Isabelle gegenüber hatte halten und das Tagebuch einfach hatte lesen wollen.

„Ich habe Sie gefragt, wie Sie zu dieser Information gekommen sind, Miß Farrell!"

Lacey nahm sich bei ihrer Antwort in acht. „Ich habe hier in der Stadt ein paar neue Freunde gefunden, Mr. Baldwin. Einer von ihnen hat mich zur Premierenfeier von ‚The King and I' eingeladen. Dort kam ich mit Kate Knowles ins Gespräch, einer Schauspielerin aus der Truppe, und –"

„Und die erwähnte rein zufällig, daß sich Rick Parker wenige Stunden vor Heather Landis Tod in einem Skihotel in Vermont aufhielt. Wollen Sie mir das weismachen, Miß Farrell?"

„Mr. Baldwin ..." Lacey merkte, daß sie lauter wurde. „Bei der Unterhaltung mit Kate Knowles stellte sich heraus, daß sie vor zwei Jahren in einer Off-Broadway-Produktion von ‚The Boy Friend' mitgewirkt hat. Darüber unterhielten wir uns. Ich habe das Stück gesehen, mit Heather Landi in der Hauptrolle."

„Sie haben uns nie erzählt, daß Sie Heather Landi kannten", fiel ihr Baldwin wieder ins Wort.

„Ich kannte sie nicht!" protestierte Lacey. „Ich habe sie wie Hunderte anderer Theaterbesucher in einem Musical gesehen! Wenn ich mir heute abend einen Film mit Robert De Niro anschaue, soll ich dann etwa behaupten, daß ich ihn *kenne*?"

„In Ordnung, Miß Farrell, der Punkt geht an Sie", sagte der Bundesstaatsanwalt. „Also, Sie kamen auf ‚The Boy Friend' zu sprechen. Und dann?"

Lacey zwang sich, ruhig zu bleiben. „Da Kate zum Ensemble gehörte, ging ich davon aus, daß sie Heather kannte. Also horchte ich sie ein bißchen über sie aus. Sie erzählte mir, daß Isabelle Waring alle Mitglieder des Ensembles gefragt habe, ob ihre Tochter in den Tagen vor ihrem Tod beunruhigt gewesen sei, und wenn ja, ob sie eine Ahnung hätten, warum."

Baldwin klang nun etwas freundlicher. „Das war geschickt von Ihnen. Was hat sie gesagt?"

„Ja, Heather war beunruhigt. Nein, sie hat mit niemandem über ihre Probleme gesprochen. Aber dann – und das ist der Grund für meinen Anruf – sagte mir Kate, sie wolle sich bei Heathers Mutter melden, weil ihr noch etwas eingefallen sei. Aber da Kate in letzter Zeit immer auf Tournee war, wußte sie natürlich nicht, daß Isabelle tot ist." Wieder sprach Lacey langsam und überlegte sich jedes Wort. „Kate Knowles hat einen Freund, der in New York lebt. Er heißt Bill Merrill und arbeitet als Investmentbanker bei Chase. Er kennt Rick Parker und hat Kate erzählt, daß er sich in der Après-Ski-Bar des Hotels in Stowe mit Heather unterhalten habe, und zwar am Nachmittag, bevor sie starb. Als Rick hereingekommen sei, habe Heather das Gespräch abgebrochen und sofort die Bar verlassen."

„Ist er sicher, daß es der Nachmittag vor ihrem Tod war?"

„Kate zufolge ja. So wie sie es verstanden hat, war Heather bei Ricks Anblick sehr erschrocken. Ich fragte, ob sie eine Ahnung habe, warum Heather so heftig reagiert habe, und Kate erwiderte, Rick habe Heather anscheinend übel mitgespielt, kurz nachdem sie vor fünf Jahren nach New York gezogen sei."

„Miß Farrell, ich möchte Ihnen noch eine Frage stellen: Sie haben etwa acht Jahre für Parker und Parker gearbeitet, und zwar mit Rick Parker zusammen. Ist das richtig?"

„Ja, genau. Aber Rick war bis vor drei Jahren in unserem Büro in der West Side tätig."

„Verstehe. Und während dieser ganzen Geschichte mit Isabelle Waring hat er Ihnen gegenüber nie erwähnt, daß er Heather Landi möglicherweise gekannt hat?"

„Nein, das hat er nicht. Darf ich Sie daran erinnern, Mr. Baldwin, daß ich meine derzeitige Lage dem Umstand zu verdanken habe, daß Rick Parker mir den Namen von Curtis Caldwell genannt hat. Rick ist der einzige im Büro, der mit dem Mann gesprochen hat – oder *angeblich* mit ihm gesprochen hat –, der sich als Isabelle Warings Mörder erwies. Wochenlang habe ich die Wohnung verschiedenen Interessenten gezeigt und Rick davon erzählt, daß Isabelle Warings Gedanken fortwährend um den Tod ihrer Tochter kreisten. Hätte er unter diesen Umständen nicht erwähnen müssen, daß er Heather kannte? Ich denke schon", erklärte Lacey mit Nachdruck.

„Lassen Sie mich noch einmal die Fakten wiederholen", sagte Baldwin. „Sie sagen, der Mann, der Rick Parker in Stowe sah, ist ein Investmentbanker namens Bill Merrill?"

„Ja."

„Und Miß Knowles hat Ihnen all dies bei Ihrer zufälligen Begegnung von sich aus verraten?"

Lacey riß der Geduldsfaden. „Mr. Baldwin, um an diese Informationen heranzukommen, habe ich mich unter einem Vorwand mit einer sehr netten Schauspielerin zum Mittagessen verabredet, mit der ich wirklich gern befreundet wäre! Ich habe sie angelogen, so wie ich jeden anderen, der mir hier in Minneapolis begegnet ist, angelogen habe, mit Ausnahme von George Svenson! Es liegt in meinem Interesse, alles herauszufinden, was mir helfen könnte, wieder ein normaler Mensch zu werden. An Ihrer Stelle würde ich lieber Nachforschungen über Rick Parkers Verbindung zu Heather Landi anstellen, anstatt so zu tun, als würde ich Sachen erfinden!"

„Das wollte ich keineswegs andeuten, Miß Farrell. Wir werden diesem Hinweis sofort nachgehen. Aber Sie müssen doch zugeben, daß nicht gerade viele Zeugen aus dem Schutzprogramm zufällig der Freundin einer Verstorbenen begegnen, deren Mutter ermordet wurde, was wiederum der Grund für ihre Aufnahme in das Programm war."

„Und nicht besonders viele Mütter werden ermordet, weil sie nicht glauben, daß der Tod ihrer Tochter ein Unfall war!"

„Wir befassen uns mit der Sache, Miß Farrell. Bleiben Sie auf der Hut. Überlegen Sie sich genau, was Sie erzählen. Wenn auch nur ein Mensch erfährt, wo Sie sich aufhalten, müssen wir Sie anderswo unterbringen."

„Machen Sie sich keine Sorgen um mich, Mr. Baldwin", antwortete Lacey. Bei dem Gedanken, daß sie ihrer Mutter von Minneapolis erzählt hatte, wurde ihr allerdings mulmig.

TOM LYNCH dachte an Alice, als er nach dem Training im Twin Cities Fitneßcenter unter der Dusche stand. Nun hatte sie sich schon seit zwei Tagen nicht mehr im Fitneßstudio blicken lassen. Und zurückgerufen hatte sie ihn auch nicht. Kate hatte ihm von dem Mittagessen mit ihr erzählt. Sie hatte auch erwähnt, daß Alice gerade einen neuen Job angefangen habe. Vielleicht hatte sie ihn ja deshalb nicht angerufen. Oder war vielleicht ein anderer Mann im Spiel?

Da Tom wußte, daß Ruth Wilcox' wachsamen Blicken nichts entging, schaute er beim Hinausgehen in ihrem Büro vorbei. „Alice Carroll ist heute wieder nicht aufgetaucht", sagte er betont beiläufig.

Er sah, wie Ruths Augen interessiert aufblitzten. „Ich wollte sie demnächst ohnehin anrufen und fragen, ob alles in Ordnung ist. Sie ist jeden Tag so brav gekommen, daß ich fürchte, da stimmt was nicht." Ruth lächelte verschmitzt. „Ich könnte es ja jetzt sofort probieren."

Sie ließ es viermal läuten, dann sagte sie: „Wie schade. Sie ist nicht zu Hause, aber der Anrufbeantworter ist an. Ich hinterlasse eine Nachricht."

Und die lautete, daß sie und ein gewisser, sehr attraktiver Gentleman sich fragten, wo Alice bloß stecke.

Na, wenigstens muß sie jetzt Farbe bekennen, dachte Tom. Wenn sie kein Interesse hat, mit mir auszugehen, will ich es lieber gleich wissen. Ob sie wohl irgendwelche Probleme hat?

Draußen vor der Tür entschied er, zu Alice zu fahren. Wenn er Glück hatte, war sie zu Hause, und dann würde er sie fragen, ob sie Lust hätte, mit ihm ins Kino zu gehen.

Er parkte vor dem Haus, und ihm fiel ein, daß sie im dritten Stock wohnte. Die Fenster waren dunkel. Tom beschloß, noch eine Weile zu warten.

Vierzig Minuten verstrichen. Er wollte schon wegfahren, als ein Auto in die Auffahrt einbog. Die Beifahrertür wurde geöffnet, Alice stieg aus und eilte ins Haus. Im Schein der Lampe über der Tür erkannte Tom, daß der Fahrer ein älterer Mann war. Zwischen ihm und Alice lief bestimmt nichts.

Nachdem der Wagen weg war, ging Tom zum Haus. In einem Vorraum des Foyers gab es eine Sprechanlage. Er drückte auf den Knopf für Apartment 4 F.

Alice meldete sich. Offenbar dachte sie, es sei der Mann, der sie eben abgesetzt hatte. „Mr. Svenson?"

„Nein, Alice, hier ist Mr. Lynch", sagte Tom in einem Ton scherzhafter Förmlichkeit. „Darf ich raufkommen?"

ALS LACEY die Tür aufmachte, sah Tom sofort, daß sie erschöpft, ja fast wie betäubt war. Sie war leichenblaß und hatte unnatürlich geweitete Pupillen. „Offensichtlich geht es Ihnen nicht besonders", sagte er. „Was ist los, Alice?"

Der Anblick des großen, schlanken Mannes in der Tür, die Sorge in seinen Augen, die Erkenntnis, daß er zu ihr gekommen war, obwohl sie auf seinen Anruf nicht reagiert hatte, waren beinahe zuviel für Lacey. Doch als er sie Alice nannte, gewann sie ihre Fassung halbwegs wieder. Auf der zwanzigminütigen Fahrt zurück zu ihrer Wohnung hatte sie ihre Wut an George Svenson ausgelassen. „Was ist bloß mit diesem Baldwin los? Ich gebe ihm Informationen, die ihm bei diesem Fall ganz bestimmt weiterhelfen, und er behandelt mich wie eine Kriminelle! Er hat mich einfach nicht für voll genommen!"

„Nehmen Sie's nicht so schwer, Alice. Immer mit der Ruhe." Svenson besaß eine Stimme, die eine Löwin hätte besänftigen können, ganz zu schweigen von Lacey. Das lag natürlich an seinem Beruf.

„Alice, bitten Sie mich nicht herein?" riß Tom sie aus ihren Gedanken. „Es wird Ihnen sowieso nichts anderes übrigbleiben, denn ich habe nicht vor, gleich wieder zu gehen."

Lacey versuchte zu lächeln. „Bitte, kommen Sie rein, Tom. Ich wollte mir gerade ein Glas Wein einschenken. Möchten Sie auch eines?"

„Gerne." Er zog seinen Mantel aus und warf ihn auf einen Stuhl. „Wie wär's, wenn ich serviere? Ist der Wein im Kühlschrank?"

„Nein, er liegt im Weinkeller, und der befindet sich direkt hinter meiner hochmodernen Küche."

Diese bestand in der winzigen Wohnung aus einem kleinen Herd, einer Spüle und einem Kühlschrank im Miniformat.

Tom zog die Brauen hoch. „Soll ich ein Kaminfeuer im Salon entzünden?"

„Das wäre schön. Ich warte auf der Veranda." Lacey öffnete den Schrank und schüttete Cashewnüsse in ein Schälchen. Vor zwei Minuten habe ich mich gefühlt, als würde ich gleich zusammenbrechen, dachte sie. Und jetzt bin ich schon wieder zum Scherzen aufgelegt. Es war offensichtlich, daß ihr Toms Anwesenheit guttat.

Sie setzte sich in eine Ecke der Couch, während er sich auf dem Polstersessel niederließ und seine langen Beine ausstreckte. Dann hob er sein Glas und sah sie an. „Schön, bei Ihnen zu sein, Alice." Seine Miene wurde ernst. „Ich möchte Ihnen eine Frage stellen, und sagen Sie mir bitte die Wahrheit. Gibt es einen anderen Mann in Ihrem Leben?"

Ja, dachte Lacey, aber nicht so, wie du glaubst. Der Mann in meinem Leben ist ein Killer, der hinter mir her ist. Sie sah Tom lange an. Ich könnte dich lieben, überlegte sie. Vielleicht habe ich sogar schon damit angefangen. Aber dann erinnerte sie sich an die Kugeln, die an ihrem Kopf vorbeigepfiffen waren, und an das Blut, das aus Bonnies Schulter gespritzt war. Nein, das konnte sie nicht riskieren. Sie durfte Tom dieser Gefahr nicht aussetzen.

„Ja, ich fürchte, es gibt jemanden in meinem Leben“, antwortete sie mit äußerster Selbstbeherrschung.

Zehn Minuten später verabschiedete sich Tom.

INZWISCHEN hatte Rick Parker über ein Dutzend Interessenten durch die Wohnung von Heather Landi geführt, ohne daß auch nur einer ein Angebot gemacht hätte. Doch nun hatte er eine potentielle Käuferin an der Angel: Shirley Forbes, eine geschiedene Frau um die Fünfzig, hatte die Wohnung schon dreimal besichtigt, und um halb elf war er erneut mit ihr verabredet.

Als er an diesem Morgen ins Büro kam, klingelte bereits das Telefon. Es war Detective Ed Sloane. „Rick, wir haben uns nun schon seit ein paar Wochen nicht mehr unterhalten. Ich denke, Sie sollten heute bei mir vorbeischauen. Vielleicht ist Ihr Erinnerungsvermögen ja zurückgekehrt.“

„Es gibt nichts, woran ich mich erinnern müßte“, erwiderte Rick spitz.

„Ich denke doch. Wir sehen uns um zwölf.“

Rick zuckte zusammen, als Sloane abrupt auflegte. Er ließ sich auf seinen Stuhl fallen und rieb sich die Stirn. Er hatte schier unerträgliche Kopfschmerzen. Er trank einfach zuviel.

Letzte Nacht hatte er eine Tour durch seine Lieblingsbars gemacht. Er erinnerte sich dunkel, daß er im Venezia gelandet war. Hatte er dort eine Dummheit begangen? Hatte er zu Jimmy Landi etwas über Heather gesagt?

Das letzte, was er vor dem Gespräch mit Sloane gebrauchen konnte, war jetzt dieser Termin in Heathers Wohnung, aber er konnte ihn auf keinen Fall verschieben. Sein Vater würde endgültig die Geduld verlieren, wenn er erfuhr, daß er eine potentielle Käuferin versetzt hatte.

„Rick?“ Er blickte auf und sah R. J. Parker senior vor sich, der ihn mit finsterer Miene ansah. „Ich war bei Landi. Er will die Wohnung endlich verkauft haben. Ich habe ihm erzählt, daß du mit einer ernsthaften Interessentin verabredet bist. Er meint, er sei bereit, um hunderttausend runterzugehen.“

„Ich treffe mich gleich mit Mrs. Forbes, Dad.“

„Rick“, fuhr sein Vater fort, „ich glaube, eines brauche ich nicht extra zu betonen: Je eher wir die Wohnung abstoßen, um so geringer ist die Chance, daß Jimmy herausfindet –“

„Ich *weiß*, Dad.“ Rick schob seinen Stuhl zurück. „Ich muß los.“

„Die Wohnung ist genau das, was ich suche, aber ich weiß, daß ich mich hier niemals wohl fühlen könnte. Ich müßte immer an diese arme Frau denken."

Shirley Forbes verkündete ihren Entschluß, als sie mit Rick im Schlafzimmer stand, wo Isabelle Waring ermordet worden war. Die Möbel befanden sich noch an Ort und Stelle. Mrs. Forbes sah sich um. Sie hatte die Augen hinter ihrer überdimensionalen Brille weit aufgerissen und zeigte auf das Bett. „Ich habe alles gelesen. Sie hatte sich hier in ihrem Schlafzimmer hingelegt, und dann ist jemand hereingekommen und hat sie erschossen. Die Immobilienmaklerin hörte sie noch um ihr Leben betteln. Stellen Sie sich vor, die Maklerin hätte auch getötet werden können! Dann hätte es zwei Mordfälle in dieser Wohnung gegeben!"

Rick kehrte ihr abrupt den Rücken zu. „Okay. Sie haben Ihre Entscheidung getroffen. Gehen wir."

Die Frau folgte ihm durchs Wohnzimmer und die Treppe hinunter. „Ich fürchte, ich habe Sie verstimmt, Mr. Parker. Das tut mir leid. Haben Sie Heather Landi oder Mrs. Waring etwa gekannt?"

Rick hätte ihr am liebsten diese alberne Brille von der Nase gerissen und wäre darauf herumgetrampelt. Er hatte Lust, diese Voyeurin die Treppe hinunterzustoßen. Denn nichts anderes war sie: eine sensationslüsterne Schreckschraube. Wahrscheinlich hatte sie sich die Wohnung überhaupt nur ansehen, aber gar nicht kaufen wollen. Er hätte ihr noch andere Angebote machen können, aber zum Teufel damit!

Mrs. Forbes ersparte ihm die Mühe, sie hinauszukomplimentieren. „Nun muß ich mich aber beeilen", sagte sie. „Ich rufe Sie in den nächsten Tagen an und erkundige mich, ob etwas Neues auf dem Markt ist."

Sobald sie weg war, ging Rick ins Badezimmer und holte eine Flasche Wodka aus dem Versteck im Wäscheschrank. Er nahm sie mit in die Küche, schenkte sich ein Glas ein und nahm einen großen Schluck. Dann setzte er sich auf einen Barhocker an der Theke.

Eine kleine Lampe an deren anderem Ende fiel ihm ins Auge. Ihr Fuß bestand aus einer Teekanne, und sie war ihm nur allzu gut in Erinnerung.

„Das ist Aladins Wunderlampe", hatte Heather gesagt, als sie sie in einem Secondhandshop an der 18. Straße West entdeckt hatte. „Man muß sie reiben, das bringt Glück." Sie hatte die Lampe in die Höhe gehalten und sie mit düsterer Stimme beschworen: „Mächtiger Dschinn, mach, daß ich die Rolle bekomme, für die ich vorgesprochen habe." Dann hatte sie in besorgtem Ton hinzugefügt: „Und mach, daß Papa nicht zu wütend auf mich wird, wenn ich ihm erzähle, daß ich ohne seine Erlaubnis eine Eigentumswohnung gekauft habe."

Sie hatte Rick angesehen. „Es ist mein Geld, ich könnte es ausgeben, wofür ich will. Aber ich weiß natürlich auch, daß er bei meiner Wohnungssuche in New York ein Wörtchen mitreden will. Es belastet ihn schon genug, daß ich allein hier wohnen will."

Dann hatte sie gelächelt – ein wunderbares Lächeln, erinnerte sich Rick. „Aber vielleicht ist es ein gutes Omen, daß ich diese Wunderlampe gefunden habe."

Doch in der darauffolgenden Woche hatte Heather ihn gebeten, den Verkauf rückgängig zu machen. „Ich habe meiner Mutter am Telefon erzählt, daß ich eine Wohnung angeschaut habe, die mir gefällt. Sie hat sich fürchterlich aufgeregt und verraten, daß mein Vater als Überraschung schon eine Wohnung für mich erworben habe – in der 70. Straße Ost, Ecke Fifth Avenue. Ich kann ihm unmöglich sagen, daß ich ohne seine Erlaubnis schon eine andere gekauft habe. Rick, bitte", hatte sie ihn beschworen, „deiner Familie gehört doch die Firma. Du kannst mir helfen."

Rick griff nach der Lampe. Als er sie hochhob, riß er den Stecker heraus. Dann schleuderte er sie mit aller Kraft gegen die Wand über der Spüle.

Der Geist aus der Lampe hatte Heather die Rolle in dem Musical verschafft. Aber danach hatte er ihr nicht mehr viel geholfen.

DIE VERDECKTE Ermittlerin Betty Ponds, die Rick Parker unter dem Namen Shirley Forbes kannte, erstattete Detective Sloane Bericht. „Parker ist vollkommen mit den Nerven fertig", erklärte sie. „Es dauert nicht mehr lange, und er bricht zusammen."

„Und er kriegt bald noch mehr Probleme", sagte Sloane. „Das FBI unterhält sich gerade mit einem Mann, der Parker am Nachmittag vor Heather Landis Tod in Stowe gesehen hat."

„Wann erwarten Sie ihn?" fragte Betty Ponds.

„Um zwölf."

„Oh, wir haben ja schon kurz vor zwölf. Dann verschwinde ich jetzt lieber. Ich will nicht, daß er mich hier sieht." Mit einem Winken verabschiedete sie sich.

Es wurde Viertel nach zwölf, dann halb eins. Um eins rief Sloane bei Parker und Parker an. Dort hieß es, Rick habe um zehn Uhr dreißig einen Termin gehabt und sei noch nicht wieder zurück. Am nächsten Morgen stand fest, daß Rick Parker verschwunden war.

Lacey war sich darüber im klaren, daß sie nicht mehr ins Twin Cities Fitneßcenter gehen konnte. Obwohl sie Tom Lynch gesagt hatte, es gebe einen anderen Mann in ihrem Leben, zweifelte sie nicht daran, daß sich doch etwas zwischen ihnen anbahnen würde, wenn sie sich Tag für Tag im Fitneßcenter trafen. Und sie hätte es nicht ertragen, sich ständig neue Märchen und Lügen ausdenken zu müssen.

Sie mochte Tom wirklich und hätte ihn gern besser kennengelernt. Sie malte sich aus, wie schön es wäre, ihm gegenüberzusitzen und ihm, bei einem Teller Pasta und einem Glas Rotwein, von ihren Eltern, von Kit und Jay und den Kindern zu erzählen. Dagegen konnte sie sich nicht vorstellen, Geschichten über eine Mutter zu erfinden, die angeblich in England lebte, über eine Schule, die sie nie besucht hatte, oder über ihren nicht vorhandenen Exfreund.

Angesichts dieser Gedanken und all ihrer anderen Sorgen, die sich nicht abschütteln ließen, war die Arbeit bei Millicent Royce lebensrettend. Auf Einladung der Maklerin hatte Lacey sie bereits zu mehreren Terminen begleitet, sei es, um potentiellen Kunden Häuser zu zeigen oder um neue Angebote einzuholen.

„Die Arbeit wird interessanter für Sie, wenn Sie die Gegend besser kennenlernen", sagte Mrs. Royce. „Sie müssen sich immer vor Augen halten, daß sich im Immobiliengeschäft alles um die Lage dreht."

Lage, Lage, Lage. In Manhattan konnte ein Blick auf den Central Park oder den Hudson River den Wert einer Wohnung drastisch steigern. Lacey hätte Millicent liebend gern ein paar Anekdoten über exzentrische Kunden erzählt, mit denen sie im Lauf der Jahre zu tun gehabt hatte.

Am schlimmsten waren die Abende, die sich leer und ereignislos dahinschleppten. An einem Donnerstag raffte sie sich auf und ging ins Kino. Das Filmtheater war halb leer, viele Reihen waren unbesetzt. Doch kurz bevor der Film begann, kam ein Mann den Mittelgang entlang, sah sich um und steuerte auf den Platz direkt hinter ihr zu. Im Halbdunkel erkannte Lacey nur, daß er mittelgroß und schlank war. Ihr Herz hämmerte wie wild.

Während des Vorspanns hörte sie den Sitz hinter sich knarren, als der Mann es sich bequem machte, und der Geruch von Popcorn stieg ihr in die Nase. Dann wurde ihr plötzlich auf die Schulter getippt. Halb gelähmt vor Furcht, schaffte sie es kaum, sich umzudrehen und den Mann anzusehen.

Er hielt ihr einen Handschuh entgegen. „Gehört der Ihnen, Ma'am? Er lag unter Ihrem Stuhl." Lacey blieb nicht bis zum Schluß des Films.

Am Freitag morgen fragte Millicent, was sich Lacey fürs Wochenende vorgenommen habe.

„Ich werde mich wohl nach einem neuen Fitneßstudio umsehen", antwortete sie. „Das Center, bei dem ich im Moment Mitglied bin, ist in Ordnung, aber es hat keinen Squashcourt, und darauf möchte ich nur ungern verzichten."

„Ich habe gehört, daß das neue Fitneßcenter in Edina einen großartigen haben soll", entgegnete Millicent. „Und weil sie erst vor kurzem eröffnet haben, bekommt jeder, der jetzt beitritt, einen Rabatt."

Als die Maklerin später zu einem Kundentermin ging, rief Lacey George Svenson an. Sie hatte zwei Bitten: Zum einen wollte sie noch einmal mit Staatsanwalt Gary Baldwin sprechen. „Ich habe ein Recht zu erfahren, wie die Dinge sich entwickeln", erklärte sie und fügte dann hinzu: „Die Leute beim Twin Cities Fitneßcenter werden allmählich zu neugierig. Ich fürchte, ich muß Sie bitten, mir die Aufnahmegebühr für ein anderes Fitneßstudio vorzustrecken."

„Das kann ich bewilligen", erwiderte Svenson ohne Zögern. „Ein bißchen Abwechslung wird Ihnen guttun."

KAPITEL 7

Jeden Morgen las Lottie Hoffmann bei ihrem einsamen Frühstück die New Yorker Zeitungen. Bis vor gut einem Jahr hatte ihr Max dabei Gesellschaft geleistet. Lottie konnte es immer noch nicht begreifen, daß der Mann, mit dem sie 45 Jahre lang zusammengelebt hatte, an jenem Tag Anfang Dezember zu seinem gewohnten Morgenspaziergang aufgebrochen und nicht mehr lebend zurückgekehrt war.

Eine Meldung auf Seite drei der *Daily News* fiel ihr auf: Richard J. Parker junior, dem die Polizei im Mordfall Isabelle Waring einige Fragen stellen wollte, war verschwunden. Was mochte ihm nur passiert sein? fragte sich Lottie nervös.

Sie stand auf und ging an den Schreibtisch im Wohnzimmer. Aus der mittleren Schublade holte sie den Brief, den Isabelle Waring am Tag vor ihrer Ermordung an Max geschrieben hatte.

> Lieber Max,
>
> ich habe heute versucht, Dich anzurufen, aber Deine Nummer ist bei der Auskunft nicht registriert, deshalb wende ich mich schriftlich an Dich. Gewiß hast du gehört, daß Heather letzten Dezember durch einen Unfall ums Leben gekommen ist. Ihr Tod ist natürlich

ein schrecklicher Verlust für mich, aber die Begleitumstände ihres Todes haben mich noch mehr beunruhigt.

Beim Aufräumen ihrer Wohnung bin ich auf ein Tagebuch gestoßen, in dem sie erwähnt, sie sei mit Dir zum Mittagessen verabredet. Das war fünf Tage vor ihrem Unfall. Danach schreibt sie nichts mehr über Dich. Aus den nächsten Einträgen geht jedoch hervor, daß sie sehr verstört war.

Max, Du hast bis zu Heathers fünfzehntem Lebensjahr in Jimmys Restaurant gearbeitet. Du warst der beste Oberkellner, den er je hatte. Weißt Du noch, wie Du Heather Zaubertricks vorgeführt hast? Sie hat Dich gemocht und Dir vertraut, und ich habe die Hoffnung, daß sie Dir bei Eurer Verabredung ihr Herz ausgeschüttet hat.

Auf jeden Fall möchte ich Dich bitten, mich anzurufen. Ich bin in Heathers Wohnung zu erreichen – die Nummer ist 555-2437.

Lottie legte den Brief wieder in die Schublade und kehrte an den Tisch zurück. Als sie ihre Kaffeetasse nahm, zitterte ihre Hand stark. Ich habe Isabelle Waring angerufen, erinnerte sie sich mit einem mulmigen Gefühl. Sie war so entsetzt, als ich ihr erzählt habe, daß Max nur zwei Tage vor Heathers Tod selbst bei einem Autounfall ums Leben gekommen ist. Er wurde von einem Wagen erfaßt, und der Täter beging Fahrerflucht. Damals habe ich seinen Tod wirklich noch für einen Unfall gehalten.

Isabelle hatte gefragt, ob Lottie eine Ahnung habe, worüber Max und Heather gesprochen haben könnten.

Max hatte immer gesagt, in seinem Gewerbe bekomme man zwar viel zu hören, man müsse aber lernen, den Mund zu halten. Lottie schüttelte den Kopf. Diese Regel hatte er anscheinend gebrochen, als er mit Heather gesprochen hatte. Und jetzt wußte sie, daß er mit seinem Leben dafür bezahlt hatte.

Sie hatte versucht, Isabelle zu helfen, und ihr gesagt, was sie wußte: Sie habe Heather nie kennengelernt, aber mit ihrer Seniorengruppe eine Aufführung von „The Boy Friend“ besucht, in der Isabelles Tochter aufgetreten sei. Einige Zeit später habe sie mit derselben Gruppe einen Tagesausflug ins „Mohonk Mountain House“, ein Ferienhotel in den Catskill Mountains, unternommen. Dort habe sie Heather zum zweiten und letzten Mal gesehen. Sie sei in der Nähe der Pisten spazierengegangen und habe ein engumschlungenes Paar gesehen. Sie habe Heather erkannt, nicht aber ihren Begleiter. Zurück in New York, habe sie am Abend Max davon erzählt.

Er hat sich nach Heathers Freund erkundigt, erinnerte sich Lottie. Als ich ihn beschrieb, wußte Max sofort, von wem ich sprach, und war höchst beunruhigt. Er meinte, wenn ich wüßte, was für ein Mensch das sei, würden mir die Haare zu Berge stehen. Der Kerl sei ein Gangster und Drogenhändler.

Aber seinen Namen hatte Max nicht genannt, und bevor Lottie Isabelle Waring bei ihrem Anruf an jenem Abend von dem Mann hatte erzählen können, hatte diese sie unterbrochen. „Ich höre unten jemanden hereinkommen. Das ist bestimmt die Immobilienmaklerin. Geben Sie mir Ihre Nummer. Ich rufe Sie gleich zurück."

Doch Lottie hatte den ganzen Abend auf ihren Rückruf gewartet, und dann hatte sie die Elfuhrnachrichten gehört. Erst da hatte sie voll und ganz begriffen, was geschehen war. Wer immer hereingekommen war, als sie mit Isabelle telefoniert hatte, war deren Mörder gewesen. Und Lottie war zu der Überzeugung gekommen, daß Max gestorben war, weil er Heather vor dem Mann gewarnt hatte, mit dem sie sich getroffen hatte.

Wenn ich ihn sähe, würde ich ihn wiedererkennen, dachte Lottie. Aber Gott sei Dank weiß das niemand. Was sollte sie tun, wenn die Polizei sich je an sie wandte? Was hätte Max ihr geraten? Sie wußte, daß er sie niemals in Gefahr gebracht hätte.

Die Antwort war sehr beruhigend, und Lottie hörte sie so deutlich, als säße Max ihr gegenüber am Frühstückstisch. „Unternimm gar nichts", sagte er. „Halt deinen Mund."

SANDY SAVARANOS Suche dauerte länger als erwartet. Vormittags sah er sich die Maklerbüros näher an, wobei ihn die kleinen Firmen am meisten interessierten. In der Regel waren sie in Ladenlokalen untergebracht, und er sah schon beim ersten Blick durchs Schaufenster, was drinnen vor sich ging. Mit den größeren, besser ausgestatteten Büros befaßte er sich nicht näher. Sie würden niemanden einstellen, der keine Referenzen vorweisen konnte. Nachmittags nahm er sich die Fitneßstudios vor.

Sandy zweifelte nicht daran, daß er Lacey Farrell irgendwann finden würde. Kein Mensch änderte seine Gewohnheiten, nur weil er einen anderen Namen annahm. Manche Opfer hatte er schon mit weniger Indizien aufgespürt.

Am späten Freitag vormittag fuhr er los, um Royce Realty in Edina zu überprüfen. Die Frau, mit der er telefoniert hatte, hatte seine ersten Fragen unbefangen beantwortet. Ja, sie beschäftige eine junge Frau von 26 Jahren, die ihre Prüfung als Immobilienmaklerin ablegen wolle, aber nun ihren Mutterschaftsurlaub angetreten habe.

Hatte sie bereits eine Nachfolgerin?

Eine Pause war eingetreten, die Sandys Interesse geweckt hatte, da sie weder ja noch nein bedeutete. „Ich habe eine Bewerberin ins Auge gefaßt", hatte Mrs. Royce schließlich geantwortet. Ja, sie gehöre zu der fraglichen Altersgruppe.

In Edina angekommen, parkte Sandy auf dem Parkplatz des Supermarkts gegenüber dem Büro von Royce Realty. Er stieg aus dem Auto, überquerte die Straße und schlenderte an der Agentur vorbei. Dann blieb er stehen, als wolle er deren Aushang im Schaufenster lesen.

Er sah einen Empfangstisch, auf dem sich säuberlich Papiere stapelten; folglich war er in der Regel besetzt. Dahinter erspähte er in einem separaten Büro eine imposante grauhaarige Frau, die am Schreibtisch saß. Sandy beschloß hineinzugehen.

MILLICENT ROYCE blickte auf, als die Glocke über der Tür klingelte. Sie sah einen konservativ gekleideten grauhaarigen Mann hereinkommen, der Ende Fünfzig sein mochte, und ging nach vorn, um ihn zu begrüßen.

Der Mann stellte sich als Paul Gilbert vor. Er besuche die Gegend als Handelsvertreter. „Mein Schwiegersohn wird demnächst hierher versetzt, und meine Tochter hat gehört, daß Edina eine schöne Wohngegend sei", fuhr er fort. „Sie erwartet ein Kind, und da habe ich mir gedacht, ich könnte mich schon mal nach einem Haus für sie umsehen, solange ich hier bin."

„Was sind Sie ein fürsorglicher Vater!" sagte Millicent. „Darf ich Ihnen gleich ein paar Fragen stellen, damit ich eine Vorstellung davon bekomme, was Ihre Tochter sucht."

Sandy gab Auskunft über die Bedürfnisse seiner angeblichen Familie, unter anderem „einen Kindergarten für meine vierjährige Enkelin, einen großen Garten und eine geräumige Küche – meine Tochter kocht gern". Eine halbe Stunde später verließ er das Büro mit Millicents Versprechen, sie werde das passende Haus ausfindig machen.

Sandy setzte sich ins Auto und behielt den Eingang des Büros im Auge. Wenn eine Angestellte den vorderen Schreibtisch benutzte, hatte sie wahrscheinlich gerade Mittagspause und würde bald zurückkommen.

Zehn Minuten später betrat eine junge blonde Frau die Agentur. Eine Kundin oder die Empfangsdame? Sandy stieg wieder aus und überquerte die Straße, achtete aber darauf, daß man ihn vom Immobilienbüro aus nicht sah. Einige Minuten blieb er vor einem benachbarten Feinkostgeschäft stehen und spähte aus den Augenwinkeln in das Büro von Millicent Royce.

Die junge Frau hatte am vorderen Schreibtisch Platz genommen und unterhielt sich angeregt mit der Maklerin. Sandy kannte sie nicht. Leider konnte er nicht von den Lippen ablesen, sonst hätte er mitbekommen, wie Regina sagte: „Millicent, Sie glauben nicht, wieviel einfacher es war, hinter diesem Schreibtisch zu sitzen, als ein Baby mit Dreimonatskoliken zu versorgen!"

Sandy eilte zu seinem Wagen zurück und fuhr los. Da es in der Gegend noch weitere Maklerbüros gab, beschloß er, sie alle abzuklappern. Am Spätnachmittag wollte er dann die Fitneßstudios im Zentrum von Minneapolis unter die Lupe nehmen.

Das nächste auf seiner Liste war das Twin Cities Fitneßcenter.

„BONNIE, stell dich doch nicht so an. Daddy, Omi und ich fahren nur zum Essen nach New York", beruhigte Kit ihre kleine Tochter. „Wir kommen auch nicht zu spät heim, Ehrenwort."

Jay wartete, bis Bonnie die Treppe hinuntergegangen war. „Es ist wirklich wichtig", sagte er dann. „Ich mußte mich unglaublich ins Zeug legen, um diesen Auftrag für Jimmy Landis Casino zu bekommen. Ich habe keine Geschäfte mehr mit ihm gemacht, seit Abbott für die Lieferanten verantwortlich ist. Auch diesmal bin ich bei einigen der größeren Posten wieder von der Konkurrenz unterboten worden. Es darf einfach nichts schiefgehen." Er zog seinen Sakko an. „Und eines darfst du nicht vergessen, Kit: Landi hat durch einen Privatdetektiv herausgefunden, daß Lacey meine Schwägerin ist. Alex meinte sogar, das sei der eigentliche Grund, warum Landi das Essen bei ihm arrangiert habe. So, jetzt müssen wir aber los!"

MONA FARRELL trat mit dem Telefon in der Hand ans Fenster und sah den Wagen vorfahren. „Ich muß jetzt gehen. Jay und Kit kommen gerade, Lacey", sagte sie. „Wir fahren zum Abendessen nach New York."

Sie hatten sich fast vierzig Minuten unterhalten, aber heute abend fiel es Lacey besonders schwer, das Gespräch zu beenden. Sie hatte einen langen Tag hinter sich, und vor ihr erstreckte sich endlos das Wochenende. Letzten Freitag um diese Zeit hatte sie sich auf ihre Verabredung mit Tom Lynch gefreut. Jetzt gab es nichts, worauf sie sich freuen konnte.

Als sie nach Bonnie gefragt hatte, waren die übertrieben fröhlichen Versicherungen ihrer Mutter ein deutliches Zeichen dafür gewesen, daß Bonnie immer noch nicht wieder auf dem Damm war. Noch beunruhigender fand Lacey aber die Nachricht, daß ihre Mutter, Kit und Jay sich heute abend mit Jimmy Landi in Alex Carbines Restaurant zum Essen treffen würden. Der von Landi angeheuerte Privatdetektiv hatte herausgefunden, daß Jay Laceys Schwager war und sich Alex regelmäßig mit Laceys Mutter traf. Als sie sich verabschiedeten, warnte Lacey daher: „Sei um Himmels willen vorsichtig, Mom, und verrate niemandem, wo ich bin!"

„Keine Sorge! Von mir erfährt niemand ein Sterbenswörtchen. Jetzt muß ich aber wirklich Schluß machen. Was hast du heute abend vor?"

„Ich bin einem neuen Fitneßclub beigetreten. Da gibt es einen tollen Squashcourt."

„Ich weiß ja, wie gern du Squash spielst." Mona Farrell freute sich ehrlich. „Alles Liebe, du fehlst mir, mein Schatz."

Als sie zum Wagen hinuntereilte, dachte sie, daß sie den anderen jetzt wenigstens erzählen konnte, wie Lacey ihre Freizeit gestaltete.

Am Freitag abend war Tom Lynch nach dem Theater mit seiner Cousine Kate auf einen Drink verabredet. Das Gastspiel ihres Musicals in Minneapolis ging zu Ende, und er wollte ihr auf Wiedersehen sagen. Außerdem hoffte er, daß sie ihn ein wenig aufmuntern würde. Seit Alice Carroll ihm gesagt hatte, daß es einen anderen Mann in ihrem Leben gebe, fühlte er sich niedergeschlagen.

Er beschloß, ins Fitneßstudio zu gehen und eine Weile zu trainieren. Kate würde er erst gegen elf treffen, und er wußte sonst nichts mit seiner Zeit anzufangen.

Tom gestand sich ein, daß er heimlich hoffte, Alice würde auftauchen. Als er aus dem Herrenumkleideraum kam, blickte er sich um, aber sie war nirgends zu entdecken. Dagegen sah er Ruth Wilcox durch die Glastür ihres Büros, die sich mit einem grauhaarigen Mann unterhielt. Als dieser gegangen war, ging Tom hinein, um die Geschäftsführerin zu fragen, ob sie etwas von Alice gehört habe.

„Ich habe Neuigkeiten für Sie!" verkündete sie. „Schließen Sie die Tür."

Irgendwie wußte Tom, daß die Neuigkeiten mit Alice und dem grauhaarigen Mann zu tun hatten, der gerade gegangen war.

„Der Kerl sucht Alice", erklärte Ruth aufgeregt. „Er ist ihr Vater."

„Ihr Vater? Das ist verrückt! Alice hat mir erzählt, daß er vor ein paar Jahren gestorben ist."

„Das mag sein, aber dieser Mann ist ihr Vater. Zumindest behauptet er das. Er hat mir sogar ein Foto von ihr gezeigt und gefragt, ob ich sie kenne."

Toms Reporterinstinkt erwachte. „Was haben Sie ihm gesagt?" fragte er vorsichtig.

„Gar nichts. Woher soll ich denn wissen, ob er nicht von einem Inkassobüro ist? Ich sei mir nicht sicher, habe ich geantwortet. Dann hat er erzählt, zwischen seiner Tochter und seiner Frau habe es eine schreckliche Auseinandersetzung gegeben, und er wisse, daß seine Tochter vor vier Monaten nach Minneapolis gezogen sei. Seine Frau sei sehr krank und wolle sich unbedingt mit ihr versöhnen, bevor sie sterbe. Er meinte, es sei ihm lieber, wenn ich seiner Tochter nicht verrate, daß er sie suche. Er wolle nicht, daß sie wieder verschwinde. Ich bekam richtig Mitleid mit ihm. Er hatte Tränen in den Augen."

Eines steht für mich jedenfalls fest, dachte Tom. Alice ist nicht der Mensch, der eine todkranke Mutter im Stich läßt, egal, wie groß die Differenzen waren.

Dann fiel ihm noch eine andere Möglichkeit ein, die ihm wieder Hoffnung machte: Wenn sie ihm über ihre Familie schon nicht die Wahrheit erzählt hatte, existierte vielleicht auch ihr angeblicher Freund nicht. Und bei diesem Gedanken ging es ihm schon viel besser.

DETECTIVE ED SLOANE arbeitete normalerweise von acht bis vier, aber an diesem Freitag abend saß er um halb sechs noch immer in seinem Büro im 19. Revier und hatte Rick Parkers Akte vor sich auf dem Schreibtisch ausgebreitet. Er war erleichtert, daß es Freitag war, und hoffte, daß ihn das FBI wenigstens am Wochenende in Ruhe ließ. Er hatte ein paar anstrengende Tage hinter sich. Seit Rick Parker am Dienstag nicht zu dem vereinbarten Termin aufgetaucht war, hatte sich die ohnehin schon schwierige Beziehung zwischen dem New Yorker Police Department und der Bundesstaatsanwaltschaft in offene Feindschaft verwandelt.

Eines machte Sloane schier wahnsinnig: Erst als zwei FBI-Agenten aufgetaucht waren, die auf der Suche nach Parker gewesen waren, hatte Baldwin endlich zugegeben, daß er einen Zeugen hatte, der Parker am Nachmittag vor Heather Landis Tod in Stowe gesehen hatte.

Baldwin hat diese Information für sich behalten, dachte Sloane grimmig. Aber als er erfahren hat, daß ich Parker stark unter Druck gesetzt habe, hat er die Unverschämtheit besessen, sich beim Bezirksstaatsanwalt über mich zu beschweren.

Glücklicherweise hatte dieser zu ihm gehalten und Baldwin daran erinnert, daß sich der Mord im 19. Bezirk ereignet habe und die New Yorker Polizei beabsichtige, ihn auch aufzuklären.

Der Umstand, daß der Bezirksstaatsanwalt sich für ihn eingesetzt hatte, verstärkte in Sloane den brennenden Wunsch, Rick Parker selbst aufzuspüren. Sofern dieser nicht bereits tot war. Diese Möglichkeit war immerhin nicht auszuschließen.

In den vier Monaten seit dem Mord an Isabelle Waring hatte Sloane ein umfangreiches Dossier über Rick Parkers bisheriges Leben angelegt, dessen wichtigste Punkte er nun noch einmal durchging.

> Richard J. Parker junior. Einzelkind. 31 Jahre. Wegen Drogenbesitzes aus zwei renommierten Privatschulen geflogen. Verdacht auf Drogenhandel, aber keine Beweise – Zeuge vermutlich bestochen, um Aussage zu widerrufen. Nach sechs Jahren endlich Collegeabschluß. Vater mußte nach wilder Party für Schäden am Studentenwohnheim aufkommen.
>
> Während der Schulzeit immer reichlich Taschengeld, Mercedes-Kabrio zum 17. Geburtstag; Wohnung am Central Park West als Geschenk zum Collegeabschluß.
>
> Erste und einzige Tätigkeit bei Parker und Parker. Fünf Jahre in der Filiale an der 67. Straße West, drei Jahre bis heute im Hauptbüro an der 62. Straße Ost.

Sloane hatte rasch herausgefunden, daß die Mitarbeiter des Büros in der West Side nicht viel für den jungen Parker übrig hatten. Ein ehemaliger Angestellter hatte ihm berichtet: „Rick machte die Nächte durch, erschien verkatert oder mit Kokain vollgedröhnt im Büro und ließ dann den Chef raushängen."

Vor fünf Jahren hatte Parker senior bereits eine Abfindung an eine junge Sekretärin gezahlt, damit sie ihre Klage gegen Rick wegen sexueller Belästigung zurückzog. In der Folge hatte er die Zahlungen von Ricks Treuhandvermögen gesperrt, und von da an erhielt dieser ebenso wie alle anderen Mitarbeiter der Firma ein Grundgehalt plus Verkaufsprovisionen.

Papa hat anscheinend gelernt, daß man seine Kinder nicht zu sehr verwöhnen soll, dachte Sloane spöttisch. Wie auch immer, allein von seinem Gehalt hätte sich der Filius seine Kokainrationen niemals leisten können. Woher hatte er das Geld für Drogen? Und – wenn er noch lebte – wer finanzierte sein Leben, nachdem er abgetaucht war?

Sloane zog eine Zigarette aus dem stets gegenwärtigen Päckchen in seiner Brusttasche. Der Lebenslauf von Rick Parker wies ein wiederkehrendes Muster auf: Wenn er wirklich in Schwierigkeiten steckte, griff sein Vater ihm jedesmal unter die Arme. So wie jetzt?

Mißmutig stand Ed Sloane auf. Er würde nach Greenwich, Connecticut, hinauffahren und ein paar Takte mit R. J. Parker senior reden.

WIE IMMER nach den Gesprächen mit Lacey war Mona Farrell den Tränen nahe. Als sie ins Auto stieg, fragte Kit: „Wie geht's, Mom?"

Mona versuchte zu lächeln. „Gut, Liebes."

„Hast du ihr erzählt, daß wir Jimmy Landi treffen?" fragte Jay.

„Ja."

„Wie hat sie reagiert?"

„Sie sagte –" Mona biß sich gerade noch rechtzeitig auf die Zunge, bevor sie damit herausplatzte, daß Lacey sie beschworen hatte, nicht zu verraten, wo sie sich aufhielt. Kit und Jay hatten nicht die leiseste Ahnung, daß Lacey sie in dieses Geheimnis eingeweiht hatte. „Sie sagte, sie sei überrascht", beendete Mona den Satz voller Unbehagen.

„ALSO hat Alex Sie zum Oberkellner befördert, Carlos?" begrüßte Jimmy Landi seinen ehemaligen Mitarbeiter, als er sich in Alex' Place am Tisch niederließ.

„Ja, das hat er, Mr. Landi", erwiderte Carlos mit strahlendem Lächeln.

„Wenn Sie noch eine Weile geblieben wären, hätte Jimmy Sie auch befördert", sagte Steve Abbott.

„Vielleicht aber auch nicht", widersprach Jimmy schroff.

„Auf jeden Fall ist es eine müßige Frage", warf Alex Carbine ein. „Jimmy, Sie sind zum erstenmal hier. Wie gefällt Ihnen das Restaurant?"

Landi ließ den Blick durch den schönen Speisesaal schweifen, dessen dunkelgrüne Wände mit farbenfrohen Gemälden in kunstvollen Goldrahmen geschmückt waren.

„Sieht aus, als hätten Sie sich vom ‚Russian Tea Room' inspirieren lassen, Alex", bemerkte er.

„Das habe ich auch", stimmte Alex Carbine vergnügt zu. „Nun, Jimmy, was möchten Sie trinken? Ich hätte gern, daß Sie meinen Wein probieren."

JIMMY LANDI ist ganz anders, als ich erwartet habe, dachte Kit, als sie an ihrem Chardonnay nippte. Trotz seiner zur Schau getragenen guten Laune spürte sie, daß er unter Anspannung stand. Er sah erschöpft aus und war von einer ungesunden Blässe. Vielleicht lag es daran, daß ihn der Tod seiner Tochter so mitgenommen hatte.

Jimmys Partner, Steve Abbott, fand Kit auf Anhieb sympathisch. Alex hatte erzählt, daß er so etwas wie ein Ersatzsohn für Jimmy war und sie sich sehr nahestanden. Aber äußerlich hatten sie wenig Ähnlichkeit. Abbott ist ein wirklich attraktiver Mann, fand Kit.

Während des Essens stellte sie fest, daß Steve und Alex es peinlichst vermieden, das Gespräch auf Lacey oder Isabelle Waring zu lenken. Mit vereinten Kräften brachten sie Landi dazu, amüsante Anekdoten über Begegnungen mit einigen seiner berühmten Gäste zum besten zu geben. Er war ein ausgezeichneter Geschichtenerzähler, eine Eigenschaft, die ihm nach Kits Ansicht zusammen mit seiner etwas derben, bäuerlichen Erscheinung eine eigenartige Anziehungskraft verlieh. Außerdem wirkte er sehr herzlich und zeigte aufrichtiges Interesse an seinem Gegenüber.

Als ihm jedoch auffiel, daß ein Kellner eine Frau ungeduldig musterte, die sich bei der Wahl der Vorspeise nicht entscheiden konnte, verfinsterte sich sein Gesicht. „Feuern Sie ihn, Alex“, sagte er scharf. „Er taugt nichts.“

Mannomann! dachte Kit. Der kann unangenehm werden. Kein Wunder, daß Jay ihm lieber nicht auf die Zehen treten will.

Schließlich kam Jimmy selbst unverhofft auf Lacey und Isabelle Waring zu sprechen. Als der Kaffee serviert wurde, sagte er: „Miß Farrell, ich bin Ihrer Tochter einmal begegnet. Sie wollte ihr Versprechen an meine Exfrau einlösen, indem sie mir das Tagebuch meiner Tochter gab.“

„Das weiß ich“, entgegnete Mona gefaßt.

„Ich war nicht besonders freundlich zu ihr. Sie brachte mir eine Kopie des Tagebuchs anstelle des Originals, und damals fand ich es ziemlich unverschämt, daß sie das Original der Polizei überließ.“

„Mr. Landi, meiner Tochter wurden strafrechtliche Folgen angedroht, weil sie Beweismaterial zurückgehalten hat, um Ihrer ehemaligen Frau deren letzten Wunsch zu erfüllen“, gab Mona zurück.

„Das habe ich erst vor zwei Tagen erfahren“, entgegnete Landi schroff. „Ich habe einen Privatdetektiv engagiert, als ich merkte, daß mich die Polizei nur abwimmeln will. Er hat herausgefunden, daß die Geschichte von dem Einbrecher, der Isabelle getötet haben soll, nur weil sie ihm in die Quere kam, wirklich nur dummes Geschwätz der Polizei war.“

Kit sah, daß Landis Gesicht dunkelrot anlief.

Steve Abbott war das auch aufgefallen. „Beruhige dich, Jimmy“, sagte er. „Du gibst einen miserablen Patienten ab, wenn du einen Schlaganfall bekommst.“

Jimmy warf ihm einen gequälten Blick zu und wandte sich dann wieder an Mona. „Ich weiß, daß Ihre Tochter im Zeugenschutzprogramm ist“, fuhr er fort. „Ziemlich schlimm für sie selbst und auch für Sie alle.“

„Ja, das kann man sagen.“ Mona nickte zustimmend.

„Wie halten Sie Kontakt zu ihr?“

„Sie ruft einmal die Woche an. Ich habe gerade vorhin erst mit ihr gesprochen, bis Jay und Kit mich abgeholt haben.“

„Sie können nicht bei ihr anrufen?“ erkundigte sich Jimmy.

„Unter gar keinen Umständen. Ich wüßte nicht, wie ich sie erreichen sollte.“

„Jedenfalls möchte ich mit ihr sprechen“, sagte Jimmy. „Geben Sie das an sie weiter. Der Detektiv, den ich engagiert habe, hat auch herausgefunden, daß Ihre Tochter in den Tagen vor Isabelles Tod viel Zeit mit ihr verbracht hat. Ich möchte ihr gern einige Fragen stellen.“

„Mr. Landi, darüber kann nur die Bundesstaatsanwaltschaft entscheiden“, schaltete sich Jay ein.

„Das heißt, daß ich dort mit einer Absage rechnen kann“, brummte Jimmy. „Vielleicht gibt es noch eine andere Möglichkeit. *Sie* könnten ihr eine Frage für mich stellen, Mrs. Farrell. Fragen Sie Lacey, ob sie sich an einige unlinierte Seiten am Ende von Heathers Tagebuch erinnert.“

„Warum ist das so wichtig, Jimmy?“ fragte Alex Carbine.

„Wenn diese Seiten existiert haben, dann folgt daraus, daß keinerlei Beweismaterial, das diesem Polizeirevier übergeben wird, dort sicher ist. Es wird entweder getürkt oder geklaut.“

Jimmy winkte ab, als Carlos, der hinter ihm stand, Kaffee nachschenken wollte. Dann erhob er sich und streckte Mona die Hand entgegen. „Nun, soviel dazu – es tut mir leid für Sie, Mrs. Farrell. Und auch für Ihre Tochter. Soviel ich gehört habe, war sie sehr nett zu Isabelle, und auch mir hat sie zu helfen versucht. Sie verdient noch eine Entschuldigung. Wie geht es ihr?“

„Lacey ist sehr tapfer“, erwiderte Mona. „Sie beklagt sich nie. Im Gegenteil, sie versucht mich aufzumuntern.“ Sie wandte sich zu Kit und Jay. „Ich habe ganz vergessen, euch zu erzählen, daß Lacey Mitglied in einem brandneuen Fitneßstudio mit einem fabelhaften Squashcourt geworden ist.“ Sie blickte wieder zu Landi. „Sie war schon immer ganz verrückt auf Sport.“

NACH dem Gespräch mit ihrer Mutter traf Lacey George Svenson in der Lobby des Motels und ging wortlos mit ihm zum Auto.

Sie überlegte kurz, wie sie den Rest des Abends gestalten sollte – die ganze Zeit in der leeren Wohnung hielt sie es einfach nicht aus. Sie hatte Angst. Weil ich Mom gesagt habe, wo ich bin, gestand sie sich beschämt ein.

Die Warnung, die man ihr bei ihrer Unterweisung im Schulungszentrum mit auf den Weg gegeben hatte, hallte in ihrem Kopf wider: „Es geht nicht darum, daß Ihre Familie Sie absichtlich verraten würde. Ihre Sicherheit wird durch Bemerkungen gefährdet, die sie unwissentlich machen."

Sie erinnerte sich, wie ihr Vater immer gescherzt hatte, wenn Mom je ihre Memoiren schriebe, müßten sie den Titel „Ganz im Vertrauen" tragen. Ihre Mutter konnte einfach kein Geheimnis für sich behalten.

Dann fiel ihr ein, wie entrüstet diese gewesen war, als sie sie ermahnt hatte, Jimmy Landi gegenüber ja nichts über ihren Aufenthaltsort zu verraten. Vielleicht wird doch noch alles gut, dachte Lacey und sandte ein Stoßgebet zum Himmel, daß ihre Mutter die Warnung ernst genommen hatte.

Svenson sagte die ganze Fahrt über kein Wort, so daß Lacey ihren Gedanken nachhängen konnte. Schließlich fragte sie ihn aber, ob er etwas von Gary Baldwin gehört habe.

„Nein, Alice", erwiderte er.

„Würden Sie dem hohen Herrn dann freundlicherweise ausrichten, daß ich wissen möchte, was los ist. Ich habe ihm am Dienstag abend wichtige Informationen gegeben. Er könnte mir ruhig den Gefallen tun und mich über die Vorgänge auf dem laufenden halten. Ich ertrage dieses Leben nämlich nicht mehr lange."

Lacey biß sich auf die Lippen und lehnte sich zurück. Immer wenn sie ihren Ärger an Svenson ausließ, war es ihr nachher peinlich.

„Ich habe Geld auf Ihr Konto überweisen lassen, Alice. Sie können sich morgen früh bei dem neuen Fitneßclub anmelden." Das war Svensons Art anzudeuten, daß er sie verstand.

„Danke", murmelte sie, hätte aber am liebsten geschrien: „Bitte nennen Sie mich nur einmal Lacey! Ich heiße Lacey Farrell!"

Zurück in ihrer Wohnung, stellte sie fest, daß Tom Lynch abermals eine Nachricht auf dem Anrufbeantworter hinterlassen hatte. „Alice, ich muß Sie unbedingt morgen sehen. Bitte rufen Sie mich zurück." Dann folgte die Nummer. Diesmal drückte Lacey nicht auf die Stopptaste. Wenn sie ihn doch nur anrufen könnte!

Ruth Wilcox hatte sich auch wieder gemeldet. „Alice, wir vermissen Sie. Bitte schauen Sie doch am Wochenende herein. Ich möchte mit Ihnen über einen Herrn sprechen, der sich nach Ihnen erkundigt hat."

Ruth spielt immer noch die Kupplerin, dachte Lacey säuerlich.

Sie ging ins Bett, und es gelang ihr sogar einzuschlafen, aber dann wurde sie prompt von einem Alptraum geplagt: Sie kniete neben Isabelles Leiche. Eine Hand berührte sie an der Schulter … Sie blickte auf und sah Caldwell, der sie aus hellblauen Augen anstarrte. Die Pistole in seiner Hand zielte auf ihren Kopf.

Mit einem Aufschrei fuhr sie hoch. Danach hatte es keinen Sinn mehr; für die restliche Nacht war an Schlaf nicht mehr zu denken.

Am Morgen überwand sie sich in aller Frühe und ging joggen. Aber sie konnte es nicht lassen, immer wieder einen Blick über die Schulter zu werfen, um sich zu vergewissern, daß sie nicht verfolgt wurde.

Allmählich werde ich zu einem reinen Nervenbündel, sagte sie sich, als sie in die Wohnung zurückkehrte und die Tür verriegelte.

Es war erst neun Uhr, und sie hatte keine Ahnung, was sie mit dem Rest des Tages anfangen sollte. Ich frühstücke erst mal, und dann sehe ich mir das neue Fitneßcenter an, beschloß sie. Wenigstens war sie auf diese Weise beschäftigt.

Um Viertel nach zehn kam sie im Edina Health Center an und wurde ins Büro gebeten. Während sie in ihrer Sporttasche nach dem fertig ausgefüllten Anmeldeformular suchte, nahm die Geschäftsführerin einen Anruf entgegen. „Ja, ganz richtig, Sir. Unsere Anlage ist brandneu, und wir haben einen wunderbaren Squashcourt. Am besten kommen Sie gleich vorbei und sehen sich bei uns um."

KAPITEL 8

Am Samstag morgen fuhr Detective Ed Sloane von seiner Wohnung in der Bronx zu seinem Termin mit Richard J. Parker senior in Greenwich, Connecticut. Es wurmte ihn noch immer, daß entscheidendes Beweismaterial, das den Mord an Isabelle Waring hätte aufklären können, verschwunden war, daß ein unbekannter Täter – höchstwahrscheinlich ein korrupter Kollege – das Tagebuch und vielleicht auch die Seiten der Kopie aus seinem Fach gestohlen hatte.

Als er an der Ausfahrt 31 den Merritt Parkway verließ, dachte er an die Falle, die er auf dem Revier gestellt hatte, um den Übeltäter zu fassen. Mit Hilfe seines Vorgesetzten hatte er das Gerücht in Umlauf gebracht, in seinem Fach läge ein neues Beweisstück, das möglicherweise den Mord an Isabelle Waring aufklären werde. In seinem Aktenvermerk in der Asservatenliste hatte er das angebliche Beweisstück absichtlich nur vage beschrieben.

Inzwischen richtete sich eine versteckte Deckenkamera auf seinen Schreibtisch. In letzter Zeit hatte er viel Aufhebens davon gemacht, wenn er die Schlüssel aus der Jackentasche genommen und sie in seinem Schreibtisch eingeschlossen hatte. Nächste Woche würde er nun seine alte Gewohnheit wiederaufnehmen und sie in der Jacke belassen, die er wie früher über die Stuhllehne hängen würde. Er war zuversichtlich, durch dieses ganze Theater seinen Widersacher bald aufzustöbern. Gewiß steckte der Verantwortliche für Isabelle Warings Tod hinter den Diebstählen, und ihm würde es gar nicht behagen, wenn neues Beweismaterial auftauchte. Allerdings hielt Sloane es für unwahrscheinlich, daß Sandy Savarano selbst die Diebstähle veranlaßt hatte. Der Mann war nicht mehr als ein Killer. Nein, er vermutete, daß jemand mit viel Geld und Einfluß die Fäden in der Hand hielt.

DAS ANWESEN der Familie Parker lag am Long Island Sound. Das stattliche Gebäude aus hellroten Ziegeln mit den beiden Erkertürmchen hatte im Laufe der Jahre eine dezente Patina angesetzt, die auf dem weitläufigen, teilweise noch schneebedeckten Gelände gut zur Geltung kam.

Sloane fuhr durch das offene Tor und parkte an der halbrunden Auffahrt neben dem Haupteingang. Eine attraktive junge Frau in Dienstmädchentracht öffnete ihm. „Mr. Parker erwartet Sie in seinem Arbeitszimmer."

R. J. saß auf einem Ledersofa und trank Kaffee. Er stand weder auf, um Sloane zu begrüßen, noch bot er ihm etwas an. „Setzen Sie sich, Detective!" Es klang nicht wie eine Einladung, sondern mehr wie ein Befehl.

„Mr. Parker, ich glaube, Sie sollten sich von Anfang an klarmachen, daß ich nicht Ihr Lakai bin", erwiderte Sloane. „Es geht hier nicht um irgendein großes Geschäft, das Sie dirigieren. Ich bin hier, um mit Ihnen über Ihren Sohn zu sprechen. Er ist auf dem besten Wege, als Tatverdächtiger nicht nur in einem, sondern in zwei Mordfällen betrachtet zu werden." Er beugte sich vor und pochte auf den Kaffeetisch, um seinen Worten Nachdruck zu verleihen. „Ihnen ist bestimmt klar, daß Ihr Sohn dafür verantwortlich ist, daß der Killer überhaupt zu Isabelle Waring in die Wohnung gelangen konnte. Allein dadurch hat er sich der Beihilfe schuldig gemacht. Deshalb wird demnächst ein Haftbefehl gegen ihn ergehen. Aber ich habe noch eine Information über Ihren Sohn, die ich Ihnen nicht vorenthalten will. Er war am Abend vor Heather Landis Tod in Stowe, und wir haben einen Augenzeugen, der aussagen wird, daß sie offenbar Angst vor ihm hatte und bei seinem Auftauchen fluchtartig die Bar des Skihotels verließ.“ Sloane hielt inne und sah Parker an, der angespannt vor ihm saß.

Wie erregt dieser war, zeigte sich lediglich an den hektischen Flecken auf seinem Gesicht; seine Stimme blieb ruhig und eiskalt. „Ist das alles, Detective?“

„Nicht ganz. Ihr Sohn ist drogenabhängig. Offensichtlich haben Sie aufgehört, seine Rechnungen zu bezahlen, aber seinen Stoff bekommt er nach wie vor aus irgendwelchen Quellen. Wahrscheinlich bedeutet das, daß er jemandem eine Menge Geld schuldet, was ihn in eine sehr gefährliche Lage bringen könnte. Mein Rat an Sie lautet: Besorgen Sie ihm einen Strafverteidiger, und legen Sie ihm nahe, sich zu stellen. Andernfalls könnte auch gegen Sie Anklage erhoben werden.“

„Ich weiß nicht, wo er ist!“ Parker spuckte die Worte fast aus.

Sloane stand auf. „Das nehme ich Ihnen nicht ab. Ich warne Sie. Möglicherweise schwebt er in großer Gefahr. Er wäre nicht der erste, dem so eine Sache über den Kopf wächst und der dafür bezahlen muß. Er könnte einfach verschwinden. Für immer.“

„Mein Sohn ist in einer Rehabilitationsklinik für Drogenabhängige in Hartford“, ließ sich plötzlich Priscilla Parker vernehmen. „Ich habe ihn letzten Mittwoch dorthin gefahren. Mein Mann sagt die Wahrheit, wenn er behauptet, er wisse nicht, wo sein Sohn ist.“

Überrascht drehte sich Sloane um. Mrs. Parker stand in der Tür. „Rick hat mich um Hilfe gebeten. Sein Vater war an diesem Tag anderweitig beschäftigt.“ Sie sah ihren Mann haßerfüllt und mit unverhohlener Verachtung an.

NACHDEM Lacey der Geschäftsführerin des Edina Health Clubs das ausgefüllte Anmeldeformular und den Scheck gegeben hatte, ging sie sofort auf den Squashcourt und begann, den Ball gegen die Wand zu schlagen. Ihr wurde jedoch bald klar, daß die Kombination einer schlaflosen Nacht und eines ausgiebigen frühmorgendlichen Dauerlaufs ihre Kräfte aufgezehrt hatte. Sie erwischte nicht einmal einfache Returns, und schließlich stürzte sie und verdrehte sich den Knöchel.

Wütend über ihre Ungeschicklichkeit und den Tränen nahe, humpelte sie hinaus und holte Mantel und Sporttasche aus dem Schrank.

Die Tür zum Büro der Geschäftsführerin stand halb offen. Drinnen saß auf dem Besucherstuhl ein grauhaariger Mann.

Lacey spürte, wie ihr Knöchel bereits anschwoll. Einen Augenblick zögerte sie vor der Tür und erwog, ob sie die Geschäftsführerin um eine elastische Binde aus dem Arzneischränkchen bitten sollte. Doch dann beschloß sie, sofort nach Hause zu fahren und ihren Knöchel mit Eis zu kühlen.

Am frühen Morgen waren schon vereinzelte Wolken am Himmel gewesen. Auf der Fahrt von Edina nach Minneapolis hätte Lacey darauf gewettet, daß bald schwere Schneestürme einsetzen würden.

Hinter dem Haus verfügte sie über einen für sie reservierten Parkplatz. Sie stellte das Auto ab, machte den Motor aus und saß eine Weile einfach da. Ihr Leben versank im Chaos. Hier war sie gelandet, Hunderte von Kilometern von ihrer Familie entfernt. Sie saß in der Lügenfalle, mußte sich als eine andere ausgeben – und warum? Warum? Nur weil sie Zeugin eines Verbrechens geworden war.

Sie stieg vorsichtig aus, um ihren pochenden Knöchel zu schonen. Als sie abschließen wollte, legte sich eine Hand auf ihre Schulter.

Sie durchlebte alles wie in Zeitlupe, sie versuchte zu schreien, brachte aber keinen Ton heraus. Als sie einen Satz nach vorn machte, um zu entkommen, schoß ein brennender Schmerz durch ihren Knöchel.

Ein Arm fing sie auf, stützte sie, und eine vertraute Stimme sagte zerknirscht: „Alice, es tut mir leid! Ich wollte Sie nicht erschrecken."

Es war Tom Lynch.

Zutiefst erleichtert sank Lacey an seine Brust. „O Tom…, ach Gott…, ich…, schon gut. Ich bin nur… Sie haben mir einen schönen Schrecken eingejagt."

Sie fing an zu weinen. Es war so schön, sicher und geborgen in seinen Armen zu ruhen. Eine Weile stand sie reglos da und gab sich dem Gefühl grenzenloser Erleichterung hin. Dann machte sie sich los und sah ihn an. Sie konnte das weder ihm noch sich selbst antun.

„Tut mir leid, daß Sie sich die Mühe gemacht haben zu kommen, Tom. Ich gehe nach oben." Sie versuchte ruhig durchzuatmen und wischte sich die Tränen ab.

„Ich komme mit. Wir müssen miteinander reden."

„Wir haben nichts zu bereden."

„O doch", widersprach er. „Angefangen damit, daß Ihr Vater ganz Minneapolis nach Ihnen absucht, weil Ihre Mutter im Sterben liegt und sich mit Ihnen versöhnen möchte."

„Wovon ..., wovon sprechen Sie?" Laceys Kehle schnürte sich zusammen, so daß sie kaum ein Wort herausbrachte.

„Ich spreche davon, daß gestern abend ein Mann Ihr Foto im Fitneßstudio herumgezeigt und behauptet hat, er sei Ihr Vater und suche Sie."

Er ist in Minneapolis! dachte Lacey. Er wird mich finden!

„Alice, schauen Sie mich an! Ist das wahr? Ist es tatsächlich Ihr Vater?"

Inzwischen wünschte sie verzweifelt, Tom würde sie in Ruhe lassen. „Bitte gehen Sie jetzt!"

„Ich werde nicht gehen!" Er nahm ihr Gesicht in beide Hände und zwang sie, ihn anzublicken.

Sie sah seine vor Sorge gerunzelte Stirn, den Ausdruck seiner Augen. Es war ein Blick, den man nur einem ganz besonderen Menschen schenkt.

Wenn Isabelle Warings Mörder es geschafft hätte, Ruth Wilcox im Fitneßcenter meine Adresse zu entlocken, wäre ich jetzt nicht mehr am Leben, dachte Lacey. So weit, so gut. Aber wo mag er mein Bild noch herumgezeigt haben?

„Alice, ich weiß, daß Sie in Schwierigkeiten stecken, und ganz gleich, worum es geht, ich stehe Ihnen bei. Aber Sie dürfen mich nicht länger im unklaren lassen", drängte Tom. „Können Sie das denn nicht verstehen?"

Sie blickte ihn wieder an. Er war genau der Mann, dem zu begegnen sie sich erträumt hatte. Aber nicht jetzt! Nicht hier! Nicht in dieser Situation! Sie konnte ihm das nicht antun.

Ein Auto bog auf den Parkplatz ein. Lacey hätte Tom beinahe instinktiv hinter ihren Wagen in Deckung gezogen. Sie mußte weg. Und sie mußte Tom von sich fernhalten.

Als der Wagen näher kam, erkannte sie, daß eine Frau am Steuer saß, die in dem Apartmenthaus wohnte. Doch wer würde im nächsten Auto sitzen, das auf den Parkplatz fuhr? Es konnte der Mörder sein.

Die ersten Schneeflocken schwebten vom Himmel. „Bitte gehen Sie jetzt, Tom", bat Lacey. „Ich muß zu Hause anrufen und mit meiner Mutter reden."

„Dann ist diese Geschichte also wahr?"

Sie nickte, vermied es aber, ihn anzusehen. „Ich muß einiges klären. Kann ich Sie später anrufen?"

Sein besorgter Blick ruhte fragend auf ihrem Gesicht. „Sagen Sie mir nur eines: Gibt es einen Mann in Ihrem Leben?"

„Nein."

Er nickte. „Das ist alles, was ich wissen muß."

Wieder bog ein Wagen auf den Parkplatz ein. Du darfst nicht bei mir bleiben, schrie Laceys innere Stimme. „Tom, ich muß zu Hause anrufen."

„Darf ich Sie wenigstens bis zur Tür begleiten?" Er nahm ihren Arm. Nach ein paar Schritten blieb er stehen. „Sie humpeln ja!"

„Ist nicht schlimm. Ich bin über meine eigenen Füße gestolpert." Lacey betete, daß er ihr nicht ansah, welche Schmerzen sie beim Gehen hatte.

Tom hielt ihr die Tür auf. „Wann höre ich von Ihnen?"

„In einer Stunde oder so." Sie zwang sich, ihn anzulächeln.

Seine Lippen berührten ihre Wange. „Ich warte auf Ihren Anruf."

Lacey wartete im Vorraum der Eingangshalle, bis sie seinen dunkelblauen BMW wegfahren sah. Dann humpelte sie eilig zum Aufzug.

SIE MACHTE sich nicht die Mühe, den Mantel auszuziehen, bevor sie das Fitneßstudio anrief. „Edina Health Club. Bleiben Sie bitte dran", meldete sich die aufgesetzt fröhliche Stimme der Geschäftsführerin.

Eine Minute verstrich, zwei Minuten. Zum Teufel mit ihr, dachte Lacey und knallte den Hörer auf die Gabel.

Es war Samstag; wahrscheinlich war ihre Mutter zu Hause. Zum erstenmal seit Monaten wählte Lacey die vertraute Nummer direkt an. Ihre Mutter nahm beim ersten Klingeln ab.

Lacey wußte, daß sie keine Zeit zu verlieren hatte. „Mom, wem hast du erzählt, daß ich hier bin?"

„Lacey? Keiner Menschenseele! Warum?" rief Mona beunruhigt.

Zumindest nicht *absichtlich,* dachte Lacey. „Mom, bei dem Essen gestern abend – wer war dabei?"

„Alex, Kit und Jay, Jimmy Landi, sein Partner Steve Abbott und ich. Warum?"

„Hast du irgend etwas über mich gesagt?"

„Nichts Wichtiges. Nur, daß du einem neuen Fitneßclub mit einem Squashplatz beigetreten bist. Das war doch in Ordnung, oder?"

Mein Gott! dachte Lacey.

„Mr. Landi möchte sehr gern mit dir reden", fuhr ihre Mutter fort. „Er hat mich gebeten zu fragen, ob die letzten Seiten von Heathers Tagebuch auf unliniertem Papier geschrieben waren. Erinnerst du dich?"

„Warum will er das wissen? Ich habe ihm eine vollständige Kopie übergeben."

„Er sagt, wenn das der Fall sei, habe jemand diese Seiten der Kopie aus dem Polizeirevier gestohlen. Außerdem ist auch das komplette Original gestohlen worden. Lacey, willst du etwa sagen, der Mann, der dich ermorden wollte, weiß, daß du in Minneapolis bist?"

„Mom, ich kann jetzt nicht reden. Ich rufe dich später an."

Lacey legte auf und versuchte es noch einmal beim Fitneßstudio. Mit Erfolg. „O Alice." Die Geschäftsführerin schlug einen mitfühlenden Ton an. „Ihr Vater war hier und hat Sie gesucht. Er war so bekümmert, da habe ich ihm Ihre Adresse gegeben. Das war doch richtig, oder? Er ist vor ein paar Minuten erst gegangen."

LACEY nahm sich gerade noch die Zeit, die Kopie von Heather Landis Tagebuch in ihre Sporttasche zu stopfen. Dann humpelte sie eilig zum Auto und fuhr in Richtung Flughafen. Sturmböen trieben Schnee gegen die Windschutzscheibe. Hoffentlich kommt er nicht gleich darauf, daß ich nicht mehr da bin, sagte sie sich. Dann habe ich ein bißchen Vorsprung.

Zwölf Minuten nachdem sie den Ticketschalter erreichte, sollte eine Maschine nach Chicago starten. Lacey konnte gerade noch an Bord gehen, bevor sich die Türen schlossen.

Dann saß sie drei Stunden lang im Flugzeug auf der Rollbahn fest, weil keine Abfluggenehmigung erteilt wurde.

SANDY SAVARANO saß in seinem Mietwagen, einen Stadtplan vor sich auf dem Lenkrad, und spürte, wie das Jagdfieber immer stärker wurde. Schon hatte er die Hennepin Avenue Nummer 520 auf der Karte gefunden. Sie war nur zehn Minuten vom Radisson Plaza entfernt, wo er abgestiegen war. Er schob den Schalthebel auf DRIVE und gab Gas.

Das Adrenalin in seinen Adern ließ sein Herz schneller schlagen, und sein Atem ging stoßweise. Er war nahe dran. Dieser Teil der Jagd gefiel ihm am besten.

Der Hausmeister im Fitneßcenter hatte gesagt, die Carroll habe beim Hinausgehen gehumpelt. Also war sie bestimmt gleich nach Hause gefahren.

Alice Carroll, so nannte sie sich jetzt also. Da konnte es nicht schwer sein, die Nummer ihres Apartments herauszufinden – wahrscheinlich stand sie auf ihrem Briefkasten im Hausflur.

Es schneite nun heftiger. Savarano runzelte die Stirn. Probleme mit dem Wetter konnte er jetzt nicht gebrauchen.

Er erreichte die Hennepin Avenue. Nummer 520 war ein unauffälliges Eckhaus, sieben Stockwerke, nicht sehr groß. Um so besser. Sandy war sicher, daß das Gebäude keine großen Sicherheitsvorkehrungen zu bieten hatte.

Er parkte auf der gegenüberliegenden Straßenseite und ging zum Eingang. Die Tür zu einem kleinen Vorraum war nicht abgeschlossen, und hier fand er über den Briefkästen eine Tafel mit den Namen und Apartmentnummern der Bewohner. Alice Carroll wohnte in Apartment 4 F. Um in die Eingangshalle zu gelangen, brauchte man jedoch einen Schlüssel oder mußte bei einem Hausbewohner klingeln, damit dieser den elektrischen Türöffner betätigte.

Ungeduldig wartete Savarano, bis er eine ältere Frau auf das Haus zukommen sah. Während sie die Außentür öffnete, ließ er einen Schlüsselbund fallen und bückte sich danach. Als die Frau die eigentliche Eingangstür aufschloß, richtete er sich auf, hielt ihr die Tür auf und folgte ihr dann in die Eingangshalle.

Sie lächelte ihn dankbar an. Er ging hinter ihr her zum Aufzug und wartete dort ab, bis sie den Knopf zum sechsten Stock gedrückt hatte, bevor er auf die Vier drückte. Diese Aufmerksamkeit fürs Detail machte ihn so erfolgreich. Er hatte nicht die Absicht, ausgerechnet mit Lacey Farrells Wohnungsnachbarin aus dem Aufzug zu steigen. Je weniger er gesehen wurde, desto besser.

4 F war das letzte Apartment links. Sandys rechte Hand steckte in der Tasche und umfaßte die Pistole, während er mit der linken auf die Klingel drückte. Er wußte, was er sagen würde, wenn die Farrell wissen wollte, wer draußen sei, bevor sie öffnete. „Stadtwerke, eine Gasleitung ist undicht." Das funktionierte immer.

Aber nichts rührte sich.

Das Türschloß war neu, aber er hatte noch keines gesehen, das er nicht hätte knacken können. Das nötige Werkzeug trug er in einem Täschchen um die Taille, das aussah wie ein Geldgürtel. Er brauchte keine vier Minuten, um in die Wohnung zu gelangen und das Schloß wieder einzubauen. Er würde hier auf sie warten. Vielleicht ließ sie ihren Knöchel ja erst noch röntgen.

Man hatte ihn auch beauftragt, Farrells Wohnung zu durchsuchen, um sicherzugehen, daß sie nicht eine zweite Kopie von Heather Landis Tagebuch für sich selbst gemacht hatte. Er wollte mit dem Schreibtisch beginnen. In diesem Augenblick klingelte das Telefon. Kurz darauf sprang der Anrufbeantworter an, und Farrells Ansage ertönte leise und zurückhaltend.

Der Anrufer klang eindringlich und energisch. „Alice, hier spricht George Svenson. Wir sind unterwegs. Ihre Mutter hat gerade unsere

New Yorker Kollegen verständigt. Sie sagte, daß Sie in Schwierigkeiten seien. Verriegeln Sie die Tür! Lassen Sie niemanden herein, bis ich da bin!“

Savarano erstarrte. Die Bullen waren auf dem Weg hierher! Wenn er nicht sofort von hier verschwand, war er derjenige, der in der Falle saß. Sekunden später hatte er die Wohnung verlassen und machte sich über die Feuertreppe aus dem Staub.

Gerade als er wieder sicher in seinem Wagen saß und sich in den Verkehr auf der Hennepin Avenue eingegliedert hatte, brausten die Polizeiautos mit Blaulicht an ihm vorbei.

So knapp war er noch nie entkommen. Eine Weile fuhr er ziellos umher und zwang sich, in Ruhe nachzudenken. Wohin würde die Farrell flüchten? Würde sie sich bei einem Freund oder einer Freundin verstecken oder sich irgendwo in einem Hotel verkriechen?

Wo sie auch steckte, sie hatte nicht mehr als eine halbe Stunde Vorsprung. Was würde *er* tun, wenn er im Zeugenschutzprogramm wäre und ein Killer ihn aufgespürt hätte?

Den Polizisten des Schutzprogramms würde ich jedenfalls nicht mehr vertrauen, dachte Sandy. Ich würde mich nicht von ihnen in einer anderen Stadt unterbringen lassen und abwarten, wie lange es dauert, bis ich das nächste Mal entdeckt werde.

Menschen, die freiwillig aus dem Zeugenschutzprogramm ausstiegen, taten das in der Regel, weil sie ihre Familie vermißten. Normalerweise fuhren sie nach Hause. Dorthin wollte die Farrell auch, schloß Sandy. Sicher war sie auf dem Weg zum Flughafen, auf dem Weg nach New York. Also fuhr auch er zum Airport.

Zuerst ging er zu Northwest Airlines. Nach dem Aufkommen vor den Schaltern zu urteilen, war das die wichtigste Fluggesellschaft in Minneapolis. Dort erfuhr er, daß im Augenblick alle Flüge wegen Schneefalls Startverbot hatten. „Dann kann ich ja vielleicht noch mit meiner Frau fliegen“, sagte er. „Sie ist vor etwa vierzig Minuten losgefahren. Ihre Mutter hatte in New York einen Unfall, und ich vermute, daß sie den ersten Flug genommen hat, den sie kriegen konnte. Ihr Name lautet Alice Carroll.“

Die Frau am Schalter zeigte sich äußerst hilfsbereit. „In der letzten Stunde ist kein direkter Flug nach New York gegangen, Mr. Carroll. Vielleicht hat sie aber eine Verbindung über Chicago genommen. Sehen wir mal im Computer nach.“ Ihre Finger huschten über die Tastatur. „Da haben wir's. Ihre Frau hat Flug 62 nach Chicago gebucht, Abflug 11.48 Uhr.“ Sie seufzte. „Die Maschine sitzt allerdings auf der

Rollbahn fest. Ich fürchte, da kann ich Sie nicht mehr unterbringen, aber Sie könnten Ihre Frau in Chicago treffen. Hier habe ich eine Maschine, die gerade Passagiere an Bord nimmt. Wahrscheinlich landen die beiden Flüge fast gleichzeitig."

In dem gemütlichen Aufenthaltsraum von Harding Manor warteten Detective Ed Sloane und Priscilla Parker gemeinsam darauf, daß Rick erschien. Die Klinik, ein ehemaliges Privathaus, war von einem Ehepaar gestiftet worden, dessen einziger Sohn an einer Überdosis Rauschgift gestorben war.

Während sie warteten, erklärte Mrs. Parker nervös: „Ich weiß, was Sie von meinem Sohn denken müssen. Aber Sie wissen nichts von seinem guten Kern. Rick könnte noch so viel aus seinem Leben machen, da bin ich mir ganz sicher. Sein Vater hat ihm allerdings immer schon beigebracht, er habe es nicht nötig, sich an Regeln zu halten. Als Rick Probleme bekam, habe ich meinen Mann angefleht, ihn die Folgen spüren zu lassen. Aber statt dessen hat er alles mit Geld geregelt."

„Warum hat Ihr Mann seine Haltung Rick gegenüber geändert?" fragte Sloane. „Wir wissen, daß er sein Treuhandvermögen eingefroren hat."

„Das soll Rick Ihnen selbst erzählen", erwiderte Priscilla Parker. „Ich höre seine Stimme. Er kommt. Mr. Sloane, er steckt in großen Schwierigkeiten, nicht wahr?"

„Nicht, wenn er unschuldig ist, Mrs. Parker. Und nicht, wenn er mit uns zusammenarbeitet."

Er wiederholte diese Worte, als er sich von Rick Parker per Unterschrift bestätigen ließ, daß dieser über sein Aussageverweigerungsrecht belehrt worden war. Der junge Mann sah schrecklich aus. Sein Gesicht war blaß, und er hatte dunkle Ringe unter den Augen. Eine Entziehungskur ist nun mal kein Erholungsurlaub, dachte Sloane.

Parker gab ihm das unterzeichnete Dokument zurück. „In Ordnung, Detective. Was wollen Sie wissen?" Er saß neben seiner Mutter auf dem Sofa.

„Warum haben Sie Curtis Caldwell – ich nenne ihn so, weil er unter diesem Namen aufgetreten ist – zu Isabelle Waring in die Wohnung geschickt?"

Als Rick antwortete, trat ihm der Schweiß auf die Stirn. „Sie wissen, warum ich hier bin. Ich habe ein Drogenproblem. Das ist ziemlich teuer. Ich konnte mir das Zeug einfach nicht mehr leisten. Also habe ich immer mehr Stoff auf Kredit gekauft. Anfang Oktober bekam ich einen Anruf von meinem Dealer. Er sagte, er kenne jemanden, der die Wohnung sehen wolle, aber vermutlich unseren Anforderungen nicht genügen würde."

„Wurden Sie bedroht für den Fall, daß Sie nicht mitspielen?" fragte Sloane.

Rick rieb sich die Stirn. „Hören Sie, ich kann Ihnen nur sagen, ich wußte, ich wurde nicht um einen Gefallen gebeten, sondern mir wurde gesagt, was ich zu tun hätte. Wir hatten gerade einige Eigentumswohnungen an Anwälte der Kanzlei Keller, Roland und Smythe verkauft, die nach Manhattan versetzt worden waren. Da erfand ich den Namen Curtis Caldwell und behauptete, er sei auch von dieser Kanzlei. Niemand hat es angezweifelt. Sonst habe ich nichts getan. Wirklich nichts! Als mir Lacey Farrell sagte, der Mann habe Heathers Mutter ermordet, wußte ich nicht, was ich tun sollte."

Sloane fiel auf, daß er Heather Landi beim Vornamen nannte.

„In Ordnung. Und was war zwischen Ihnen und Miß Landi?"

Rick sah Ed Sloane in die Augen. Die Trauer in seinem Blick war nicht gespielt. „Ich habe Heather vor fast fünf Jahren kennengelernt, als sie in unser Büro kam und eine Wohnung in der West Side suchte. Ich habe ihr ein bißchen die Stadt gezeigt. Sie war schön, sie war aufgeweckt, sie war lustig."

„Sie wußten, daß Jimmy Landi ihr Vater war?" fragte Sloane.

„Ja, und das war mit ein Grund dafür, daß es mir solchen Spaß gemacht hat. Jimmy hatte mir eines Abends Lokalverbot erteilt, weil ich betrunken war. Deshalb war ich wütend. Und als Heather aus ihrem Kaufvertrag für eine Wohnung in der 77. Straße aussteigen wollte, sah ich meine Chance, Jimmy Landi zumindest indirekt eins auszuwischen."

„Sie hatte einen Vertrag unterschrieben?"

„Einen wasserdichten. Dann kam sie völlig aufgelöst zu mir. Sie hatte herausgefunden, daß ihr Vater bereits eine Wohnung für sie an der 70. Straße Ost gekauft hatte, und bat mich, den Vertrag zu zerreißen."

„Was geschah dann?"

„Ich sagte ihr, ich würde ihn zerreißen, wenn ich eine Gegenleistung dafür bekäme."

Du Dreckskerl, dachte Sloane.

„Wissen Sie", fuhr Rick Parker fort, „ich war zu blöd, um zu begreifen, was ich wirklich für Heather empfand. Ich brauchte nur mit dem kleinen Finger zu winken, und die Mädchen liefen mir nur so nach.

Aber Heather zeigte mir die kalte Schulter. Also sah ich in unserer Abmachung eine Chance zu bekommen, was ich wollte, und mich gleichzeitig bei ihrem Vater zu revanchieren. Aber an dem Abend, an dem sie in meine Wohnung kam, war sie völlig verstört. Also machte ich einen Rückzieher. Sie war wirklich ein süßes Mädchen, ich hätte mich ernsthaft in sie verlieben können. Vielleicht habe ich das auch getan. Ich zog sie ein wenig auf, und sie fing an zu weinen. Daraufhin sagte ich ihr, sie solle erst mal erwachsen werden und nach Hause gehen, ich sei zu alt für Babys. Ich glaube, ich habe sie so gedemütigt, daß sie für immer die Nase von mir voll hatte."

Rick stand auf und ging zum Kamin, als müßte er sich am Feuer aufwärmen. „Am Abend nach Heathers Besuch ging ich einen trinken. Als ich aus einer Bar im Village kam, wurde ich plötzlich in ein Auto gezerrt. Zwei Kerle schlugen mich gründlich zusammen. Sie sagten, wenn ich den Vertrag nicht zerrisse und die Finger von Heather ließe, würde ich meinen nächsten Geburtstag nicht mehr erleben. Ich hatte drei gebrochene Rippen."

„Und haben Sie den Vertrag zerrissen?"

„Sicher, das habe ich. Aber erst, als mein Vater Wind von der Sache bekam und mich zwang zu erzählen, was passiert war. Unser Hauptbüro hatte die Wohnung in der East Side an Jimmy Landi verkauft, der sie Heather schenken wollte, doch das waren kleine Fische im Vergleich zu einem anderen Geschäft, das damals in Vorbereitung war. Mein Vater war dabei, den Verkauf des Grundstücks in Atlantic City an Landi zu vermitteln. Wenn der herausgefunden hätte, was ich mit Heather gemacht hatte, hätte das meinen Vater Millionen kosten können. Sie dürfen nicht vergessen: Wenn's ums Geschäft geht, spielt es für meinen Vater keine Rolle, daß ich sein Sohn bin."

„Wir haben einen Augenzeugen, der erklärt, daß Heather am Nachmittag vor ihrem Tod die Flucht aus der Après-Ski-Bar in Stowe ergriff, als sie Sie dort sah", sagte Sloane.

„An diesem Tag habe ich sie nicht gesehen", sagte Rick. Seine Worte wirkten aufrichtig. „Aber immer wenn sie mir über den Weg lief, und das kam nicht oft vor, war das ihre Reaktion: Sie konnte gar nicht schnell genug abhauen."

„Heather hat sich offensichtlich jemandem anvertraut, der Ihnen eine Abreibung verpassen ließ. War es Jimmy Landi, ihr Vater?"

„Niemals!" Rick lachte fast. „Dann hätte sie ihm erzählen müssen, daß sie den Kaufvertrag unterschrieben hatte! Soll das ein Witz sein? Das hätte sie nie gewagt."

„Wer dann?“

„Mein Vater ist seit dreißig Jahren Stammgast im Venezia“, erklärte Rick. „Er hatte immer viel für Heather übrig. Ich glaube, Dad hat mir die Schläger auf den Hals gehetzt.“

ALS LACEYS Flug um drei Uhr nachmittags endlich startete, lehnte sie sich zurück, schloß die Augen und spürte, wie sich der Würgegriff der Furcht um ihren Hals allmählich lockerte. Drei Stunden lang hatte sie panische Angst gehabt, daß man den Flug strich und die Maschine von der Startbahn zurück zur Abflughalle rollen ließ, wo Curtis Caldwell sie erwarten würde.

Endlich befanden sie sich in der Luft. Für die nächste Stunde – zumindest, bis sie Chicago erreichten – war sie in Sicherheit.

Sie trug immer noch den Jogginganzug und die Turnschuhe, in denen sie am Vormittag den Edina Health Club besucht hatte. Den rechten Schuh hatte sie so locker wie möglich geschnürt, ihn aber nicht ausgezogen, da sie fürchtete, danach nicht mehr hineinzupassen. Ihr Knöchel war jetzt doppelt so dick wie sonst, und der pochende Schmerz schoß hoch bis ins Knie.

Denk nicht daran, sagte sie sich. Dadurch darfst du dich nicht aufhalten lassen. Sei froh, daß du noch lebst und Schmerzen empfindest. Du mußt jetzt überlegen, wie es weitergeht.

In Chicago würde sie die nächste verfügbare Maschine nach New York nehmen. Aber was machte sie, wenn sie dort war? Wo sollte sie hin?

Sie hatte bereits diesen Linienflug mit der Kreditkarte bezahlt, die auf den Namen Alice Carroll lief. Und in Chicago würde sie einen weiteren Flug zum vollen Tarif buchen müssen. Da die Karte einen Kreditrahmen von dreitausend Dollar besaß, würde für ein Hotelzimmer in Manhattan wahrscheinlich nicht genug übrigbleiben. Außerdem konnte die Bundesstaatsanwaltschaft sie anhand der Karte aufspüren, sobald entdeckt wurde, daß sie sich aus dem Staub gemacht hatte.

Nein, sie brauchte ein Versteck, wo sie andere nicht gefährdete und wo niemand sie suchte.

Sie überdachte ihre Möglichkeiten. Sie konnte Gary Baldwin anrufen und sich wieder ins Zeugenschutzprogramm aufnehmen lassen. Doch dann würde man sie abermals in eine fremde Stadt schicken, wo sie mit einer neuen Identität wieder aus der Versenkung auftauchen würde. Auf keinen Fall, schwor sie sich. Lieber wäre ich tot.

Sie ließ die Ereignisse Revue passieren, die sie überhaupt erst in diese Lage gebracht hatten. Hat Mom meinen Aufenthaltsort ausgeplaudert? Sie hat gestern abend in Alex Carbines Restaurant gegessen, überlegte Lacey. Ich habe Alex sehr gerne. An dem Abend, als Bonnie verletzt wurde, hat er sich großartig verhalten. Aber was wissen wir eigentlich über ihn? Als ich ihn bei Kit und Jay kennenlernte, erzählte er uns, daß er Heather öfter begegnet war.

Vielleicht hat ja auch Jay Heather gekannt, flüsterte eine innere Stimme. Zwar hatte er es geleugnet, doch als ihr Name gefallen war, war er aus der Fassung geraten. Aber wie kam sie nur auf den Gedanken, daß ihr Schwager etwas damit zu tun haben könnte? Jay mochte seine Macken haben, aber im Grunde war er recht anständig.

Wie stand es mit Jimmy Landi? Nein, ausgeschlossen! Lacey hatte die Trauer in seinen Augen gesehen, als sie ihm die Kopie von Heathers Tagebuch übergeben hatte.

Und die Polizei? Das Original des Tagebuchs war verschwunden, nachdem Lacey es den Detectives übergeben hatte. Jetzt wollte Jimmy Landi wissen, ob dessen letzter Teil auf unliniertem Papier geschrieben war. Lacey war sich der drei Seiten bewußt, um die es dabei ging, denn in ihrer eigenen Kopie waren sie vorhanden. Wenn sie im Polizeirevier aus Landis Kopie verschwunden waren, mußten sie etwas Wichtiges enthalten.

Ihre Kopie steckte in der Sporttasche, die sie unter dem Vordersitz verstaut hatte. Lacey fühlte sich versucht, sie herauszuholen, beschloß dann aber zu warten, bis sie die drei unlinierten Seiten ungestört studieren konnte.

„Wir beginnen mit unserem Landeanflug …“

Chicago, dachte sie. Dann New York. Nach Hause!

Die Stewardeß beendete ihre kleine Ansprache mit dem Hinweis, sich nun anzuschnallen, und fügte hinzu: „Northwest bittet Sie um Verständnis für die wetterbedingte Verspätung. Vielleicht interessiert es Sie, daß sich die Sicht unmittelbar nach unserem Start wieder verschlechtert hat. Wir waren die letzte Maschine, die starten konnte. Weitere Flüge haben erst vor wenigen Minuten wieder Starterlaubnis erhalten.“

Dann habe ich mindestens eine Stunde Vorsprung, sagte sich Lacey.

Dieser tröstliche Gedanke wurde jedoch gleich wieder von einer anderen Möglichkeit verdrängt: Wenn ihr Verfolger sie in der Maschine nach New York vermutete, war er doch sicher schlau genug, einen Direktflug nach New York zu nehmen und sie dort zu erwarten.

ALLES in ihm hatte sich dagegen gesträubt, Alice allein zu lassen. Tom Lynch war schon einige Kilometer in Richtung seiner Wohnung gefahren, als er plötzlich umkehrte. Er würde ihr klarmachen, daß er sie auf keinen Fall stören wollte, solange sie mit ihrer Mutter und anderen Angehörigen sprach, die an dem Zerwürfnis beteiligt sein mochten. Aber sie konnte doch bestimmt nichts dagegen haben, wenn er unten in der Eingangshalle wartete, bis sie fertig war und ihn heraufbat. Ich will für sie dasein, dachte er.

Das erste Anzeichen dafür, daß etwas nicht stimmte, waren die Polizeiautos, die mit blinkendem Blaulicht vor Alices Apartmenthaus standen. Tom hatte die beklemmende Vorahnung, daß die Anwesenheit der Polizei etwas mit Alice zu tun hatte. Einen Straßenzug weiter fand er endlich einen Parkplatz und eilte im Laufschritt zurück. Am Eingang hielt ihn ein Polizist auf.

„Ich möchte nach oben", erklärte er dem Beamten. „Meine Freundin wohnt hier, und ich will nachsehen, ob alles in Ordnung ist."

„Wie heißt Ihre Freundin?"

„Alice Carroll, Apartment 4 F."

Die Reaktion des Polizisten bestätigte Toms Verdacht, daß mit Alice etwas geschehen sein mußte. „Kommen Sie mit. Ich bringe Sie hinauf", sagte der Beamte.

Im Fahrstuhl zwang sich Tom, die Frage zu stellen, die er kaum in Worte zu fassen wagte. „Ist ihr etwas zugestoßen?"

„Wenn Sie noch ein bißchen Geduld haben, können Sie gleich mit dem zuständigen Kollegen sprechen, Sir."

Die Tür zu Alices Wohnung stand offen. Drinnen sah Tom drei Uniformierte, die von einem vierten Mann Anweisungen entgegennahmen. In ihm erkannte Tom den älteren Mann wieder, der Alice kürzlich nach Hause gebracht hatte.

Tom unterbrach ihn. „Was ist mit Alice passiert?" rief er. „Wo ist sie?"

An der überraschten Miene des anderen sah er, daß auch dieser ihn erkannte, aber für Begrüßungsfloskeln war jetzt keine Zeit.

„Woher kennen Sie Alice, Mr. Lynch?" fragte George Svenson.

„Hören Sie", sagte Tom. „Ich werde Ihre Fragen erst beantworten, wenn Sie meine beantwortet haben. Wo ist Alice? Wer sind Sie?"

„Ich bin stellvertretender U. S. Marshal", erwiderte Svenson knapp. „Wir wissen nicht, wo Miß Carroll ist. Wir wissen nur, daß sie bedroht wurde."

„Dann war der Kerl ein Schwindler, der sich gestern im Fitneßclub für ihren Vater ausgegeben hat!“ rief Tom hitzig. „Ich habe es mir gleich gedacht, doch als ich Alice von ihm erzählt habe, hat sie nur gesagt, daß sie ihre Mutter anrufen müsse.“

„Welcher Kerl?“ fragte Svenson. „Erzählen Sie mir alles, was Sie über ihn wissen, Mr. Lynch. Es könnte Alice Carroll das Leben retten.“

ALS TOM schließlich nach Hause kam, war es halb fünf. Am Anrufbeantworter konnte er ablesen, daß er vier Nachrichten erhalten hatte. Wie erwartet, stammte aber keine von Alice.

Er setzte sich an den Tisch neben dem Telefon und stützte den Kopf auf die Hände. Svenson hatte ihm lediglich mitgeteilt, daß Alice telefonische Drohungen erhalten und sich an die Polizei gewandt habe, weshalb sie gekommen seien. „Vielleicht ist sie ja lediglich weggefahren, um eine Freundin zu besuchen“, hatte Svenson in wenig überzeugendem Tonfall hinzugefügt.

Oder sie ist entführt worden, dachte Tom. Ein Kind hätte gemerkt, daß die Polizisten nicht mit der Wahrheit herausrücken wollten. Sie versuchten außerdem, Ruth Wilcox vom Twin Cities Fitneßcenter zu erreichen, aber die hatte das Wochenende frei. Die Polizei wollte eine genauere Beschreibung des Mannes, der behauptet hatte, Alices Vater zu sein.

Tom hatte Svenson erzählt, daß Alice versprochen habe, ihn anzurufen. „Wenn Sie von ihr hören, sagen Sie ihr, sie solle sich sofort bei mir melden“, hatte der Marshal ihn aufgefordert.

Vor seinem geistigen Auge sah Tom Alice, wie sie schweigsam und schön im Haus des Bankiers in Wayzata am Fenster gestanden hatte. Das war erst eine Woche her. Warum hast du mir nicht vertraut? hätte er sie am liebsten angeschrien. Heute morgen konntest du es gar nicht abwarten, mich loszuwerden!

Einen einzigen Anhaltspunkt hatte die Polizei ihm aber doch verraten. Eine Nachbarin hatte ausgesagt, sie habe Alice gegen elf Uhr ins Auto steigen sehen. Ich bin Viertel vor elf von ihr weggefahren, überlegte Tom. Wenn die Nachbarin recht hat, dann ist Alice nur zehn Minuten nach mir aufgebrochen.

Wo mochte sie hingefahren sein? Wer war sie in Wirklichkeit?

LACEY traf um halb fünf in Chicago ein, wo sie ein Ticket für den Flug um 17.15 Uhr nach Boston kaufte. Wieder benutzte sie ihre Kreditkarte, aber die Maschine von Boston nach New York wollte sie dann bar bezahlen. Sie würde am Marine Air Terminal landen, anderthalb

Kilometer von den Hauptterminals des La Guardia Airport entfernt. Gewiß kam niemand, der ihr nach New York folgte, auf die Idee, sie dort zu suchen. Und da sie den Kurzstreckenflug nicht mit der Kreditkarte bezahlte, würde man in Baldwins Büro vielleicht annehmen, sie wäre in Boston geblieben.

Bevor sie in Chicago ins Flugzeug stieg, kaufte sie sich die *New York Times* und blätterte die Zeitung während des Fluges durch. Plötzlich schnappte sie nach Luft: Rick Parkers Gesicht blickte ihr entgegen. Die Meldung bezog sich auf einen früheren Bericht. Richard J. Parker junior, laut Angaben der Polizei Verdächtiger im Mordfall Isabelle Waring, wurde vermißt.

Erst als die Maschine in Boston landete, wurde Lacey klar, daß es in New York nur einen Ort gab, an dem niemand nach ihr suchen würde.

Um 20.05 Uhr Ortszeit stieg sie aus dem Flugzeug. Mit dem Stoßgebet, daß er daheim sein möge, rief sie Tim Powers an, den Hausmeister des Apartmentgebäudes in der 70. Straße Ost.

Als Lacey vor vier Jahren nach einem Besichtigungstermin aus dem Haus gekommen war, hatte sie einen Unfall verhindert, der schlimm hätte ausgehen können und Tim Powers angelastet worden wäre. Alles war ganz schnell gegangen: Ein kleiner Junge hatte sich von seinem Kindermädchen losgerissen und war auf die Straße hinausgerannt, weil Tim die Eingangstür offengelassen hatte. Laceys rasches Eingreifen hatte das Kind jedoch davor bewahrt, von einem Lieferwagen erfaßt zu werden.

Tim war der Schreck in alle Glieder gefahren. „Miß Farrell, es wäre meine Schuld gewesen. Wenn Sie jemals irgend etwas brauchen – ganz gleich, was es ist –, können Sie auf mich zählen“, hatte er geschworen.

Jetzt brauche ich etwas, Tim, dachte sie, während sie darauf wartete, daß er abnahm.

Tim war erstaunt, von ihr zu hören. „Lacey Farrell! Ich dachte, Sie seien vom Erdboden verschluckt worden.“

Genau das ist auch passiert, dachte Lacey. „Tim“, sagte sie laut, „ich brauche Ihre Hilfe. Sie haben mir einmal versprochen –“

Er fiel ihr ins Wort. „Alles, was Sie wollen, Lacey.“

Sie sah sich ängstlich um, ob jemand lauschte. „Tim“, fuhr sie hastig fort, „ich werde verfolgt. Es ist, glaube ich, derselbe Mann, der Isabelle Waring ermordet hat. Ich brauche einen Platz zum Übernachten. In Heather Landis alter Wohnung würde er nie nach mir suchen. Und bitte, Tim – das ist sehr wichtig –, erzählen Sie niemandem davon!“

NACH dem Besuch bei Rick Parker in der Drogenklinik fuhr Detective Sloane Priscilla Parker zu ihrem Anwesen in Greenwich zurück. Auf der Fahrt nach Manhattan telefonierte er mit seinem Assistenten auf dem Revier. „Baldwin will dich sprechen", berichtete Nick Mars. „Die Hölle ist los. Lacey Farrell wäre in Minneapolis, wo das FBI sie versteckt hatte, beinahe geschnappt worden. Sie ist verschwunden, und Baldwin glaubt, sie sei nach New York unterwegs. Er will seine Arbeit mit uns koordinieren, damit wir sie finden, bevor sie umgelegt wird. Sie soll als unentbehrliche Zeugin in Schutzhaft genommen werden. Und was hast du erreicht, Ed? Hast du Parker gefunden?"

„Das habe ich", erwiderte Sloane. „Ruf Baldwin an und vereinbare ein Treffen mit ihm. Ich kann gegen sieben da sein."

Als er im 19. Revier eintraf, hängte er zuerst seine Jacke über seinen Schreibtischstuhl. Dann begab er sich mit Nick Mars im Schlepptau zu Gary Baldwin, der im Vernehmungszimmer wartete. Der Bundesstaatsanwalt gratulierte Sloane dazu, daß er Rick Parker gefunden hatte. „Was hat er erzählt?" fragte er.

Sloane gab einen ausführlichen Bericht.

„Glauben Sie ihm?" fragte Baldwin.

„Ja, ich denke, er sagt die Wahrheit", erwiderte Sloane. „Ich kenne den Kerl, der Drogen an Parker verkauft. Wenn er Parker den Auftrag gegeben hat, den Termin zu vereinbaren und Savarano auf diese Weise in die Wohnung zu schleusen, hat er die Sache nicht selbst geplant. Er war nur ein Mittelsmann. Und Parker selbst ist ein Idiot, aber kein Verbrecher."

„Glauben Sie, sein Vater hat ihn zusammenschlagen lassen, als er versuchte, Heather Landi zu erpressen?"

„Möglich", antwortete Sloane. Er wollte nach einer Zigarette greifen und runzelte die Stirn. „Die sind in meiner Jacke. Nick, wärst du so nett?"

„Sicher, Ed."

Nach einer Minute war Mars zurück. Er warf die Zigarettenschachtel auf den Tisch und stellte einen Aschenbecher daneben.

„Haben Sie schon mal darüber nachgedacht, mit dem Rauchen aufzuhören?" fragte Baldwin, der die Zigaretten und den Aschenbecher voller Abscheu betrachtete.

„Ziemlich oft sogar", erwiderte Sloane ungerührt. „Wissen Sie was Neues über Lacey Farrell?" Er merkte sofort, daß Baldwin stinksauer auf sie war.

„Ihre Mutter gibt zu, sie habe gewußt, daß die Farrell in Minneapolis war, schwört aber Stein und Bein, es niemandem erzählt zu haben. Obwohl ich ihr das nicht abkaufe."

„Vielleicht hat jemand anders etwas durchsickern lassen", vermutete Sloane.

„Bestimmt niemand aus meinem Büro und auch nicht vom Marshal Service", erwiderte Baldwin eisig. „Wir halten uns an Sicherheitsregeln, die auf diesem Revier allerdings anscheinend unbekannt sind."

Den Vorwurf muß ich mir gefallen lassen, dachte Sloane. „Wie wollen Sie weiter vorgehen, Sir?" fragte er.

„Wir haben die Kreditkarte der Farrell überprüft, die wir ihr auf den neuen Namen gegeben haben, und in Erfahrung gebracht, daß sie damit Flüge nach Chicago und Boston bezahlt hat. Offenbar ist sie nach New York unterwegs. Außerdem haben wir das Telefon in ihrer Wohnung angezapft, obwohl sie so dumm nicht sein wird, dorthin zurückzukehren. Wir observieren das Haus dennoch. Die Telefone der Mutter und der Schwester werden abgehört und ab Montag auch der Geschäftsapparat ihres Schwagers. Außerdem werden alle beschattet, falls sie versuchen sollten, sich irgendwo mit ihr zu treffen." Baldwin hielt inne und musterte Sloane abschätzend. „Außerdem habe ich mir überlegt, daß die Farrell versuchen könnte, direkt mit Ihnen Kontakt aufzunehmen. Was meinen Sie?"

„Das bezweifle ich. Ich habe sie nicht gerade mit Glacéhandschuhen angefaßt."

„Die hätte sie auch nicht verdient", sagte Baldwin brüsk. „Sie hat Beweismaterial in einem Mordfall unterschlagen. Sie hat ihren Aufenthaltsort verraten, als sie unter dem Zeugenschutzprogramm stand. Und jetzt geht sie ein unglaubliches Risiko ein. Wir haben sehr viel Zeit und Geld investiert, um ihr Leben zu schützen, und von ihr nichts dafür bekommen außer Beschwerden und mangelnder Kooperationsbereitschaft. Man könnte wenigstens ein bißchen Dankbarkeit erwarten!"

„Ich bin sicher, daß sie Ihnen ewig dankbar sein wird", sagte Sloane und stand auf. „Und außerdem bin ich überzeugt, daß sie vermutlich auch dann gern am Leben bleiben würde, selbst wenn Sie *nicht* all die Zeit und das Geld investiert hätten."

WIE VEREINBART rief Lacey Tim Powers vom Marine Air Terminal aus an. „Ich könnte in zwanzig, maximal dreißig Minuten da sein. Bitte halten Sie Ausschau nach mir, Tim. Es ist wichtig, daß mich niemand reingehen sieht."

„Ich schicke den Portier in die Kaffeepause“, versprach Tim, „und halte den Schlüssel für Sie bereit.“

Ein seltsames Gefühl, wieder in New York zu sein, dachte Lacey, während das Taxi über die Triborough Bridge nach Manhattan rollte. Als das Flugzeug zur Landung angesetzt hatte, hatte sie das Gesicht ans Fenster gedrückt und gierig den Anblick der Skyline von New York aufgesogen. Erst da war ihr klargeworden, wie sehr sie die Stadt vermißt hatte.

Der Fahrer verließ den Franklin D. Roosevelt Drive an der 71. Straße und fuhr nach Westen. Er bog links in die Fifth Avenue und erneut links in die 70. Straße ein, wo er anhielt.

Tim Powers stand vor dem Haus und wartete bereits. Er öffnete die Autotür und begrüßte Lacey mit einem Lächeln und einem höflichen „Guten Abend, Miß“, als kenne er sie nicht. Sie bezahlte das Taxi und humpelte zum Haus. Die Schmerzen im Knöchel ließen sich nun nicht länger unterdrücken.

Tim steckte ihr den Schlüssel zu Heather Landis Wohnung zu. Dann half er ihr in den Aufzug, entriegelte die Kontrollvorrichtung und drückte auf die Neun. „Ich habe es so arrangiert, daß Sie ohne Zwischenstopp rauffahren können“, sagte er. „Dann ist die Gefahr geringer, daß Sie jemandem begegnen, der Sie kennt.“

„Tim, ich kann Ihnen gar nicht sagen –“

Er fiel ihr ins Wort. „Lacey, fahren Sie schnell hinauf, und verriegeln Sie die Tür. Im Kühlschrank finden Sie was zu essen.“

IHR ERSTER Eindruck war, daß in der Wohnung akribische Ordnung herrschte. Die gerahmten Fotos von Heather hingen nach wie vor im Wohnzimmer. Alles schien noch so zu sein, wie Isabelle es zurückgelassen hatte. Lacey schauderte. Fast erwartete sie, daß Isabelle herunterkam. Plötzlich kam sie sich wie ein Eindringling vor, ein Gespenst unter Gespenstern.

In der Bibliothek stand ein Ledersofa, das sich in ein Bett verwandeln ließ, und daneben befand sich das Umkleidezimmer. Diese beiden Räume wollte Lacey benutzen. Sie hätte es nicht über sich gebracht, in dem Bett zu schlafen, in dem Isabelle erschossen worden war.

Als Lacey ihren Anorak in den Wandschrank im Flur hängte, sah sie wieder Caldwell vor sich, der an ihr vorbeigerannt war, während sie sich im Schrank versteckt hatte.

„Geh rauf“, befahl sie sich laut. Früher oder später mußte sie sich überwinden, nach oben ins Schlafzimmer zu gehen. Zwar hätte sie das lieber nicht getan, aber sie mußte einfach einen Blick hineinwerfen, nur um das Gefühl loszuwerden, daß Isabelles Leiche noch dort lag. Sie humpelte die Wendeltreppe hinauf, gelangte durch das Wohnzimmer zum Schlafzimmer und schaltete das Licht ein.

Der Raum sah noch genauso aus wie an jenem Tag, als sie mit Curtis Caldwell hier gestanden hatte. Wo mochte er jetzt sein? Plötzlich ergriff Lacey ein überwältigendes Gefühl der Panik. War er ihr nach New York gefolgt?

Sie betrachtete das Bett und sah Isabelles blutige Hand vor sich, wie diese versucht hatte, die Tagebuchseiten unter dem Kopfkissen hervorzuzerren. Sie hörte noch deutlich den Nachhall ihrer letzten Bitte: „Lacey ..., geben Sie Heathers ... Tagebuch ... ihrem Vater ... Nur ihm. Versprechen Sie's mir ... Lesen Sie's ... Zeigen Sie ihm ..., wo ..." Dann hatte Isabelle ein letztes Mal Luft geholt, um zu sprechen. Aber sie hatte nur noch ein Wispern hervorgebracht: „... Mann ..."

Lacey machte kehrt und humpelte wieder die Treppe hinunter. Sie mußte etwas essen. Sie war schon ganz nervös vor Hunger, und das machte alles noch schlimmer.

Tim hatte ein kleines Festmahl für sie vorbereitet: gegrilltes Hühnchen, grünen Salat, Brötchen, Cheddarkäse, Obst und Instantkaffee.

Vierzig Minuten später saß sie in Decken gewickelt auf der Couch in der Bibliothek. Die Kopie von Heather Landis Tagebuch lag auf dem Schreibtisch, die drei unlinierten Seiten hatte Lacey vor sich ausgebreitet. Die Blutflecken, die Heathers Handschrift im Original verwischt hatten, erinnerten an einen Rorschachtest. Was bedeuten diese Kleckse für Sie? schienen sie zu fragen. Lacey griff nach den drei unlinierten Seiten.

Da kam ihr wegen des Bluts ein Gedanke. Ob die sterbende Isabelle wohl versucht hatte, im besonderen nach diesen Seiten zu greifen?

Noch einmal las Lacey sie durch und suchte nach einem Hinweis, warum sie so wichtig waren, daß jemand ihre einzige andere Kopie gestohlen hatte. Zweifellos waren sie Caldwell einen Mord wert gewesen, aber warum? Welches Geheimnis bargen sie?

Der letzte Eintrag, der noch optimistisch klang, stand oben auf der ersten unlinierten Seite. Hier schrieb Heather, sie sei mit einem Mr. oder Max oder Mac Hufner zum Essen verabredet. Es war schwer zu entziffern.

Ich frage mich, ob die Polizei mit diesem Mann gesprochen hat, dachte Lacey. Vielleicht hat man eine Liste der im Tagebuch erwähnten Personen angefertigt, bevor das Beweisstück verschwunden ist.

Wieder betrachtete sie die Seiten. Weder Jimmy Landi noch die Polizei war jetzt noch in deren Besitz. Sie verfügte über die einzige Kopie.

Sie mußte sich an die Arbeit machen, mußte das Rätsel lösen, das sich hinter diesen Seiten verbarg. Wenn jemand das Geheimnis lüften konnte, dann eindeutig sie. Aber würde es ihr rechtzeitig gelingen, so daß sie mit dem Leben davonkam?

KAPITEL 9

Als der Flugverkehr von Minneapolis wiederaufgenommen wurde, bestieg Sandy Savarano sofort ein Flugzeug nach New York. Bestimmt hatte Lacey Farrell in Chicago ebenfalls eine Maschine dorthin genommen. Wo sollte sie sonst hin?

Nach der Landung in New York durchkämmte Sandy systematisch die Bereiche des Flughafens, in denen Reisende aus Chicago vorbeikamen. Die Suche nach Lacey Farrell war inzwischen mehr als ein gewöhnlicher Auftrag für ihn. Die Sache verzehrte ihn. Und der Einsatz war höher, als ihm lieb war. Sein neues Leben in Costa Rica gefiel ihm. Die Summe, die er für die Beseitigung Lacey Farrells kassieren würde, war beeindruckend, obwohl sie nicht notwendig war, um seinen Lebensstandard zu halten.

Was dagegen unbedingt notwendig war – er mußte eine Zeugin aus dem Weg räumen, die ihn lebenslänglich hinter Gitter bringen konnte. Außerdem konnte er den Gedanken nicht ertragen, daß er seinen letzten Auftrag vermasselt hatte.

Nachdem er sämtliche New-York-Flüge der letzten fünf Stunden überprüft hatte, beschloß er, es gut sein zu lassen. Wenn er noch länger hier herumlungerte, würde er nur Aufmerksamkeit erregen. Er nahm ein Taxi zu der Wohnung in der 10. Straße West, die man für ihn gemietet hatte. Dort würde er auf weitere Informationen über Lacey Farrell warten. Er hatte nicht den geringsten Zweifel, daß er spätestens am nächsten Tag die Fährte seines Opfers wiederaufnehmen konnte.

JIMMY LANDI hatte vor, übers Wochenende nach Atlantic City zu fahren, um selbst bei den Vorbereitungen zur Eröffnung des Casinos nach dem rechten zu sehen. Es war ein aufregendes Projekt, und es fiel ihm schwer, nicht vor Ort zu sein.

Er hatte es schon immer für wichtig gehalten, daß ein Mensch eine Herausforderung hatte, aber er gestand sich ein, daß es für ihn persönlich nie wichtiger gewesen war als jetzt. Steve Abbott hatte die Kleinarbeit bei der Vorbereitung des Projekts übernommen, so daß er selbst den Kopf für das große Ganze frei hatte. Doch er war nicht recht bei der Sache, so sehr er sich auch bemühte. Seit er am vergangenen Montag die vielleicht unvollständige Kopie von Heathers Tagebuch zurückbekommen hatte, ließ es ihn nicht mehr los. Hier tat sich ein Tor zu Erinnerungen auf, die er vielleicht lieber ausgeblendet hätte.

Was war das für ein Vorfall vor fünf Jahren gewesen, den sie so sorgfältig vor ihm verheimlicht hatte? Immer wieder vertiefte er sich in diese Abschnitte des Tagebuchs. Die Vorstellung, daß jemand Heather übel mitgespielt hatte und ungeschoren davongekommen war, machte ihn verrückt. Noch nach all den Jahren hatte er das Bedürfnis, der Sache auf den Grund zu gehen.

Auch die Frage nach den unlinierten Seiten des Tagebuchs nagte an ihm. Er hätte schwören können, daß er sie gesehen hatte. Andererseits war er betrunken gewesen. Vielleicht hatte es sie also auch nie gegeben. Doch angenommen, er hatte recht, und diese Seiten waren ursprünglich vorhanden gewesen, wären sie wahrscheinlich nicht verschwunden, wenn sie nicht jemand für wichtig gehalten hätte. Es gab nur einen Menschen, der ihm die Wahrheit sagen konnte: Lacey Farrell. Als sie das Tagebuch für ihn kopiert hatte, wäre es ihr bestimmt aufgefallen, wenn die letzten drei Seiten anders ausgesehen hätten als die vorhergehenden.

Er beschloß, Lacey Farrells Mutter anzurufen und sie noch einmal zu bitten, ihrer Tochter jene Frage zu stellen, auf die er eine Antwort brauchte: Existierten jene drei Seiten überhaupt?

LACEY wachte auf und warf einen Blick auf die Uhr. Sie hatte an die drei Stunden geschlafen. Sie schob die Decke weg und stand auf, wobei sie automatisch den linken Fuß belastete. Sie biß sich auf die Lippen, als der geschwollene rechte Knöchel schmerzhaft pochte.

Lacey stützte sich auf dem Schreibtisch ab. Die drei unlinierten Seiten lagen immer noch da und zogen sofort ihre Aufmerksamkeit auf sich. Wieder las sie die erste Zeile auf der ersten Seite. *Mittagessen mit Mr.* – oder hieß es Max oder Mac? – *Hufner. Das wird bestimmt ein Spaß. Er sagt, er sei alt geworden und ich erwachsen.*

Das klingt, als habe Heather von jemandem geschrieben, den sie schon lange kannte, überlegte Lacey. Wen könnte ich fragen? Es kommt nur einer in Frage: Heathers Vater. Bei ihm liegt des Rätsels Lösung.

Sie beschloß, kurz unter die Dusche zu gehen, damit sie richtig wach wurde. Sie wollte endlich das Nachthemd ablegen, das Heather Landi gehört hatte. Aber was sollte sie dann anziehen? Sie konnte nicht wieder ihren Jogginganzug anziehen. Darin wäre sie zu leicht zu erkennen. Es behagte ihr nicht sonderlich, noch einmal in Heathers Sachen herumwühlen zu müssen.

Zum Frühstück gab es Kaffee und ein getoastetes Brötchen, dann ging sie unter die Dusche. Um acht meldete sich Tim Powers über die Haussprechanlage. „Kann ich raufkommen?"

Sie setzten sich in die Bibliothek und tranken Kaffee. „Wie kann ich Ihnen helfen?" fragte Tim.

„Das haben Sie doch schon getan", erwiderte Lacey lächelnd. „Kümmern sich Parker und Parker noch um den Verkauf der Wohnung?"

„Nein. Jimmy Landi hat mich kürzlich angerufen. Von Parker hat er die Nase voll. Er will die Wohnung endlich loswerden. Ich habe ihm ganz klar gesagt, daß die Chancen besser stünden, wenn wir alles ausräumen würden. Aber keine Angst, ich warne Sie, wenn ein neuer Makler mit einem Interessenten vorbeikommen will."

„Haben Sie Landis Privatnummer, Tim?"

„Seine Büronummer. Und Sie wissen ja, daß das Telefon hier in der Wohnung noch angeschlossen ist. Die haben sich nie die Mühe gemacht, es abzumelden."

Lacey war klar, daß es Tim seinen Job kosten konnte, wenn sie in der Wohnung ertappt wurde. Sie durfte es also nicht riskieren, noch länger hierzubleiben. Dennoch mußte sie Tim um einen weiteren Gefallen bitten. „Ich möchte meine Mutter wissen lassen, daß es mir gutgeht. Moms Telefon wird bestimmt abgehört. Könnten Sie ihr von einem öffentlichen Fernsprecher aus Bescheid sagen? Nennen Sie Ihren Namen nicht, und sprechen Sie nur ein paar Sekunden, sonst kann die Polizei das Gespräch zurückverfolgen. Und wenn sie es tut, kommt es wenigstens nicht von hier. Richten Sie meiner Mutter nur aus, daß ich in Sicherheit bin und sie anrufe, sobald ich kann."

„Wird gemacht." Tim Powers stand auf. Er warf einen Blick auf die Papiere, die auf dem Schreibtisch lagen, und machte ein verdutztes Gesicht. „Ist das eine Kopie von Heather Landis Tagebuch?"

Lacey starrte ihn an. „Ja, genau. Woher kennen Sie es, Tim?"

„Am Tag vor Mrs. Warings Tod war ich hier oben und habe die Luftfilter ausgewechselt. Sie las in dem Tagebuch. Vermutlich hatte sie es am selben Tag gefunden, denn sie war ganz aufgelöst."

„Hat sie mit Ihnen darüber gesprochen, Tim?" fragte Lacey.

„Eigentlich nicht. Sie setzte sich sofort ans Telefon, aber derjenige, den sie erreichen wollte, hatte offenbar eine Geheimnummer."

„Sie wissen also nicht, wer es war?"

„Nein, aber ich glaube, sie hatte den Namen eingekreist, als sie darauf stieß. Ich erinnere mich, daß es ziemlich gegen Ende des Tagebuchs war. Aber jetzt muß ich los. Geben Sie mir die Nummer Ihrer Mutter. Ich rufe über die Sprechanlage hoch und sage Ihnen die von Landi."

Als Tim gegangen war, nahm Lacey die erste der unlinierten Seiten und trat damit ans Fenster. Trotz der Flecken erkannte sie eine feine Linie um den Namen Hufner.

Wer war das? Wie konnte sie es herausfinden?

Ich muß mit Jimmy Landi reden, beschloß sie. Das ist die einzige Möglichkeit.

TIM POWERS gab Lacey Landis Nummer durch, dann machte er sich auf die Suche nach einem öffentlichen Fernsprecher. Er hatte einige Vierteldollarmünzen eingesteckt.

Vierzig Kilometer entfernt, in New Jersey, fuhr Mona Farrell hoch, als das Telefon klingelte. Hoffentlich ist es Lacey, betete sie.

„Miß Farrell, ich rufe in Laceys Auftrag an", sagte eine freundliche, beruhigende Männerstimme. „Sie möchte Sie wissen lassen, daß es ihr gutgeht und daß sie sich sobald wie möglich bei Ihnen meldet."

„Wo ist sie?" wollte Mona wissen. „Warum kann sie nicht selbst mit mir sprechen?"

Tim wußte, daß er jetzt auflegen sollte, aber die Stimme von Laceys Mutter klang so verzweifelt, daß er es nicht übers Herz brachte. Hilflos hörte er sich ihre Sorgen und Ängste an und warf nur immer wieder ein: „Es geht ihr gut, Mrs. Farrell, glauben Sie mir, es geht ihr gut."

Dann legte er endlich auf, obwohl ihn Mona Farrell immer noch beschwor, ihr mehr zu sagen. Auf dem Rückweg ging er über die Fifth Avenue. Daher fiel ihm nicht auf, daß ein ungekennzeichnetes Polizeiauto auf die Telefonzelle zuraste, die er eben benutzt hatte. Und es blieb ihm auch verborgen, daß der Apparat sofort auf Fingerabdrücke untersucht wurde.

MIT JEDER Stunde, die ich hier verbringe und nichts tue, rückt der Augenblick näher, in dem mich Caldwell findet oder Baldwin verhaften läßt, dachte Lacey. Wenn ich doch nur mit Kit reden könnte; sie hat Köpfchen. Lacey trat ans Fenster und spähte durch einen Spalt zwischen den Vorhängen hinaus.

Im Central Park wimmelte es von Joggern, Rollschuhläufern, Spaziergängern und Eltern mit Kinderwagen. Natürlich! Es war Sonntag,

Sonntag vormittag, kurz vor zehn. Bestimmt waren Kit und Jay jetzt in der Kirche. Sie gingen immer zur Zehnuhrmesse.

„Ich kann ja doch mit ihr reden!" sagte Lacey laut. Kit und Jay gehörten zur Gemeinde von St. Elisabeth. Jeder kannte sie. Laceys Laune besserte sich schlagartig. Sie rief die Auskunft von New Jersey an und erhielt die Nummer der Pfarrei.

Hoffentlich ist jemand da, dachte sie, hörte aber schon, wie sich der Anrufbeantworter einschaltete. Sie konnte nicht mehr tun, als eine Nachricht zu hinterlassen und zu hoffen, daß Kit sie bekam, bevor sie die Kirche verließ. Die Nummer des Apparats anzugeben, von dem sie aus der Wohnung telefonierte, hätte selbst in einer Pfarrei ein zu großes Risiko bedeutet.

Lacey sprach langsam und deutlich. „Ich muß dringend mit Kit Taylor sprechen. Ich glaube, sie besucht die Zehnuhrmesse. Ich rufe um elf Uhr fünfzehn wieder hier an. Bitte versuchen Sie, sie an den Apparat zu holen."

Lacey legte auf und wählte Jimmy Landis Nummer. Als sich auch dort der Anrufbeantworter einschaltete, zog sie es vor, keine Nachricht zu hinterlassen.

AN DIESEM Sonntag hatte Detective Sloane keinen Dienst. Doch als sich der diensthabende Sergeant aus dem Revier meldete und ihm mitteilte, ein Freund von Lacey Farrell habe ihre Mutter von einem Münztelefon aus angerufen, hielt ihn nichts mehr zu Hause.

Als er auf dem Revier ankam, nickte ihm der Sergeant zu und wies auf die Bürotür des Captains. „Der Chef will mit Ihnen reden."

Captain Frank Deleo war hochrot im Gesicht, normalerweise ein Warnsignal, daß jemand seinen Zorn heraufbeschworen hatte. Heute sah Sloane jedoch sofort die Sorge und Trauer in Deleos Augen. Er wußte, was die gemischten Gefühle seines Chefs zu bedeuten hatten: Die Falle war zugeschnappt, und der korrupte Polizist war aufgeflogen.

„Die Jungs im Labor haben gestern abend diese Videoaufzeichnung rübergeschickt", sagte Deleo. „Sie wird Ihnen nicht gefallen."

Sloane blickte auf den Bildschirm, und Deleo drückte auf die Starttaste. Sloane beugte sich vor. Er sah seinen Schreibtisch. Seine Jacke hing über der Stuhllehne, aus der Tasche baumelten wie zufällig die Schlüssel, um den Dieb in Versuchung zu führen, der die Beweismittel aus dem Büro entwendet hatte.

In der oberen linken Ecke des Bildschirms sah er seinen Hinterkopf im Vernehmungszimmer. „Die Aufnahme ist von gestern abend!" rief er.

„Ich weiß. Schauen Sie, was jetzt passiert.“

Sloane starrte angespannt auf die Mattscheibe und sah, wie Nick Mars aus dem Vernehmungszimmer huschte und sich umblickte. In dem Großraumbüro saßen nur zwei weitere Beamte. Der eine war am Telefon und kehrte Nick den Rücken zu, der andere döste.

Mars griff in Sloanes Jackentasche und holte die Schlüssel heraus, die er in der hohlen Hand verbarg. Er ging an den Asservatenschrank mit den abgeschlossenen Fächern, fuhr dann aber herum und steckte die Schlüssel hastig an ihren Platz zurück. Danach holte er eine Schachtel Zigaretten aus der Brusttasche von Sloanes Jacke.

„In diesem Moment bin unpassenderweise ich hereingekommen“, kommentierte Deleo trocken. „Er ging wieder ins Vernehmungszimmer.“

Sloane war wie vor den Kopf geschlagen. „Sein Vater war Polizist. Sein Großvater ebenfalls. Er hatte doch alle Möglichkeiten. Warum?“

„Warum gibt es überhaupt korrupte Polizisten?“ fragte Deleo. „Ed, das muß vorerst unter uns bleiben. Dieses Videoband allein genügt nicht, um Mars zu überführen.“

„Wir müssen etwas unternehmen. Er ist mein Partner. Ich will ihm nicht am Schreibtisch gegenübersitzen und gemeinsam mit ihm an einem Fall arbeiten“, erklärte Sloane kategorisch.

„Doch, das werden Sie! Baldwin ist auf dem Weg hierher. Er glaubt, daß sich Lacey Farrell hier in der Gegend aufhält. Nichts würde mir besser in den Kram passen, als diesen Fall zu lösen und es Baldwin unter die Nase zu reiben. Ihre Aufgabe besteht darin zu verhindern, daß Nick nicht noch mehr Beweismaterial klaut oder vernichtet.“

„Wenn Sie mir versprechen, daß ich den Mistkerl zehn Minuten für mich alleine habe, sobald wir ihn überführt haben!“

Der Captain stand auf. „Kommen Sie schon, Ed. Baldwin kann jeden Augenblick hier sein.“

HEUTE ist der Tag der Enthüllungen, dachte Ed Sloane sarkastisch, als ein Mitarbeiter des Bundesstaatsanwalts das Band mit dem aufgezeichneten Gespräch zwischen Lacey Farrells Mutter und dem unbekannten Anrufer ins Abspielgerät legte.

Als das Band lief, zog Sloane die Brauen hoch – das einzige Anzeichen für seine Überraschung. Er kannte diese Stimme von seinen zahllosen Besuchen in dem Apartmenthaus in der 70. Straße. Es war der Hausmeister, Tim Powers.

Und er versteckte Lacey Farrell in diesem Haus!

Die anderen lauschten schweigend dem Telefongespräch. Baldwin blickte so zufrieden drein wie die Katze, die den Kanarienvogel gefressen hat. Er glaubt wohl, er kann uns eine Lektion erteilen, wie gute Polizeiarbeit aussieht, dachte Sloane wütend. Nick Mars hatte die Hände im Schoß gefaltet und runzelte die Stirn – der Inbegriff des ehrlichen Polizisten. Wen würde dieser Verräter informieren, wenn er Wind davon bekam, daß Lacey Farrells Schutzengel Tim Powers hieß?

Sloane kam zu dem Schluß, daß wenigstens im Augenblick nur ein Mensch außer Powers wissen sollte, wo sich Lacey Farrell versteckt hielt. Nämlich er selbst.

LACEY steckte die Seiten von Heathers Tagebuch in die Sporttasche. Tim hatte sie informiert, daß eine Maklerin um halb zwölf einen Besichtigungstermin hatte. Sie wollte noch einen Versuch unternehmen, Kit in der Pfarrei von St. Elisabeth zu erreichen, aber dann mußte sie sich aus dem Staub machen. Sie sah auf die Uhr. Ein paar Minuten hatte sie noch für einen zweiten Anruf bei Jimmy Landi.

Diesmal meldete er sich nach dem vierten Klingeln. Sie wußte, daß sie keine Zeit zu verlieren hatte. „Mr. Landi, hier spricht Lacey Farrell. Ich bin so froh, daß ich Sie erreiche. Vorhin habe ich es schon mal versucht."

„Ich war unten", sagte Jimmy.

„Ich weiß, daß es viel zu erklären gibt, Mr. Landi, aber ich habe keine Zeit, also lassen Sie mich einfach reden. Ich weiß, warum Sie mit mir sprechen wollten. Die Antwort lautet ‚ja', es gibt drei unlinierte Seiten am Ende von Heathers Tagebuch. Sie handeln fast nur von ihrer Sorge, Ihnen weh zu tun. Das einzig Positive steht ganz am Anfang, wo sie von einer Verabredung zum Essen mit einem Mann erzählt, der anscheinend ein alter Freund von ihr war. Heather schrieb, er habe gesagt, sie sei erwachsen geworden und er alt."

„Wie heißt er?" wollte Jimmy wissen.

„Es liest sich wie Mac oder Max Hufner."

„Kenne ich nicht. Vielleicht ein Bekannter von Isabelle." Er hielt inne. „Sie sind in großen Schwierigkeiten, nicht wahr, Miß Farrell?"

„Das kann man sagen."

„Was wollen Sie tun?"

„Ich weiß nicht."

„Wo sind Sie jetzt?"

„Das kann ich Ihnen nicht verraten. Aber ich bin jetzt fest davon überzeugt, daß Isabelle auf etwas gestoßen ist und deshalb ermordet wurde. Tut mir leid, ich muß jetzt weg."

Jimmy Landi hörte es klicken. Er legte gerade auf, als Steve in sein Büro trat. „Wer war das?" fragte Abbott.

„Lacey Farrell. Offenbar hat ihre Mutter ihr meine Frage ausgerichtet."

„Lacey Farrell? Ich dachte, sie sei im Zeugenschutzprogramm."

„Das stimmt, aber inzwischen anscheinend nicht mehr."

„Wo ist sie jetzt?"

Jimmy blickte auf das Display seines Telefons. „Das hat sie nicht gesagt, und ich glaube, das Gerät war nicht eingeschaltet. Steve, hatten wir einen Angestellten, der Hufner hieß?"

Abbott überlegte kurz, dann schüttelte er den Kopf. „Ich wüßte nicht, es sei denn, er war eine Küchenhilfe."

Landi warf einen Blick durch die offene Tür, die in einen kleinen Warteraum führte. Dort ging jemand auf und ab. „Wer ist der Kerl da draußen?" fragte er.

„Carlos. Er möchte wieder bei uns anfangen. Er sagt, die Arbeit bei Alex sei zu ruhig für ihn."

„Jag den Penner zum Teufel! Ich konnte ihn noch nie leiden."

UM ZEHN nach elf rief Lacey nochmals in der Pfarrei von St. Elisabeth an. Diesmal wurde beim ersten Klingeln abgenommen. „Pater Edwards", meldete sich eine Stimme.

„Guten Morgen, Pater", sagte Lacey. „Ich habe vorhin eine Nachricht hinterlassen und darum gebeten, daß Kit Taylor –"

Er unterbrach sie. „Sie sitzt hier neben mir. Einen Moment."

Lacey hatte seit zwei Wochen nicht mehr mit ihrer Schwester gesprochen. „Kit", sagte sie und verstummte, weil ihre Kehle wie zugeschnürt war.

„Lacey, wir vermissen dich. Wir haben solche Angst um dich. Wo bist du?"

Sie lachte zittrig. „Glaub mir, es ist besser, wenn du es nicht weißt. Aber eines kann ich dir sagen, ich muß in fünf Minuten hier raus. Ist Jay bei dir?"

„Ja, natürlich."

„Gib ihn mir doch bitte."

Ihr Schwager klang ernstlich besorgt. „Lacey, so kann das nicht weitergehen. Ich engagiere einen Bodyguard für dich, aber du mußt aufhören wegzurennen und uns erlauben, dir zu helfen."

„Jay, so wie bisher kann ich nicht weiterleben. Ich bleibe nicht im Zeugenschutzprogramm. Eines ist mir jetzt klar: Der Schlüssel zu dieser bösen Geschichte besteht darin, den Schuldigen am Tod von Heather Landi zu finden. Wie ihre Mutter bin ich überzeugt, daß sie ermordet wurde und der Hinweis auf den Täter in ihrem Tagebuch steht. Ich glaube, Isabelle Waring hat versucht zu erfahren, was passiert ist, und deshalb wurde sie umgebracht."

„Lacey –"

„Laß mich ausreden, Jay. Ungefähr eine Woche vor ihrem Tod traf sich Heather mit einem älteren Mann, den sie anscheinend schon sehr lange kannte. Meine Hoffnung ist, daß er irgendwie mit dem Gastronomiegeschäft zu tun hat und du ihn vielleicht kennst."

„Wie heißt er?"

„Der Name ist kaum zu entziffern. Sieht aus wie Mac oder Max Hufner."

„Vielleicht Max Hoffmann?" fragte Jay. „Sicher habe ich ihn gekannt. Er hat jahrelang für Jimmy Landi gearbeitet."

Isabelles letzte Worte: „Lesen Sie's ... Zeigen Sie ihm, wo ...", dann ein gedehntes, zittriges Keuchen, „... mann". Isabelle ist gestorben, als sie versucht hat, mir den Namen Max Hoffmann zu nennen, begriff Lacey plötzlich. Gleichzeitig wurde ihr die Bedeutung von Jays Worten klar, und sie schauderte. „Warum sagst du, du *hast* ihn gekannt?"

„Max ist vor über einem Jahr gestorben – bei einem Unfall mit Fahrerflucht in der Nähe seines Hauses in Great Neck."

„Wie lange ist das genau her?" fragte Lacey.

„Laß mich überlegen. Es war ungefähr um die Zeit, als ich mich um den Auftrag vom ‚Red Roof Inn' in Southampton beworben habe. Das war vor ungefähr vierzehn Monaten, in der ersten Dezemberwoche."

„Da ist auch Heather Landi gestorben!" rief Lacey. „Zwei Autounfälle innerhalb weniger Tage ..." Sie verstummte.

Die Sprechanlage an der Wohnungstür summte mehrmals. Tim Powers signalisierte, daß sie verschwinden mußte. „Jay, ich muß jetzt gehen. Bleib, wo du bist. Ich rufe noch mal an. Nur eines noch: War Max Hoffmann verheiratet?"

„Fünfundvierzig Jahre lang."

„Jay, besorg mir seine Adresse. Ich brauche sie unbedingt."

Lacey griff nach ihrer Sporttasche und einem schwarzen Kapuzenmantel, den sie aus Heathers Schrank genommen hatte. Sie verließ die Wohnung und humpelte zur Feuertreppe. Tim Powers erwartete sie unten im Treppenhaus. Er drückte ihr ein paar zusammengefaltete

Geldscheine in die Hand und schob ihr ein Handy in die Manteltasche. „Es wird eine Weile dauern, bis sie die Gespräche auf diesem Apparat zurückverfolgen können."

„Tim, ich weiß nicht, wie ich Ihnen danken soll." Laceys Herz pochte.

„Draußen wartet ein Taxi mit offener Tür auf Sie", sagte Tim. „Ziehen Sie die Kapuze auf." Er drückte ihr die Hand.

Der Taxifahrer fragte: „Wohin wollen Sie, Miß?"

„Great Neck, Long Island", gab Lacey an.

WERDE ich verfolgt? fragte sich Lacey. Schwer zu sagen. Ein schwarzer Toyota schien dem Taxi in gleichbleibendem Abstand zu folgen.

Vielleicht doch nicht. Sie seufzte erleichtert auf. Der Wagen hatte die erste Ausfahrt nach dem Midtown Tunnel genommen.

Lacey wußte, daß Kit und Jay im Pfarrhaus auf ihren Anruf warteten. Sie brauchte Straße und Hausnummer der Wohnung von Max Hoffmann, wo – hoffentlich – nach wie vor seine Witwe lebte. Sie mußte mit ihr reden und alles herauskriegen, was diese über das Gespräch ihres Mannes mit Heather Landi wußte.

Es herrschte nicht viel Verkehr, und Lacey stellte fest, daß sie sich bereits Great Neck näherten. Was sollte sie tun, wenn sie dort ankamen und sie dem Fahrer keine Adresse nennen konnte? Anfangs hatte er eine so weite Fahrt aus Manhattan heraus erst gar nicht machen wollen. Und was sollte sie tun, wenn sie zu Mrs. Hoffmanns Adresse kam und die Frau nicht zu Hause war oder nicht aufmachte?

Und was, wenn sie doch verfolgt wurde?

Sie rief mit dem Handy noch einmal im Pfarrhaus an. Kit meldete sich sofort. „Mom ist gerade hergekommen, Lacey. Sie möchte unbedingt mit dir sprechen."

„Kit, bitte ..."

Aber ihre Mutter war schon am Apparat. „Lacey, ich habe keiner Menschenseele gesagt, wo du wohnst!"

Sie ist so aufgeregt, dachte Lacey. Es ist schwer für sie, aber ich kann jetzt einfach nicht mir ihr über die ganze Sache reden.

Doch zum Glück sagte ihre Mutter dann: „Jay muß mit dir reden."

Sie hatten jetzt die Stadtgrenze von Great Neck erreicht. „Welche Straße?" erkundigte sich der Fahrer auch schon.

„Fahren Sie einen Augenblick rechts ran", erwiderte Lacey.

Ihre Nerven waren zum Zerreißen gespannt. Ein schwarzer Toyota hatte abgebremst und bog auf einen Parkplatz ein. Sie wurde doch verfolgt! Schweiß trat ihr aus allen Poren. Aber dann seufzte sie erleichtert auf, als ein junger Mann mit einem Kind ausstieg.

„Lacey?“ meldete sich ihr Schwager besorgt.

„Jay, kannst du mir die Adresse der Hoffmanns geben?“

„Lacey, ich habe keine Ahnung, wo ich sie herbekommen soll. Ich müßte ins Büro fahren und herumtelefonieren, bis ich jemanden finde, der sie weiß. Ich habe aber schon Alex angerufen. Er kannte Max sehr gut. Er hat die Adresse irgendwo auf seiner Weihnachtskartenliste und will sie heraussuchen.“

Zum erstenmal in ihrem grauenhaften monatelangen Martyrium empfand Lacey absolute Verzweiflung.

Dann hörte sie Jay fragen: „Was können Sie tun, Pater? Nein, ich weiß nicht, welches Beerdigungsinstitut es war.“

Pater Edwards nahm sich der Sache an. Während Lacey noch einmal mit ihrer Mutter sprach, telefonierte der Pastor mit zwei Beerdigungsinstituten in Great Neck. Er stellte sich vor und bediente sich einer kleinen Notlüge: Ein Mitglied seiner Gemeinde wolle eine Beileidskarte für Mr. Max Hoffmann schicken, der vor einem Jahr verstorben sei. Vom zweiten Beerdigungsinstitut erhielt er die gewünschte Auskunft. Jay gab die Adresse an Lacey weiter.

„Ich spreche später mit euch allen“, verabschiedete sie sich. „Aber erzählt um Himmels willen niemandem, wo ich hinwill!“

Zumindest *hoffe* ich, daß ich später mit euch sprechen kann, dachte Lacey, als der Taxifahrer sich auf den Weg zum Adams Place Nummer 10 machte.

KAPITEL 10

Es machte Detective Ed Sloane rasend, neben Nick Mars sitzen und so tun zu müssen, als sei alles in Ordnung. Natürlich war er sich darüber im klaren, daß er auf der Hut sein mußte, damit Nick keine Zeichen von Feindseligkeit aufschnappte, aber er schwor sich, aus seinem Herzen keine Mördergrube zu machen, wenn alle Karten auf dem Tisch lagen.

Gegen 11.15 Uhr, unmittelbar nach der Besprechung mit Baldwin, begannen die beiden mit der Überwachung des Apartmenthauses an der 70. Straße Ost. Nick hatte dafür natürlich kein Verständnis. „Wir verschwenden unsere Zeit“, klagte er.

„Auf den Riecher eines alten Hasen kann man sich verlassen, das weißt du doch, Nick.“

Nach wenigen Minuten sahen sie eine Frau in einem langen Kapuzenmantel aus dem Haus kommen und in ein wartendes Taxi steigen. Sloane konnte ihr Gesicht nicht erkennen, allerdings kam ihm ihre Art, sich zu bewegen, so bekannt vor, daß sich ihm die Nackenhaare sträubten. Und sie schonte ihr rechtes Bein. Der Bericht aus Minnesota hatte erwähnt, daß Lacey Farrell sich den Knöchel verstaucht hatte.

„Fahren wir", befahl Sloane. „Sie sitzt in diesem Taxi."

„Du machst wohl Witze! Hast du übersinnliche Fähigkeiten, oder verschweigst du mir was, Ed?"

„Ich verlass' mich nur auf meinen Riecher. Der Anruf bei ihrer Mutter kam aus einer Telefonzelle fünf Straßen weiter."

„Ich melde es im Revier", sagte Nick.

„Nein, noch nicht."

Sie folgten dem Taxi durch den Midtown Tunnel auf den Long Island Expressway. „Was meinst du, wo fährt sie hin?" fragte Nick.

„Das weiß ich genausowenig wie du", erwiderte Sloane. Dann beschloß er, Mars ein wenig zu provozieren. „Ich habe immer vermutet, daß Lacey Farrell noch eine Kopie von Heather Landis Tagebuch für sich selbst gemacht hat. Wenn das stimmt, dann ist sie der einzige Mensch, der eine vollständige Version besitzt. Vielleicht steht etwas Wichtiges auf diesen drei Seiten, die laut Jimmy Landi fehlen. Was meinst du, Nick?"

Jetzt war dieser an der Reihe zu antworten: „Ich weiß nicht mehr als du."

In Great Neck fuhr das Taxi rechts heran. Machte die Farrell Anstalten auszusteigen? Sloane war bereit, ihr notfalls zu Fuß zu folgen. Aber sie blieb im Taxi. Nach ein paar Minuten setzte sich der Wagen wieder in Bewegung.

Sie folgten ihm durch die Stadt, vorbei an einigen teuren Häusern. „Welches hättest du denn gerne?" fragte Nick.

Geht es dir darum? überlegte Sloane. Reicht dir ein Polizistengehalt nicht? Dann hättest du doch bloß deinen Beruf wechseln müssen – nicht die Seiten.

Allmählich änderte sich das Stadtbild: Nun waren die Häuser kleiner und rückten enger zusammen, aber sie waren gut in Schuß. Es war ein Viertel, in dem Ed Sloane sich wohl fühlte. „Nicht so schnell", forderte er Nick Mars auf. „Sie suchen nach einer Hausnummer."

Sie waren am Adams Place angelangt. Das Taxi hielt vor Nummer 10. Auf der anderen Straßenseite war eine Parklücke, fünf Wagenlängen weiter, hinter einem Campingbus. Ideal, fand Sloane.

Er beobachtete, wie Lacey Farrell aus dem Taxi stieg. Anscheinend verhandelte sie noch mit dem Fahrer, aber der schüttelte nur den Kopf. Dann kurbelte er das Fenster hoch und fuhr weg.

Lacey blickte dem Taxi nach, bis es außer Sicht war. Zum erstenmal, seit sie die Verfolgung aufgenommen hatten, sah Sloane ihr Gesicht. Sie wirkte auf ihn jung, verletzlich und sehr verängstigt. Sie humpelte zur Haustür und läutete.

Allem Anschein nach war die Frau, die an die Tür kam, nicht bereit, sie einzulassen. Lacey Farrell deutete immer wieder auf ihren Knöchel.

Es war Zeit, im Revier Bericht zu erstatten. Sloane war sehr zufrieden damit, daß er derjenige war, der Lacey Farrell gefunden hatte, auch wenn Baldwin sich nun ihrer annehmen würde.

Er wußte allerdings nicht, daß ein ebenso zufriedener Sandy Savarano die Szene aus einem Zimmer im ersten Stock von Adams Place Nummer 10 beobachtete, wo er in aller Seelenruhe auf Lacey Farrells Ankunft gewartet hatte.

JAY SAH Kit beunruhigt an. „Ich weiß, Lacey hat uns gebeten, niemandem zu sagen, wohin sie fährt. Aber ich habe ein sehr ungutes Gefühl bei der Sache. Ich denke, es ist besser, ich rufe den Bundesstaatsanwalt an. Kann sein, daß Lacey deshalb sauer auf mich sein wird, aber mir ist lieber, sie wird als wichtige Belastungszeugin festgesetzt, als daß sie im Leichenschauhaus landet."

„WARUM sind Sie hergekommen?" wollte Lottie Hoffmann wissen, nachdem sie Lacey widerstrebend doch ins Haus gelassen hatte. „Sie können nicht hierbleiben. Ich rufe ein anderes Taxi für Sie. Wohin möchten Sie?"

Jetzt, da sie dem einzigen Menschen gegenüberstand, der ihr vielleicht helfen konnte, war Lacey kurz davor, einen hysterischen Anfall zu bekommen. Sie wußte immer noch nicht, ob sie verfolgt worden war oder nicht. Fest stand nur, daß sie nicht länger weglaufen konnte.

„Mrs. Hoffmann, ich kann *nirgends* hin", erklärte sie leidenschaftlich. „Jemand will mich umbringen, und ich glaube, er ist von derselben Person beauftragt worden, die auch für den Tod Ihres Mannes, Isabelle Warings und Heather Landis verantwortlich ist. Das muß ein Ende haben, und ich glaube, Sie können dem ein Ende machen, Mrs. Hoffmann. Bitte helfen Sie mir!"

Lottie Hoffmanns Augen wurden weich. Laceys merkwürdige Haltung fiel ihr auf und auch, daß sie das Gewicht auf ihr linkes

Bein legte. „Sie haben Schmerzen. Kommen Sie herein. Setzen Sie sich."

Das Wohnzimmer war klein, aber gemütlich. Lacey setzte sich auf die Couch und streifte den Mantel ab. „Er gehört nicht mir", sagte sie. „Ich kann nicht nach Hause und in meinen eigenen Kleiderschrank greifen. Ich kann nicht zu meiner Familie. Meine kleine Nichte wurde meinetwegen angeschossen und wäre beinahe gestorben. Ich werde den Rest meiner Tage so leben müssen, wenn derjenige, der hinter diesen Morden steht, nicht entlarvt und verhaftet wird. Bitte, Mrs. Hoffmann, sagen Sie mir – hat Ihr Mann gewußt, wer dahintersteckt?"

Lottie Hoffmann hielt den Kopf gesenkt. „Wenn Max den Mund gehalten hätte, wäre er noch am Leben. Genau wie Heather und ihre Mutter. Ist die Wahrheit all diese Morde wert?"

„Sie wachen jeden Morgen auf und haben Angst, nicht wahr?" Lacey ergriff die Hand der alten Frau. „Mrs. Hoffmann, bitte! Wer steckt hinter der ganzen Geschichte?"

„Die Wahrheit ist, ich weiß nicht einmal seinen Namen. Max kannte ihn. Max hat für Jimmy Landi gearbeitet. Er hat Heather gekannt. Wenn ich sie an jenem Tag in Mohonk doch nur nicht gesehen hätte! Ich habe Max davon erzählt und den Mann beschrieben, der bei ihr war. Da hat er sich fürchterlich aufgeregt. Er sagte, der Mann sei ein Drogenhändler und ein Gangster, aber niemand wüßte es. Also hat sich Max mit Heather zum Mittagessen verabredet, um sie zu warnen – und zwei Tage später war er tot." Lottie Hoffmann traten Tränen in die Augen. „Ich vermisse Max so sehr, und ich habe solche Angst."

„Dafür haben Sie allen Grund", erwiderte Lacey sanft. „Aber einfach die Tür zu verriegeln ist keine Lösung. Eines Tages wird dieser Mann, wer immer er sein mag, zu dem Schluß kommen, daß auch Sie eine Bedrohung für ihn darstellen könnten."

SANDY SAVARANO schraubte den Schalldämpfer auf seine Pistole. In dieses Haus einzusteigen war ein Kinderspiel gewesen. Er konnte es auf demselben Weg verlassen, auf dem er gekommen war – durch das nach hinten hinausgehende Fenster des Schlafzimmers. Der Baum draußen im Garten war so gut wie eine Leiter. Sein Wagen stand in der Parallelstraße, die über den Nachbargarten direkt zu erreichen war. Er würde über alle Berge sein, bevor die Polizisten, die draußen warteten, auch nur Verdacht schöpften, daß etwas nicht stimmte. Er sah auf die Uhr. Es wurde Zeit.

Die alte Frau war zuerst dran. Sie war nur ein lästiges Hindernis. Ihm ging es vor allem darum, den Ausdruck von Lacey Farrells Augen zu sehen, wenn er die Pistole auf sie richtete. Zeit zum Schreien würde er ihr nicht lassen. Nein, sie würde höchstens noch dieses leise Wimmern des Wiedererkennens herausbringen, das ihn so erregte, wenn sie begriff, daß sie sterben mußte.

Sandy setzte den rechten Fuß auf die erste Treppenstufe und machte sich lautlos auf den Weg nach unten.

ALEX CARBINE rief in Landis Restaurant an, um mit Jimmy zu sprechen. Er mußte etwas warten, dann meldete sich Steve Abbott. „Alex, kann ich irgend etwas für Sie tun? Jimmy fühlt sich heute nicht besonders."

„Das tut mir leid, aber ich muß mit ihm persönlich sprechen", sagte Carbine. „Übrigens, Steve, ist Carlos bei euch gewesen, weil er einen Job sucht?"

„Ja, er war tatsächlich hier. Warum?"

„Weil Sie ihm, wenn er noch da ist, sagen können, daß er hier keinen mehr hat. Und jetzt verbinden Sie mich bitte mit Jimmy."

Er wartete, bis Landi an den Apparat kam. „Hören Sie, es tut mir leid, daß ich Sie störe, aber ich wollte Ihnen etwas mitteilen. Soviel ich weiß, bemüht sich Carlos um Arbeit bei Ihnen. Stellen Sie ihn nicht wieder ein!"

„Das habe ich nicht vor", erwiderte Jimmy. „Aber warum nicht?"

„Weil ich glaube, daß er ein doppeltes Spiel spielt. Es macht mich wahnsinnig, daß Lacey Farrell in ihrem Versteck in Minneapolis von diesem Killer aufgespürt wurde."

„Ach, da war sie also?" bemerkte Landi. „Davon hatte ich keine Ahnung."

„Ja, denn das wußte nur ihre Mutter. Auf jeden Fall hat Mona an dem Abend, als sie erfuhr, daß Lacey in Minneapolis war, eine Ausgabe der *Minneapolis Star Tribune* gekauft und sie zum Abendessen mitgebracht. Ich habe gesehen, daß sie die Zeitung in eine Plastiktüte schob, als ich an den Tisch zurückkam. Aber worauf ich hinauswill: Während Mona auf der Toilette war und ich einen Gast begrüßte, ging Carlos an unseren Tisch und faltete die Servietten. Mir fiel auf, daß er sich an der Tüte zu schaffen machte. Es ist also nicht auszuschließen, daß er einen Blick hineingeworfen hat."

„Das sähe Carlos ähnlich", sagte Landi.

„Und dann hat er uns wieder am Freitagabend bedient, als Mona erwähnte, Lacey sei einem neuen Fitneßclub beigetreten. Es kann kein

Zufall sein, daß ein paar Stunden später ausgerechnet dort jemand nach ihr gesucht hat.“

„Hmmm“, brummte Jimmy, „sieht so aus, als hätte sich Carlos am Freitag abend mehr als ein Trinkgeld verdient. Ich muß jetzt los, Alex. Bis bald.“

ED SLOANE war nicht entgangen, daß sein Partner allmählich in Panik geriet. Auf Nicks jungenhaftem Gesicht glänzten Schweißperlen. Sein untrüglicher Instinkt verriet Sloane, daß etwas oberfaul war.

„Ich glaube, es ist an der Zeit, daß wir reingehen und Miß Farrell einsammeln“, sagte er.

„Warum sollten wir, Ed?“ fragte Mars überrascht. „Wir kümmern uns um sie, wenn sie rauskommt.“

Sloane öffnete die Wagentür und zog seine Pistole. „Gehen wir.“

LACEY war nicht sicher, ob sie tatsächlich ein Geräusch von der Treppe her gehört hatte. Alte Häuser hatten manchmal ein Eigenleben. Sie spürte jedoch, daß sich die Atmosphäre im Zimmer verändert hatte, als wäre das Thermometer schlagartig gefallen. Lottie Hoffmann bemerkte es auch; Lacey sah es an ihren Augen.

Später wurde ihr klar, daß es die Gegenwart des Bösen war, das sich heimtückisch anschlich und den Raum durchdrang – so real, daß es fast mit Händen zu greifen war. Dasselbe Schaudern hatte sie gepackt, als sie sich im Wandschrank versteckt hatte und Curtis Caldwell nach dem Mord an Isabelle die Treppe heruntergekommen war.

Dann hörte sie es wieder. Ein kaum wahrnehmbares Geräusch, aber nicht zu verkennen. Das bildete sie sich nicht ein! Jemand war auf der Treppe! Ich werde sterben, dachte sie.

Sie sah die Angst in Mrs. Hoffmanns Augen und legte warnend den Finger auf die Lippen. Er kam ganz langsam die Treppe herunter und spielte Katz und Maus mit ihnen. Lacey sah sich im Zimmer um. Es gab keinen Fluchtweg. Sie saßen in der Falle!

Ihr Blick fiel auf einen gläsernen Briefbeschwerer, der auf dem Kaffeetisch lag. Er war etwa so groß wie ein Baseball und sah schwer aus. Sie konnte nicht danach greifen, ohne aufzustehen, und das wollte sie nicht riskieren. Statt dessen berührte sie Mrs. Hoffmann an der Hand und deutete auf den Briefbeschwerer.

Von Laceys Platz aus war nur die untere Hälfte der Treppe zu überblicken. Dort befand er sich jetzt. Durch die gedrechselten Holzstäbe sah Lacey einen auf Hochglanz polierten Schuh.

Eine zitternde Hand griff nach dem Briefbeschwerer und reichte ihn Lacey. Vorsichtig erhob sie sich nun, holte aus, und als der Mörder, den sie als Caldwell kannte, in voller Größe zu sehen war, schleuderte sie ihm den Briefbeschwerer mit aller Kraft gegen die Brust.

Die schwere Glaskugel traf ihn direkt oberhalb des Magens, als er sich gerade anschickte, die letzten Stufen hinunterzueilen. Durch die Wucht des Aufpralls geriet er ins Stolpern und ließ die Pistole fallen. Lacey machte sofort einen Satz vorwärts, um sie mit einem Tritt aus seiner Reichweite zu befördern, während Mrs. Hoffmann auf wackligen Beinen zum Ausgang hastete, die Tür aufriß und um Hilfe schrie.

Detective Sloane stürzte an ihr vorbei in die Diele. Gerade als sich Savaranos Finger wieder um die Waffe schlossen, trat ihm Sloane fest auf das Handgelenk. Hinter ihm zielte Nick Mars auf Savaranos Kopf und wollte gerade abdrücken.

„Nicht!" schrie Lacey.

Sloane wirbelte herum und schlug seinem Partner gegen die Hand, so daß die Kugel, die für Savaranos Kopf bestimmt war, nur dessen Bein traf. Der Killer heulte auf vor Schmerz.

Wie betäubt beobachtete Lacey, wie Sloane Isabelle Warings Mörder Handschellen anlegte, während draußen die Sirenen herannahender Polizeiautos schrillten. Endlich richtete sie ihren Blick auf die Augen, die sie seit Monaten bis in ihre Träume verfolgten. Eisblaue Iris, glanzlose schwarze Pupillen – die Augen eines Mörders. Aber dann erblickte sie etwas Neues darin: Angst.

Plötzlich stand Bundesstaatsanwalt Gary Baldwin, umringt von seinen Mitarbeitern, vor ihnen. Er sah erst Sloane an, dann Lacey, dann Savarano.

„Also sind Sie uns zuvorgekommen", sagte er mit widerwilligem Respekt. „Meinen Glückwunsch." Dann beugte er sich über Savarano. „Hallo, Sandy", grüßte er ihn sanft. „Der Käfig mit deinem Namen dran ist schon in Vorbereitung – die dunkelste, kleinste Zelle in Marlon, dem ungemütlichsten Bundesgefängnis im ganzen Land. Dreiundzwanzig Stunden am Tag unter Verschluß. Einzelhaft selbstverständlich. Wahrscheinlich wird's dir nicht sonderlich gefallen, aber manche Leute bleiben in Einzelhaft nicht besonders lange bei Verstand, und dann spielt es keine Rolle mehr. So oder so, denk darüber nach, Sandy. Ein winzig kleiner Käfig. Den hast du dann ganz für dich bis ans Ende deiner Tage." Er wandte sich an Lacey. „Alles in Ordnung mit Ihnen, Miß Farrell?"

Sie nickte.

„Mit dem hier aber nicht." Sloane ging auf Nick Mars zu, der kalkweiß geworden war, und nahm ihm Pistole und Handschellen ab. „Beweismittel zu stehlen ist schlimm genug. Aber Mordversuch ist noch um einiges schlimmer. Du weißt ja, wie's gemacht wird, Nick."

Mars legte die Hände auf den Rücken und drehte sich um. Sloane fesselte ihn mit seinen eigenen Handschellen.

DA JIMMY LANDI den ganzen Nachmittag nicht mehr aus seinem Büro kam, schaute Steve Abbott schließlich bei ihm rein. „Jimmy, wie geht's?" fragte er.

„Besser denn je, Steve", erwiderte Landi knapp.

„Du siehst aber nicht gut aus. Ich wünschte, du würdest aufhören, Heathers Tagebuch zu lesen. Das schlägt dir aufs Gemüt."

„Und ich wünschte, du würdest aufhören, mir zu sagen, daß ich es nicht lesen soll."

„*Touché.* Ich verspreche, daß ich dir nicht mehr auf die Nerven gehe. Aber denk dran, Jimmy – ich bin immer für dich da."

„Ja, Steve, ich weiß."

Um fünf erhielt er einen Anruf von Detective Ed Sloane. „Mr. Landi, ich rufe vom Präsidium aus an, weil ich denke, wir sind es Ihnen schuldig, Sie auf dem laufenden zu halten. Der Mörder Ihrer Exfrau ist in Haft. Miß Farrell hat ihn zweifelsfrei identifiziert. Er wird auch des Mordes an Max Hoffmann beschuldigt. Und vielleicht können wir beweisen, daß er für den Unfall Ihrer Tochter ebenfalls verantwortlich ist."

„Wer ist es?" fragte Jimmy.

„Sandy Savarano. Ein bezahlter Killer. Wir rechnen damit, daß er uns bei den Ermittlungen voll und ganz unterstützt. Er will nicht ins Gefängnis."

„Das will keiner", sagte Jimmy. „Wer ist sein Auftraggeber?"

„Das werden wir voraussichtlich bald erfahren. Wir warten nur darauf, daß Sandy auf den rechten Weg findet. Außerdem ist uns noch ein etwas kleinerer Fisch an die Angel gegangen, den wir verdächtigen, das Tagebuch Ihrer Tochter gestohlen zu haben."

„Verdächtigen?"

„Ja, rein rechtlich gesehen, obwohl er schon gestanden hat. Aber er schwört Stein und Bein, er habe die drei unlinierten Seiten der Kopie nicht genommen, die wir Ihrer Meinung nach verschlampt haben. Es sieht ganz so aus, als seien die nie bei uns angekommen."

„Das wird mir jetzt auch klar", stimmte Jimmy zu.

„Miß Farrell ist hier. Sie möchte gern mit Ihnen sprechen."

„Einverstanden."

„Mr. Landi", meldete sich Lacey. „Ich bin schrecklich froh, daß es vorbei ist. Für mich war es ein Martyrium, und ich weiß, wie schlimm es für Sie gewesen sein muß. Mrs. Hoffmann ist hier bei mir. Sie hat Ihnen auch etwas zu sagen."

„Ja, bitte."

„Ich habe Heather in Mohonk gesehen", begann Lottie Hoffmann. „Ein Mann war bei ihr, und als ich Max beschrieb, wie er aussah, hat er sich schrecklich aufgeregt. Er sagte, der Kerl sei ein Gangster, ein Drogenhändler, und niemand würde ihm das zutrauen, am wenigsten Heather. Sie hätte keine Ahnung, daß ..."

Obwohl sie die ganze Geschichte schon einmal gehört hatte, fröstelte Lacey bei dem Gedanken an die schlimmen Verbrechen, die verübt worden waren, nachdem Max Hoffmann Heather vor ihrem Freund gewarnt hatte.

Sie hörte aufmerksam zu, als Mrs. Hoffmann den Mann schilderte, den sie an jenem Tag gesehen hatte. Diesmal offensichtlich niemand, den *ich* kenne, dachte Lacey erleichtert.

Sloane nahm den Hörer von Mrs. Hoffmann entgegen. „Kommt Ihnen der Mann, den sie beschrieben hat, bekannt vor, Sir?"

Er hörte einen Moment zu und wandte sich dann an Lacey und Mrs. Hoffmann. „Mr. Landi wäre Ihnen sehr dankbar, wenn Sie jetzt gleich in sein Büro kämen."

Lacey wünschte sich nichts sehnlicher, als zu Kit zu fahren, um alle wiederzusehen. „Aber nur auf ein paar Minuten", sagte sie.

„Länger dauert es nicht", versprach Sloane. „Und dann fahre ich Mrs. Hoffmann nach Hause." Er wurde noch einmal ans Telefon gerufen, als sie das Präsidium verlassen wollten. Als er wiederkam, sagte er: „Bei Landi bekommen wir Gesellschaft. Baldwin ist unterwegs."

DIE EMPFANGSDAME führte sie hinauf, wo Landi sie erwartete. „Schildern Sie mir bitte noch einmal genau den Mann, den Sie mit meiner Tochter gesehen haben, Mrs. Hoffmann", bat er.

„Er sah sehr gut aus, er –"

„Warten Sie. Ich möchte, daß mein Partner das mit anhört." Landi betätigte die Sprechanlage. „Steve, hast du einen Augenblick Zeit?"

Kurz darauf trat Abbott lächelnd ins Büro. „O Verzeihung, ich wußte nicht, daß du Besuch hast."

„Interessanten Besuch, Steve. Mrs. Hoffmann, was fehlt Ihnen?"

Lottie Hoffmann deutete auf Abbott. Sie war aschfahl im Gesicht. „Sie sind der Mann, den ich mit Heather gesehen habe! Sie sind derjenige, den Max als Drogenhändler und Gangster bezeichnet hat! Sie sind schuld daran, daß ich allein bin!“

„Wovon reden Sie?“ protestierte Abbott wütend. Die Maske der Freundlichkeit war von ihm abgefallen. Mit einemmal war es möglich, sich diesen gutaussehenden, liebenswürdigen Mann als Killer vorzustellen, fand Lacey.

In Begleitung von einem halben Dutzend FBI-Agenten kam Bundesstaatsanwalt Gary Baldwin herein. „Wovon sie redet, Mr. Abbott, ist, daß Sie ein Mörder sind, daß Sie den Auftrag gegeben haben, ihren Mann zu töten, weil er zuviel wußte. Er hat seine Stellung hier gekündigt, weil er gesehen hatte, was Sie trieben, und wußte, daß sein Leben keinen Cent mehr wert sein würde, wenn Sie dahinterkommen sollten. Sie haben die alten Lieferanten wie Jay Taylor fallenlassen und sich bei Mafiafirmen eingedeckt, zum Großteil mit Hehlerware. Für das Casino sind Sie genauso vorgegangen. Und das ist nur eine Ihrer Machenschaften.

Max mußte Heather darüber aufklären, wer Sie sind. Und Heather wiederum mußte sich entscheiden, ob sie es zulassen sollte, daß Sie weiterhin ihren Vater betrügen, oder ob sie ihm die Wahrheit sagen sollte. Dieses Risiko wollten Sie nicht eingehen. Savarano hat uns gesagt, daß Sie Heather in Vermont angerufen und behauptet haben, Jimmy Landi habe einen Herzanfall erlitten und sie müsse sofort nach Hause kommen. Savarano hat sie dann erwartet. Und als Isabelle Waring nicht aufhörte, nach Beweisen dafür zu suchen, daß Heathers Tod kein Unfall war, wurde auch sie zu gefährlich.“

„Das ist eine Lüge!“ rief Abbott. „Jimmy, ich habe nie –“

„Doch, das hast du“, sagte Landi mit ruhiger Stimme. „Du hast Max Hoffmann töten lassen, genauso wie die Mutter meiner Tochter. Und Heather. Du hast sie ermordet!“ Seine Augen loderten vor Zorn, seine Hände ballten sich zu gewaltigen Fäusten, und sein schmerzerfüllter Schrei dröhnte durch den Raum. „Du hast mein Kind bei lebendigem Leib verbrennen lassen!“ brüllte er. „Du ..., du ...!“ Er machte einen Satz über den Schreibtisch, und seine kraftvollen Hände schlossen sich um Abbotts Kehle. Nur mit vereinten Kräften gelang es Sloane und den FBI-Agenten, seinen Griff zu lockern.

Jimmys qualvolles Schluchzen hallte im ganzen Haus wider, als Baldwin Steve Abbott verhaftete.

UM ACHT Uhr traf der Fahrer ein, den Jay geschickt hatte, um Lacey in ihrer Wohnung abzuholen. Er wartete in der Eingangshalle auf sie. Lacey war zwar ganz versessen darauf, ihre Familie wiederzusehen, aber einen Anruf mußte sie noch erledigen. Sie hatte Tom soviel zu erzählen, soviel zu erklären. Baldwin, nun plötzlich ihr Freund und Verbündeter, hatte gesagt: „Sie sind jetzt aus dem Schneider. Wir haben eine Absprache mit Savarano getroffen, folglich brauchen wir Ihre Aussage nicht, um Abbott dingfest zu machen. Sie sind also außer Gefahr. Aber halten Sie sich eine Weile bedeckt. Warum fahren Sie nicht einfach in Urlaub, bis sich die Wogen geglättet haben?"

Nur halb im Scherz hatte sie erwidert: „Sie wissen ja, ich habe eine Wohnung und einen Job in Minnesota. Vielleicht sollte ich einfach dahin zurückgehen."

Sie wählte Toms Nummer. Die inzwischen so vertraute Stimme klang angespannt und besorgt, als er sich meldete.

„Tom?"

Ein Freudenschrei. „Alice, wo sind Sie? Geht's Ihnen gut?"

„Mir ist es nie bessergegangen, Tom. Und Ihnen?"

„Ich bin krank vor Sorge! Seit Sie verschwunden sind, habe ich fast den Verstand verloren!"

„Es ist eine lange Geschichte. Ich werde sie Ihnen ein andermal erzählen." Sie hielt inne. „Nur noch eines: Alice gibt es nicht mehr. Glaubst du, du könntest dich daran gewöhnen, mich Lacey zu nennen? Ich heiße Lacey Farrell."

Foto: Bernard Vidal

„Ein Song von früher brachte mich auf die richtige Idee."

Obwohl die 1928 geborene Mary Higgins Clark längst eine der erfolgreichsten und produktivsten Unterhaltungsautorinnen ist, fallen auch ihr die Ideen nicht immer in den Schoß. „Zu meinem Roman *Das Haus auf den Klippen* beispielsweise nahm ich innerhalb von zwanzig Jahren zwei vergebliche Anläufe, ehe ich endlich über das zweite Kapitel hinauskam", erzählt sie. Und auch die Entstehung von *Sieh dich nicht um* war mit Anlaufschwierigkeiten behaftet. Das Thema „Zeugenschutzprogramm" hatte Mary Higgins Clark schon seit längerem fasziniert, und sie hatte auch schon einige Skizzen für eine mögliche Handlung zu Papier gebracht, sie aber allesamt wieder verworfen. Die Wende kam bei einem Restaurantbesuch in New York. „Als der Abend sich dem Ende näherte", erinnert sich die in Saddle River im US-Bundesstaat New Jersey lebende Autorin, „griff der Besitzer zum Mikrofon und trug ein Lied vor, in dem eine Frau versuchen muß, unsichtbar zu bleiben." Während sie der Darbietung lauschte, nahm in ihrem Kopf einer der Romanentwürfe auf einmal überzeugend Gestalt an: Eine Mordzeugin muß zur Rettung ihres Lebens in das Zeugenschutzprogramm aufgenommen werden. Endlich war der Knoten geplatzt!

Doch bevor die Arbeit am Schreibtisch beginnen konnte, waren im Hinblick auf das spezielle Thema ausführliche Recherchen erforderlich. Dabei wurde es der Autorin sogar ermöglicht, mit einem Mann zu sprechen, der in das Zeugenschutzprogramm aufgenommen worden war – ein deutlicher Beweis dafür, daß Mary Higgins Clark nicht nur bei ihren Lesern, sondern auch bei Polizei und FBI als absolut vertrauenswürdig gilt.

DAS
CADMIUM-
SYNDROM
MICHAEL PALMER

Geistesgegenwärtig und reaktionsschnell meistert die Notfallärztin Abby Dolan Situationen, in denen es nur allzu oft um Leben und Tod geht. Nun, da ein mysteriöses Leiden eine ganze Stadt bedroht, scheinen jedoch auch Abbys Fähigkeiten nicht auszureichen, um eine Katastrophe abzuwenden.

PROLOG

Es war kurz nach Mittag, als diese flackernden Lichter wiederkehrten – unzählige Regenbogensplitter, die das Innere seiner Augen überfluteten. Diese Lichter hätten faszinierend, ja sogar schön sein können. Aber so, wie die Dinge lagen, versetzten sie ihn nur in Angst und Schrecken.

Nachdem diese Attacken zum ersten Mal aufgetreten waren, hatten sie sich zunächst alle paar Wochen wiederholt ... Dann alle paar Tage ... Und jetzt ... Auch die Intensität der Anfälle schien von Mal zu Mal zuzunehmen.

Bei dem Gedanken, was ihn in der nächsten Stunde alles erwartete, bedeckten sich seine Handflächen mit Schweiß. Zuerst diese flackernden Lichter, dann dieses Unwohlsein und ein leichtes, beharrliches Zucken in den Augenwinkeln, bevor dann plötzlich seine Schläfen zu explodieren schienen. Er würde sich auf seinem Bett winden und schließlich schreiend auf den Boden stürzen. Dann würde ihn eine schreckliche Übelkeit befallen und er sich so lange erbrechen müssen, bis er das Gefühl hatte, sein Magen würde jeden Moment in Stücke gerissen werden.

„Bitte, nicht", wisperte er. „Gütiger Gott, bitte, nur das nicht mehr."

Aber er wußte, daß all sein Flehen, ja, alle seine Gebete an den Qualen nichts ändern würden. Er stand kurz davor, verrückt zu werden. Und nichts würde den Wahnsinn aufhalten können. Nichts außer der vollständigen Vernichtung der Dämonen, die das alles in Gang gesetzt und sein Leben aus der Bahn geworfen hatten.

Bricker ... Golden ... Gentry ... Forrester.

Erst wenn der Gerechtigkeit Genüge getan und diese vier tot waren, würden diese flackernden Lichter und diese Kopfschmerzen ihn nicht mehr plagen. Doch im Augenblick konnte er nichts anderes unternehmen, als Schmerztabletten zu schlucken und sich auf den Anfall vorzubereiten. Er schüttelte drei Tabletten aus einem Plastikröhrchen in seine Hand und spülte sie mit einem Schluck Bourbon hinunter.

Die Muskeln um seine Augen zogen sich zusammen und zuckten. Die Stärke der Lichter nahm zu. Resigniert sank er auf sein Bett zurück. *Laß es das letzte Mal sein,* bettelte er, als das Unvermeidliche begann. Er krampfte die Hände um das Kopfteil seines Motelbettes. *Laß es heute ein Ende damit haben.*

ALS ER wieder zu sich kam, lag er auf dem Boden, das Gesicht auf den abgetretenen Teppich gepreßt. Eine blasse Sonne beleuchtete ein schäbiges kleines Zimmer. Doch das Motel befand sich in *deren* Nähe, und das war das wichtigste. Mühsam richtete er sich auf.

Er zog den olivfarbenen Rucksack unter dem Bett hervor und stellte ihn auf die Matratze. Obwohl sich das halbautomatische MAK-90-Gewehr in einem tadellosen Zustand befand, konnte er nicht davon lassen, es erneut zu putzen.

Bricker ... Golden ... Gentry ... Forrester.

Nacheinander tauchten ihre Gesichter vor seinem geistigen Auge auf – vier Gesichter von Leuten, die einst seine Freunde gewesen waren. Leute, denen er einmal vertraut hatte. Nun wußte er, daß sie nur in sein Leben getreten waren, um ihn auf die Probe zu stellen.

Es hatte mal eine Zeit gegeben, als sie sich alle nach der Arbeit zu einem Bier getroffen hatten. Fast hätte er bei dem Gedanken an Steve Bricker gelacht. Der konnte wie ein Loch saufen und dennoch jeden anderen Kneipenbesucher beim Darts besiegen. Doch diese Erinnerung wurde fast im selben Moment von einem anderen Bild dieses Mannes verdrängt, der hinter seinem massiven Schreibtisch saß und ihn hämisch angrinste, während er mit einem Hammerschlag sein Leben zerstörte.

„Tut mir leid. Aber ich konnte es nicht verhindern ...“

Blödsinn.

Er steckte die Waffe in den Rucksack zurück.

Diese funkelnden Lichter hatten wieder eingesetzt.

Es blieb immer noch genügend Zeit, dachte er, Zeit, um diese Schmerzen ein für allemal zu beenden. Er raffte den Rucksack an sich und flüchtete aus dem Raum.

Dieses Mal würde er keine Kopfschmerzen haben. Dieses Mal würde er Gott nicht darum bitten, ihn zu sich zu nehmen. Dieses Mal würde er nur Rache üben. Und dann würden die Kopfschmerzen für immer vorbei sein.

1. KAPITEL

„Dreihundert Joule bitte..., und pumpen..." Abby Dolans Hände schlossen sich fester um die Griffe der beiden Defibrillatorelektroden, die sie gegen den mächtigen Brustkorb des Mannes preßte, der trotz zweier Elektroschocks und medikamentöser Behandlung noch immer einen Herzstillstand hatte. Die Zeit war ihr größter Feind.

„Fertig zur Entladung", sagte die Schwester am Schaltbrett des Defibrillators.

„Okay – alle zurücktreten!" Abby drückte mit dem Daumen auf den Plastikknopf im Griff der rechten Elektrode. Im selben Moment konnte man einen gedämpften Knall wahrnehmen. Der Körper des Patienten – mindestens 120 Kilogramm Lebendgewicht – wurde steif und wölbte sich.

„Weiterpumpen!" befahl Abby mit einem Blick auf den Monitor.

Der Pfleger legte die Handballen flach gegen das Brustbein des Mannes und begann den Brustkorb in regelmäßigen Abständen zusammenzudrücken.

Abby blickte zur Uhr hinauf. Neun Minuten. Und noch immer kein positives Reanimationszeichen. Abby arbeitete nun schon seit vierzehn Tagen als Unfallärztin im Kreiskrankenhaus von Patience und hatte in dieser Zeit mit Bangen und gleichzeitig auch voller Ungeduld auf ihren ersten Notfalleinsatz gewartet. Jetzt war dieser Fall eingetreten, und die „Professorin", wie Abby von einigen Kollegen scherzhaft genannt wurde, befand sich auf der Verliererstraße.

Der Patient war erst 52 Jahre alt. Er hatte beim Golfspiel einen Schwächeanfall erlitten, und als die Sanitäter mit dem Rettungswagen eintrafen, hatten sie bei ihm noch einen spürbaren Puls und einen meßbaren Blutdruck feststellen können. Doch als man ihn hier in der Notaufnahme ausgeladen hatte, war sein Herz stehengeblieben. Abby wußte von diesem Patienten bisher nur, daß er Bill Tracy hieß und daß er Medikamente gegen zu hohen Blutdruck einnahm.

Abby betrachtete die kleinen, unregelmäßigen Wellen auf dem Monitor. Eine hartnäckige ventrikulare Fibrillation – eine Störung im elektrischen Reizleitungssystem des Herzens –, die eigentlich auf einen Elektroschock reagieren müßte. Doch diese Reaktion war nicht eingetreten. Irgend etwas stimmte hier nicht.

Aber was, überlegte Abby und kämpfte gegen ein wachsendes Gefühl von Panik an. Im St.-Johns-Krankenhaus, wo sie in der angegliederten medizinischen Fakultät auch als Honorarprofessorin für Unfallmedizin tätig gewesen war, wäre inzwischen bereits ein Kardiologe in der Notaufnahme erschienen, um sie bei ihren Reanimationsmaßnahmen zu unterstützen. Doch das St. Johns war eines der Universitätskrankenhäuser von San Francisco gewesen. Dies hier war Patience, eine provinzielle Kreisstadt in den Bergen, in der es gerade mal zwei Kardiologen gab, von denen sich keiner zu dieser Zeit im Krankenhaus befand.

Sie blickte zu dem Pfleger hinüber, der die künstliche Beatmung des Patienten besorgte. „Stärker, Tom!“ wies sie ihn an. „Sie pumpen ihm nicht genügend Blut durch die Adern.“

Der Pfleger war sehr stolz auf seine Arbeit. Daß sie ihn vor Kollegen maßregelte, war kaum dazu geeignet, ihren Beliebtheitsgrad bei der Belegschaft zu steigern, und das Ableben dieses Patienten würde sie auch nicht gerade populärer machen.

Fieberhaft ging sie in Gedanken Dutzende von Ursachen durch, die für diesen Herzstillstand verantwortlich sein konnten. „Haben wir schon die Laborergebnisse?“

„Das kann noch drei oder vier Minuten dauern.“

Abby wußte aus Erfahrung, daß aus diesen drei oder vier Minuten schnell fünf oder zehn werden konnten. Soviel Zeit hatte Bill Tracy jedoch nicht mehr. Sie betrachtete die dunklen Flecken auf dem Unterleib des Patienten und danach dessen aufgedunsenes Gesicht. Dann betastete sie das Genick. Dort konnte sie eine deutliche Verdickung fühlen. In ihrer zehnjährigen Praxis als Ärztin waren ihr nur fünf oder sechs Fälle mit einem Cushing-Syndrom begegnet, aber dieser Mann schien zu den möglichen Kandidaten zu gehören. Das Syndrom wurde von einem kleinen, gutartigen Gehirntumor verursacht, der den Körper zu einer übermäßigen Produktion des Kortisonhormons anregte. Der Tumor selbst war in der Regel nur selten tödlich, aber der zu hohe Natrium- und der zu niedrige Kaliumspiegel und andere von der übermäßigen Kortisonproduktion ausgelöste Unregelmäßigkeiten im Stoffwechsel führten oft zum Tode. Zu den klinischen Zeichen eines Cushing-Syndroms gehörten unter anderem Fettsucht, blaurote Streifenmarkierungen auf dem Unterleib und ein sogenannter „Büffelhöcker“ im Genick. Bill Tracy wies alle diese Symptome auf. Ohne die Laborergebnisse jedoch, besonders über die Kaliumwerte im Blut, tappte sie gewissermaßen im dunkeln. Wenn die Kaliumwerte zu niedrig waren, würden die Reanimationsbemühungen so lange wirkungslos bleiben, bis diese Anomalie behoben war. Falls der Patient jedoch nicht unter einem Cushing-Syndrom litt und seine Kaliumwerte im Blut normal waren, würde er so gut wie tot sein, wenn sie ihm jetzt noch mehr Elektrolyte intravenös einflößte.

Sie zögerte kurz. Wenn sie dem Patienten nun eine Kaliumspritze gab, ohne seine Blutserumwerte zu kennen, war das die ungewöhnlichste Abby-Dolan-Maßnahme, die sie sich vorstellen konnte.

„Mary, ich möchte ihm noch etwas Kalium spritzen", hörte sie sich da plötzlich sagen. „Ziehen Sie eine Spritze mit zehn Milliäquivalent Kalium auf."

„Aber ich habe noch nie…"

„Bitte!" unterbrach Abby sie mit scharfer Stimme. „Ich habe jetzt keine Zeit, mit Ihnen darüber zu debattieren!"

Die Wangen der Schwester färbten sich dunkelrot, während sie rasch die verlangte Dosis Kalium aufzog. Einen Moment lang fürchtete Abby, daß Mary ihr sagen würde, sie solle ihm diese Spritze doch gefälligst selbst geben. Aber das tat sie nicht.

„Ihr Kalium ist injiziert, Frau Doktor", erklärte die Schwester kühl.

„Danke."

Erst der Pfleger und nun die Schwester. Wie viele Leute würde sie denn noch vor den Kopf stoßen, bevor dieser Notfall vorüber war? Sie blickte wieder hinauf zur Uhr. Fast zwölf Minuten hatte das Ganze bisher gedauert. Sie nahm wieder die Elektroden des Defibrillators zur Hand, ließ sich von der Schwester etwas Kontaktgel geben und rieb die beiden kreisförmigen Stahlplatten aneinander, um das Gel gleichmäßig darauf zu verteilen. Ein negatives Ergebnis ihrer Animationsbemühungen *und* ein Streit mit ihren Mitarbeitern war das letzte, was sie sich von ihrem ersten Bereitschaftsdienst in Patience wünschte. Aber sie wäre ja auch niemals hier in Patience gelandet, wenn Josh nicht…

„Okay. Hören Sie auf zu pumpen, bitte. Alle zurücktreten!"

Fünfundvierzig Sekunden, seit der Patient das Kalium bekommen hatte, inzwischen fünfzig. Keine Zeit mehr zu verlieren. Abby drückte auf den Auslöseknopf. Wieder dieser gedämpfte Knall, dieser schwache Geruch von verschmorter Haut. Und dann nur die künstlich erzeugten Wellenmuster auf dem Monitor, die nicht von einer wirklichen Tätigkeit des Herzens herrührten.

„Fangen Sie wieder an zu pumpen, Tom", sagte Abby enttäuscht. „Nein, nein. Warten Sie!"

Eine rhythmische Wellenlinie wanderte nun langsam über den Schirm. „Schauen Sie, ob Sie einen Puls finden."

„Nun komm schon", murmelte jemand.

„Ich habe einen Puls!" rief die Schwester.

„Sein Blutdruck kommt wieder, Abby", erklärte die zweite Schwester. „Er stabilisiert sich. He, das sieht aber gut aus!"

Abby warf einen prüfenden Blick auf den Monitor. Das ermutigende Wellenmuster blieb stabil, wenngleich Bill Tracy das Bewußtsein noch nicht wiedererlangt hatte.

In diesem Moment stürmte der Labortechniker ins Zimmer. „Sein Kaliumwert beträgt nur eins Komma acht!" verkündete er atemlos.

Nun lächelte Abby Dolan zum erstenmal, seit sie den Notruf vom Golfplatz empfangen hatte, und meinte: „Aber jetzt nicht mehr."

Der Labortechniker drehte sich um und verließ das Zimmer. Erst als er durch die Tür auf den Flur hinausging, bemerkte Abby George Oleander, den Chefarzt des Krankenhauses, der offenbar schon eine ganze Weile dort gestanden und alles mit verfolgt hatte. Oleander war einer ihrer stärksten Befürworter gewesen, als sie sich um die frei gewordene Stelle des Unfallarztes am Kreiskrankenhaus von Patience beworben hatte.

Er blickte Abby an. „Sie haben eine beachtliche Leistung vollbracht, Abby", erklärte er mit viel weniger Gefühl in der Stimme, als dieses Lob eigentlich verlangte. „Sobald es Ihre Zeit erlaubt, hätte ich gern noch ein paar Worte mit Ihnen in meinem Büro gesprochen."

ES WAR schon fast drei Uhr nachmittags, als der Strom der Patienten etwas nachließ und Abby die Gelegenheit fand, die Unfallstation ein paar Minuten lang zu verlassen, um George Oleanders Aufforderung nachzukommen. Dieser Tag hatte ihr zwei neue Fälle von plötzlichen Asthmaerkrankungen im Erwachsenenalter und einen weiteren Fall eines merkwürdigen Hautausschlages beschert. Mit den heutigen Asthmafällen war die Zahl der Patienten, die in den letzten zwei Wochen mit akuten Atembeschwerden zu ihr gekommen waren, auf fünf angewachsen. Daß sich Asthma erst im Erwachsenenalter entwickelte, war ziemlich ungewöhnlich. Normalerweise konnte man mit fünf Fällen in einem halben Jahr rechnen.

Und dann dieser Fall von Hautausschlag – der zweite seiner Art, seit sie in Patience arbeitete – mit harten roten Pusteln, die mehr brannten als juckten: Die Pusteln sahen ihr zunächst nach einer Vaskulitis aus, also nach einer Entzündung der kleinen Blutgefäße in der Haut; sah sie jedoch genauer hin, schienen sie ihr weder für eine Vaskulitis noch für irgendeine andere ihr bekannte Hauterkrankung typisch zu sein.

Nachdem sie Bill Tracy auf die Intensivstation verlegt hatte, entschuldigte sie sich bei Tom Webb, dem jungen Pfleger. Abby erklärte ihm, daß die enorme Anspannung während des Notfalleinsatzes schuld daran gewesen sei, daß sie mit ihnen schroffer als sonst umgegangen sei. Zwar behauptete der junge Mann, daß er das verstehen könne, aber seine Miene sagte ihr, daß ihn die Geschichte immer noch wurmte.

Kurz darauf rief sie Mary Wilder zu sich – die Schwester, die sie angefahren hatte – und entschuldigte sich dafür, daß sie ihr nicht die Gründe für die zusätzliche Kaliuminjektion genannt hatte. Der Schwester war es offensichtlich peinlich, daß sie auch nur einen Moment lang gezögert hatte, Abbys Anweisung während des Notfallalarms zu befolgen. Sie und die anderen Schwestern seien stolz darauf, eine Ärztin ihres Kalibers in diesem Krankenhaus zu haben. Die beiden Frauen schüttelten sich daraufhin herzlich die Hand, und Abby war mit dem Gefühl, die erste echte Verbündete in der Unfallstation gewonnen zu haben, zu ihren Patienten zurückgekehrt.

George Oleanders Büro befand sich in einem Nebengebäude, das mittels einer überdachten Passage mit dem Krankenhaus verbunden war. Der Krankenhauskomplex selbst war am östlichen Rand eines weiten Tals errichtet. Ob die dahinter sich erhebenden Berge nun zu den „Southern Cascades“ oder den „Northern Sierras“ gehörten, schien davon abzuhängen, wen man danach fragte. Westlich des Krankenhauses zogen sich die Häuserzeilen von Patience hin. Während des Goldrausches war die Stadt rasch gewachsen, eine ganze Reihe von Bergwerken war entstanden, doch in späteren Jahrzehnten hatte sie sich allmählich in eine Geisterstadt verwandelt. Erst die Niederlassung von „Colstar International“ vor 25 Jahren hatte eine Wende zum Besseren gebracht.

Als Abby den von Glaswänden eingefaßten Übergang betrat, blickte sie zu dem mächtigen grauen Betonklotz hinüber, der etwa 500 Meter vom Krankenhaus entfernt auf einem Plateau thronte. Als größter Produzent sogenannter transportabler Stromquellen stellte Colstar alle nur denkbaren Arten von Batterien her.

Von seinem Büro im ersten Stock hatte Oleander einen wunderbaren Blick auf die blühende Wiese, die sich bis zum Fuß des Felsens hinzog, auf dem Colstar seine Fabrik errichtet hatte. An den Wänden hingen neben den üblichen Diplomen auch gerahmte Fotos, die Oleander zusammen mit zwei kalifornischen Gouverneuren zeigten, darunter eines mit ihm und Senator Mark Corman, der Kalifornien schon viele Jahre lang in Washington vertrat und zu den möglichen Kandidaten der Republikanischen Partei für die nächste Präsidentschaft gehörte.

Der Chefarzt begrüßte sie herzlich. Er war ein Mann um die Fünfzig, mit ergrauten Schläfen und der schon ein wenig schlaffen, breitschultrigen Statur eines ehemaligen, aus der Übung gekommenen Athleten. Er wies auf den Stuhl, der vor seinem Schreibtisch stand. „Gratuliere“, begann er, „das war eine grandiose Leistung.“

„Ich hoffe doch, daß Sie damit den Notfalleinsatz meinen.“

„Natürlich meine ich damit den Notfalleinsatz. Sie sind eine wunderbare Ergänzung unseres Ärzteteams.“

Ein Kommentar war offenbar nicht nötig. Abby wußte, daß er sie nicht in sein Büro zitiert hatte, um ihr zu sagen, was für eine hervorragende Arbeit sie hier in der Unfallstation verrichtete.

„Die Schwestern sind überaus zufrieden mit der Wahl, die wir bei den drei letzten zur Disposition stehenden Stellen getroffen haben – mit Lew Alvarez, Ihnen – und dem armen Dave Brooks natürlich.“

Diesmal nickte Abby nur, um sich für seine Wertschätzung zu bedanken. Sie wußte, daß man sie hier gar nicht gebraucht hätte, wenn Dave Brooks nicht bei einer Kletterpartie in den Bergen tödlich verunglückt wäre. Die anderen vier Ärzte dieser Station waren die Eheleute Chris und Jill Anderson, Ted Bogarsky und Len McCabe. Keiner dieser Kollegen war als Unfallarzt eine Fehlbesetzung, obgleich die etwas fahrige, unsichere Jill Anderson nicht gerade eine Bereicherung war.

„Auch Ihre Kollegen mögen Sie“, fuhr Oleander fort. „Nur ..., Abby, wir befinden uns in einer Kleinstadt, und Sie kommen aus einer Großstadt – noch dazu von einer Universitätsklinik. Damit scheinen Sie für manchen hier so etwas wie eine Bedrohung darzustellen. Jemand hat mir gesagt, daß Sie herablassend und eingebildet wären, daß es unter der Belegschaft viele Leute gebe, die von Ihnen eingeschüchtert seien. Ich konnte nicht verstehen, wie jemand diesen Eindruck von Ihnen hatte, bis ich Sie heute morgen selbst erlebt hatte.“

„George, Sie haben recht. Seit ich hier angefangen habe, stehe ich ständig unter Strom.“

„Ist bei Ihnen zu Hause alles in Ordnung?“

„Was meinen Sie damit?“

„Sie haben mir bei unserem ersten Gespräch gesagt, daß Sie nach Patience ziehen wollten, weil Ihr Verlobter hier bei Colstar eine Anstellung gefunden habe.“

Strenggenommen ist er gar nicht mein Verlobter. Wir haben uns noch nicht auf einen Heiratstermin geeinigt. Sie hätte ihm das sagen können, tat es aber nicht.

„Meine Beziehung zu Josh ist in Ordnung", versicherte sie. „Danke, daß Sie mich danach gefragt haben. Nein, es liegt an mir. Im St.-Johns-Krankenhaus hatte ich stets die beruhigende Gewißheit, daß fachmännische Hilfe nie weiter als ein paar Stockwerke von mir entfernt war. Deswegen bewundere ich jene Kollegen in entlegenen Unfallstationen, die ganz auf sich allein gestellt sind und mit jedem Notfall rechnen müssen."

„Wir sind hier nicht aus der Welt, Abby. Wir haben einen Hubschrauberlandeplatz auf dem Dach. In einer Stunde können wir einen Patienten nach San Francisco in eine Spezialklinik bringen."

„Verstehen Sie mich nicht falsch, George. Ich habe keine Angst vor komplizierten Fällen. Es ist nur so, daß ich in den letzten Jahren stets jemanden zu Hilfe rufen konnte, wenn mir das notwendig erschien. Ich glaube, das ist der Grund, warum manche Leute hier meinen, ich sei gereizt. So ein kleines Ortskrankenhaus war für mich bisher unbekanntes Gewässer. Ich wollte einfach keine Fehler machen. In einem Krankenhaus kann man sich sehr schnell einen Ruf erwerben – besonders einen schlechten –, den man nur sehr schwer wieder los wird."

„Genau aus diesem Grund habe ich Sie heute hierhergebeten. Ich möchte, daß Sie genau die Reputation genießen, die Ihren hervorragenden Qualifikationen als Ärztin entspricht. Sie müssen nur versuchen, ein wenig sanfter mit Ihren Kollegen umzugehen."

„Betrachten Sie die Sache als erledigt."

„Danke."

Abby stand auf. „Ich wüßte gerne", sagte sie abschließend, „wer der Meinung war, ich sei herablassend und eingebildet."

Dr. Oleander schien einen Moment lang zu überlegen, ob es klug war, ihre Frage zu beantworten. „Nun", erwiderte er schließlich, „es war Dr. Alvarez, der im Vorbeigehen etwas in dieser Art zu mir sagte. Hätte ich bedacht, daß diese Aussage von ihm kam, hätte ich mir wahrscheinlich nicht die Mühe gemacht, es zu erwähnen. Alvarez ist zwar ein exzellenter Arzt, aber – verzeihen Sie mir, wenn ich das so sage – es mangelt ihm ein wenig an Teamgeist."

Lew Alvarez. Sie hätte sich das eigentlich denken können. Alvarez war zweifellos der kompetenteste Arzt in der Unfallstation – zumindest so lange, bis sie auf der Bildfläche erschienen war. Aber Alvarez schien sehr von sich überzeugt zu sein. Es war kaum vorstellbar, daß er sie wirklich als eine Bedrohung betrachtete.

„Danke, daß Sie es mir gesagt haben", erklärte sie. „Ich werde zusehen, was ich tun kann, um seine Meinung von mir zu ändern."

Sie stand auf und verließ das Büro.

Es WAR schon fast halb sechs, als sie in die Unfallstation zurückkam. Zweieinhalb Stunden noch, bevor ihre Schicht zu Ende war. Ironischerweise sollte Lew Alvarez sie heute ablösen. Sie würde also sehr rasch die Gelegenheit haben, sich ihm von einer ganz neuen, unbedrohlichen Seite zu zeigen. In der Notaufnahme warteten inzwischen drei Patienten auf sie, von denen sich einer im Warteraum und zwei auf Tragen befanden.

Sie traf mit dem für die Abendschicht verantwortlichen Pfleger, Bud Perlow, bei der Krankenblattablage zusammen. Abby hatte allen Schwestern und Pflegern der Station angeboten, sie mit ihrem Vornamen anzureden, doch Perlow gehörte zu den wenigen, die sie beharrlich mit ihrem Titel und ihrem Nachnamen ansprachen.

„Der Unfallwagen ist mit ‚Old Man Ives' auf dem Weg zur Station, Dr. Dolan", sagte er zu ihr. „Ives wurde zusammengeschlagen und soll dabei vor allem Verletzungen im Gesicht davongetragen haben."

„Ich kenne keinen ‚Old Man Ives'."

„Entschuldigung, ich hatte vergessen, daß Sie hier neu sind. Old Man Ives ist ein Einsiedler. Ein ziemlich unheimlicher Typ. Lebt in den Wäldern. Angeblich soll er in einer Höhle hausen. Alle paar Wochen kommt er in die Stadt, um sich Lebensmittel zu besorgen."

Abby nahm zwei Krankenblätter aus der Ablage. „Dann mache ich mich besser mal an die Arbeit."

„Wird vielleicht kein so großes Problem sein. Dr. Bartholomew von der Chirurgie ist heute als weiterer Bereitschaftsarzt für die Station eingeteilt und befindet sich im Haus. Ich habe ihn erst vor ein paar Minuten gesehen."

„Großartig." Das Wort kam ihr sarkastischer über die Lippen, als sie beabsichtigt hatte. Bartholomew war einer der Ärzte der chirurgischen Abteilung und hatte ein Ego, das so aufgebläht war wie seine Taille.

Beide Patienten auf den Tragen stellten für Abby ein Rätsel dar. Der eine litt unter Erschöpfungszuständen und ständigem Husten, während der andere Fall, eine etwas aufgedonnerte Rothaarige Anfang Fünfzig, über einen unerträglichen Juckreiz klagte, obwohl sich äußerlich keine auffälligen Hautveränderungen feststellen ließen.

Zwei weitere Patienten, die sie einer Serie von ungewöhnlichen und nicht weiter diagnostizierbaren Fällen hinzufügen mußte.

Während eine Schwester sich die noch im Wartezimmer verbliebenen Patienten vornahm, schloß Abby die Tür des kleinen Ärztezimmers und wählte ihre eigene Telefonnummer, obwohl sie erwartete, daß sich dort nur der Anrufbeantworter melden würde.

„Hallo?"

Josh war nicht nur daheim, sondern er hörte sich auch so an, als ob sie ihn aus dem Schlaf geweckt hätte. In den fünf Wochen, die sie nun hier in Patience zusammenlebten, war Josh ungewöhnlich reizbar, müde und zerstreut gewesen und hatte oft über Kopfschmerzen geklagt. Eine gründliche Untersuchung, die auf Abbys Drängen hin in der Betriebsklinik von Colstar durchgeführt worden war, hatte jedoch keinen Befund erbracht.

„Hallo, mein Schatz", begrüßte sie ihn, „bist du okay?"

„He – was soll denn diese Frage bedeuten?"

„Nichts. Du hörst dich nur so müde an."

„Ich lag gerade auf der Couch, als du anriefst. Ich ..., ich muß wohl eingeschlafen sein."

Auf der Couch gelegen ...? Eingeschlafen ...? Der Josh Wyler, in den sie sich verliebt hatte, hatte sicherlich seit dem Säuglingsalter keinen Mittagsschlaf mehr gehalten. Abby wollte ihn gerne nach seinen Kopfschmerzen fragen, aber ein Streit kam ihr im Moment sehr ungelegen.

„Ich werde gegen halb neun heimkommen", sagte sie statt dessen. „Was hältst du davon, wenn ich etwas Chinesisches zum Abendessen und einen Film aus der Videothek mitbringen würde?"

„Das wäre großartig." Doch Abby konnte keine Begeisterung aus seiner Stimme heraushören. Das Problem *mußte* sein Job sein. In den ersten Monaten, nachdem Josh zum Abteilungsleiter für Produktentwicklung befördert worden war, war diese Arbeit offenbar die Erfüllung seiner beruflichen Wünsche gewesen. Dann bekam er plötzlich Schwierigkeiten damit, die Termine einzuhalten, die man ihm für die Entwicklung und Erprobung neuer Produkte stellte. Bisher hatte es Josh nichts ausgemacht, wenn er unter Termindruck arbeiten mußte. Doch nun schien es Abby, als sei er völlig überfordert.

Inzwischen stellte sogar Abbys Entscheidung, sich beim Kreiskrankenhaus von Patience zu bewerben, für Josh offenbar eine Belastung dar. Seit sie zu ihm nach Patience gezogen war, hatte es fast ständig Spannungen zwischen ihnen gegeben. Vielleicht hatte Josh tatsächlich nicht damit gerechnet, daß sie den Job, den sie so sehr liebte, seinetwegen aufgeben würde. Oder er hatte in den paar Monaten, in denen sie voneinander getrennt waren, einfach nur festgestellt, daß ihm ein unabhängiges Dasein besser gefiel als eine feste Beziehung. Und manchmal quälte sie der Gedanke, daß er inzwischen vielleicht eine andere hatte.

Die automatischen Türen der Ambulanzeinfahrt gingen auf, und die Mannschaft des Rettungswagens schob eine Krankenbahre herein. Das Gesicht des Patienten war mit blutgetränkter Gaze bedeckt, unter der ein graumelierter Vollbart hervorragte: „Old Man Ives".

„Hör zu, Josh, ich muß jetzt auflegen", sagte sie rasch. Sie legte den Hörer auf die Gabel zurück und eilte hinaus, um sich um ihren neuen Patienten zu kümmern.

Der Sanitäter des Krankenwagens hatte Mr. Ives in das erste Behandlungszimmer gebracht. Abby stieß vor der Tür mit Perlow zusammen.

„Bergwanderer haben ihn auf einem Pfad mit dem Gesicht nach unten gefunden. Offenbar wurde er von zwei Männern verfolgt, als er sich auf dem Rückweg zu seiner Behausung befand. Sie haben ihn angeschrien, daß er Patience in Zukunft meiden solle, und ihn dann so lange mit Faustschlägen traktiert, bis er ohnmächtig wurde."

„Wie ist sein Allgemeinzustand?"

„Er ist inzwischen wieder bei Bewußtsein. Tiefe Platz- und Schürfwunden auf beiden Wangen, am Kinn und über dem rechten Auge."

Abby nahm das Krankenblatt von Bud Perlow entgegen und las es rasch durch, bevor sie das Behandlungszimmer betrat. „Old Man Ives" hieß in Wirklichkeit Samuel Ives, lebte in den „Hügeln nördlich von Patience" und war 51 Jahre alt.

Sie zog sich einen frischen Mantel an, streifte Gummihandschuhe über und trat an das Bett, in dem der Mann lag.

„Mr. Ives, ich bin Doktor Dolan. Wie fühlen Sie sich jetzt?"

„Sie haben mein Geld gestohlen."

Abby sah den Rettungssanitäter an, der verneinend den Kopf schüttelte. „Mr. Ives", sagte er. „Ich habe hier Ihre Geldbörse. Es sind noch einundzwanzig Dollar darin."

„Haben Sie auch noch woanders Schmerzen, außer im Gesicht, Sir?" fragte Abby.

Ives schüttelte den Kopf.

Abby untersuchte nun rasch die Rippen, das Herz und den Unterleib. „Mr. Ives, ich denke, daß wir ein paar Röntgenaufnahmen von Ihrem Gesicht und Ihrem Hals machen sollten."

„Nein. Es ist alles in Ordnung. Ich hatte schon mal einen gebrochenen Arm und weiß, wie sich so was anfühlt. Es ist nichts bei mir gebrochen, und ich möchte mich auch keiner Röntgenoskopie unterziehen."

Keine *Röntgenoskopie,* sagte er. Ein Wort, das sie von diesem Mann nicht erwartet hätte. Abby untersuchte nun seine Wangenknochen und Augen, um einen Schädelbruch ausschließen zu können.

„Okay", meinte sie dann, „wir werden auf Röntgenaufnahmen verzichten. Aber ich möchte noch eine gründlichere Untersuchung vornehmen und die Wunden in Ihrem Gesicht behandeln."

Ives sah sie nun zum erstenmal direkt an, als wäre er verwundert über die Bereitwilligkeit, mit der sie sich seinem Wunsch gefügt hatte. „Vielen Dank, Frau Doktor."

Plötzlich stand Bud Perlow in der Tür. „Dr. Dolan, könnte ich Sie einen Moment sprechen?"

„Sie bleiben inzwischen ganz ruhig auf Ihrer Trage liegen, Mr. Ives, bis ich wiederkomme", schärfte Abby dem Patienten ein.

„Dr. Dolan – eine Frau hat uns gerade ihre sechsjährige Tochter in die Notaufnahme gebracht, die heftig aus der Nase blutet. Ich habe sie in Zimmer drei untergebracht."

Abby warf einen kurzen Blick auf Samuel Ives. Die Wunden in seinem Gesicht mußten mit mindestens ein paar Dutzend sorgsam gesetzten Stichen vernäht werden. Eine Arbeit, die bestimmt eine Stunde dauern würde.

„Wählen Sie Dr. Bartholomew an, und bitten Sie ihn, sich um Ives zu kümmern", sagte sie. „Ist das Formular des Kindes bereits ausgefüllt?"

„Es liegt dort auf dem Tisch."

Das Nasenbluten des Mädchens sah, wie in den meisten Fällen, schlimmer aus, als es war. Sie verätzte die Stelle gerade mit einem Silbernitratstift, als sie hörte, wie es im anderen Behandlungszimmer zu einer lautstarken Auseinandersetzung kam.

„Sie hätten doch wissen müssen, daß man sich in so einem Aufzug in der Stadt nicht blicken lassen sollte", hörte sie Dr. Bartholomew sagen. „So, wie Sie aussehen, jagen Sie jedem Kind einen tödlichen Schrecken ein."

„Ich schätze, daß die Kids von Ihrem Anblick auch nicht gerade begeistert sind", konterte Ives.

„Leute wie Sie glauben, daß die Gesellschaft ihnen etwas schuldig sei", fuhr der Chirurg gehässig fort. „Und besitzen keine Krankenversicherung. Glauben Sie etwa, daß ich dafür bezahlt werde, wenn ich Sie wieder zusammenflicke?"

„Und ich verschwinde jetzt von hier“, entgegnete Ives aufgebracht.

Abby entschuldigte sich bei dem Mädchen und dessen Mutter, legte den Silbernitratstift beiseite und eilte zur Tür. „Bud, sorgen Sie doch bitte dafür, daß die beiden sich wieder beruhigen. Rufen Sie notfalls den Sicherheitsdienst zu Hilfe.“

„In einer Woche müssen die Fäden gezogen werden“, tönte Bartholomew von nebenan. „Das sollen die hier in der Notaufnahme machen. Ich bin mit Ihnen fertig.“

Abby hörte, wie Dr. Bartholomew aus dem Behandlungszimmer stürmte. Er hatte nicht länger als zwanzig Minuten gebraucht.

Sie führte jetzt noch mit einem Wattestäbchen etwas Vaseline in die Nase des Mädchens ein und schickte Mutter und Kind vorsorglich für eine halbe Stunde ins Wartezimmer. Dann begab sie sich in Zimmer eins. Samuel Ives sammelte gerade seine Sachen ein. Er hatte ihr den Rücken zugewandt.

„Mr. Ives?“ sagte sie leise.

Er drehte sich zu ihr um, und Abby merkte, wie Wut in ihr aufstieg. Die Wunden waren nicht nur mit einem viel zu groben Faden vernäht worden, sondern obendrein noch so stümperhaft, daß die Haut sich an einigen Stellen bauschte. Hier war nicht nur eine unvertretbar schlampige Behandlung durchgeführt worden, sondern es hatte sich auch niemand die Mühe gemacht, Ives zu entkleiden und ihn auf mögliche innere Verletzungen zu untersuchen.

„Mr. Ives – könnten Sie sich bitte noch einmal dort auf die Trage legen?“ bat sie ihn. „Ich möchte Sie etwas genauer untersuchen und dann Ihre Gesichtsverletzungen noch einmal vernähen.“

Abby hörte, daß draußen gerade ein neuer Patient hereingebracht wurde. Sie machte die Tür zu, suchte sich Lew Alvarez' Privatnummer aus dem Telefonverzeichnis der Klinik heraus und rief ihn an. Ob es ihm vielleicht möglich wäre, eine Stunde früher in die Station zu kommen? Sie sei mit ihrer Arbeit bereits arg im Verzug und habe hier einen Patienten mit umfangreichen Gesichtsverletzungen zu vernähen.

„Bin in einer Viertelstunde da“, erwiderte Alvarez prompt, ohne ihr irgendwelche Fragen zu stellen.

Samuel Ives schloß die Augen, als sie die Nähte durchschnitt, die Fäden entfernte und das Fleisch an den Wundrändern vereiste, ehe sie daranging, die Wunden erneut und diesmal gründlich zu vernähen. Fünfundvierzig Minuten vergingen, bis Abby die letzte Naht gesetzt und verknotet hatte.

„Diese Fäden können Sie sich bereits in fünf Tagen ziehen lassen. Kommen Sie einfach hierher, und fragen Sie direkt nach mir. Ich werde Ihnen jetzt noch eine Spritze mit einem Antibiotikum und für fünf Tage Tabletten geben lassen."

„Mein rechtes Bein bereitet mir ein wenig Sorge", entgegnete Ives. „Vielleicht könnten Sie mir auch ein paar Pillen dafür geben."

Abby stülpte daraufhin ein neues Paar Gummihandschuhe über und zog Ives die vor Schmutz starrende und mit Blut besudelte Jeanshose aus. Die Infektion seiner rechten Wade war ziemlich ausgedehnt und zweifellos nicht erst von gestern, da die Entzündung bereits bis zum Knochen vorgedrungen war. Höchstwahrscheinlich eine chronische Osteomyelitis, die zu den hartnäckigsten und nur selten heilbaren Knocheninfektionen gehörte.

„Wie ist denn das passiert", fragte Abby entsetzt.

„Ich bin gestürzt und habe mir das Bein an einem Felsen aufgeschlagen. Muß schon zwei oder drei Jahre hersein."

Sie seufzte. „Mr. Ives..."

„Nur Ives. So nennen mich die Leute, die mir sympathisch sind. Ives."

„Ives, das ist eine gefährliche Infektion. Wenn wir die Entzündung nicht richtig behandeln, werden Sie sehr krank werden. Sie könnten sogar Ihr Bein verlieren."

„Aber so groß sind die Schmerzen wirklich nicht. Wie wär's, wenn Sie mir jetzt nur eine Medizin dafür geben und..."

„So einfach ist das nicht!" fiel Abby ihm energisch ins Wort. Dann atmete sie tief ein, um sich zu beruhigen. Sie spürte jetzt, wie sehr die Belastungen dieses Tages an ihren Nerven zehrten. „Hören Sie, Ives, lassen Sie mich wenigstens eine Biopsie vornehmen. Ich werde eine kleine Gewebeprobe entnehmen, von der wir dann eine Kultur anlegen und diese mikroskopisch untersuchen können. Okay?"

„Okay, okay."

„Danke."

Sie öffnete die Tür des Untersuchungszimmers und nahm zum ersten Mal seit einer Stunde wieder Kontakt mit dem Rest der Unfallstation auf. Lew Alvarez war gerade dabei, ein Rezept für den letzten Patienten auszuschreiben. Sie beobachtete, wie er sich mit der Frau angeregt in fließendem Spanisch unterhielt. Sein Englisch war akzentfrei, wie Abby bereits festgestellt hatte, und sie konnte nicht sagen, ob Spanisch oder Englisch seine Muttersprache war. Er mußte so um die Vierzig sein und sah ausgesprochen attraktiv aus. Seine Augen waren dunkel und lebhaft, und die dichten Brauen und der Schnurrbart gaben dem bronzefarbenen Gesicht etwas Verwegenes.

Die Beschreibung von George Oleander, daß Alvarez ein Arzt sei, dem es an Teamgeist mangele, wollte nicht so recht zu dem Mann passen, den sie jetzt beobachtete – zumal er nicht einen Moment lang gezögert hatte, ihrer Bitte um Unterstützung nachzukommen.

Er bemerkte Abby, gerade als er die Patientin entlassen hatte. „*Tadada*", sang er triumphierend, während er mit der Hand auf das leere Wartezimmer deutete.

„Vielen Dank, daß Sie meiner Bitte entsprochen haben", sagte sie.

„Kein Problem. Wie ich hörte, hatten Sie heute einen heißen Tag. Mitten in einem Notfall ein Cushing-Syndrom zu diagnostizieren. Und kurz vor Feierabend beschert Ihnen der Rettungswagen auch noch Sam Ives."

„Nur Ives, wie er mir sagte. Er möchte nicht anders genannt werden."

„Ives soll früher mal Professor am College gewesen sein."

Abbys Neugier war geweckt. „An welchem College? Und was hat er gelehrt?"

Alvarez zuckte mit den Achseln. „Keine Ahnung. Vor einem Jahr oder so habe ich ihn mal eine Zeitlang auf meiner Farm beschäftigt, weil er einen Job als Gelegenheitsarbeiter suchte. Aber wir haben nie viel miteinander geredet. Ich glaube auch nicht, daß er viele Angebote bekam. Die Leute hier haben Angst vor ihm."

„Jemand vom Pflegepersonal erzählte mir, daß er in einer Höhle wohnen soll."

Alvarez lachte. „In seiner Hütte gibt es zwar weder Strom noch fließend Wasser, aber eine Höhle ist es nicht."

„Er hat eine chronische Osteomyelitis im rechten Wadenbein. Das macht einen chirurgischen Eingriff und eine intensive Behandlung mit Antibiotika unumgänglich. Doch mehr als eine Biopsie hat er mir nicht gestattet. Wollen Sie mir dabei assistieren?"

„Klar – wenn ich dabei von Ihnen lernen kann, wie man bei einem Herzstillstand noch rechtzeitig ein Cushing-Syndrom erkennt."

Abby wollte zunächst etwas ungehalten auf seinen Sarkasmus reagieren. Doch sie konnte nur Wohlwollen auf seinem Gesicht erkennen. Er schien tatsächlich von ihren Fähigkeiten beeindruckt zu sein. Gemeinsam bereiteten sie nun die Geräte für die Biopsie und die Reagenzgläser für die Gewebekulturen vor und begaben sich dann in das erste Behandlungszimmer.

Doch Ives befand sich nicht mehr darin. Sie suchten ihn überall auf der Station, aber Abby wußte, daß diese Suche vergeblich sein würde. Sie hätte ihn nicht so unter Druck setzen dürfen, schalt sie sich im stillen. Offenbar hatte sie ihn so sehr erschreckt, daß er geflüchtet war.

Er hatte in der Eile sogar die Plastiktüte mit seinen Habseligkeiten zurückgelassen. Sie enthielt seine Geldbörse und eine zerfledderte Ausgabe von Joseph Conrads „Lord Jim".

DAS VON Josh gemietete Haus war eine mit Holzschindeln gedeckte Ranch im Norden der Stadt. Die Entfernung zwischen dem Ranchhaus und dem Krankenhaus betrug ungefähr drei Kilometer. Als Abby in die Einfahrt einbog, war es schon fast neun Uhr abends. Der Geruch aus der Küche verriet ihr, daß Josh mit dem Essen nicht auf sie gewartet hatte.

„Ich bin da, Schatz!" rief sie.

„Hier herein", hörte sie ihn antworten.

Er saß auf der Couch im Wohnzimmer, löffelte ein Fertiggericht, schaute sich ein Baseballspiel im Fernsehen an und löste nebenbei ein Kreuzworträtsel. Sie beugte sich vor und schlang ihm von hinten die Arme um den Hals.

Josh war 38 Jahre alt und von Beruf Elektroingenieur. Mit keiner ihrer bisherigen Männerbekanntschaften hatte Abby so viel Spaß gehabt wie mit Josh, und es schien so, als wäre jeder Aspekt in ihrem Leben durch ihn besser und reicher geworden. Sie wußte genau, daß dies der Mann war, auf den sie gewartet hatte – der Mann, der nicht mit den Fehlern ihrer vorangegangenen Partner behaftet war. Und jetzt, mit fast 35 Jahren, hatte sie keine Lust mehr, wieder von vorne anzufangen.

„Tut mir leid, daß ich mich verspätet habe", sagte sie, während sie das versprochene chinesische Abendessen auf Tellern verteilte. „Ich habe am Ende eines höllischen Tages noch einen schwierigen Fall hereinbekommen."

„Ein Baumharz mit sechs Buchstaben. Der erste Buchstabe ist ‚M'."

„Mastix. Josh, stell dir das vor. Da gibt es doch tatsächlich einen Einsiedler, der hier irgendwo nördlich der Stadt in den Wäldern lebt. Ein ehemaliger Collegeprofessor, ob du es glaubst oder nicht. Er wurde zusammengeschlagen, und ich mußte ihm das Gesicht wieder zusammenflicken. Aber dann ist er aus der Ambulanz getürmt, ehe ich sein infiziertes Bein behandeln konnte. Ich muß ihm wohl irgendwie Angst eingejagt haben."

„He, das wäre nicht der erste Typ, den du vergrault hast. Obwohl es mir völlig unverständlich ist, wieso ein Mann vor einer Frau flüchten sollte, die so aussieht wie der Filmstar Nicole Kidman, sich mit Baumharzen auskennt und sogar Leute zusammenflicken kann, die von einem Bus überfahren wurden."

Abby lächelte und spürte, wie ihre Anspannung etwas nachließ. Sie sank neben ihn auf das Sofa. „Sein Name ist Ives. Ich habe ein paar medizinische Geräte und Medikamente aus dem Krankenhaus mitgebracht, und ich wäre dir dankbar, wenn du mir morgen dabei helfen würdest, diesen Mann wiederzufinden."

„Für morgen haben wir bereits andere Pläne", erwiderte er kühl.

Es dauerte einige Sekunden, bis Abby wieder einfiel, daß morgen „Familientag" bei Colstar war. Daß sie daran nicht gedacht hatte, gehörte zu den Dingen, die *sie* zu den Spannungen beisteuerte, unter denen ihre Beziehung litt.

„Natürlich – das Colstar-Picknick", sagte sie nun laut. „Entschuldigung, das hatte ich momentan vergessen. Ich habe bereits eine entsprechende Garderobe dafür ausgesucht und werde selbstverständlich dabeisein."

„Du brauchst nicht zu kommen. Vergiß es!"

Verdammt – jetzt war es also wieder soweit. „Liebling, bitte, ich…"

„Offenbar merkst du gar nicht mehr, wie sehr du dich in dieser verdammten Arbeit im Krankenhaus vergräbst. Ich könnte doch ebensogut auf dem Mond wohnen. Ärgerst du dich vielleicht darüber, daß ich endlich wieder einen guten Posten habe?"

„Josh, das ist nicht fair…"

„Was ist daran nicht fair? Nun behaupte bloß nicht, du wärst in all den Monaten, in denen ich arbeitslos gewesen bin, nicht jeden Abend mit diesem verklärten Lächeln auf dem Gesicht von deiner Arbeit nach Hause gekommen, während ich dir nur erzählen konnte, daß man auf meine Bewerbung im Bedarfsfall zurückkommen wolle. Behaupte ja nicht, daß du dich nicht in dem Gefühl gesonnt hättest, daß du allein unsere Brötchen verdient hast!"

Abby spürte, wie ihr das Blut in die Wangen schoß. Sie hatte ihn dazu ermuntert, den Job bei Colstar anzunehmen, obwohl das bedeutete, daß sie sich nur noch selten zu Gesicht bekamen. Sie war diejenige gewesen, die schließlich ihre gutbezahlte Stellung und ihre Professur an der Universitätsklinik dafür geopfert hatte, daß sie wieder zusammensein konnten. Und nun mußte sie sich diese Vorwürfe anhören.

„Josh, Liebling, es tut mir leid. Aber dieser Tag heute ist wirklich mörderisch gewesen." Sie nahm seine Hand und war erleichtert, daß er sie nicht zurückzog. „Glaube mir – ich freue mich tatsächlich darauf, die Leute kennenzulernen, mit denen du zusammenarbeitest."

Sie sah, wie die Anspannung in seinem Gesicht sich ein wenig lockerte. „Ich habe ihnen gesagt, daß wir um zehn dort sein würden, um beim Aufbauen der Tische und Bänke zu helfen", murmelte er. „Vielleicht kommen wir morgen so zeitig aus den Federn, daß ich dir zuvor dabei helfen kann, diesen Typ wiederzufinden."

„Das wäre großartig. Er gefällt dir bestimmt."

Sie berührte seine Lippen und streichelte ihn zärtlich.

„Doc", flüsterte er zwischen zwei Küssen, „dafür werde ich Ihnen nicht nur helfen, diesen Typ wiederzufinden, sondern auch Ihre Arzttasche tragen."

2. KAPITEL

Am nächsten Morgen verstaute Abby ihre Arzttasche zusammen mit den Gläsern für die Gewebekulturen und den Antibiotika-Ampullen in Joshs großem Rucksack. Sie fügte noch einige Kleidungsstücke hinzu, die er nicht mehr trug, außerdem Konserven und einige Taschenbücher. Sie verlud den Rucksack in Joshs Geländewagen.

„Wir haben ungefähr zwei Stunden Zeit, bevor ich bei Colstar erscheinen muß", meinte Josh, als er sich hinter das Lenkrad schwang. „Glaubst du, daß wir deinen Eremiten bis dahin finden werden?"

„Ich denke schon. Lew Alvarez hat mir gesagt, wie wir zu seiner Hütte finden."

„Alvarez. Dunkle Haare und Schnurrbart? Hat er nicht eine gewisse Ähnlichkeit mit Omar Sharif?"

Abby erschrak. „Ja", brachte sie dann hervor. „Woher kennst du ihn denn?" Sie spürte, wie ihre Wangen heiß wurden, und blickte rasch zum Seitenfenster hinaus.

„Er hat mir damals den Oberschenkel genäht, den ich mir an diesem Nagel aufgerissen hatte – weißt du das nicht mehr?"

„Ich erinnere mich zwar daran, daß du mir von diesem Unfall erzählt hast, wußte aber nicht, wer dich verarztet hat. Jedenfalls hat er gute Arbeit geleistet."

„Er schien mir auch ein netter Mensch zu sein."

Abby starrte immer noch aus dem Fenster. Sie konnte nicht leugnen, daß sie Alvarez interessant und attraktiv fand, doch sie sträubte sich innerlich gegen das Eingeständnis.

Josh war locker und lebhaft, während sie auf das Krankenhaus und den Hügel mit der Colstar-Fabrik zufuhren. Sie fanden mühelos die Straße, die Lew ihr beschrieben hatte, eine befestigte Pflasterstraße, die sich nach einer Weile in einen unbefestigten, kiesbestreuten Fahrweg verwandelte, ehe sie schließlich nach einem halben Kilometer ganz aufhörte.

„Das ist die Stelle, wo wir den Wagen parken sollen", erklärte Abby. „Der Pfad muß gleich dort drüben sein."

Sie waren jetzt ungefähr vier Kilometer vom Krankenhaus entfernt. Josh lud sich den Rucksack mit einer Leichtigkeit auf den Rücken, die von langer Übung zeugte, und setzte sich in Bewegung. Abby folgte ihm.

Der Pfad schlängelte sich in östlicher Richtung durch einen dichten Wald. Die Stelle, wo sie den Pfad verlassen sollten, war genau so, wie Lew sie beschrieben hatte – eine ausgetretene, kahle Stelle am Fuß eines Felsens. Die nächsten dreißig Meter, die sie nun den Hügel hinaufklettern mußten, brachten Abby völlig aus der Puste. Dann sahen sie etwas Helles zwischen den Bäumen schimmern – eine kleine Lichtung, an deren Ende eine aus Holz und Wellblech gezimmerte und mit Schindeln gedeckte Hütte stand. Neben der Hütte entdeckten sie eine Werkbank. An einem Baum hing eine aus Stroh gefertigte Puppe, und aus ihrer Brust ragten ein paar Pfeilschäfte hervor.

„Ives!" rief Abby. „Ives – ich bin es... Doktor Dolan vom Krankenhaus! Hallo – Ives?"

Einige Sekunden lang herrschte Totenstille. Dann hörten Abby und Josh das Zurückschnellen einer Bogensehne, und unmittelbar darauf bohrte sich ein Pfeil in die Brust der Puppe.

„Ich komme gleich zu Ihnen hinunter, Doc!" rief Ives.

Er kam mit einem langen, glänzend polierten Bogen aus dem Wald heraus. Sein Gesicht machte einen aufgedunsenen und stark lädierten Eindruck. „Tut mir leid, daß ich mich gestern heimlich verdrückt habe, Doc", sagte er. „Aber ich habe nun mal eine Aversion gegen Krankenhäuser und Ärzte."

Abby bekundete ihr Verständnis und stellte ihn dann Josh vor.

„Ein ausgezeichneter Schuß", meinte Josh, auf die Strohpuppe deutend.

Ives, der Joshs Gesicht studierte, gab darauf keine Antwort. „Olivfarbener Jeep Wrangler. Kalifornisches Nummernschild, acht-zwei-acht, C-J-W", sagte er dann.

Sie sahen ihn verdutzt an. Er konnte sich unmöglich am Ende der Schotterstraße aufgehalten und sie beobachtet haben, als sie den Jeep dort abstellten, *und* sie hier oben mit Pfeil und Bogen bei der Hütte begrüßen. „Okay, Ives", sagte Abby. „Wir geben auf."

Ohne ein Wort zu sagen, führte er sie nun auf einem kaum erkennbaren Pfad zu einem etwa 150 Meter entfernten steinigen Plateau, von dem man einen großartigen Blick auf das Tal und die dahinter liegenden Berge hatte. Im Westen sahen sie die Stadt, während sich weiter östlich das Fabrikgelände von Colstar ausbreitete. Ives ließ sich behende auf dem Boden nieder und forderte Abby und Josh mit einer Handbewegung auf, seinem Beispiel zu folgen. Dann griff er in einen Jutesack und holte einen imposant aussehenden Feldstecher hervor.

„Eines meiner Hobbys", erklärte er und reichte Abby das Fernglas.

„Josh, das ist unglaublich", meinte Abby, nachdem sie längere Zeit durch das Fernglas geschaut hatte. Sie gab es an Josh weiter, der damit seine Arbeitsstelle anvisierte und leise durch die Zähne pfiff.

„Wer hätte das gedacht", sagte er. „Der große Bruder Ives kann uns in die Kochtöpfe schauen. Wissen die Leute von Colstar, was Sie hier mit Ihrem Feldstecher machen?"

„Nein. Und ich hoffe, daß Sie ihnen das auch nicht verraten werden. Es ist schließlich nur ein harmloses Hobby. Etwas, mit dem ich mir die Zeit vertreibe."

„Ich werde ihnen kein Wort davon erzählen", erwiderte Josh. „Das verspreche ich Ihnen."

„Aber können Sie mir mal verraten, Ives", wandte sich Abby an den älteren Mann, „warum Sie nicht von Ihrem Hügel heruntersteigen und mit dem Rest der Menschheit zusammenleben, wenn Sie sich schon so ein Hobby suchen müssen, damit Ihnen die Zeit hier oben nicht zu lang wird?"

„Das habe ich längst versucht", entgegnete Ives. „Zu viele Gesetze. Zu viel Heuchelei. Zu viele Rechnungen. Zu viel Haß. Genügt Ihnen das, oder soll ich mit meiner Liste fortfahren?"

„Nein." Abby schüttelte den Kopf. „Jetzt bin ich an der Reihe. Haben wir beide nun ein Abkommen, was Ihr verletztes Bein anbetrifft?"

„Ich kann Ihnen nichts versprechen. Ich werde mir anhören, was Sie mir empfehlen, und es tun, falls es mir richtig scheint. Aber Sie müssen auch verstehen, daß so selbstgerechte Menschen wie dieser

Chirurg, an den Sie mich verwiesen haben, nicht gerade mein Vertrauen in Ihre heilige Zunft wecken. Ich sehe ihn jeden Dienstag und Freitag um neun Uhr morgens hinauf in die Colstar-Fabrik fahren."

Abby drehte sich zu Josh um. „Ives meint Martin Bartholomew. Kennst du ihn?"

„Er leitet die Klinik für Werksangehörige von Colstar."

„Hat *er* dich etwa auf deine Kopfschmerzen hin untersucht?"

„Untersucht wäre zu hoch gegriffen. Er hat lediglich ein paar Tests angeordnet und sich dann bei der Schwester erkundigt, welche Tabletten sie auf Lager habe."

„Himmel! Josh, du solltest einen Neurologen…" Sie hielt mitten im Satz inne. Dieser Morgen verlief einfach zu harmonisch, um ihn jetzt zu verderben. „Wir werden ein andermal darüber reden, wenn du möchtest."

Josh zog sich daraufhin wieder auf Ives' Beobachtungsposten zurück, während Abby dem entzündeten Bein des Eremiten eine Reihe von Gewebeproben entnahm. Danach injizierte sie ihm die Antibiotika und entfernte mit Pinzette, Skalpell und Schere infiziertes Gewebe.

Nachdem sie Ives' Wunde verbunden hatte, versprach sie ihm, daß sie in ein paar Tagen wiederkommen würde, um die Fäden in seinem Gesicht zu ziehen und die Behandlung seines infizierten Beines fortzusetzen. Dann gab sie ihm noch die mitgebrachten Bücher, Konserven und Kleider, bevor sie mit Josh wieder den Hügel hinunterkletterte.

Als sie mit dem Jeep den sechs Kilometer von der Fabrik entfernt gelegenen Colstar-Park erreichten, wo das Picknick stattfinden sollte, hatte Abby bereits eine Veränderung an Josh bemerkt. Es begann mit einigen harmlosen Gesten – mit einem Zwinkern, als würde er von der Morgensonne geblendet; dem Reiben der Augen und Schläfen; und nachdem er sich anfangs angeregt mit ihr unterhalten hatte, war er jetzt stumm wie ein Grab.

„Bist du okay?" fragte sie zaghaft.

Er funkelte sie einen Moment lang an. „Natürlich bin ich okay."

Wenn die Erfahrungen aus jüngster Zeit ihr als Indikator dienen konnten, würde er in den nächsten zwei Stunden immer verschlossener und reizbarer werden. Das Ganze endete dann damit, daß er sich ins Bett legte, auf der Couch einschlief oder Streit mit ihr suchte.

Der Colstar-Park war ein Vorzeigeobjekt – ein weitläufiges, tadellos gepflegtes Areal, das mehrere Ententeiche, eine zwei Kilometer lange

Joggingstrecke, Spielplätze, Haine für Picknicks, drei Baseballfelder und einen kleinen See umfaßte.

Ein märchenhafter Park, ein phänomenal ausgerüstetes Krankenhaus, eine an null grenzende Arbeitslosenquote und Schulen, die den Vergleich mit keiner Bildungseinrichtung in den Staaten zu scheuen brauchten: Colstar International und Patience schienen eine bemerkenswerte Partnerschaft eingegangen zu sein. Als sie den Jeep parkten, konnte Abby sich gut vorstellen, wie es sein würde, wenn man seine Kinder in dieser Stadt großzog.

Aber mit Josh?

„Ich freue mich schon darauf, ein paar von deinen Kollegen kennenzulernen", sagte sie, als sie den Wagen parkten.

„Nun – sie werden alle hiersein." Seine Stimme klang hohl.

„Hättest du Lust, einen Ausflug zum See zu unternehmen?" fragte Abby.

„Später vielleicht. Ich muß erst beim Organisieren der Speisen helfen." Er deutete zu einer Stelle, wo einige Männer gerade damit beschäftigt waren, einen großen Laster auszuladen. In der Nähe des Lastwagens stand bereits ein riesiger, transportabler Grill.

„Soll ich mithelfen?" fragte Abby.

Aber er hatte sich schon von ihr entfernt. Sie blieb, wo sie war, und folgte ihm mit den Augen. Als er den Lastwagen erreicht hatte, lehnte er sich kurz dagegen. Einen Moment lang sah es so aus, als würde er sich daran festklammern. Gerade als sie zu ihm hinlaufen wollte, schien er sich wieder zu fangen und schloß sich den anderen Männern an, um beim Abladen zu helfen.

Abby schaute sich um, ob sie sich woanders nützlich machen konnte, als ein Mann auf sie zutrat. „Dr. Dolan?"

„Ja?"

Es war ein breitschultriger, durchtrainierter Typ mit militärisch-strammer Haltung. Seine dichte Mähne war schneeweiß. Mit seinem schwarzen Rollkragenpullover, dem schwarzen Jackett und der schwarzen Tuchhose war er für ein Picknick im Freien denkbar unpassend gekleidet.

Er streckte ihr seine Rechte hin. „Lyle Quinn", stellte er sich vor. „Es ist mir ein Vergnügen, Sie kennenzulernen. Darf ich Ihnen den Park zeigen?"

„Gern."

Er führte sie vom Grill weg und auf den See zu. „Ich habe gehört, daß Sie Bill Tracy das Leben gerettet haben", begann er.

Abby blickte ihn nun ein wenig unbehaglich von der Seite an. „Haben Sie beruflich mit dem Krankenhaus zu tun?“ wollte sie dann wissen.

„In gewisser Weise, ja. Ich gehöre dem Verwaltungsrat des Krankenhauses an.“

Der Mann hatte etwas Selbstgefälliges an sich, das Abby unangenehm berührte. „Und was machen Sie hauptberuflich?“ fragte sie.

„Für Colstar? Ich schätze, man kann mich als Sicherheitschef der Firma bezeichnen.“

Abby erinnerte sich nun wieder daran, wie sie Josh einmal gefragt hatte, warum die Fabrik denn mit einem zweieinhalb Meter hohen Maschendrahtzaun umgeben sei, der obendrein noch von drei enggewickelten Rollen Stacheldraht gekrönt wurde. Josh hatte ihr darauf bloß geantwortet, daß sie hier an einer Reihe geheimer Regierungsprojekte arbeiteten.

„Soll das heißen, daß dieser Rundgang jetzt zu Ihren Aufgaben als Sicherheitsbeauftragter gehört?“ fragte sie scherzhaft.

Quinn lachte. „Wohl kaum. Ich wollte lediglich die Frau kennenlernen, die sich innerhalb kurzer Zeit einen so phänomenalen Ruf an unserem Krankenhaus erworben hat.“

Sie hatten inzwischen den von Bäumen umrahmten See erreicht, auf dem sich bereits einige Tretboote tummelten. Während sie stumm das ausgelassene Treiben beobachteten, spürte Abby ganz deutlich, daß Quinn eine bestimmte Absicht hatte, als er sie zu diesem Rundgang einlud.

„Hier läßt sich's gut leben“, sagte Quinn schließlich. „Ich arbeite gern für einen Konzern, der seine Verantwortung für das Gemeinwohl so ernst nimmt.“

Aha, dachte Abby, *jetzt läßt er die Katze aus dem Sack.* „Es scheint so, als würde Patience ohne Colstar nicht viel hermachen“, sagte sie.

„Sie irren sich, Frau Doktor. Ohne Colstar würde Patience überhaupt nicht mehr *existieren.* Deswegen sind wir auch sehr besorgt, wenn Leute, die das Gewinnstreben für eine Sünde halten, unserer Firma auf irgendeine Weise zu schaden versuchen.“

„Und gibt es hier solche Leute?“

„Einige wenige, aber die sind harmlos, weil sie keiner sonderlich ernst nimmt. Ich kenne zwar Ihre politische Einstellung nicht und weiß auch sonst nur wenig von Ihnen, aber ich bin mir sicher, daß diese Leute über kurz oder lang an Sie herantreten werden, um Sie für ihre Sache zu gewinnen.“

„Wer sind diese Leute?" fragte sie.

„Das möchte ich lieber nicht verraten. Aber ich kann Ihnen sagen, daß es sich dabei um irregeführte und selbstsüchtige Individuen handelt, die ihre eigenen Interessen über die der Gemeinschaft stellen."

Sie waren nun wieder am Ausgangspunkt ihres Spaziergangs angelangt. Die Menschenmenge war inzwischen beträchtlich angewachsen, und die Leute vergnügten sich bereits mit Wettbewerben und Spielen, die zum Unterhaltungsprogramm dieses Tages gehörten. An der Stelle, wo sie den Rucksack abgelegt hatte, sagte Abby: „Nun, Mr. Quinn, vielen Dank für den Rundgang und die Informationen."

Er zeigte ein Lächeln, das nicht bis zu seinen Augen hinaufreichte. „Viele Leute freuen sich darüber, daß Sie hier sind, Dr. Dolan. Nun – es war mir ein Vergnügen, mich mit Ihnen zu unterhalten." Er schüttelte ihr die Hand und wandte sich zum Gehen.

In diesem Moment zerriß der hysterische Schrei einer Frau die Stille. Er kam vom Ende des Feldes her, wo sich ein kleines Wäldchen anschloß, und wurde gefolgt von weiteren Schreien. Schon bei den ersten schrillen Lauten hatte sich Quinn umgedreht und sprintete nun auf die Stelle zu, wo sich bereits eine Menschentraube gebildet hatte. Bis Abby bei dem Wäldchen anlangte, waren dort schon hundert oder mehr Menschen versammelt.

Das schreckliche Kreischen wollte kein Ende nehmen. „Zurück!" schrie eine Frau. „Kommt ja nicht näher, oder ich werde euch ebenfalls in Stücke schneiden! Darauf könnt ihr Gift nehmen!"

Abby sah in diesem Moment Josh in der Menschenansammlung stehen und steuerte auf ihn zu.

„Nun tut doch endlich etwas!" rief eine andere Frau. „Helft ihr!"

ERST als Abby Josh erreicht hatte, konnte sie die Situation überblicken. Eine stark übergewichtige Frau fuchtelte mit einem etwa 25 Zentimeter langen Jagdmesser herum und blutete bereits aus zahllosen Schnittwunden, die sie sich offenbar selbst an den Armen und Schenkeln beigebracht hatte. Soweit Abby das auf den ersten Blick beurteilen konnte, waren es keine lebensgefährlichen Verletzungen, aber die beigefarbenen Shorts und die weiße Bluse der Frau färbten sich rasch rot von ihrem Blut.

Quinn, der sich inzwischen bis zum vorderen Rand der Menge durchgedrängt hatte, war nun ungefähr zehn Meter von dieser Frau entfernt. „Angela, leg das Messer weg", sagte er in dem festen Ton eines Vaters, der sein unartiges Kind zur Vernunft bringen will.

„Komm ja nicht näher!“ schrie sie. „Wenn du noch einen Schritt näher kommst, bringe ich mich um! Du weißt, daß ich nicht bluffe!“ Sie zog ihre Bluse in die Höhe und fuhr mit der Schneide des Messers über eine Stelle, wo sie sich schon früher mehrere Schnittwunden beigebracht hatte.

„O Gott“, entfuhr es Abby, als sie sich an Josh vorbeischob.

„Bleib hier!“ fuhr Josh sie mit leiser Stimme an. „Diese Frau hat einmal bei uns in der Produktionsabteilung gearbeitet. Sie kommt auch jetzt noch oft in die Fabrik und macht diesen Unsinn. Quinn und die Polizei werden schon wissen, wie man sie behandeln muß.“

Abby funkelte ihn an. „Wie kannst du nur so etwas zu mir sagen!“

„Angela!“ rief Quinn und rückte einen kleinen Schritt näher an sie heran. „Du mußt sofort damit aufhören und das Messer weglegen.“

„Zurück!“ schrie sie. Schluchzend brachte sie sich nun mit dem Messer eine Reihe von Stichwunden an ihrem Unterarm bei. Dabei mußte sie eine kleine Arterie durchtrennt haben, denn Abby sah aus einer dieser Wunden hellrotes Blut sprudeln.

„Josh, würdest du bitte den Rucksack holen“, sagte Abby über die Schulter hinweg. „Meine Arzttasche befindet sich darin.“

„Nein! Du hältst dich da raus. Quinn kann das machen.“

Abby wandte sich nun an einen großen, kräftig aussehenden Mann, der neben ihr stand. „Entschuldigung“, sagte sie, „ich bin Doktor Dolan von der Unfallstation des Krankenhauses. Gleich neben den Picknicktischen dort hinten liegt ein großer grauer Rucksack. Meine Arzttasche befindet sich darin. Könnten Sie mir den Rucksack bitte herbringen?“

„Aber klar doch, Doc“, erwiderte der Mann und sprintete los.

Abby war insgeheim darauf gefaßt, daß ihr Freund diesem Mann jetzt nachrennen und ihn zu Boden reißen würde. Denn Josh hatte nun die Phase erreicht, wo das, was ihn zu belasten schien, in Frust und Bösartigkeit umzuschlagen drohte. Der Dampfdruck im Schnellkochtopf stieg, und das Sicherheitsventil klemmte. Irgendwann heute noch würde er explodieren.

Quinn wandte sich jetzt an die Menge. „Hört mal zu. Ihr kennt alle Angelas Problem. Es ist nicht besonders hilfreich, wenn ihr hier herumsteht und sie angafft. Also schafft die Kinder fort von hier, und sucht euch ein nettes Plätzchen für das Picknick.“

In wenigen Sekunden hatte sich die Menge zerstreut. Abby beachtete Josh nicht länger, trat an Quinns Seite und sagte: „In meinem Rucksack ist eine Notapotheke. Der Mann, den ich danach geschickt habe, wird jeden Moment hiersein.“

„Oh, Angela ist okay", erwiderte Quinn, der sich offenbar über die Frau ärgerte. „Das macht sie nun schon seit Monaten. Rennt mit dem Kopf gegen die Wand oder schnipselt mit einem Messer an sich herum. Wir haben das allmählich gründlich satt."

„Sie hat sich eine Arterie im Arm aufgeschnitten. Wir sollten versuchen, diese Blutung möglichst rasch zu stillen."

Quinn wagte sich wieder einen kleinen Schritt näher an Angela heran. Abby rückte ebenfalls einen Schritt vor.

„Bleibt dort stehen!" schrie Angela und ließ das Messer wie einen Säbel durch die Luft sausen. „Laßt mich sterben! Ich habe nichts Besseres verdient!"

Eine Frau eilte plötzlich an Quinns Seite. Sie hatte kurzes, mit grauen Strähnen durchsetztes Haar, eine dicke Hornbrille auf der Nase und trug ein T-Shirt mit der Aufschrift RETTET DIE ERDE.

„Lyle", sagte sie atemlos, „ich habe die Polizei und den Rettungsdienst alarmiert. Es kann noch zehn Minuten dauern. Sie sind gerade bei den ‚Five Corners', wo sich ein Unfall ereignet hat."

„Gütiger Himmel!"

„Die arme Angela. In einem so schlimmen Zustand habe ich sie noch nie gesehen. Nachdem ich mit Sergeant Brewster gesprochen hatte, habe ich ihre Mutter angerufen. Sie macht sich sofort auf den Weg hierher."

„Na großartig, Kelly", schnaubte Quinn. „Das letzte, was wir hier brauchen können, ist noch so ein hysterisches Mitglied des Cristoforo-Klans. Hör zu! Du rufst jetzt noch mal Brewster an und sagst ihm, daß ich in spätestens fünf Minuten zwei seiner Männer hier sehen möchte."

Die Frau nickte und eilte davon.

Jetzt erschien auch der Mann mit Abbys Rucksack. Ohne den Blick von Angela Cristoforo abzuwenden, packte Abby ihre Arzttasche aus.

„Angela, ich bin Dr. Dolan vom hiesigen Krankenhaus", sagte sie. „Ich will Ihnen helfen, Ihre Schnittwunden verbinden und die Blutung an Ihrem Arm stillen."

In diesem Moment nahm Abby eine Bewegung wahr – einen Mann, der sich zwischen den Bäumen von hinten an Angela heranzupirschen versuchte. Abby wußte, daß auch Quinn den Mann bemerkt hatte. „Wer ist das?" flüsterte sie zu ihm hinüber.

„Ein Mechaniker unserer Wartungsabteilung. Willie Cardoza. Einer von diesen Typen, die sich dauernd wichtig machen müssen. Ich weiß nicht, was er sich jetzt wieder ausgedacht hat."

Abby holte ein Paar Gummihandschuhe heraus und streifte sie über.

„Was für Tricks habt ihr denn jetzt vor?“ kreischte Angela. „Kommt ja nicht näher! Ich meine es ernst!“ Sie hob das Jagdmesser hoch und setzte es an ihre Kehle.

Willie Cardoza kam in diesem Moment aus dem Wäldchen heraus. Wenn Angela nun herumschwang, war er ihrem Messer schutzlos ausgeliefert. Willie machte in dem Augenblick, als Angela sich zu ihm umzudrehen begann, einen Satz nach vorn.

„Angela!“ schrie Quinn.

Diese Ablenkung genügte. Willie packte von hinten Angelas rechtes Handgelenk und legte ihr gleichzeitig den linken Arm um den Hals. Sie wand sich in seinem Griff, aber er zog Angela mit sich auf den Boden. Er preßte seinen Mund ganz dicht an Angelas Ohr. „Angie, ich bin es, Willie.“

Einen Moment lang wurde Angela Cristoforos Körper ganz steif. Dann ließ sie mit einem jammervollen Klagelaut das Messer fallen. Willie Cardoza rollte die Frau behutsam von seinem Körper herunter und auf die Seite. „Angie, du bist jetzt friedlich und läßt dich von diesen Leuten hier versorgen“, sagte er mit beruhigender Stimme.

Sirenen kamen jetzt rasch näher und verstummten, als zwei Streifenwagen auf das Baseballfeld rollten.

Während Abby sich neben der verletzten Frau auf den Boden hinkniete, begegnete sie dem Blick Willie Cardozas. „Das war sehr mutig, was Sie da eben gemacht haben“, sagte sie anerkennend.

Er lächelte bescheiden. „Sie hätte für mich dasselbe getan“, meinte er. „Wir Rebellen in der Firma müssen zusammenhalten.“ Damit stand er vom Boden auf, drehte sich um und ging davon, ohne mit Quinn ein Wort zu wechseln.

Abby überzeugte sich zunächst davon, daß Angela einen regelmäßigen und kräftigen Puls hatte, und kümmerte sich dann um ihre Wunden. Sie hatte zwei davon verbunden, als der Rettungstrupp eintraf. Nachdem sie einen kurzen Bericht erstattet hatte, vertraute sie ihm die Verletzte an und packte ihre Sachen wieder in den Rucksack. Sie verabschiedete sich kurz von Lyle Quinn und ging.

Das Picknick war inzwischen in vollem Gange. Ein Dutzend mit Schürzen versehene „Küchenchefs“ – alle Abteilungsleiter der Firma – bedienten ihre Angestellten mit Grillhähnchen und Steaks. Doch Josh befand sich nicht unter ihnen, obwohl er ihr gesagt hatte, daß er ebenfalls für diesen Job eingeteilt worden sei. Sie warf einen prüfenden Blick in die Runde, konnte ihn aber nirgends entdecken. Dann ging sie zum Parkplatz, doch der Jeep war verschwunden.

Abby suchte eine Telefonzelle auf, um ein Taxi zu bestellen. Sie fühlte sich so frustriert, besorgt und wütend wie noch nie, seit sie nach Patience gezogen war.

Wenn Josh sich weiterhin weigerte, Hilfe anzunehmen und sich untersuchen zu lassen, dann würde sie ausziehen.

ABBY stellte ihren Mazda auf dem für die Ärzte reservierten Parkplatz ab und betrat das Krankenhaus. Fünf Tage waren seit dem Colstar-Picknick vergangen – eine von häuslichen Spannungen und Reibereien geprägte Zeit, die von relativ ereignisarmen Schichten im Krankenhaus unterbrochen worden war. Nachdem sie damals mit dem Taxi vom Colstar-Park nach Hause gekommen war, hatte sie ihre Sachen gepackt und war in das kleine Gästeschlafzimmer gezogen. Und dort war sie seither auch geblieben, obwohl Josh ihr jeden Tag aufs neue beteuerte, daß er sich nie mehr so unmöglich benehmen würde.

Abby freute sich darauf, die heutige Nacht im Krankenhaus zu verbringen, denn auf diese Weise konnte sie dem Ärger zu Hause entfliehen. Es gab aber auch noch einen anderen Grund: Der Arzt, den sie ablösen sollte, war Lew Alvarez. Seit Bill Tracys Reanimation hatten sich ihre Pfade nicht mehr gekreuzt. Doch während ihrer Schichtzeiten war es Abby immer wieder gelungen, hier eine Schwester und dort einen Arzt in ein Gespräch über ihn zu verwickeln. Und was sie inzwischen über Alvarez erfahren hatte, fesselte sie um so mehr.

Er war seit drei Jahren am Kreiskrankenhaus tätig, und niemand aus der Belegschaft hatte sich negativ über ihn geäußert. Es war außerdem bekannt, daß Alvarez nicht in einer festen Beziehung lebte. Nebenbei bewirtschaftete er eine kleine Farm, und er vertrat in seinen Freischichten Kollegen im staatlichen Sanatorium für Geisteskranke in Caledonia.

Abby machte jetzt einen Bogen um den Patientenbereich und begab sich direkt in die Räume für den Stationsarzt vom Dienst, eine kleine Suite, die aus einem geräumigen Büro, einem Schlafzimmer und einem kleinen Bad bestand. Dort vertauschte sie ihre Straßenkleider gegen die sterile blaue Krankenhaustracht und den Arztkittel.

Alvarez sah Abby schon, als sie den Fuß in die Tür der Notaufnahme setzte. „Alles im Lot", begrüßte er sie. „Kein Rückstau. Und ich werde jetzt schnellstens nach Hause eilen, wo ich mir ein Glas Chianti einschenken, die Stereoanlage einschalten, meine Beine auf den Tisch legen und mich von sanfter Musik in den Schlaf wiegen lassen werde. Ich weiß nicht, ob Sie schon auf den Dienstplan geschaut haben, aber ich bin derjenige, der Sie morgen früh ablösen wird.“

„Nein, ich habe noch nicht nachgesehen. Kommen Sie, ich werde Sie hinausbegleiten.“

Als sie am Warteraum vorbeikamen, sah Abby dort eine Frau am Schalter der Notaufnahme stehen, in der sie einen ihrer diagnostischen Problemfälle wiedererkannte – eine Rothaarige, die früher einmal Tänzerin gewesen war, wie ihr jemand erzählt hatte. Als die Frau Abbys Blick auffing, winkte sie ihr zu. Dann kratzte sie sich gleich wieder am Arm.

Abby gab ihr mit einer Handbewegung zu verstehen, daß sie sich gleich um sie kümmern würde. Zusammen mit Lew verließ sie das Gebäude und begleitete ihn zum Parkplatz.

„Ich habe von den Schwestern erfahren, daß Sie zu Sam Ives’ Hütte hinaufgestiegen sind, um sein Bein zu behandeln“, sagte Lew. „Ein überaus lobenswertes Verhalten, das muß ich schon sagen.“

„Er leidet an einer schweren Knocheninfektion. Ich habe ihn in seiner Hütte aufgesucht, weil ich es für ziemlich unwahrscheinlich hielt, daß er noch einmal hierherkommen würde.“

„Nicht nach seinen Erfahrungen mit Martin Bartholomew.“

„Bartholomew ist wohl tatsächlich ein Problem. Aber sonst habe ich eigentlich nur positive Erfahrungen mit den Kollegen hier gemacht. Und auch die Stadt wächst mir so langsam ans Herz. Als ich hierherkam, hatte ich in dieser Hinsicht beträchtliche Zweifel. Ich habe den Job in der St.-Johns-Klinik nämlich nur aufgegeben, weil ich mit meinem…“ Ihre Stimme verebbte. *Mit meinem was?* Das Wort „Verlobter“ erschien ihr eine sich immer weiter von der Realität entfernende Bezeichnung zu sein.

„Ich weiß. Er ist Leiter der Produktentwicklungsabteilung bei Colstar.“

„Ach je, das ist aber wirklich eine kleine Stadt. Und wie steht es mit Ihnen?“ fragte sie. „Gefällt es Ihnen hier?“

„Ja. Das meiste jedenfalls.“

„Das meiste? Und womit haben Sie Ihre Probleme?“

Sie merkte sofort, daß er mit der Antwort zögerte. Er drehte sich von ihr weg und blickte nach Osten. Und als er dann sprach, geschah das in einem heiseren Flüsterton: „Ich habe meine Probleme mit *denen* dort.“

Abby drehte sich nun in die gleiche Richtung und sah dort als Silhouette vor dem Mond den Felsen mit der Colstar-Fabrik aufragen. Dutzende von Flutlichtern strahlten das Gelände an, und der Name der Gesellschaft füllte mit seinen riesigen roten Neonbuchstaben fast die ganze Westfassade der Fabrik aus.

„Aber weshalb?“ fragte sie.

In diesem Moment hielt ein Auto auf dem für Notfallpatienten reservierten Parkplatz. Abby sah, wie ein Mann auf Krücken sich aus dem Schatten des Wagens löste und auf den Vordereingang der Station zuhumpelte.

„Ich sollte jetzt wohl besser hineingehen“, sagte Abby zu Lew. „Könnte ich Sie, wenn ich meine Patienten versorgt habe und es noch nicht zu spät dafür ist, vielleicht zu Hause anrufen, um unser Gespräch zu Ende zu führen?“

„Das ist kein Thema für Telefongespräche“, entgegnete er schnell. Und dann, als sie ihn ein wenig befremdet ansah, fügte er hinzu: „Ich mache Ihnen einen anderen Vorschlag. Ich komme morgen, wenn es Ihnen recht ist, eine Stunde früher her, und dann können wir unsere Unterhaltung fortsetzen. Wir treffen uns hier draußen um sieben. Und reden Sie bitte mit niemandem darüber, solange wir nicht miteinander gesprochen haben – einverstanden?“

„Einverstanden“, wiederholte sie, etwas bestürzt über diese Vorsichtsmaßnahme.

„Abby, es tut mir leid, wenn ich Ihnen paranoid vorkomme“, meinte er wieder so leise, daß es fast ein Flüstern war. „Aber ich habe jeden Grund dazu.“

DIE FRAU, die auf Abby wartete, hieß Claire Buchanan, war im Mittelwesten geboren und dort aufgewachsen, bis sie mit 18 Jahren nach New York gezogen war, um dort Karriere im Showgeschäft zu machen.

„Ich war eine verdammt gute Tänzerin“, begann sie ihren Redefluß, während Abby sie untersuchte. „Zumindest für die Verhältnisse von Sioux City, wo ich herkomme. New York ist natürlich eine ganz andere Geschichte. Trotzdem war mir dort das Glück hold, weil ich Dennis Buchanan kennenlernte, der mich ganz schnell von dort wegholte. Ein paar Jahre später zogen wir hierher. Und jetzt frage ich mich allmählich, ob ich vielleicht eine Allergie gegen dieses Nest entwickelt habe. Ich kann diesen Juckreiz nicht mehr länger ertragen.“

„Hat denn dieser Juckreiz nach Einnahme der Kortisontabletten, die ich Ihnen neulich mitgegeben habe, nicht nachgelassen?“

„Doch, ein wenig. Aber dann war es wieder so schlimm wie zuvor.

Besonders nachts. Ich habe mich an Dr. Oleander gewandt, aber der meint, es wären die Nerven."

„Sind Sie ein nervöser Typ?"

„Eigentlich nicht, aber ich habe Angst vor zu kleinen Räumen – Klaustrophobie. Dr. Oleander hat bei mir mal wegen meiner Magenbeschwerden eine Computertomographie machen lassen, und wenn er mir nicht ein Beruhigungsmittel gegeben und die Augen verbunden hätte, hätten sie mich nie in diese Röhre hineinbekommen."

„Was für Magenbeschwerden? Und wann?"

„Das muß vor sechs oder acht Monaten gewesen sein. Die Tests verliefen alle negativ, und meine Verdauungsstörungen haben sich dann auch von alleine gelegt. Aber ich kann nicht einfach so dasitzen und darauf warten, daß auch dieses Jucken von selbst aufhört, Dr. Dolan. Sie müssen mir helfen."

„Ich weiß zwar nicht, woher diese Beschwerden kommen, aber ich glaube nicht, daß die Ursache dafür in Ihrem Kopf zu suchen ist. Ich kann an manchen Stellen unter Ihrer Haut so etwas wie eine Schwellung oder Verdickung spüren. Als nächstes sollten Sie einen Hautarzt aufsuchen und vielleicht eine Biopsie machen lassen."

„Wie Sie meinen."

„Vielmehr wie Dr. Oleander meint, denn er ist ja Ihr zuständiger Hausarzt, und ich will mir nicht anmaßen, ihm Empfehlungen zu geben, wie er seine Patienten behandeln soll. Aber ich bin sicher, daß er Sie an einen Hautspezialisten überweist."

„Das glaube ich nicht", widersprach ihr Claire. „Denn Sie haben mir ja schon beim letzten Mal empfohlen, einen Dermatologen aufzusuchen. Doch Dr. Oleander sagte mir, dieses Jucken käme entweder von einem Ausschlag oder von den Nerven und ich müßte nicht erst fünfzig Kilometer weit fahren, um von einem Spezialisten dasselbe zu erfahren."

„Da sich Ihr Zustand jedoch nach einer Behandlung mit Kortisontabletten nicht gebessert hat, könnte ich mir durchaus vorstellen, daß Dr. Oleander bereit wäre, seine Meinung zu ändern", entgegnete Abby. „Wäre es Ihnen recht, wenn ich ihn anrufen würde?"

„O ja, danke, Frau Doktor. Vielen Dank."

Abby ging in das Büro des Stationsarztes und rief Oleander an, der sich schon nach dem ersten Klingelzeichen meldete. Sie erläuterte ihm Claire Buchanans Fall und hoffte, daß er selbst zu dem Schluß kommen würde, hier sei die Überweisung an einen Dermatologen angebracht.

„Hört sich ganz nach einer klassischen Neurodermitis an", sagte er, als sie geendet hatte. Das war die Standarddiagnose für Hautkrankheiten, die man auf psychische Störungen zurückführte.

„Ich sehe schon, Sie möchten wohl, daß ich Claire an Dr. O'Brien in Caledonia überweise. Vielleicht mache ich das auch. Aber vorher möchte ich ganz sicher sein, daß wir in Patience alle unsere Möglichkeiten voll ausgeschöpft haben."

„Ich verstehe", sagte Abby, aber das war eine Lüge.

„Dann geben Sie Claire doch einfach ein paar Kapseln mit einem milden Beruhigungsmittel und sagen ihr, daß sie morgen zu mir in die Praxis kommen soll. Wenn es dann immer noch nicht besser ist, werde ich O'Brien anrufen. Oh, und noch etwas. Sagen Sie Claire doch bitte, daß sie das nächste Mal doch gleich zu mir kommen soll, bevor sie in die Notaufnahme rennt. Ihr habt dort genügend andere Sorgen."

Er legte auf, ohne ihre Antwort abzuwarten. Irgendwie war es ihm gelungen, ihr das Heft aus der Hand zu nehmen. Sie kehrte nun mit dem leichten Unbehagen zu ihrer Patientin zurück, daß sie deren Sache nicht energisch genug vertreten hatte.

DER PATIENTENSTROM riß während der ganzen Nacht nicht ab. Als Abby sich eine gute Stunde vor Schichtende eine Dusche in der Suite für den diensthabenden Stationsarzt gönnte, benutzte sie diese Gelegenheit, die blaue Krankenhaustracht wieder gegen ihre Straßenkleider zu vertauschen und diese unter ihrem Arztkittel zu tragen. Sie teilte der Nachtschwester mit, wo man sie finden könne, und trat dann hinaus unter den leichtbewölkten Morgenhimmel. Lew war schon da.

„Hallo", begrüßte sie ihn.

„Guten Morgen. Wie war die Nacht?"

„Erträglich. Zwei KAWIFs. Aber sonst nichts Nennenswertes."

„KAWIFs?"

„Die Abkürzung für ‚Keine Ahnung, was ihnen fehlt'. In letzter Zeit kommen mir mehr von diesen Patienten unter, als ich das bisher gewohnt war."

„KAWIFs. Das gefällt mir. Ehrlich." Lews Gesichtsausdruck und sein bitteres Lachen schienen darauf hinzudeuten, daß er mehr über diese Fälle wußte als sie. „Über welche Beschwerden klagen diese Leute? Über Kopfschmerzen? Ausschläge? Erschöpfungszustände? Schlafstörungen? Jähe Stimmungswechsel? Chronischen Husten? Leichtes Fieber?"

Sie warf ihm einen überraschten Blick zu. Er fragte sie nicht – er stellte fest. „Ja", sagte sie und nickte, „genau solche Sachen."

„Nun, dann habe ich eine Neuigkeit für Sie. Patienten mit solchen unerklärlichen Symptomen gibt es hier überall."

„Vielleicht bin ich ein bißchen schwer von Begriff, Lew. Aber ich habe immer noch nicht verstanden, worauf Sie hinauswollen."

Er blickte sich vorsichtig um. „Hören Sie – das ist weder die richtige Zeit noch der richtige Ort, um darüber zu reden. Ich traue niemandem in diesem Krankenhaus. Tatsächlich traue ich nicht einmal diesem Gebäude. Jemand könnte dort Wanzen versteckt haben."

„Wanzen? Wer?"

Lew blickte hinauf zur Colstar-Fabrik. „Dieselben Leute, die das da gebaut haben."

„Lew – ich fürchte, ich kann Ihnen nicht ganz folgen."

„Es gibt eine Gruppe engagierter Leute, die versuchen, etwas wegen dieser KAWIF-Fälle zu unternehmen. Würden Sie gern zu unserem nächsten Treffen kommen?"

Abby blickte zu dem Colstar-Felsen hinüber. Waren es etwa die „engagierten Leute" aus seiner Gruppe, vor denen Lyle Quinn sie gewarnt hatte?

„Ach, Lew, ich weiß nicht", sagte sie. „Ich habe keine Veranlagung zum militanten Kämpfer."

„Hören Sie sich doch wenigstens an, was wir zu sagen haben", erwiderte er. „Wir nennen uns ‚Die Allianz' und treffen uns alle drei oder vier Wochen bei irgendeinem der Mitglieder. Die morgige Zusammenkunft findet in meinem Haus statt." Er überreichte ihr ein Blatt Papier mit einer Wegskizze. „Erzählen Sie bitte niemandem etwas davon. Schon gar nicht Ihrem Freund."

„Lew, ich kann Ihnen wirklich nicht versprechen, daß ich komme."

„Ist in Ordnung, aber Sie könnten eine Liste von diesen KAWIF-Fällen anlegen. Ich hab's schon getan."

Es war bereits nach neun Uhr morgens, als sie nach Hause kam. Als sie in die Auffahrt einbog und dort Joshs Jeep stehen sah, wußte sie bereits, daß es Ärger geben würde. Er hätte schon vor Stunden in der Fabrik sein müssen. Sie stellte ihr Auto hinter dem Jeep ab. Josh liebte seinen Wagen über alles und pflegte ihn dementsprechend. Doch jetzt befand er sich in einem unbeschreiblichen Zustand. Die Karosserie war mit einer eingetrockneten Schmutzschicht überzogen, als wäre Josh von einem Sumpf in den anderen gefahren.

Die Hintertür des Hauses stand offen. Die Küche roch nach Alkohol und verdorbenen Nahrungsmitteln. Neben der Spüle standen drei

Arzneidöschen mit starken Schmerzmitteln. Daneben lag eine umgestürzte Tequilaflasche, die Josh vollständig geleert hatte.

Abby befürchtete das Schlimmste und rief laut seinen Namen. Beim zweiten Versuch drang aus dem Wohnzimmer ein Stöhnen. Er lag dort auf der Couch, nicht ganz bei Sinnen, aber nicht in einem lebensbedrohlichen Zustand. Er trug Jeans, ein ärmelloses T-Shirt und seine Wanderstiefel und war so verdreckt wie der Jeep.

In den zweieinhalb Jahren ihres Zusammenlebens hatte sie Josh kein einziges Mal betrunken gesehen. Nun stank er nach Alkohol. Als sie ihn betrachtete, empfand sie keinen Zorn – nur die Sorge einer Ärztin und das Bedauern einer Frau, deren Liebesbeziehung sich in einen Scherbenhaufen zu verwandeln drohte.

Abby tränkte ein Küchenhandtuch mit Wasser und wischte Joshs Gesicht damit ab. Seine Lider öffneten sich flatternd. „Wieviel Uhr ist es?"

„Halb zehn."

„Ich habe noch nie verschlafen."

„Wenn du dich mit Tequila und Tabletten vollpumpst und die ganze Nacht in deinem Jeep herumfährst, brauchst du dich darüber nicht zu wundern."

Er richtete sich mühsam auf. „Ich bin nicht herumgefahren."

„Der Jeep sieht aber danach aus. Geh hinaus und schau ihn dir an."

Josh rieb sich die Augen. „Alles, an das ich mich noch erinnern kann, ist dieser Kopfschmerz. Genau hier." Er deutete auf die Mitte seiner Stirn. Er erhob sich von der Couch und wäre dabei fast über den Beistelltisch gefallen.

„Scheint so, als hättest du ein Blackout gehabt. Josh, du brauchst Hilfe. Das sage ich dir nun schon seit Wochen. Ich möchte, daß du jetzt sofort Dr. Owen anrufst, damit er dich genau untersucht."

„Nein! ... Ich habe ja bereits einen Termin bei ihm. Ich bin schon okay, ich habe nur ein bißchen zuviel getrunken."

„Josh, ich werde nicht hier stehen und tatenlos zuschauen, wie du dich – uns – auf diese Weise ruinierst."

„Verdammt, Abby, siehst du denn nicht, welche Rolle *du* in der ganzen Sache spielst?" Er lief nun aufgeregt im Zimmer herum. Zum ersten Mal in ihrem Leben mit Josh beschlich sie ein Gefühl der Angst.

„Du arbeitest die ganze Nacht!" brüllte er sie an. „Und wenn du nicht arbeitest, studierst du. Du hast ja keine Ahnung, wieviel Streß du um dich herum verbreitest. Und dann kommst du nach Hause und verlangst, ich solle einen Neurologen aufsuchen, nur weil ich

Kopfschmerzen und ein wenig über den Durst getrunken habe, nachdem du mir bereits empfohlen hast, mein Innenleben vor einem Psychiater auszubreiten! Denk doch mal an den Streß, unter dem *ich* stehe!“

Einen Augenblick lang spürte Abby, daß sie schwach wurde. „Josh, ich meine es ernst“, zwang sie sich zu sagen.

„Das tue ich auch, verdammt noch mal! Keiner schreibt mir vor, was ich zu machen habe. Keiner! Und du schon gar nicht!“

Abby funkelte ihn an und drehte ihm dann den Rücken zu. Aber Josh packte sie bei den Schultern und schwang sie herum, so daß sie ihn wieder anschauen mußte. Seine Augen waren glasig vor Zorn. Instinktiv duckte Abby sich vor dem Schlag, den sie erwartete. Josh wirbelte herum und rammte seine Faust in die Wohnzimmerwand. Dann taumelte er hinaus auf den Hof und übergab sich auf dem Rasen.

Abby wollte zu ihm hinausgehen und ihn trösten. Doch dann hielt sie ein übermächtiges Gefühl von innerer Distanz davon ab. Sie eilte in das kleine Gästezimmer und warf sich dort auf das Bett. Sie hatte die letzte Karte in ihrer Beziehung ausgespielt. Nun lag es ganz allein an ihm.

ABBYS Wecker läutete abends um sieben. Sie stieg aus dem Bett und wurde sich der Stille im Haus bewußt. Sie streckte sich und ging ins Wohnzimmer. Noch ehe sie den Zettel auf dem Eßzimmertisch entdeckte, wußte sie bereits, daß Josh gegangen war. Den Computer und den Drucker hatte er mitgenommen.

> Abby – ich weiß, daß ich alles verdorben habe. Ich weiß wirklich nicht, was mit mir los ist. Ich weiß nur, daß ich Dich heute vor Wut fast geschlagen hätte. Vielleicht werde ich verrückt. Möglich, daß mit meinem Gehirn etwas nicht in Ordnung ist. Meine Gefühle für Dich haben jedenfalls nichts damit zu tun. Sie sind stärker als je zuvor.
>
> Solange ich befürchten muß, wieder die Kontrolle über mich zu verlieren, möchte ich nicht in Deiner Nähe sein. Ich habe mit einem Immobilienmakler gesprochen und mir ein Häuschen im Westen des Tales gemietet. Und ich werde auch zum Arzt gehen, das verspreche ich Dir.
>
> Gib auf Dich acht und verzeih mir. Ich werde in Kontakt mit Dir bleiben.
>
> Ich liebe Dich
> Josh

Abby las den Brief noch einmal. Nach den Reibereien der letzten Zeit empfand sie jetzt vor allem Erleichterung – Erleichterung darüber, daß jeder wieder Luft zum Atmen haben würde; daß Josh bereit war, sich helfen zu lassen; und schließlich, daß damit alle Zweifel, ob sie zu diesem Treffen der „Allianz" gehen sollte, ausgeräumt worden waren.

3. KAPITEL

Es war halb acht Uhr abends, als Abby die von Lew angefertigte Skizze auf dem Beifahrersitz des Mazda glattstrich und sich auf den Weg quer durch das Tal machte.

Die Route führte Abby an der Stelle vorbei, wo der Weg zu Ives' Berghütte abzweigte, bis sie ungefähr zwei Kilometer westlich der Stadt zu einer unbefestigten Straße kam, die auf der Skizze als „Meine Zufahrt" bezeichnet war.

Diese führte nun knapp einen Kilometer steil bergauf. Die Farm befand sich auf dem Scheitel des Hügels – ein anspruchsloses, weißgetünchtes zweistöckiges Haus mit einer großen alten Scheune und zwei kleineren Gebäuden.

Abby hatte keine Ahnung, wie viele Mitglieder der „Allianz" zu diesem Treffen kommen würden, und war ein wenig enttäuscht, als sie nur zwei Wagen vor dem Haus stehen sah.

Alvarez' Begrüßung war ausgesprochen herzlich. Er führte sie durch die Küche, welche darauf schließen ließ, daß der Besitzer ein leidenschaftlicher Koch sein mußte. Sie durchschritten eine kurze getäfelte Diele und betraten dann ein riesiges Wohnzimmer, dessen Wände mit gerahmten Fotos bedeckt waren. Die meisten davon waren offenbar in einem fremden Land aufgenommen worden, und Abby fielen darunter besonders die vielen Aufnahmen von einer Frau auf – einer schlanken, dunkelhaarigen Schönheit mit einem strahlenden Lächeln. Abby fragte, wo diese Bilder gemacht worden seien.

„In Paraguay. Dort wurde ich geboren, und dort werde ich auch eine Praxis eröffnen, wenn ich meine Ausbildung hier am Krankenhaus abgeschlossen habe. Die Frau auf den Fotos ist ..., war ... meine Frau. Sie ist tot."

„Das tut mir leid."

Seine Trauer war deutlich zu spüren. „Danke. Mir geht es nicht anders", sagte er.

Im Wohnzimmer waren ein Diaprojektor und eine Leinwand aufgebaut. Dort warteten bereits eine stämmige Frau mittleren Alters, die Barbara Torres hieß und die Lew als stellvertretende Leiterin des mobilen Pflegedienstes von Patience vorstellte, und Gil Brant, ein großgewachsener Mann mit einem freundlichen, rundlichen Gesicht, dem die Apotheke in der Stadt gehörte.

„Erwarten Sie viele Gäste heute abend?“ fragte Abby.

Lew suchte nach den passenden Worten. „Früher gehörten ein paar Dutzend Leute zur ‚Allianz‘, aber zur Zeit sind es wohl nur wir drei, fürchte ich.“

Sehr wenige. Sie sind harmlos, weil niemand sie sonderlich ernst nimmt. Lyle Quinn hatte offenbar seine Hausaufgaben gemacht.

Lew führte sie zu einem Sessel.

„Wie Sie wissen, bin ich als letzter Unfallarzt vor Ihnen nach Patience gekommen. Als ich hier meinen Dienst antrat, hatte David Brooks, der schon seit Jahren im Kreiskrankenhaus arbeitete, bereits eine beunruhigende Anzahl solcher Fälle zusammengetragen, die Sie als KAWIFs bezeichnen. Wir beide haben uns über diese Fälle unterhalten – die merkwürdigen Ausschläge, die chronischen Erschöpfungszustände, das im Erwachsenenalter auftretende Asthma, die Kopfschmerzen und so fort. Wir kamen beide zu der Überzeugung, daß die Wurzel des Übels in der Umgebung der Patienten zu suchen sei. In diesem Zusammenhang dachten wir natürlich gleich an den Colstar-Konzern.“

Barbara Torres holte nun einen Computerausdruck aus ihrer Aktentasche und händigte ihn Abby aus. „Das ist eine Liste von hundertfünfundsiebzig Patienten, die von Dr. Alvarez, Dr. Brooks und von einigen unserer ambulanten Krankenschwestern registriert worden sind. Sie finden neben jedem Namen das Alter und die Diagnose des Patienten.“

Abby überflog den Computerausdruck. Die Patienten, die sie selbst behandelt hatte, gehörten eindeutig mit auf diese Liste. „Ich könnte Ihrer Liste vermutlich noch zwanzig Patienten hinzufügen“, meinte sie. „Und könnten Sie nicht auch die anderen in der Stadt praktizierenden Ärzte um ihre Mitwirkung bitten?“

„David und ich waren übereingekommen, genau das zu tun. Ohne auch nur anzudeuten, daß wir Colstar als die Wurzel des Übels in Verdacht hatten, ließen wir Flugblätter verteilen. Darauf kündigten wir die Gründung eines Vereins an, der sich ‚Allianz für ein gesundes Patience‘ nennen sollte, und beschrieben die Symptome, die uns so merkwürdig vorkamen. Ungefähr fünfzig Leute sind zu dieser ersten Versammlung gekommen, unter ihnen fünfzehn am Krankenhaus tätige Kollegen.“

„Und was geschah dann?"

„Nun – die Leute von Colstar bekamen Wind davon und starteten sofort eine Kampagne, die uns in Mißkredit bringen sollte", erzählte Gil Brant. „Von da an kamen immer weniger Leute zu den Versammlungen. Und als wir dann versuchten, unsere Theorie vom Ursprung des Übels zu beweisen, was jedoch nicht gelang, begann man uns sogar als Scharlatane zu bezeichnen."

„Und was war denn das für eine Theorie?" erkundigte sich Abby.

„Cadmium", sagte Brant. „Die Colstar-Fabrik ist nicht nur der Verwaltungssitz und die Forschungszentrale des Unternehmens. Hier werden auch alle wiederaufladbaren Batterien hergestellt, und ein Hauptbestandteil dieser Batterien ist Cadmium."

Lew dämpfte nun das Licht im Raum und stellte den Projektor an. Das erste Bild war eine Liste mit der Überschrift „Symptome einer Cadmiumvergiftung".

„Diese Dias wurden für eine Präsentation vor der EPA, dem Aufsichtsamt für Umweltschutz, zusammengestellt. Offenbar haben sie dort wenig Eindruck gemacht, sonst würden wir heute abend nicht hier sitzen."

Die Liste enthielt alle Symptome und Befunde, die Abby und ihre Kollegen in der Notaufnahme registriert hatten, und noch andere Symptome wie Zahnfleischbluten, Nierenversagen, Zeugungsunfähigkeit.

„Wie sahen denn die Blutwerte dieser Patienten aus?" fragte Abby.

„Es ist uns gelungen, Blutproben einiger Patienten untersuchen zu lassen", antwortete Lew. „Aber sie waren alle negativ."

„Wurden sie im Krankenhaus oder in anderen Labors untersucht?"

„Zumeist hier. Das Labor im Krankenhaus hat einen Vertrag mit Colstar, um Blutproben auf Nickel, Cadmium, Lithium und andere Toxine hin zu untersuchen, die in der Fabrik gebräuchlich sind. Wir glauben, daß das Krankenhaus Anweisung hat, alle positiven Testergebnisse geheimzuhalten."

„Aber warum?"

„Aus dem üblichen Grund", sagte Lew. „Des Geldes wegen. Es würde Colstar viele Millionen kosten, wenn sie ihre Fabrik auch nur einige Tage lang schließen, die Quelle der Cadmiumvergiftung lokalisieren und alles Nötige veranlassen müßten, um diese zu beseitigen. Wissen Sie, daß Senator Corman aus Patience stammt?"

„Und ob. Das war das erste, was mir jeder erzählt hat, bei dem ich mich über die Stadt erkundigte."

„Corman und Ezra Black sind dicke Freunde. Colstar ist eine von den Gesellschaften, die zu Blacks Wirtschaftsimperium gehören“, fuhr Lew fort. „Corman kümmert sich darum, daß Colstar immer ein großes Stück des Auftragskuchens abbekommt, den die Regierung jedes Jahr an die Industrie verteilt. Aber ich möchte Ihnen noch mehr von diesen Dias zeigen.“

Die nächsten zehn Bilder waren Ansichten von der Fabrik, die der Fotograf aus verschiedenen Blickwinkeln aufgenommen hatte.

„Diese Aufnahmen wurden vor ungefähr acht Jahren von Dave Brooks gemacht“, erklärte Lew. „Achten Sie auf den Rauch, der aus den Schornsteinen quillt. Die Gesellschaft behauptet, daß es sich um reinen Wasserdampf handelt. Wir haben da unsere Zweifel.“

„Und was ist das dort?“ Abby deutete auf drei etwa gleich große schmale Rechtecke hin, die in der Felswand unterhalb der Fabrik schwach zu erkennen waren.

„Ich habe keine Ahnung, was das sein könnte“, sagte Lew nachdenklich. „Was meint ihr dazu?“

„Sehen mir wie Schlitze in der Felswand aus“, meinte Brant. „Vielleicht irgendwelche Fenster? Ich weiß nicht einmal, ob diese Schlitze heute noch existieren.“

„Merkwürdig“, sagte Lew. „Wir sollten das wohl überprüfen. Vielen Dank, daß Sie uns darauf hingewiesen haben, Abby. Ich wußte, daß wir davon profitieren würden, als ich Sie zu unserem Treffen einlud.“

„Und was sagen die Leute von der EPA dazu?“ fragte Abby weiter.

„Wir konnten sie vor zwei Jahren dazu bewegen, eine Ortsbesichtigung vorzunehmen. Sie haben nichts Verdächtiges gefunden. Aber ich möchte Sie daran erinnern, daß wir hier von der Möglichkeit des wirtschaftlichen Todes einer ganzen Stadt sprechen. Wir sind der Meinung, daß die EPA die Augen vor dem verschließt, was dort oben in der Fabrik geschieht.“

„Und es ist Ihnen nicht gelungen, die Einwohnerschaft hinter sich zu bringen?“

„Anfangs“, erwiderte Lew, „gab es hier einen harten Kern von Leuten, die sich nicht entmutigen ließen. Aber dann starb David.“

„Was wollen Sie damit sagen?“

„David erzählte mir, er habe eindeutige Beweise dafür, daß Colstar die Blutproben manipuliere, die zur Auswertung ins Krankenhauslabor kämen. Ein paar Tage später fand man David tot am Fuß eines Felsens, der ‚Spike‘ genannt wird. Die Polizei meinte, er sei beim Klettern tödlich verunglückt. Aber wir hatten da unsere Zweifel. David war ein erfahrener Bergsteiger, und der Schwierigkeitsgrad des Spike ist nicht allzu hoch. David hatte schon schwierigere Felswände bestiegen.“

Abby fröstelte bei dem Gedanken, daß der Tod ihres Vorgängers kein Unfall gewesen sein könnte. „Angenommen, David ist tatsächlich ermordet worden – wer ist Ihrer Meinung nach dafür verantwortlich?“

Lew schob das nächste Dia in den Projektor. Es war eine Porträtaufnahme von Lyle Quinn. „Wir glauben, daß dieser Mann und die Frau, die ich Ihnen auf dem nächsten Dia zeigen werde, die Drahtzieher in diesem Spiel sind“, erklärte Lew. „Lyle Quinn ist ein ehemaliger CIA-Agent und jetzt Chef der Sicherheitsabteilung von Colstar. Er ist mit allen maßgeblichen Leuten in Patience befreundet – mit dem Bürgermeister, dem Polizeichef, dem geschätzten Vorsitzenden unseres Krankenhausverwaltungsrates, Joe Henderson, und anderen.“

„Und wer ist die Frau, von der Sie gesprochen haben?“ fragte Abby.

Lew drückte auf die Fernbedienung des Projektors. Das nächste Bild war das einer asketisch aussehenden Frau mit Hornbrille und kurzgeschnittenen glatten Haaren. Abby betrachtete das Bild aufmerksam, und nach einer Minute fiel bei ihr der Groschen. Sie kannte die Frau vom Colstar-Picknick und erinnerte sich, daß sie damals ein T-Shirt mit dem Aufdruck RETTET DIE ERDE getragen und im Gegensatz zu Lyle Quinn durchaus Mitgefühl für Angela Cristoforo bekundet hatte.

„Kelly Franklin“, fuhr Lew fort. „Leiterin der Abteilung für gesundheitsverträgliche Produktions- und Arbeitsbedingungen. Franklin tut so, als würde sie alles unternehmen, um gesundheitsgefährdende Praktiken in der Fabrik aufzudecken, aber wir sind davon überzeugt, daß sie eine Betrügerin ist – eine Marionette Quinns und der Firmenleitung.“

„Und worauf stützt sich Ihre Überzeugung?“

„Kelly Franklin hat uns versichert, daß sie eine umfassende Untersuchung im Werk vornehmen und sogar in unserer Gegenwart Blutproben von Colstar-Mitarbeitern an ein unabhängiges Labor schicken würde. Aber sie hat ihre Zusagen nie wahr gemacht.“

Lew schaltete das Licht im Raum wieder ein und gab Abby noch etwas Zeit, um das, was sie gesehen und gehört hatte, zu überdenken. Dann sagte er: „Nun – was halten Sie von dem Ganzen?“

„Ich denke, daß die Beschwerden vieler oder sogar aller dieser Patienten auf eine gemeinsame, in ihrer Umgebung befindliche Ursache hindeuten“, sagte sie, ihre Worte sorgfältig wählend. „Und wenn das zutrifft, dann ist es schwer vorstellbar, daß Colstar nicht für diese Ursache verantwortlich sein soll.“

„Sie treten also unserer Allianz bei?“ fragte Brant.

„Nicht offiziell. Aber ich werde eine Liste von den Patienten führen, die mit verdächtig erscheinenden Symptomen zu mir kommen. Wenn ich es für angebracht halte, werde ich Blutproben von Patienten mit verdächtigen Symptomen an eine befreundete Toxikologin an der St.-Johns-Klinik in San Francisco schicken. Und wenn Sandra Stuart sagt, das Blut sei sauber, dann *ist* es sauber. Das dürfen Sie mir glauben!“

Damit war das Treffen beendet, und Lew Alvarez begleitete seine Gäste zu ihren Fahrzeugen. Torres und Brant bedankten sich bei Abby, daß sie gekommen war, und fuhren dann los.

„Auch ich möchte Ihnen danken“, sagte Lew. „Ehrlich gesagt, hatte ich nicht damit gerechnet, daß Sie kommen würden. Versprechen Sie mir, sich das, was Sie heute abend gehört und gesehen haben, noch einmal durch den Kopf gehen zu lassen?“

„Ich verspreche es.“

Abby spürte, daß er wünschte, sie würde jetzt noch nicht nach Hause fahren. Und sie wäre auch gerne hiergeblieben, wenn er sie darum gebeten hätte – jedenfalls für eine Weile. Die schrecklichen Szenen mit Josh hatten sie zermürbt. Sie mochte Lews gesunden Menschenverstand und sehnte sich nach der Wärme seiner Gesellschaft. Aber statt sie zum Bleiben zu bewegen, sagte er: „Wir sehen uns also dann in ein paar Tagen wieder im Krankenhaus. Und wenn Sie nichts dagegen haben, würde ich mich in der nächsten Zeit gern mal mit Ihrem Freund treffen.“

„Josh ist im Augenblick nicht in der Verfassung, sich mit irgend jemandem zu treffen. Es ging ihm gar nicht gut in letzter Zeit. Er war ziemlich unausgeglichen und litt unter heftigen Kopfschmerzen. Ich habe mir seinetwegen ziemliche Sorgen gemacht.“

„Hat er sich untersuchen lassen?“

„Nur in der Colstar-Klinik. Er hat sich einen Termin bei Garrett Owen geben lassen. Fragt sich nur, ob er ihn auch einhält.“

„Sagen Sie ihm, daß er das unbedingt tun sollte.“

„Das würde ich, wenn ich es könnte. Aber wir hatten wieder mal Streit, und danach ist er ausgezogen. Ich weiß nicht einmal, wo er jetzt wohnt.“

„Tut mir leid. Sind Sie beide verlobt?“

„Inoffiziell, würde ich sagen. Aber solange sich sein gegenwärtiger Zustand nicht bessert, kann man davon wohl nicht sprechen.“

Da hast du es, dachte sie. *Jetzt kannst du mich bitten dazubleiben.*

„Dann müssen wir Ihnen helfen, daß das geschieht“, sagte er statt dessen und öffnete die Wagentür für sie. „Garrett Owen sollte nicht vergessen, das Blut Ihres Freundes auf Cadmiumwerte hin untersuchen zu lassen, wenn er sich mit dessen Krankheitsbild befaßt.“

AUF DER Heimfahrt dachte Abby über Lews Verdacht nach, daß Joshs Symptomen eine Cadmiumvergiftung zugrunde liegen könnte. Emotionale Labilität und Abgespanntheit hatten auf der Liste gestanden, die Lew ihr gezeigt hatte. Vielleicht sollte sie den Neurologen anrufen und ihn bitten, Joshs Blutprobe auf Cadmiumwerte hin untersuchen zu lassen. Eine Schwermetallvergiftung war gefährlich, aber heilbar, wenn sie früh genug erkannt wurde.

Abby bog in die Auffahrt ein, schloß den Wagen ab und war bereits auf halbem Weg zur Hintertür, als sie plötzlich spürte, daß jemand sie beobachtete. Mit klopfendem Herzen drehte sie sich rasch herum.

Irgend jemand *war* in der Nähe der Garage. Abby konnte eine männliche Silhouette sehen und überlegte verzweifelt, was sie jetzt machen sollte. Aber bevor sie sich für irgend etwas entscheiden konnte, war der Mann bereits aus dem Schatten herausgetreten. Einen Moment lang setzte ihr Herzschlag aus. Dann erkannte sie ihn. Quinn.

„Tut mir leid, wenn ich Sie erschreckt habe, Dr. Dolan."

Er war genauso in Schwarz gekleidet wie damals auf dem Picknick. Doch der Effekt, als er jetzt gegen Mitternacht aus dem Schatten heraustrat, war weitaus bedrohlicher als damals im Park.

„Was wollen Sie von mir?" fragte sie.

„Mit Ihnen reden."

„Josh ist im Haus. Lassen Sie mich erst zu ihm gehen und ihm sagen, daß Sie hier sind."

„Josh hat sich gestern abend in das Haus der Sawickis hinter den Five Corners eingemietet. Er hat heute in der Firma angerufen, daß er nicht zur Arbeit kommen werde. Er mag sich an diesem Abend sonstwo befinden, aber bestimmt nicht in Ihrem Haus."

Quinns Bemerkungen über Joshs derzeitigen Aufenthaltsort überraschten Abby völlig.

„Ich möchte mit Ihnen über diese kleine Versammlung in Dr. Alvarez' Haus sprechen, von der Sie soeben zurückkommen."

In Abbys Augen machte es keinen Sinn, ihn danach zu fragen, ob er ihr zu Lews Haus gefolgt oder ob eines der drei Allianz-Mitglieder ein Colstar-Spion war. Seiner Antwort war nicht zu trauen – egal, wie sie ausfallen würde.

„Haben sie Ihnen auch diesen Quatsch von der Cadmium-Umweltverseuchung erzählt?"

„Sollten sie das?"

„Ich bin sicher, daß sie es getan haben. Das ist schon immer ihre Masche gewesen, wenn sie jemanden rekrutieren wollten. Aber diese

Leute befinden sich auf dem Holzweg, Dr. Dolan. Sie sind meilenweit von der Wahrheit entfernt, denn wir gehen mit unseren Schwermetallen genauso sorgfältig um wie jede andere Fabrik in diesem Land."

„Was kümmert Sie dann das Geschwätz dieser Leute?"

„Ich kümmere mich um alles, was eine Bedrohung für den guten Ruf oder gar die Existenz von Colstar darstellen könnte. Ich möchte, daß Sie die Verpflichtungen, die Sie gegenüber diesen Leuten eingegangen sind, so lange ruhenlassen, bis Sie alle Fakten kennen."

„Mr. Quinn", erwiderte sie ruhig, „wenn Sie schon so viel über die Allianz und das heutige Treffen wissen, dann sollte Ihnen auch bekannt sein, daß ich gegenüber diesen Leuten bis dato keinerlei Verpflichtungen eingegangen bin."

„Ausgezeichnet."

„Aber sobald ich einen erhöhten Cadmiumwert im Blutbild meiner Patienten feststellen oder andere Beweise für ein von Colstar verursachtes Leiden bekommen sollte, werde ich mich auf der Stelle der Allianz und ihren Attacken gegen Colstar anschließen."

„Das ist sicherlich fair. Doch was ich wirklich von Ihnen möchte, ist, daß Sie zu uns kommen und sich in unserer Fabrik umschauen. Ich werde Ihnen Kelly Franklin vorstellen, die für den Umweltschutz am Arbeitsplatz verantwortlich ist. Sie können sich jeden Bereich unserer Anlage aussuchen und diesen so lange inspizieren, wie Sie wollen."

„Und wann wollen Sie, daß ich damit anfange?"

„Sofort, wenn Ihnen das recht ist. Kelly erwartet uns in ihrem Büro."

„Mr. Quinn, ich bin jetzt nicht mehr fit genug für so ein Unternehmen. Und ich kann nicht glauben, daß es Kelly Franklin zu dieser späten Stunde anders ergehen sollte als mir."

„Dr. Dolan, ich weiß zufällig, daß heute Ihr freier Tag ist und Sie erst übermorgen wieder zum Dienst im Krankenhaus erscheinen müssen. Diese Sache ist für uns sehr wichtig. Und ich versichere Ihnen in meiner Eigenschaft als Mitglied des Krankenhaus-Aufsichtsrates und als Vizepräsident der Firma, für die Josh Wyler arbeitet, daß sie auch sehr wichtig für Sie beide ist."

Zumindest hatte Quinn nun die Katze aus dem Sack gelassen. Abby zweifelte keinen Moment daran, daß er Joshs Job, wenn nicht gar ihren eigenen, als Druckmittel verwendete.

„Ich verspreche Ihnen nichts", sagte sie schließlich. „Ob ich nun bei dieser Besichtigungstour etwas entdecken sollte oder nicht, ich möchte in jedem Fall, daß Sie Josh und mich in Ruhe lassen."

„Sie haben mein Wort darauf."

Quinn hatte seinen Wagen vor dem Haus eines Nachbarn geparkt. Abby folgte ihm in ihrem Mazda die lange gewundene Auffahrt zur Fabrik hinauf und fragte sich dabei, ob Ives sie wohl von seinem Hügel aus durch sein Nachtsichtgerät beobachtete.

Der uniformierte Wächter am Tor winkte sie zu dem riesigen, aber spärlich besetzten Parkplatz der Firma durch. Quinn parkte vor dem Schild, das seinen Namen trug, und gab Abby mit einem Handzeichen zu verstehen, daß sie ihren Wagen daneben abstellen sollte. Ein weiterer Wächter öffnete ihnen beflissen die Eingangstür.

Die große Empfangshalle war verwaist. Quinn ließ Abby genügend Zeit, um die zahllosen Plaketten und Auszeichnungen an den Wänden zu betrachten, die der Firma für ihre Verdienste um das Gemeinwohl und für hervorragende Leistungen verliehen worden waren.

„Kelly Franklins Büro befindet sich im gleichen Flügel, in dem auch Ihr Freund Josh seinen Arbeitsplatz hat."

Die Gänge, die zu den Flügeln A, B und C führten, waren so breit wie Alleen und hell erleuchtet.

Quinn führte sie nun Gang A hinunter, wo sie nur hin und wieder einem Angestellten im Laborkittel begegneten. Nach einer Weile gelangten sie an eine Tür mit einer Milchglasscheibe und der Aufschrift: K. FRANKLIN – BEAUFTRAGTE FÜR DIE GESUNDHEIT AM ARBEITSPLATZ. Quinn klopfte energisch an.

Kelly Franklin begrüßte Abby mit offenkundiger Sympathie. Sie war weder so zwanglos, wie sie Abby auf dem Colstar-Picknick erschienen war, noch so streng, wie Lews Dia unterstellte. Quinn machte sie miteinander bekannt und verließ dann das Büro.

„Sie scheinen mir nicht gerade begeistert davon zu sein, daß Sie hier sind, Dr. Dolan", stellte Kelly fest. „Das tut mir leid. Lyle hat eine sehr eigenwillige Auffassung von seinem Job."

„Nun, offenbar bin ich heute das Opfer seines eigenwilligen Durchsetzungsvermögens", entgegnete Abby.

Kelly Franklin blickte verlegen zur Seite. „Ich möchte gar nicht wissen, wie er es angestellt hat, Sie mitten in der Nacht hierherzubringen", sagte sie. „Aber ich werde versuchen, Ihren Besuch so interessant wie möglich zu gestalten. Und Sie dürfen mir glauben, daß es nicht gerade zu Lyles Gewohnheiten gehört, irgend jemandem einen Freibrief für die Besichtigung unserer gesamten Anlagen auszustellen. Er scheint auf Ihre Meinung großen Wert zu legen."

Kelly nahm einen prall gefüllten Ordner mit Computerausdrucken von ihrem Schreibtisch. „Wie Lyle mir erzählte, gilt Ihre Hauptsorge dem Cadmium, das wir hier in der Fabrik verarbeiten. Das hier ist eine umfassende Bibliographie zur Frage der Cadmiumtoxizität. Ich habe sie mir aus der Zentralbibliothek der obersten Gesundheitsbehörde in Bethesda besorgt und hätte sie gern zurück, wenn Sie sie nicht mehr benötigen. Aber es eilt nicht."

„Danke."

„Und hier ist eine Liste von Krankenhauspatienten, denen Blutproben entnommen wurden, um sie auf Cadmiumwerte zu untersuchen. Wie Sie sehen können, wurde in keiner der entnommenen Blutproben Cadmium nachgewiesen. Die nächste Liste enthält die Namen von fast fünfhundert willkürlich ausgesuchten Werksangehörigen, denen wir Blutproben entnommen und diese auf Cadmium, Nickel und andere Metalle hin untersucht haben."

„Und diese Blutproben wurden im Labor des Kreiskrankenhauses ausgewertet?"

„Ja, in dem Krankenhaus, in dem Sie tätig sind. Warum fragen Sie?"

„Nur so."

„Haben Sie noch andere Fragen? Nein? Gut. Dann können wir jetzt die Inspektionstour beginnen. Ich habe draußen ein Elektrofahrzeug und außerdem die Grundrißpläne von allen Gebäuden und Anlagen der Fabrik. Wenn wir versuchen, alle Räume zu besichtigen, werden wir morgen nachmittag immer noch hiersein. Aber falls Sie das möchten, bin ich natürlich gern bereit, Ihnen diesen Wunsch zu erfüllen."

Nachdem sich Kelly Franklin an das Steuer des Elektrofahrzeugs gesetzt hatte, rollten sie den langen Korridor des A-Flügels hinunter. Abby studierte währenddessen den Grundrißplan der Anlage. Die Fabrik bestand aus zwei Stockwerken, von denen eines unter der Erde lag. Abby entschied sich dafür, mit ihrer Inspektion im A-Flügel zu beginnen, wo die Forschungsabteilung untergebracht war. Anschließend wollte sie dann alle Räume besichtigen, in denen die wiederaufladbaren Batterien hergestellt wurden – also gewissermaßen in das Herz der Firma vorstoßen.

Während Abby mit dem Innenleben von Colstar vertraut gemacht wurde, konnte sie auch stückweise ihren Wissensstand über Kelly Franklin erweitern. Kelly arbeitete seit fünf Jahren für Colstar und war geschieden. Obwohl es in Patience für eine alleinstehende Frau kein nennenswertes Gesellschaftsleben gab, war es Kelly gelungen, andere Leute kennenzulernen. Was sie in Patience festhielt, waren vor allem die Schönheit der Umgebung, die ausgezeichnete Bezahlung und die Tatsache, daß sie ihren Job liebte.

Im Flügel der Forschungsabteilung hielten sich zu dieser Zeit nur ein Wächter und ein Wissenschaftler auf. Die Abteilung hatte die Form eines riesigen Rechtecks mit einem von Glaswänden umschlossenen Atrium in der Mitte, ein Innenhof, der, wie Kelly ihr erklärte, für Forschungsarbeiten mit giftigen oder möglicherweise giftigen Substanzen bestimmt war. Dieses Atrium verfügte über eine moderne Entlüftungsanlage mit mehreren Filtern, und was aus diesen herauskam, war eine garantiert reine und gesunde Atemluft. Das Atrium war von mehreren Laboratorien umgeben. Jeder Quadratzentimeter dieses riesigen Raumes machte einen makellos sauberen Eindruck.

Die Produktionsabteilung stand der Forschungs- und Entwicklungsabteilung in puncto Sauberkeit und Sicherheit in nichts nach. Cadmium, Nickel und alle anderen hier verwendeten gesundheitsschädlichen Metalle wurden von Roboterarmen angefaßt, die von Arbeitern in Atemmasken, Handschuhen und Schutzanzügen bedient wurden. Die riesigen Behälter, in denen die Metalle miteinander vermischt wurden, waren verschlossen und versiegelt. Ventilation und Filterung der Luft waren oberstes Gebot.

Abby mußte zugeben, daß sie beeindruckt war. Colstar schien auf einem Fundament von Sicherheitsvorschriften errichtet worden zu sein.

„Ich habe genug gesehen“, sagte Abby schließlich, nachdem sie auf ihre Armbanduhr geschaut hatte. Es war halb drei Uhr morgens. „Sie müssen ziemlich erschöpft sein. Mir hat die Tour gefallen.“

Kelly brachte sie mit dem Elektrofahrzeug zu ihrem Büro zurück. „Es war mir eine Freude, Sie kennenzulernen“, sagte sie. „Vielleicht könnten wir mal zusammen essen gehen.“

„Vielleicht“, erwiderte Abby und wurde sich dann bewußt, wie kühl ihre Antwort ausgefallen war. Sie hatte in den zweieinhalb Stunden, die sie mit Kelly Franklin verbracht hatte, kein einziges Mal den Verdacht gehegt, daß diese Frau etwas vor ihr verbergen wollte. „Hören Sie“, fügte sie hinzu, „ich würde Sie auch gern wiedersehen. Ich werde Sie in den nächsten Tagen anrufen. Bis dahin können wir uns ja überlegen, was wir gemeinsam unternehmen wollen.“

„Großartig.“ Kelly rief Quinn über den Piepser und überreichte Abby die versprochenen Computerausdrucke.

„Danke“, sagte Abby. „Das wird jetzt wohl ein paar Nächte lang meine Bettlektüre sein.“

„Viel Spaß. Gibt es noch etwas, was ich für Sie tun kann?“

Abby überlegte kurz, bis ihr die seltsamen geometrischen Schattengebilde an der Felswand unterhalb der Fabrikanlage einfielen.

„Noch eine letzte Frage", setzte sie deshalb an. „Gibt es unter dem Kellergeschoß noch andere Stockwerke?"

„Nein. Das Kellergeschoß ruht auf solidem Fels."

„Man hat also keine Öffnungen in die Felswand geschlagen?"

„Nein. Warum? Haben Sie einen Grund, das anzunehmen?"

Abby studierte einen Moment lang Kellys Gesichtsausdruck und forschte darin vergeblich nach einem Hinweis, daß die Frau ihr etwas verschwieg. „Nein, es war nur so ein Gedanke", sagte sie.

EIN PAAR Tage später packte Abby ihre Sachen für einen neuerlichen Ausflug zu Samuel Ives' Berghütte zusammen.

Der frühe Morgen war kühl, und die aufgehende Sonne durchdrang die Dunkelheit. In anderthalb Stunden begann Abbys Schicht in der Notaufnahme. Mit etwas Glück mochten dann die nächsten zwölf Stunden interessant und hektisch genug sein, um sie gänzlich in Beschlag zu nehmen. Es war nun eine Woche her, seit Josh ausgezogen war. Vor drei Tagen hatte er einige seiner Sachen abgeholt, aber Abby war zu diesem Zeitpunkt im Krankenhaus gewesen.

Diesmal bereitete ihr der Aufstieg zu Ives' Hütte erheblich weniger Mühe als beim ersten Mal. Sie war nicht einmal außer Puste, als sie vor seiner Behausung anlangte.

„Nicht schießen, Ives", rief Abby vorsichtshalber, als sie die Lichtung erreicht hatte. „Ich bin es!"

Ives blickte von der Werkbank auf. „Heute wird nicht geschossen, Doc, nur der Bogen poliert."

Die Schnittwunden in seinem Gesicht verheilten gut, und von den Blutergüssen war kaum noch etwas zu sehen.

„Ives, ich hätte da eine Frage, die Colstar betrifft", begann Abby, während sie sein Bein frisch verband. „Ich habe ein Foto gesehen, das ungefähr vor acht Jahren von der Fabrik gemacht wurde. Es schien mir so, als würden sich in der Felswand unterhalb der Fabrik drei längliche Schlitze befinden."

„Die jedoch heute nicht mehr zu sehen sind", ergänzte Ives. „Das waren irgendwelche Fenster – ungefähr vierzig oder fünfzig Zentimeter breit und gut anderthalb Meter hoch."

„Was ist aus diesen Fenstern geworden?"

Ives zuckte mit den Achseln. „Eines Tages waren sie nicht mehr da – zugemauert, würde ich sagen."

„Können wir von hier aus die Stellen sehen, wo sich die Schlitze befunden haben?"

„Wir können es ja mal versuchen, obwohl ich glaube, daß sie ziemlich gründliche Arbeit geleistet haben, als sie die Fenster damals verschlossen." Ives führte Abby zu seinem Beobachtungspunkt. Er breitete eine Armeedecke auf dem Boden aus und legte sich neben Abby auf den Bauch. Dann entfernte er die Schutzkappe von seinem Feldstecher und reichte ihn Abby. Sie suchte zunächst das Dach des Krankenhauses und von dort aus weiter, bis sie den hohen Zaun mit den übereinandergetürmten Stacheldrahtrollen erreicht hatte. Dahinter war noch ein breiter, mit Steinen durchsetzter Rasenstreifen, bevor die Felswand fast senkrecht aus dem Boden herauswuchs.

„Wo genau waren denn diese Schlitze?" fragte sie.

Ives blickte kurz durch den Feldstecher und gab ihn ihr zurück. „Richten Sie das Glas auf den Namen ‚Colstar' an der Fabrikmauer. Dann peilen Sie das ‚S' an und gehen von dort aus senkrecht nach unten."

Abby suchte zweimal die Klippe von oben bis unten ab. „He, Ives!" rief sie aufgeregt. „Ich glaube, ich kann jetzt sehen, wo diese Schlitze einmal gewesen sind. Man muß nur lange genug hinschauen, um die Umrisse erkennen zu können. Nur scheinen sie jetzt entweder zubetoniert oder mit bemaltem Holz verkleidet zu sein."

Ives nahm jetzt selbst den Feldstecher und studierte die Felswand. „Sieht wie Sperrholz mit aufgeklebten Steinen aus."

„Aber was versteckt sich dahinter? Das ist die Frage."

Und warum wußte die Colstar-Beauftragte für den Umweltschutz keine Antwort darauf? Das war eine noch größere Frage.

4. KAPITEL

Die Kopfschmerzen begannen wie immer mit diesem seltsamen chemischen Geschmack hinten auf der Zunge. Sein Zorn war kontinuierlich angewachsen, selbst zwischen den Migräneanfällen, aber nun hatte er das Gefühl, als sei irgendwo tief in seinem Innern eine Lunte angezündet worden, und er war machtlos, die Explosion zu verhindern. Sein ganzes Leben lang hatte er sich bemüht, stets das Richtige zu tun. Es war einfach nicht gerecht, daß er jetzt wahnsinnig wurde. Drei Jahre beim Corps. Zwei Reihen Ordensspangen. Er wäre besser noch ein paar Jahre bei der Truppe geblieben oder gar für immer. Denn danach ging es steil bergab. Nun hatten sie ihn in der Fabrik entlassen. Und warum? Weil er sich zu oft krank meldete. Aber wer, zum Henker, konnte am oberen Ende einer zehn Meter langen Leiter arbeiten, wenn Kanonenschüsse in seinem Kopf explodierten?

Er lief ins Schlafzimmer und riß die Plastikfolie der Reinigung von seiner Paradeuniform herunter. Selbst nach nahezu fünfzehn Jahren paßte sie ihm noch.

Er hätte seinen Boß nicht anschreien sollen, nur weil dieser den Verdacht geäußert hatte, daß er die Kopfschmerzen vielleicht nur vortäusche. Und daß er ihm dann eine gelangt hatte, war noch verkehrter gewesen. Doch er wollte damit nur unterstreichen, was jeder sowieso schon wußte – daß dieser Mann ein Arschloch war. Ein arroganter Country-Club-Snob.

Das Pochen wurde zu einem elektrischen Bohrer, der Löcher in sein Gehirn stanzte. Die Uniformmütze zurechtrückend, taumelte er zu seinem Wagen.

Der Country-Club, das war das Problem. Diese verfluchten Country-Clubs, die sie über das ganze Land verteilt hatten, um solche Leute wie ihn daran zu erinnern, daß sie arme Schlucker und wertlose Taugenichtse waren.

Er ließ den Motor seines Chrysler aufheulen. Sie konnten auf ihm herumtrampeln und ihm den Job wegnehmen, aber das Rückgrat würde er sich nicht brechen lassen. Nein, Sir. Er war ein gottverdammter Marineinfanterist, und mochten die Marines auch zu nichts anderem taugen – sie wußten jedenfalls, wie man zurückschlägt.

Der Wagen begann zu beben. Er krampfte die Hände fester ums Lenkrad und trat das Gaspedal bis zum Boden durch. Die Kopfschmerzen waren höllisch. Diese Country-Club-Leute hatten ihm das angetan. Jetzt war er an der Reihe…

Siebzig… fünfundsiebzig…

Er saß nicht mehr, sondern stand, stemmte das rechte Bein aufs Gaspedal. *Auftrag: Vernichtung des Gegners. Ziel in Sicht, Sir.*

Der Wagen schoß von der Straße herunter, über einen kurzen Rasenstreifen. Der Zaun hinter einem Windschutz aus grünem Vinyl war unmittelbar vor ihm.

Achtzig… fünfundachtzig…

Endlich waren die Kopfschmerzen weg.

Das Kreischen des Motors … das Knirschen von Metall auf Metall … die Schreie … der Aufprall … der Schmerz … die Dunkelheit …

Auftrag ausgeführt, Sir.

STANDON, CARL
– Blutserumuntersuchung auf toxische Metalle, insbesondere Cadmium und Nickel – keine Werte gefunden.
ANDERSON, JAYE
– Blutserumuntersuchung auf toxische Metalle, insbesondere Cadmium und Nickel – keine Werte gefunden.
MCELROY, THOMAS
– Blutserumuntersuchung auf toxische Metalle, insbesondere Cadmium und Nickel – keine Werte gefunden.
– Positive Spuren von Organophosphaten.

Abby saß an ihrem Schreibtisch im Bereitschaftszimmer und prüfte die Laborergebnisse ihrer drei ersten KAWIF-Fälle, deren Blutproben sie auf Cadmiumwerte hin hatte untersuchen lassen. Einer dieser drei Fälle, ein Farmer namens Thomas McElroy, dessen Hausarzt George Oleander war, hatte sie in der Notaufnahme aufgesucht, weil er unter Abgeschlagenheit und einem chronischen Husten litt. Abby hatte bei ihm nicht nur einen Cadmiumnachweis angeordnet, sondern – einer Eingebung folgend – sein Blut auch auf Organophosphate hin untersuchen lassen. Organophosphate waren Nervengifte, die im Zweiten Weltkrieg Verwendung gefunden hatten. Doch Organophosphate waren häufig auch Bestandteile von Düngemitteln und Pestiziden, und offenbar war Thomas McElroy diesem Gift ausgesetzt gewesen.

Abby steckte den Kopf durch die Tür, um nachzusehen, ob in der Station noch alles ruhig war. Die Sonntage fingen oft friedlich an, viele Familien waren in der Kirche oder krochen erst spät aus den Federn. Im Augenblick war es jedenfalls sehr ruhig.

Plötzlich drang die Stimme der Empfangsschwester aus der internen Sprechanlage: „Dr. Dolan? Dr. Oleander auf Leitung zwei für Sie!“

Abby drückte auf den entsprechenden Knopf ihres Telefons. „Hallo, George.“

„Ich habe soeben die Kopien von Blutuntersuchungen erhalten, die Sie bei zweien meiner Patienten angeordnet haben – Carl Standon und Tom McElroy. Abby, warum um Himmels willen haben Sie Blutproben auf Cadmiumwerte hin untersuchen lassen?“

„Nun – ich habe inzwischen eine Menge Fachliteratur über die Toxizität von Cadmium ...“

„Ich sage Ihnen hier und jetzt, daß ich bei meinen Patienten keine überflüssigen Blutuntersuchungen dulde, ohne vorher konsultiert zu werden.“

Abby spürte, wie ihre Selbstbeherrschung ins Wanken geriet. „Ich hatte nicht das Gefühl, daß die Tests überflüssig waren", erwiderte sie kühl. „Ich ließ bei Mr. McElroy auch einen Organophosphattest durchführen, und dieser ist positiv ausgefallen."

„McElroy ist Farmer. Jeden Sommer verwendet er dieses Giftzeug, wird regelmäßig damit verseucht und jedesmal von mir entsprechend behandelt. Es ist nicht dieser Test, über den ich mich aufrege, aber falls Sie versuchen sollten, Colstar und dieser Stadt Schwierigkeiten zu bereiten, werden Sie sich recht bald nach einem anderen Job umschauen müssen."

„Drohen Sie mir nicht, George! Und sprechen Sie bitte nicht in diesem Ton mit mir. Ich habe getan, was nach meinem Dafürhalten das Beste für diese Patienten war."

„Der Versuch, eine Firma, die uns alle ernährt, in den Schmutz zu ziehen, zeugt nicht gerade von Teamgeist. Außerdem – das kann ich Ihnen versprechen – ist Colstar an keiner dieser Krankheiten schuld. Ich hätte gedacht, daß auch Sie inzwischen davon überzeugt wären."

Lyle Quinn und George Oleander haben also miteinander zu tun, dachte Abby.

„George", entgegnete sie, „ich bemühe mich, den Leuten in dieser Stadt eine gute Ärztin zu sein. Wenn das in Ihren Augen kein Teamgeist ist, kann ich es nur bedauern."

„Ich erwarte lediglich von Ihnen, daß Sie bei meinen Patienten keine Cadmiumbestimmungen mehr durchführen lassen, ohne erst mit mir darüber zu reden."

„Wie Sie meinen, George. Es sind ja Ihre Patienten."

„Gut."

Er legte auf, ohne ihre Antwort abzuwarten.

Sie wusch sich das Gesicht, um sich abzukühlen. Josh hin oder her: Wenn das die Bedingungen waren, unter denen sie ihr Dasein in Patience fristen sollte, wollte sie ihr Glück woanders suchen. Schwer zu glauben, daß sie noch vor zwei Monaten mit Freundinnen in Sausalito in einem Strandcafé gesessen und darüber geredet hatte, wie sie sich die Hochzeit mit Josh ausmalte.

Abby trocknete sich gerade das Gesicht ab, als Oberschwester Mary Wilder gegen ihre Tür hämmerte. „Abby, kommen Sie rasch!" rief sie. „Wir erwarten jede Sekunde ein paar Schwerverletzte."

Abby nahm ihren Arztkittel vom Stuhl und eilte in die Station.

„Es hat einen schlimmen Unfall beim Country-Club gegeben", erklärte Mary. „Ein Mann ist mit seinem Wagen durch den Zaun auf einen der Tennisplätze gerast und hat drei Frauen überfahren. Offenbar sind alle vier schwer verletzt. Tom Webb ist mit dem Rettungstrupp schon unterwegs. Er wollte sich gleich wieder über Funk melden."

Abby spürte den Adrenalinstoß deutlich. Mehrere Schwerverletzte am Sonntagmorgen in einer Unfallstation, die nur mit einem Arzt besetzt war und mit reduzierter Belegschaft arbeitete! Ihre Bedenken, die für alle Notfälle gerüstete St.-Johns-Uniklinik gegen ein kleines Provinzkrankenhaus einzutauschen, sollten sich offenbar bestätigen.

Sie lief mit Schwester Mary hinüber in den Kommunikationsbereich der Station, wo die mit dem Funksprechgerät gekoppelte Telefonanlage stand. „Soll ich Katastrophenalarm auslösen?" fragte Mary.

Der Katastrophenalarm war eine Telefonaktion, die in spätestens fünfzehn Minuten fast das gesamte Personal auf den Plan rufen würde.

„Nicht, bevor wir noch ein paar zusätzliche Informationen bekommen haben", entgegnete Abby. „Aber stellen Sie fest, wer von den Ärzten im Haus ist, und trommeln Sie diese zusammen. Und rufen Sie in der Röntgenstation und im Labor an, und sagen Sie den Leuten dort, daß wir sie brauchen werden."

Mary benutzte den Hausapparat für diese Telefonate. Im gleichen Moment erwachte das Funkgerät zum Leben.

„Hier spricht Tom Webb vom Unfallrettungswagen drei."

„Ja, Rettungstrupp drei. Hier Dr. Dolan von der Unfallstation."

„Dr. Dolan, wir werden in ungefähr vier Minuten mit zwei Verletzten der Dringlichkeitsstufe zwei bei Ihnen eintreffen. Beide Personen sind weiblichen Geschlechts, Mitte Dreißig. Eine hat einen Trümmerbruch am Waden- und am Schienbein erlitten, die andere multiple Fleischwunden und Hautabschürfungen. Beide sind bei Bewußtsein, und die Vitalzeichen sind im Augenblick relativ stabil."

„Verstanden, Wagen drei. Wie viele Verletzte sind es insgesamt?"

„Vier. Eine weitere weibliche Person und der Mann, der den Wagen fuhr. Beide Verletzte der Dringlichkeitsstufe eins. Zwei Rettungswagen befinden sich noch am Unfallort."

„Verstanden. Wir erwarten Sie hier."

Abby drehte sich zu Mary Wilder um, die ein ernstes Gesicht machte.

„Es befinden sich nur noch zwei weitere Ärzte im Haus: Dr. Levin, der gerade einen Kaiserschnitt macht, und Dr. Metha, der ihm als Anästhesist assistiert."

Abby schaltete den Katastrophenalarm ein. „Bereiten Sie zwei Räume für die ersten beiden Verletzten vor", befahl sie der Schwester. „Die für Notoperationen bestimmten Räume sparen wir für die anderen beiden auf."

Die Notaufnahme begann sich bereits mit Schwestern, Pflegern und Technikern zu füllen. Aber noch befand sich kein Arzt darunter. Zwei Spezialbetten für Unfallverletzte standen bereit. Die für die Blutbank zuständige medizinische Assistentin überprüfte ihre Vorräte und verständigte die Zentrale zur Versorgung mit Frischblutkonserven, sich für rasche Lieferungen bereitzuhalten. Der Techniker aus der Röntgenabteilung kam mit einem fahrbaren Gerät herüber. Plötzlich legte sich eine seltsame Stille über die Station. Dann waren von draußen rasch lauter werdende Sirenen zu hören.

„Okay", sagte Abby und atmete nochmals tief durch. „Laßt uns jetzt alle einen kühlen Kopf bewahren und das tun, was wir gelernt haben." Sie streifte sterile Gummihandschuhe über und eilte hinaus in die Ladezone der Notaufnahme. Im gleichen Moment rasten ein Einsatzwagen der Polizei und ein Rettungswagen die Einfahrt herauf. Sobald der Krankenwagen zum Stehen kam, sprangen die Sanitäter heraus und entluden zwei Bahren aus dem hinteren Teil des Wagens.

Das rechte Bein des ersten Unfallopfers steckte in einem großen Schienenverband, der bereits durchgeblutet war.

„Rebecca Mason", teilte ihr der für den Rettungstrupp verantwortliche Sanitäter im Laufen mit, „vierunddreißig." Er senkte die Stimme. „Ihr Bein sieht ziemlich übel aus."

Abby ließ die Bahre in einen der vorbereiteten Räume schieben. Während sie leise mit der Verletzten redete, um sie zu beruhigen, überprüfte sie systematisch deren Vitalfunktionen, die kritischen Pulsstellen, den Schädel, die Brust und den Unterleib. Sie gab mit ruhiger, fester Stimme ihre Anweisungen an das Team, dann zog sie sich ein frisches Paar Gummihandschuhe an und eilte hinüber zu der zweiten Patientin namens Katherine McNamara.

Abby wußte, daß sie nun hinsichtlich ihres weiteren Vorgehens Prioritäten setzen mußte. Das war die „Triage", ein Auswahlverfahren, demzufolge verschiedene Patienten nach der Schwere ihrer Verletzungen eingeteilt wurden. Dieses Verfahren sollte gewährleisten, daß stets die schweren Fälle vor den leichteren versorgt wurden. Aber in Katastrophenfällen wie diesem kam noch ein anderer Faktor hinzu: Hier mußten zuerst jene Patienten behandelt werden, die eine erste Versorgung zum Überleben brauchten, und nicht jene, die offensichtlich keine Überlebenschance mehr hatten. Falls sich diese Situation ergeben sollte, dann würde Abby Entscheidungen über Leben und Tod treffen müssen.

Nach ihrer Einschätzung war die Behandlung von Katherine McNamara weniger dringlich als die von Rebecca Mason. Abby ließ also Röntgenuntersuchungen zuerst bei Rebecca Mason durchführen. Kaum hatte sie die entsprechenden Anweisungen gegeben, als Mary Wilder zu ihr eilte.

„Der Rettungswagen wird in vier Minuten mit dem nächsten Verletzten hier eintreffen – männlich, einundvierzig Jahre, Dringlichkeitsstufe eins. Kaum noch bei Bewußtsein, niederer Blutdruck, multiple Traumata. Es handelt sich um den Fahrer des Wagens – den Mann, der für das alles verantwortlich ist."

„Bringen Sie ihn in den Behandlungsraum für Schwerverletzte", wies Abby die Schwester an. „Und, Mary, lassen Sie uns doch alle nach Kräften versuchen, so objektiv und professionell wie möglich zu sein."

Der wütende Ausdruck in den Augen der älteren Frau milderte sich sofort. „Ich werde mich bemühen", erwiderte sie. „Aber ich kenne diese beiden Frauen hier sehr gut. Und auch die dritte, der man auf dem Tennisplatz noch Erste Hilfe leistet."

„Was haben sie bisher von ihr gemeldet?"

„Ihr Name ist Peggy Wheaton. Multiple Traumata. Sie ist bewußtlos. Ihr Mann Gary ist Direktor der hiesigen Bank. Sie haben drei Kinder."

„Rufen Sie das Team zusammen, das für die Behandlung dieses Verletzten zusammengestellt wurde. Und sagen Sie auch dem Team für Peggy Wheaton, daß es sich für ihre Ankunft bereithalten soll."

Abby ließ den Blick über das Chaos schweifen, das inzwischen in der Station herrschte, und entdeckte mittendrin Susan Torrance, die kompetente junge Kinderärztin des Krankenhauses.

Wieder Sirenentöne. Diesmal für einen Fall von höchster Dringlichkeitsstufe. Abby wies Susan Torrance an, eine detaillierte Untersuchung bei Katherine McNamara durchzuführen.

„Wo bleiben denn nur die Ärzte?" fragte Abby Mary Wilder.

Jeder Arzt, ob er nun Bereitschaft hatte oder nicht, wurde bei einem Katastrophenalarm über Piepser, Funk oder Telefon aufgefordert, sich unverzüglich im Krankenhaus einzufinden.

„Das Telefonsystem bricht manchmal zusammen, wenn zu viele Leute auf einmal angewählt werden. Aber sie werden alle kommen, das verspreche ich Ihnen."

Ein zweiter Rettungswagen, dem wieder ein Einsatzfahrzeug der Polizei vorausfuhr, bog in die Einfahrt zur Notaufnahme ein.

Die Polizisten waren die ersten, die eilig die Station betraten. „Er steht wegen versuchten Mordes unter Arrest, Frau Doktor", informierte einer der Beamten Abby.

„Was ist denn genau passiert?"

„Er lenkte den Wagen mit Vollgas von der Straße herunter, fuhr einen kleinen Hügel hinauf und durchbrach den Zaun einer Tennisanlage. Dann raste er in eine Gruppe Zuschauer hinein und schleuderte sie beiseite wie eine Bowlingkugel die Kegel."

„Okay. Danke. Mary – Sie kommen jetzt mit mir."

Die Trage mit dem Verletzten wurde im Eiltempo ausgeladen und in die Station gerollt. Der Mann darauf war mit Blut und Glassplittern bedeckt und stöhnte leise. Abby wartete einen Moment, während die Schwestern so viel von der Kleidung des Verletzten wegschnitten, wie sie konnten.

„Blutdruck fällt konstant", meldete eine Schwester.

„Maximale Fließgeschwindigkeit am Tropf einstellen. Und bereitet mir eine Kanüle und einen Schlauch für eine Infusion vor", ordnete Abby sofort an.

„Mein Auge", stöhnte der Mann. „Da ist etwas in meinem Auge."

„Ich schaue mir Ihr Auge sofort an, Sir. Versuchen Sie jetzt nur still liegenzubleiben."

Abby unterzog den Patienten nun einer ersten Untersuchung. Seine Atmung war flach und rasselnd. Rechts auf dem Brustkorb war ein Gaze-Klebeverband angebracht worden. Als sie ihn entfernte, legte Abby eine gezackte Schnittwunde frei. Im rechten Lungenflügel war keine Luftbewegung erkennbar.

„Bereiten Sie bitte alles für eine Thoraxdrainage vor", sagte Abby.

Die rechte Lunge war durchbohrt worden und kollabiert. Jedesmal, wenn der Verletzte jetzt Luft holte, wurde diese vom Bronchialbaum in die rechte Seite des Brustkorbs hineingeblasen. Der Druck, der von dieser Brustseite aufgebaut wurde, machte es dem noch intakten linken Lungenflügel unmöglich, sich ausreichend mit Luft zu füllen. Dieser wachsende Druck in der Brusthöhle mußte abgebaut werden.

„Helft mir", stöhnte der Verletzte. „Bitte, helft mir."

Abby starrte nun hinunter auf sein Gesicht. „Mary, ich kenne diesen Mann", sagte sie unvermittelt. „Ich habe ihn auf dem Colstar-Picknick gesehen. Sein Name ist Willie Cardoza."

„Dr. Dolan, der Rettungswagen mit Peggy Wheaton wird in zwei Minuten hier eintreffen", meldete eine Schwester von der Tür her.

„Okay. Alles für ihre Behandlung vorbereiten. Ich muß hier zuerst eine Thoraxdrainage durchführen."

Außer der Drainage benötigte Cardoza eine Leitung in die Arterie auf seinem Handrücken, damit man den Blutdruck laufend überwachen konnte, und einen Irrigationskatheter in der Bauchhöhle, der ihnen den Nachweis liefern konnte, ob der Verletzte an inneren Blutungen litt.

„Dr. Dolan", unterbrach Mary Wilder Abbys Gedankengänge, „Peggy Wheaton ist jetzt da. Gehen Sie zu ihr. Wir halten inzwischen ein wachsames Auge auf ihn."

Abby spürte, wie Zorn sich in ihr regte. *Es ist schon schlimm genug,* wollte sie die Schwester anschreien. *Machen Sie jetzt um Himmels willen die Sache nicht noch schlimmer!* Aber sie fing sich rasch wieder und sagte in sachlichem, aber bestimmtem Ton: „Ich werde mir Mrs. Wheaton vornehmen, sobald ich die Thoraxdrainage gesetzt habe. Schicken Sie inzwischen Dr. Torrance zu ihr, um die Erstuntersuchung vorzunehmen."

Schwester Mary funkelte sie böse an und stürmte dann aus dem Zimmer. Abby war sich sogleich der Kälte bewußt, mit der die übrigen Mitglieder des Teams sie nun behandelten. Aber daran konnte sie nichts ändern. Ohne diesen Eingriff würde Cardoza in wenigen Minuten tot sein. Sie war seine Ärztin, nicht seine Richterin.

Abby nahm mit dem Skalpell einen Einschnitt zwischen zwei Rippen an Cardozas Brustkorb vor. Dann durchstieß sie mit dem Trokar – einer dolchartigen, in einem Röhrchen steckenden starken Nadel – an dieser Stelle den Brustwandmuskel, so daß das Röhrchen in die Brusthöhle hineinragte, die vorher vom rechten Lungenflügel ausgefüllt gewesen war. Mit einem lauten Zischen entwich die Luft, die einen lebensgefährlichen Druck ausgeübt hatte.

„Verbinden Sie ihn bitte mit dem Saug- und Drainagesystem", sagte sie zu der assistierenden Schwester. „Blutdruck?"

„Stabilisiert sich, Frau Doktor."

„Bereitet jetzt alles für eine arterielle Blutdruckmessung und eine Magenspülung vor, während ich mir die Patientin im Zimmer nebenan ansehe. Ich werde mich danach wieder um ihn kümmern."

Der Anblick, der sich ihr beim Betreten des zweiten Behandlungszimmers bot, gefiel ihr gar nicht. Peggy Wheaton lag mit geschlossenen Augen regungslos auf der Trage und atmete mühsam. Sie trug einen Stützkragen um den Hals. Der Gazeverband um ihren Kopf war an der linken Seite blutdurchtränkt, Füße und Hände leicht nach innen gedreht. Die Abweichungen von der Normalstellung waren geringfügig, aber Abby deutete sie als Zeichen einer ernsthaften Kopfverletzung.

„Was haben Sie bisher unternommen?" fragte sie Susan Torrance.

„Die oberen Luftwege, das Herz und die Lunge überprüft. Sie scheinen in Ordnung zu sein."

Das Ophthalmoskop in der Linken, hob Abby mit der rechten Hand die Lider der Verletzten an. Die Pupillen waren geweitet und zeigten keinerlei Reaktion. Dann strich Abby mit dem spitzen Ende ihres Reflexhammers über die Sohlen von Peggys Füßen. Sowohl am rechten wie am linken Fuß reagierte der große Zeh auf diesen Reiz, indem er sich aufrichtete, statt sich einzurollen. Beide Befunde – hinsichtlich der Augen und der Füße – warcn außerordentlich besorgniserregend.

Um sie herum warteten drei Schwestern und eine Kinderärztin gespannt auf Anweisungen. Abby wußte, daß keine von den vieren sich in diesem Moment über die Verfassung der Patientin im klaren war: Obwohl Peggy Wheaton atmete, hatte ihr Gehirn sehr wahrscheinlich aufgehört zu arbeiten.

Abby fürchtete sich vor dem, was sie nun ertasten würde, als sie den Kopfverband aufschnitt und ihre Hände vorsichtig von beiden Seiten unter den Schädel der Verletzten schob. Der Schaden war erheblich – ein breiter, tief eingedrückter Knochenbereich unterhalb einer langen Rißwunde. Abby zog ihre Hände vorsichtig unter Peggys Kopf hervor und betrachtete die mit Blut bedeckten Fingerspitzen, an denen teilweise Fäden klebten, die eindeutig vom Gehirngewebe der Verletzten stammten. Ob Peggy nun atmete oder nicht – hier war jeder Arzt mit seinem Latein am Ende. Kein medizinisches Wunder würde Peggy Wheaton noch retten können.

„Fordern Sie einen Hubschrauber von der medizinischen Flugbereitschaft an“, wies Abby eine der Schwestern an. „Sie braucht einen Neurochirurgen.“ *Oder besser noch einen Priester.*

„Bitte lassen Sie mich durch!“ Ein überaus gutaussehender Mittvierziger mit graumelierten Haaren eilte an das Bett der Verletzten. Er war schneeweiß im Gesicht. „Ich bin Gary Wheaton“, sagte er.

„Abby Dolan.“

„Dr. Dolan, wie geht es ihr?“

Abby suchte nach den geeigneten Worten und dem richtigen Ton, obwohl sie wußte, daß sie beides niemals finden würde. „Es geht ihr nicht gut, Mr. Wheaton. Sie hat einen Schädelbruch erlitten, und es scheint mir ein großer Bereich des Gehirns geschädigt zu sein.“

In diesem Moment eilte die Schwester, die Willie Cardoza betreute, ins Zimmer. „Dr. Dolan – Cardozas Blutdruck fällt rapide!“

„Ist das etwa der Mann, der meine Frau so zugerichtet hat?“ fragte Gary Wheaton.

„Dr. Torrance“, sagte Abby und ließ die Frage des Ehemannes mit Bedacht unbeantwortet, „bitte behalten Sie hier einen Moment lang alles im Auge. Ich werde so rasch wie möglich wieder zurückkommen. Mr. Wheaton – Sie können solange in dem Zimmer für Angehörige warten, wenn Sie möchten."

„Ich bleibe hier bei meiner Frau. Und ich will nicht, daß Sie sie jetzt allein lassen, Dr. Dolan."

„Ich weiß", sagte Abby und ging zur Tür. *Niemand möchte das.*

Ehe Abby sich wieder in Cardozas Zimmer begab, blickte sie sich in der Station um. Der Orthopäde war inzwischen eingetroffen und untersuchte Rebecca Masons gebrochenes Bein. Aber Abby wußte, daß er für eine Notfalluntersuchung des Magen- und Darmbereichs schlechter gerüstet war als sie.

Cardozas Zustand verschlechterte sich rasch. Er war inzwischen bewußtlos.

Abby bemühte sich verzweifelt darum, ruhig zu bleiben. „Besorgt mir bitte rasch eine Blutkonserve für den Patienten", befahl sie. „Ohne Serum-Gegenkontrolle, wenn seine Blutgruppe bekannt sein sollte. Und falls nicht, dann möchte ich Null negativ. Ich übernehme die Verantwortung."

Als sie bei dem Patienten den Schlauch für die Magenspülung einführte, steckte Mary Wilder den Kopf durch die Tür. „Peggys Atmung verschlechtert sich zusehends. Sie hat bereits zweimal kurz ausgesetzt. Dr. Torrance versucht gerade, die Intubation durchzuführen, aber sie hat Schwierigkeiten mit dem Gerät."

„Sagen Sie ihr, daß sie nur eine Atemmaske mit Beatmungsbeutel verwenden soll. Ich werde sofort hinüberkommen."

„Aber ..."

„Bitte!"

Abby begann mit der Magenspülung bei Cardoza und beobachtete dann, wie die Salzwasserlösung mit Blut vermischt wieder herauskam.

„Besorgt mir so rasch wie möglich zwei Blutkonserven, und hängt sie an das Infusionsgerät."

Gerade als sie in den anderen Raum zurücklief, trafen George Oleander und Martin Bartholomew in der Unfallstation ein und folgten ihr in das Zimmer. Abby war nicht im mindesten überrascht, als die beiden Ärzte Gary Wheaton mit seinem Vornamen anredeten.

„Gott sei Dank, daß ihr gekommen seid", sagte Wheaton zu den beiden Männern. „Diese Frau hat Peggy allein gelassen, um den Mann zu behandeln, der sie überfahren hat. Und jetzt atmet Peggy nicht mehr."

„Ich kann sie nicht durch die Atemmaske ventilieren, wenn sie diesen Kragen um den Hals hat", erklärte Susan Torrance.

Dann nimm ihn ihr doch ab! dachte Abby.

„Was geht hier vor, Abby?“ wollte Oleander wissen.

Abby machte sich nicht die Mühe, ihm darauf eine Antwort zu geben. Sie lockerte Peggys Stützkragen und gab ihr mit dem Beatmungsbeutel durch die Atemmaske einige kräftige Luftschübe in die Lunge. Die Pulsfrequenz der Patientin, die ein lebensbedrohliches Tief erreicht hatte, nahm nun rasch wieder zu. Trotzdem wußte Abby, daß alle Bemühungen vergeblich waren. Sie bereitete eine Intubation durch Peggys Nase in die Lunge vor, doch in diesem Moment traf Dr. Metha, der Anästhesist, in der Station ein.

„Abby, lassen Sie das Doktor Metha machen!“ befahl Oleander.

Abby überließ ihm den Tubus. Es war jetzt nicht der richtige Zeitpunkt für Auseinandersetzungen.

„Ich habe einen Hubschrauber beim medizinischen Flugdienst angefordert, Dr. Oleander“, erklärte Abby. „Das Problem der Patientin befindet sich im linken Hinterkopfbereich. Sie sollten sich ein Paar sterile Handschuhe anziehen und diesen überprüfen, wie ich das bereits getan habe. Dr. Bartholomew – ich brauche Sie für einen größeren operativen Eingriff bei dem männlichen Patienten. Seine Abdominalspülung ist positiv. Wir sollten jetzt bald nach der Ursache der inneren Blutung suchen.“

„Ist das der Mann, der für das Unglück verantwortlich ist?“ forschte Bartholomew.

„Ja.“

„Dann werde ich ihn mir vornehmen, sobald ich mir von Mrs. Wheatons Gesundheitszustand ein Bild gemacht habe. Keine Minute eher.“

Abby gab ihm darauf keine Antwort – aus Angst, sich im Ton zu vergreifen. „Es tut mir wirklich leid um Ihre Frau“, sagte sie noch leise zu Gary Wheaton, ehe sie das Zimmer verließ.

Willie Cardoza hatte auf die Bluttransfusion gut angesprochen. Er war jetzt vollkommen wach, wenn auch benommen.

„Willie“, sagte Abby. „Ich bin Dr. Dolan. Es geht Ihnen jetzt schon besser, aber mit Ihrem Magen ist etwas nicht in Ordnung. Können Sie mich verstehen?“

Cardoza nickte. Er versuchte sie anzuschauen, zuckte dann aber zusammen. „Da ist etwas in meinem rechten Auge“, krächzte er.

Abby sah jetzt die kleinen Glassplitter, die noch in den Brauen und Haaren des Mannes hingen. Vorsichtig hob sie das Lid seines rechten Auges an.

„Da steckt ein winziger Glassplitter in Ihrer Hornhaut, Mr. Cardoza. Starren Sie auf einen Punkt an der Zimmerdecke, damit ich ihn entfernen kann."

Trotz der Schmerzen, unter denen Cardoza leiden mußte, war er ein vorbildlicher Patient. Abby nahm eine feine Nadel zur Hand, schob deren Spitze unter den Rand des Splitters und entfernte diesen mit einer schnellen Bewegung. Die Hornhaut des Auges sah unbeschädigt aus, aber um völlig sicherzugehen, träufelte Abby ein fluoreszierendes Färbemittel darauf. Auch der feinste Haarriß in der Kornea würde sich mit dieser Flüssigkeit auffüllen und im ultravioletten Licht hell aufleuchten.

Abby ließ das Oberlicht ausschalten. Die Hornhaut sah auch im ultravioletten Licht unbeschädigt aus, war aber von einem goldenen Ring umrandet, den Abby bisher noch nie gesehen hatte. Dann bemerkte sie, daß das andere Auge im UV-Licht ebenfalls einen goldenen Ring an der gleichen Stelle hatte, obwohl es nicht mit einem Färbemittel versehen worden war.

Sie versuchte gerade, eine Erklärung für dieses faszinierende Phänomen zu finden, als sich jemand hinter ihr räusperte. Abby blickte sich um. Eingerahmt von dem Licht, das draußen im Flur brannte, stand George Oleander in der Tür.

„Peggy Wheaton ist tot", sagte er düster. „Warum, zum Teufel, haben Sie sie in diesem kritischen Zustand allein gelassen?"

TED BOGARSKY, der für die Tagesschicht eingeteilte Bereitschaftsarzt der Unfallstation, traf kurz nach Peggy Wheatons Hinscheiden in der Notaufnahme ein. Gemeinsam arbeiteten die beiden Ärzte nun den gewaltigen Patientenstau ab, der nach der Katastrophe auf dem Tennisplatz des Country Clubs entstanden war. Trotzdem war es schon nach achtzehn Uhr, als der letzte Patient den Warteraum verließ.

Willie Cardoza war inzwischen in den OP hinein- und herausgefahren worden und befand sich in einem stabilen Zustand auf der Intensivstation, wo er rund um die Uhr von einem Polizisten bewacht wurde. Bartholomew hatte sich widerstrebend dazu bereit gefunden, den operativen Eingriff bei Cardoza vorzunehmen. Die inneren Blutungen hatten von einem Riß in der Milz hergerührt. Falls es keine unvorhergesehenen Komplikationen gab, würde er durchkommen.

Abby bemühte sich nach Kräften, sich jeweils auf den Patienten zu konzentrieren, den sie gerade zu versorgen hatte. Die Belegschaft der Unfallstation verhielt sich ihr gegenüber nach Peggy Wheatons Tod außerordentlich distanziert. Abby zweifelte zwar nicht daran, daß der Leichenbeschauer bescheinigen würde, daß Peggy Wheatons Kopfverletzung unweigerlich zum Tod geführt hätte, aber sie wußte ebensogut, daß dieser Befund auf viele Bewohner von Patience nur wenig Eindruck machen würde.

Sie hatte gerade die Wunde am Knie eines Kindes vernäht, als Joe Henderson, der Direktor der Klinik, zu ihr ins Zimmer kam. „Abby", sagte er, „haben Sie eine Minute Zeit, um mit mir und einigen anderen Herren zu reden?"

„Nun, ich denke schon."

Er führte Abby in das kleine Konferenzzimmer, das sich auf dem Flur gleich neben der Unfallstation befand. Len McCabe, der Oberarzt der Unfallstation, erwartete sie dort zusammen mit George Oleander und einem dritten Mann, der sich als Terry Cox vorstellte.

„Ich arbeite für dieses Krankenhaus", stellte er sich ernst vor. „Ich bin Anwalt und zugleich ein guter Freund von Gary und Peggy Wheaton."

Ein Anwalt. Welche Überraschung. „Sollte ich mir jetzt einen eigenen Anwalt besorgen?" erkundigte sich Abby. Vor lauter Müdigkeit fiel es ihr nicht leicht, höflich zu bleiben.

„Abby", meinte McCabe beschwichtigend, „es gibt keinen Grund, jetzt wütend zu werden. Wir wollen nur von Ihnen wissen, was sich heute dort drüben in der Station abgespielt hat."

Abby holte tief Luft, um sich zu beruhigen. „Nun gut", begann sie. „Folgendes ist auf der Unfallstation geschehen: Es dauerte fast zwanzig Minuten, ehe sich auf unseren Katastrophenalarm hin ein zweiter approbierter Mediziner in Gestalt einer Kinderärztin auf der Station einfand. Ich untersuchte Mrs. Wheaton und stellte dabei fest, daß ihr meine Zeit und meine Bemühungen nicht soviel nützen konnten, wie das bei Mr. Cardoza der Fall sein würde. Ich hatte den Eindruck gewonnen, daß sein Leben nur noch an einem seidenen Faden hing, während das ihre bereits verloren war." Sie hielt einen Moment inne. „Ich bedauere den Tod von Mrs. Wheaton zutiefst, bin jedoch dafür ausgebildet worden, den Zustand eines Patienten so rasch wie möglich zu bewerten und entsprechende Entscheidungen zu fällen. Der Entschluß, meine Bemühungen auf Mr. Cardoza zu konzentrieren, ist mir sehr schwer gefallen, aber es war die richtige Entscheidung. Davon bin ich nach wie vor überzeugt."

Abby wandte sich Oleander zu. „Haben Sie Mrs. Wheatons Schädel untersucht, George? Haben Sie sich vom Ausmaß der Verletzungen überzeugt?"

Der Chefarzt errötete. „Ich…, nein. Nein, das habe ich noch nicht getan", räumte er ein. „Abby, wir beschuldigen Sie nicht, etwas falsch gemacht zu haben. Inzwischen hat jeder Bewohner dieser Stadt eine Version von dem gehört, was sich heute hier abgespielt hat. Wir wollen lediglich sicherstellen, daß wir alle, wenn wir den Standpunkt des Krankenhauses vertreten, auf derselben Seite stehen."

„Und tun wir das auch?"

„Ich…, äh…, nehme es an", sagte Oleander. „Joe, Terry, Len?"

Die Männer tauschten untereinander Blicke aus. Keiner von ihnen sah zufrieden aus, doch niemand schien noch etwas sagen zu wollen.

Abby gab jedem der vier Männer zum Abschied die Hand und bat Cox, Gary Wheaton ihr tiefstes Beileid zu übermitteln. Dann sammelte sie ihre Sachen im Bereitschaftszimmer ein, verabschiedete sich von Ted Bogarsky und verließ das Krankenhaus. Überrascht stellte sie fest, daß es draußen noch hell war. Als sie zum Parkplatz ging, bemerkte sie nicht die junge Frau, die aus den nun länger werdenden Schatten heraustrat und ihr folgte.

Abby war schon fast am anderen Ende angelangt, als die Frau Abbys Namen rief. Abby drehte sich um, während die Frau näher kam. Sie war wohl Mitte Dreißig. Das schmale Gesicht wirkte streng, wenngleich die großen Augen etwas Kindliches hatten.

„Dr. Dolan", stammelte sie nervös, „entschuldigen Sie bitte, daß ich Ihnen nachlaufe. Mein Name ist Colette Simmons. Ich bin Willie Cardozas Freundin."

„Warum sind Sie nicht schon früher zu mir gekommen?"

„Ich arbeite als Kellnerin in einem Restaurant, das dreißig Kilometer von hier entfernt ist. Ich habe bis vor einer halben Stunde noch gar nichts von diesem Unfall gewußt. Eine Krankenschwester, die mit mir befreundet ist, hat mir erzählt, Sie hätten Willie das Leben gerettet."

„Ich bin froh, daß er über den Berg ist."

„Dr. Dolan, das alles hat mich furchtbar mitgenommen. Willie würde niemandem etwas zuleide tun, wenn er nicht selbst angegriffen würde. Der Polizist, der vor seinem Zimmer Wache steht, sagte mir, daß Willie wegen Mordes verhaftet sei. Sie werden ihn, sobald sie können, in ein Gefängniskrankenhaus überführen. Aber ich glaube, er muß furchtbar krank gewesen sein, bevor das alles passierte."

„Möchten Sie sich vielleicht setzen und mit mir darüber reden?" Abby führte sie zu einer am Rande des Parkplatzes stehenden Bank. „Was meinen Sie damit, daß Willie krank gewesen sein müsse?"

„In den letzten vier Monaten hat er sich recht eigenartig benommen.

Er ist, wie soll ich sagen, furchtbar launisch gewesen. Alles ging ihm auf die Nerven."

Abby spürte, wie bei jedem Wort dieser Frau die Spannung in ihr wuchs. „Bitte, fahren Sie fort", sagte sie.

„Dazu kamen noch diese schrecklichen Kopfschmerzen, die immer mit einem merkwürdigen Geschmack im Mund begannen. Möglicherweise hängt das alles mit einem Sturz von der Leiter zusammen. Es geschah im März, und er schlug dabei mit dem Kopf so heftig auf, daß er einige Sekunden lang bewußtlos war. Die Wunde mußte mit fünfundzwanzig Stichen genäht werden, und seither hatte Willie all diese Beschwerden."

„Hört sich nach einer Gehirnerschütterung an. Hat man eine Computertomographie gemacht?"

„Ja. Sie haben vor ein paar Monaten so eine Aufnahme von ihm gemacht. Der Doktor in der Colstar-Klinik sagte, daß man darauf nichts Verdächtiges erkennen könne. Sie gaben ihm Tabletten, aber Willies Beschwerden wurden immer schlimmer. Vor einigen Tagen hatte er dann Streit mit seinem Boß, worauf Willie ihm mit der Faust ins Gesicht schlug. Das paßt überhaupt nicht zu ihm, Dr. Dolan. Das ist nicht der Willie Cardoza, den ich kenne."

„Ich verstehe." Abby nickte. Sie schrieb Colette ihre Telefonnummer auf. „Sie können mich unter dieser Nummer oder im Krankenhaus erreichen, wenn Sie mit mir sprechen möchten, Colette."

„Bitte, versuchen Sie ihm zu helfen."

„Ich werde tun, was in meiner Macht steht."

Die Frau schüttelte ihr die Hand und eilte ins Krankenhaus zurück. Abby verharrte bei der Bank. Cardoza und Josh – zwei Colstar-Angestellte, die unter schrecklichen Kopfschmerzen litten und ein sich ständig verschlechterndes Sozialverhalten aufwiesen, das in gewalttätigen, paranoiden Ausbrüchen gipfelte. Gab es noch andere? Paßte dieses Muster auch zu einigen Leuten, die auf der Liste der Allianz standen? Und was bedeuteten diese leuchtenden Ringe am Rand der Hornhaut – hatte Josh sie auch?

Abby überlegte, wie ihre nächsten Schritte aussehen sollten. Zuerst eine heiße Dusche und dann vielleicht ein kleines Nudelgericht beim Italiener. Danach würde sie ins Krankenhaus zurückfahren und sich mit der Namensliste, die Barbara Torres ihr gegeben hatte, in das Krankenhausarchiv begeben und dort einige Akten einsehen. Vor ihrem geistigen Auge erschienen die ersten Schemen eines noch undeutlichen Bildes. Es wurde Zeit, das Bild mit Farben zu versehen.

5. KAPITEL

Abby saß vor einem Computer und hatte das Datensystem des Krankenhauses aufgerufen. Name des Patienten, Alter, Geschlecht, Adresse, Familienstand, angegebene Beschwerden, Entlassungsdiagnose, Hausarzt, behandelnder Krankenhausarzt, Blutuntersuchung, Röntgenaufnahmen. So begann sie mit der Erstellung ihrer eigenen Datenbank. Sie sammelte jede verfügbare Information und hoffte, ein Muster darin zu entdecken. Im Verlauf ihrer Arbeit beschlich sie das Gefühl, daß irgend etwas mit diesen Daten nicht stimmte – abgesehen davon, daß in der überwiegenden Anzahl der Fälle George Oleander der behandelnde Hausarzt war. Der Maßnahmenkatalog war in den meisten Fällen einfach zu aufwendig. Die Zahl der Patienten, bei denen man eine Computertomographie oder sogar eine Kernspintomographie vorgenommen hatte, war ungewöhnlich hoch. Bei letzterem handelte es sich um ein sehr anspruchsvolles Verfahren, das in diagnostischer Hinsicht die höchste und letzte Instanz darstellte – unglaublich akkurat, aber auch sehr teuer.

Außerdem waren auch zu viele Blutuntersuchungen, chemische Profile und Röntgenaufnahmen gemacht worden. In einer Zeit, in der man die Kosten des Gesundheitswesens einzudämmen versuchte und streng auf die Verhältnismäßigkeit der Mittel achtete, stellten diese exorbitanten Untersuchungen eine Geldverschwendung dar.

Der Einsatz teurer Untersuchungsmethoden trug zwar nichts zur Erklärung der KAWIFs bei, konnte aber aufgrund der Häufigkeit auch nicht als Zufall gewertet werden. Möglich, daß hier ein Versicherungsbetrug vorlag – eine Honorarabsprache mit dem Radiologen oder dem Labordirektor. Aber es war schwer zu glauben, daß ein so wohlhabender und vornehm wirkender Mann wie George Oleander für ein paar Dollar seinen Ruf und seine Karriere aufs Spiel setzen würde.

Abby blickte auf die Uhr. Müdigkeit machte ihr langsam zu schaffen. Es wurde Zeit, daß sie ihre Recherchen beendete.

Abby fuhr nach Hause und hing ihren Gedanken nach. Cadmiumvergiftung, geistiger Zusammenbruch oder was auch immer – Joshs seltsames Verhalten machte ihr angst. Sie hatte alles in ihrer Macht Stehende getan, um ihn untersuchen und behandeln zu lassen. Wo hörte ihre Verantwortlichkeit für ihn auf?

Seit seinem letzten Besuch war keine Flasche Bier mehr im Kühlschrank. Also mußte sie sich mit einer Dose Eistee und einer angebrochenen Packung Löffelbiskuits begnügen. Abby nahm ein gerahmtes Foto von sich und Josh von der Anrichte und stellte es auf den Küchentisch. Sie hatten damals eine Bergwanderung auf den Mount Tamalpais unternommen. Abby schloß die Augen und durchlebte noch einmal die Wärme und die Gerüche jenes wunderschönen Herbsttages. Aber die Emotionen von damals – dieses unglaubliche Gefühl von Nähe, Vertrautheit und Zusammengehörigkeit – ließen sich jetzt nicht mehr so leicht wiederbeleben.

Einem Impuls folgend, nahm sie das Telefonbuch aus der Schublade. Quinn hatte ihr erzählt, daß die Leute, bei denen Josh wohnte, Sawicki hießen. Sie wollte gerade die Nummer heraussuchen, als das Telefon klingelte.

Es war Lew Alvarez, und er klang sehr erleichtert. „Abby, ich bin froh, daß ich Sie endlich erreichen konnte."

„Nun, Sie wissen vermutlich schon, was heute im Krankenhaus passiert ist."

„Ich habe nur gehört, daß Wheatons Frau ihren Verletzungen erlegen ist. Was genau ist denn eigentlich passiert, und wie geht es Ihnen?"

„Ich bin okay, wenn ich mich auch schon besser gefühlt habe."

„Erzählen Sie mir davon."

Abby blickte hinüber in das verlassene Wohnzimmer. So müde sie auch war – der Gedanke, den Rest des Abends allein zu verbringen, stimmte sie unbehaglich. „Sind Sie im Augenblick beschäftigt?" hörte sie sich plötzlich fragen.

„Eigentlich nicht. Ich wollte nur noch ein bißchen lesen und mich dann hinlegen."

„Nun – wäre es Ihnen recht, wenn wir uns noch heute abend treffen würden? Ich habe Ihnen eine Menge zu erzählen."

Lews Zögern – selbst wenn es nur kurz war – stimmte sie nachdenklich. Doch dann sagte er: „Wenn Sie mich besuchen möchten, würde ich mich sehr freuen."

„Wäre es Ihnen in zwanzig Minuten recht?"

„ICH FINDE das alles nicht überraschend", meinte Lew, nachdem Abby ihm die Ereignisse in der Unfallstation und das anschließende Treffen mit Oleander, Henderson, McCabe und dem Anwalt Terry Cox geschildert hatte.

Sie saßen beide in einer hölzernen, schon etwas mitgenommenen

Hollywood-Schaukel, die sich auf einer kleinen Erhebung hinter Lews Haus befand.

„Wie ging es denn Cardoza, als Sie das Krankenhaus verließen?" fragte er.

„Nun – abgesehen davon, daß man ihn des Mordes beschuldigt, ihm einen Polizisten vor die Tür gesetzt und ihn der Obhut von Pflegepersonal anvertraut hat, das ihn lieber tot sähe, ging es ihm meiner Meinung nach gut. Aber da gibt es noch etwas anderes, das Sie wissen sollten."

Abby berichtete ihm von dem seltsamen Befund in Willie Cardozas Augen und erwähnte auch das Treffen mit Colette Simmons auf dem Parkplatz des Krankenhauses.

„Sie glauben, daß die Ringe in den Augen des Patienten Symptome einer Cadmiumvergiftung sein könnten?" fragte Lew interessiert.

„Es wäre möglich."

„Abby, wir müssen sein Blut untersuchen, und zwar bald."

Abby hätte ihm gern von Lyle Quinns Besuch erzählt und von der anschließenden Besichtigungstour mit Kelly Franklin in der Colstar-Fabrik. Aber konnte sie das tun, ohne sich damit offen zu den Zielen der Allianz zu bekennen? Ihre Position im Krankenhaus stand auf wackeligen Beinen. Wenn sie jetzt ein Mitglied der Allianz wurde, würde das mit hoher Wahrscheinlichkeit ihre Entlassung als Unfallärztin nach sich ziehen.

„Lew, ich weiß nicht, ob ich bei Willie eine solche Blutwertbestimmung vornehmen sollte", sagte sie. „Ich habe nämlich erst heute morgen von George einen Rüffel bekommen, weil ich bei drei seiner Patienten Blutproben auf Cadmiumwerte habe untersuchen lassen."

„Das haben Sie getan?" Sie konnte ihm anmerken, wie sehr er sich über diese Neuigkeit freute.

„Ich ..., ich dachte, daß die Symptome der Patienten eine derartige Untersuchung rechtfertigten."

„Und diese Blutuntersuchungen wurden im Labor des Krankenhauses durchgeführt?"

„Ja."

„Dann gehe ich wohl nicht fehl in der Annahme, daß sie negativ ausfielen." Erregung leuchtete in seinen dunklen Augen auf. „Abby, wir entnehmen ihm selbst die Blutprobe. Und zwar sofort. Sie haben uns doch bei dem Treffen erzählt, daß Sie mit einer Toxikologin an der St.-Johns-Klinik befreundet seien."

„Mit Sandy Stuart. Sie gehört zu den Besten in ihrem Fach."

„Wir bringen ihr einfach das Blut, das sie testen soll. Abby, wir brauchen jetzt Ihre Hilfe."

Ehe Abby sich bewußt wurde, was sie da machte, hatte sie den Arm nach ihm ausgestreckt. Lew nahm ihre Hände und zog sie sacht an sich heran. Sein Kuß war behutsam und fragend. „Ich habe dich von dem Tag an, als ich dich kennenlernte, umarmen und küssen wollen", flüsterte er. „Aber ich … kannte deine Situation nicht. Ich wollte nichts falsch machen."

Sie legte ihren Kopf an seine Brust. „Das einzige, was du in diesem Moment falsch machen könntest, ist, mich loszulassen", entgegnete sie leise.

SIE FUHREN auf getrennten Wegen zum Krankenhaus und parkten ihre Fahrzeuge weit entfernt. Lew ging als erster auf die Intensivstation. Als Ausrede für den Besuch dort sollte ein Herzpatient dienen, den er am Tag zuvor eingewiesen hatte. Abby betrat fünf Minuten später das Gebäude und begab sich in die Notfallaufnahme.

„Noch mehr Sachen für den alten Ives?"

Abby, die gerade eine dreißig Kubikzentimeter fassende Spritze und drei große Reagenzgläser in die Tasche ihres Arztkittels schob, blickte bei den Worten der jungen Laborantin erschrocken auf.

„Oh, hallo, Grace! Ja. Sein Bein wird mit jedem Tag besser. Ich bin wirklich froh, daß Sie jedesmal wegschauen, wenn ich hier meine Raubzüge mache."

Abby eilte die Treppe hinauf. In dem Moment, als sie die Intensivstation betrat, wußte sie, daß Lew bereits dort war und seinen Teil der Aktion erledigt hatte. Im letzten Zimmer der Station herrschte ein ziemliches Getümmel. Der Patient, den Lew am Tag zuvor hier eingewiesen hatte, war ein schwerhöriger achtzigjähriger Mann, der zu Streitsucht neigte, wenn man ihn störte. Er litt an periodisch auftretenden Brustschmerzen, die diesmal jedoch nicht von akuten Herzbeschwerden herrührten. Lews Plan war, diesen Mann so lange zu untersuchen, bis er sich aufregte, und dann verschiedene Tests anzuordnen, um sicherzustellen, daß das Pflegepersonal der Station beschäftigt und somit abgelenkt war.

Abby schenkte dem Polizisten vor Cardozas Zimmer ein warmes Lächeln. Ihn schien es nicht zu stören, daß sie den Patienten ein weiteres Mal besuchte. Sie ging rasch zum Bett hin.

Abbys Ziel war die Spezialkanüle mit Dreiwegehahn, die auf Willies Handrücken angebracht worden war. Der dritte, noch unbesetzte

Hahn der Kanüle erlaubte es ihr, dem Patienten ohne einen weiteren Einstich Blut abzuzapfen. Abby schloß die Spritze an. Dabei wachte Willie auf und blickte sie schlaftrunken an.

„Hallo, Doc“, sagte er. Seine Stimme war immer noch ein rauhes Flüstern.

„Ich zapfe Ihnen nur ein bißchen Blut ab, Willie.“

„Soviel Sie wollen“, erwiderte er. Dann kniff er die Augen zusammen. „Waren Sie nicht bei diesem Picknick im Colstar-Park?“

„Ja. Ich habe Sie auch dort gesehen“, meinte sie. „Das war eine mutige und selbstlose Tat, die Sie damals vollbracht haben.“

Abby stellte den Dreiwegehahn so ein, daß der Kanal zum Zylinder der Spritze geöffnet wurde. Ein leichtes Zurückziehen des Kolbens genügte, um das hellrote Blut in den Zylinder hineinschießen zu lassen. Dann befestigte sie eine große Hohlnadel am Zylinder der Spritze und durchstieß damit die Gummistöpsel der Reagenzgläser. Das Vakuum in den Gläsern sog rasch das Blut aus dem Glaszylinder heraus. Abby hatte genügend Blut abgezapft, um damit zwei Reagenzgläser ganz und ein drittes zur Hälfte füllen zu können. Danach verstaute sie die Spritze und die drei Reagenzgläser in der Tasche ihres Arztkittels.

„Wie ich sehe, frischen Sie Ihre Bekanntschaft mit unserem Freund Willie auf.“

Bei diesen Worten hinter ihrem Rücken setzte Abbys Herz einen Takt lang aus. Sie drehte sich um. Ihre Knie drohten unter ihr einzuknicken. „Ah, Mr. Quinn! Machen Sie Ihre Runde?“

Sie brachte die Worte kaum über die Lippen. Wie lange hatte er schon hinter ihr gestanden? Was hatte er gesehen? Ihre Gedanken überstürzten sich.

„Ich wollte Sie gerade dasselbe fragen“, sagte er. „Ich dachte, Sie hätten schon vor drei Stunden Dienstschluß gehabt.“

„Ich ..., ich war noch in der Bibliothek. Ich wollte nur noch einmal nachsehen, wie es Mr. Cardoza geht, bevor ich mich auf den Heimweg mache.“

Quinn wußte Bescheid. Das konnte sie von seinem Gesicht ablesen. Er wußte, was sie hier gemacht hatte. Als Ärztin an diesem Krankenhaus war sie erledigt.

„Ich hoffe“, sagte er – und es kam ihr so vor, als würde sich sein Blick jetzt auf ihre Kitteltasche heften –, „daß Sie sich sehr genau überlegen, wie Dr. Oleander dazu steht, falls Sie eigenmächtig Blutproben auf Cadmiumwerte hin untersuchen lassen. Und noch was: Wissen Sie vielleicht auch, warum Mr. Wyler in den letzten Tagen nicht zur Arbeit erschienen ist? Wir haben mehrmals versucht, ihn in seiner neuen Wohnung anzurufen, aber sein Telefon scheint defekt zu sein."

„Ich habe seit einer Woche nichts mehr von Josh gehört", erwiderte Abby. „Wenn ich ihn sehen sollte, werde ich ihm sagen, daß Sie nach ihm suchen." Sie wandte sich dem Ausgang zu.

„Dr. Dolan!" rief er ihr hinterher.

Sie drehte sich noch einmal nach ihm um. „Ja?"

„Sie sollten nicht vergessen, wie dünn der Faden ist, der Sie noch mit diesem Krankenhaus verbindet. Veranlassen Sie uns nicht, ihn ganz zu durchschneiden!"

Es war ein grauer Morgen mit Nieselregen, als Abby sich für ihre Fahrt nach San Francisco bereit machte. Die Reagenzgläser mit Willie Cardozas Blut waren sorgsam in Schaumstoff eingewickelt und lagerten in einer Kühlbox. Sandy Stuart würde sie am frühen Nachmittag erwarten. Abby ging noch einmal die Route durch, als Lew anrief.

„Ich habe gerade meinen Dienst im Krankenhaus angetreten", sagte er. „Ich dachte, du wärst vielleicht schon unterwegs."

„In ein paar Minuten."

„Sei vorsichtig, Abby. Ich traue Quinn einfach nicht. Ich habe mir gestern nacht, als du allein nach Hause gefahren bist, große Sorgen um dich gemacht. Eigentlich wollte ich dir das gar nicht sagen, aber ich bin in der Nacht ein paarmal an deinem Haus vorbeigefahren."

„Das war süß von dir, Lew. Zumal eine Frühschicht auf dich wartete."

„Sei vorsichtig", wiederholte Lew. „Und ruf mich morgen sofort an, wenn du wieder zu Hause bist."

Abby legte auf, warf die Tasche mit den Sachen, die sie für eine Übernachtung brauchte, auf den Rücksitz, stellte die Kühlbox auf den Wagenboden und fuhr los.

Der Regen war gerade so stark, daß sie mit der Intervallschaltung des Scheibenwischers auskam. Es herrschte so gut wie kein Verkehr. Sie beschleunigte auf achtzig Stundenkilometer – das schnellste Tempo, das man auf dieser engen und gewundenen Straße fahren konnte. Sie bewegte den Kopf von einer Seite zur anderen, bis sich die Verspannung im Nacken- und Schulterbereich allmählich auflöste. Sechs höllische Wochen waren vergangen, seit sie das letzte Mal zu Hause in San Francisco gewesen war.

Alles wird ein gutes Ende nehmen, beruhigte sie sich.

Sie wollte gerade die Musik ein wenig lauter stellen, als es hinter ihr krachte und ihr Wagen nach vorn gestoßen wurde. Abby fuhr in die

Höhe und saß einen Moment lang wie gelähmt auf ihrem Sitz. Hatte sie einen auf der Straße liegenden Gegenstand überrollt oder gar ein Tier überfahren? Ein zweiter Stoß, der von einem metallischen Knirschen begleitet war, schaffte rasch Klarheit. Abby schaute in den Rückspiegel. Ein großer, schon etwas ramponierter roter Pritschenwagen mit einem schwarzen Stahlpflug vor dem Kühler befand sich keine zwei Meter hinter ihr.

Abbys Hände hielten das Lenkrad umkrampft, und instinktiv trat sie das Gaspedal durch. Die regennasse Fahrbahn wurde zu einem auf und ab wogenden Band, das in rasendem Tempo unter ihr durchlief. Der Pritschenwagen holte sie indes wieder ein, und sie blickte genau in dem Moment in den Rückspiegel, als er ihrem Wagen abermals einen Stoß versetzte. War sie zufällig vor den Kühler eines Verrückten geraten, oder wurde sie das Opfer eines gezielten Angriffs? Sie schaute noch einmal in den Rückspiegel und erhaschte einen Blick auf den Fahrer. Der Mann trug eine Skimaske. Das war keine zufällige Karambolage. Entweder saß Quinn dort hinter dem Lenkrad oder einer seiner Handlanger.

Um weitere Zusammenstöße zu vermeiden, trat Abby noch fester aufs Gaspedal. Die Tachonadel bewegte sich auf die Hundert zu. Der Pritschenwagen hielt sich jedoch weiter kurz hinter ihr. Sie konnte jetzt keine Erhöhung des Tempos mehr riskieren. Jeder weitere Stoß bei dieser Geschwindigkeit würde ihr die Gewalt über den Wagen entziehen. Doch der nächste Stoß war nicht mehr als ein kleiner Stups, der sie vielleicht daran erinnern sollte, daß sie ihrem Verfolger völlig ausgeliefert war.

Plötzlich machte die Straße eine scharfe Rechtskurve und ging in ein Gefälle über, so daß der Angreifer einen Moment lang außer Sicht kam. Abby konnte nur hoffen, daß er die Verfolgung aufgegeben hatte. Soviel sie wußte, gab es entlang dieser Straße weder eine Tankstelle noch Häuser, und es hatte auch keinen Sinn, den Fahrer eines entgegenkommenden Wagens auf sich aufmerksam zu machen. Sie hatte nur die Möglichkeit, irgendwo anzuhalten und zu Fuß zu flüchten oder einen Waldweg zu entdecken, in den sie einbiegen konnte.

Die Achterbahn führte abermals bergauf. Als Abby über den Scheitel des kleinen Hügels kam, sah sie in unmittelbarer Nähe einen Wagen aus dem Wald rechts der Straße herauskommen, der kurz anhielt, rasch die beiden Fahrbahnen überquerte und zwischen den Bäumen links der Straße wieder verschwand. Da vorn muß eine Kreuzung sein, dachte Abby. Sie blickte wieder in den Rückspiegel.

Vielleicht konnte sie dort vorn von der Straße abbiegen, ehe ihr Verfolger den Hügelkamm erreichte.

Ohne die Geschwindigkeit zu verringern, lenkte Abby das Fahrzeug auf das Bankett und raste auf die Abbiegung zu, ehe sie auf die Bremse stieg und das Lenkrad nach rechts riß. Der Wagen vollführte schlitternd eine fast perfekte Drehung von neunzig Grad. Schon holperte sie auf einem schmalen Forstweg hügelabwärts. Hinter einer Kurve gabelte sich der Weg vor ihr. Abby entschied sich für die rechte Abzweigung. Der Wagen schoß bergab, schabte über Steine, als er ein trockenes Bachbett durchquerte, und kletterte dahinter wieder einen Hang hinauf.

Wie lang war es her, seit sie die Landstraße verlassen hatte – eine Minute? Fünf? Vielleicht dreißig Sekunden. Da es erneut bergan ging, trat Abby das Gaspedal wieder kräftig durch. Ihre Arme taten inzwischen höllisch weh. Sie erreichte eine Straße, die wesentlich schmaler, dafür aber asphaltiert war. Hier herrschte überhaupt kein Verkehr. Mit einiger Mühe brachte sie den Wagen zum Stehen und öffnete die Tür. Die Stille war überwältigend. Abby lauschte auf das Geräusch eines Pritschenwagens, konnte aber nichts dergleichen hören. Mit wackeligen Beinen stieg sie aus dem Wagen und öffnete die Kühlbox, die zwischen Fahrersitz und Rückbank eingeklemmt gewesen war. Die Reagenzgläser waren unversehrt. „Gott sei Dank, daß es Schaumstoff gibt", flüsterte sie.

Sie atmete gierig die frische Gebirgsluft. Langsam erreichte ihr Puls wieder Normalwerte, aber ihre Gedanken überschlugen sich. Lyle Quinn – oder einer seiner Handlanger – hatte soeben versucht sie umzubringen.

Abby schob sich wieder hinter das Lenkrad. Vielleicht hatte ihr der Sicherheitschef von Colstar nur die Botschaft übermitteln wollen, daß sie nicht mehr nach Patience zurückkehren sollte. Wenn das der Fall war, hatte er sich gewaltig verrechnet. Je größer der Druck wurde, den man auf sie ausübte, um so größer wurde ihre Entschlossenheit, sich nicht unterkriegen zu lassen.

Abby drehte am Zündschlüssel, und der Motor sprang sofort an. Sie holte noch einmal tief Luft, damit auch das letzte Zittern in ihr aufhörte, und fuhr dann in Richtung Osten weiter. Die Reise nach San Francisco würde etwas länger dauern als geplant. Aber sie würde es bis dahin schaffen ... und auch wieder zurück.

Lyle Quinn hatte soeben dafür gesorgt.

ES WAR später Nachmittag, als Abby in Sandra Stuarts Büro in der Pathologie der St.-Johns-Klinik anlangte. Die Toxikologin hatte ihr eine Botschaft hinterlassen, daß sie im Moment eine Vorlesung halte und Abby um halb sechs in der Krankenhausbibliothek treffen wolle. Dort lägen bereits eine Bibliographie und mehrere Artikel bereit, die Abby in der Zwischenzeit studieren könne.

Abby war hinter den Jahresbänden einiger Fachzeitschriften verschanzt, als Sandy in die Bibliothek kam.

„Entschuldige, daß ich mich verspätet habe", begrüßte sie Sandy. „Ich hatte meine Vorlesung über exotische Gifte, und da muß ich am Ende der Stunde stets unendlich viele Fragen beantworten."

„Danke, daß du dir trotzdem Zeit für mich nimmst."

„Ach, laß mal, es ist schön, dich wiederzusehen. Ich muß gestehen, ich betrachte mich nicht gerade als Expertin für organische Cadmiumschädigungen, aber ich hoffe doch, daß wir etwas klarer sehen, wenn wir dies hier durchgeackert haben."

Sie verbrachten drei Stunden in der Bibliothek und suchten in den medizinischen Fachblättern gezielt nach Hinweisen auf fluoreszierende Augenringe und psychotische Gewaltausbrüche bei cadmiumvergifteten Patienten. Es gab eine ganze Reihe von Anspielungen auf akute Geisteskrankheiten, besonders bei Arbeitern, die beträchtliche Mengen dieses Metalls inhaliert oder jahrelang cadmiumverseuchte Lebensmittel verzehrt hatten. Besonders fesselnd und zugleich erschreckend war ein Artikel aus Polen, der von einem Bäcker berichtete, der plötzlich auf bestialische Weise seine Frau und seine beiden Kinder erstochen hatte. Die Gesundheit des Mannes hatte sich in den Monaten vor dieser Bluttat rapide verschlechtert, und in einer der vielen Blutproben, die man ihm damals abgenommen hatte, waren unzulässig hohe Cadmiumwerte gemessen worden. Später führte man diese Vergiftung auf goldene Zahnkronen zurück, die mit Cadmium kontaminiert waren. Nachdem man den Zahnersatz entfernt und den Mann einer entsprechenden Entgiftung unterzogen hatte, waren alle Symptome seiner Verhaltensstörung wieder verschwunden.

Sie konnten jedoch beide keinen Hinweis auf die seltsamen Augenringe finden, die Abby bei Willie Cardoza entdeckt hatte.

Schließlich klappte Sandy das letzte auf ihrem Stapel liegende Fachmagazin zu, setzte ihre Brille ab und rieb sich die Augen. „Also, ich verspreche dir, spätestens übermorgen die Ergebnisse der Bluttests zu liefern. Mein Labor wird das Blut auf alle Schwermetalle hin untersuchen und auch einem außenstehenden Labor eine Probe davon schicken, um unseren Befund bestätigen zu lassen."

„Das wäre großartig."

„Verrate mir mal, was du tun wirst, wenn wir nichts finden sollten?"

Diese Frage kam für Abby völlig überraschend. Angesteckt von Lews Enthusiasmus, hatte sie diese Möglichkeit überhaupt nicht in Betracht gezogen. Sie dachte einen Moment nach und sagte dann: „Wenn der Test negativ ausfallen sollte, werde ich wohl nach Hause kommen und versuchen, irgendwo eine Stelle in der Unfallabteilung eines der umliegenden Krankenhäuser zu finden. Falls das mißlingen sollte, werde ich vermutlich als Ärztin für Allgemeinmedizin in einer Praxis enden. Es gibt Schlimmeres als das."

„Ich kann mir nichts Schlimmeres vorstellen, als *dich* aus der Unfallmedizin ausscheiden zu sehen!"

ABBY kehrte auf derselben Straße nach Patience zurück, auf der sie am Tag vorher die Stadt verlassen hatte. In spätestens 24 Stunden würde sie von Sandy Stuart die Ergebnisse bekommen. Sie hoffte für Willie, daß der Test positiv ausfiel. Nichts würde Peggy Wheaton wieder ins Leben zurückrufen können. Aber einen Mann wegen Mordes zu verurteilen, der für seine Tat nicht verantwortlich gemacht werden konnte, würde ihrem Tod keine größere Würde oder Bedeutung verschaffen. Das war nur möglich, wenn man jene Leute bestrafte, die Cardoza mit irgendeinem Giftstoff zum Amokläufer gemacht hatten.

Bei den Five Corners bog Abby von der Straße ab und fuhr in nördlicher Richtung weiter. Lews Farm war nur ein paar Kilometer von hier entfernt, und statt erst nach Hause zu fahren und ihn von dort anzurufen, konnte sie das ebensogut gleich hier von einem Münzapparat aus erledigen. Sie hörte, wie erleichtert er war, als er ihre Stimme vernahm.

„Wie ist das Urteil ausgefallen?" erkundigte er sich aufgeregt. „Cardozas Blut ist positiv, nicht wahr?"

„Sie haben die Proben noch nicht untersucht, Lew. Sandys Labor wird erst heute nachmittag oder morgen früh dazu kommen."

„Aber sie wird dich doch anrufen, sobald sie die Werte hat, nicht wahr?"

„Natürlich... Aber wenn du jetzt Zeit hättest, würde ich dir gern alles persönlich erzählen. Ich befinde mich gerade auf der Straße hinter den Five Corners."

„In diesem Fall können die Kühe warten."

„Soll ich etwas zum Essen für uns mitbringen? Auf der anderen Straßenseite gibt es einen Schnellimbiß."

„Vielleicht kann ich dir ja Besseres bieten. Laß mal sehen… Was hältst du von Krabben oder Artischockenherzen?"

„Ich glaube, daß der Hamburger, den ich im Sinn hatte, warten kann", erwiderte Abby.

„ICH KOCHE gern", erklärte Lew, als er ihr Mittagessen auf den Küchentisch stellte.

„Du untertreibst offenbar auch gern. Das sieht herrlich aus."

Abby hatte ihm gerade ausführlich von dem Attentatsversuch auf der Landstraße und von ihrem Abend mit Sandy Stuart berichtet. Und jetzt, bei einer Erdbeersuppe, einem Krabben-und-Artischocken-Salat und Sauerteigbrot, erzählte sie ihm zum erstenmal von Lyle Quinns Besuch nach dem Allianz-Treffen und ihrer Besichtigungstour mit Kelly Franklin im Colstar-Gebäude.

„Sie wissen, daß wir ihnen auf der Spur sind, Abby. Und wir werden ihnen auch noch auf die Schliche kommen. Diese Leute sind Ungeziefer."

„Was Lyle Quinn betrifft, stimme ich dir zu; aber Kelly Franklin hat auf mich einen guten Eindruck gemacht. Wenn sie tatsächlich etwas verheimlicht, dann ist sie eine verdammt gute Schauspielerin."

„Sie treiben alle ein falsches Spiel. Sie haben Menschen auf dem Gewissen – viele Menschen –, und sie werden alles tun, um zu verhindern, daß man sie dafür zur Verantwortung zieht."

„Mag sein", erwiderte Abby zögernd.

„Du wirst nicht mehr daran zweifeln, wenn wir von deiner Freundin die Untersuchungsergebnisse bekommen und die restlichen KAWIF-Fälle analysiert haben."

„Da wir gerade von den KAWIFs reden: Ich frage mich inzwischen, ob Josh nicht dem Verhaltensmuster Willie Cardozas folgen könnte. Ich mache mir seinetwegen große Sorgen. Hoffentlich ist es dir nicht peinlich, mit mir darüber zu sprechen."

Lew füllte zwei Tassen mit Kaffee und ließ sich dann wieder auf den Platz ihr gegenüber nieder. „Ich würde lügen, Abby, wenn ich sagte, es wäre mein größter Wunsch, daß ihr wieder zusammenkommt. Aber ganz gewiß wünsche ich ihm nichts Böses. Also – worum geht es?"

„Ich erwähnte ja bereits, daß Joshs Symptome jenen ähneln, die Colette Simmons bei Willie festgestellt hatte."

„Ja, ich war beeindruckt von dieser Übereinstimmung."

„Dann war da dieser Artikel, von dem ich dir vorhin erzählte, über den Polen, der seine Frau und seine Kinder erstach."

„Aufgrund cadmiumverseuchter Zahnkronen."

„Genau. Joshs Verhalten wurde in letzter Zeit immer irrationaler und gewalttätiger. Tatsächlich ist er nur aus dem Grund ausgezogen, weil er fürchtete, er könnte mir etwas antun. Nun scheint er verschwunden zu sein. Quinn sagte mir, er sei seit Tagen nicht mehr zur Arbeit erschienen und niemand habe ihn in seiner neuen Wohnung erreicht. Gestern abend versuchte ich selbst dort anzurufen, aber die Leitung war tot."

Lew dachte einen Moment nach und brachte ihr dann den Telefonapparat und das Telefonbuch. „Hier. Probiere es noch einmal."

„Danke." Abby suchte die Nummer heraus und wählte sie an. „Ich bekomme noch immer keine Verbindung", stöhnte sie, als sie den Hörer nach mehrmaligem Läuten wieder auf die Gabel zurücklegte. „Lew, ich muß zu ihm. In die Orchard Road. Könntest du mir den Weg dorthin beschreiben?" Abby schaute ihn besorgt an.

„Ich kann noch was Besseres tun", erwiderte er und zog seine Jacke an.

Abby und Lew verließen die Farm und machten sich auf den Weg zum Haus der Sawickis.

„Nehmen wir einmal an, daß Sandy tatsächlich Cadmiumspuren in Willies Blutproben findet", sagte Abby. „An wen sollen wir uns dann wenden? An die Polizei? An Joe Henderson, den Direktor unserer Klinik? An die staatlichen Behörden? An die Bundesbehörden?"

„Nun, wir dürfen nicht vergessen, daß Colstar diese Stadt gleichsam besitzt; dazu gehört auch das Krankenhaus. Deshalb scheiden Henderson, die Einwohner von Patience und sogar die Staatspolizei von vornherein aus. Ein guter Anwalt könnte für Willie einen Freispruch erwirken, wenn wir vor Gericht beweisen können, daß er mit Cadmium vergiftet wurde. Aber wir wollen doch erreichen, daß die Fabrik zugemacht wird und so lange geschlossen bleibt, bis die Ursache der Kontamination beseitigt und Schadenersatz geleistet worden ist. Deshalb kommt für mich nur ein Ansprechpartner in Frage – die Bundesbehörde für Umweltschutz."

„Aber du hast mir doch erzählt, daß bereits Spezialisten dieser Behörde hiergewesen sind und Ermittlungen angestellt haben", wandte Abby ein.

„Genau. Und deshalb besteht auch kaum eine Chance, daß sie noch einmal herkommen, wenn wir ihnen nicht eine positive Blutprobe und den unwiderlegbaren Beweis dafür präsentieren, daß dieser Betonklotz dort oben auf dem Felsen die Ursache des Übels ist. Wir befinden uns in einem Krieg, Abby. Und bevor du hier aufgetaucht bist, hatten wir nicht einmal genügend Munition für unsere Gewehre."

Zum erstenmal, seit Abby Lew kennengelernt hatte, verspürte sie Verärgerung ihm gegenüber. „Ich bin nicht hierhergekommen, um mich einer Armee anzuschließen", sagte sie. „Ich will lediglich dem Patienten helfen, dessen Rettung man mir zum Vorwurf macht; und dem Mann, der noch vor einem Monat die wichtigste Person in meinem Leben gewesen ist."

„Und wie steht es mit all diesen KAWIFs? Deren Schicksal ist dir also egal, wie?"

„Natürlich ist es mir nicht egal. Aber versuch nicht, mich zu etwas zu drängen, Lew. Denn bei mir führt das immer dazu, daß der Schuß nach hinten losgeht. Und das möchte ich in unserem Fall gern vermeiden."

„Verstanden. Tut mir leid. Ich werde versuchen, meine Gefühle in dieser Sache etwas zu zügeln."

DIE ORCHARD ROAD bestand aus auffallend gesichtslosen Reihenhäusern, und den Rasen im Vorgarten von Haus Nr. 17, das den Sawickis gehörte, hätte auch ein Platzregen nicht mehr zum Leben erwecken können.

Die Auffahrt war verlassen. Sie parkten und klingelten an der Haustür. Nichts. Abby spähte durch das Wohnzimmerfenster. Der Raum war ein einziges Chaos: Zeitungen und zerknüllte Computerausdrucke lagen überall auf dem Boden verstreut.

„Laß uns zur Rückseite gehen", schlug Abby mit leiser Stimme vor.

Lew schritt um das Haus herum, und Abby folgte ihm mit einem beklommenen Gefühl in der Brust. Neben der Veranda führten ein paar Stufen zur Kellertür hinunter. Als Abby die Klinke niederdrückte und sich gegen die Stahltür stemmte, schwang sie widerstandslos auf.

„Lew, komm rasch hierher!" rief sie.

„Ich weiß nicht, ob das eine so gute Idee ist", erwiderte Lew, als er das Haus betreten hatte und die Tür hinter sich zuzog.

Der Keller war mit Werkzeugen vollgestopft. Abby und Lew stiegen vorsichtig die Treppe zum Erdgeschoß hinauf. In der Küche fanden sie Stapel von Tellern und einen überquellenden Mülleimer. Abby bewegte sich jetzt mit klopfendem Herzen von Zimmer zu Zimmer. Sie fürchtete, jeden Augenblick Joshs Leiche zu entdecken.

Joshs Computer und der Drucker standen auf einem kleinen Tisch im Wohnzimmer. Der Boden war mit zerknüllten Papieren übersät. Abby faltete einen dieser Papierbälle auseinander. Es handelte sich um einen an den Gouverneur gerichteten Brief, in dem Josh auf eine ziemlich konfuse Weise über die im ganzen Land verstreuten Industriebarone klagte, die ihre ehemaligen Angestellten in Armut und Obdachlosigkeit trieben. Auf einem zweiten Blatt Papier entdeckte sie einen im selben Tenor abgefaßten Brief, der an den Präsidenten der Vereinigten Staaten adressiert war. Sie wollte gerade ein drittes Blatt auseinanderfalten, als sie Lew aus dem Badezimmer rufen hörte.

Abby eilte den Korridor entlang. In diesem Moment befürchtete sie das Schlimmste.

Aber da war kein lebloser Körper, sondern nur eine mit groben Blockbuchstaben auf den Spiegel geschriebene Botschaft:

DIE RACHE IST MEIN
ICH WILL VERGELTEN

„Das ist aus der Bibel", meinte Lew nach kurzem Überlegen.

Abby trat näher heran und studierte die Schrift.

„Lew", sagte sie dann tonlos, „das ist getrocknetes Blut."

6. KAPITEL

Am nächsten Morgen schreckte das laute Klingeln des Telefons Abby aus dem Schlaf auf.

„Hallo?"

„Hier spricht Joe Henderson. Es tut mir leid, wenn ich Sie geweckt habe, Abby."

Sie setzte sich kerzengerade im Bett auf und versuchte, zu sich zu kommen. Der Direktor des Krankenhauses hatte sie bisher noch nie zu Hause angerufen. Das konnte nichts Gutes bedeuten. Sie blickte auf ihren Wecker. Fast halb zehn.

„Abby, könnten Sie mich in meinem Büro aufsuchen? Ich würde gerne etwas mit Ihnen besprechen. Offenbar hat es in den letzten Wochen eine Reihe von Meinungsverschiedenheiten zwischen Ihnen und einigen Kollegen gegeben. Ich denke, daß es an der Zeit wäre, Ihnen die Dinge so zu präsentieren, wie man sie an mich herangetragen hat. Auf diese Weise haben Sie die Chance, mir Ihren Standpunkt darzulegen."

„Um wieviel Uhr?"

„Um eins."

Sie blickte wieder auf ihre Uhr. „Ich werde dasein", versprach sie und legte auf.

JOE HENDERSONS Büro befand sich im ersten Stock des Krankenhauses. Abby saß angespannt in einem Ledersessel und wartete ungeduldig darauf, daß dieser Mann mit seinem Loblied auf ihre Fähigkeiten als Unfallärztin zu Ende und auf den Anlaß ihres Treffens zu sprechen käme.

„Es sind also nicht Ihre beruflichen Fähigkeiten, die hier zur Debatte stehen. Ich möchte, daß Sie das wissen", sagte er.

„Was ist es dann?"

Henderson fuhr sich mit den Fingern durch die schütteren Haare. „Nun – diese Sache mit Peggy Wheaton. Da gibt es Leute, die meinen, Sie hätten kein Recht gehabt, die Patientin in diesem kritischen Zustand allein zu lassen und sich um den ..., den Mann zu kümmern, der sie kaltblütig ermordet hat. Selbst wenn Peggy Ihrer Meinung nach keine Überlebenschance mehr hatte, führen die Leute diese Entscheidung auf mangelhaftes Urteilsvermögen zurück."

Er hielt inne, um Abby Gelegenheit zu einem Kommentar zu geben; doch sie sagte nichts. Sie umklammerte mit beiden Händen die Armlehnen ihres Sessels.

„Und dann", fuhr er fort, „ist da noch die Geschichte mit Dr. Oleanders Patienten, bei denen Sie Blutuntersuchungen auf Cadmiumwerte anordneten. Weshalb taten Sie das?"

Abby zögerte. Inwieweit konnte sie sich Henderson anvertrauen? Er hatte offensichtlich Verbindungen zu Colstar; aber er war auch der Chef der Institution, die für die medizinische Betreuung aller auf ihrer Liste stehenden Patienten verantwortlich war. Möglicherweise war er sich nicht im klaren darüber, welche Dimensionen dieses Toxizitätsproblem inzwischen angenommen hatte.

„Ich glaube, daß das Leben dieser Patienten in Gefahr ist. Und ich glaube auch, daß Colstar dafür verantwortlich ist", antwortete sie schließlich mit fester Stimme.

„Abby, wie kommen Sie darauf, Colstar sei für eine fahrlässige Cadmiumverseuchung verantwortlich, wenn es dafür absolut keine Beweise gibt?"

„Ich warte auf den Anruf eines unabhängigen Labors in San Francisco, das ich mit der Untersuchung von Blutproben beauftragt habe."

„Sie trauen unserem Labor nicht?"

„Offen gestanden, traue ich im Augenblick niemandem mehr."

„Und welchem Patienten haben Sie Blut entnommen?"

„Willie Cardoza", antwortete sie.

„Sie glauben, daß er mit Cadmium vergiftet wurde?"

„Ja, das glaube ich. Das würde auch seine Gewalttätigkeit und die Irrsinnigkeit seiner Tat erklären. Aber egal, wie der Test ausfällt, ich stehe nach wie vor zu meiner Entscheidung, daß seine Behandlung Vorrang hatte. Ich habe das getan, was jeder Arzt in der Notfallausbildung lernt – sich zuerst um jene Patienten zu kümmern, die eine Überlebenschance haben."

„Die *Ihrer Meinung nach* diese Chance haben."

„Okay, okay – wenn Sie das glücklicher macht, werde ich eben Ihre Formulierung benutzen. Meiner Meinung nach. Und jetzt lassen Sie uns bitte dieses Thema beenden."

Henderson schüttelte den Kopf. „Abby, es tut mir leid, aber so funktioniert es einfach nicht."

Sie holte tief Luft, um ruhig zu bleiben. „Joe, als Sie mich heute morgen anriefen, habe ich noch einmal meinen Vertrag durchgelesen, in dem klar und deutlich steht, aus welchen Gründen man mich entlassen kann. Ich glaube nicht, daß das, was Sie heute über mich und meine Arbeit gesagt haben, einen Entlassungsgrund darstellt."

„Ich möchte Sie nicht feuern, Abby. Ich will Ihnen nur nahelegen zu kündigen."

„Und wenn ich nein sage?"

Henderson zog eine Akte aus der Schublade. „Die falsche Beurteilung der in einer kritischen Situation notwendigen Maßnahmen ist durchaus ein Entlassungsgrund. Ich habe hier den Autopsiebericht von Peggy Wheaton."

Abby blickte ihn fragend an. „Ich war bei der Autopsie zugegen", erwiderte sie. „Vom Anfang bis zum Ende. Ich verstehe nicht, was das …"

„Lesen Sie, was in dem Bericht steht, Abby", unterbrach er sie.

Die erste Seite des Autopsieberichts beschrieb, wie die Schädeldecke von Peggy Wheaton entfernt und die Verletzungen des Schädelknochens und des Gehirns untersucht worden waren. Abby las diesen ersten Absatz mit wachsendem Unbehagen. Die Verletzungen, die hier beschrieben wurden, waren bei weitem nicht so ernst wie die massive Fraktur und die ausgedehnten Schäden am Gehirn, die Abby in der Unfallstation diagnostiziert hatte.

„Jedes Wort, das hier steht, ist gelogen", sagte sie aufgebracht.

Die zweite Seite galt den Befunden in Peggys Brust: eine Quetschung des Herzens mit einer die Herztätigkeit behindernden Blutansammlung zwischen Herzmuskel und Membrane. Wenn dieser Befund wahr gewesen *wäre* – und Abby wußte, daß das nicht der Fall war, weil sie ja Peggys vollkommen normales Herz bei der Obduktion selbst gesehen hatte –, würde sie tatsächlich schuldhaft die rasch zu beseitigende Todesursache der Frau übersehen haben.

„Sie glauben doch wohl nicht im Ernst, daß Sie damit durchkommen! Ich werde darauf bestehen, daß man das Gewebe noch einmal untersucht."

„Das steht Ihnen frei. Ich kann mir aber nicht vorstellen, daß Sie damit Erfolg haben werden."

Abby stöhnte. „Ich kann einfach nicht glauben, daß Sie sich zu so etwas hergeben würden."

„Abby, niemand hier möchte, daß dieser Bericht an die Öffentlichkeit gelangt. Er würde ein schlechtes Licht auf das Krankenhaus und vor allem auf Sie werfen."

„Stelle ich eine so große Bedrohung für Colstar dar, daß ihr euch alle gegen mich verschworen habt? Was geht hier eigentlich vor?"

„Wir würden es begrüßen, wenn Sie zum Ersten des nächsten Monats kündigen würden."

„Und wenn ich mich weigere?"

„Dann müssen wir wohl entscheiden, was im Interesse des Krankenhauses und der Gemeinde das beste wäre."

In diesem Moment meldete sich Abbys Piepser, und gleichzeitig fing der Lautsprecher auf dem Flur vor Hendersons Büro an zu plärren.

„Kode neunundneunzig, Röntgenstation. Kode neunundneunzig, Röntgenstation ..."

Abby blickte auf ihren Piepser. „Es ist die Unfallstation, und es ist dringend", sagte sie. „Sie brauchen meine Hilfe bei diesem Alarm."

„Wir können unser Gespräch ja später beenden", erwiderte Henderson eisig. „Vielleicht sollten Sie erst einmal nachsehen, was in der Radiologie los ist."

ABBY lief den Flur zur Treppe entlang. Die radiologische Abteilung befand sich im Erdgeschoß. Sie versuchte sich in diesem Moment daran zu erinnern, welcher Arzt heute in der Notaufnahme Dienst hatte. Da fiel ihr wieder ein, daß Jill Anderson heute an der Reihe war. Das konnte kaum gutgehen. Jill war fahrig und unsicher. Jedesmal wenn Jill ihren weißen Arztkittel anzog, rechnete Abby mit einer Katastrophe.

Eine Röntgenassistentin, die am Eingang der Station stand, deutete den hell erleuchteten Korridor hinunter. „In der Kernspintomographie, Dr. Dolan!“ rief sie. „Beeilen Sie sich!“

Diese Abteilung bestand aus einem kleinen Empfangsbereich, einer Umkleidekabine für Patienten und einem Raum, in dem der wuchtige Kernspintomograph stand.

Als Notfallärztin hatte Abby an Hunderten von Kode-99-Einsätzen teilgenommen, aber die bizarre Szene, die sich nun vor ihren Augen präsentierte, würde sie wohl nie vergessen. Jill Anderson versuchte mit tränenüberströmtem Gesicht einer Frau, die verzweifelt mit Armen und Beinen um sich schlug, eine Spritze zu verabreichen. Jeder Quadratzentimeter Haut, den Abby von der Patientin sehen konnte, war flammend rot. Jill gegenüber stand Dr. Del Marshall, ein Radiologe, und bemühte sich, die Patientin mit einem Beatmungsbeutel zu ventilieren. Aber schon von der Tür aus konnte Abby erkennen, daß es ihm nicht gelang.

„Was ist los?“ fragte Abby.

„Anaphylaktischer Schock“, erwiderte Jill. „Die Patientin bekam ihn während der Aufnahmen. Ihre Kiefer sind so fest zusammengepreßt, daß man nicht intubieren kann. Sie atmet kaum noch.“

Warum wurde die Patientin nicht sofort aus diesem Kabuff in die Unfallstation hinübergebracht? hätte Abby am liebsten gebrüllt. Die vierzig Sekunden, die sie für diesen Umzug vielleicht gebraucht hätte, wären ihr durch den Raum und die dortigen Geräte tausendfach entgolten worden. Aber vielleicht war die Zeit jetzt schon so kostbar, daß ein Umzug nicht mehr in Frage kam.

Abby trat hinter Del Marshall. Über der schwarzen Gesichtsmaske der Patientin bemerkte sie rote Haare. Marshall trat zurück und überließ Abby den Beatmungsbeutel. Abby hob den Beutel vorsichtig in die Höhe; die Frau, die mit weit aufgerissenen Augen vor ihr lag, war Claire Buchanan.

Jill war zwar die Leiterin des Kode-99-Einsatzes, aber Abby konnte unter keinen Umständen zulassen, daß die Dinge so blieben, wie sie im Augenblick waren. Was hatte sie denn noch zu verlieren? Henderson hatte sie doch soeben mehr oder weniger gefeuert. „Jill“, sagte sie entschlossen, „lassen Sie mich Ihnen helfen.“

Jill glich einem in die Enge getriebenen Tier, das erkennen mußte, daß es sich nirgendwo mehr hinflüchten konnte. „Übernehmen Sie“, meinte sie, und man konnte die Erleichterung in ihrer Stimme hören.

Wie immer in solchen Momenten verspürte Abby eine Verlangsamung der Bewegungsabläufe und eine Dämpfung aller Umgebungsgeräusche. Sie konzentrierte sich nun ausschließlich auf die Erfordernisse der Situation. „Kann irgend jemand seinen Finger auf ihre Femoralis legen, um dort den Puls zu kontrollieren, bis wir sie an unseren tragbaren Monitor anschließen können?“ rief sie.

Als nächstes wandte sie sich Mary Wilder zu. Sie hatten sich einmal mit Vornamen angeredet, doch seit Peggy Wheatons Tod hatte die Schwester kein freundliches Wort mehr mit ihr gewechselt. „Mrs. Wilder, geben Sie Dr. Anderson bitte null Komma acht Milligramm Epinephrin.“

Mary Wilder blickte sie ausdruckslos an. „Ja, Frau Doktor.“

„Jill, suchen Sie sich irgendeine Vene, und injizieren Sie das Epi.“

Abby überprüfte nun Claires Kiefer, die tatsächlich so fest zusammengepreßt waren wie ein Fangeisen. Es war sinnlos zu versuchen, einen Schlauch durch den Mund in die Luftröhre der Patientin einzuführen. Aber es gab noch eine andere Möglichkeit – oder vielmehr zwei. Eine Intubation durch die Nase konnte sie vermutlich gleich hier an Ort und Stelle durchführen; für die zweite Möglichkeit – einen Luftröhrenschnitt – würde sie das Instrumentarium der Notaufnahme benötigen, und das bedeutete einen riskanten Stellungswechsel.

„Ich brauche einen nasotrachealen Tubus der Größe sechs“, wandte sie sich an eine zweite Schwester.

Der nasotracheale Atemschlauch war so gefertigt, daß man ihn durch die Nase, an der Rückseite des Rachens entlang und zwischen den Stimmbändern hindurch in die Luftröhre einführen konnte. In der Regel wurde bei der Einführung ein beleuchtetes Laryngoskop – ein Kehlkopfspiegel – in den Mund des Patienten eingebracht, mit dem die Zunge beiseite geschoben und der Arzt in die Lage versetzt wurde, den Schlauch mit Hilfe einer langstieligen Klammer durch den Kehlkopfeingang zu schieben. Da Claire jedoch ihre Kiefer fest zusammengepreßt hatte, war es Abby nicht möglich, ein Laryngoskop zu verwenden. Sie würde die Intubation „blind“, also nur mit Hilfe ihres Gehörs und ihres Tastsinns, durchführen müssen.

Claires Gesicht war aufgedunsen und scharlachrot, und sie hatte inzwischen aufgehört zu atmen.

Abby konnte sich nicht erinnern, wann sie das letzte Mal den Exitus eines Patienten mit anaphylaktischem Schock erlebt hatte. Die Notfallbehandlung solcher Patienten war in der Regel erfolgreich.

Aber hier hatten die Heftigkeit von Claires allergischen Reaktionen und Jills Unentschlossenheit Abby in eine außerordentlich prekäre Situation versetzt.

Mach schon, Jill, bat Abby im stillen. *Injiziere ihr endlich das Epi!*

Die Schwester, die am Wagen mit der Notfallausrüstung stand, reichte Abby jetzt den nasotrachealen Schlauch.

„Ich hab's, Abby!" rief Jill. „Das Epi ist drin!"

„Ich wußte doch, daß Sie es schaffen würden", lobte Abby. „Okay, dann machen wir jetzt die Intubation. Mrs. Wilder, Sie legen Ihre Hände links und rechts an den Brustkorb der Patientin und pressen diesen rhythmisch zusammen, wenn ich es Ihnen sage. Anhand dieser Bewegung werde ich mich wenigstens ein bißchen orientieren können. Ich werde nur einen Versuch machen. Wenn mir die Intubation nicht gelingt, bringen wir sie sofort hinüber in die Notaufnahme, um dort einen Luftröhrenschnitt zu machen. Und jetzt bitte absolute Ruhe, damit ich die Luft hören kann, die durch ihren Kehlkopfeingang strömt."

Innerhalb von Sekunden herrschte Stille im Raum. Abby nahm den eingeölten Plastiktubus und führte ihn in Claires rechtes Nasenloch ein. Sie drehte den Schlauch ein wenig und konnte ihn nun bis zur Rückwand des Rachenraumes hineinschieben. Der erste Schritt war gelungen – der leichtere Teil.

Abby beugte sich noch tiefer hinunter, bis ihr Ohr sich dicht über dem hinteren Ende des Schlauches befand. „In Ordnung, Mrs. Wilder", sagte sie dann, „drücken Sie jetzt den Brustkorb alle drei Sekunden einmal zusammen."

Abby hörte ein schwaches Geräusch und schob den Schlauch ein kleines Stück weiter. Diesmal hörte sie nichts. Also hatte sie den Schlauch vermutlich schon an der Eingangspforte der Luftröhre vorbei in die Speiseröhre hineingeschoben. Sie zog den Schlauch deshalb wieder einen Zentimeter weit zurück und drehte ihn ein bißchen, damit das Ende mehr in die Richtung des Kehlkopfs zeigte.

„Dr. Dolan, ich spüre keinen Puls mehr in der Femoralis", rief eine Schwester.

„Mrs. Wilder", befahl Abby, „stellen Sie die Thoraxmassage ein."

Sie überprüfte rasch den Puls an der Halsschlagader. Er war zwar noch spürbar, aber sehr schwach. Das Leben der Patientin hing an einem seidenen Faden. „Jetzt, Mrs. Wilder, setzen Sie bitte die Brustkorbmassage fort."

Die Schwester drückte erneut alle drei Sekunden den Brustkorb der Patientin zusammen. Abby hörte das schwache Zischen einströmender Luft und schob daraufhin den Schlauch ungefähr einen Zentimeter tiefer hinein. Plötzlich traf sie auf einen Widerstand. Dann hörte sie einen leisen, schnalzenden Laut, und der Schlauch rutschte fast drei Zentimeter tiefer. Abby wußte, daß sie sich nun in der Luftröhre befand.

„Den Beatmungsbeutel!“ befahl Abby. „Rasch!“

Mary Wilder reichte ihr den schwarzen Ball, den Abby am hinteren Schlauchende befestigte, dann begann sie sofort mit der künstlichen Beatmung.

„Ich spüre einen Puls in der Femoralis!“

„Ausgezeichnet!“

In weniger als einer Minute begann Claire, ihre Arme und Beine wieder zielgerichtet zu bewegen.

„Ihr Puls stabilisiert sich!“

„Großartig“, sagte Abby und merkte, wie ihre Anspannung nachließ. „Dann sollten wir die Patientin endlich in die Unfallstation hinüberschaffen. Mrs. Wilder, würden Sie bitte die Leitung des Umzugs übernehmen?“

Die grauhaarige Schwester blickte Abby mit unverblümter Erleichterung an. „Nennen Sie mich doch Mary“, sagte sie lächelnd.

ALS CLAIRE BUCHANAN schließlich von der Notaufnahme auf die Intensivstation verlegt wurde, befand sie sich bereits auf dem Weg der Besserung. Sie war zwar noch benommen, aber bei vollem Bewußtsein. George Oleander, der sofort herübergekommen war, um ihre weitere Versorgung zu übernehmen, bedankte sich bei Abby für den Behandlungserfolg, hatte aber keine Erklärung für Claires schwere allergische Reaktion.

Abby wollte ihm erneut eine Blutuntersuchung auf Cadmiumwerte empfehlen, fand dann aber, daß sie das in Anbetracht der Kontroverse, die sich um ihre Person entsponnen hatte, besser auf einen späteren Zeitpunkt verschieben sollte.

Ihre eigentliche Schicht in der Unfallstation würde erst in ein paar Stunden beginnen. So beschloß sie, Claire noch einmal in der Intensivstation aufzusuchen, dann vielleicht einen Spaziergang zu machen und anschließend ihr Abendessen einzunehmen.

Der lebensrettende Tubus steckte noch in Claires Nase, war jedoch nicht mehr, wie Abby durch die Glaswand erkennen konnte, an ein Beatmungsgerät angeschlossen. Ein sehr gutes Zeichen.

Auf dem Stuhl neben Claires Bett saß ein leicht übergewichtiger

Mann mit Rollkragenpullover und Sportjackett und streichelte ihre Hand. Das mußte ihr Mann, Dennis Buchanan, sein.

Abby wollte jetzt nicht stören, sondern lieber am Abend wiederkommen. Sie hatte noch eine ganze Reihe Fragen an Claire, und die dringlichste davon lautete: „Wie ist das passiert?“

Auf dem Weg zum Ausgang ging Abby in das Schwesternzimmer. Dort, in einem Fach, fand sie den Hefter mit Claires Krankenakte – eine recht dünne Akte. Claire war bisher nur einmal stationär in diesem Krankenhaus aufgenommen worden, und zwar vor sechzehn Jahren, als man sie von einem gesunden Mädchen entbunden hatte. Sie war auch nur dreimal zu einer ambulanten Behandlung in der Unfallstation gewesen – die beiden Male, als Abby dort Dienst gehabt hatte, und davor wegen Magenschmerzen, die als Gastritis diagnostiziert worden waren.

Magenschleimhautentzündung. Claire hatte ihr damals etwas erzählt, was Abby recht merkwürdig gefunden hatte. Sie blätterte die Laborberichte und die Röntgenbefunde durch. Man hatte an dem Abend, als Claire über Magenschmerzen klagte, ein Blutbild von ihr anfertigen lassen. Und am Tag darauf eine Kernspintomographie angeordnet. Eine MRT – eine Kernspintomographie – war in Claires Fall ein Verfahren, das in keinem Verhältnis zu ihren Symptomen stand. Und obendrein bedeutete es eine schreckliche Tortur für eine Patientin, die unter Platzangst litt. Und warum hatte Oleander heute noch eine zweite Aufnahme angeordnet?

Abby verließ die Intensivstation und begab sich hinunter in die radiologische Abteilung, in der auch der Kernspintomograph untergebracht war. Dabei kam ihr zum erstenmal der Gedanke, wie ungewöhnlich es doch war, daß ein so kleines Krankenhaus wie das in Patience überhaupt ein solches Gerät besaß. Krankenhäuser dieser Größe zogen es gewöhnlich aus Kostengründen vor, ihre Patienten an ein selbständiges Kernspinzentrum zu verweisen, das mehrere Krankenhäuser bediente.

Nichts deutete in dem Raum, in dem der Kernspintomograph stand, noch auf das Drama hin, das sich hier erst vor zwei Stunden abgespielt hatte. Der Boden war blitzblank gewienert und die Maschine schon wieder in Betrieb. Del Marshall saß außerhalb des Raumes an einer Konsole und studierte die bemerkenswert präzisen Bilder, die der Apparat lieferte.

„Hallo“, begrüßte ihn Abby. „Wie geht's?“

Marshall blickte zu ihr auf und lächelte freundlich. „Zum Glück habe ich nicht auch noch einen Herzanfall dort drinnen bekommen! –

Weiß der Himmel, ob die arme Frau jetzt noch leben würde, wenn Sie nicht hinzugekommen wären."

„Danke. Haben Sie eine Ahnung, was da drinnen passiert ist?"

„Nein, absolut nicht", gab er ihr mit geradezu reflexartiger Schnelligkeit zur Antwort. „Eben war sie noch ganz still und friedlich, und im nächsten Moment schlug sie mit Armen und Beinen gegen die Innenwand. Als wir sie aus der Röhre herauszogen, war ihr Gesicht schon so rot wie eine Tomate."

„Nun, es sieht so aus, als ob sie sich ziemlich rasch erholt. Ich wollte Sie nur fragen, ob Sie vielleicht noch die Überweisung von Mrs. Buchanan an Ihre Abteilung haben, weil ich daraus einige Angaben für meinen Unfallbericht benötige." Abby formulierte ihre Bitte so vorsichtig, weil sie nicht wußte, wie eng die Beziehung des Radiologen zu Henderson oder Oleander war.

Marshall rief Claires Verordnungsblatt auf seinem Bildschirm auf. Der Eintrag, dem Abbys besonderes Augenmerk galt, war die vorläufige Diagnose, mit der Oleander die Verordnung einer Kernspintomographie – einer sogenannten MRT – rechtfertigte: *periodisch auftretende Hautausschläge von möglicherweise okkulter maligner Art.*

Die Diagnose, daß die Hautausschläge möglicherweise bösartig und ihre Ursachen nicht ohne weiteres erkennbar seien, war nicht unbegründet. Doch diese MRT schien ebenso wie die vorhergegangene voreilig verordnet worden zu sein. Oleander schien eine sonderbare Vorliebe dafür zu haben, MRTs bei KAWIF-Patienten durchführen zu lassen – eine Angewohnheit, die er offenbar mit anderen Ärzten dieser Klinik teilte.

Abby bedankte sich bei Marshall und verließ die Röntgenabteilung. Sie versuchte sich darüber klarzuwerden, was sie entdeckt hatte. Wenn sie davon ausging, daß der Befund von Willie Cardozas Blutuntersuchung positiv sein würde, konnte sie annehmen, daß alle KAWIFs, einschließlich Claire Buchanan und Josh, an einer mehr oder weniger schweren Cadmiumvergiftung litten. Was hatte dann aber diese unangemessen häufige Verordnung von MRTs zu bedeuten?

Im Gegensatz zur konventionellen Röntgendiagnostik oder zur Computertomographie wurde der Patient im Kernspintomographen von einem Magnetfeld umgeben und dann mit elektromagnetischen Wellen bombardiert. Soweit Abby wußte, waren bisher keine bedenklichen Nebenwirkungen dieses Verfahrens bekanntgeworden. Vielleicht aber lösten die elektromagnetischen Wellen oder das Magnetfeld chemische Reaktionen bei bestimmten Patienten aus. Und vielleicht entstand unter dem Einfluß von Cadmium sogar so etwas wie ein Kurzschluß im Gehirn. *Vielleicht. Vielleicht. Vielleicht...*

Diese Erklärung – wenn es denn eine war – galt nur bedingt; in einigen Fällen paßte sie, in anderen wieder nicht. Von Willie Cardoza war zum Beispiel erst nach seiner Kopfverletzung eine MRT gemacht worden. Josh war, bevor er nach Patience kam, niemals krank gewesen und hatte bisher auch noch nie einen Kernspintomographen gesehen. Claire Buchanan schien Probleme mit ihrem Immunsystem zu haben – insbesondere mit dem chemischen Immunsystem ihrer Haut. Andere KAWIF-Patienten klagten nur über ständige Müdigkeit und wieder andere über chronischen Husten, dem mit Antibiotika nicht beizukommen war.

Abby grübelte immer noch über die Vielfalt der Symptome, die bei den KAWIF-Patienten auftraten, als ihr Piepser losging. Sofort begab sie sich zum nächsten Telefon und wählte die Nummer, die das Display ihres Piepsers angezeigt hatte.

Lew meldete sich schon nach dem ersten Läuten. Sie hatte ihn noch nie so aufgeregt erlebt. „Ich befinde mich hier im Krankenhaus von Caledonia", berichtete er. „Und eine meiner Patientinnen ist Angela Cristoforo. Weißt du, wer das ist?"

„Ja, das ist die Frau, die sich mit dem Messer verstümmelte."

„Genau. Seit dem Vorfall im Colstar-Park ist das schon das zweite Mal, daß sie hier eingeliefert wurde. Diesmal hat ihre Mutter sie dabei ertappt, wie sie sich Brandwunden zufügte."

„Wie schrecklich", entfuhr es Abby.

„Das mag sein", erwiderte Lew, „aber dies ist auch der Durchbruch, auf den wir so lange gewartet haben. Ich hatte gerade die Aufnahmeuntersuchung bei ihr gemacht, als mir die Ringe in den Augen einfielen, die du bei Willie Cardoza gefunden hast. Angela Cristoforo hat sie auch, Abby! Unsichtbar im normalen Licht. Beide Patienten sind vergiftet, beide geistig verwirrt und gewalttätig, und beide arbeiteten für Colstar. Hast du schon etwas von deiner Freundin in San Francisco gehört?"

„Noch nicht, aber das kann nicht mehr lange dauern. Hast du Angela schon Blut abgenommen?"

„Das werde ich gleich tun. Jetzt haben wir sie, Abby! Was wir jetzt noch brauchen, ist etwas Zeit, um alles zu organisieren und unsere Befunde zusammenzustellen."

Abby beschloß, ihm nichts von ihrem Treffen mit Henderson zu erzählen. Dies war Lews großer Tag, und sie wollte ihn nicht verderben.

„Abby, wo bist du eigentlich gerade? Im Krankenhaus?“

„Ja. Auf der Intensivstation befindet sich eine Patientin, deren Augen *ich* jetzt gern untersuchen würde.“

„Halte mich auf dem laufenden, ja?“

Abby legte den Hörer auf und ging in die Unfallstation, um dort den Augenspiegel mit dem ultravioletten Licht in die Tasche ihres Arztkittels zu schieben. Zuerst Willie Cardoza und jetzt Angela Cristoforo. Beide hatten ähnliche Symptome, und beide hatten diese verräterischen Augenbefunde. Nun wurde es Zeit herauszufinden, ob einer ihrer KAWIF-Patienten auch zu diesem Klub gehörte.

Claire Buchanan war allein, als Abby die Intensivstation betrat. Dankbar stellte Abby fest, daß man inzwischen den Tubus aus der Nase entfernt hatte.

„Hallo“, sagte sie, „erinnern Sie sich noch an mich?“

„Dr. Dolan von der Unfallstation.“ Claire war kaum zu verstehen, da ihre Stimmbänder von der Intubation noch angeschwollen waren.

„Wie geht es Ihnen?“ erkundigte sich Abby.

„Schon etwas besser.“

„Es war knapp“, sagte Abby. „Ich bin froh, daß Sie es geschafft haben. Claire, ich möchte nicht, daß Sie jetzt zuviel sprechen, aber können Sie mir erzählen, was da unten passiert ist?“

Die Frau zuckte mit den Achseln. „Das weiß ich nicht so genau. Ich hasse diese Untersuchungen, und deshalb nahm ich vorher die Beruhigungspillen, die Dr. Oleander mir gegeben hat. Zuerst dachte ich, ich würde mich ganz gut halten. Doch auf einmal fiel mir das Atmen immer schwerer, als hätte sich die Luft in Flüssigkeit verwandelt. Sie hatte auch einen komischen Geruch...“

„Einen Geruch?“

„So kam es mir jedenfalls vor. Dann wurde auch mein Juckreiz schlimmer, und plötzlich bekam ich keine Luft mehr. Es war schrecklich.“

„Claire, ich bin so froh, daß es Ihnen wieder bessergeht. Ich werde später noch einmal nach Ihnen sehen. Aber bevor ich gehe, würde ich gern Ihre Augen überprüfen.“

Abby schaute durch die Glaswand, die Claire von den anderen Patienten trennte, hinaus in die Station. Niemand befand sich in ihrer Nähe. Rasch schloß sie den Vorhang und löschte das Licht. Ihr Herz pochte, als sie das Ultraviolettlicht einschaltete, sich über Claires Bett beugte und durch das eingebaute Vergrößerungsglas des Augenspiegels blickte.

Claires Augen waren absolut normal. Keine Ringe, kein fluoreszierendes Glimmen. Abby rieb sich die Augen und schaute noch einmal durch das Glas. Nichts. Schließlich schaltete sie das Gerät aus, machte das Licht wieder an und zog die Vorhänge zurück. Eine Schwester wurde auf diese Bewegung aufmerksam und kam jetzt auf sie zu.

„Claire, ich werde später noch einmal nach Ihnen schauen", wiederholte Abby, lächelte der Schwester zu und ging davon, um etwaigen Fragen zu entfliehen. Aber nachdem sie keine leuchtenden Ringe in Claires Augen hatte entdecken können, mußte sie sich selbst eine ganze Reihe von Fragen stellen, auf die ihr niemand eine Antwort geben konnte.

Sie hatte fast die Unfallstation erreicht, als ihr Piepser sich meldete und diesmal einen Anruf aus San Francisco anzeigte. Abby eilte zu dem Fernsprecher am Ende des verwaisten Korridors.

Auch Sandy Stuart meldete sich bereits nach dem ersten Läuten. „Tut mir leid, daß ich dich so lange warten ließ, Abby", entschuldigte sie sich. „Aber wir haben die Probe zweimal untersucht."

„Schieß los", sagte Abby aufgeregt. „Was habt ihr gefunden?"

„Du hast mit deiner Vermutung ins Schwarze getroffen, Abby. Dein Patient ist mit Cadmium vollgepumpt. Wir haben bei ihm über zehn Mikrogramm pro Deziliter gemessen. Schon mit zwei Mikrogramm pro Deziliter kann jemand sehr krank werden. Dieser Mann muß einer gewaltigen Cadmiumdosis ausgesetzt gewesen sein. Was ist das eigentlich für eine Stadt, in der du wohnst?"

7. KAPITEL

„Wie lang haben Sie diesen eingewachsenen Zehennagel schon? ... Drei Wochen? Sir, warum kommen Sie damit um halb drei Uhr morgens zu uns? ... Ja, ja, natürlich, Sie konnten nicht schlafen ..."

Der stetige Strom von Patienten mit Beschwerden, die man keineswegs als Notfälle bezeichnen konnte, wäre auch unter den denkbar besten Umständen demoralisierend für Abby gewesen, aber heute mußte sie sich besonders beherrschen, die Patienten ihre Ungeduld nicht spüren zu lassen.

Die Nachrichten von Cardozas Cadmiumvergiftung und Angela Cristoforos Augenbefund waren lebensrettend für die beiden; für Josh ergaben sich durch diese Befunde jedoch erschreckende Perspektiven.

Im Gegensatz zu Willie und Angela, die sich ja in ärztlicher Obhut befanden und bald einer Therapie unterzogen werden würden, war Josh jetzt irgendwo dort draußen auf einem Rachefeldzug gegen Gott weiß wen. Willie hatte Peggy Wheaton getötet. Angela hätte beinahe sich selbst umgebracht. Konnte es da noch irgendeinen Zweifel geben, daß auch Josh in diesen mörderischen Wahnsinn verfiel?

Abby bat die Nachtschwester, sich im Archiv zu erkundigen, ob von Angela Cristoforo schon einmal Kernspintomographien gemacht worden seien. Eine Viertelstunde später kam die Meldung: keine MRTs von Angela.

Ehe sie das Krankenhaus verließ, beschloß Abby, noch einmal mit Claire Buchanan zu sprechen.

Claire war inzwischen von der Intensivstation in ein Einzelzimmer auf der gleichen Etage verlegt worden. Ihr Gesicht hellte sich auf, als sie ihre Besucherin erkannte. „Dr. Dolan! Die Schwestern haben mir erzählt, daß ich Ihnen mein Leben verdanke, weil es Ihnen gelungen ist, mir diesen Atemschlauch einzuführen."

„Viele Leute haben dabei mitgewirkt, Ihnen zu helfen. Ich bin froh, daß es Ihnen wieder so gutgeht."

„Mir ginge es noch besser, wenn ich von diesem Juckreiz erlöst wäre." Claire deutete auf einige Stellen an ihren Armen.

„Claire, man hat bisher zweimal eine MRT-Untersuchung bei Ihnen durchgeführt. Wurden auch Röntgenaufnahmen gemacht?"

„Nein."

„Und Blutproben?"

„Dr. Oleander hat mir mehrmals Blut abgenommen und Sie ja auch. Das war nach meiner ersten Computertomographie. Die wurde gemacht, als ich diese Magenschmerzen hatte."

Abby starrte die Frau ungläubig an. „Sind Sie sicher, daß es erst danach war?"

„Ich bin zwar nur eine ausgemusterte Revuetänzerin, aber ich habe trotzdem ein ausgezeichnetes Gedächtnis. Man hat mir nach meiner ersten MRT Blut abgenommen, aber niemals vorher."

Abby schloß die Augen. Das Muster zeichnete sich nun klar und deutlich ab: Am Kreiskrankenhaus von Patience wurden nicht nur MRTs im Übermaß verordnet, sondern viele davon waren durchgeführt worden, *bevor* die Patienten mit ihren Beschwerden in die Notfallstation kamen. Es schien beinahe, als hätten diese Untersuchungen erst jene Krankheitssymptome ausgelöst!

„Claire, es war mir ein großes Vergnügen, noch einmal mit Ihnen zu sprechen“, beeilte sich Abby zu sagen. Sie konnte es kaum erwarten, nach Hause zu fahren und nochmals ihre Datensammlung über die KAWIFs durchzusehen. „Ich freue mich sehr, daß es Ihnen wieder so gutgeht.“

„Danke. Passen Sie gut auf sich auf, Frau Doktor“, meinte Claire zum Abschied.

Abby benutzte die Treppe zum Keller und verließ das Krankenhaus durch den Lieferanteneingang. Zu Hause angekommen, hörte sie zuerst den Anrufbeantworter ab. Keine Nachricht von Josh, auf die sie so verzweifelt wartete. Nur jemand, der, ohne etwas zu sagen, wieder aufgelegt hatte. Abby spulte das Band ein wenig zurück und ließ es dann noch einmal ablaufen. Wer sie da auch immer angerufen hatte – er hatte zehn Sekunden nach ihrer Ansage verstreichen lassen, ehe er wieder auflegte.

Abby ging in ihr Schlafzimmer und zog sich um. Dann sah sie die Post der letzten beiden Tage durch. Sie blätterte durch den Stapel von Rechnungen, Wurfsendungen und Katalogen, als ihr ein Briefumschlag auffiel, der in Joshs Handschrift an sie adressiert war.

Ihr Körper befand sich in höchster Alarmbereitschaft, das Herz hämmerte gegen die Rippen. Joshs Brief bestand nur aus zwei Absätzen:

> Meine Liebste –
> Ich habe mich nicht darum gerissen. Ich verstehe auch nicht, warum man mich dazu auserwählt hat. Aber ich weiß, was ich tun muß. Offenbar ist es mir nicht erlaubt, bei Dir zu sein und Dich zu lieben, bis ich davon befreit bin. Ich muß das vergelten, was sie mir angetan haben. Ich muß meine Schande rächen. Und nun bin ich unterwegs, um genau das zu tun. Wenn ich ihnen von Angesicht zu Angesicht gegenüberstehe und ihr Leben auslösche, wie sie meines ausgelöscht haben, werde ich dazu bereit sein, Deine Liebe zurückzugewinnen. Die Rache ist mein. Ich will vergelten.
> Bricker… Golden… Gentry… Forrester.

Abby starrte auf die Namen. Steve Bricker war Joshs Vorgesetzter bei Seradyne, seiner alten Firma, gewesen. Nancy Golden war eine ehemalige Kollegin im Labor, in dem Josh bei Seradyne gearbeitet hatte. Als die Firma Personaleinsparungen vornehmen mußte, war Josh davon überzeugt gewesen, daß sie Nancy nur behalten hatten, weil sie eine Beziehung zu Pete Gentry unterhielt, dem Leiter der Forschungs- und Entwicklungsabteilung. Allan Forrester schließlich war der Präsident von Seradyne.

Nach seiner Entlassung hatte Josh ein Jahr lang die ganze Geschichte mit trockenem Humor hingenommen. Aber jetzt, in diesem vom Wahnsinn genährten Haß, der zweifellos ein Symptom seiner Cadmiumvergiftung war, hatte er sich die vier Seradyne-Angestellten als Mordopfer ausgesucht.

Abby hatte keine Ahnung, wo Josh sich in diesem Moment aufhalten mochte. Aber sie kannte jetzt wenigstens das Ziel seiner Reise.

Fremont, wo Seradyne seinen Sitz hatte, befand sich auf der anderen Seite der Bucht von San Francisco. Sie mußte diese Leute sofort anrufen und warnen. Abby erreichte Steve Bricker und erzählte ihm von den psychotischen Auswirkungen einer schweren Cadmiumvergiftung, unter der Josh litt, und daß er jetzt auf dem Weg zu seiner ehemaligen Firma war, um Rache zu nehmen.

„Ich kann das nicht begreifen. Josh ist doch immer so ein umgänglicher und freundlicher Mensch gewesen“, sagte Bricker ungläubig. „Aber ich werde mit den anderen und mit unserem Sicherheitsdienst reden.“

Als nächstes informierte Abby die Polizei in Fremont und dann, für alle Fälle, auch Joshs Bruder in Los Angeles. Mehr konnte sie im Augenblick wohl nicht tun.

Es war nach drei, als Abby ihre Datensammlung hervorholte. Im Gegensatz zu ihren früheren Bemühungen wußte sie jetzt, worauf sie sich konzentrieren mußte. Was kam zuerst: die Krankheitssymptome oder die MRT-Untersuchung? Die Daten bestätigten ihre Vermutung: Die MRTs dienten nicht dazu, Symptome zu diagnostizieren, sondern gingen diesen voraus.

Das Telefon klingelte. Abby erinnerte sich an den Anrufer, der wieder aufgelegt hatte, und griff rasch nach dem Hörer. „Hallo?“

„Abby, hier ist Kelly Franklin.“ Die Stimme der Frau war fast ein Flüstern. „Sind Sie allein?“

„Ja. Von wo rufen Sie jetzt an?“ fragte sie.

„Aus meinem Wagen. Ich traue dem Telefon in meinem Büro nicht.“

„Sie hören sich ja plötzlich genauso schizophren an wie unsereins.“

„Ich beginne mich wirklich so zu fühlen. Eine Frage, die Sie mir bei unserem ersten Treffen stellten, hat mir keine Ruhe gelassen. Erinnern Sie sich? Die Schlitze in der Nordwand des Colstar-Felsens? Ich war mir sicher, daß Sie irgendeinen Verdacht haben mußten.“

„Ich hatte ein altes Dia von der Felswand gesehen, auf dem solche Schlitze zu erkennen waren“, erklärte Abby. „Daraufhin untersuchten ein Freund und ich diese Felswand noch einmal durch einen

Feldstecher. Dabei kamen wir zu dem Ergebnis, daß Schlitze in der Felswand gewesen sein mußten – insgesamt drei –, die man inzwischen jedoch verschlossen hat."

„Ich weiß."

„Wie bitte?"

„Ich weiß, daß es dort drei Fenster gegeben hat. Eine Freundin von mir arbeitet in der Bibliothek. Ich habe sie nach cincm Buch über die Mine von Patience gefragt. Sie fand eines im Archiv. Es wartet dort auf Sie. Abby, irgend etwas geht bei Colstar vor, und ich weiß nichts davon. Und das macht mir angst. Ich habe Ihnen in diesem Buch einen Zettel mit Informationen hinterlassen. Ich ..., ich hätte das wohl nicht tun sollen." Sie klang jetzt sehr aufgeregt.

„Immer mit der Ruhe, Kelly. Wir werden der Sache auf den Grund gehen."

„Nein! Diese Leute haben mich belogen. Ich hasse nichts mehr, als getäuscht zu werden." Ohne eine Antwort abzuwarten, drückte Kelly die Trenntaste.

DIE BIBLIOTHEK von Patience erhob sich auf einer kleinen Anhöhe über der Stadt. Die Lektüre, die Kelly für sie hatte zurücklegen lassen – „Eine kurze Geschichte der Patience-Mine" –, war ein dünnes, schon leicht zerfleddertes Büchlein, das nur noch von einem Gummiband zusammengehalten wurde. Kelly hatte dem Buch ein Kuvert beigelegt. Abby ging in eine der Lesenischen und öffnete den Briefumschlag.

> Ich hatte keine Ahnung davon, daß sich unterhalb der Fabrik noch Räume im Felsen befinden könnten, bis Sie mir gegenüber einen solchen Verdacht äußerten. Es gibt sie tatsächlich.
>
> Wenn Sie dieses Büchlein durchgelesen haben, gehen Sie doch bitte zu der Bibliothekarin, und lassen Sie sich von ihr die beiden Ausgaben der *Patience Valley Chronicle* zeigen, die ich bestellt habe. Sehen Sie sich darin den Nachruf auf Schumacher und den auf Black an. Viel Glück.
>
> K.

Die Goldmine von Patience, die im Jahr 1850 eröffnet worden war, hatte fast fünfzig Jahre lang gute Erträge abgeworfen, bis sie dann um die Jahrhundertwende erschöpft war. Abby blätterte die Seiten des schmalen Bandes durch, der von dem letzten Eigentümer der Mine verfaßt worden war.

Zwischen den Seiten 38 und 39 hatte Kelly ein Lesezeichen eingefügt. Auf diesen und den darauffolgenden Seiten waren Skizzen von der Mine abgebildet. Drei Luftschächte gingen demnach vom Hauptschacht ab, die nach ungefähr dreißig Metern die Felswand durchstießen und deren Lage mit den Schlitzen auf Lews Dia übereinstimmten. Der oberste dieser drei Schlitze befand sich ungefähr acht Meter unterhalb der Fabrik. Die nächsten beiden Schlitze folgten jeweils im Abstand von acht Metern, so daß sich der unterste etwa zehn Meter über dem Talboden in der Felswand befinden mußte. Auf der anderen Seite des Hauptschachtes schlossen sich zwei von Menschenhand geschaffene Höhlen an.

Abby sah kurz die restlichen Seiten durch. Daß die Schächte existierten, war an sich nicht überraschend, wohl aber die Tatsache, daß sie vor der Beauftragten für Sicherheit und Gesundheit am Arbeitsplatz geheimgehalten wurden. Sie ging mit dem Büchlein zum Ausgabeschalter zurück und bat die Bibliothekarin um die beiden Ausgaben der *Patience Valley Chronicle.*

„Hier ist die Ausgabe vom Zwölften dieses Monats", sagte die Bibliothekarin. „Die Ausgabe vom letzten Februar befindet sich auf Mikrofilm."

„Danke." Abby entdeckte ein Lesegerät, das gerade nicht benutzt wurde, und beschloß, sich den Mikrofilm zuerst vorzunehmen. Die Ausgabe mit Schumachers Nachruf war am 3. Februar erschienen, also vor sechseinhalb Monaten.

> Zweihundert Verwandte und Freunde versammelten sich heute in der Gemeindekirche von Patience, um Abschied von Gustav W. „Gus" Schumacher zu nehmen. Er hatte der Firma Colstar zwanzig Jahre angehört, zehn Jahre davon als Vorarbeiter in der Versandabteilung. Mr. Schumacher starb am 15. Januar nach einem Feuergefecht mit der Polizei in Las Vegas. Kurz vor seinem Tod soll Mr. Schumacher dort drei Angestellte des Golden Nugget Casinos erschossen haben.
>
> Wie Familienmitglieder uns berichteten, soll Mr. Schumacher vor einigen Jahren in diesem Casino sehr viel Geld verloren haben. Später verzichtete er auf jegliche Form des Glückspiels. Wie die Familie uns weiterhin berichtete, litt Mr. Schumacher in letzter Zeit unter gesundheitlichen Problemen und hatte sich deshalb in ärztliche Behandlung begeben.
>
> Schumacher hinterläßt eine Frau, drei Kinder und zwei Enkelkinder.

Erschüttert las Abby diesen Nachruf ein zweites Mal durch. Ein dreifacher Mörder, der aber in seiner Gemeinde einen so guten Ruf genoß, daß 200 Leute an seinem Trauergottesdienst teilgenommen hatten. *Schumacher litt in letzter Zeit unter gesundheitlichen Problemen.* Abby zweifelte keine Sekunde, daß rasende Kopfschmerzen und Wutanfälle dazugehört hatten. Ein Besuch bei der Witwe würde genügen, um ihr das zu bestätigen.

Der zweite Nachruf, der in der Ausgabe vom 12. August dieses Jahres sowohl die Titelseite als auch die Traueranzeigen beherrschte, war genauso beunruhigend. Abby hatte ihn sogar schon einmal gelesen und damals mit Kollegen darüber gesprochen, aber nur aus Mitgefühl heraus, nicht aus beruflichem Interesse. Das war jetzt anders.

Der 27jährige Ethan Black, Sohn des Industriebarons Ezra Black, hatte in San Francisco mit einem Sprung aus dem Fenster der im 23. Stock befindlichen Praxis eines renommierten Psychiaters seinem Leben selbst ein Ende gesetzt. Ethan Black war seit zweieinhalb Jahren als Finanzprüfer bei Colstar beschäftigt gewesen. Ezra Black hatte bei einer Pressekonferenz auf seiner Ranch in Feather Falls den Tod seines Sohnes zutiefst bedauert.

Abby studierte die Fotografie des jungen Mannes, der Erbe eines Milliardenvermögens gewesen war. *Es waren deine Kopfschmerzen, nicht wahr, Ethan? Aber du hast doch im Büro gearbeitet. Wie konntest du dich dort mit Cadmium vergiften?*

Bevor sie die Bibliothek verließ, machte Abby noch die genaue Lage von Feather Falls ausfindig: einen Ort, den man auf der Landkarte nur schwer finden konnte, der jedoch nach Abbys Mutmaßung wohl fast gänzlich Ezra Black gehörte. Sie entsann sich, einmal einen Artikel über seine riesige Ranch und die dazugehörenden Wälder gelesen zu haben.

Es hörte sich zwar paradox an, wenn sie versuchte, den Eigentümer von Colstar wegen einer Cadmiumverseuchung zu sprechen, deren Urheber seine eigene Gesellschaft war. Aber sein Sohn hatte einen schrecklichen Tod gefunden. Und vielleicht hatte Ezra Black keine Ahnung, warum.

AN DIESEM Abend gelang es Abby, eine Dame von der Telefonvermittlung davon zu überzeugen, daß es ein medizinischer Notfall sei, weswegen sie Ezra Black in Feather Falls unbedingt sprechen müsse. Der zurückgezogen lebende Milliardär sprach daraufhin auch mit ihr, wenngleich der Trick, mit dem sie die Verbindung zu ihm hergestellt hatte, ihn offensichtlich ärgerte.

„Meine Tochter lebt in Europa, meine Frau ist hier bei mir, und mein Sohn ist tot", sagte er aufgebracht. „Es gibt keinen medizinischen Notfall, der für mich von Interesse sein könnte. Also tragen Sie mir jetzt Ihr Anliegen vor, das so wichtig ist, daß Sie dafür Ihr Privileg als Ärztin mißbraucht haben."

Abby fühlte sich verunsichert. Sie wünschte sich, Ethan Blacks Krankengeschichte genauer studiert zu haben, aber dazu hatte ihr einfach die Zeit gefehlt. Sie wußte nur soviel über ihn, wie in der Zeitung gestanden hatte: daß er bei Colstar gearbeitet und sich auf eine schreckliche Weise selbst umgebracht hatte. Der Rest war Spekulation.

„Es wäre viel leichter, wenn ich Ihnen das persönlich erklären könnte, Mr. Black. Es gibt Grund zu der Annahme, daß Ihr Sohn Ethan an einer Chemikalienvergiftung litt, als er starb."

„Welcher Art von Chemikalie?"

„Ich glaube, daß er sich mit Cadmium vergiftet hat."

„Mit Cadmium aus meiner Fabrik?"

„Ja."

„Lächerlich."

„Die Untersuchung eines meiner Patienten weist sehr hohe Cadmiumwerte im Blut nach. Ich habe auch Beweise dafür, daß eine Reihe anderer Patienten mit diesem Schwermetall kontaminiert wurden. Alle diese Leute haben bei Colstar gearbeitet, und jeder von ihnen hat Gewalttaten gegen andere oder sich selbst begangen."

Es trat jetzt eine längere Pause ein. Abby spürte, daß etwas von dem, was sie soeben gesagt hatte, bei ihm einen Nerv getroffen hatte.

„Ich erwarte Sie morgen mittag in meinem Haus in Feather Ridge", erwiderte Black schließlich. „Sie durchqueren die Ortschaft Feather Falls und bleiben auf der Hauptstraße, die nach einem Kilometer vor meiner Ranch endet. Die Torwache wird Sie dort erwarten."

ABBY brauchte für die Fahrt nach Feather Falls etwas mehr als zwei Stunden – genau wie Lew es ihr am Abend zuvor am Telefon gesagt hatte. Zu gerne hätte sie ihn auf ihren Ausflug mitgenommen, doch er hatte heute überraschend die Vertretung für Jill Anderson übernommen und würde deshalb bis Mitternacht im Krankenhaus bleiben müssen.

Abby fuhr auf der Hauptstraße von Feather Falls und hatte die Ortschaft schon nach kurzer Zeit wieder verlassen. Dahinter führte die Straße durch eine malerische Hügellandschaft, an einem kleinen gemalten Schild vorbei, auf dem nur FEATHER RIDGE geschrieben stand, und schließlich erreichte Abby ein vier Meter hohes, schmiedeeisernes Tor, dessen Flügel die Initialen EB zierten. Sie stoppte den Wagen an der Schranke eines Wachhäuschens.

Der Wächter suchte Abby mit einem Metalldetektor ab. Auch das Fahrzeug wurde innen und außen einer gründlichen Inspektion unterzogen, bevor er das Tor mit einer elektronischen Fernsteuerung öffnete. „Sie werden am Haus in Empfang genommen, Frau Doktor."

Abby fuhr langsam durch einen großen, sorgsam angelegten Obstgarten. Die Straße führte noch ungefähr einen Kilometer weit bergan, überquerte eine Kuppe und senkte sich dann in ein weites grünes Tal hinunter. Auf der gegenüberliegenden Seite breitete sich über den ganzen Hang ein prachtvoller Landsitz aus.

Abbys Wagen rollte langsam in das Tal hinunter, an einem Dutzend grasender Pferde vorbei und dann den Hang hinauf bis zum Haus. Auch hier öffnete ihr ein Wachmann die Wagentür und sagte, daß sie den Schlüssel steckenlassen solle. Abby stieg die breiten Stufen zur Veranda hinauf. Oben wurde sie von einem Butler empfangen, der sie in Blacks Arbeitszimmer führte.

Der Raum sah fast so aus, wie sie ihn sich vorgestellt hatte – mit mächtigen, roh behauenen Balken an der Decke, Jagdtrophäen an den Wänden, flauschigen Orientteppichen auf dem Boden und hervorragend gearbeiteten Ledergarnituren.

Auf dem Schreibtisch stand eine Reihe gerahmter Fotografien. Sie nahm die ihr am nächsten befindliche in die Hand. Es war eine recht großformatige Farbaufnahme von Ezra Black und einem jungen Mann, der, wie ihr Gefühl ihr sagte, Ethan sein mußte. Beide trugen hüfthohe Gummistiefel, standen bis zu den Knien in einem Gebirgsfluß, und jeder hielt stolz eine große Forelle in die Höhe. Sie schätzte, daß Ethan damals 18 Jahre alt gewesen war.

„Tut mir leid, wenn ich Sie warten ließ, Dr. Dolan."

Abby schwang herum und wurde sich der peinlichen Tatsache bewußt, daß sie noch immer das Foto in der Hand hielt. Ezra Black trat auf sie zu und streckte ihr seine Rechte hin, die Abby schüttelte; dann stellte sie verlegen das Foto an seinen Platz zurück. „Danke, daß Sie bereit waren, mich zu empfangen", brachte sie heraus.

Black deutete auf zwei Ledersofas und wartete, bis sie sich auf einem davon niedergelassen hatte, ehe er auf dem anderen Platz nahm.

„Vermutlich sind Sie zu dem Schluß gekommen, daß dies ein Foto von meinem Sohn und mir ist", sagte er. „Wissen Sie viel von ihm oder der Art, wie er starb?"

„Nein, Sir. Nur das, was ich in den Zeitungen gelesen habe."

„Wie konnten Sie dann zu dem Schluß kommen, daß er unter einer Cadmiumvergiftung litt?" Er hielt sich nicht mit Small talk auf, sondern kam sofort auf den Punkt: Entweder hast du mir etwas zu bieten, oder unser Gespräch ist zu Ende.

Abby öffnete die Aktentasche und reichte ihm einige Dokumente. „Das da ist eine Liste von mehr als hundertfünfzig Personen, die in den letzten zwei Jahren im Kreiskrankenhaus von Patience behandelt wurden und bei denen die üblichen Untersuchungsmethoden zu keiner eindeutigen Diagnose geführt haben. Alle Symptome stimmen jedoch mit dem sehr komplexen und vielschichtigen Krankheitsbild einer Cadmiumvergiftung überein."

Black blickte kurz auf die Liste. „Was haben Sie noch?"

„Fünf Personen, die sich nicht auf dieser Liste befinden", sagte sie und gab ihm die Tabelle, die sie selbst angefertigt hatte. „Alle diese Personen haben für Colstar gearbeitet. Einer davon ist Ihr Sohn. Zwei von diesen fünf starben eines gewaltsamen Todes. Eine von den restlichen drei ist Angela Cristoforo, eine Selbstverstümmlerin. Josh Wyler befindet sich im Augenblick auf einem auf Wahnvorstellungen beruhenden Rachefeldzug. Willie Cardoza ist der Amokläufer, der Peggy Wheaton im Country Club von Patience überfahren hat. Wie Sie sehen können, haben vier von diesen fünf Personen – und ich habe Ethan hier nicht berücksichtigt, weil ich es von ihm nicht weiß – unter schweren Kopfschmerzen gelitten."

Black deutete auf ihre Tabelle. „Wenn ich Sie richtig verstehe, haben Sie bisher jedoch nur einen einzigen positiven Cadmiumtest."

„Ja. Die Untersuchung wurde in dem Krankenhaus in San Francisco durchgeführt, an dem ich selbst gearbeitet habe. Wir sind gerade dabei, auch das Blut von Angela Cristoforo dort untersuchen zu lassen."

„Und das hier", er tippte auf eine Spalte der Liste, „dieser Augenbefund, den Sie bei Cardoza und Cristoforo als positiv bemerkt haben?"

„Ein gelber, fluoreszierender Ring um die Iris, wenn man die Augen mit ultraviolettem Licht untersucht."

„Und Sie haben einen wissenschaftlichen Beweis dafür, daß dieses Leuchten von einer Cadmiumvergiftung herrührt?"

Abby zögerte nur eine Sekunde, bevor sie den Kopf schüttelte. „Nein, den habe ich bisher noch nicht."

„Dr. Dolan", erklärte Black, „es gibt keine Kontamination mit Cadmium. Es hat nie eine gegeben. Und so etwas werden Sie in meiner Fabrik auch niemals erleben. Mein Sohn Ethan ist einmal mit dem

Auto verunglückt, wobei er sich eine schwere Gehirnerschütterung zuzog. Von da an begann er sich zu verändern, und es ging stetig bergab mit ihm. Ethans Probleme rührten von diesem Autounfall her, nicht von irgendeiner Cadmiumvergiftung." Er stand auf. „Mein Butler wird Sie hinausbegleiten."

„Sie irren sich, Mr. Black", widersprach Abby. „Und ich glaube, das wissen Sie auch. Es muß eine Cadmiumkontamination stattgefunden haben – eine sehr schwerwiegende Kontamination, den Werten in Cardozas Blutprobe nach zu schließen. Und auf irgendeine Weise sind die Patienten auf dieser Liste damit in Berührung gekommen – einschließlich Ihres Sohnes."

„Auf Wiedersehen, Dr. Dolan", sagte Black, ohne sie anzuschauen.

„Wie Sie meinen. Noch eine letzte Frage, und dann verschwinde ich. Wurde bei Ethan eine Kernspintomographie durchgeführt?"

Nun sah Black sie überrascht an. „Ja, an dem Abend, als er verunglückte", sagte er schließlich. „Aber wie alle seine Untersuchungen ohne nennenswertes Ergebnis. Haben Sie einen Grund für Ihre Frage?"

„Wenn ich ihn habe", erklärte Abby, „werden Sie der erste sein, der es erfährt."

OBWOHL sich Abby keine Stunde auf Blacks Landsitz aufgehalten hatte, war der am Morgen noch so klare, heitere Himmel von dunklen Wolken überzogen, als sie wieder ins Freie kam. Noch bevor sie das Haupttor erreicht hatte, begann es zu tröpfeln.

Ihr Besuch bei Ezra Black war keineswegs so verlaufen, wie sie sich das vorgestellt hatte. Er mußte von einer Umweltvergiftung durch Colstar wissen – anders konnte sie sich sein rüdes Benehmen nicht erklären. Er wußte, daß es dort einen Betriebsunfall gegeben hatte. Vielleicht war er sogar dafür verantwortlich, daß man diesen mit allen Mitteln vertuschte. Doch vor ihrem Anruf hatte er wahrscheinlich nicht geahnt, daß auch sein Sohn ein Opfer dieses Betriebsunfalls geworden war. Selbst jetzt war er sich dessen offenbar noch nicht sicher. Und deshalb hatte er Abby nach Feather Ridge eingeladen, um sich ihre Theorie anzuhören und herauszufinden, ob sie eine Gefahr für ihn und seine Firma darstellte.

Selbst wenn Black bestritt, daß der Tod seines Sohnes mit Colstar zusammenhing, *mußte* ihn irgendeine Äußerung in dem Telefongespräch mit Abby nachdenklich gemacht haben. Auf den letzten fünfzig Kilometern nach Patience rief sich Abby die Einzelheiten des Gesprächs immer wieder ins Gedächtnis. Sie hatte ja nur erzählt, daß eine Gruppe von Colstar-Mitarbeitern ein bizarres, oft gewalttätiges Verhalten an den Tag gelegt hätten, das ihrer Meinung nach auf eine massive Kontamination mit diesem Schwermetall zurückzuführen sei.

Gewalttätiges Verhalten. War es das? War das der Köder gewesen, der Black dazu veranlaßt hatte, sie in sein Haus zu bitten?

Es war gerade vier Uhr geworden, als sie in die Einfahrt ihres Hauses einbog. Es regnete noch immer, und der Schein der Lampen, die sie im Flur und in der Küche hatte brennen lassen, übte eine beruhigende Wirkung aus. Sie betrat das Haus durch den Kücheneingang. Auf ihrem Anrufbeantworter flackerte das rote Licht. Jemand hatte sie sprechen wollen. *Josh,* war ihr erster Gedanke.

„Abby, ich nehme an, daß Sie mich an der Stimme erkennen." Schon an Kelly Franklins ersten Worten merkte Abby, wie aufgeregt die Angestellte von Colstar war. „Ich habe einen Umschlag für Sie bei der Frau hinterlassen, die Ihnen schon einmal etwas von mir gab. Bitte, holen Sie ihn noch heute dort ab. Wir bleiben in Verbindung."

Abby hörte sich die Nachricht noch einmal an. Die Frau, von der Kelly gesprochen hatte, mußte die Bibliothekarin sein. Die Bibliothek würde in einer halben Stunde schließen. Abby nahm ihre Windjacke vom Stuhl und eilte zu ihrem Wagen hinaus.

Die Bibliothekarin händigte ihr einen weißen Briefumschlag aus, und Abby bedankte sich. Sie fuhr in eine verlassene Seitenstraße, die mindestens zwei Kilometer von ihrer Wohnung entfernt war, ehe sie Kellys Umschlag öffnete.

> Abby, ich habe inzwischen die Treppe gefunden, die in die Höhlen der ehemaligen Goldmine hinunterführt. Ich denke, die Nachtschicht eignet sich am ehesten, diesen Teil der Fabrik zu erforschen. Da mir mein Job erlaubt, jeden Bereich der Fabrik zu betreten, werde ich mich auf diese Vollmacht berufen, falls mich jemand aufhalten sollte.
>
> Es gibt einen kleinen, einsam gelegenen Park, nur ein paar Blocks von meinem Haus entfernt. Ich habe eine Skizze beigelegt, wie Sie hinfinden können. Ich schlage vor, daß wir uns um sieben dort treffen. Wünschen Sie mir Glück!

Abby las den Brief durch, bis sie ihn auswendig konnte, und zerriß ihn dann. Anschließend studierte sie die Wegskizze. Kelly hatte auch ihre Privatadresse und ihre Telefonnummer angegeben und in einer Fußnote die Stelle beschrieben, wo sie ihren Hausschlüssel unter einer Topfpflanze neben der Hintertür versteckt hatte. Und daß die Telefonnummer ihres Exgatten mit Klebeband an der Unterseite des Telefonapparats in der Küche befestigt sei.

Paranoia. Angst. Höchstwahrscheinlich beides, dachte Abby, während sie die Wegskizze im Handschuhfach ihres Wagens versteckte. Dann fuhr sie nach Hause. Es war jetzt fast fünf.

Sie würde noch kurz beim Krankenhaus vorbeischauen, um Lew von den Entwicklungen der letzten 24 Stunden zu unterrichten. Nachdem er drei Jahre lang so hartnäckig an der Fassade von Colstar gekratzt hatte, sollte er als erster erfahren, daß diese nun zu bröckeln begann.

8. KAPITEL

Diese Blitzlichter waren wieder da.

Noch hatte er die Zeit, dachte Josh, Zeit, um die höllischen Schmerzen ein für allemal zu beenden. Er packte den Rucksack mit der MAK-90 und lief aus dem Zimmer.

Dieses Mal würde er keine Kopfschmerzen mehr bekommen. Diesmal würde er Gott nicht darum bitten, ihn zu sich zu nehmen. Dieses Mal würde er Rache üben.

Bricker... Golden... Gentry... Forrester...

Josh rezitierte diese Namen wie eine Litanei. Der Haupteingang der Fabrik war keine vier Blocks von hier entfernt. Er würde höchstens fünf Minuten bis dorthin brauchen.

Er kam durch die Vordertür des Fremont Hotels und blieb abrupt stehen, als ein Streifenwagen der Polizei langsam an ihm vorbeiglitt. Er zog sich in die Nische der Eingangstür zurück und wartete. Minuten später passierte ein zweiter Streifenwagen das Hotel, genauso bedächtig wie der erste. Da wußte er, daß sie jemanden suchten – mit ziemlicher Sicherheit ihn. Wie konnten sie etwas von seinem Vorhaben wissen? Die einzige mögliche Antwort darauf war Abby. Nun waren Bricker und die anderen drei vor ihm gewarnt!

Er ging in das Hotel zurück und verließ es durch die Hintertür. Es war noch früh am Abend, aber bereits dunkel. Er zog den Reißverschluß seiner Windjacke bis zum Hals hinauf und beschloß, sich dem Seradyne-Gebäude über eine Seitenstraße zu nähern. Die Sicherheitsmaßnahmen waren dort schon immer streng gewesen und jetzt vermutlich schärfer denn je. Aber er hatte gar nicht die Absicht, dieses Gebäude zu betreten. Das Parkhaus eignete sich besser.

Die Lichter flimmerten noch immer hinter Joshs Augen, als er sich der Rückseite des Parkhauses näherte. Er lief an einer Betonmauer entlang und suchte hinter einer Reihe von hohen Büschen Deckung. Dann schwang er sich über die Mauer und landete auf dem ersten Deck. Brickers Parkplatz befand sich im zweiten. Geduckt lief er zwischen den abgestellten Autos weiter, bis er das zweite Deck erreicht hatte. Beim Anblick von Brickers Fahrzeug verwandelte sich sein Puls in ein Hammerwerk.

Josh duckte sich hinter einer Säule und sprintete dann zu dem Wagen, der neben Brickers Fahrzeug geparkt war. Dort kauerte er sich nieder. Er vergewisserte sich, daß niemand, der aus dem Aufzug oder dem Treppenhaus kam, ihn hier sehen konnte, und zog die MAK-90 unter seiner Jacke hervor.

Schritte hallten durch das Deck. Seine Hand krampfte sich um den Lauf der Waffe. Ein Pärchen kam aus dem Treppenhaus und ging auf ein weißes Coupé zu. Kate Alston vom Empfang und ein Typ aus dem Konstruktionsbüro.

Nun komm schon ..., nun komm doch endlich!

Die Tür zum Treppenhaus öffnete sich abermals, und Josh vernahm zwei männliche Stimmen. Eine davon erkannte er sofort. Bricker! Seine Hand schloß sich fest um die MAK-90. Der andere Mann war Pete Gentry! Das war mehr, als er gehofft hatte – ein Wink des Schicksals.

Es ist soweit, Abby. Das Ende für sie, der Neuanfang für uns.

Er kam aus der Hocke heraus, machte drei rasche Schritte zum Heck des Wagens und war jetzt nur noch fünf Meter von den Männern entfernt, die ihn erschrocken ansahen.

„Abby, verzeih mir!" brüllte Josh.

Dann hob er die MAK-90 an die Schulter und feuerte.

OBWOHL es den ganzen Tag geregnet hatte, war der Abend mild, als Abby zum Krankenhaus fuhr. Sie hatte noch vierzig Minuten Zeit bis zu ihrem Treffen mit Kelly. Abby konnte es kaum erwarten, Lew die Neuigkeiten dieses Tages mitzuteilen – ihren Besuch bei Ezra Black und Kellys Entdeckung des geheimen Treppenschachtes in der Colstar-Fabrik.

Lew, der Abby schon bemerkte, als sie durch die Tür kam, deutete zum Bereitschaftszimmer hin. Sie gab ihm mit einem Nicken zu verstehen, daß sie dort auf ihn warten wollte, und machte dann, um jedes Aufsehen zu vermeiden, einen Umweg durch den äußeren Korridor.

Im Bereitschaftszimmer blickte sie sich um und fragte sich, ob hier tatsächlich Wanzen eingebaut sein mochten, wie Lew das vermutete.

Wenn sie an den gefälschten Autopsiebericht in Joe Hendersons Schublade dachte, konnte ein elektronischer Spion sie kaum noch überraschen.

Die Tür ging auf, und Lew kam herein. Kaum war die Tür hinter ihm wieder ins Schloß gefallen, als ihre Arme ihn schon umfingen und ihre Lippen sich auf seine preßten. Er schien einen Moment vor Überraschung zu erstarren.

„Vorsicht", flüsterte er. „Der große Bruder könnte uns zuschauen." Mit einer Handbewegung forderte er sie auf, ihm in das Badezimmer zu folgen, wo er den Wasserhahn am Waschbecken aufdrehte.

Abby erzählte ihm ausführlich von ihrem Besuch bei Ezra Black und fuhr dann fort: „Lew, ich glaube, daß sich bei Colstar etwas Entscheidendes anbahnt. Kelly Franklin hat nämlich eine Treppe entdeckt, die ihrer Meinung nach die Fabrik mit den unterirdischen Höhlen verbindet, von denen ich dir gestern am Telefon erzählt habe. Ich werde mich in zwanzig Minuten mit ihr treffen, um zu erfahren, was sie dort gefunden hat."

„Eines kann ich dir jetzt schon sagen", versicherte ihr Lew, „wenn diese Firma für die Schießerei in Las Vegas und den Tod von Mrs. Wheaton verantwortlich ist und die Anwälte sich daran festbeißen, ist der Verein aus dem Geschäft. Ich bin sehr gespannt, was diese Kelly herausgefunden hat."

„Das werden wir bald erfahren." Abby stellte den Wasserhahn ab und ging hinüber in das Bereitschaftszimmer, um dort ihre Jacke vom Stuhl zu nehmen. „Ich muß gehen. Ich komme sofort wieder hierher, wenn ich weiß, was Kelly entdeckt hat." Sie zog sich ihre Jacke über.

„Abby, sei um Gottes willen vorsichtig."

Abby nahm sein Gesicht zwischen ihre Hände und küßte ihn leicht auf den Mund. „Falls du es noch nicht bemerkt haben solltest", meinte sie. „Ich bin nicht gerade der wagemutigste Mensch dieser Welt."

DER PARK, den Kelly zu ihrem Treffpunkt bestimmt hatte, war ein kleiner Spielplatz am Ende einer langen Auffahrt. Abby erreichte ihn kurz vor sieben, parkte den Wagen am Straßenrand und stellte Scheinwerfer und Scheibenwischer ab. Der feine Nieselregen, der ihre Scheiben vom Schmutz befreite, wollte nicht aufhören.

Ihre Gedanken schweiften ab und kehrten zu dem unförmigen Gebilde zurück, das sie fast gewaltsam in das Colstar-Puzzle einzupassen versuchte – den Kernspintomographen. Von fast jedem KAWIF-Patienten war eine Kernspintomographie gemacht worden.

Bei den meisten war diese Untersuchung durchgeführt worden, *ehe* die typischen Symptome der KAWIF-Fälle auftraten.

Nach ihrer Theorie mußten diese Patienten mit Cadmium belastet gewesen sein, und irgendwie hatte das Zusammenwirken einer Schwermetallvergiftung und eines Kernspintomographen Ausschläge, Kopfschmerzen und andere Gesundheitsschäden ausgelöst.

Das *Zusammenwirken.* Das war der Punkt, der ihr Kopfzerbrechen machte. Nach ihrer Theorie mußten 150 Patienten, von denen MRT-Bilder angefertigt wurden, schon vorher mit Cadmium belastet gewesen sein. 150 Zufälle? Das würde ihr niemand abnehmen.

Sie blickte auf ihre Uhr. Zehn Minuten nach sieben.

Nun komm schon, Kelly! Wo bleibst du?

Die Fahrzeugscheiben waren inzwischen so beschlagen, daß sie nicht mehr hindurchschauen konnte. Sie öffnete das Fenster an der Fahrerseite einen Spaltbreit, ließ den Motor wieder an und schaltete die Lüftung ein. Irgend etwas war schiefgegangen.

Noch zehn Minuten, entschied sie. Sie würde Kelly eine Frist bis sieben Uhr zwanzig einräumen und dann nach ihr suchen – erst in ihrer Wohnung, dann in der Firma.

Um sich die Zeit zu verkürzen, dachte sie abermals über die mögliche Bedeutung dieser MRT-Aufnahmen nach. Eine Cadmiumkontamination konnte die aufgetretenen Symptome, aber nicht eine einzige dieser MRT-Aufnahmen erklären. Dann gab es nur noch folgende Möglichkeit: Keiner dieser KAWIFs war mit Cadmium vergiftet, jedoch irgendwie von der MRT-Untersuchung krank geworden. Machte das einen Sinn? Nach allem, was sie über dieses Verfahren wußte – nein.

Die zehn Minuten waren vorbei. Abby schaltete die Scheinwerfer ein und leuchtete damit die Auffahrt aus. Nichts. Kellys Wegskizze lag neben ihr auf dem Beifahrersitz. Anhand der Zeichnung fand Abby Kellys Bungalow, der nur drei Blocks entfernt lag.

Mehrere Lichter brannten im Haus. Abby ging den mit Steinplatten ausgelegten Pfad bis zum Kücheneingang entlang und blickte durch das Fenster. Die Küche machte einen aufgeräumten, unberührten Eindruck. Rechts neben ihr standen ein Kübel mit einer Yucca-Palme und mehrere Töpfe Geranien. Sie wollte gerade nach dem Schlüssel suchen, der darunter versteckt sein sollte, als sie das leise Tuckern eines Automotors hörte. Sie blickte zur Straße hin. Aber da war nichts. Plötzlich wußte sie Bescheid. Das Herz schlug ihr bis zum Hals, als sie zur Garage rannte und dort das Kipptor öffnete. Eine Wolke von Auspuffgasen quoll ihr entgegen. Abby zog ihre Bluse über Mund und

Nase, ehe sie in den tödlichen Nebel hineinlief. Kelly lag regungslos auf dem Vordersitz eines kleinen weißen Cabriolets.

Abby riß die Fahrertür auf und stellte den Motor ab. Dann faßte sie Kelly um die Taille, zog sie aus dem Wagen und zerrte sie an den Handgelenken die Auffahrt hinunter. Kelly hatte noch einen spürbaren Puls, doch ihre Atmung war extrem flach. Abby schlug ihr mit der Hand ins Gesicht und rief ihren Namen. Keine Reaktion. Sie entschloß sich zu einer Mund-zu-Mund-Beatmung und überprüfte Kellys Pupillen. Diese waren nicht erweitert und starr, wie sie befürchtet hatte, sondern so klein wie Stecknadelköpfe: die Pupillen eines Menschen mit einer Überdosis von Betäubungsmitteln.

Abby schrie verzweifelt um Hilfe, doch ihre Stimme wurde vom Regen verschluckt.

Im Haus schräg gegenüber brannte Licht, und hinter den Gardinen bewegte sich jemand.

„Durchhalten, Kelly“, sagte Abby, ehe sie sich umdrehte und zum Nachbarhaus hinübersprintete.

Als der Rettungswagen eintraf, hatten Abby und der Mann von gegenüber Kelly bereits in dessen Wohnzimmer getragen und dort auf den Teppich gelegt. Kelly war noch immer bewußtlos. Ihre Pupillen waren verkleinert, und die Atemfrequenz war niedrig. Beides gehörte nicht zu den klassischen Symptomen einer Kohlenmonoxidvergiftung. Mit großer Wahrscheinlichkeit hatte man Kelly mit einer Droge vollgepumpt, bevor sie in ihre Garage gebracht worden war.

Tränen vermischten sich mit dem Regenwasser auf Abbys Gesicht, als sie nach besten Kräften versuchte, Kellys Lungen mit Luft zu versorgen. Der Rettungswagen würde für die Fahrt hierher fünf Minuten brauchen. Eine Kohlenmonoxidvergiftung – selbst in milder Form – gehörte zu den größten Herausforderungen der Unfallmedizin. Das Monoxid zwang den Sauerstoff buchstäblich aus den Hämoglobinmolekülen heraus, die diesen normalerweise zu den Zellen des Körpergewebes transportierten. Es war außerordentlich schwierig, die Wirkung dieser Vergiftung umzukehren, und das Kohlenmonoxid verhinderte, daß lebenswichtige Organe, besonders das Herz und das Gehirn, ausreichend mit Sauerstoff versorgt wurden.

Es fiel Abby nicht leicht, sich auf diesen Notfall zu konzentrieren. Sie war wütend, geschockt und voller Angst, aber auch entschlossen, sich nicht von Gefühlen ablenken zu lassen. Als erstes würde sie einen Beatmungsschlauch einführen und Kelly an einen Herzmonitor anschließen. Sobald sie in der Unfallstation eintrafen, würde sie den Kohlenmonoxidhämoglobin-Anteil in Kellys Blut messen. Die Sauerstoffkonzentration der Zimmerluft betrug ungefähr zwanzig Prozent. Im Krankenhaus konnten sie die Patienten mit reinem Sauerstoff – also hundert Prozent – versorgen. Leider reichte oft selbst reiner Sauerstoff nicht aus, um das Kohlenmonoxidhämoglobin rechtzeitig aufzuspalten und so einen ernsthaften Gehirnschaden zu verhindern. Es gab jedoch die Möglichkeit, dem Patienten noch mehr als hundert Prozent Sauerstoff zuzuführen, indem man diesen mit atmosphärischem Überdruck verabreichte. Zu diesem Zweck mußten sie Kelly jedoch in eine Dekompressionskammer schaffen. Im Krankenhaus selbst gab es keine derartige Kammer, aber irgend jemand würde bestimmt wissen, wo sich die nächstgelegene befand.

Abby schob die Hand unter Kellys Kopf und hob diesen ein wenig an. Irgendwo in der Ferne waren jetzt Sirenen zu hören.

Als sie Kelly auf der Trage aus dem Haus hinaustrugen und in den Rettungswagen hineinschoben, schienen ihre Pupillen sich ein wenig erweitert zu haben. Auch die Hautfarbe sah etwas besser aus. Aber sie war noch immer nicht aus ihrer Bewußtlosigkeit erwacht.

Abby wußte, daß das kein gutes Zeichen war.

NACHDEM Kelly aus dem Rettungswagen gehoben und in der Notaufnahme versorgt worden war, brach der Damm, der bisher Abbys Emotionen zurückgehalten hatte. Sie war außer sich vor Wut und eilte Lew entgegen, als dieser aus Kellys Behandlungsraum trat.

„Sie hat etwas gefunden“, flüsterte Abby ihm zu. „Sie muß etwas in den unterirdischen Höhlen entdeckt haben, denn dieser Lyle Quinn hat versucht sie umzubringen.“

Im gegenüberliegenden Behandlungsraum war Kellys Profil hinter Schläuchen und elektrischen Kabeln gerade noch zu erkennen. In den 45 Minuten, die seit Kellys Einlieferung vergangen waren, hatte sie sich noch kein einziges Mal bewegt. Der Arzt, den Lew in die Unfallstation gerufen hatte, damit er Kellys Behandlung übernahm, war ein brillanter Kardiologe namens Harvey Shulman. Er hatte gerade das Behandlungszimmer verlassen und kam auf sie zu, während er einige Laborberichte studierte. „Ihre Kohlenmonoxidhämoglobin-Anteile betragen fünfunddreißig Prozent.“

Abby und Lew tauschten einen besorgten Blick. Sie kannten die Kohlenmonoxidhämoglobin-Tabelle auswendig. Ein Guru, der isoliert auf einem Berg in Tibet lebte: null Prozent. Ein Kettenraucher: neun

Prozent. Bei einem Patienten mit achtzehn Prozent mußte man ernsthaft an einen Krankenhausaufenthalt und eine Atmosphären-Überdruckbehandlung denken. Mit dreißig Prozent und mehr war man ein Todeskandidat.

„Sie muß in eine Dekompressionskammer", sagte Lew.

„Hatten Sie Glück?" Shulmans Frage war an Abby gerichtet, die sich zusammen mit der Stationsschwester darum bemüht hatte, eine zu finden. Abby schüttelte den Kopf, denn ihr Hals war wie zugeschnürt.

Shulman gab ihnen die Laborberichte, die bis auf diese 35 Prozent zufriedenstellend waren.

„Wenn wir nicht in den nächsten zehn oder fünfzehn Minuten eine Kammer und ein Transportmittel gefunden haben, muß ich sie auf die Intensivstation verlegen", sagte Shulman. „Es gibt noch andere Patienten in der Notaufnahme."

„Nein!" widersprach Abby energisch. „Wir werden schon etwas finden."

Shulmans dunkle Augen musterten sie forschend. „Abby, ich glaube nicht, daß der Rettungshubschrauber bei diesem Wetter einen Nachtflug riskieren wird. Oder möchten Sie die Verantwortung dafür übernehmen, falls der Helikopter verunglücken sollte?"

Da Abby seinen Argumenten nichts entgegenzusetzen wußte, drehte sie sich wortlos um und ging in das Büro der Oberschwester, um zu telefonieren. Zehn Minuten später kam sie wieder zurück und schüttelte den Kopf. Sie gab Lew mit der Hand ein Zeichen, ihr in die von Glaswänden umgebene Diktierkabine zu folgen. Dort konnte sie ungestört mit ihm reden.

„Im Moment kann die Flugbereitschaft nichts für uns tun. Vielleicht morgen früh, falls das Wetter sich bessert", berichtete sie. „Lew, das übersteht sie nicht."

„Das kannst du nicht wissen."

„Solange der Kohlenmonoxidhämoglobin-Anteil in ihrem Blut bei fünfunddreißig Prozent liegt, ist es nicht einmal anstrebenswert, daß sie überlebt. Ich wünschte, dieser Lyle Quinn wäre jetzt hier, damit ich ihm den Hals umdrehen könnte."

Lew griff nach ihrer Hand und drückte sie. „Wenn wir die Ergebnisse von Angela Cristoforos Blutuntersuchung bekommen, haben wir etwas in der Hand. Aber bis dahin weiß ich nicht, was wir unternehmen könnten."

„Da ist noch etwas. Während ich draußen im Park auf Kelly wartete, habe ich mir noch einmal alles durch den Kopf gehen lassen, was wir bisher herausgefunden haben. Ein Stück wollte einfach nicht zu den anderen passen."

„Welches?"

„Die MRTs. Den meisten Fällen auf der Liste wurde eine Kernspintomographie verschrieben, *bevor* sich ihre Krankheitssymptome entwickelt hatten. Ich möchte mir diesen Tomographen einmal etwas genauer anschauen."

„Wann willst du das tun?"

„Sobald Kelly auf die Intensivstation verlegt worden ist. Hast du vielleicht eine von diesen bleistiftgroßen Taschenlampen, die du mir leihen könntest?"

„Ja, natürlich." Lew löste eine von seiner Brusttasche und reichte sie ihr.

„Noch etwas: Sobald ich mich auf den Weg zum Tomographen mache, mußt du mir den Röntgentechniker ungefähr zwanzig Minuten lang von der radiologischen Abteilung fernhalten."

„Kein Problem. Hector Ortega hat heute nacht Dienst in der Röntgenabteilung. Er ist in Napa Valley geboren und aufgewachsen. Es macht ihn ganz verrückt, wenn die Leute denken, er müßte die spanische Sprache beherrschen. Deshalb freut er sich, wenn ich ihm hin und wieder ein paar Brocken Spanisch beibringe."

„Ausgezeichnet." Abby deutete zu der Stelle hinüber, wo die Schwestern Kelly für den Umzug in die Intensivstation vorbereiteten. „Mir ist gerade noch etwas eingefallen. Wenn Kelly tatsächlich etwas im Felsen unter der Colstar-Fabrik entdeckt hat, könnte sie auch hier noch in Gefahr sein. Sollte man sie nicht besser bewachen?"

„Daran hatte ich bisher nicht gedacht. Ich bin sicher, daß Barbara Torres von der Allianz Überstunden machen wird, sobald sie begriffen hat, was hier auf dem Spiel steht. Ich werde sie gleich anrufen. Wenn meine Schicht hier beendet ist, werde ich Barbara unter irgendeinem Vorwand ablösen. Und dann müssen wir uns etwas ausdenken, damit Kelly rund um die Uhr bewacht werden kann."

„Großartig."

„Dann brauchst du mich nur anzurufen, wenn ich mit Hectors Spanischunterricht beginnen soll. Bis dahin wünsche ich *buena suerte.*"

ABBY stand neben Kellys Bett auf der Intensivstation, bis Barbara Torres eintraf. Ihre Miene und ein kurzes Nicken mit dem Kopf verrieten Abby, daß sie über alles informiert und bereit war, sich mit ihrer nicht unbeträchtlichen Leibesfülle und Entschlußkraft jeder Gefahr in den

Weg zu stellen. Da Abby Kelly nun beschützt wußte, rief sie Lew in der Notaufnahme an, der ihr mitteilte, daß Hector Ortegas Sprachunterricht in drei Minuten beginnen würde.

Abby stieg vorsichtig die Hintertreppe zur radiologischen Abteilung hinunter. Vor ein paar Jahren hatte sie sich eine Stoppuhr gekauft, gewissermaßen als Unterpfand für ihren Vorsatz, mit regelmäßigem Joggen zu beginnen. Ihr Vorsatz hatte keine drei Wochen, die Uhr jedoch bis heute gehalten. Abby stellte den Timer auf zwanzig Minuten, bevor sie die Räume der Kernspintomographie betrat.

Sie gelangte zuerst in den Kontrollraum, der durch eine Zwischentür mit dem Büro des für die Kernspintomographie verantwortlichen Radiologen, Del Marshall, verbunden war. Die riesige elektronische Schaltanlage mit den zahllosen Monitoren war der Arbeitsbereich der Techniker, die das Verfahren überwachten und steuerten. Daneben, durch eine dicke Glaswand vom Kontrollraum getrennt, befand sich das Herz der Anlage – der Tomograph.

Als Ärztin der St.-Johns-Klinik war sie natürlich auch mit der dortigen MRT-Anlage vertraut gemacht worden. Jetzt wünschte sie sich, daß sie damals besser aufgepaßt hätte. Das Gerät war ein klobiger Kasten mit einer über zwei Meter langen und ungefähr sechzig Zentimeter breiten Röhre, die in einem rechteckigen Metallgehäuse untergebracht war, das Elektromagneten beherbergte. Aus diesem Zylinder ragte eine Gleitschiene mit einem beweglichen Schlitten heraus, auf den sich der Patient legen mußte, um dann, elektronisch gesteuert, in die Röhre eingefahren zu werden.

Abby untersuchte rasch die Gleitschiene und spähte in den Zylinder hinein. Der Durchmesser der Röhre war groß genug, um einen erwachsenen Menschen mittlerer Statur aufnehmen zu können. Unter der Röhre befand sich die Hydraulik, die für die Fortbewegung des Schlittens sorgte. Abby sah sich die Kabel an, konnte aber nichts Ungewöhnliches daran entdecken. Sie verfluchte sich dafür, daß sie nicht die geringste Ahnung hatte, wonach sie eigentlich suchte. Ihr blieben noch fünfzehn Minuten Zeit.

Abby ließ sich bäuchlings auf der Gleitschiene nieder, schob ihren Oberkörper in die Röhre und drehte sich dann auf den Rücken. Wie hatte es die an Klaustrophobie leidende Claire auch nur eine Minute lang in dieser Röhre aushalten können?

Das Atmen fiel mir immer schwerer, als hätte sich die Luft in Flüssigkeit verwandelt...

Sie zog Lews Stiftlampe aus ihrer Brusttasche und ließ den Lichtstrahl über die weiße, emaillierte Innenseite des Zylinders gleiten. Nun arbeitete sie sich Zentimeter für Zentimeter in der Röhre voran, bis sie ungefähr einen halben Meter vor deren Ende eine Reihe winziger Poren im Emaille entdeckte, die sich in einem halbkreisförmigen Bogen direkt über der Stelle ausbreiteten, wo sich die Nase und der Mund des Patienten befinden mußten. Sie brachte ihre Lampe etwas näher an diese Poren heran und sah, daß es ungefähr dreißig stecknadelgroße Löcher waren. Gehörten sie zur Standardausrüstung eines Kernspintomographen? Und wenn ja, welchen Zweck erfüllten diese Poren?

Abbys Puls raste, als sie aus dem Zylinder kletterte. Ihr blieben noch acht Minuten. Sie eilte zum Wandtelefon und rief Lew in der Notaufnahme an. „Ist der Röntgentechniker noch bei dir?"

„Er ist gerade dabei, das Wort ‚gehen' zu konjugieren."

„Lew, ich habe etwas gefunden, aber ich brauche mehr Zeit. Es gibt hier eine Reihe winziger Löcher im Zylinder des Tomographen, und zwar exakt über der Stelle, wo sich normalerweise der Mund und die Nase eines Patienten befinden würden. Weißt du, ob diese Löcher zur Ausstattung eines Kernspintomographen gehören?"

„Keine Ahnung."

„Hör zu, Lew. Ich muß mich hier noch etwas umschauen und möchte dann den diensthabenden Radiologen in der St.-Johns-Klinik anrufen. Kannst du mir die fünfzehn Minuten verschaffen?"

„Ich kann es ja versuchen. Vielleicht lasse ich ihn noch *hacer el amor* konjugieren."

„Liebe machen? Wie ich Hector kenne, ist er dafür bestimmt zu haben. Ruf mich an, wenn du ihn nicht länger aufhalten kannst."

„Sei bloß vorsichtig! Kelly hat diese Leute unterschätzt."

„Ich ebenfalls."

Abby legte auf, stellte den Timer ihrer Uhr auf dreizehn Minuten und ließ sich über die Vermittlung mit der St.-Johns-Klinik verbinden. Es bedurfte nur eines sehr kurzen Gesprächs, um sich ihren Verdacht bestätigen zu lassen: Normale Tomographen hatten keine Löcher an der Innenseite des Zylinders.

Abby kehrte zu dem massigen Gestell zurück und untersuchte noch einmal die Kabel und Schläuche der Hydraulik und dann den Gehäuserahmen. Nichts. Neun Minuten.

Von einer leichten Panik erfüllt, weil sie unter Zeitdruck stand, ging sie um das Gerät herum und suchte das Gehäuse mit den Augen ab. Erst jetzt wurde ihr bewußt, daß sie noch keinen einzigen Blick auf die Oberseite dieser Apparatur geworfen hatte. Rasch holte sie einen

Stuhl herbei und stellte sich darauf. Da war es, was sie gesucht hatte: ein kleines Bündel durchsichtiger Plastikschläuche, die aus dem Boden neben der Hydraulik herauskamen, dann um den Rahmen herumführten und schließlich an einer Stelle unmittelbar über dem Ventilator im Gehäuse verschwanden.

Abby verfolgte dieses Schlauchbündel bis zum Boden hinunter. Dort mündete es in einer weiß emaillierten Metallplatte. Soweit sie das beurteilen konnte, schienen die Schläuche direkt aus dem gefliesten Fußboden herauszukommen. Abby legte sich auf den Boden und leuchtete die beigefarbenen Fliesen mit einer kleinen Lampe ab.

Sechs Minuten.

Abby wollte schon aufgeben, als sie plötzlich einen dünnen, nicht einmal millimetergroßen Spalt im Fugenmörtel entdeckte, der um mehrere Fliesen herumlief. Zweifellos handelte es sich hier um eine Art Falltür.

In diesem Moment klingelte das Wandtelefon. Abby sprang auf und eilte zu dem Apparat.

„Hector hat eben einen Anruf bekommen", teilte Lew ihr vom anderen Ende der Leitung mit. „Die Innere wird ihm einen Patienten übergeben, dessen Bauchraum geröntgt werden muß."

„Lew, ich habe es gefunden! Der Tomograph ist so umgerüstet, daß man ihn auch als eine Art Inhalationskammer verwenden kann. Deswegen auch diese seltsamen Gerüche, die Claire wahrnahm, bevor sie ihren allergischen Schock bekam. Das Gas kommt durch sechs kleine Schläuche aus dem Fußboden und gelangt über die kleinen Löcher in der Zylinderdecke in die Röhre. Ich habe die Schläuche bis zu der Stelle verfolgt, wo sie direkt im Fußboden zu verschwinden scheinen. Dort befindet sich offenbar eine Falltür. Ich möchte jetzt noch herausfinden, wie diese sich öffnen läßt."

„Ich weiß nicht, ob das klug ist."

„Ich werde in zehn Minuten in die Unfallabteilung zurückkommen", versicherte sie ihm und legte auf.

Sie suchte an den Wänden nach einem Schalter, mit dem sich die Falltür vielleicht öffnen ließ. Aber schon nach wenigen Sekunden kam sie zu dem Schluß, daß ein Schalter recht unwahrscheinlich war. Es bestand nämlich die Gefahr, den Schalter versehentlich zu betätigen. Deshalb war ein mechanischer Hebel, den man möglicherweise unter dem elektromagnetischen Gehäuse angebracht hatte, wesentlich praktikabler.

Abby ließ sich rasch auf Hände und Knie nieder und suchte den

Boden unter dem Zylinder ab. Fast augenblicklich berührte ihre Hand einen glatten Griff, der so weit vom vorderen Rand des Gehäuses entfernt war, daß man ihn nicht aus Versehen bedienen konnte. Abby holte tief Luft, legte die Finger um diesen Hebel und zog daran. Mit einem leisen Geräusch löste sich irgendwo ein Riegel, und ein aus vier Fliesen bestehendes Segment ragte nun an einer Seite ungefähr anderthalb Zentimeter aus dem Fußboden heraus.

Mit hämmerndem Puls kroch Abby dorthin, hob die Falltür etwas weiter an und blickte in einen ungefähr zwei Meter tiefen Schacht mit einer Leiter. Am Ende dieses Schachtes befand sich ein mit Beton ausgekleideter Tunnel, der offenbar waagrecht von diesem Schacht wegführte. Der Boden des Tunnels war mit einem Lattenrost versehen, wie man ihn auf dem Boden von Saunaräumen findet.

Es dauerte ein paar Sekunden, bis Abby sich die genaue geographische Lage der radiologischen Abteilung vergegenwärtigt hatte. Aber nachdem ihr das gelungen war, fand sie ihren Verdacht bestätigt – daß dieser Tunnel nämlich direkt auf den Colstar-Felsen zuführte.

In diesem Moment hörte sie laute Stimmen von draußen. Abby eilte zum Lichtschalter und löschte die Beleuchtung. Mit ihrer Stiftlampe in der Hand kehrte sie zur Falltür zurück. Rasch kletterte sie die Leiter im Schacht hinunter. Und nachdem sie sich vergewissert hatte, daß sich die Falltür auch von unten öffnen ließ, zog sie diese über sich zu.

Der Tunnel hatte fast genau ihre Größe. Die Luft war schal, und es war völlig dunkel. Abby leuchtete mit ihrer kleinen Taschenlampe in den Tunnel hinein und tastete sich mit eingezogenen Schultern langsam voran.

Während sie sich durch den Tunnel bewegte, versuchte sie sich immer wieder ein Bild davon zu machen, wo sie sich gerade befand: unter dem Parkplatz hinter dem Krankenhaus... unter dem hohen Maschendrahtzaun mit den Stacheldrahtrollen darauf... unter der mit Felsblöcken und Wildblumen übersäten Wiese zwischen dem Zaun und dem Felsen... und schließlich irgendwo unter dem Felsen.

Sie kam nur langsam voran. An der Decke des Tunnels befanden sich jeweils im Abstand von ungefähr drei Metern Leuchtstoffröhren, von denen jedoch keine brannte. Parallel zu der Lichtleitung lief dieses Bündel aus sechs kleinen Plastikschläuchen, von denen jeder mit einem andersfarbigen Klebeband markiert war: gelb, rot, blau, grün, pink und schwarz.

Die kleine Stablampe half ihr zwar, den Boden vor ihr ein paar Schritte weit auszuleuchten, aber wenn sie diese ausschaltete, war sie von totaler Finsternis umgeben. Als sie schließlich aus einer leichten Biegung herauskam, sah sie ein Licht vor sich aufschimmern.

Mit jedem Schritt, den sie machte, wurde das Licht heller und größer, bis sie schließlich die Umrisse des Tunnelausgangs erkennen konnte und sah, daß das Licht eine weißgekalkte Betonwand beleuchtete.

Dann war der Tunnel plötzlich zu Ende, und sie befand sich in einem schwach beleuchteten Raum, der sich über ihr grenzenlos auszudehnen schien. In der Mitte dieses Raumes befand sich ein runder, betonierter Aufzugschacht, an dessen Außenwand sich eine eiserne Wendeltreppe emporschlängelte. Am Fuß dieser Treppe war ein Metallschild mit folgender Inschrift befestigt:

WARNUNG
IM FALLE EINES FEUERS ODER GASLECKS AUF KEINEN FALL
DEN AUFZUG BENUTZEN! ACHTEN SIE DARAUF, DASS DIE SPRINKLER-
ANLAGE EINGESCHALTET IST. FALLS NICHT, BEDIENEN SIE DEN HEBEL
DER SPRINKLERANLAGE, EHE SIE DEN RAUM VERLASSEN.
BENUTZEN SIE DIE TREPPE ZUR ERSTEN ODER ZWEITEN EBENE.
DORT BEFINDEN SICH NOTAUSGÄNGE.

Neben diesem Warnschild befanden sich in einem mit einer Glasscheibe abgedeckten Kasten der rote Feueralarmknopf und der Hebel für die Notfall-Berieselungsanlage. In einem Gestell am Boden darunter war ein halbes Dutzend Handfeuerlöscher aufgereiht.

Abby preßte sich mit dem Rücken gegen die Wand des Aufzugsschachtes und horchte, ob sich vielleicht etwas in ihrer Nähe bewegte. Aber alles war still. Sie wußte jetzt auch, wo sie sich befand – am Grund des Hauptschachtes der ehemaligen Patience-Goldmine. Und bei den auf dem Schild genannten Notausgängen konnte es sich nur um zwei der alten Ventilationsschächte der Mine handeln, deren Öffnungen in der Felswand man so sorgsam getarnt hatte.

Froh darüber, daß sie keine Straßen-, sondern Segeltuchschuhe trug, stieg Abby vorsichtig die Metalltreppe hinauf. Der erste Ventilationstunnel befand sich rund sieben Meter über der Talsohle, doch der Zugang war mit einem Gitter verschlossen. BENUTZEN SIE DEN NOTAUSGANG 2, stand auf dem Schild, das mit Draht am Gitter befestigt war.

Abby schlich auf Zehenspitzen bis zum nächsten Treppenabsatz hinauf. Zu ihrer Rechten befand sich der Notausgang Nummer zwei, der dieselben Maße zu haben schien wie der Tunnel, der den Schacht mit dem Krankenhaus verband. Zu ihrer Linken befand sich eine betonierte Plattform mit einer kurzen, geraden Treppe, die von dort nach oben führte. Abby entschied sich zuerst für diese Treppe. Sie mündete in einem dunklen Raum, in dem Abby eine der Höhlen wiedererkannte, die in dem kleinen Buch beschrieben waren.

Abby kehrte zu dem Tunnel des zweiten Notausgangs zurück. Da es hier überhaupt keine Beleuchtung gab, betrat sie ihn mit äußerster Vorsicht. Dieser Tunnel mußte ungefähr dreißig Meter lang sein, doch sie brauchte eine unverhältnismäßig lange Zeit dazu, dessen Ende zu erreichen, da er an manchen Stellen derart niedrig wurde, daß sie sich sogar ein paarmal bücken mußte, um weitergehen zu können.

Die Tür, die so hervorragend der Felswand angepaßt war, wenn man sie von außen betrachtete, bestand aus Sperrholz und war an der Innenseite schwarz gestrichen. Sie war links und rechts mit jeweils drei Gleitbolzen an der Felswand befestigt und mit der Inschrift versehen: TÜR IST DURCH ALARMANLAGE GESICHERT: NUR IM ÄUSSERSTEN NOTFALL BENUTZEN!

Abby ließ den Strahl ihrer Stiftlampe am Rand der Tür entlangwandern, dann kehrte sie um und erreichte wieder den Hauptschacht.

Sie stieg die Wendeltreppe hinunter und befand sich ungefähr drei oder vier Meter über dem Schachtboden, als das Räderwerk des Aufzugs sich plötzlich neben ihr mit einem so lauten Poltern in Gang setzte, daß sie vor Schreck fast ihre Taschenlampe fallen gelassen hätte. Da Abby nicht wußte, ob die Aufzugkabine nach oben oder nach unten fuhr, rannte sie die restlichen Stufen hinunter und verbarg sich im Schatten des Tunnels, der zum Krankenhaus führte.

Es dauerte nur ein paar Sekunden, bis das Rasseln im Schacht wieder verstummte. Dann öffnete sich eine Tür, und ein schmächtig gebauter Mann mit dicken Brillengläsern kam aus dem Aufzug heraus. Er trug einen Laborkittel, hatte ein Klemmbrett in der Hand und ging auf das Licht zu, das links hinter der weißen Betonwand leuchtete.

Obwohl ein Rückzug in das Krankenhaus gewiß das vernünftigste gewesen wäre, wollte Abby den Weg, auf dem sie schon so weit gekommen war, nun auch zu Ende gehen. Sie lief also auf Zehenspitzen zur Betonwand hinüber, bewegte sich vorsichtig an dieser entlang und blickte dann um die Ecke.

Vor ihr breitete sich ein taghell erleuchteter Raum von beträchtlicher Tiefe aus, der von einer dicken, bis zur Decke hinaufreichenden Glaswand umschlossen und durch einen ungefähr einen Meter breiten Asphaltweg von der Felswand getrennt war. Zahllose Glaswände unterteilten den großen Raum, und in einer der Parzellen saß der Mann, der eben aus dem Aufzug gestiegen war, vor einem Computerbildschirm.

Zu ihrer Linken, in einem kleineren, mit dem schwarz-gelben Universalsymbol für gefährliche Stoffe gekennzeichneten Bereich, befanden sich zwei Dutzend Gastanks verschiedener Größe, die in den gleichen Farben gehalten waren wie die Markierungsstreifen der sechs Plastikschläuche, die in den Kernspintomographen hineinführten. Sie waren auf Metallgerüsten befestigt und mit Aufschriften versehen, die Abby von ihrem Standort aus jedoch unmöglich entziffern konnte. Sie legte sich flach auf den Boden und robbte in Richtung der Glaswand. Das Blut wollte ihr in den Adern erstarren, als sie die schwarze Inschrift auf rotem Untergrund las. SARIN.

Nach der Katastrophe in der Tokioter Untergrundbahn, als Hunderte von Menschen von einer radikalen Sekte mit diesem Gas vergiftet worden waren, hatte Abby ein Seminar über Sarin und andere chemische Kampfstoffe besucht. Sarin gehörte zu der chemischen Gruppe von Organophosphaten, für die es einigermaßen effektive Gegenmittel gab. Aber die von jedem Molekül dieses Kampfstoffes ausgeübte neuroparalytische Wirkung war so groß, daß oft schon eine sehr geringe Dosis ausreichte, einen Erstickungstod herbeizuführen, ehe man dem Betroffenen ein Gegenmittel verabreichen konnte.

Plötzlich erinnerte sich Abby wieder an den Patienten von Oleander, in dessen Blut man geringe Mengen von Organophosphaten entdeckt hatte. Der Mann wäre mit Düngemitteln in Berührung gekommen, hatte ihr George Oleander damals erklärt. *Blödsinn, George!*

Auf Händen und Knien kroch sie näher an das Gastanklager heran. Die Inschrift auf dem gelben Tank konnte sie nun ebenfalls lesen – Trichothecene. Diese Chemikalie – besser bekannt unter dem Namen TTC – gehörte wie das sogenannte Senfgas, das sich in dem blauen Tank daneben befand, zu den die Lungen- und Hautzellen schädigenden Reizkampfstoffen.

Der pinkfarbene Tank enthielt ein als Mycotoxin bezeichnetes Gas, und der schwarze trug die Aufschrift VX in weißen Lettern. Beide Namen sagten ihr nichts. Die letzte Reihe von Tanks in grüner Farbe mit weißer Aufschrift enthielt Phosgen, das den Experten zufolge seit über 75 Jahren weltweit in Gebrauch war und in jüngster Zeit von den Sowjets gegen die Afghanen und von den Irakern gegen die Kurden eingesetzt worden war. Nun sah es so aus, als könnte man auch die Regierung der Vereinigten Staaten, die das Gift gegen Claire Buchanan und andere Patienten des Kreiskrankenhauses von Patience anwendete, auf diese Liste setzen.

Abby hielt sich mittlerweile seit gut zwanzig Minuten in dem Labor auf. Höchste Zeit, daß sie in das Krankenhaus zurückkehrte und Lew von ihren Entdeckungen berichtete. Es gab immer noch ein paar ungelöste Rätsel, etwa die Verbindung zwischen dieser unterirdischen Hexenküche und der Cadmiumvergiftung von Josh, Willie Cardoza und den anderen. Von einem war sie jedoch felsenfest überzeugt: Diese Zylinder waren über ein kompliziertes, aus Ventilen, Meßgeräten und Schläuchen bestehendes System mit den KAWIFs verbunden gewesen.

Mit wild klopfendem Herzen kroch Abby den Korridor hinunter und betrat den Tunnel zum Krankenhaus. Da sie nun mit dem Terrain vertraut war, kam sie viel schneller voran als zuvor. Als Abby die Leiter am Ende des Tunnels erreicht hatte, benutzte sie zum ersten Mal wieder ihre kleine Taschenlampe. Alles war noch so, wie sie es verlassen hatte. Auf ihrer Uhr war es jetzt zwanzig Minuten nach elf. Es war nicht zu erwarten, daß sich jemand zu dieser späten Stunde in der MRT-Abteilung aufhalten würde. Trotzdem achtete sie darauf, beim Öffnen der Falltür kein Geräusch zu machen, und hob diese zunächst nur ein paar Zentimeter weit an. Oben war es so dunkel wie in dem Tunnel. Sie stieg auf die nächsthöhere Sprosse der Leiter und legte die Falltür vorsichtig nach hinten um. Dann erklomm sie die nächste Sprosse, so daß sie sich mit ihrem Oberkörper im Tomographenraum befand. In diesem Moment gingen die Lichter an der Decke über ihr an.

Vor ihr, mit leicht gegrätschten Beinen und vor der Brust verschränkten Armen, stand Lyle Quinn. Und hinter ihm hatten sich George Oleander, Joe Henderson, Martin Bartholomew, der Radiologe Del Marshall und Captain Gould von der Polizei aufgebaut.

„Guten Abend, Abby“, sagte Quinn. „Wir haben Sie schon erwartet.“

9. KAPITEL

Abby starrte Lyle Quinn benommen an, als dieser einen Schritt auf sie zu machte und ihr seine Hand hinstreckte. „Kommen Sie, ich helfe Ihnen“, sagte er. Sein schwarzes Sportjackett war nicht zugeknöpft und enthüllte ein Schulterhalfter mit Pistole.

„Fassen Sie mich nicht an!“

Quinn trat zurück und zuckte mit den Schultern. „Dann eben nicht.“

Für wenige Sekunden herrschte ein unbehagliches Schweigen. Dann trat George Oleander einen Schritt vor. „Abby, vor neun Jahren war Patience am Ende", sagte Oleander in seinem väterlichen Tonfall. „Die Existenz eines jeden hier hing und hängt noch immer von Colstar ab. Und Colstar war im Begriff unterzugehen. Senator Corman tat damals alles, was in seinen Kräften stand, um der Firma Regierungsaufträge zuzuschanzen, und eine Weile sah es so aus, als wäre Colstar gerettet. Dann, vor ungefähr acht Jahren, sprengten Terroristen in Südamerika die dortige Colstar-Fabrik in die Luft, die unser wichtigster Rohstofflieferant war. Fünf Colstar-Mitarbeiter kamen bei dem Sprengstoffattentat ums Leben. Nach dieser Katastrophe war niemand mehr dort unten bereit, der Firma beim Wiederaufbau zu helfen. Es sah so aus, als hätte unser letztes Stündlein geschlagen. Das war der Moment, als Senator Corman mit einem Vorschlag an uns herantrat."

„Mit einem Angebot, das Sie nicht ausschlagen konnten", ergänzte Abby sarkastisch.

„Ich nehme an, daß man es so nennen könnte", erwiderte Oleander. „Die Wahrheit ist jedoch, daß wir es gar nicht ausschlagen *wollten*. Damals wurde fast täglich von neuen chemischen Kampfstoffen berichtet. Unsere Wissenschaftler machten Tierversuche, um Gegenmittel für diese Kampfstoffe zu entwickeln. Doch oft zeigte es sich, daß diese bei einem Schwein, Schaf oder Affen erfolgreich erprobten Mittel unsere Truppen kränker machten als der Kampfstoff selbst. Das Golfkrieg-Syndrom ist ein perfektes Beispiel dafür. Die Hälfte der Symptome, an denen unsere Truppen litten, rührten von den Chemikalien, denen der Diktator Hussein sie aussetzte. Der Rest davon wurde von den sogenannten Schutzdrogen verursacht, mit denen *wir* unsere Soldaten fütterten."

„Also wollte Corman ein Laboratorium mit menschlichen Versuchskaninchen haben", kombinierte Abby, „die in einem kontrollierten Bereich mikroskopisch kleinen Mengen von Gas ausgesetzt und dann mit ebenso mikroskopisch kleinen Mengen eines Gegenmittels behandelt wurden."

„So etwas Ähnliches. Einige Leute wurden leider... gesundheitlich beeinträchtigt. Ich möchte das nicht abstreiten. Aber dafür wurde uns die Neugeburt dieses Tales beschert – neue Geschäfte, Schulen, Parkanlagen und ganz besonders dieses modern eingerichtete Krankenhaus."

Abby blickte zu Lyle Quinn hoch und sah die Ausdruckslosigkeit in seinen Augen. „Woher wußten Sie, wo ich mich gerade befand?" fragte sie ihn.

„Sie haben einen stummen Alarm ausgelöst“, antwortete er bereitwillig, „als Sie eine Lichtschranke am anderen Ende dieses Tunnels unterbrachen. Bedauerlicherweise hat der Alarm nicht richtig funktioniert. Auf dem Fabrikgelände und an den Zäunen gingen zwar alle Lichter an, aber für mich und den Wachhabenden gab es keinen erkennbaren Auslöser dieses Alarms. Als wir Sie schließlich auf unseren Monitoren hatten, krochen Sie bereits auf dem Boden unseres Labors herum.“

„Warum haben Sie mich hierher zurückkehren lassen, statt mich zu betäuben, in einer geschlossenen Garage in einen Wagen zu legen und den Motor anzustellen, wie Sie das bei Kelly Franklin gemacht haben?“

Aufmerksam beobachtete Abby Quinns Komplizen. Bartholomew, Oleander und Del Marshall machten ein überraschtes Gesicht; Gould und Henderson hatten davon gewußt.

„Ich weiß nicht, wovon Sie reden“, verteidigte sich Quinn vehement. „Ich habe ganz bestimmt nichts mit Kellys Selbstmordversuch zu schaffen. Abby, wir benötigen Ihre Mithilfe. Wir müssen wissen, wer sonst noch in dieser Stadt Kenntnis davon hat und woher Sie wußten, wie Sie sich Zugang zu unserem Forschungslabor verschaffen konnten. Vor allen Dingen müssen wir wissen, ob Sie bereit sind, sich diesem Programm anzuschließen, mit dem wir die Stadt und das ganze Tal am Leben erhalten.“

„Ich …, ich brauche etwas Bedenkzeit.“

„Wofür?“ erwiderte Quinn mit unmißverständlicher Ungeduld in der Stimme.

„Es gibt mehrere Personen, die wissen, wo ich mich befinde und was ich gerade mache“, entgegnete sie.

Quinns eiskalter Blick schien sie zu durchbohren. „Das ist völliger Unsinn“, schnaubte er plötzlich. „Wir haben es auf Ihre Weise versucht, George. Nun werden wir es auf meine machen. Hinaus mit Ihnen! Alle bis auf Gould!“

Als die vier Männer schweigend und offenbar erleichtert den Raum verließen, fürchtete Abby, daß ihre letzte Stunde geschlagen hatte.

„Abby, ich denke, wir sollten uns jetzt in mein Büro in der Fabrik begeben“, meinte Quinn. „Wir müssen über alles reden.“

Vor Abbys innerem Auge tauchte kurz das Bild von Kellys regungsloser Gestalt auf, die quer auf den Vordersitzen ihres Wagens lag. Der Mann, der jetzt über ihr stand, kannte kein Erbarmen. Ob mit Drogen oder mit Foltermethoden – Quinn würde bestimmt einen Weg finden, die Antworten auf seine Fragen aus ihr herauszuholen. Sie würde sich keinesfalls ohne Gegenwehr von ihm gefangennehmen lassen. Also zog sie den linken Fuß auf der Leitersprosse ein Stück zurück, stieß sich mit dem anderen Fuß von der Schachtwand ab und ließ sich in den Tunnel hinunterfallen. Über ihr gab Quinn Captain Gould rasch einen Befehl und kletterte dann hinter ihr die Leiter hinunter, während Abby bereits geduckt durch den Tunnel rannte.

„Abby, machen Sie das nicht", rief Quinn hinter ihr, „es wird Ihnen nichts helfen!" Seine ledernen Schuhsohlen knallten auf dem Lattenrost wie Pistolenschüsse.

In diesem Moment gingen alle Lichter an der Decke des Tunnels an. Die Dunkelheit und die niedrige Tunneldecke hatten Abby nur vorübergehend einen Vorsprung verschafft. Verzweifelt schloß sie die rechte Hand zur Faust und führte damit einen Schlag gegen die nächste Leuchtstoffröhre. Das splitternde Glas verletzte ihre Hand, aber vor lauter Angst empfand Abby keinen Schmerz. Mit gesenktem Kopf lief sie weiter, zerschmetterte nacheinander alle Leuchtstoffröhren an der Decke und ließ ein Meer von Glassplittern und totale Dunkelheit hinter sich.

Die Schritte hinter ihr wurden langsamer. „Geben Sie auf, Abby!" rief Quinn.

Er versuchte einen überlegenen Ton zu finden, aber Abby merkte, daß er frustriert war. Der Gedanke daran weckte in ihr wieder Zuversicht und setzte neue Kräfte frei. Sie erreichte das Ende des Tunnels. Der Aufzug und die Wendeltreppe befanden sich unmittelbar vor ihr. Da fiel ihr Blick auf den roten Knopf und den Hebel der Berieselungsanlage hinter der Glasscheibe. Rasch griff sie nach dem an einer Kette hängenden kleinen Hammer, zertrümmerte damit die Scheibe, löste den Feueralarm aus und aktivierte die Berieselungsanlage. Im gleichen Moment ertönte eine Sirene, und kurz darauf ergoß sich aus Dutzenden von Düsen an der Decke ein sintflutartiger Regen.

Abby riß einen Feuerlöscher aus dem Gestell neben der Treppe, entfernte den Sicherheitsstift und trat einen Schritt vom Tunnel zurück, als Quinn aus diesem herauskam. Abby richtete den Feuerlöscher auf sein Gesicht und drückte den Hebel. Sofort verschwand sein Kopf hinter einer dicken Schicht weißen Schaums. Er schrie, sank auf die Knie und griff sich mit beiden Händen ins Gesicht, um den klebrigbeißenden Schaum aus den Augen zu wischen.

Dank der Sprinkleranlage, die vor ein paar Sekunden noch Abbys Verbündete gewesen war, konnte Quinn sich rasch von der Schaumschicht befreien. Entschlossen hob sie den schweren Feuerlöscher bis zu ihrem Kinn hinauf und schleuderte ihn Quinn entgegen. Er traf ihn an der Schulter und seitlich am Gesicht; der Mann kippte nach hinten und fiel auf den nassen Kachelboden.

Als Abby sah, daß er nur leicht verletzt war, drehte sie sich rasch um und rannte die Treppe hinauf. Sie nahm zwei oder drei Stufen auf einmal, bis sie am Eisengitter des ersten Lüftungsschachtes vorbeikam. Es hatte keinen Sinn, anzuhalten und nach unten zu schauen. Sie wußte, daß Quinn ihr folgte. Der Treppenabsatz mit dem zweiten Notausgang mußte sich wenige Meter über ihr befinden. Wenn sie diesen erreichen konnte, würde Quinn wahrscheinlich momentan unsicher sein, ob Abby sich nach links gewandt hatte, wo die Treppe zur oberen Höhle hinaufführte, oder nach rechts in den Entlüftungsschacht hinein. Vielleicht verschaffte ihr das einen so großen Vorsprung, daß sie das Ende des Schachtes erreichen, dort die sechs Bolzen der Tür lösen und sich nach draußen flüchten konnte.

Abby duckte sich und tauchte in den Tunnel zu ihrer Rechten ein. Das bißchen Licht, das vom Hauptschacht in den Tunnel hineinreichte, wurde schon nach wenigen Schritten von einer totalen Finsternis abgelöst. Die dreißig Meter kamen ihr endlos vor. Dann erreichte sie die Tür – sie schlug mit dem Kopf dagegen. Gegen das Schwindelgefühl ankämpfend, suchte sie in fieberhafter Eile in den Taschen ihrer nassen Jeans nach Lews kleiner Taschenlampe. Rasch löste sie den ersten Bolzen der Tür. Sie hatte bereits den fünften Bolzen entriegelt, als Lyle Quinns Stimme den Schacht erfüllte.

„Geben Sie auf, Abby! In diesem Moment wird ein Haftbefehl an alle Polizeistationen des Landes geschickt, in dem Sie des versuchten Mordes an Kelly Franklin bezichtigt werden! Die Kooperation mit uns ist Ihre einzige Hoffnung! Nur wir können Sie jetzt noch retten!"

Verzweifelt riß Abby an dem letzten Verriegelungsbolzen. Er wollte sich einfach nicht lösen lassen. Da die Tür keine Angeln besaß, mußte man sie ganz entfernen, bevor man durch die Öffnung ins Freie gelangen konnte. Die Schritte hinter ihr kamen immer näher. Abby warf sich auf den Rücken, zog die Knie bis unter das Kinn und trat dann mit voller Wucht gegen die Tür. Sie hörte ein berstendes Geräusch, bevor die Tür in die kühle Nacht hinausflog.

Abby blickte durch die Öffnung in der Felswand. Das Tal und die Stadt lagen tief unter ihr. Flutlichter entlang dem Zaun, der die Grundstücksgrenze markierte, sorgten für eine fast taghelle Beleuchtung der Felswand. Es regnete noch immer, und im Schein der Flutlichter schimmerte der dunkle Granit wie Silber.

Soweit sie sehen konnte, befanden sich keine Stufen oder Kletterhilfen an der Felswand. Aber zu ihrer Erleichterung stellte sie fest, daß diese nicht so glatt und schroff war, wie sie vom Talboden aus erschien. Sie war zwar steil, aber unter optimalen Bedingungen an einem trockenen Tag – wenn sie es nicht sonderlich eilig hatte – würde sie vermutlich genügend Vorsprünge und Spalten in der Wand gefunden haben, um den Abstieg zum Talboden bewältigen zu können. Keine Situation hätte allerdings von solch optimalen Bedingungen weiter entfernt sein können als jene, in der sie sich in diesem Augenblick befand. Doch im Vergleich zu der Aussicht, Lyle Quinns Gefangene zu werden, schien ihr die Gefahr, den Halt zu verlieren und auf den kantigen Felsblöcken am Fuß der Felswand zu zerschellen, das kleinere Übel zu sein.

Sie setzte die Füße auf ein Sims, das nicht breiter als 15 Zentimeter sein konnte, und zog sich hinaus auf die schlüpfrige Felswand. Abby versuchte, ja nicht in die Tiefe zu sehen, und krallte sich mit den Fingerspitzen in den nassen Fels. Der Fels war rechts von ihr ein wenig eingewölbt, und je weiter sie sich in diese Richtung bewegte, um so schwieriger würde es für Quinn werden, auf sie zu schießen, falls er das vorhatte.

Als Abby den Felsen bereits zur Hälfte hinuntergeklettert war, hielt sie inne und betrachtete die Felsblöcke und die Wiese am Fuß der Colstar-Klippe. Über den Maschendrahtzaun mit den darüber liegenden Stacheldrahtrollen würde sie nicht klettern können. Im Norden lief er um einen Felsvorsprung herum, aber im Süden endete er direkt an der Felswand. Von außen konnte man den Zaun dort unmöglich überwinden, an der Innenseite des Zaunes schien der Fels jedoch weniger steil und auch etwas zerklüftet zu sein. Wenn sie unten auf der Wiese am Zaun entlanglief und diese Stelle erreichte, konnte sie dort vielleicht die Felswand ein Stück weit hinaufklettern und jenseits des Zaunes wieder hinunterrutschen. Sie konnte sich sogar schon in Gedanken eine Route abstecken. Aber wo war Quinn?

In diesem Moment vernahm sie, durch den Regen gedämpft, seine Stimme: „Gut, daß Sie immer Ihre Cornflakes essen, Abby. Das zahlt sich aus!"

Er hatte das Eisengitter des unteren Entlüftungsschachtes entfernt und stand jetzt ungefähr zehn Meter links von ihr in der Felswand. „Ich könnte Sie erschießen, Abby! Hier und jetzt! Soll ich es Ihnen beweisen?"

Im nächsten Moment hörte sie einen Knall und sah ungefähr einen

Meter vor ihrem Gesicht eine Kugel vom Felsen abprallen. Abby zuckte zusammen, dann aber setzte sie ihren Abstieg Richtung Wiese so zügig wie möglich fort.

Quinn bewegte sich rasch auf sie zu, hielt nur kurz an, um noch einmal auf sie zu schießen, wobei die erste Kugel direkt über ihrem Kopf in der Wand einschlug, während die zweite die Wade an ihrem linken Bein streifte. Der Schmerz, der sie im selben Moment durchzuckte, fiel bei den anderen Schmerzen, unter denen sie bereits zu leiden hatte, kaum noch ins Gewicht.

Sie versuchte, sich nur noch auf die Felsspalten und Vorsprünge zu konzentrieren, an denen sie sich festkrallen konnte. Doch ihr wurde auch klar, daß sie es wohl kaum schaffen konnte. Denn wenn sie den Fuß der Felswand erreicht hatte, mußte sie auf einer Länge von ungefähr fünfzig Metern über mächtige Felsblöcke hinwegsteigen, bevor sie das Ende des Zaunes erreichte. Und dort mußte sie dann wieder fünf Meter an der Felswand hochklettern und schließlich aus derselben Höhe auf der anderen Seite des Zauns hinuntersteigen.

„Sie sollten auf mich hören, Abby! Die Wächter sehen es gar nicht gern, wenn man in ihr Territorium eindringt!“

Sie schielte durch den Regen nach oben. Die monströse COLSTAR-Leuchtschrift tauchte den Himmel in blaurotes Licht. Als sie nur noch zwei Meter vom Erdboden entfernt war, ließ Abby sich von der Wand hinunterfallen und landete zwischen zwei Felsblöcken im Morast. Sie kauerte dort ein paar Sekunden lang auf dem Boden, um wieder zu Atem zu kommen. Dann sprintete sie über eine offene Grasfläche und suchte hinter einer Reihe von Felsblöcken Deckung. Sie war jetzt noch ungefähr zehn Meter vom Ende des Zauns entfernt.

„Das ist Ihre letzte Chance!“ brüllte Quinn. „Ich habe eine Pfeife in der Hand. Ein Pfiff, und die Wächter werden alarmiert!“

Abby bewegte sich langsam um einen Felsblock herum.

„Also gut, Abby. Sie wollten es nicht anders haben. Dann mal los, Jungs!“

Sie hörte keinen Pfiff, doch im nächsten Moment begriff sie auch, warum. Dieses Gelände am Fuß des Colstar-Felsens wurde nicht von Männern, sondern von Hunden bewacht. Sie blickte am Zaun entlang, und da sah sie die Tiere schon auf sich zukommen – zwei dunkle Torpedos, die über das wellige Terrain hinwegschossen und sich ihr in einem atemberaubenden Tempo näherten. Gerade als Abby losrennen wollte, tauchte Quinn plötzlich auf dem Scheitel eines großen Felsblockes auf und beobachtete die Szene mit einem boshaften Lächeln.

Abby wußte, daß es sinnlos war, noch vor den Hunden das Ende des Zaunes erreichen zu wollen. Aber sie hatte keine andere Wahl. Sie wirbelte herum, glitt jedoch auf dem schlüpfrigen Boden aus und fiel hin. Sie konnte jetzt die Hunde an dem Felsblock vorbeiflitzen sehen, auf dem Quinn stand. Es waren zwei riesige Dobermänner, schwarze Phantome. Der erste Hund hatte den Scheitel der Bodenwelle hinter ihr erreicht, und sein Körper streckte sich wie der eines Wettkampfschwimmers, der einen Hechtsprung vom Startblock ins Wasser macht. Abby schrie und hob instinktiv den Unterarm vor das Gesicht, um es vor den Zähnen des Tieres zu schützen. Plötzlich änderte der fliegende Schatten jedoch mitten in der Luft seine Richtung und landete mit einem dumpfen Aufprall neben ihrem Gesicht im Gras.

Auch der zweite Dobermann hatte inzwischen die Erhebung hinter ihr erreicht und setzte zum Sprung an. Als er sich vom Boden löste, hörte Abby ein sirrendes Geräusch. Der Dobermann stieg senkrecht vor ihr in die Luft und fiel dann seitlich gegen einen Felsblock, wo er mit einem langen Jagdpfeil, der seinen Hals durchbohrt hatte, liegenblieb.

„Ives!“

Als sie diesen Namen rief, hörte sie einen Knall und spürte im gleichen Moment einen stechenden Schmerz in der rechten Hüfte. Quinn hatte nochmals auf sie geschossen. Der Schuß hallte noch über die Wiese, als sie abermals das sirrende Geräusch eines Pfeils vernahm. Im nächsten Moment stieß Quinn einen Schrei aus, schoß noch ein paarmal wild in die Luft und fiel dann vom Felsblock herunter.

„Rasch, Abby! Hier herüber!“

Ives kniete vor dem Zaun im Gras und hielt eine große Drahtschere in den Händen, mit der er den Maschendraht bearbeitete. Als Abby zu ihm hinlief, warf sie einen letzten Blick auf Quinn. Der wand sich auf dem Boden. Ein langer Pfeil ragte aus seinem rechten Knie. Erst jetzt wurde ihr bewußt, daß dem Einsiedler für seine drei Meisterschüsse nur ein kleines Loch im Zaun zur Verfügung gestanden hatte. Ives bog den Zaun auseinander, und Abby schlüpfte durch die Öffnung. Vor Freude fiel sie ihm um den Hals.

„Sie scheinen sich da mit einer Meute wilder Tiere angelegt zu haben“, sagte er.

„Aber ich bin am Leben, und das habe ich Ihnen zu verdanken“, erwiderte sie und blickte kurz auf die Wiese zurück.

„Zum Henker mit dir, Ives!“ brüllte Quinn. „Dafür wirst du mir bezahlen!“

Ives und Abby rannten nach Norden, immer am Zaun entlang. Dann überquerten sie den Oxbow River auf der schmalen Holzbrücke und rannten den Hügel hinauf.

Ives blickte nervös auf das Tal zurück, als ein Streifenwagen mit Blaulicht und heulender Sirene die Auffahrt der Colstar-Fabrik herunterbrauste. „Ist jetzt auch die Polizei hinter Ihnen her?“ fragte er ungläubig.

„Soviel ich weiß, ja.“

„Gibt es einen Platz, wo Sie sich verstecken könnten?“

„Bestimmt nicht in meiner Wohnung. Am besten wäre ich jetzt wohl auf der Farm von Dr. Alvarez aufgehoben. Ich stecke in echten Schwierigkeiten, Ives.“

„Ich schätze, das können Sie von uns beiden sagen.“

„Wohin gehen wir denn jetzt?“

„Erst mal zu meiner Hütte. Auf dem Schleichweg, den ich auch vorhin benutzt habe. Wir können uns allerdings nicht lange aufhalten. Aber ich habe dort ein paar saubere, trockene Sachen für Sie. Dann werde ich mich bei Freunden einquartieren, und Sie können sich auf den Weg zu Dr. Alvarez’ Farm machen.“

Der Schleichweg zu Ives’ Hütte bestand aus einer Reihe von Tauen, die an bestimmten Baumwurzeln und Ästen befestigt waren. Mit Hilfe dieser Kletterseile war es Ives möglich, ohne große Schwierigkeiten den fast senkrechten Aufstieg zu seiner Hütte zu machen. Normalerweise brauchte man für den Weg vom Tal bis zu seinem Lager dreißig Minuten, während sie es auf dieser Route in zehn Minuten schafften.

Als sie bei Ives’ Behausung angelangt waren, verschwand er in seiner Hütte und kam wenig später mit einem kleinen Rucksack, einem Dutzend neuer Pfeile und einigen Kleidungsstücken wieder heraus.

„Nehmen Sie die Sachen, und ziehen Sie sich in meiner Hütte um“, sagte er. „Ich werde mich inzwischen hierhersetzen, damit Sie mir erzählen können, warum man inzwischen Hunde und Bullen auf Sie hetzt.“

Abby betrat seine Hütte, die von einer Laterne erhellt wurde. Es kostete sie einige Mühe, die nassen Sachen auszuziehen, die ihr auf der Haut klebten. Die zahllosen Schürfwunden, Blutergüsse und Schnitte, die sie davongetragen hatte, waren häßlich, aber erträglich. Die beiden Streifschüsse an Wade und Hüfte hatten nur zwei oberflächliche Fleischwunden hinterlassen, die sie nun mit den Bandagen verband, die sie für Ives im Krankenhaus besorgt hatte.

„Es gibt ein unterirdisches Labor im Colstar-Felsen", erzählte Abby. „Colstar lebt in erster Linie von Regierungsaufträgen. Und die Firma bedankt sich dafür bei der Regierung, indem sie hier im Krankenhaus chemische Kampfstoffe und entsprechende Gegenmittel an ahnungslosen Patienten ausprobiert. Ich habe das Labor entdeckt, aber dann hat Quinn *mich* entdeckt."

„Sie müssen den Alarm in der Fabrik ausgelöst haben, weil plötzlich alle Scheinwerfer angingen, die dort entlang dem Zaun installiert sind", erwiderte Ives. „Ich hatte so etwas noch nie zuvor gesehen, und deshalb nahm ich den Feldstecher. Als ich die Felswand betrachtete, kamen Sie plötzlich aus einer dieser Öffnungen heraus. Ich hatte das Gefühl, daß Sie Hilfe brauchen würden, und machte mich sofort auf den Weg."

„Ich bin Ihnen sehr dankbar dafür", sagte Abby.

„Sie sind ein guter Mensch. Sie tun Leuten wie mir Gutes. Zuweilen bekommen wir die Chance, etwas davon zurückzugeben."

„Ives – absolut jeder, der in dieser Stadt etwas zu sagen hat, ist in die Sache verwickelt: Quinn, der Polizeichef, der Direktor des Krankenhauses, der Chefarzt – sie alle haben einen Pakt mit dem Teufel in Gestalt von Senator Corman geschlossen. Dafür, daß sie diese Stadt in ein Laboratorium verwandeln, in dem mit Menschen experimentiert wird, garantiert man ihnen die Vollbeschäftigung dieser Region, schöne Parkanlagen und großartige Schulen."

Abby trat aus der Hütte. Sie trug jetzt einen recht fadenscheinigen Jogginganzug, eine gummierte Regenjacke und eine alte Baseballkappe.

„Wir müssen jetzt verschwinden", drängte Ives. „Der Weg, den ich Ihnen zeigen werde, führt über die Hügel durch den Wald. Wenn Sie die Taschenlampe, die ich Ihnen mitgeben werde, sparsam benutzen, wird man Sie vom Tal aus nicht sehen können."

Sie setzten sich nach Westen hin in Marsch. Zunächst ging es hügelabwärts, bis die Stadt ungefähr hundert Meter unter ihnen lag. Sie waren schon ein gutes Stück von Ives' Lager entfernt, als sie auf einen teilweise zugewachsenen Pfad stießen.

„Das ist Ihr Weg", erklärte Ives. „Er führt den gesamten Talhang entlang. Von hier sind es jetzt noch knapp fünf Kilometer. Über die Weiden hinter Dr. Alvarez' Haus können Sie sich an dieses heranpirschen. Sie werden es schaffen."

„Passen Sie bitte auf sich auf, Ives."

„Das gleiche gilt für Sie, Frau Doktor."

„Falls ich heil aus dieser Geschichte herauskommen sollte, werde ich nach Ihnen suchen und die Behandlung Ihres Beines zu Ende führen. Ich werde auch dafür sorgen, daß jeder erfährt, warum Sie Quinn einen Pfeil ins Knie geschossen haben."

Sie umarmte ihn, und er gab ihre Liebkosung auf eine etwas unbeholfene Art zurück. Schließlich begann er, den steilen Hang rechts von ihr hinaufzuklettern. Abby blickte ihm nach, dann setzte sie ihren Weg nach Westen fort. Nachdem sie eine gute Stunde marschiert war, erkannte Abby an der Leuchtschrift des Schnellimbisses, daß sie ihr Ziel jetzt fast erreicht hatte. Die Auffahrt zu Lews Farm mußte sich direkt unter ihr befinden. Es fiel Abby immer schwerer, gegen ihre Erschöpfung anzukämpfen.

Mühsam bewegte sie sich hangabwärts. Nasse Steine und Baumwurzeln erschwerten ihr Vorankommen. Noch ein paar Schritte, und sie hatte die letzten Bäume des Waldes hinter sich gelassen und befand sich am Rand einer breiten, glatten Felsplatte. Zu ihrer Linken, ungefähr 300 Meter von ihrem Standort entfernt, konnte sie das Wohnhaus, die Scheune und die Außengebäude der Farm sehen. Über der Hintertür des Wohnhauses brannte ein Licht, doch die Fenster waren dunkel.

Abby ging in die Hocke und rutschte die Felsplatte hinunter. An der Seitenwand der Scheune brannte ein Licht, das das letzte Stück des Fahrwegs beleuchtete. Kein Laut durchbrach die Stille. Abby blickte sich mißtrauisch um und überlegte kurz, ob sie nicht eine Scheibe im Wohnhaus einschlagen und sich darin verstecken sollte. Aber sie hielt es für besser, sich in der Scheune zu verkriechen und dort Lews Heimkehr abzuwarten.

Im gleichen Moment hörte sie den Motor eines Wagens, der die Auffahrt heraufkam. Sie preßte sich gegen die Scheunenwand und vergewisserte sich, daß die Tür nicht verriegelt war. Sie betete, daß es Lews Wagen sein möge, doch statt dessen sah sie einen Streifenwagen der Polizei, der langsam auf das Haus zurollte. Rasch schlüpfte sie durch die Seitentür in die Scheune hinein. Dank der Hoflampe an der Hinterwand war es nicht so dunkel darin, wie Abby befürchtet hatte, weil genügend Licht durch die zahllosen Ritzen in den Innenraum fiel. Obwohl zwei der vier darin befindlichen Pferdeboxen mit Stroh ausgelegt waren, wurde die Scheune nicht als Unterkunft für Tiere benutzt, sondern nur als Geräteschuppen und Lagerplatz für Heu.

Von draußen drangen jetzt Männerstimmen an ihr Ohr, aber Abby konnte kein Wort verstehen. Eine Holzleiter führte zum Heuboden hinauf, aber dort würden sie vermutlich zuerst nachsehen. Deshalb lief Abby zum hintersten Verschlag, in dem ein Lieferwagen stand, der mit einer Plane zugedeckt war.

Sie hatte sich gerade zwischen der Plane und der Scheunenwand verborgen, als sie hörte, wie das große vordere Scheunentor geöffnet wurde. Der Kegel eines starken Handscheinwerfers wanderte von einer Wand zur anderen, dann hinauf zum Heuboden und wieder zurück. Kurz darauf fand sie ihre Vermutung bestätigt, daß die Polizisten als erstes den Heuboden durchsuchen würden. Einer von ihnen ging dort oben herum und stach dabei offenbar mit einer Heugabel ins Stroh. Nach ein paar Minuten hörte sie ihn die Leiter heruntersteigen und dann Schritte, die sich in ihre Richtung bewegten. Abby kroch rasch unter das Fahrzeug. Die Schritte kamen näher. Sie war jeden Moment darauf gefaßt, daß der Polizist die Plane beiseite schieben und sie anstrahlen würde.

Plötzlich entfernten sich die Schritte wieder. In der Scheune war es jetzt totenstill. Draußen wurden leise wieder ein paar Worte gewechselt. Dann hörte sie, wie ein Motor ansprang. Räder rollten über den Kies der Auffahrt. Trotzdem verharrte sie noch zehn Minuten lang in ihrem Versteck. Erst dann kam sie zu dem Schluß, daß die Luft wieder rein sei, und kroch unter dem Wagen hervor.

Als sie sich aufrichten wollte, blieb der Schirm ihrer Baseballkappe an der Plane hängen und schob diese nach oben. Abby erstarrte. Mit zitternder Hand zog sie Ives' Taschenlampe aus ihrer Regenjacke und richtete den Lichtkegel auf das Fahrzeug. Ihr Puls raste, als eine Flutwelle aus Ungewißheit und Verwirrung über ihr zusammenbrach. Der Laster, unter dem sie sich versteckt hatte, war ein roter Pick-up mit übergroßen Reifen.

Sie schleuderte eine Ecke der Plane über das Dach des Fahrerhauses. Der schwarze Stahlpflug, mit dem ihr Mazda gerammt worden war, befand sich noch immer am Kühler. Die Fahrertür war verschlossen. Abby leuchtete mit der Taschenlampe in das Innere des Wagens. Vor dem Beifahrersitz lagen eine schwarze Skimaske und ein Karton mit Patronen auf dem Boden. Zwischen den beiden Sitzen sah sie eine Konsole mit einem Autotelefon. Und auf einer Ablage vor der Heckscheibe entdeckte sie ein Gewehr mit einem aufgeschraubten Zielfernrohr.

10. KAPITEL

Abby zog die Plane wieder über den Pick-up und lehnte sich gegen die Innenseite der Scheunenwand. Ihr Verstand weigerte sich noch immer, die ganze Tragweite dieser Entdeckung zu erfassen. Es war Lew gewesen, nicht Quinn, der ihr mit dem Pick-up nachgefahren war.

Aber warum?

Lew wollte unter allen Umständen beweisen, daß Colstar die Menschen krank machte. Das war unbestreitbar. Und Abby hatte viel getan, um sein Anliegen zu unterstützen. Es machte also überhaupt keinen Sinn, wenn er versuchte, sie aus Patience zu vertreiben. Aber vielleicht hatte er das auch gar nicht bezweckt. Es mußte eine andere Erklärung für sein Verhalten geben, und als Abby einen Moment darüber nachdachte, erkannte sie die ganze Wahrheit.

Es war niemals seine Absicht gewesen, ihr Angst einzujagen – jedenfalls nicht für lange. Es war seine Absicht gewesen, sie zu *erzürnen* – sie so wütend auf Quinn und Colstar zu machen, daß sie alles tun würde, um zu deren Vernichtung beizutragen. Anfangs hatte sie die Sache der Allianz nur lauwarm unterstützt. Doch Lews Attacke hatte wesentlich dazu beigetragen, daß die Sympathisantin zur Anführerin des Colstar-Feldzuges geworden war, während Lew sich immer im Hintergrund gehalten hatte.

Aber warum...?

Plötzlich fiel ihr der Ratschlag ein, den Lew ihr am Anfang ihrer Bekanntschaft gegeben hatte: *Garrett Owen sollte nicht vergessen, das Blut Ihres Freundes auf Cadmiumwerte hin untersuchen zu lassen, wenn er sich mit dessen Krankheitsbild befaßt.*

Er hatte das am Abend des Allianztreffens zu ihr gesagt und schien damals sehr zuversichtlich zu sein, wie das Ergebnis dieser Blutuntersuchung ausfallen würde. Und während er bei Josh mit seiner Vermutung absolut richtig gelegen hatte, hatte er sich bei allen anderen KAWIF-Patienten gründlich geirrt. Nicht das Cadmium war für die Krankheitssymptome verantwortlich, sondern die Giftgase waren es, die den Patienten über den Kernspintomographen zugeführt wurden. Lew hatte Colstars Kontrolle über das Krankenhauslabor von Patience die Schuld dafür gegeben, daß man in den Blutproben dieser Patienten kein Cadmium gefunden hatte. Er war davon überzeugt, daß diese Laborergebnisse gefälscht waren. Doch Abby wußte es inzwischen besser. Die Laborergebnisse waren negativ, weil die KAWIF-Patienten tatsächlich nicht an einer Schwermetallvergiftung litten. Wie konnte sich Lew dann aber so sicher sein, daß man in Joshs Blut Cadmiumwerte würde nachweisen können. Es sei denn...

Weißt du noch, wie ich mir den Oberschenkel an einem Nagel aufgerissen hatte? Er hat damals meine Wunde vernäht...Das waren Joshs Worte gewesen, als sie ihn fragte, ob er Lew kenne. Willie Cardoza war von einer Leiter heruntergefallen und hatte sich dabei den Kopf aufgeschlagen. Ethan Blacks Vater hatte Ethans Symptome auf einen Autounfall zurückführen wollen, bei dem er eine Gehirnerschütterung erlitten hatte. Von Anfang an hatte es für Abby so ausgesehen, als ob diese drei, plus Angela Cristoforo und Gus Schumacher, zu einer besonderen Gruppe gehörten, die sich von den übrigen KAWIF-Patienten unterschied. Lew hatte Joshs Wunde vernäht. War es möglich, daß Lew auch die anderen vier verarztet hatte?

Abby blickte auf ihre Armbanduhr. Lew hatte versprochen, nach seiner Schicht die Wache bei Kelly zu übernehmen. Wie es jetzt aussah, würde die Flugbereitschaft in den nächsten Stunden unmöglich einen Hubschrauber schicken können, der Kelly abholte. Demnach blieb ihr noch ein wenig Zeit, um die Antworten auf ihre Fragen in Lews Haus zu suchen. Ohne zu zögern, rannte sie zur Hintertür des Wohnhauses und schlug mit dem Ellenbogen die Scheibe ein. Sie streckte den Arm aus und öffnete die Tür von innen.

Abby schaute sich zunächst im Keller um, obwohl sie gar nicht wußte, wonach sie eigentlich suchte. Der Keller war mit Werkzeugen, Kartons und Gartengeräten vollgestopft. Nach wenigen Minuten gab sie die Suche auf. Wenn Lews Geheimnis *hier* verborgen war, würde sie es niemals finden.

Sie kehrte in das Erdgeschoß zurück und begab sich in den Raum, wo das Treffen der Allianz stattgefunden hatte. Wie damals blieb sie im Flur stehen und betrachtete die gerahmten Fotos, die dort hingen: Landschaftsfotos von Paraguay und Porträtaufnahmen seiner verstorbenen Frau. *Paraguay*... Der Name dieses Landes weckte irgendeine dunkle Erinnerung in ihrem Geist.

Abby öffnete einige Schränke in dem großen getäfelten Raum und schaute in die Wandregale, in denen viele Klassiker der spanischen und lateinamerikanischen Literatur standen. Sie nahm einen Roman des Nobelpreisträgers Gabriel García Márquez aus dem Regal. Auf dem Vorsatzblatt klebte ein elegantes Bucheignerzeichen. Ex Libris

DR. LUIS MARÍA GALATÍN, war unter der Vignette in kunstvoll gemalten Buchstaben vermerkt. Abby stellte das Buch ins Regal zurück. Dr. Luis María Galatín war Lew, dessen war sie sich sicher.

Sie blickte auf die Uhr und beschloß, ihr Glück im oberen Stockwerk zu versuchen. Auf Zehenspitzen stieg sie die schmale Treppe hinauf und fand sich auf einem schmalen Flur wieder, von dem vier dunkel gebeizte Türen abgingen. Die erste führte in Lews Schlafzimmer, die zweite ins Badezimmer und die dritte in ein Gästezimmer. Die vierte Tür, am Ende des Korridors, war verschlossen. Abby befiel ein leichter Schwindel, als sie diese Entdeckung machte. Hier würde sie die Antwort auf all ihre Fragen finden. Sie warf sich mit der Schulter gegen die Tür und versuchte es dann mit einem Fußtritt. Keine Chance. Schließlich erinnerte sie sich daran, im Keller eine Brechstange gesehen zu haben. Sie lief die Treppe hinunter und kehrte dann damit in das obere Stockwerk zurück.

Selbst mit der Brechstange ließ sich die aus solidem Eichenholz gefertigte Tür nur schwer öffnen. Als sie schließlich nachgab, trat Abby leise ein. Der Raum war angefüllt mit Stapeln alter Zeitungen, Notizbüchern, Kartons mit Briefen und anderen Papieren, Büchern über Paraguay und alten paraguayischen Bildkalendern. Die beiden Fenster waren mit Brettern vernagelt, auf denen große Werbeplakate von Paraguay prangten, die aus einem Reisebüro stammen mußten.

Abby schaltete die Deckenlampe an. Die meisten der bereits stark vergilbten Zeitungen stammten aus Asunción und San Juan Bautista. In einer Ecke des Raumes lehnten zwei Holzrahmen an der Wand, in denen sich unter Glas jeweils die Titelseite einer Zeitung befand. Beide Seiten stammten aus dem *Diario Hoy* und waren vor fast neun Jahren im Abstand von drei Monaten erschienen.

Abbys Spanisch war gut genug, um die Artikel auf den Titelseiten größtenteils zu übersetzen. In dem ersten Leitartikel wurde von einer Erdlawine berichtet, die in San Ignacio, einer zwanzig Kilometer von San Juan Bautista entfernten Stadt, ein ganzes Wohnviertel zerstört und mindestens achtzig Menschenleben gefordert hatte. In dem Artikel wurde auch ein Arzt zitiert, dessen Praxis von dieser Lawine fortgerissen und dessen Frau unter den Erdmassen begraben wurde. Der Name dieses Arztes war Luis María Galatín.

„... diese schreckliche Tragödie hätte niemals passieren dürfen“, sagte Galatín. „Und es ist auch klar, wer für diese Katastrophe die Verantwortung trägt. Jahrelang hat die Colstar-Minengesellschaft die Bodenschätze im Bergabhang ausgeplündert, ohne Rücksicht

auf die Bodenbeschaffenheit oder die Bewaldung zu nehmen. Jahrelang haben die Behörden die Augen vor diesem Raubbau verschlossen und ihre Brieftasche aufgehalten.“

In dem zweiten Artikel jüngeren Datums bestätigte *Diario Hoy* das, was Abby von George Oleander wußte. Eine Bande von Terroristen hatte die Colstar-Raffinerie zerstört, fünf Arbeiter getötet und Dutzenden anderen Verletzungen zugefügt. Die Polizei hatte eine Fahndung nach dem Mann eingeleitet, den man für den Anführer dieser Terroristenbande hielt – einen gewissen Dr. Luis María Galatín. Für Hinweise, die zur Ergreifung dieses Mannes führten, hatte Colstar eine hohe Belohnung ausgesetzt.

Das Foto von Galatín – ohne Schnurrbart und fast eine Dekade jünger – zeigte Lew und zeigte ihn auch wieder nicht. Irgendwann im Verlauf der letzten neun Jahre hatte ein genialer kosmetischer Chirurg Lews Nase und sein Kinn verändert und die Augenwinkel etwas verkleinert.

Abby studierte das Foto eine Zeitlang, und allmählich fügten sich die einzelnen Puzzleteile zu einem Ganzen. Für einen Mann mit Galatíns Intelligenz und Willensstärke konnte es nicht schwierig gewesen sein, sich in Dr. Lew Alvarez zu verwandeln – besonders dann nicht, wenn er sich hier in Kalifornien zum Facharzt hatte ausbilden lassen. Allerdings mußte Luis Galatín sich so unauffällig wie möglich verhalten. Deshalb hatte er sie gebraucht.

Abby stellte die Rahmen mit den Zeitungsseiten wieder an ihren Platz zurück und nahm sich nun einen kleinen, mit Korrespondenz gefüllten Karton vor. Sie fand darin einen undatierten Brief mit dem Briefkopf eines gewissen Dr. med. David Brooks.

> Lew,
> ich schreibe Dir diese Zeilen in der Hoffnung, daß Du sie lesen und dann das Richtige tun wirst. Als Du mich das erste Mal in Dein Haus eingeladen, mir eine Liste ungewöhnlicher Fälle vorgelegt und dann Deine Theorie einer kontinuierlichen Cadmiumvergiftung durch ein Leck in der Colstar-Fabrik erläutert hast, war ich davon sehr beeindruckt. Ich war deshalb auch sofort bereit, mich Dir und Deiner Allianz anzuschließen, weil ich glaubte, daß hier gravierende Gesundheitsschäden aufgrund einer Umweltverschmutzung vorliegen würden. Und das glaube ich auch heute noch. Aber sosehr ich dich auch respektiere, kann ich mich nicht länger einem Mann anschließen, der mehrere Menschenleben auf dem Gewissen hat, wie gerechtfertigt eine solche Tat auch erscheinen mag…

Im nächsten Absatz erwähnte Brooks einen Zeitungsartikel, an den er zufällig geraten war, der Licht auf die wahre Identität von Alvarez und seine Verbrechen warf.

Abby legte den Brief in den Karton zurück. Es war darin mit keinem Wort das unterirdische Labor erwähnt worden. Es gab auch keinen Hinweis darauf, daß Dr. Brooks etwas entdeckt hatte, was ihn in Lebensgefahr hätte bringen können. Nichts außer der Entdeckung von Lew Alvarez' wahrer Identität.

Der Gedanke verursachte ihr Übelkeit. Lew hatte David Brooks genauso benutzt wie sie. Und als Brooks für ihn zu einer Bedrohung wurde, hatte Luis María Galatín ihn einfach eliminiert. Es gab keinen Grund, weshalb er mit ihr gnädiger verfahren sollte.

Abby wußte, daß es niemanden in Patience gab, dem sie vertrauen konnte. Ihre größte Chance war immer noch Ezra Black. Sie mußte ihm nur beweisen, daß der Freitod seines Sohnes in Wahrheit Mord gewesen war. Doch bevor sie ihn anrief, mußte sie das letzte Glied finden, das in ihrer Beweiskette noch fehlte.

Sie entdeckte es in einem Schuhkarton, der mit einem Gummiband zusammengehalten wurde und mehrere Reagenzgläser mit einem grauweißen Pulver enthielt. CADMIUMSULFID stand auf den Aufklebern der Reagenzgläser. Darunter fand sie eine Liste mit Daten, Namen und den Mengen, die Alvarez seinen Patienten unter dem Vorwand, ihnen prophylaktisch ein Antibiotikum zu spritzen, verabreicht hatte. Es waren neun Personen, die auf der Liste standen; doch Josh, Willie Cardoza, Angela Cristoforo, Ethan Black und Gustav Schumacher hatten die mit Abstand größten Mengen erhalten.

Abby eilte in die Küche und fand dort Kunststoffmüllbeutel. Sie nahm einen Beutel und rannte damit in das Zimmer im oberen Stockwerk zurück, um die Reagenzgläser, die Briefe und ein paar Zeitungsartikel darin zu verstauen. Das würde ihrer Meinung nach ausreichen, um Blacks Interesse zu wecken. Wenn sie jedoch merken sollte, daß er nicht auf ihren Vorschlag eingehen wollte, konnte sie immer noch ihr Glück in San Francisco versuchen.

Jetzt brauchte sie nur noch ein Telefon, das nicht angezapft war, und einen Wagen. Da fiel ihr Lews Pick-up ein. Wenn sie die Schlüssel hier irgendwo im Haus fand, hatte sie nicht nur ein Fahrzeug, sondern auch ein Telefon.

Nachdem sie im Wohnzimmer und in der Küche vergebens nach den Wagenschlüsseln gesucht hatte, gab sie auf. Dann kam ihr der Gedanke, daß sie zwar den Motor nicht anlassen, aber sich zumindest

Zutritt zum Fahrerhaus verschaffen konnte. Und darin befanden sich zwei Dinge, die sie in diesem Moment überaus dringend brauchte – ein Autotelefon und ein Gewehr.

Sie rannte wieder in das obere Stockwerk und nahm die Brechstange, mit deren Hilfe sie in das verschlossene Zimmer eingedrungen war. Damit lief sie hinüber zur Scheune. Als sie die Seitentür erreichte, spürte sie, daß jemand in ihrer Nähe war.

„Halt! Stehenbleiben! Die Brechstange fallen lassen!" rief eine heisere, fast unmenschliche Stimme.

Abby gehorchte und drehte sich langsam um. Am hinteren Ende der Scheune stand ein Mann, der sich mit dem Ellenbogen an der Wand aufstützte und mit einer Waffe in der zitternden Hand auf ihre Brust zielte. Es war Josh.

IM NIESELREGEN und von der Lampe an der hinteren Scheunenwand angestrahlt, glich Josh einem Gespenst. Sein Gesicht war abgezehrt und aschfahl, seine Augen waren nicht viel mehr als schwarze Löcher in einem Schädel. Die Waffe, die er auf sie richtete, schien zu schwer für ihn zu sein. Die Mündung beschrieb kleine Kreise und rutschte dann weg, bis er sich wieder fing und erneut auf ihre Brust zielte. Er war nicht weiter als zehn Schritte von ihr entfernt. Abby bemühte sich, seinen Zorn auszuloten – die Gefahr, in der sie schwebte.

„Warum zielst du mit diesem Ding auf mich?" fragte sie schließlich. „Bist du hierhergekommen, um mich zu töten?"

„Ja... Nein... Ich meine, ich weiß es nicht."

Sie sprach bedächtig, darauf achtend, daß sie ja nichts sagte, was seine Wut noch mehr anstacheln konnte. „Hast du Bricker und die anderen drei gefunden?"

„Ja."

„Und hast du sie...?" Sie hielt den Atem an.

„Getötet? Sollte ich wohl..., standen ja direkt vor mir... Bricker und Gentry... Ich hätte sie beide zur Hölle schicken sollen."

Abby spürte, wie eine Welle der Erleichterung in ihr hochstieg. „Aber du hast es nicht getan?"

„Nein... Ich schoß... in die Decke des Parkhauses..., und dann hab ich mich verdrückt."

Abby machte jetzt vorsichtig einen Schritt auf ihn zu. „Du hast das Richtige getan, Josh."

Wieder sackte die Mündung seiner Waffe nach unten. Diesmal bemühte er sich nicht mehr darum, sie wieder in Anschlag zu bringen.

Abby deutete auf das Scheunentor. „Komm mit hinein. Dort ist es trocken, und wir können in Ruhe miteinander reden“, sagte sie. „Ich war krank vor Sorge um dich.“

Er zögerte und folgte ihr dann hinein. Seine Kleider waren vollkommen durchnäßt. Abby bemerkte den verschreckten, verwirrten Ausdruck in seinen Augen, den sie schon so oft bei sterbenden Patienten beobachtet hatte.

„Wie hast du mich hier gefunden?“ wollte sie wissen. „Bist du schon einmal hiergewesen?“

„Einmal … Wo ist Alvarez?“

„Im Krankenhaus“, antwortete sie. „Hast du schlimme Kopfschmerzen?“

Josh begrub sein Gesicht in den Händen und drückte die Finger gegen die Schläfen. „Ich kann sie nicht mehr ertragen … Wenn ich Bricker und Gentry getötet hätte …, wäre ich davon befreit …“

„Du bist krank, Josh. Sie haben dich vergiftet. Mit Cadmium. Wir müssen dich in ein Krankenhaus bringen, Josh.“

Josh machte stolpernd einen Schritt rückwärts und setzte sich dann, als Abby ihn sanft dazu aufforderte, auf den Boden.

„Wo ist der Jeep, Josh?“

„Im Wald …, einen Kilometer von hier …, hatte keinen Sprit mehr.“

Abby fluchte leise. Hier im Schuppen standen sicherlich ein oder zwei volle Benzinkanister herum, aber sie mußte damit rechnen, daß die Polizei auch nach Joshs Jeep Ausschau hielt. Ob sie nun versuchten, nach San Francisco oder nach Feather Ridge durchzukommen – am ehesten würde ihnen das noch mit dem Pick-up gelingen. Doch da sie den Schlüssel noch immer nicht gefunden hatte, würde sie sich in absehbarer Zeit mit Alvarez auseinandersetzen müssen.

Sie blickte auf Josh hinunter und fragte sich, inwieweit sie sich dabei auf ihn verlassen konnte. Mit dem Überraschungseffekt und Alvarez’ oder Joshs Gewehr würde sie seine Hilfe vielleicht gar nicht brauchen.

Abby fand ein Wäscheseil und eine Rolle Klebeband auf einem Regal. Sie legte beides neben dem Pick-up auf den Boden. Dann entfernte sie die Plane und schlug mit der Brechstange das Fenster an der Fahrerseite ein. Josh saß zusammengesunken an der Scheunenwand, entweder schlafend oder bewußtlos.

Abby nahm das Schnellfeuergewehr und lud das Magazin mit den Patronen. Sie legte das Gewehr neben das Wäscheseil. Dann rief sie die Telefonvermittlung an und ließ sich mit Ezra Black verbinden.

Als Black an den Apparat kam, war seiner Stimme nicht anzumerken, daß er bereits geschlafen hatte. „Haben Sie wieder einmal Ihren akademischen Titel dafür mißbraucht, sich mit meiner Wohnung verbinden zu lassen? Oder werde ich mir eine andere Nummer besorgen müssen?“

„Wir haben über wichtigere Dinge zu reden, Mr. Black. Ich stecke in Schwierigkeiten.“

„Das hat man mir erzählt. Ein Mordversuch ist ja auch nicht gerade eine Lappalie.“

„Kelly Franklin und ich standen auf der gleichen Seite. Ich hatte keinen Grund, ihr etwas zuleide zu tun. Es war Lyle Quinn, der versucht hat, sie umzubringen.“

Die momentane Stille, die ihren Worten folgte, sprach Bände. Black wußte nichts davon!

„Und wer hat dann versucht, Mr. Quinn umzubringen?“ fragte Black.

Diesmal war es Abby, die eine Pause einlegte. „Ein Mann, der sich bemüht hat, mein Leben zu retten. Sind Sie über Quinns Gesundheitszustand informiert?“

„Ein Pfeil hat sein Knie zerschmettert. Er muß operiert werden.“

„Mr. Black, ich habe nicht den Eindruck, daß Sie zu jener Sorte von Männern gehören, die es dulden würden, daß ihre Angestellten Menschen ermorden.“

„Das würde ich allerdings nicht dulden.“

„Wenn dem so ist, glaube ich nicht, daß Lyle Quinn Ihnen alles erzählt hat. Ich rufe Sie an, weil ich Ihnen einen Handel vorschlagen möchte.“

„Ich höre.“

„Sir, ich habe Ihnen gestern erzählt, daß ich glaubte, Ihr Sohn sei bei einem Betriebsunfall in Ihrer Firma mit Cadmium vergiftet worden.“

„Und ich sagte Ihnen gestern, was ich von Ihrer Theorie halte.“

„Sie hatten recht. Ich weiß jetzt, daß das kein Unfall und auch nicht Colstars Verschulden war. Ethan wurde vorsätzlich vergiftet, und ich kann Ihnen auch sagen, von wem und warum.“

„Was verlangen Sie von mir im Austausch für Ihre Information?“

„Ich möchte, daß meine Verfolger zurückgepfiffen werden. Als nächstes erwarte ich, daß etwas mit dem Labor in der ehemaligen Patience-Goldmine geschieht. Und außerdem verlange ich, daß Quinn sich für das, was er Kelly Franklin angetan hat, vor einem Gericht verantworten muß.“

Diesmal währte die Pause ziemlich lange. „Haben Sie mir noch etwas mitzuteilen?“ fragte Black schließlich.

„Nein“, erwiderte sie. „Das war alles.“

„Nun, wenn die Polizei einen Haftbefehl gegen Sie hat, sollten Sie sich besser stellen, bevor Sie verletzt werden. Zweitens: Ich weiß nichts von irgendeinem Labor in einem Bergwerk. Und was Mr. Quinn anlangt – ich bin sein Arbeitgeber, nicht sein Richter. Wenn man ihm ein Verbrechen zur Last legt, muß er sich dafür verantworten. Soweit ich weiß, liegt im Augenblick jedoch nichts gegen ihn vor.“

„Leben Sie wohl, Mr. Black.“

„Wenn das wahr sein sollte, was Sie von meinem Sohn behaupten, dann werde ich das auf jeden Fall herausfinden.“

„Aber nicht, bevor die Öffentlichkeit die Wahrheit über diesen schmutzigen Handel mit Mark Corman und über das unterirdische Labor erfahren hat“, erwiderte sie wütend. „Denken Sie über mein Angebot nach. Ich werde möglicherweise später noch einmal zurückrufen.“ Abby knallte den Hörer auf die Konsole.

In diesem Moment hörte sie das Rotorengeräusch eines Hubschraubers über dem Tal. Sie rannte aus der Scheune. Ein großer Helikopter kreiste über der Stadt und senkte sich dann auf das Krankenhaus hinunter. Die Flugbereitschaft! Wenn dieser Helikopter Kelly zu einer Dekompressionskammer befördern sollte, würde es nicht mehr lange dauern, bis Lew nach Hause kam.

Abby ging in die Scheune zurück, kniete sich neben Josh auf den Boden und überzeugte sich davon, daß sein Pulsschlag kräftig genug war.

„Josh“, flüsterte Abby, während sie ihn sacht an der Schulter rüttelte. „Josh, wach auf. Ich muß mit dir reden.“

Er bewegte sich und öffnete die Augen.

„Josh, hör zu. Es war Dr. Alvarez, der dir das angetan hat. Er hat dich mit Cadmium vergiftet. Damals, als er dir die Wunde am Schenkel vernähte.“

Joshs schlaftrunkene Augen weiteten sich. „Warum?“

„Er dachte, Colstar wolle einen Betriebsunfall, bei dem Cadmium freigesetzt worden war, durch gefälschte Blutprobenergebnisse vertuschen. Und er fürchtete, daß Colstar damit Erfolg haben könnte, weil es keine besonders auffälligen Krankheitssymptome bei den kontaminierten Personen gab. Deshalb beschloß er, die Symptome künstlich zu verstärken. Er hoffte, daß man die Firma dann anzeigen und zur Einstellung ihres Betriebes zwingen würde.“

Josh rappelte sich mühsam vom Boden auf. „Wo ist er jetzt?"

„Er wird bald kommen. Aber wir werden ihm nichts antun, denn das ist Aufgabe der Justiz. Mit den Beweisen, die ich gegen ihn habe, wird er seiner Strafe nicht entgehen können. Das verspreche ich dir."

Zum erstenmal hatte Abby das Gefühl, als könnte sie in Joshs Augen einen Hoffnungsschimmer sehen. „Was kann ich dabei tun?" fragte er.

ABBY rief in der Unfallabteilung des Krankenhauses an und erfuhr, daß Dr. Alvarez sich gerade auf dem Hubschrauberlandeplatz befand, um beim Verladen von Kelly Franklin zu helfen. Abby bestand darauf, daß man Dr. Alvarez unbedingt ans Telefon holen müsse, weil es sich um einen dringenden Fall handele.

„Abby, die Prognosen für Kelly sind jetzt wesentlich besser", berichtete er. „Aber was hab ich mir deinetwegen Sorgen gemacht! Die Polizei ist schon zweimal hiergewesen und hat nach dir gefragt. Wo bist du denn jetzt?"

„In einer Telefonzelle bei den Five Corners."

„Ich werde dich dort abholen."

„Nicht nötig! Ich habe hier einem Typen erzählt, daß mein Wagen eine Panne hätte, und er wartet jetzt mit seinem Auto vor dem Telefonhäuschen, um mich zu deiner Farm hinaufzubringen. Wir sehen uns dort. Ich werde bei der Scheune auf dich warten."

„Ich komme in fünf Minuten. Falls du in der Scheune warten solltest, dann laufe dort bitte nicht allzuviel herum. Es gibt mehrere morsche Dielenbretter."

„Danke für die Warnung", erwiderte Abby, während sie am Fahrerhaus des Pick-ups lehnte. „Wir treffen uns dann auf deiner Farm."

FÜNF Minuten. Abby öffnete das vordere große Scheunentor und stellte das Gewehr ein paar Schritte davon entfernt im Schatten zweier Balken ab. Dann kehrte sie zum Pick-up zurück, legte den Plastikbeutel mit ihren Beweisstücken auf den Boden des Fahrerhauses, half Josh auf die Ladefläche hinauf und reichte ihm seine Waffe. Er war viel zu schwach, um eine aktive Rolle bei der bevorstehenden Auseinandersetzung zu spielen. Er konnte ihr höchstens dabei helfen, Alvarez Fesseln anzulegen, wenn sie diesen mit dem Gewehr in Schach hielt.

Als Vorsichtsmaßnahme riß sie ein paar meterlange Stücke Klebeband von der Rolle ab, hängte die Streifen an der Tür des Fahrerhauses auf und knotete eine Schlinge in das eine Ende des Wäscheseils. Damit war sie auf alles vorbereitet.

Sie ging hinaus ins Freie und lehnte sich neben dem offenen Scheunentor an die Seitenwand. Fünf Minuten verstrichen. Zehn Minuten. Nichts. Sie verließ ihren Posten und lief zurück in die Scheune, um nach Josh zu sehen. Er schlief jetzt, aber seine Waffe ließ er selbst im Schlaf nicht los. Auch gut, dachte sie.

Abby blickte auf die Uhr. Allmählich wurde sie nervös. Da stimmte etwas nicht. Sie hatte das Gewehr in der Scheune versteckt, um einen Überraschungseffekt zu erzielen. Nun beschlich sie das Gefühl, daß sie es zu ihrem Schutz brauchte. Sie drehte sich um und zog geräuschvoll die Luft ein. Alvarez stand keine zwei Meter von ihr entfernt und schaute sie mitleidig an.

„Ich kenne dich zu gut, Abby", sagte er. „Deswegen konnte ich dich auch so leicht beherrschen. Ich merkte gleich, daß irgend etwas nicht stimmte, als du mich angeblich von einer Telefonzelle aus angerufen hast. Deshalb beschloß ich für alle Fälle, die alte Holzfällerstraße zu nehmen und mich zu Fuß der Rückseite meines Hauses zu nähern. Dort stellte ich fest, daß du die Scheibe an der Hintertür eingeschlagen hast."

„Damit ich dein Telefon benutzen konnte."

„Wenn ich das nur glauben könnte! Wie ich sehe, hast du auch meinen alten Pick-up entdeckt. Ich vermute, du hast ihn wiedererkannt. Das war der Grund, weshalb du ins Haus eingebrochen bist."

Statt einer Antwort holte Abby mit dem rechten Bein aus, um Alvarez einen kräftigen Tritt in die Lenden zu versetzen. Doch bevor dieser sein Ziel erreichte, packte Alvarez sie blitzschnell am Knöchel und drehte ihr das Bein um, so daß sie der Länge nach auf den Boden hinschlug.

„Abby, vor zwei oder drei Wochen, noch bevor dein Freund Wyler ausgezogen ist, habe ich den morgigen Tag in meinem Kalender rot angestrichen. Das ist der Tag, an dem wir ein Liebespaar geworden wären."

Abby zwang sich dazu, ihren Blick nicht von Alvarez' Augen abzuwenden. Das Gewehr war nur ein paar Schritte entfernt, aber er hatte es noch nicht entdeckt. Er schien auch Josh noch nicht bemerkt zu haben. „Du hast vielen Leuten weh getan", entgegnete sie. „Und ein paar von ihnen sind jetzt tot."

„Du bist also im Haus gewesen. Vermutlich hast du dort Fotos von meinem Dorf gesehen. Es herrscht Krieg. Jeder Krieg fordert Opfer. Ich möchte nur gern wissen, wie du vom Krankenhaus in die Colstar-Fabrik gelangt bist und was du dort gesehen hast." Alvarez packte sie beim Handgelenk, riß sie auf die Beine und drehte ihr den Arm so weit nach oben, daß Abby vor Schmerz laut aufschrie.

„Ich habe dich etwas gefragt", sagte er und trieb sie vor sich her in die Scheune hinein.

„Laß mich los!" schrie Abby.

Er lockerte ein wenig seinen Griff, während sie dem Pick-up immer näher kamen.

„Du hast dich geirrt", sagte sie mit lauter Stimme. „Es ist nie Cadmium gewesen. Sie haben dort unten ein Labor eingerichtet und benutzen Menschen als Versuchskaninchen für chemische Kampfstoffe und deren Gegenmittel."

„Sie leiten giftige Gase in den Kernspintomographen?"

„Ja! Und jetzt laß mich endlich los!" wiederholte sie mit noch lauterer Stimme. Doch Josh schien sie nicht zu hören. Offenbar befand er sich bereits im Koma.

„Hast du irgend etwas aus Gabriellas Zimmer mitgenommen?" Er drehte Abbys Arm so weit nach oben, daß ihr vor Schmerz Tränen in die Augen schossen. „Hast du das?"

„Im Wagen", schluchzte sie.

Alvarez schob sie weiter auf den Pick-up zu. Noch zwei oder drei Schritte, und es war nicht mehr zu verhindern, daß er Josh auf der Ladefläche entdeckte. Abby konnte jetzt nur noch an die Waffe in Joshs Schoß denken. Was sollte sie tun? Sollte sie versuchen, Josh zu wecken, oder sollte sie sich von Alvarez losreißen und selbst auf die Ladefläche hinaufspringen? Sie entschied sich für beides.

„Josh!" In dem Moment, da sie seinen Namen rief, befreite sie sich mit einem mächtigen Ruck aus Alvarez' Griff und machte einen Hechtsprung über die Bordwand des Pick-ups. Doch sie blieb mit der Hüfte an der Ladeklappe hängen und schlug mit dem Becken heftig auf der metallenen Oberkante auf.

Die Ladefläche war leer.

Alvarez packte Abby bei den Beinen und zog sie vom Pick-up herunter. Sie fiel auf den Scheunenboden und rollte sich blitzschnell von ihm weg. Alvarez lief hinter ihr her, war aber noch einige Schritte von Abby entfernt, als Josh aus dem Schatten des Fahrerhauses heraustrat.

„Halt!" befahl er. Seine Stimme klang kraftlos.

Alvarez blieb stehen und drehte sich langsam und mit erhobenen Händen zu ihm um. Abby sprang vom Boden auf und bemerkte gleich, daß Josh sich nur auf den Beinen halten konnte, indem er sich mit dem Rücken gegen die Scheunenwand lehnte.

Das eisige Lächeln wich nicht aus Alvarez' Zügen, als er sich nach links auf die Seitentür der Scheune zubewegte. „Sie sehen krank aus, Wyler."

„Bleiben... Sie... stehen." Joshs Worte waren kaum noch vernehmbar.

Abby konnte die Schmerzen und die Bewußtseinstrübung in Joshs Augen sehen. „Gib mir die Waffe, Josh", sagte Abby.

Er reagierte nicht.

„Josh?"

Der Lauf der Waffe sackte nach unten. Abby erkannte, daß Josh, obwohl er immer noch aufrecht stand, so gut wie bewußtlos war. Ein schreckliches Gurgeln drang aus Joshs Kehle, und sein Körper wurde ganz steif. Dann taumelte er und fiel zu Boden, wo er mit zuckenden Gliedern liegenblieb. Dabei entglitt die Waffe seinen Händen und schlitterte unter den Pick-up. Alvarez konnte die Waffe viel schneller erreichen als Abby, weil er sich direkt vor dem Pick-up befand. Deshalb wirbelte Abby herum und lief zum vorderen Ende der Scheune, wo sie das Gewehr versteckt hatte.

Sie hatte es gerade mit einer Hand gepackt, als Alvarez unter den Wagen kroch und einen Arm nach der Waffe ausstreckte. Abby ließ sich auf den Boden fallen und richtete das Gewehr auf ihn. „Laß das sein, Lew!"

Um ihrem Befehl Nachdruck zu verleihen, gab sie einen Schuß ab, der ungefähr zwei Handbreit neben seinem Gesicht eine Furche durch den Scheunenboden zog.

Langsam kroch er rückwärts unter dem Wagen hervor. Abby sah, daß es ihm gelungen war, die Waffe an sich zu nehmen.

„Wirf sie weg, Lew!" befahl sie. „Auf der Stelle!"

Alvarez, der immer noch auf dem Boden lag, drehte sich zu ihr herum. Er ließ die Waffe zwar nicht fallen, aber sein rechter Arm war angewinkelt, so daß es ihm unmöglich war, die Waffe auf sie zu richten, bevor sie einen Schuß abgeben konnte. Um ihre Entschlossenheit auf die Probe zu stellen, schob er den Arm ein wenig nach vorne.

„Okay, das reicht!" schnaubte Abby. „Angeblich kennst du mich doch so gut. Was werde ich deiner großartigen Intuition zufolge tun, wenn du jetzt nicht sofort deine Waffe wegwirfst?"

Er betrachtete sie abschätzend. „Du wirst nicht schießen", erklärte er schließlich.

„Gut. Es freut mich, daß du so denkst. Und da du dich noch nie in mir getäuscht hast, kann dir ja gar nichts passieren. Worauf wartest du denn noch? *Meine* Intuition sagt mir, daß deine Eigenliebe viel zu groß ist, um zu riskieren, daß diese Welt vielleicht ohne dich auskommen müßte. Mal sehen, wer von uns beiden recht hat."

Fünfzehn endlose Sekunden vergingen, bis Dr. Luis María Galatín schließlich mit einer kurzen Bewegung aus dem Handgelenk seine Waffe über den rauhen Scheunenboden schob.

„Bleib auf dem Bauch liegen!" befahl Abby mit scharfer Stimme und ging auf Alvarez zu, wobei sie den Lauf des Gewehrs auf seinen Hinterkopf richtete. „Leg die Hände auf den Rücken, Lew!"

„Und wenn ich das nicht tue?"

„Dann werde ich dir eine Kugel verpassen."

Da schob Alvarez langsam die Arme zur Seite und legte sie auf den Rücken. Abby ließ die vorbereitete Schlinge der Wäscheleine über seine Hände gleiten und zog sie zusammen. Als nächstes wickelte sie das Seil um seine Handgelenke und legte es dann als Schlinge um seinen Hals. Abby verwendete knapp zwanzig Minuten darauf, ihn mit Hilfe der Wäscheleine und der Klebebandrolle zu verschnüren. Erst dann war sie sicher, daß sie das Gewehr weglegen und sich um Josh kümmern konnte.

Er war zwar bei Bewußtsein, aber benommen, und er stöhnte bei jedem Atemzug leise. Sie prüfte seinen Puls, der kräftig war. Der Anfall war vermutlich auf seine Cadmiumvergiftung zurückzuführen. Um die Cadmiumablagerungen in seinem Körper zu entfernen, mußte sie ihn nach San Francisco bringen, denn nur dort gab es die entsprechenden Experten für eine solche Behandlung. Die Fahrt bis dahin konnte jedoch katastrophale Auswirkungen auf seinen Zustand haben. Aber Abby wußte, daß sie dieses Risiko eingehen mußte.

„Kannst du mich hören, Josh?"

Ein schwaches Nicken.

„Du hattest einen Anfall, der wahrscheinlich von dem Cadmium ausgelöst wurde. Wir müssen dich nach San Francisco bringen."

Abby half ihm auf die Beine und schnallte ihn auf dem Beifahrersitz des Pick-ups an. Den Zündschlüssel für das Fahrzeug fand sie in Lews Jackentasche. Als nächstes zog sie an der Wäscheleine. Alvarez' Arme wurden dadurch so weit nach hinten gebogen, daß er aufstehen mußte. Sie befahl ihm, sich zur Rückseite des Pick-ups zu begeben, doch er weigerte sich. Abby nahm Joshs Waffe und hielt die Mündung an einen von Lews Daumen. „Ich habe keine Zeit für solche Mätzchen", drohte sie.

Ohne ein Wort zu erwidern, hüpfte Alvarez bis zur Ladefläche und schob sich schwerfällig auf diese hinauf. Abby suchte in der Scheune nach einem zweiten Seil. Dann wickelte sie Alvarez in die Plane ein, mit der der Pick-up zugedeckt gewesen war, legte das Seil darum und zurrte ihn auf der Ladefläche fest.

„Hör auf damit, Abby“, sagte er. „So bekomme ich nicht genügend Luft und werde unter der Plane ersticken.“

„Das werden wir ja sehen“, erwiderte Abby, verriegelte die Ladeklappe und ging zum Fahrerhaus. Der Motor sprang schon bei der ersten Drehung des Zündschlüssels an.

„Josh, ich muß das Tal verlassen, ohne eine der Überlandstraßen zu benutzen. Kennst du eine andere Route?“

„Ja… Nach Südwesten…, auf das Haus zu.“

Die Straße, auf die Josh sie dirigierte, war steil und mit Schlaglöchern übersät. Nachdem Abby etwa zwei Kilometer weit gefahren war, fiel Josh wieder in einen halb bewußtlosen Zustand und hüpfte bei jedem Stoß, den der Wagen bekam. Eine Dreiviertelstunde fuhr sie durch den regennassen Wald. Als es dann ziemlich steil bergab ging, sah sie plötzlich Scheinwerfer, die vor ihr vorbeihuschten. Abby verringerte sofort die Geschwindigkeit. Sie bewegte sich nun auf die zweispurige Straße durch die Berge zu, die sie erst für ihre Fahrt nach San Francisco und dann für die nach Feather Ridge benutzt hatte.

„Josh“, rief sie aufgeregt, „wir haben es geschafft!“

Er gab keine Antwort. Sein Atem war unregelmäßig und unnatürlich laut.

Sie drehte sein Gesicht in ihre Richtung und sah das Zucken seiner Lippen und Wangenmuskeln. Er hatte wieder einen Anfall. Sie fluchte leise.

Wenn sie nach rechts abbog, würde sie in frühestens vier Stunden in San Francisco ankommen. Wenn sie nach links abbog, konnte sie in spätestens einer halben Stunde wieder in Patience sein, dem Nest, in dem sie keinen einzigen Verbündeten hatte. Abby blickte noch einmal auf Josh hinunter. Dann holte sie tief Luft und lenkte den Wagen auf die rechte Fahrbahn. Bis zur Abzweigung nach Feather Falls waren es nur noch acht Kilometer. Ezra Black hatte seinen eigenen Helikopter. Mit diesem konnte Josh in ungefähr einer Dreiviertelstunde auf dem Dach des St.-Johns-Krankenhauses in San Francisco landen. Es war zumindest einen Versuch wert.

Abby wollte gerade den Hörer des Autotelefons von der Mittelkonsole nehmen, als ein grelles blaues Licht durch die Fahrerkabine aufblitzte. Ihr Herz setzte einen Takt lang aus. Der Streifenwagen befand sich ein paar Autolängen hinter ihr und kam schnell näher.

Abby drückte das Gaspedal bis zum Boden hinunter und spürte, wie der Pick-up mit einer erstaunlichen Kraftentfaltung darauf reagierte. Im gleichen Moment gesellte sich zu dem rotierenden Blaulicht noch das Jaulen einer Sirene. Abby behielt den Fuß fest auf dem Wagenboden. Der Streifenwagen versuchte auf gleicher Höhe zu bleiben, doch auf dieser schmalen Straße war es nicht schwer, ein solches Manöver zu vereiteln. Glücklicherweise herrschte um diese Zeit so gut wie kein Verkehr. Vor ihr lag jetzt die Hauptstraße von Feather Falls. Der Tacho zeigte über hundert. Der Streifenwagen versuchte erneut, sich neben den Pick-up zu schieben, doch Abby drängte ihn abermals ab.

Dann sah sie plötzlich einen zweiten Streifenwagen mit kreiselndem Blaulicht, der mitten auf der Straße quer zur Fahrtrichtung stand. Rechts davon war noch genügend Platz für den Pick-up, falls die Bank und das Halteschild, die sich dort befanden, keinen nennenswerten Widerstand darstellten. Abby sah, daß der Polizist, der sie neben seinem Einsatzwagen erwartete, allmählich begriff, daß sie das Gas nicht wegnehmen würde, und einen Hechtsprung nach links machte. Im letzten Moment lenkte sie den Kleinlaster nach rechts auf den Bürgersteig. Der vor dem Kühler montierte Stahlpflug trennte die Holzbank von ihren Betonfüßen. Das Stoppschild dahinter leistete keinen Widerstand.

Sekunden später war sie aus der Stadt heraus und raste auf Feather Ridge zu. Die beiden Streifenwagen hinter ihr holten wieder auf. Aber Abby wußte, daß ihre Verfolger es jetzt nicht mehr ganz so eilig haben würden. Sie saß in der Falle, denn vor ihr befand sich das massive Gittertor von Feather Ridge. Ihre Verfolger konnten natürlich nicht ahnen, daß sie keineswegs die Absicht hatte, dort anzuhalten.

Als Abby sich dem Gittertor näherte, gingen dort die Scheinwerfer eines Wagens an, und ein Wachmann tauchte mit einer Waffe in der Hand am Straßenrand auf. Abby zielte mit dem Kühler auf die Mitte des Tores, nahm das Lenkrad fest in beide Hände und duckte sich hinter das Armaturenbrett. Eine Kugel schwirrte über sie hinweg und schlug im Dach des Fahrerhauses ein. Eine zweite Kugel traf den linken Vorderreifen genau in dem Augenblick, als der Wagen das Tor rammte. Abby stieß mit der Stirn gegen die Lenksäule und war einen Moment lang wie betäubt. Aber der Kleinlaster sprengte das Tor und nahm Kurs auf den Obstgarten.

Abby ließ ihren Fuß auf dem Gaspedal. Der Pick-up pflügte ein paar Bäume um, bevor er auf die Fahrbahn zurückfand. Abby mußte ihre ganze Kraft aufbieten, damit der Wagen in der Spur blieb. Das Blut, das ihr aus der Stirnwunde in die Augen lief, machte sie fast blind. Aber vor ihr lagen schon die Gebäude von Feather Ridge.

Mit drei intakten Reifen hüpfte der Wagen den letzten Abhang hinunter. Vor dem Haus hatte bereits ein halbes Dutzend Wächter Aufstellung genommen. Mit einem letzten stillen Gebet stieg Abby auf die Bremse. Es folgte ein ohrenbetäubendes Quietschen, als der Kleinlaster schließlich zum Stehen kam. Sofort wurden die beiden Türen des Fahrerhauses aufgerissen. Grobe Hände zerrten sie und Josh heraus, warfen sie auf die Erde und strahlten ihre Gesichter mit Taschenlampen an.

Sie wischte sich mit dem Ärmel über die Augen und sah einen Mann auf sie zutreten, der ihr ein Taschentuch gab. Sie band es sich um den Kopf, nachdem sie die Wunde auf der Stirn abgetastet und für harmlos befunden hatte.

„Ihr Wunsch, mich zu sehen, muß wirklich sehr groß gewesen sein", sagte Ezra Black.

Abby wehrte die Männer ab, die ihr vom Boden aufhelfen wollten, und eilte zu der Stelle, wo Josh lag. Er war noch immer bewußtlos. Abby überprüfte rasch seine Vitalzeichen. Sie schienen kräftig zu sein, und sie konnte auch keine anderen Hinweise darauf finden, daß er bei dieser Höllenfahrt innere Verletzungen davongetragen hatte.

Anschließend holte sie das Plastiksäckchen mit den Beweisstücken aus dem Fahrerhaus und gab Black ein Zeichen, daß sie mit ihm unter vier Augen sprechen wollte. Seine Leibwächter waren gerade dabei, ihre Ladung zu untersuchen. Es war durchaus möglich, daß nach den schrecklichen Stößen, die Galatín bei dieser mörderischen Verfolgungsjagd hatte einstecken müssen, sich nur noch seine Leiche in der Plane befinden würde. Aber nach einigen Sekunden konnte Abby sein Stöhnen vernehmen.

„Der Mann, der dort drüben auf dem Boden liegt, muß so rasch wie möglich nach San Francisco in das St.-Johns-Krankenhaus gebracht werden", wandte sie sich nun an Ezra Black. „Könnte Ihr Helikopter das übernehmen?"

„Was fehlt ihm denn?"

„Er ist mit Cadmium vergiftet worden, wie Ihr Sohn. Wenn man ihm nicht bald hilft, wird er sterben."

Sie griff in den Plastikbeutel und holte die Schachtel heraus, in der sich das Cadmium und die Artikel über das Sprengstoffattentat auf die Colstar-Raffinerie befanden. Black studierte beides. Es war ihm deutlich anzusehen, daß Luis María Galatín für ihn kein Unbekannter war.

„Galatín ist für alles verantwortlich?"

„Ja."

„Und wo befindet sich der Mann jetzt?"

Abby deutete zum Pick-up hin, wo Galatín auf der Ladefläche saß und laut über Schmerzen in seinem rechten Arm jammerte.

„Ist das alles, was Sie von mir verlangen? Ein Flug nach San Francisco?"

„Nein. Ich möchte, daß das Labor im Colstar-Felsen für immer geschlossen wird."

Black blickte sie ein paar Sekunden lang an. „Kann ich mit Ihrer absoluten Diskretion rechnen, wenn ich Ihrer Bitte entspreche?"

„Ich gebe Ihnen mein Wort darauf."

Abby faltete die Liste mit den Cadmiumopfern auseinander. „Josh Wyler ist der Mann, der dort drüben bewußtlos auf dem Boden liegt. Der nächste auf der Liste ist Willie Cardoza – der Mann, der Peggy Wheaton überfahren hat. Der dritte Name auf der Liste ist der Ihres Sohnes Ethan. Galatín hat in der Unfallabteilung des Kreiskrankenhauses von Patience unter dem Namen Alvarez gearbeitet. Alle Leute, die hier auf seiner Liste stehen, sind bei Colstar beschäftigt gewesen. Er hat ihnen Cadmium verabreicht, als sie mit Fleischwunden oder anderen Verletzungen in die Notaufnahme kamen. Er hatte keine Ahnung davon, daß intravenös verabreichtes Cadmium sich im Gehirn ablagert, wo es solche Wahnvorstellungen erzeugt wie die, die Ihren Sohn in den Tod trieben."

„Ich verstehe ... Und nun wollen Sie einen Handel mit mir abschließen?"

„Ich möchte, daß die besten Anwälte Willie Cardoza und Josh vor Gericht verteidigen. Und ich verlange, daß etwas mit Quinn passiert."

„Einverstanden. Quinn ist in Patience erledigt. Ich habe gehört, daß man sein Bein nicht mehr retten kann."

„Das tut mir nicht leid. Weiterhin möchte ich, daß Kelly Franklin die beste medizinische Versorgung und entsprechende Rehabilitation bekommt."

„Ist das alles?"

„Ja."

„Sind Sie sich dessen auch sicher?"

Abby dachte einen Moment nach. „Ja."

„Gottlob ... He, Nick!" rief er einem seiner Männer zu. „Mach dich für einen Flug bereit! Diese Lady und ihr Freund müssen nach San Francisco in ein Krankenhaus."

Abby deutete mit dem Kopf zum Pick-up hin. „Und was wird aus ihm?“

„Sie können davon ausgehen, daß es nicht meine Absicht ist, Galatín zu töten, wenngleich er sich vielleicht schon bald wünschen mag, daß ich es getan hätte. Ich habe ein paar gute Freunde und Geschäftspartner in der Regierung von Paraguay, und ich weiß, daß sie sich sehr über die Heimkehr dieses ..., dieses Abschaums freuen werden.“

Abby begegnete einen Moment lang dem Blick des Milliardärs und nickte. Dann drehte sie sich um und folgte den Männern, die Josh zum Hubschrauberlandeplatz trugen. Ein paar Minuten später waren sie in der Luft. Abby hatte sich auf einer sofaähnlichen Sitzbank im hinteren Teil der eleganten Kabine niedergelassen. Josh lag neben ihr und hatte den Kopf in ihren Schoß gebettet. Er war nur kurz wieder zu Bewußtsein gekommen, aber doch lang genug, um ein Lächeln zustande zu bringen.

Der Hubschrauber gewann mit einer anmutigen Schleife über Ezra Blacks Landsitz an Höhe und nahm dann Kurs auf Südwesten.

EPILOG

Fünftausend Kilometer weiter, kurz hinter der Grenze zwischen Tennessee und North Carolina, lag Lally Dorsett auf einer Trage und sah die fluoreszierenden Lichter an der Korridordecke über sich vorbeihuschen. Sie wohnte nun schon seit 45 Jahren in Gilbert, einer kleinen Kreisstadt am Rand der Blue Ridge Mountains, und war noch keinen Tag krank gewesen. Aber jetzt, nur wegen dieses kleinen Schwindelanfalls, befand sie sich im Krankenhaus.

Vor gar nicht langer Zeit hätte sie lediglich darauf gewartet, daß ihre Schwindelanfälle von allein weggingen. Aber ihre Kinder hatten auf einer Untersuchung bestanden, und außerdem gab es ja dieses schöne neue Krankenhaus. Deshalb stand ihr jetzt eine Untersuchung bevor, die selbst ihr Hausarzt nicht genau erklären konnte. Es handelte sich um einen MRT-Test, hatte er gesagt.

Ihre Trage wurde nun in einen Raum geschoben, der genauso aussah, wie man ihn ihr beschrieben hatte – hell erleuchtet und mit einem Apparat in der Mitte, der einem kleinen Raumschiff glich. Sie ließ sich von der jungen technischen Assistentin zu dem Gerät führen und legte sich auf den Schlitten, der am vorderen Ende herausragte. Auf die Empfehlung ihres Arztes hin nahm sie dankend eine schwarze Augenbinde und einen Kopfhörer entgegen und ließ sich in die Röhre hineinschieben.

„Sind Sie so weit, daß wir anfangen können?“ hörte sie die Stimme der Assistentin im Kopfhörer.

„Jederzeit“, erwiderte Lally.

Musik erklang aus dem Kopfhörer. Lally schloß die Augen hinter ihrer Maske. Man hatte ihr etwas von Magnetspulen erzählt, die sich in diesem Kasten befanden und beim Einschalten Lärm machen würden, aber tatsächlich schepperten diese Dinger so laut, daß die Musik kaum dagegen ankam. Dann begann irgendwo über ihrem Kopf ein Ventilator zu summen. Die Luft in der Röhre roch plötzlich wie Honig und wurde seltsam schwer. Davon hatte ihr der Arzt aber nichts erzählt! Sie überlegte, ob sie das der jungen Assistentin mitteilen sollte.

Ach, zum Teufel damit, dachte Lally und versuchte sich wieder zu entspannen. Sieh lieber zu, daß du es möglichst rasch hinter dich bringst…

Foto: Dennis Kitchen

„Ich habe meine Arbeit im Krankenhaus immer geliebt.“

Nur zu gut kennt Michael Palmer die kritischen Situationen in der Notaufnahme, in denen in Sekundenschnelle Entscheidungen gefällt werden müssen, die unter Umständen über Leben und Tod eines Patienten bestimmen. Der Bostoner Bestsellerautor arbeitete selbst über zwanzig Jahre als Unfallarzt in verschiedenen Kliniken und Krankenhäusern und nahm seinen Abschied erst, als vor sieben Jahren sein Sohn geboren wurde. „Ich habe meine Arbeit im Krankenhaus immer geliebt“, meint er enthusiastisch. „Ich denke, ich war ganz gut als Notfallarzt, und ein wenig fehlt mir der Job schon.“ Bereits seit längerer Zeit konzentriert er sich statt dessen auf die Schriftstellerei und verarbeitet seine medizinischen Kenntnisse und Erfahrungen in Medizinthrillern, die alle zu Erfolgsromanen avancierten und zum Teil sogar verfilmt wurden.

Auf die Frage, was ihm denn mehr Mühe bereite, das Schreiben oder die Medizin, hat Palmer eine klare Antwort: „Für mich war die Medizin immer einfacher. Hier wußte ich, was auf mich zukommen konnte und was ich zu tun hatte. Beim Schreiben dagegen quälen mich grundsätzlich Zweifel, so daß ich manchmal sehr verunsichert bin. Glücklicherweise habe ich eine hervorragende Lektorin, die mir sagt, wo es langgeht.“

Neben seiner Tätigkeit als Autor betreut Michael Palmer, der selbst einmal medikamentenabhängig war, Arztkollegen, die Probleme mit Alkohol oder anderen Drogen haben. „Diese Arbeit liegt mir besonders am Herzen. Denn Ärzte finden sehr einfach Zugang zu Drogen und haben dabei viel zu verlieren: Mit dem Entzug ihrer Zulassung wird ihnen ihre gesamte Existenzgrundlage genommen.“

DER VERRAT
Originalausgabe: *The Street Lawyer*
erschienen bei Doubleday, a division of Bantam Doubleday Dell Publishing Group Inc., New York

MODOC
Originalausgabe: *Modoc*
erschienen bei HarperCollins Publishers Inc., New York

SIEH DICH NICHT UM
Originalausgabe: *Pretend You Don't See Her*
erschienen bei Simon & Schuster, New York

DAS CADMIUM-SYNDROM
Originalausgabe: *Critical Judgment*
erschienen bei Bantam Books, a division of Bantam Doubleday Dell Publishing Group Inc., New York

Übersetzer:
Der Verrat: Dirk van Gunsteren
Modoc: Sabine van Bebber und Claudia Porger
Sieh dich nicht um: Karin Dufner und Sonja Schumacher
Das Cadmium-Syndrom: Bodo Baumann

Illustrationen und Fotos:
Der Verrat: S. 4 (links) Gesicht: Index Stock/Transglobe Agency, Hintergrund und S. 6/7/8: Wayne Cable, Cable Studios Chicago
Modoc: S. 4 (rechts), 176/177: Mike Hollist/*Daily Mail*, Kapitelvignetten: Horst Maurmann
Sieh dich nicht um: S. 5 (links), 296/297/298: Michael Trevillion
Das Cadmium-Syndrom: S. 5 (rechts), 432/433/434 Menschen: Comstock Inc./Cameron Davidson
Diagramm: Comstock Inc.

Die ungekürzten Ausgaben von *Der Verrat* und *Sieh dich nicht um* sind im Buchhandel erhältlich.
Die ungekürzte Ausgabe von *Das Cadmium-Syndrom* erscheint in Kürze.